Anne et Serge Golon

Angélique se révolte

Éditions J'ai lu

Précédemment paru sous les n°s 675 et 676

LE FEU COUVE

1

En arrivant à Marseille, M. de Breteuil, envoyé du roi de France, qui avait arrêté Angélique à Ceuta, la fit enfermer au fort de l'Amirauté.

Tant qu'on demeurerait dans cette ville, où naguère la marquise du Plessis-Bellière avait si bien dupé la police du Royaume, le gentilhomme n'était pas tranquille.

Ce fut donc dans une obscure et sinistre cellule que l'ancienne captive des Barbaresques, évadée du harem de Moulay Ismaël au prix de tant de souffrances, acquit la certitude qu'elle attendait un enfant.

Cette pensée lui vint, le lendemain de son emprisonnement dans la citadelle, lorsqu'en s'éveillant sa situation d'animal à nouveau pris au piège lui apparut plus nettement.

La prison de l'Amirauté manquait du plus élémentaire confort. Malgré le carré de ciel bleu, découpé là-haut entre les barreaux de fer de la fenêtre, Angélique éprouva une tragique impression d'étouffement. Toute la nuit, elle avait lutté contre une sensation affreuse d'être enfermée vivante qui la prenait dès qu'elle fermait les paupières et, à l'aube, ses nerfs, qui jusqu'alors avaient assez bien résisté, se brisèrent.

Un élan de panique la jeta sur la porte, frappant

de ses mains le bois dur, sans cris mais avec une force déchaînée par l'angoisse.

Le ciel ! le ciel ! l'air pur ! On l'avait enfermée dans cette tombe, elle qui n'avait vécu des jours et des nuits que dans le cercle immense et magique du désert.

Elle souffrait de cette contrainte jusqu'à l'angoisse. Et comme un oiseau affolé dans sa cage, elle se meurtrissait contre l'implacable barrage de bois et de fer, frappait, frappait en silence. Car ses mains diaphanes portant encore les traces des souffrances endurées dans le désert, ne faisaient pas plus de bruit sur la porte massive que le claquement d'une aile d'oiseau. Lorsqu'elle sentit la douleur de ses paumes écorchées, elle cessa de frapper et recula jusqu'au mur pour s'y appuyer.

Ses yeux allaient de la porte à la lucarne grillagée. Le bleu du ciel était comme une eau pure dont elle avait soif.

Mais Osman Ferradji ne viendrait pas la chercher pour la conduire sur les toits plats, se gorger les yeux d'une trompeuse impression d'espace.

Ceux qui l'environnaient étaient des étrangers au regard morne et aux âmes bardées de soupçons. De Paris, le duc de Vivonne qui voulait racheter ses erreurs passées, avait donné les ordres les plus draconiens contre elle. L'Amirauté de Marseille devait prêter le plus entier concours à M. de Breteuil. Il aurait été vain d'essayer de se gagner quiconque et d'ailleurs Angélique ne se sentait pas en état d'user de ses armes. Une fatigue épouvantable l'accablait et par instants il lui semblait qu'elle n'en avait jamais connu de pareille, même sur les chemins du Rif.

Le voyage par mer de Ceuta à Marseille, avec relâche à Cadix, avait été un supplice au cours duquel elle perdait chaque jour un peu de son courage. En l'arrêtant au nom du roi M. de Breteuil avait-il brisé le ressort qui lui permettait de revivre ?...

Elle se traîna jusqu'à sa couche. C'était une paillasse fort dure sur un bat-flanc, mais de cela Angélique ne se plaignait pas. Elle y dormait mieux que sur des couchettes molles et la seule couche à laquelle elle aspirait pour reposer ses membres courbatus, ç'aurait été un coin de terre au gazon ras, quelque part là-bas sous les cèdres.

Ses regards revinrent vers la porte. Que de portes refermées sur elle au cours de son existence ! songeait-elle, chaque fois plus lourdes, chaque fois plus aveugles. Etait-ce un jeu que le destin se plaisait à mener avec elle, pour la punir d'avoir été cette enfant de Monteloup galopant pieds nus par les sentes du bocage et de la forêt et si passionnément éprise de liberté que les paysans la croyaient un peu fée ?

« Tu ne passeras pas », disaient les portes. Et chaque fois qu'elle réussissait à s'évader, une autre s'érigeait en hâte, plus implacable. Après celle de la misère, il y avait eu celle du roi de France, puis les grilles du harem de Moulay Ismaël, puis à nouveau aujourd'hui, le roi de France. Serait-il le plus fort ?

Elle pensa à Fouquet, au marquis de Vardes, et jusqu'à ce feu follet de Lauzun, emprisonnés eux aussi, non loin de là, dans la forteresse de Pignerol, à tous ceux qui payaient pendant des années derrière des portes de prisons, des indisciplines moins graves que celles qu'elle avait commises.

Le sentiment de sa solitude et de sa faiblesse l'accabla. En remettant le pied sur le sol de France elle avait abordé un monde où les hommes n'agissaient que selon deux critères : la peur ou l'amour du Roi. Quoi qu'il en fût, la loi seule du maître primait.

Sur ces rives la force physique et morale d'un Colin Paturel, son incroyable bonté, sa subtile intelligence, étaient des valeurs sans cours. N'importe quel greluchon stupide, pourvu qu'il portât manchettes et perruque, pouvait le mépriser.

Sur ces rives, Colin Paturel était sans pouvoir. Ce n'était qu'un pauvre marin. Même son souvenir ne pouvait secourir Angélique. Il avait disparu pour elle, plus entièrement que mort.

Elle l'appela à mi-voix :

— Colin, Colin, mon frère !

Et son malaise fut si grand qu'une sueur froide l'inonda et la fit défaillir.

Alors l'idée lui vint qu'elle était peut-être enceinte de lui.

A Ceuta, elle avait mis sur le compte de sa santé délabrée par de surhumaines fatigues, l'absence de certains phénomènes habituels, mais aujourd'hui, le temps passant, une autre explication s'offrait et le doute n'était plus permis.

Elle attendait un enfant.

Un enfant de Colin Paturel ! Un enfant du désert ! Elle demeura immobile, pelotonnée sur sa couche, laissant en elle le doute devenir certitude et l'incroyable découverte cheminer, l'envahir...

Un étonnement d'abord, puis une paix étrange, et enfin la joie.

Cela aurait pu être l'ennui, la honte, un surcroît de découragement. Ce fut la joie.

Elle était encore trop proche du désert et de son burnous de captive évadée, pour avoir revêtu entièrement sa livrée de grande dame française. Toute une partie d'elle-même demeurait contre le cœur du Normand au sein de ces nuits d'enluminures cloutées d'or, où la force de l'amour qui les poussait l'un vers l'autre avait une saveur de mort et d'éternité.

Sous les robes corsetées à la française, sous les manteaux brodés et les parures retrouvées à Ceuta, elle conservait encore sa peau rêche, la profonde cicatrice de sa jambe brûlée, celles de son dos flagellé qui s'effaçaient peu à peu.

Ses pieds dans les chaussures élégantes n'avaient

pas perdu la corne durcie, acquise à gravir nus les sentiers pierreux du Rif.

Elle pensa avec exaltation que désormais la trace de l'incroyable odyssée demeurerait indélébile, par cet enfant qui allait naître d'elle. Il serait blond, râblé, solide.

Qu'importait qu'il fût bâtard. La noblesse de celui qui avait été le « roi » des captifs rejoignait par ses vertus celle des croisés dont le sang circulait dans les veines d'Angélique de Sancé de Monteloup.

Son fils aurait ses yeux bleus et sa force. Un petit dieu Hercule maniant la massue, étouffant les serpents et auréolé de tout le soleil de la Méditerranée !...

Il serait beau comme le premier enfant né sur la terre.

Elle le voyait et s'émerveillait de sa vie. Pour lui, par lui, elle retrouverait la force et lutterait pour lui gagner la liberté.

Elle demeura longtemps ainsi, à se laisser aller au gré de sa rêverie un peu folle, oubliant les murs de la citadelle, et parlant parfois à mi-voix.

« C'est en vain que tu m'auras fuie, Colin, disait-elle. C'est en vain que tu m'auras dédaignée et rejetée. Tu demeureras avec moi, quand même, un peu, Colin, mon compagnon, mon ami... »

Quelques jours plus tard un carrosse aux portières grillées et aux rideaux noirs tirés quittait Marseille et prenait la route d'Avignon. Une solide escorte de dix mousquetaires l'accompagnait. M. de Breteuil qui se tenait à l'intérieur, aux côtés d'Angélique, pressait le train.

On lui en avait tant dit sur l'incroyable habileté et malice de Mme du Plessis-Bellière, qu'il s'attendait sans cesse à la voir lui filer entre les doigts et n'avait plus qu'une hantise : arriver au bout de sa mission.

Que la jeune femme ait paru surmonter sa fatigue l'inquiétait. Qu'elle se tînt droite et se montrât parfois insolente à son égard lui faisait redouter le pire. N'attendait-elle pas le secours de ses complices ?

Ce n'était pas trop de dire qu'il couchait en travers de sa porte à la halte et ne dormait que d'un œil.

Avant la traversée d'une forêt où l'on risquait d'être assailli par des bandes chargées de délivrer la prisonnière, il se débattait auprès du gouverneur de la ville la plus proche pour obtenir un contingent de soldats supplémentaire. Cela prenait des allures d'expédition militaire. Les badauds se groupaient sur la place des villes pour tâcher d'apercevoir le personnage qui nécessitait tout ce renfort. M. de Breteuil tempêtait et payait des gens d'armes pour disperser la foule à coups de hallebarde, ce qui augmentait la curiosité et les attroupements.

À force de ne pas dormir et d'être rongé d'inquiétude, M. de Breteuil ne voyait plus qu'une solution à ses tourments : la hâte. C'est à peine si l'on s'arrêta désormais quelques heures la nuit, dans une auberge dont tous les hôtes étaient expulsés et les aubergistes gardés à vue. Durant le jour, les chevaux menaient une course sans répit, remplacés sans cesse par des chevaux frais qu'un courrier partait réclamer à l'avance, afin qu'aucune attente n'eût lieu lorsque l'équipage parviendrait au relais.

Angélique, secouée par les cahots du chemin, brisée par cette randonnée démentielle, protestait :

— Vous voulez me tuer, monsieur ! Arrêtons-nous quelques heures pour nous reposer. Je n'en puis plus.

M. de Breteuil ricanait :

— Vous êtes bien délicate, madame. N'avez-vous pas connu de fatigues plus grandes au royaume de Marocco ?

Elle n'osait lui dire qu'elle était enceinte.

Cramponnée à la banquette ou à la portière, malade de poussière, elle faisait des vœux pour qu'on arrivât enfin au but de cet infernal voyage.

Certain soir, au terme d'une journée harassante, comme l'équipage abordait au grand galop un tournant au sommet d'une colline, la voiture se pencha sur deux roues, puis versa. Le postillon sentant venir l'accident avait eu le temps de retenir son attelage. Le choc fut moins violent qu'on aurait pu le craindre mais Angélique, projetée du côté du fossé et coincée par la banquette arrachée, comprit tout de suite ce qui lui arrivait.

On la sortit rapidement du carrosse, on l'étendit sur l'herbe sur le bas-côté de la route.

M. de Breteuil, blême, se pencha vers elle. Si Mme du Plessis mourait le Roi ne le lui pardonnerait jamais. Dans une intuition subite il comprit qu'il y allait de sa tête et il crut sentir le froid de la hache du bourreau sur sa nuque.

— Madame, supplia-t-il, vous êtes-vous fait mal ? Ce n'est rien, n'est-ce pas ? Le choc a été infime.

Elle lui cria d'une voix changée, désespérée, hagarde :

— C'est votre faute, imbécile ! Avec votre train d'enfer !... Vous m'avez tout pris. J'ai tout perdu par votre faute... Misérable !...

Et de ses ongles lancés en avant, elle lui laboura les joues.

Les soldats, sur un brancard improvisé, la transportèrent jusqu'au bourg voisin. Voyant le sang s'étendre sur sa robe ces hommes affolés la croyaient sérieusement blessée. Mais le chirurgien qu'on requit déclara, après examen, que le cas ne le concernait pas et qu'il fallait chercher une matrone.

Angélique était étendue dans la maison du maire. Elle sentait sa vie s'en aller avec cette autre vie.

Une odeur de soupe aux choux régnait entre les murs de cette grosse maison bourgeoise et ajoutait à sa nausée, à son dégoût de tout. Le visage de la matrone, rouge et suant sous sa coiffe de paysanne, lui apparaissait par instants et lui donnait mal aux yeux comme un soleil couchant. Toute la nuit la bonne femme lutta, non sans vaillance, pour sauver cette créature étrange et comme immatérielle, aux cheveux de miel, de clair de lune, étalés sur l'oreiller, et au visage bizarrement tanné. Le hâle apparaissait en plaques brunes sur le teint cireux, tandis que les paupières se plombaient et qu'un cerne mauve masquait la commissure des lèvres. La matrone reconnaissait les stigmates de la mort.

— Faut pas, ma petite, soufflait-elle penchée sur Angélique à demi inconsciente, faut pas...

Angélique regardait avec un détachement souverain ces ombres s'agiter autour d'elle.

Maintenant on la soulevait, on glissait sous elle des draps frais et la bassinoire promenait son disque de cuivre en un ballet tiède et chatoyant.

Elle se sentait mieux et le froid qui glaçait ses membres s'évanouissait. On la frictionnait, on lui faisait boire un bol de vin chaud épicé.

— Buvez ça, ma petite, faut vous refaire du sang, vous en avez trop perdu.

Elle commençait à percevoir l'odeur âcre du vin, l'odeur de la cannelle, du gingembre...

Ah ! l'odeur des épices... l'odeur des voyages heureux !... Ainsi était mort le vieux Savary en prononçant ces mots.

Angélique rouvrit les yeux. Devant elle une grande fenêtre entre des rideaux lourds. Aux vitres, un brouillard épais, couleur de fumée.

— Quand le jour se lèvera-t-il ? murmura-t-elle.

La femme aux joues rouges qui se tenait à son chevet la contempla avec satisfaction.

— Y a belle lurette qu'il s'est levé, fit-elle joviale, ce que vous voyez là, c'est pas la nuit, c'est le brouillard de la rivière qui coule en dessous. Fait frisquet aujourd'hui. Un temps pour rester dans ses plumes et non pour courir la poste. Vous avez bien choisi votre jour, quoi. Maintenant que vous voilà tirée d'affaire, on peut dire que cet accident, ça a été une aubaine. Vous en avez fini avec celui-là.

Devant le regard farouche qui lui répondit, la matrone insista, surprise :

— ... Ben quoi ! Pour une grande dame de votre condition un enfant, ça n'est jamais bienvenu. J'en sais quelque chose, allez ! Il y en a assez qui viennent me demander de les débarrasser de leur fruit. Pour vous, voilà qui est fait. Et sans trop de mal, bien que vous m'ayez donné une belle peur !

Et, troublée par le mutisme de sa cliente :

— ... Croyez-moi, petite dame, faut rien regretter. Les enfants, cela ne fait que compliquer l'existence. Si on ne les aime pas, ça encombre. Si on les aime, ça rend faible.

Elle conclut avec un haussement d'épaules :

— ... Et puis, bast ! si ça vous chagrine tant que ça ce n'est pas l'occasion de vous en faire faire un autre qui vous manquera, belle comme vous êtes !...

Angélique serrait les mâchoires à s'en faire mal. L'enfant de Colin Paturel ne naîtrait plus.

Maintenant elle se sentait vraiment dépouillée de tout.

Tout ! Un sentiment violent, proche de la haine, se mit à sourdre en elle et la sauva du désespoir. Ce fut comme un torrent sauvage qui n'avait pas encore choisi son but, mais qui lui donnait le goût de lutter. Un désir forcené de survivre pour se venger, se venger de tout.

Car, malgré ce qu'elle avait déjà enduré, elle était assez lucide pour comprendre que le danger qui menaçait sa liberté était grand. Bientôt, encadrée de militaires en armes, telle la plus félonne des sujettes, elle reprendrait ce voyage voulu par le maître du royaume, et qui la menait vers quelle punition définitive, vers quelle geôle ?...

2

Un appel tremblé monta dans la nuit, flotta un peu, puis s'éteignit comme épuisé.

« La hulotte, pensa Angélique. Elle cherche proie... » L'oiseau lança à nouveau son cri de velours, fragile et lointain, qu'étouffait la brume irisée de clair de lune.

Angélique se redressa sur un coude. Près du matelas où elle était étendue, à même le sol, elle voyait luire un dallage de marbre noir et blanc où se miraient des meubles.

Au fond de la pièce une lueur douce, laiteuse, pénétrait par la fenêtre ouverte et s'étalant, se gonflant à travers l'obscurité, apportait dans la chambre toute la magie d'une nuit de printemps. Attirée par cette lueur la jeune femme se leva, réussit à se tenir debout et s'avança d'un pas hésitant d'âme errante vers le rayon argenté. Prise dans sa lumière, en face de la lune puissamment ronde qui venait d'apparaître, elle défaillit et dut s'appuyer au chambranle.

Devant elle, au-dessous du ciel nocturne une falaise d'ombre découpait un moutonnement immobile d'arbres serrés aux dômes touffus, aux branches en candélabres élancés, portant de royales vêtures de feuilles, aux troncs massifs dont les colonnes, soutenant ce temple obscur, apparaissaient à la faveur d'une échappée, d'une clairière fouaillée de lune.

— TOI ! souffla-t-elle.

D'un chêne proche le cri de la hulotte s'éleva de nouveau, soudain net, perçant, et parut porter jusqu'à elle le salut du pays de Nieul.

— Toi, répéta-t-elle, toi ! Ma forêt ! Toi, mon bocage !

Un vent mou passait, imperceptible et d'une incomparable tendresse, dans les lents mouvements de son souffle qui ne se devinaient parfois qu'à une senteur plus vive d'aubépine en fleurs.

Angélique aspira l'air. Ses poumons desséchés retrouvèrent avec ivresse l'humidité salvatrice qui montait jusqu'à elle, en effluves larges, mouillés par l'haleine de toutes les sources et l'encens des sèves nouvelles.

Sa faiblesse la quitta et elle put s'éloigner de son appui, regarder autour d'elle. Dans un cadre de bois doré un jeune dieu de l'Olympe s'ébattait parmi les déesses, au-dessus de l'alcôve. Elle était au Plessis. C'était bien la même pièce où jadis — il y avait très longtemps de cela, elle avait seize ans alors — Angélique, petite sauvageonne curieuse, avait guetté les ébats amoureux du prince de Condé et de la duchesse de Beaufort.

C'était sur ce même carrelage noir et blanc où se reflétaient les beaux meubles, qu'elle s'était trouvée gisante, comme aujourd'hui, douloureuse, affaiblie et vaincue, alors que s'éloignait dans les corridors du château le pas titubant du beau Philippe son second époux, qui venait de célébrer si cruellement sa nuit de noces.

C'était là qu'elle avait abrité les ennuis d'un second veuvage, avant de céder, fascinée, à la tentation de Versailles (1).

(1) Lire dans la même collection les tomes précédents d'Angélique : nº 2488*******, 2489*******, 2490*******.

Angélique se courba à nouveau vers sa couche, s'étendit, trouvant dans la dureté du sol une reposante volupté. Elle eut pour s'envelopper de sa couverture comme d'un burnous ce geste pelotonné d'animal, qu'elle avait ramené du désert. Une sérénité profonde remplaçait l'angoisse qui n'avait cessé de la hanter dans la demi-inconscience de sa maladie.

« Chez moi, pensait-elle délivrée, je suis revenue chez moi... Alors, tout est possible. »

Lorsqu'elle s'éveilla, le soleil avait remplacé la lune, et une voix geignante, celle de la servante Barbe, dévidait ses lamentations coutumières :

— Là, voyez-la donc, la pauvre dame... C'est toujours la même chose ! Si c'est pas malheureux !... Par terre, comme un chien ! J'ai beau la border dans son lit, chaque soir, elle trouve assez de force pour tirer son matelas dès que j'ai le dos tourné et s'y coucher comme une bête malade.

» Si tu savais comme c'est bon la terre pour dormir, Barbe, me dit-elle, si tu savais comme c'est bon !

» Quelle pitié ! Elle qui aimait tant ses aises, qui n'avait jamais assez de couettes pour s'y enfoncer tant elle était frileuse. Ah ! ce que ces gens de Barbarie ont pu en faire en moins d'une année, c'est pas croyable. Vous le direz au Roi, messieurs !... Ma maîtresse si belle, si raffinée ! Vous l'avez vue il n'y a pas si longtemps à Versailles, messieurs, et regardez-la aujourd'hui, si ce n'est pas à tirer des larmes. Je ne pourrais pas croire que c'est elle, si elle n'avait pas toujours la même façon de n'en faire qu'à sa tête malgré tout ce qu'on lui dit ! Mais, des sauvages comme ceux-là, ça ne mérite pas de vivre... Le Roi devrait les châtier, messieurs !....

Autour du grabat d'Angélique venaient se ranger

trois paires de brodequins et une paire de bottes. Elle savait que les brodequins à talons rouges et à boucles de vermeil appartenaient à M. de Breteuil mais les autres lui étaient inconnus.

Elle leva les yeux. La paire de bottes supportait un personnage ventru, sanglé dans une casaque bleue d'officier et que surmontait une face rubiconde, moustachue, et aux cheveux roux.

Les brodequins de castor, à boucles d'argent, austères juste ce qu'il faut et dans lesquels se plantaient de secs mollets noirs, auraient déjà révélé la personnalité d'un dévot de la Cour, si Angélique n'avait reconnu immédiatement en leur propriétaire le marquis de Solignac.

Le quatrième personnage, à talons rouges aussi et boucles de diamant, portait haut sur un grand col de dentelle un peu désuet, un rigide et fin visage de seigneur militaire, dont une mouche de poils gris au menton accentuait la sévérité. Ce fut ce dernier qui, après s'être incliné devant la jeune femme étendue à leurs pieds, prit la parole.

— Madame, je me présente. Je suis le marquis de Marillac, gouverneur du Poitou et chargé par Sa Majesté de vous porter ses ordres et ses décisions à votre égard.

— Pouvez-vous parler plus fort, monsieur, dit Angélique accentuant sa faiblesse, vos paroles ne me parviennent point.

Force fut donc à M. de Marillac de s'agenouiller pour se faire entendre et ses comparses se trouvèrent dans l'obligation de l'imiter. Angélique savoura, derrière ses cils mi-clos, le plaisir de voir ces quatre grotesques, un genou en terre, autour d'elle, et sa jouissance augmenta en constatant que le visage de Breteuil portait encore les traces rouges et enflées qu'y avaient imprimées ses ongles.

Cependant le gouverneur déployait un parchemin après en avoir cassé les cachets de cire, et se grattait sa gorge.

— « A madame du Plessis-Bellière, notre sujette qui, coupable d'une grave rébellion à notre égard a éveillé notre courroux. Nous, roi de France, nous devons d'écrire ces lignes afin de lui signifier nos sentiments qu'elle pourrait prétendre ignorer et de la guider dans l'expression de sa soumission.

« *Madame,*

» *Notre douleur a été grande lorsqu'il y a de ceci quelques mois vous avez répondu par l'ingratitude et la désobéissance aux bienfaits dont nous nous étions plu à vous combler vous-même ainsi que les vôtres. Ayant reçu l'ordre de ne point quitter Paris vous avez passé outre. Et pourtant cet ordre n'était-il pas dicté par le désir de vous préserver — connaissant votre nature impulsive — contre vous-même et les actes inconsidérés que vous auriez pu être tentée d'accomplir ? Vous les avez accomplis, vous vous êtes lancée au-devant des dangers et des désillusions que nous souhaitions vous éviter, et vous en avez été sévèrement punie. L'appel désespéré que vous nous avez fait parvenir par le Supérieur des Pères de la Rédemption, le Révérend Père de Valombreuse, à son retour du Maroc nous avertit de la triste situation dans laquelle vos erreurs vous avaient jetée. Captive des Barbaresques, vous commenciez à prendre la mesure de vos égarements et avec l'inconscience habituelle des personnes de votre sexe vous vous tourniez vers le souverain que vous aviez bafoué pour lui réclamer secours.*

» *Par égard pour le grand nom que vous portez, et l'amitié qui nous a uni au maréchal du Plessis, par pitié pour vous enfin, qui n'en demeuriez pas moins une de nos sujettes bien-aimées, Nous n'avons pas voulu vous laisser porter tout le poids du châtiment en vous abandonnant à ces cruels barbares et nous avons répondu à votre appel.*

» Vous voici aujourd'hui saine et sauve sur le sol de France. Nous nous en réjouissons.

» Il est juste cependant que vous fassiez à notre égard amende honorable.

» Nous aurions pu vous imposer, dans la solitude d'un cloître, quelque temps de réflexion nécessaire. La pensée des souffrances que vous aviez subies nous en a fait écarter l'idée. Nous avons préféré vous envoyer dans vos terres, sachant que le sol natal peut être le meilleur des conseillers. Vous n'y êtes pas en exil. Vous ne devez y demeurer que jusqu'au jour où, de par votre propre décision, vous prendrez le chemin de Versailles pour y faire votre soumission. En attendant ce jour — que nous souhaitons proche — un officier désigné par M. de Marillac, gouverneur de la Province, sera chargé de vous tenir en surveillance...

M. de Marillac s'interrompit, leva les yeux et désignant le gros militaire :

— Je vous présente, madame, le capitaine Montadour, auquel j'ai cru devoir remettre l'honneur de votre garde.

Le capitaine était précisément en train d'essayer de passer d'un genou à l'autre, endolori par une posture dont sa bedonnante personne n'avait pas l'habitude. Il faillit tomber, se rattrapa de justesse et assura d'une voix de stentor qu'il était au service de la marquise du Plessis.

Il en fut pour ses frais. Angélique, toujours pelotonnée sous sa couverture, gardait les paupières closes et paraissait dormir.

M. de Marillac, héroïquement, poursuivit sa lecture :

— ... *Nous exposerons ici en quels termes la soumission de Mme du Plessis-Bellière doit être accomplie. La turbulence des membres de sa famille, dont l'un est allé récemment jusqu'au crime de lèse-*

majesté, est trop connue pour que cette soumission ne revête pas un éclat propre à faire réfléchir les esprits que de déplorables exemples pourraient entraîner sur la pente de la rébellion.

» Mme du Plessis nous ayant offensé publiquement la réparation doit être publique.

» Elle se rendra à Versailles dans un carrosse aux houssines noires. Ce carrosse demeurera au-dehors des grilles et n'aura pas le droit de pénétrer dans la cour d'honneur.

» Mme du Plessis sera vêtue de couleurs sombres et modestement.

» En présence de toute la Cour elle devra se rendre au-devant du Roi, s'agenouiller devant lui, baiser sa main et renouveler son serment de femme-lige et de vassale.

» De plus, il lui sera demandé de faire don à la Couronne d'un de ses fiefs de Touraine. Les parchemins et contrats de cette cession devront être remis à Notre grand chambellan au cours de cette cérémonie, en signe d'hommage et d'amende honorable.

» Désormais Mme du Plessis-Bellière devra s'appliquer à servir son prince avec une fidélité que nous voulons sans ombres. Elle demeurera à Versailles, acceptera les titres et les honneurs que nous jugerons bon de lui accorder, ce qui sera plus pénible à son orgueil, nous le savons, que de ne recevoir nulle charge, elle remplira ces charges scrupuleusement, et, en bref, devra s'appliquer à servir le roi avec dévouement que ce soit dans son Royaume, à sa Cour...

— ... ou dans son lit, acheva Angélique.

M. de Marillac tressaillit. Depuis quelques instants il était persuadé de l'inanité de tels discours, adressés à une malheureuse qui gisait dans la demi-torpeur d'une maladie sans espoir.

L'interruption d'Angélique et le regard moqueur

qui filtrait entre ses paupières lui prouvaient qu'elle avait fort bien écouté et qu'elle n'était pas aussi abattue qu'elle voulait le paraître. Les joues parcheminées du gouverneur rosirent, et il dit sèchement :

— Ceci n'est pas inscrit dans la missive de Sa Majesté.

— Oui, mais c'est sous-entendu, repartit doucement Angélique.

M. de Marillac se gratta la gorge et bredouilla un peu avant de retrouver le fil de sa lecture.

— *... à sa Cour ou en quelque lieu où il plaira à Sa Majesté de l'envoyer pour son service.*

— Monsieur, ne pourriez-vous pas terminer, je suis lasse.

— Nous aussi, dit le gentilhomme, outré. Ne voyez-vous donc pas, madame, dans quelle position vous nous contraignez à vous donner lecture...

— Monsieur, je suis mourante.

Une expression méchante et doucereuse apparut sur le visage du grand seigneur.

— Je vous conseillerai de ne pas l'être trop longtemps, madame, car ne croyez pas que l'indulgence de Sa Majesté à votre égard sera éternelle. Et c'est là, en effet, l'avertissement sur lequel Elle termine sa missive. Sachez donc, madame, que le Roi dans sa bonté vous accorde plusieurs mois de réflexion avant de vous considérer à jamais comme une irréductible rebelle. Mais passé ce délai, il sera inflexible. Nous sommes en mai, madame, le Roi vous sait malade, meurtrie. Il est décidé à prendre patience, mais si dès les premiers jours d'octobre vous n'avez pas accompli auprès de lui la démarche qui vous est imposée pour obtenir votre pardon, il considérera votre abstention comme une déclaration de rébellion.

— Que se passera-t-il alors ?

M. de Marillac déplia à nouveau la lettre du souverain.

— *Mme du Plessis sera alors arrêtée, conduite dans une forteresse ou un couvent de notre choix. Les scellés seront posés sur ses demeures, ses châteaux, ses hôtels et ses terres vendus. Seul demeurera en fief et en possession d'héritage le château du Plessis et le domaine immédiat environnant, pour être remis à Charles-Henri du Plessis, fils du maréchal et notre filleul, dont nous assurerons désormais la tutelle.*

— Et mon fils Florimond ? demanda Angélique, qui avait pâli.

— Il n'est pas mentionné ici.

Il y eut un silence, pendant lequel Angélique sentit peser sur elle les regards satisfaits de ces hommes qu'elle connaissait à peine, auxquels elle n'avait rien fait et qui pourtant se réjouissaient visiblement de sa défaite, tant est naturel à l'humain déchu le désir de voir abattre la beauté, et humilier ce qui ne veut pas ramper.

De longtemps Mme du Plessis ne redresserait plus sa fière petite tête, n'érigerait plus la barrière de ses yeux d'émeraude entre le Roi et l'influence qu'en vain d'autres esprits essayaient de prendre sur lui. Elle ne reparaîtrait à Versailles que pour y subir une épreuve si douloureuse qui materait à jamais sa superbe. Alors elle perdrait sa force indomptable, elle serait pareille aux autres, elle pourrait devenir un instrument docile entre des mains faites pour guider les âmes et leurs destinées. N'avait-on pas agi habilement en recommandant au roi l'intransigeance !

M. de Solignac rompit le premier le silence de sa voix onctueuse et basse. Lui ne souffrait pas de cette longue station à genoux, car il était coutumier d'interminables oraisons dans le secret de son oratoire où il demandait à Dieu la force de poursuivre l'œuvre épuisante et secrète d'imposer sa loi divine à un monde corrompu. Il dit que le moment lui semblait choisi pour que Mme du Plessis-Bellière méditât ses erreurs passées et mît à profit le temps que l'indulgence du Roi lui laissait pour rassembler les preuves d'un éclatant repentir. Le Roi ne lui pardonnerait-il pas à jamais si elle lui apportait en gage la conversion de sa province : le Poitou ?

— Vous n'ignorez pas, madame, que la religion prétendue réformée vit ses derniers jours. Ses adeptes se convertissent en masse et retournent dans le sein de l'Eglise-mère, catholique et apostolique. Quelques entêtés persévèrent, particulièrement en cette région retirée et sauvage dont vous êtes originaire et où vous possédez vos domaines. Le capitaine Montadour, qui est un de nos plus zélés convertisseurs, envoyé depuis plusieurs mois ici, a le plus grand mal à persuader les huguenots de vos campagnes de lâcher leurs infâmes croyances. Nous avons pensé à vous, madame, pour l'aider en cette œuvre sainte. Vous connaissez les paysans de la région, leur langage. Vous êtes leur suzeraine. Vous avez plus d'une ressource pour contraindre vos serfs huguenots à abandonner les hérésies coupables. Voyez, madame, quelle noble tâche vous attend et songez combien ce Roi que vous avez offensé vous saurait gré d'avoir aidé à l'œuvre d'unification de son royaume entreprise par lui pour la plus grande gloire de Dieu...

Ce que la lecture de M. de Marillac n'avait obtenu, le discours de M. de Solignac le réalisa. Angélique fut projetée hors de sa torpeur feinte et, brusquement assise, elle les fixa, les yeux grands ouverts et brûlants dans son visage émacié.

— Cette clause d'apporter la conversion de ma province est-elle incluse dans les conditions exigées par Sa Majesté ?

Un sourire sarcastique découvrit les dents jaunies de M. de Marillac.

— Non, madame, riposta-t-il mais c'est sous-entendu.

D'un même mouvement MM. de Marillac, Solignac et Breteuil se penchèrent vers elle. Montadour aurait bien voulu en faire autant mais il en était empêché par son ventre. Cependant il s'inclina autant qu'il put. Une autre préoccupation que de convertir Angélique à une sainte mission le congestionnait. C'est qu'il la découvrait diablement belle cette espèce de demi-morte qui était arrivée au château, quelques jours auparavant, déjà presque cousue dans son linceul !

Ces quatre visages rapprochés rappelaient à Angélique des cauchemars qu'elle avait eus parfois en Méditerranée, lorsque son esprit libéré par le sommeil la ramenait vers les souvenirs encore proches de la Cour de France et lui restituait l'oppressante atmosphère de Versailles, faite de complots et de menaces où se confondaient curieusement la peur des empoisonneurs, officiant leurs messes noires dans des appartements secrets, et les intrigues aux relents d'encens et d'eau bénite des propagateurs fanatiques. Tout cela qu'elle avait fui et rejeté à jamais, se concrétisait à nouveau, reprenait force et elle en ressentait la virulence, l'emprise rampante et tenace.

— Madame, murmura Marillac, donnez-nous des preuves de votre zèle et nous vous épargnerons le pire. Nous saurons éveiller la clémence du Roi à votre égard. Nous pouvons lui suggérer d'atténuer, par exemple, les rigueurs de la pénitence qu'il veut vous infliger. Nous arriverons peut-être à vous éviter le carrosse hors des grilles... la robe noire... les paroles de vassalité...

Il n'était pas inhabile. Il savait que pour une femme comme Angélique le pire se trouvait en effet beaucoup plus dans ces détails humiliants que dans la donation d'un de ses fiefs à la Couronne. Ils attendaient ses promesses et ses engagements, préparant déjà leurs consignes.

Mais elle se recula, altière.

— En avez-vous terminé, messieurs ?

Le gouverneur pinça les lèvres.

— Non, nous n'avons pas terminé, madame. J'ai encore à vous remettre de la part de Sa Majesté un message personnel. Le voici.

Le sceau rouge brisé, Angélique reconnut l'écriture royale.

« *Bagatelle, mon insupportable enfant, mon inoubliable...* »

Les lettres dansèrent devant ses yeux ; elle laissa retomber sa main, ne voulant pas lire plus avant.

Maintenant les envoyés du Roi se levaient et se retiraient. M. de Marillac jetait un coup d'œil sur la forme étendue, puis haussait les épaules. Il laisserait entendre au Roi que cette femme avait l'esprit dérangé. Se coucher ainsi sur le plancher, lorsqu'on a été la reine de Versailles ! C'était déplorable. Il avait eu tort d'écouter Solignac et de se mêler de cette démarche. Rien d'intéressant à en retirer ni pour le Roi, ni pour lui, ni pour la Compagnie du Saint-Sacrement. De toute évidence elle allait mourir.

— Messieurs !

Angélique les rappelait ; ils s'immobilisèrent devant la porte. Lorsqu'elle se redressait ainsi sa chevelure en désordre lui faisait une sorte d'auréole pâle qui accentuait l'éclat un peu hagard de ses prunelles.

— Messieurs, vous direz au Roi qu'il n'a pas le droit d'être bon envers moi.

— Que signifie, madame ? interrogea Marillac, surpris. Vous jugez-vous indigne de la bonté de Sa Majesté ?

— Non. Je veux dire que la bonté n'est pas de mise entre nous. Son amour m'insulte. Car nous sommes des ennemis, n'est-ce pas ? Entre nous il ne peut y avoir que la guerre !...

Le gouverneur devint terreux. Un vertige le saisit à l'idée qu'il lui faudrait répéter au Roi de telles paroles.

Les trois gentilshommes sortirent soucieux.

— Folle, folle femme que vous êtes ! s'écria Barbe en se précipitant au chevet de sa maîtresse. Mais quelle folie vous possède de tout détruire, malheureuse ! Leur avoir jeté cela à la tête, à ces grands seigneurs que le Roi vous envoyait pour tout arranger. Ah ! vous avez une belle façon d'acheter votre pardon !

— Barbe, tu écoutais donc aux portes ?

Barbe lancée continuait, possédée d'une sainte colère :

— Cela ne vous suffit donc pas d'être comme une épave, une malheureuse sans force... Vous avez sauvé votre vie par un miracle et maintenant que vous l'avez, vous allez continuer à en jouer comme d'une frivolité !

— Barbe, tu as pris des façons autoritaires en mon absence qui ne me conviennent guère.

— Fallait bien que je me défende avec notre petit Charles-Henri ! Vous nous avez plantés là, madame, avec toute la maréchaussée qui ne cessait de venir, ces policiers du diable qui nous interrogeaient, fouillaient les papiers, ouvraient les meubles. Après on nous a laissés tranquilles. Il n'y avait plus qu'à attendre. Croyez-vous que c'est drôle d'attendre ainsi en disant des chapelets, pour vous voir revenir un beau jour plus maigre, griffée et plus sauvage qu'une chatte vagabonde ? Et maintenant les soldats sont dans le parc, le gros capitaine fait la loi sous votre toit, dévore les réserves, lutine vos servantes. L'a bien fallu que j'apprenne à crier et à me défendre, non ?...

La véhémence de sa fidèle compagne ébranla Angélique.

— Que voudrais-tu donc que je fasse ? murmura-t-elle d'une voix faible.

— Allez au Roi, chuchota Barbe, reprenant espoir. Alors tout sera comme avant. Vous redeviendrez la personne la plus puissante du royaume, votre maison et vos fils seront partout honorés. Allez au Roi, madame. Retournez à Versailles.

Penchée, elle guettait sur le visage d'Angélique des signes de défaite. Mais sous les paupières meurtries l'éclat des yeux verts revint, implacable.

— Tu ne sais pas ce dont tu parles, Barbe. Aller au Roi ! Pour toi, naïve, il ne peut rien y avoir de mieux que de vivre à la Cour. Mais moi, je sais. Est-ce que je n'y ai pas vécu ? Vivre à la Cour ? Quelle dérision ! Y périr, oui. D'ennui, de dégoût et finalement par le poison d'une rivale. Vivre à la Cour ! Autant essayer de danser le tricotet sur des sables mouvants. Je ne pourrai jamais me retrouver parmi eux.

— Le Roi vous aime ! Vous avez tout pouvoir sur lui.

— Il ne m'aime pas. Il me veut. Je ne serai jamais au Roi. Cela ne se peut pas. Ecoute, Barbe, il y a une chose que tu ne sais pas. Le roi de France est tout-puissant, mais moi je me suis évadée du harem de Moulay Ismaël... Tu ne peux imaginer ce que cela signifie. Aucune femme n'avait jamais réalisé cela. C'était une chose impossible, impensable !... Alors pourquoi ne pourrais-je tenir en échec le roi de France ?

— C'est là votre dessein ?

— Oui... je crois... Je crois qu'il ne me reste rien d'autre à faire.

— Ah ! folle, folle femme ! Que Dieu nous protège, sanglota Barbe en s'enfuyant, le visage dans les mains.

3

Le capitaine Montadour mangeait dans la grande salle à manger du château. Angélique sur le seuil l'observa. Il ne mangeait pas, il dévorait. Les yeux fixes dans son visage sanguin qu'avivait encore sa moustache rousse, il se consacrait entièrement à la tâche d'absorber un plat entier d'ortolans posé devant lui au milieu d'un nombre respectable de marmites. D'une main capable il saisissait l'ortolan, le promenait longuement dans la saucière puis l'engouffrait d'une seule bouchée. Il craquait les os, les suçait bruyamment, et s'essuyait les mains sur sa serviette étalée en plastron, un coin passé dans la boutonnière dégrafée.

— On l'appelle Gargantua, chuchota la petite servante qui derrière Angélique surveillait aussi le spectacle.

Le militaire donnait des ordres aux valets comme s'il se fût agi des gens de sa propre maison. L'un d'eux ne s'étant pas assez hâté il le traita de croquant et lui bascula le plat dans les jambes.

Angélique se retira sans bruit.

Que le Roi lui eût imposé sous son toit un pareil pourceau dépassait l'entendement. Le Roi sans doute ignorait le choix qu'avait fait, après mûre réflexion, M. de Marillac. Il n'en était pas moins responsable de l'humiliation qu'elle subissait. Le Roi avait abandonné à ces créatures le soin d'amener la marquise du Plessis à composition.

A mesure qu'elle s'était acheminée vers la guérison, Angélique avait pris conscience de ce double piège : être à la fois à la merci du Roi, et de ceux qui en secret essayaient de diriger le royaume. Tant qu'elle s'était trouvée dans le refuge de sa chambre, sa situation ne lui était pas apparue nettement. Elle en était encore à se traîner vers la fenêtre pour y puiser de nouvelles forces en regardant la forêt toute proche. Cette exubérance de feuillages, de fraîcheur, d'ombre, la remplissait chaque fois d'une reconnaissante exaltation. Elle se disait qu'elle était tout de même vivante, que ses os ne blanchissaient pas sur quelque piste du désert et qu'un incroyable miracle lui avait permis de revoir son pays. Il lui était arrivé tant de fois de rêver aux ombrages de la forêt de Nieul lorsqu'elle peinait, les lèvres desséchées et les pieds en sang, sur les traces de Colin Paturel, que tout lui paraissait désormais simple et facile puisqu'elle les avait retrouvés.

Peu à peu elle avait cédé aux instances de Barbe, accepté de se nourrir, de coucher dans un lit. Un jour, elle s'était habillée. Barbe lui avait retrouvé dans un coffre une de ses anciennes robes car celles plus récentes étaient toutes devenues trop larges.

C'est en parcourant sa demeure qu'Angélique avait découvert l'autre face de son retour. Des sentinelles gardaient les portes. Il y en avait dans les communs. D'autres bivouaquaient près des grilles.

On entendait tonitruer Montadour. Angélique, s'avançant du pas hésitant des convalescents, n'était pas très sûre tout à coup de ne pas retomber dans un autre mauvais rêve. Les visages connus de ses serviteurs lui apparaissaient comme venus d'un monde ancien, aboli, ramenant vers elle les lambeaux d'une réalité difficilement concevable.

Dans son petit salon ils étaient venus la saluer tour à tour et lui dire leur satisfaction de la voir revenue à la santé : Lin Poiroux, le cuisinier et sa femme, des Tourangeaux aux faces réjouies qui servaient au Plessis depuis quinze ans tout en se désolant de vivre parmi ces sauvages poitevins, l'ancien valet de Philippe, La Violette (tiens, elle croyait l'avoir mis à la porte celui-là), le maître du chenil, Joseph, celui des équipages, Janicou, le cocher, Hadrien, Malbrant-coup-d'épée, son écuyer aux cheveux blancs, qui semblait s'être fort bien adapté à la vie des champs. Il fumait sa pipe, allait tapoter les chevaux, et pour justifier sa présence apprenait les rudiments de l'escrime et l'équitation au jeune Charles-Henri.

— Mais l'enfant n'était pas doué comme son aîné, disait-il. Ah ! pourquoi Florimond était-il enfermé au collège alors que de bonnes épées se rouillaient ici à ne rien faire. Malbrant seul, l'homme de main, l'ex-mousquetaire qui en avait tant vu, paraissait à l'aise. Chez tous les autres il y avait quelque chose d'inquiet, un vague reproche. Durant son absence, ils s'étaient sentis cruellement abandonnés. Ils se plaignirent. Les soldats les tourmentaient, se moquaient d'eux, les traitaient comme en pays conquis. Toute la domesticité ressentait profondément la honte infligée à un fief seigneurial de loger la troupe au même titre que manants ou bourgeois. Angélique les écouta sans mot dire, ses yeux verts les observant, et un léger sourire étira ses lèvres encore pâles.

— Pourquoi ne vous défendez-vous pas, Poitevins que vous êtes ? N'avez-vous point vos couteaux, vos haches, vos fouets, vos gourdins de bon bois, et toi, Lin Poiroux, tes broches ?

La valetaille se regarda médusée. Les dents de Malbrant-coup-d'épée se découvrirent dans un rictus joyeux. Janicou, l'homme des chevaux, balbutia :

— Pour sûr, Madame la marquise, seulement, nous n'osions point... Ce sont des soldats du roi...

— Dans la nuit, tous les chats sont gris, dit un

proverbe. Un soldat du roi peut s'y faire rosser aussi bien qu'un croquant.

En silence, ils hochèrent la tête tandis que se plissaient leurs yeux rusés. Ces valets, proches encore de leurs origines paysannes, comprenaient un tel langage.

— Oui-da, Madame la marquise, grommela Janicou, si vous êtes d'accord, nous, on l'est aussi.

Ils se jetaient des regards entendus.

Ils avaient eu raison de lui faire confiance, à leur dame. Elle ne se laisserait pas abattre si facilement. Ils ne donnaient pas longtemps au gros militaire pour déguerpir. Désormais la vie allait devenir dure dans les campagnes pour les soldats du roi.

Comme les enfants ou les gens simples, habitués à suivre la fortune d'un seul maître, le retour de la marquise du Plessis leur parut marquer la fin d'une ère inquiétante où leur sort était menacé.

Pour Angélique, tout n'était pas si simple. Sous une apparence sereine, elle essayait de faire le point avant d'agir. Et plus elle prenait conscience de la situation, moins elle voyait quelle action entreprendre.

Réfugiée dans un des salons du bas qu'elle affectionnait, elle laissait le passé jeter un pont bancal et incertain sur le présent.

Ce salon était celui où jadis, à seize ans, elle avait affronté le prince de Condé courroucé.

C'était alors que le grand seigneur venait en Poitou pour lever des troupes contre Mazarin et la reine-mère et comploter d'empoisonner le petit roi et son frère(1).

Elle le voyait élevant dans la lumière l'ampoule verte que lui avait remise le moine Exili et supputant les chances que donnerait à son ambition la disparition du jeune Louis XIV.

(1) Lire dans la même collection *Angélique, marquise des Anges*, nº 2488*******.

Jeux de princes ! Aujourd'hui Condé traînait sa goutte au piquet de la Reine, chaque soir, sous les lambris de Versailles. Le petit roi avait été le plus fort.

Mais l'odeur âcre des complots et de la rébellion ne rôdait-elle pas encore en ce château blanc, miré dans son étang à la lisière de la forêt, au fond d'une lointaine province ?

Angélique regardait par la fenêtre. Elle apercevait un coin du parc, mal entretenu. La somptuosité des marronniers, portant les flammes roses et hautes de leurs fleurs, ne pouvait faire oublier le désordre des pelouses où les hommes de Montadour avaient mené paître leurs chevaux. Sur la droite brillait l'étang ; deux cygnes se hâtaient vers les rives. Ils venaient sans doute d'apercevoir Charles-Henri se promenant avec Barbe et se préparant à leur donner du pain.

Angélique se dit que dans cette atmosphère de mauvais songe la beauté du petit Charles-Henri ne semblait pas tout à fait vraie.

Barbe le lui amena. Il avait maintenant près de cinq ans. La dévouée gouvernante l'habillait toujours de soie et de satin comme s'il eût dû être présenté à la Cour dans l'heure suivante. Il ne salissait jamais ses vêtements. Il se tenait devant Angélique sans un mot et c'est en vain qu'elle essaya, lui parlant doucement, d'en obtenir quelques paroles.

— ... L'est pourtant déluré quand il veut, dit Barbe ennuyée du mutisme de son pupille. Faut l'entendre quand je le mets au lit le soir et quand je lui passe le médaillon sur lequel il y a votre portrait. Il lui parle, et en dit des choses. Mais peut-être qu'il ne vous reconnaît pas parce que vous êtes devenue si différente du portrait.

— Est-ce que tu me trouves très changée ? demanda Angélique, inquiète malgré elle.

— Vous êtes encore plus belle qu'avant, fit Barbe

avec une sorte de rancune. A la réflexion ça ne paraît pas normal car si l'on y regarde de plus près il n'y a pas de raison. Vos cheveux sont dans un triste état ! Et votre peau, c'est une pitié ! Mais voilà : il y a des moments où vous paraissez vingt ans, on ne sait pas pourquoi. Et puis, à d'autres ce sont vos yeux qui impressionnent. On dirait que vous revenez de l'autre monde.

— Il y a un peu de cela.

— Plus belle ? Je ne sais pas, répéta la servante hochant son bonnet blanc, mais ce que je sais... ce que je sens c'est que vous êtes plus dangereuse encore pour les hommes qu'avant.

— Laisse donc les hommes tranquilles, fit Angélique en haussant les épaules.

Elle regarda ses mains.

— Mes ongles cassent encore, dit-elle, je ne sais comment les soigner pour leur rendre force.

Elle soupira et caressa les boucles de soie blonde de l'enfant. Avec ses yeux bleus immenses, ses cils touffus, son teint blanc et rose, ses joues fermes et rebondies, il eût tenté les peintres flamands. Sa beauté lui serrait le cœur. Elle ne pouvait s'empêcher en le regardant d'évoquer Philippe, son second mari et de se rappeler l'affreux malentendu du destin qui lui avait envoyé le messager de Joffrey de Peyrac alors qu'elle venait de se remarier.

A l'époque, elle s'était démenée comme une endiablée pour se faire épouser par le glacial Philippe et elle avait creusé ainsi de ses propres mains le fossé qui l'avait séparée à jamais de son premier amour. « Ah ! pourquoi veux-tu toujours forcer le destin ? », disait Osman Ferradji.

Elle soupira, détournant les yeux et s'abîma dans une profonde rêverie. L'enfant, après quelques instants, se retira à petits pas. Au moins pour lui elle n'aurait pas à trembler. Charles-Henri du Plessis, fils du maréchal, filleul du Roi, ne serait pas dépouillé de son héritage par les fautes de sa mère, mais l'aîné ce fier Florimond qui était né héritier légitime des fastueux comtes de Toulouse, de plus haut lignage et de plus grande richesse que tous les Plessis réunis, son destin n'était-il pas aussi menacé et obscur que celui d'un bâtard ?

Dès son arrivée ici elle avait voulu le joindre et fort péniblement, la voix hachée d'épuisement avait dicté une lettre à Maître Molines pour son frère le Révérend Père de Sancé. Elle ignorait que cette missive avait été l'objet de la suspicion du capitaine Montadour. Comme la culture de celui-ci était assez rudimentaire, il s'en était fait lire le contenu par l'Intendant, puis, ayant pesé ses responsabilités, l'avait tout d'abord expédiée à M. de Marillac. La lettre était tout de même parvenue à destination puisque, aujourd'hui, Angélique recevait la réponse du Jésuite.

Elle y apprenait que le Révérend Père de Sancé avait ordre du Roi de garder le jeune Florimond de Morens en son collège jusqu'à ce que Sa Majesté elle-même jugeât bon de le rendre à sa mère. Le Révérend Père de Sancé approuvait les vues du souverain soucieux de préserver le plus petit de ses sujets. Florimond n'avait rien à gagner en effet à se retrouver sous l'influence d'une femme dont la conduite s'était révélée aussi ingrate qu'inconsidérée. Qu'elle fît preuve de repentir et rentrât dans les grâces du Roi et elle pourrait revoir son fils, pour qui elle aurait cessé d'être un déplorable exemple de rébellion et d'étourderie. Encore que la place d'un garçon de douze ans fût de préférence au collège plutôt que dans le sillage d'une mère qui s'était toujours montrée étrangement instable et versatile. Il entrait dans l'adolescence. Son oncle reconnaissait qu'il était assez doué pour l'étude, mais paresseux, difficile à pénétrer malgré des dehors ouverts et pour tout dire, décevant. Avec de la persévérance on pourrait peut-être en faire un bon officier.

Raymond de Sancé concluait par des paroles sibyllines qui trahissaient son amertume. Il était las, disait-il, de porter sur ses épaules le poids des erreurs de ses frères et sœurs, et d'être aussi le seul à sauver le nom de Sancé de Monteloup de la disgrâce royale. Bientôt, il ne pourrait faire autrement que d'en supporter à son tour le poids, bien qu'il fût et voulût rester un des fidèles sujets du Roi. Mais comment ne pas s'attirer le mécontentement de Sa Majesté lorsque à longueur d'année il lui fallait intercéder pour des coupables dont la persévérance dans l'erreur n'avait d'égale que leur incroyable légèreté. De dures leçons n'avaient-elles pas suffi pour dompter Angélique ? Lui-même avait-il jamais cessé de la mettre en garde ainsi que Gontran, Denis, Albert ?... Qu'importaient, hélas ! les remontrances, les avertissements ?... Leur sang sauvage et indiscipliné parlait toujours plus haut.

Un jour il renoncerait à prendre fait et cause pour eux...

Cette réponse révolta Angélique plus que tout. Ainsi on lui refusait Florimond et c'était indigne. Florimond, l'orphelin, n'appartenait qu'à elle. A elle seule. Il était pour elle un ami, un compagnon.

La seule et vivante preuve de son amour perdu. Florimond et Cantor, ses deux premiers fils, lui étaient devenus très proches depuis son voyage en Méditerranée.

Il lui semblait qu'elle avait regagné l'amour de Cantor en le suivant dans sa folle recherche, en partageant le rêve secret du petit page. Ils étaient devenus un peu complices elle et lui, l'enfant mort et sa mère pris au même piège, et depuis elle le sentait moins absent, moins « disparu ».

Mais elle avait besoin de Florimond, l'aîné, sur les traits duquel elle commençait à voir revivre cet autre visage que le passé estompait.

Elle relut la lettre avec une fureur impuissante. Puis les protestations de son frère l'arrêtèrent. Pourquoi donc en voulait-il aujourd'hui à toute la famille, au lieu de ne la rendre responsable qu'elle seule, Angélique, de leurs ennuis, comme d'habitude ? Dans leur enfance c'était toujours la faute d'Angélique si lcs catastrophes arrivaient. Mais cette fois, il parlait au pluriel.

Elle réfléchit. Une phrase de M. de Marillac lui revint en mémoire : « L'indiscipline d'une famille dont plusieurs membres m'ont gravement offensé », ou quelque chose de ce genre. Elle ne se souvenait plus exactement des termes car sur le moment elle n'y avait pris garde. Seulement en rapprochant cette phrase de ce que lui disait Raymond elle commença à se demander s'il n'y avait pas là allusion à un événement qu'elle ignorait. Elle était plongée dans ces réflexions lorsqu'un valet vint lui dire que le baron de Sancé de Monteloup désirait la voir.

4

Le père d'Angélique, le baron de Sancé, était mort l'année passée, au cours de l'hiver qui avait précédé son départ pour Marseille. Aussi, à l'annonce d'un tel visiteur, se dressa-t-elle sur son canapé, n'en croyant pas ses oreilles. L'homme qui franchissait les marches du perron, avec son habit brun et ses gros souliers boueux, avait la même allure que son père. Elle le regarda venir à travers la galerie, reconnut ce visage taciturne et boudeur des garçons de Sancé. Un de ses frères ? Gontran ?... Non, Denis.

— C'est toi, Denis ?

— Bonjour, fit-il.

Elle l'avait laissé militaire, et assez bien placé, dans une garnison aux environs de Paris. Tout à coup elle le retrouvait en hobereau de province avec déjà la démarche lourde et la mine soucieuse du baron Armand. Il tournait un pli entre ses doigts d'un air embarrassé.

— Voici. J'ai reçu un ordre de M. de Marillac, le gouverneur de la province, qui me priait de te rendre visite. Alors je suis venu.

— Décidément on n'agit plus que par ordre dans cette famille. C'est charmant !

— Dame, la situation est plutôt difficile.

— Que se passe-t-il donc ?

— Tu le demandes, toi qui as eu toute la police du royaume à tes trousses et qu'on a ramenée sous escorte ainsi qu'une criminelle ! Tout le pays en parle !

— C'est entendu. Mais que se passe-t-il d'*autre ?*

Denis s'assit d'un air accablé.

— Oui, c'est vrai, tu ne sais pas et je vais te le dire puisque c'est pour cela que M. de Marillac m'a envoyé vers toi, afin que « cela t'amène à faire de saines réflexions ». Ce sont ses termes. Voilà.

— Mais quoi donc ?

— Ne t'impatiente pas. Tu sauras toujours assez tôt. C'est assez horrible. La honte accable notre famille. Ah ! Angélique, pourquoi es-tu partie ?

— On n'a tout de même pas osé s'attaquer à ma famille parce qu'il m'avait plu de partir en voyage sans demander l'autorisation du Roi ?

— Non. Ce n'est pas directement à cause de cela. Mais si tu avais été là !... L'affaire a eu lieu quelques mois après ton départ. On ne savait pas très bien pourquoi tu étais partie, mais le Roi était d'une humeur redoutable. Moi je ne prenais pas cela trop au tragique. Je me disais : « Angélique s'en est tirée de bien d'autres. Si elle a commis une sottise, elle est assez belle pour savoir la réparer. » Ce qui m'ennuyait le plus, je te l'avoue, c'est que je ne savais pas où te trouver pour t'emprunter de l'argent. Justement, je m'étais mis dans la tête d'acheter une charge vacante au régiment des gardes de Versailles. Je comptais sur toi pour m'aider de ton influence et... de tes deniers. Comme l'affaire était déjà très avancée, je suis allé trouver Albert car je savais qu'il avait fait son chemin à la Cour de Monsieur. J'ai été bien inspiré. J'ai trouvé mon Albert cousu d'or. Il m'a dit que Monsieur était fou de lui et le comblait de bienfaits : donations, charges, et même il venait de se faire octroyer les bénéfices de notre grande abbaye de Nieul. Une idée qu'il avait en tête, cet ambitieux, depuis longtemps. Avec cela il se sentait à l'abri de la pauvreté jusqu'à la fin de ses jours, le madré ! Il pouvait bien m'allonger quelques centaines de livres, à moi pauvre militaire qui n'avais ni la tête ni les talents de plaire aux hommes. Il ne s'est pas trop fait prier et j'ai pu acheter ma charge. J'ai pris mon cantonnement à Versailles. Pour nous autres officiers, c'était plus brillant qu'à Melun, plus sévère aussi. On devait être sans cesse en parade pour complaire au Roi. Mais il y avait quand même les fêtes, la Cour, le jeu. Il y avait aussi d'autres choses moins plaisantes auxquelles nous étions trop souvent mêlés à mon gré : mater l'agitation des maçons et des artisans... On faisait de grands travaux à Versailles, te souviens-tu ?

— Je me souviens.

La voix monocorde du jeune homme recréait un décor oublié : la clarté des pierres aux blocs amoncelés, crissant sous les scies géantes, l'enchevêtrement des échafaudages dressés autour des deux ailes du château qu'il fallait étendre, ce bruit de chantier bourdonnant qui ne s'arrêtait jamais et rejoignait au fond du parc les galants promeneurs : cris, chocs des marteaux, grincements des tombereaux, raclements des pelles... Une véritable armée fourmillante d'ouvriers.

— On avait eu le tort d'en recruter beaucoup de force, comme pour l'armée. On les parquait sur place. On ne les laissait pas voir leurs familles, de peur qu'ils ne reviennent pas si on les lâchait. Alors beaucoup étaient mécontents. Cela s'est aggravé lorsque à l'été le Roi a entrepris de faire creuser une pièce d'eau vers la forêt, juste en face du grand escalier qui domine l'Orangerie. La chaleur était affreuse... Les moustiques des marais se sont mis de la partie, les fièvres. Les hommes crevaient comme des mouches... On nous a requis pour les enterrer. Et puis un jour...

Denis décrivait la convulsion soudaine qui avait saisi les esclaves. Des contremaîtres jetés du haut des échafaudages. Des hordes en souquenilles, poinçon, marteau au poing, envahissant les parterres, les Suisses assassinés sauvagement. Par bonheur un régiment défilait sur la place d'Armes. Immédiatement on avait fait ranger les soldats en ordre de bataille et ils étaient montés vers le château. La réduction de l'émeute avait pris deux heures. Deux heures dans l'éclatement des mousquets, la chaleur, les cris de haine et d'agonie. Les misérables, repoussés, barricadés à nouveau dans leurs échafaudages basculaient des blocs de pierre et les précipitaient d'une hauteur de quatre étages et des soldats mouraient, écrasés comme des punaises. Mais les mousquets visaient juste. Bientôt des corps jonchèrent le sable blanc.

Aux balcons donnant sur le midi, Mme de Montespan et ses dames regardaient, pâmées.

Enfin, les travailleurs se rendirent. Le lendemain à l'aube, les meneurs furent conduits à la lisière des bois, juste en face du château près de la pièce d'eau commencée, pour y être pendus. C'est alors, au moment où on lui passait la corde au cou que Denis le reconnut : Gontran ! Gontran, leur frère ! Le front ensanglanté, l'œil farouche, ses pauvres vêtements déchirés, tachés de peinture, ses mains calleuses, corrodées par les acides, Gontran de Sancé de Monteloup, leur frère l'artisan !

Le jeune officier avait hurlé : « Pas lui ! » Il s'était jeté devant l'aîné, le couvrant de son corps. On ne pouvait commettre ce sacrilège : pendre un Sancé de Monteloup !

Les hommes le croyaient devenu fou. Sur les lèvres de Gontran il y avait un bizarre sourire, moqueur et las.

On était allé chercher le colonel. Avec beaucoup de difficulté Denis, haletant, avait essayé de lui expliquer que ce rebelle, aux poings liés au dos, était de son nom et de sa race, son propre frère, né du même père et de la même mère, frère aussi de la marquise du Plessis-Bellière. Le nom célèbre, joint à la ressemblance évidente des deux frères, et peut-être aussi le maintien arrogant, hautain du condamné — un maintien de noble — étaient parvenus à convaincre le colonel et à le décider à surseoir à l'exécution. Cependant on ne pouvait pas trop longtemps contrevenir aux ordres qui étaient qu'avant le coucher du soleil tous les mutins devaient avoir payé leur geste insensé. Denis avait jusqu'au soir pour obtenir la grâce du Roi.

Lui, obscur officier, aller jusqu'au Roi ! Il ne connaissait personne.

— Si tu avais été là, Angélique ! Deux mois auparavant tu étais à la Cour, le Roi ne voyait que par toi, tu n'aurais eu qu'un mot à dire. Pourquoi, mais pourquoi avais-tu disparu, en pleine ascension, en pleine gloire ! Ah ! si tu avais été là !

Une fois encore, Denis avait songé à Albert, celui dont la fortune semblait pour l'heure la mieux assurée. Joindre le Jésuite Raymond eût pris trop de temps et puis les Jésuites, si leur pouvoir est grand, n'aiment pas l'improviser. Or, le colonel avait dit : au coucher du soleil. Denis avait galopé à franc étrier jusqu'à Saint-Cloud. Monsieur était à la chasse et naturellement son favori l'accompagnait... Denis avait galopé derrière la chasse. Le temps d'atteindre Albert et il était midi. Il avait fallu convaincre Monsieur de se passer quelques heures de son compagnon, ce qui avait pris encore un certain temps.

— Il s'y connaît Albert en sourires, en chatteries, pis qu'une femme. Je les regardais jouer de l'œil et de leurs manchettes de dentelles, et je pensais à Gontran au pied de son arbre. Il me dégoûte, Albert, tu sais, mais il faut reconnaître qu'il n'a pas été lâche. Tout ce qu'on pouvait faire, il l'a fait. A Versailles, où nous sommes arrivés dans la soirée, il a frappé à toutes les portes. Il abordait tout le monde. Il ne craignait rien, ni d'importuner, ni de supplier, ni de flatter, ni de recevoir des rebuffades. Mais il fallait faire antichambre, attendre ici, attendre là. Je regardais le soleil descendre... Enfin M. de Brienne a bien voulu nous écouter. Il s'est absenté un moment. Puis il est revenu en nous disant que nous aurions peut-être des chances d'aborder le Roi lorsqu'il sortirait de son cabinet, où il recevait aujourd'hui les principaux échevins de Paris. Nous avons attendu avec les courtisans, dans le Salon de la Guerre, au bout de la Grande Galerie... tu connais ?

— Je connais.

La porte s'ouvrant, le Roi paraissant grave, majestueux, tandis qu'à sa vue les murmures se taisent, les fronts s'inclinent, les dames ploient en révérences dans un froissement de soie.

Le jeune Albert se précipitant à genoux, pâle, dramatique :

— Pitié, Sire, pitié pour mon frère Gontran de Sancé !

Le regard du Roi est lourd. Il sait déjà qui sont ces deux jeunes hommes et pourquoi ils sont là en suppliants. Pourtant il interroge :

— Qu'a-t-il fait ?

Ils baissent la tête.

— Sire, il se trouvait parmi ces hommes qui hier se sont révoltés et qui pendant quelques heures ont semé l'inquiétude dans votre palais.

Le Roi a une moue ironique :

— Un Sancé de Monteloup, un noble de vieille souche, parmi des maçons ! Quelle histoire me contez-vous là ?

— Hélas, Sire, elle est vraie. Notre frère a toujours eu d'étranges folies en tête. Pour peindre, et malgré la fureur de notre père qui l'a déshérité, il s'est fait artisan.

— Etrange folie, en effet.

— Notre famille l'avait perdu de vue. Ce n'est qu'à l'instant où on allait le pendre que mon frère Denis l'a reconnu.

— Et vous avez contrevenu aux ordres d'exécution ? demande le Roi, tourné vers l'officier.

— Sire... c'était mon frère !

Le Roi demeure glacé. Chacun sait quel fantôme passe et repasse entre les acteurs de ce drame, un nom qu'on ne prononcera pas, une silhouette légère et hautaine de femme, triomphale, parure de Versailles, et qui a disparu, s'est enfuie, laissant le roi atterré, blessé. Il ne peut pas pardonner. Quand il parle enfin, sa voix est sourde :

— Messieurs, vous appartenez à une famille turbulente et altière, que nous ne nous félicitons pas d'avoir parmi les nôtres. Vous portez dans vos veines le sang des grands féodaux pleins d'orgueil qui ont tant de fois ébranlé notre royaume. Vous êtes de ceux qui ont trop souvent tendance à se demander s'il faut oui ou non obéir au Roi et qui décident parfois que ce sera : non. Nous connaissons l'homme que vous nous demandez d'absoudre. Un être dangereux, impie, violent, qui s'est abaissé jusqu'aux esprits simples pour mieux les entraîner au mal et aux désordres. Nous avons fait prendre des renseignements sur lui. Quand nous avons appris son nom et sa filiation, quelle stupeur ! Un Sancé de Monteloup, dites-vous ? En quoi l'a-t-il prouvé ? A-t-il servi dans nos armées ? A-t-il payé l'impôt du sang que tout homme issu de noble race doit au royaume ? Non, il a dédaigné l'épée pour prendre le pinceau du peintre et le burin de l'artisan, s'avilir, rejeter les responsabilités qu'il devait à son nom et renier ses ancêtres en se commettant avec des esprits grossiers et en les préférant à sa caste. Car c'est ce qu'il déclara : qu'il préférait s'entretenir avec un maçon qu'avec un prince. Si nous avions acquis la certitude que cet homme au destin inexplicable était un malade, un être débile, souffrant d'une tare qui le portait à des excès, à des vagabondages... Cela se rencontre dans les meilleures familles. Mais non... Nous l'avons entendu... Nous avons voulu l'entendre... Il nous a paru intelligent, volontaire, animé d'une étrange haine... Nous avons reconnu ce ton altier, plein de rancœur, bravant le Roi...

Louis XIV s'interrompit. Malgré sa maîtrise il y a dans son expression quelque chose d'indéfinissable qui fait peur. Une douleur profonde. Les yeux gris d'Albert de Sancé qui prennent en s'écarquillant une clarté virant au vert, lui rappellent un autre regard. Il dit d'une voix sourde :

— ... Il a agi comme un fou, il doit payer sa folie. Qu'il meure du supplice infamant réservé aux misérables. Pendu ! Ne rêvait-il pas de pousser l'insolence jusqu'à se faire entendre du Parlement et le pousser à nous imposer l'ostracisme de manouvriers, comme jadis Etienne Marcel imposa, par la force et l'émeute, celle des corporations à notre ancêtre Charles V ?...

Ceci était pour les échevins de Paris, venus ce jour même présenter des revendications populaires, auxquelles le Roi ne voulait pas donner suite.

Le Roi passa, la main sur le pommeau d'or de sa canne d'ébène.

Le jeune Albert de Sancé avait eu une inspiration suprême.

— Sire, avait-il crié, levez les yeux. Vous verrez au plafond de Versailles le chef-d'œuvre de mon frère l'artisan. Il l'a peint pour votre gloire...

Un rayon rouge du soleil couchant venait des fenêtres et illuminait, là-haut, le dieu Mars dans son char tiré par les loups.

Le Roi, immobile, restait songeur. L'expression de la beauté qu'il aimait, dut le rapprocher un instant du révolté aux mains calleuses qui l'avait bravé, lui faire découvrir, fugitif, un monde où la noblesse humaine prenait d'autres perspectives. Et puis son esprit pratique s'en voulut brusquement de faire disparaître l'ouvrier capable de faire surgir de telles merveilles. Les vrais artistes, ceux qui allaient au-delà des recettes apprises, étaient rares. Pourquoi le responsable des travaux de Versailles, M. Perraut, ne l'avait-il pas averti du talent de celui-ci qu'on venait de condamner sans jugement ? Dans l'effroi causé par l'émeute, devant la colère du Roi, personne n'avait osé intercéder pour le mutin. Le Roi dit brusquement :

— Il faut surseoir à l'exécution. Nous voulons examiner le cas de cet homme...

Il se tourna vers M. de Brienne, lui dicta un ordre de grâce. Les deux frères, toujours à genoux, l'entendirent commenter.

— ... Il faudrait qu'il travaillât dans les ateliers de M. Le Brun.

Les deux frères coururent à travers les jardins obscuris jusqu'à la pièce d'eau d'où s'exhalaient les miasmes mortels, jusqu'à la lisière des bois où tournoyaient les pendus.

Ils arrivèrent trop tard. Gontran de Sancé de Monteloup était mort à la branche d'un chêne, en face du château de Versailles, falaise blanche immuable dans le crépuscule.

On entendait croasser des crapauds.

Les deux frères avaient dépendu le corps. Albert était allé chercher un carrosse, son valet et son cocher. A l'aube, l'équipage avait pris la route du Poitou. Ils galopèrent sans arrêt sous le soleil de flamme de l'été, sous la clarté bleue des nuits, dévorés de la hâte de pouvoir coucher dans la terre de leurs aïeux ce grand corps abattu, aux mains désormais inertes et stériles, comme si la terre du pays pouvait seule guérir ses blessures, apaiser son chagrin amer dont l'expression demeurait sur son visage tuméfié.

Gontran l'artisan ! Gontran le peintre ! Qui voyait des farfadets dans les bassines de cuivre de Monteloup, et qui écrasait des cochenilles rouges et des terres jaunes pour en enduire les murs, et qui se grisait du vert des feuilles comme d'un élixir capiteux.

Gontran et son âme sauvage, secrètement somptueuse !

Pleurant comme des enfants, Albert et Denis l'avaient enterré, près de l'église du village de Monteloup, dans le tombeau de la famille.

— Et ensuite je suis venu au château, dit Denis. Tout était mort, plus un bruit dans la maison, plus un enfant. Il y avait seulement dans la cuisine la nourrice Fantine, avec ses yeux de braise, et tante Marthe, toujours la même, obèse, bossue, devant son éternelle tapisserie. Deux vieilles fées, égrenant des pois en marmonnant.

» Alors je suis resté. Tu sais ce que notre père a écrit dans son testament : « L'héritage sera pour le fils qui reprendra la terre... » Pourquoi pas moi ? J'ai repris les mulets, je suis allé voir les fermiers, et puis je me suis marié... Avec Thérèse de La Mailleraie. Pas de dot, mais un bon renom, et gentille. Nous allons avoir un enfant pour la récolte des pommes.

» Voilà, conclut le nouveau baron de Monteloup, ce que M. de Marillac voulait que je te fasse savoir. Pas mon mariage, je veux dire, mais l'affaire de Gontran. Afin que tu réfléchisses et que tu comprennes mieux ce que tu devais au Roi, après tant d'offenses de ta part et de celle de notre famille. Mais je pense...

Il observa le visage de sa sœur, son aînée aussi, dont il avait eu toujours une certaine peur, devant sa beauté, son audace et le mystère de ses disparitions successives. Aujourd'hui encore elle était revenue et de nouveau différente, étrangère. La fine ossature de sa mâchoire apparaissait sous la ligne affinée des joues. Elle était blême et rigide, frappée au cœur par le récit qu'elle venait d'entendre. Denis, à la fois se réjouit et trembla.

Angélique serait toujours la même, pensa-t-il, mais

ce n'étaient pas des jours de paix qui se préparaient pour elle.

— M. de Marillac te connaît bien peu, murmura-t-il. M'est avis que s'il te voulait soumise, il a commis une erreur en te faisant savoir qu'un Monteloup avait été pendu au nom du Roi.

[illegible] pas de [illegible]
pour [illegible]
[illegible] de Montespan [illegible]
[illegible]
[illegible]
[illegible]

Molines, [illegible] des domaines [illegible] ses [illegible] grand [illegible] de sa [illegible] au [illegible] [illegible] cependant [illegible] comme [illegible] à la fortune [illegible] par [illegible] Molines [illegible] des Plessis-Bellière. C'était sa [illegible] d'état de laquais il avait [illegible] tout au long d'une existence [illegible] son propre [illegible] et plus encore [illegible] marquer [illegible] toujours [illegible] les [illegible]. Ils ne savaient [illegible] trouvait toujours là lorsque [illegible] Paris quand les [illegible] se trouvaient [illegible] au Plessis quand le [illegible] ou les [illegible] dans leurs terres.

C'est ainsi que le visage aux traits sévères et [illegible] de l'intendant Molines, mais auquel la vieillesse donnait peu à peu une impression d'antique sagesse avait été l'un des premiers à se pencher vers la forme pâle que deux mousquetaires descendirent d'un carrosse tandis que M. de Breteuil criait d'un air guilleret aux serviteurs accourus :

— Je vous ramène Mme du Plessis. Elle est mou-

5

Molines, l'intendant des domaines, venait chaque jour la voir depuis son retour. Le vieil homme montait avec lenteur, ses livres de comptes sous le bras, la grande allée qui, de sa maison de briques au toit d'ardoises, menait vers le château.

Indépendant, quasi son maître comme jadis, bourgeois à la fortune et aux affaires personnelles, maître Molines n'en demeurait pas moins le serviteur très dévoué des Plessis-Bellière. C'était sa raison sociale, à l'abri de laquelle il avait mené, tout au long d'une existence industrieuse, son propre commerce. Angélique, et plus encore le marquis Philippe, avaient toujours ignoré les activités exactes de maître Molines. Ils ne savaient qu'une chose, c'est qu'on le trouvait toujours là lorsqu'on en avait besoin. A Paris, quand les châtelains se trouvaient à la Cour, au Plessis quand le hasard ou les disgrâces les ramenaient dans leurs terres.

C'est ainsi que le visage aux traits sévères et durs de l'intendant Molines, mais auquel la vieillesse donnait peu à peu une expression d'antique sagesse, avait été l'un des premiers à se pencher vers la forme pâle que deux mousquetaires descendaient d'un carrosse tandis que M. de Breteuil criait d'un air guilleret aux serviteurs accourus :

— Je vous ramène Mme du Plessis. Elle est mourante. Elle n'en a plus que pour quelques jours...

Aucune émotion n'avait transparu sur le visage de Molines. Il avait salué Angélique avec autant d'impassibilité que si elle venait d'arriver de Versailles pour, en un bref séjour au moment des fermages, négocier quelques coupes ou vente des domaines afin de payer ses dettes de jeu. Et c'est en l'entendant annoncer avec dignité que cette année les récoltes seraient désastreuses, qu'elle avait commencé à comprendre où elle se trouvait, à sentir la sécurité de la terre natale et de son passé, pénétrer ses membres exténués.

Il ne lui avait fait aucun reproche et ne lui avait posé aucune question.

Les longues relations qui les unissaient et le rôle particulier qu'il avait joué naguère dans l'éducation des enfants de Monteloup auraient pu l'y autoriser.

Il ne dit rien. Il ne fit aucune allusion aux ennuis et aux inquiétudes que le départ d'Angélique lui avait causés, aux démarches qu'il avait entreprises, actif et implacable, pour sauver les affaires les plus sûres, menacées par un vent de débâcle. Le souffle de la disgrâce n'annonce-t-il pas les prémices de la ruine ? Les rats, les corbeaux, les vers grouillants qui se repaissent des fortunes instables, s'assemblaient déjà. Molines avait mis ordre à cela, donné des assurances, pris des engagements. Mme du Plessis était en voyage, disait-il. Elle reviendrait. Aucune liquidation en vue.

Mais le Roi ? répondait-on. La colère du Roi ? Nul ne l'ignorait. Mme du Plessis n'allait-elle pas être arrêtée, emprisonnée ?...

Molines haussait les épaules et laissait entendre qu'il saurait reconnaître les siens et comme il avait souvent donné des preuves de sa vindicte et de sa ruse l'effervescence s'était calmée. On accepta d'attendre. Pendant toute cette longue année où l'incertitude du sort d'Angélique tourmentait les esprits, l'intendant avait donc retenu d'une main de fer l'armature sociale et financière sur laquelle reposaient la richesse de la fugitive marquise et celle de son héritier, le petit Charles-Henri. Grâce à lui, les serviteurs étaient demeurés tous en place, tant au château qu'à Paris, dans l'hôtel de la rue du Beautreillis, comme en celui du faubourg Saint-Antoine.

Désormais, Molines envoyait aux quatre vents des missives annonçant le retour de la châtelaine. Il ne mentionnait pas la garde dont elle était l'objet, rappelait seulement en quelle amitié la tenait le Roi et que d'ici peu elle pourrait jeter sur ses affaires ce coup d'œil plein d'autorité et de compétence qui avait attiré l'estime de M. Colbert. Ceci était pour les commerçants de Paris et les armateurs du Havre, parmi lesquels Angélique avait des intérêts.

Au domaine, Molines continuait ses tournées. Avec la même ponctualité qu'autrefois, il se présentait dans les fermes ou les métairies, réclamant les comptes, surveillant cultures et travaux. Les protestants avaient droit à ses visites au même titre que les catholiques. On lui montrait alors les soldats dans la maison, mangeant les fromages ou les jambons et menant les chevaux paître dans l'avoine nouveau-née. C'étaient les « convertisseurs » de M. de Marillac. Maître Molines ne faisait aucun commentaire. Il se bornait à rappeler aux fermiers les redevances à fournir et marquait des chiffres sur ses livres.

— Maître Molines, que faire ? N'êtes-vous pas, comme nous, de la Confession de Calvin ? disaient les paysans huguenots debout devant lui, leur grand chapeau noir sur l'estomac, l'œil sombre et fanatique. Devons-nous abjurer pour préserver nos biens, ou accepter la ruine ?

— Prenez patience, répondait-il.

Il eut aussi les dragons chez lui, qui mirent au

pillage sa demeure cossue, près du parc, lui brûlèrent cent livres de chandelles, tapèrent sur des casseroles pendant deux jours et deux nuits pour l'empêcher de se reposer :

— Abjure, vieux renard, abjure...

Ceci se passa avant le retour d'Angélique. Montadour ayant pris ses quartiers et fonctions de gardien d'une des plus belles femmes du Royaume, Mme du Plessis n'étant pas de la religion réformée, Marillac crut politique de donner des ordres pour qu'on laissât ses gens en paix.

Molines, libéré, commença à se rendre ponctuellement au château et Montadour, qui le considérait comme un des pires huguenots de l'endroit à cause de son influence sur les paysans, lui criait :

— A quand ton Credo, vieil hérétique ?

La première fois qu'il vit Angélique assise dans le salon du prince de Condé, avec enfin, sur les joues les couleurs de la santé, l'intendant soupira. Ses paupières pâles s'abaissèrent et elle eût parié qu'un bref instant, il rendait grâces à Dieu. C'était si peu dans sa manière apparente qu'au lieu d'en être émue, elle en conçut une vague inquiétude.

Ce jour-là, pour la première fois, Molines lui parla des désordres et de la famine qui menaçaient la région depuis que M. de Marillac avait entrepris la conversion du Poitou.

— Notre province doit servir de champ d'expérience aux propagateurs, madame. Si la méthode appliquée pour venir à bout des protestants se révèle rapide et efficace, elle sera généralisée dans tout le royaume. Malgré l'Edit de Nantes, le protestantisme sera effacé de France.

— Que m'importe, dit Angélique en regardant par la fenêtre ouverte.

— Il vous importe ceci..., répliqua Molines sèchement.

Ouvrant une fois de plus ses livres de comptes, il lui démontra sans peine que ses domaines, placés pour la plupart entre les mains compétentes des protestants, avaient déjà subi de lourds dommages. On les empêchait d'aller aux champs, de soigner leur bétail. Avec des chiffres, il réussit à l'émouvoir.

— Il faut se plaindre. Vos consistoires ne peuvent-ils rappeler en haut-lieu les accords de l'Edit ?

— A qui s'adresser ? Le gouverneur de la province est lui-même l'instigateur de ces abus. Quant au Roi !... Le Roi écoute qui le conseille, qui le persuade... J'attendais votre retour, madame, car vous pouvez beaucoup pour faire cesser ces désordres. Vous irez au Roi, madame. C'est le seul chemin qui s'ouvre pour votre salut, celui de la province et qui sait, peut-être celui du royaume.

Voilà donc où il voulait en venir.

Angélique fixa Molines de ses yeux tragiques, la bouche si pleine de paroles qui se pressaient en elle, qu'elle ne pouvait les prononcer et que ses lèvres fermées tremblaient. Il s'empressa de répondre avant qu'elle n'eût parlé car cela faisait plusieurs jours que, penché sur ce visage malade, il avait entrepris un dialogue silencieux et déchirant.

Si bien qu'il la connût cette étrange fille du Poitou dont il se rappelait la grâce légère et enfantine au long des chemins creux — et elle lui jetait un regard à la fois hardi et farouche quand elle le rencontrait — jamais il ne l'avait sentie aussi étrangère que depuis ce retour. Il n'était pas certain de se faire entendre d'elle. Aussi parlait-il durement, brièvement, comme en ce jour où elle s'était présentée à sa demeure pour savoir s'il lui fallait épouser le comte de Peyrac.

Aujourd'hui, il lui disait :

— Allez au Roi.

Mais toutes les raisons qu'il avançait, Angélique les avait ressassées maintes fois et elle secouait négativement la tête.

— Je sais votre orgueil, insistait l'intendant, mais

votre bon sens aussi. Oubliez vos rancœurs. N'avez-vous pas appelé le Roi lorsque vous étiez prisonnière des Barbaresques et n'a-t-il pas répondu à cet appel ? Vous pouvez tout encore, si vous savez être habile. Et même reconquérir un pouvoir sur l'esprit de cet homme que vous avez bravé, plus grand d'avoir été longtemps souhaité.

Angélique continuait à dire non. Elle revoyait Mezzo-Morte, l'amiral d'Alger, dans son manteau damassé d'or, elle entendait son rire onctueux d'inverti, tandis qu'il s'écriait :

— Le nommé Jaff-el-Khaldoum est mort de la peste il y a trois années, et elle comprenait que c'était à partir de cet instant qu'elle avait commencé à perdre son espérance. Elle imaginait aussi un corps de pendu tournoyant dans l'ombre du crépuscule, à Versailles. Et, tourné vers elle, mélancolique et magnifique, son second mari Philippe du Plessis-Bellière avec ce regard qu'il avait eu le dernier soir, avant de s'aller jeter volontairement sous les canons ennemis.

Adieu mon cœur, adieu ma mie
Puisqu'il nous faut servir le roi
Séparons-nous d'ensemble...

Le Roi lui avait tout pris.

Elle secouait la tête et ses cheveux rebelles qu'elle avait de la peine à bien coiffer, la rendaient proche, malgré son visage ciselé de reine, de l'enfant des chemins creux qui opposait jadis aux questions de l'intendant Molines un refus hautain.

Enfin elle parla. Elle dit ce qu'avaient été ce voyage, ce départ. Elle continuait à n'en pas donner les raisons mais au hasard des phrases elle parla de « lui ».

— Je ne l'ai pas trouvé, comprenez-vous, Molines. Et peut-être est-il vraiment mort maintenant... de la peste ou d'autre chose... La mort est si facile en Méditerranée...

Elle parut réfléchir, hocha la tête, pour reprendre plus bas :

— ... Les résurrections aussi !... Qu'importe. J'ai échoué. Je suis prisonnière.

Sa main encore diaphane et qu'elle avait renoncé à orner de bagues devenues trop larges, passa devant ses yeux comme pour exorciser une vision tenace.

— Certes, je ne pourrai oublier l'Islam. Tout ce que je viens de vivre est sans cesse à miroiter devant moi. On dirait un de ces grands tapis d'Orient aux laines multicolores sur lesquels il fait si bon marcher pieds nus. Puis-je consentir à ce que le Roi veut de moi ? Non. Puis-je retourner à Versailles ? Non. J'en ai la nausée rien que d'y songer. Redescendre au niveau de ces caquetages de basse-cour, de ces intrigues, de ces complots ? Vous ne savez pas ce que vous me demandez, Molines. Il n'y a plus de commune mesure entre ce que je suis, ce que j'éprouve, et l'existence à laquelle vous voulez me rendre.

— Vous n'avez pourtant le choix qu'entre la soumission et la révolte ?

— Je ne veux pas de la soumission.

— Alors la révolte ? fit-il ironique. Où sont vos troupes ? Où sont vos armes ?...

Angélique ne parut pas touchée par ces sarcasmes.

— Il y a quand même des choses que le Roi craint, tout puissant qu'il soit : la rivalité des Grands, l'hostilité des provinces.

— Ces choses ne parviennent à toucher les rois qu'après beaucoup de sang répandu. J'ignore quels sont vos desseins mais votre séjour chez les Barbaresques vous aurait-il enseigné à faire fi de la vie humaine ?...

— Il me semble au contraire que j'en ai compris la réelle valeur.

Elle se mit à rire, traversée par un souvenir.

— ... Moulay Ismaël coupait volontiers deux ou

trois têtes chaque matin pour se mettre en appétit. La vie, la mort se mêlaient si étroitement que chaque jour il fallait se demander ce qui vraiment avait de l'importance : vivre ou mourir. C'est ainsi que l'on apprend à se connaître.

Le vieil intendant inclina plusieurs fois la tête. Oui, maintenant elle se connaissait, et c'était bien ce qui le désespérait. Tant qu'une femme doute d'elle-même on peut encore lui faire entendre raison. C'est quand elle atteint sa maturité, qu'elle est en possession d'elle-même, qu'on peut redouter le pire. Car alors elle n'obéit plus qu'à ses propres lois.

Il avait toujours eu le pressentiment que les aspects de la personnalité d'Angélique étaient innombrables et se présenteraient comme des vagues successives qui devaient surgir l'une après l'autre des chocs renouvelés de sa vie. Il eût voulu retenir la marche du destin, l'irréductible élan qui emportait sans cesse, plus au loin, son existence et auquel il s'exaspérait de voir Angélique s'abandonner avec cette souplesse des femmes qui ne cherchent pas tellement à se définir, s'acceptant chaque jour différentes.

N'aurait-elle pu demeurer à Versailles, se disait-il avec impatience, puisqu'elle avait tout conquis ?... Elle était à cette époque accessible, entière, possessive, mordant aux fruits du pouvoir, de la richesse et du plaisir. Aujourd'hui la vague de sa mystérieuse odyssée l'avait portée au-delà des apparences. Elle ne se contenterait plus d'illusions. Sa force venait de son détachement, mais sa faiblesse naîtrait de ne plus pouvoir s'amalgamer à la société âpre et matérielle que le roi de France construisait sous sa férule.

— Comme vous me connaissez bien, Molines ! fit-elle, devinant ses pensées avec une certitude qui le fit tressaillir.

« Dieu sait quel pouvoir extra-lucide elle a acquis

dans ces contrées sauvages et mystérieuses », se dit-il, de plus en plus inquiet.

— ... C'est vrai, je n'aurais pas dû partir. Alors tout aurait été plus simple et j'aurais continué de vivre à la Cour un bandeau sur les yeux. La Cour ! Vivre à la Cour ?... L'on fait tout ce qu'on veut, à la Cour, excepté de vivre. Peut-être suis-je en train de vieillir mais je ne pourrais plus me contenter de ces hochets brillants qui font s'agiter tant de marionnettes. Ah ! posséder un tabouret devant le Roi... Quel sommet ! Etre assise à la table de la Reine pour y battre les cartes, quelle jouissance !... Passions stériles, si pauvres et qui finissent pourtant par vous envahir et vous étouffer comme des serpents, le jeu, le vin, la parure, les honneurs... Il n'y a que la danse, peut-être, que j'aimais et la beauté des jardins, mais payées par trop de servitudes : les lâches compromis, la convoitise des imbéciles auxquels on finit par abandonner sa chair... par ennui, les sourires qu'il faut dispenser à des chancres repoussants, plus repoussants d'être devinés au fond des yeux qui vous entourent que sur les faces des lépreux que j'ai vus en Orient... Croyez-vous vraiment, monsieur Molines, que j'aurais gagné ma vie au prix de tant de douleurs, que j'aurais mérité le miracle de rester en vie, pour me laisser asservir à nouveau si bassement ? Non ! Non ! Alors le désert ne m'aurait rien appris...

Et la considérant, meurtrie encore avec les traces de son martyre posées comme un voile sur sa beauté pour n'en laisser apparaître que les traits purifiés, le dur Molines se sentait envahi à la fois par le respect et le découragement. Le raisonnement d'Angélique, malgré ses épreuves, demeurait infaillible, mais l'on pouvait déplorer qu'elle l'appliquât désormais à poser sur les turpitudes de l'époque un regard intransigeant. Molines ne put retenir un soupir. Dans la lutte qu'il menait il essayait moins de la convaincre que de la sauver.

Une catastrophe sans précédent était là, imminente, au cours de laquelle il verrait s'effondrer tout ce qui avait composé la réussite de sa vie. Non seulement sa fortune qui, espérait-il, avait des sources assez compliquées pour qu'il en pût sauver toujours quelque chose, mais d'autres éléments, qui lui tenaient plus à cœur : l'éclat et la grandeur des Plessis-Bellière, la richesse de sa province, l'assise, chaque année plus étendue, des Réformés à laquelle la terre devait ses paysans les plus travailleurs et les plus capables.

Angélique, par l'influence qu'elle avait prise sur le Roi tout-puissant, représentait le fragile pivot sur lequel reposait l'équilibre des forces patiemment édifiées et que sa désaffection pouvait faire basculer sur le versant de la ruine.

— Vos fils ? dit-il.

La jeune femme se crispa et elle tourna vers la fenêtre ce regard qu'elle avait souvent et qui semblait puiser dans la vision de la forêt une aide et une réponse à ses craintes. Ses paupières ombrées battaient nerveusement, tandis que ses pensées repoussaient, non sans effort, l'argument de Molines.

— Je sais... Mes fils. Ils me tirent vers la soumission. Le poids de leurs jeunes vies me paralyse.

Elle lui jeta un coup d'œil ironique, cinglant.

— ... Quel paradoxe, Molines, quand on pense que la vertu se sert de mes enfants pour me pousser dans la couche du Roi ! Mais il en est ainsi aux temps que nous vivons.

L'intendant huguenot ne protesta point. Il ne pouvait lui dénier un clairvoyant cynisme.

— Dieu sait que je me suis battue pour mes fils lorsqu'ils étaient petits et désarmés, reprit-elle, mais aujourd'hui il n'en est plus de même. La Méditerranée m'a pris Cantor, le Roi et les Jésuites m'ont pris Florimond, et d'ailleurs n'a-t-il pas douze ans, l'âge où un garçon bien né peut commencer à mener seul son destin ? L'héritage des Plessis-

Bellière préserve Charles-Henri. Jamais le Roi ne le dépossédera. Alors ne suis-je pas libre de disposer de ma personne ?

Le teint parcheminé de l'intendant rosit sous l'effet de la colère. Il frappa des deux mains ses genoux maigres. Si elle appliquait pour la justification de sa folie la même implacable logique que jadis, il n'en viendrait jamais à bout.

— Vous rejetez votre responsabilité vis-à-vis de vos fils afin d'être libre de détruire votre existence ! cria-t-il.

— Libre surtout de ne pas sacrifier à des chimères répugnantes.

Il changea de tactique :

— Mais enfin, madame, vous semblez considérer comme inéluctable le sacrifice au Roi de votre vertu. En fait que vous est-il demandé : de faire *votre soumission publique* devant la Cour afin que votre rentrée en grâce ne puisse passer pour un acte de faiblesse de la part du souverain. Ce point de prestige sauvegardé, il me semble qu'une femme — et une femme comme vous, madame — a assez de tours et de ruses pour éviter...

— Avec le Roi ? fit-elle agitée d'un subit frisson. C'est impossible ! Au point où nous en sommes arrivés il ne me laissera pas quitte, et moi-même...

Elle joignit et disjoignit ses mains avec fébrilité. Il pensa qu'elle était devenue plus nerveuse que jadis. Et, sur un autre plan, plus sereine. Plus vulnérable et plus inattaquable.

Angélique essayait d'imaginer la longue galerie où elle s'avancerait, vêtue de noir, sous les regards aigus et moqueurs des courtisans, et le Roi debout, avec cet air de majesté écrasante si naturel à son visage marmoréen, à ses yeux lourds. La génuflexion, les paroles de vassalité, le baiser de servitude... Ensuite, lorsqu'elle se retrouverait seule devant lui et qu'il s'avancerait vers elle comme vers une ennemie, pour ce duel qu'il était décidé, par tous les moyens, à remporter, que pourrait-elle lui opposer ?

Elle ne posséderait même plus l'orgueil bête de la jeunesse, cette armure forgée d'ignorance, qui peut souvent faire échec à l'emprise des sens.

Elle avait vécu trop d'expériences charnelles pour ne pas ressentir, dans toutes leurs variétés, les harmonies secrètes du domaine amoureux, et elle succomberait au subtil accord qui pousse vers l'homme qui l'a vaincue la femme, cette assoiffée de jougs.

Tant de caresses d'hommes, tant de désirs et de luttes autour de son beau corps l'avaient modelée femme jusqu'aux moelles.

Jusqu'à la rendre apte à savourer une délectable humiliation.

Louis XIV, ce tacticien des esprits, ne pouvait l'ignorer.

Pour se l'attacher, sa splendide rebelle, il la marquerait de son sceau brûlant, comme les réprouvés du royaume sont marqués de la fleur de lys.

Par pudeur, elle tut à Molines les visions qui l'assaillaient.

— Le Roi n'est pas un imbécile, dit-elle avec un rire désabusé. Difficile de vous expliquer, Molines. Mais je ne peux me retrouver devant le Roi, sinon cette chose se fera... et je ne dois pas la faire. Vous savez pourquoi, Molines... L'homme que j'aimais, ce seigneur qui m'avait élue pour dame, j'aurais pu passer ma vie à ses côtés... Ma vie n'aurait pas été cette succession de jours marqués par la douleur et la vaine attente, la joie coupée à sa racine, l'angoisse, et soudain, après une puérile et dangereuse illusion, le pire, c'est-à-dire comprendre qu'il y a des choses qui ne se réparent pas. Qu'il soit mort ou vivant, il a marché sur une autre route que la mienne. Il a aimé d'autres femmes, comme j'ai aimé d'autres hommes. Nous nous sommes trahis. Ce qui n'était qu'en son ébauche, notre vie commune, a été étouffé à jamais, et c'est la main du Roi qui a mené ce saccage. Je ne peux pardonner. Je ne peux oublier... Je ne *dois* pas, ce serait la suprême trahison qui me ferait perdre toutes mes chances.

— Quelles chances ? fit-il, coupant.

Elle passa une main sur son front avec égarement..

— Je ne sais pas... un espoir malgré tout qui ne veut pas mourir. Et d'ailleurs...

Elle continua vivement :

— ... Et d'ailleurs vous parlez de mon intérêt... Consiste-t-il à retourner tendre ma coupe aux poisons de la Montespan ? Vous n'ignorez pas qu'elle a essayé de me faire assassiner, ainsi que Florimond(1).

— Vous êtes assez forte, madame, et assez habile pour lui tenir tête. Déjà l'on dit que son influence est fort ébranlée. Le Roi se lasse de sa méchanceté. On dit qu'il se complaît à de longs entretiens avec une autre dangereuse intrigante, Mme Scarron, qui malheureusement est une ancienne réformée. Avec le zèle des converties, elle l'encouragerait à mener une lutte stupide et stérile contre ses anciens coreligionnaires.

— Mme Scarron ? fit Angélique stupéfaite. Mais c'est la gouvernante de ses enfants.

— Oui-da... Le Roi ne s'en intéresse pas moins à sa conversation qui a des charmes.

Angélique haussa les épaules. Puis elle se souvint que la pauvre Françoise était de la grande famille des Aubigné et que tous les seigneurs qui avaient en vain spéculé sur sa misère pour obtenir ses faveurs la surnommaient avec un mélange d'admiration et de rancœur « La belle Indienne »... Elle se souvint aussi qu'elle avait rarement pris maître Molines en flagrant délit de ne parler pour ne rien dire.

(1) Lire dans la même collection *Angélique et le Roy*, T. 1 et T. 2, 671***, 672***.

Il insistait :

— Ceci pour vous faire comprendre que Mme de Montespan n'est plus aussi redoutable qu'on pourrait le croire. Déjà vous l'avez tenue en échec alors qu'elle était à son zénith. L'éliminer, aujourd'hui, serait un jeu...

— Se vendre, murmura Angélique, acheter, mener cette lutte féroce, souterraine que je connais trop bien... Pouah ! J'en préfère une autre, fit-elle les yeux brusquement pleins d'étincelles. Et s'il faut absolument combattre, que ce soit au grand jour, sur ma terre... C'est la seule chose qui me paraisse vraie dans tout ce chaos... Etre ici. Cela me fait du bien et du mal à la fois. Du mal, parce que je mesure que j'ai échoué. Du bien, parce que j'avais un infini besoin de revoir mon pays. Oui, je n'aurais pas pu ne pas revenir. C'est étrange... Il me semble que c'était écrit, que depuis le jour où pour la première fois je me suis arrachée à l'horizon de Monteloup — vous vous souvenez, Molines, quand j'avais dix-sept ans et que les chariots du comte de Peyrac m'emmenèrent vers le sud — je devais, après tout un long périple, revenir au pays de mon enfance pour y jouer ma dernière carte...

Les mots qu'elle venait de prononcer l'arrêtèrent, la laissèrent à nouveau perplexe, inquiète, et elle quitta Molines pour monter lentement l'escalier de la tourelle, d'où elle pouvait contempler l'horizon. Le bedonnant Montadour, dont elle apercevait parfois tout en bas la silhouette grossière se projeter sur le sable du parterre, s'imaginait-il qu'elle demeurerait entre les murs de son château, tout le printemps et l'été, à attendre que vinssent l'automne et les gens du Roi chargés de l'arrêter et de la conduire vers une autre prison ?

Si, aujourd'hui, elle ne s'aventurait même pas à

descendre dans ses propres jardins, c'est qu'elle savait que le jour venu, elle pourrait à son gré courir vers la forêt, et le gros gardien aux moustaches de feu n'en saurait jamais rien, continuerait à veiller, important, sur le domaine enchanté dont la princesse se serait enfuie.

Imbécile qui ne connaît rien à la vie des champs et qui ignore qu'un terrier a toujours deux issues. S'il le fallait, le jour venu, elle irait demander refuge au Bocage.

Mais avant d'être une proscrite se vêtant de verdure pour mieux se dissimuler aux yeux du chasseur, il lui faudrait tout jeter dans la balance.

— Ma dernière carte...

Conquérir une fois de plus sa liberté se révélait plus ardu, sinon plus impossible que de s'évader du harem de Moulay Ismaël. Pour une telle entreprise sa féminité lui avait servi. Se glisser dans l'ombre, faire confiance à la nuit, au silence, adopter la défense des faibles bêtes qui les fait se confondre avec la couleur de la terre, réclamer l'alliance de la nature, c'étaient là des ruses qui dans le cas présent n'atteindraient pas leur but.

Briser un pouvoir aussi dense et solide que celui du roi de France nécessitait l'éclat, le bruit, le défi, une force mâle et féroce.

Les trompettes de Jéricho n'y suffiraient pas. Où trouver dans ce royaume soumis à un seul maître, celui qui pourrait tenir le glaive de la rébellion ?

Rendue à son monde, à son rang, à ses pairs, Mme du Plessis-Bellière pouvait mesurer qu'elle n'avait pas d'amis. Aucune complicité à espérer qu'aurait pu créer l'amitié ou la passion, ou à défaut une ambition commune. Ce jeune roi, avec quelle habileté il avait su polariser vers lui toutes les déférences. Pas un de ces fiers gentilhommes qui ne s'incline devant lui. Elle se remémorait leurs noms comme ceux de fantômes : Brienne, Cavois, Louvois, Saint-Aignan... Lauzun était en prison. Il y resterait des années, il en sortirait vieilli, sa gaieté morte...

Debout sur l'étroite plate-forme aux merlons de pierre blanche, Angélique interrogeait l'horizon.

— Ma province, me garderas-tu ?

L'ardoise des tourelles pointues brûlait sous le soleil avec un miroitement de métal. Mais le vent venu des marais apportait des souffles humides et faisait grincer les girouettes. Dans le ciel pur tournoyait un faucon aux ailes déployées.

La forêt commençait derrière le Plessis. Devant, il y avait les frondaisons du parc, puis celles de la campagne et sur la gauche, très loin, suspendu entre ciel et terre, mi-nuage, mi-songe, le début des marais poitevins.

De sa tourelle, Angélique ne pouvait distinguer aucune trace de vie. Car le Bocage, avec ses champs enfouis que couvre l'ombre d'un arbre, n'offre à l'œil qui le contemple que le même aspect moutonnant de dômes feuillus, laqués de lumière qui caractérise la forêt. Métairies dissimulées sous la voûte des châtaigniers, villages si perdus que le son de leurs cloches ne franchit pas l'épais barrage des arbres. Là même où la vie champêtre battait de son active pulsation on ne voyait qu'un désert de verdure, creusé de sillons noirs trahissant les grandes failles rocheuses au creux desquelles coulent des rivières froides : Vienne, Vendée, Sèvres...

Falaises roses, blessures béantes à travers la chair du sol, et creusées de grottes où la lumière des torches fait apparaître sous le salpêtre des silhouettes ocres ou noires, peintes, disait-on, par les génies. L'enfant Gontran les connaissait jadis. Sa sœur Angélique, fée de ces lieux magiques, les lui avait montrées. Mais comme il voulait être seul à les contempler, il avait chassé la petite fille, et Angélique, pleine de rancune, avait gardé pour elle d'autres découvertes.

De la plaine, invisible, domaine du blé, voie des invasions, venait la vieille route romaine. Son serpent gris, fait de larges dalles écaillées, montait à l'assaut de la rustique forteresse qui enfermait jadis le pays gaulois des Pictones et qui fit longtemps obstacle aux légions des Césars.

Au nord, prolongeant la forêt de Nieul, les forêts de Fontevrault, de Scevolle, de Lancloître, de Châtellerault et entre Vienne et Creuse, celles de La Guerche, de Chantemerle, à l'est, au sud, les marais de la Brume, les marais charentais, solitude des brandes, rideau boisé inaccessible, terres humides et bourbeuses...

Pour quel enjeu le destin l'avait-il ramenée dans le cadre familier d'arbres et d'eau qui avait façonné son âme ?...

Pour y apprendre quelle leçon qu'elle refusait d'entendre ?

Pour y découvrir quelle vérité enfouie pour elle depuis l'enfance dans les replis de cette terre ancienne, de ce golfe bleuté, battu par les vagues successives des civilisations ?

Des dolmens, ces antiques tables de pierre édifiées pour quel signe encore ignoré, s'érigeaient au sein des forêts, des menhirs s'alignaient dans les landes, des chapelles obscures ouvragées comme des châsses, se dressaient à tous les carrefours en l'honneur d'un saint local, voisinant avec les ruines des temples romains dont ils étaient venus combattre les dieux.

C'étaient ces deux entités impénétrables : forêts et marais, qui s'étaient opposées aux bannières gonflées des hordes arabes, en l'an 732, aux chevauchées de l'Anglais famélique, durant la Guerre de Cent Ans.

Terre hérissée de donjons noirs construits par des magiciennes ou des chevaliers, et d'abbayes exorcisées : Ligugé, Airvault, Nieul, Maillezais...

Terre des guerres religieuses. Le champ maudit de La Châtaigneraie n'était pas loin, où les troupes catholiques avaient égorgé en 1562 une centaine d'hommes, de femmes et d'enfants assemblés pour le prêche, et l'on se souvenait encore du côté de Parthenay, du reître protestant Puyvault qui se faisait des fricassées d'oreilles de moines.

Terre des révoltes aussi et des brigandages, Bruscambille, et sous Richelieu, les « Va-nu-pieds » qui massacrèrent les collecteurs d'impôts, et sous Mazarin les gens du marais que les soldats du roi avaient pourchassés en vain, « filant comme anguille dans les chenaux ».

Lorsque Angélique était enfant, elle était sûre que tous ceux qui venaient d'ailleurs étaient des étrangers, presque des ennemis. Elle éprouvait à leur égard une méfiance soupçonneuse. Elle redoutait ce qu'ils pouvaient apporter et qui dérangerait l'ordonnance secrète, savoureuse, connue d'elle seule et des siens, du pays de son enfance.

Aujourd'hui le même sentiment s'imposait. L'horizon étendu sous ses yeux ne pouvait la trahir au point de laisser passer les envoyés du roi de France chargés de l'arrêter.

Les soldats qui montaient la garde au pied du château, râpant distraitement une carotte de tabac afin de bourrer leur pipe, étaient peu nombreux. Le Poitou se chargerait de les escamoter lorsque le signal en serait donné, ainsi que ceux qui, par escouades, allaient tourmenter les protestants. Déjà on en retrouvait poignardés dans les fossés, et les femmes des villages de Morvay et de Melles, plutôt que de se laisser traîner à la messe, les avaient accueillis avec des cendres et de la poussière. Aveuglés, ils avaient dû battre en retraite et revenir piteusement à leur cantonnement au Plessis.

Le duc Samuel de la Morinière et ses deux frères Hugues et Lancelot, grands seigneurs huguenots, s'étaient réfugiés dans les grottes du gué de Santis, après avoir tué le lieutenant de dragons qui prétendait occuper leur demeure.

Ainsi commençaient à s'illustrer les conclusions inévitables des récits de la nourrice Fantine : « Les gens d'armes faisant grand dommage, les habitants du pays se réfugièrent dans les bois », ou bien : « Le pauvre chevalier voulant se soustraire à la vengeance du Roi, se retira dans les marais, où il vécut deux années en se nourrissant d'anguilles et de sarcelles... »

Le soir tombant, l'appel d'un cor voguerait à travers le bocage. Ce ne serait pas pour la fin d'une chasse, mais pour l'échange de messages mystérieux entre le huguenot traqué et ses coreligionnaires. L'un d'eux, le baron Isaac de Rambourg, habitait sur la hauteur un vieux château délabré, non loin du Plessis, et son donjon noir se profilait contre le ciel rouge. Une trompe lointaine répondait à ses appels, très loin, et parfois l'on entendait jurer en bas Montadour, inquiet. Depuis que ce damné patriarche hérétique, La Morinière, avait pris le bois, les conversions se faisaient plus rares. Il y avait gros à parier que, malgré les temples fermés et scellés, ces papillons de nuit de malheur se glissaient le soir sous les ramures pour aller chanter leurs cantiques en des lieux inaccessibles.

Pour les surprendre il voulait entraîner ses hommes dans la forêt. Mais les hommes avaient peur des sombres dédales. C'est en vain qu'on essayait d'acheter des braconniers catholiques pour servir de guides.

Une vision hantait Angélique : qu'un cavalier n'apparût au grand galop, ne frappât à la porte du château, et que ce fût le Roi. Et qu'il ne la prît dans ses bras pour lui murmurer ce qu'il n'écrivit jamais qu'à une seule femme : « Mon inoubliable... »

Dieu merci, le temps n'était plus où le roi de France pouvait se jeter sur un cheval et galoper à franc étrier pour rejoindre sa bien-aimée, comme il l'avait fait jadis lorsqu'il était amoureux de Marie Mancini.

Prisonnier lui aussi de sa splendeur, il lui fallait attendre qu'elle se soumît et il cherchait en vain auprès de M. de Breuteuil, une raison d'espérer.

— Viendra-t-elle, monsieur ?

Le courtisan s'inclinait, dissimulant un sourire narquois.

— Sire, Mme du Plessis est encore fort abattue par les terribles fatigues de son voyage.

— N'aurait-elle pu vous confier un message ? Nourrit-elle encore envers notre personne une aveugle rancœur ?...

— Hélas, Sire, je le crains

Le Roi retenait un soupir et son regard se perdait dans les lointains miroitants de la grande galerie.

La verrait-il un jour s'avancer, brisée, repentante ?

Il doutait. Un pressentiment lui renvoyait l'image d'une belle enchaînée, au sommet d'une tour, gardée par des arbres noirs et des eaux dormantes.

6

Angélique courait sous les arbres. Elle avait ôté ses souliers et ses bas, et, à ses pieds nus, la mousse était bonne. Il lui arrivait de s'arrêter et d'écouter, avec une expression attentive et exaltée. Dans un éclair elle reconnaissait le chemin à suivre, s'élançait de nouveau. Ivresse de la liberté ! Elle riait tout bas. Ç'avait été si facile de descendre dans le cellier du château et de retrouver entre les barriques de vin, la petite porte donnant sur le souterrain que toute demeure seigneuriale se doit de garder dans ses entrailles.

Le souterrain du Plessis n'avait rien de commun avec l'étonnant passage de l'hôtel du Beautreillis à Paris qui, partant d'un puits, pouvait mener par son chemin voûté relié aux égouts, l'antique Lutèce jusqu'aux faubourgs de Vincennes. Au Plessis ce n'était qu'un trou puant et humide où elle avait dû se traîner à quatre pattes. En émergeant dans les taillis, elle avait aperçu entre les branches le château et les soldats en casaque rouge faisant leur ronde. Elle était cependant à l'abri de leurs regards, et les sentinelles ne pouvaient se douter que celle qu'ils avaient la charge de surveiller se trouvait à quelques pas d'eux les guettant, puis s'éloignant doucement en écartant les ramures entrelacées du hallier.

Hors de ce fouillis pressé d'arbrisseaux et de buissons, framboisiers, églantiers qui formaient la lisière de la forêt, celle-ci s'ordonnait, devenait vaste et verte cathédrale aux piliers de chênes et de châtaigniers.

Les battements du cœur d'Angélique s'atténuèrent et, ravie de sa réussite, elle se mit à courir en bondissant. Elle retrouvait ses forces. Le dur apprentissage de la marche qu'elle avait fait sur les pistes du Maroc lui faisait trouver enfantin d'escalader les rochers moussus ou de descendre d'abrupts sentiers vers des ruisseaux encombrés de feuilles noires. La forêt tantôt se ravinait pour communiquer avec une vallée, tantôt s'élevait pour atteindre un plateau, à la courte végétation de bruyères. Angélique se mouvait avec sûreté à travers ce morcellement de clarté et d'ombre, de sécheresse et d'humidité, de relents pourris venus des profondeurs des ravines et de vibrants parfums presque méridionaux qu'on respirait sur les hauteurs, là où l'ossature même du pays perçait en rocs aigus une terre mince, toute roussie de fleurs.

Angélique s'arrêta une fois encore. La Pierre aux Fées était là dans sa clairière aux chênes druidiques, un dolmen immense, à la très longue table allongée sur quatre portants que les siècles avaient profondément enfoncés dans le sol.

Elle le contourna pour s'orienter. Maintenant elle était sûre de ne plus s'égarer. Cette portion de la forêt, avec la Pierre aux Fées, la Combe aux Loups, la Fontaine de Troussepoil, le carrefour des Trois Hiboux où se dresse une lanterne des morts, avait été, dans son enfance, le théâtre de ses exploits. En tendant l'oreille elle pouvait distinguer, portés par le vent, les coups sourds des bûcherons qui, venant du hameau de Gerbier, s'installaient l'été avec leurs longues haches parmi les arbres, et il y avait aussi, vers l'est, des charbonniers dans leurs huttes noircies, et chez lesquels elle allait parfois manger du fromage et chercher de longs morceaux de charbon de bois pour Gontran.

Mais elle y abordait par les chemins venus de Monteloup. Les sentiers menant vers le Plessis lui étaient moins familiers, bien que souventes fois elle fût allée rôder près du domaine de rêve, cherchant à apercevoir le château blanc et son étang dont elle était aujourd'hui maîtresse.

Elle eut pour secouer sa jupe de futaine où s'accrochaient des brindilles le même geste qu'autrefois, à cette même place, elle lissa ses cheveux que le vent de la course avait dénoués et les épandit sur ses épaules, sourit de sentir qu'elle attachait toujours la même importance à ces rites que pour rien au monde elle n'eût manqués jadis, puis d'un pas précautionneux et comme ralenti elle quitta la clairière et commença à descendre un escalier taillé dans le roc, recouvert aujourd'hui par l'humus et l'argile. La visite qu'elle devait rendre nécessitait une certaine solennité. Angélique n'avait jamais pu poser ses pieds nus de sauvageonne sur ce même sentier sans être saisie d'une timidité peu en accord avec son caractère. Sa tante Pulchérie ne l'eût pas reconnue alors. Cette image parfaite de petite fille sage ce n'était qu'aux génies obscurs de la forêt qu'elle l'offrait.

Le sentier tombait vite parmi des profondeurs glauques. Des sources couraient au flanc de la montagne escortées de hautes digitales d'un rouge pourpre. Puis elles s'éteignirent à leur tour. De l'épais tapis de feuilles, tourné en boue, ne pouvaient éclore que des champignons dont les dômes visqueux, orange ou somptueusement violets, éclairaient le sous-bois comme d'inquiétantes lanternes d'un lieu de ténèbres. Tout était là : la peur, l'émoi sacré mêlé de dégoût, la curiosité et la certitude d'accéder à l'autre monde, celui des maléfices qui donne puissance et autorité. Angélique était maintenant obligée de se retenir aux arbres tant la pente était rude. Ses cheveux lui tombaient dans les yeux. Elle les écarta avec impatience. Elle ne se rappelait plus que ce lieu fût si loin et inaccessible ; puis elle soupira de soulagement en distinguant l'autre clarté naissante, celle que créait de l'autre côté de la falaise la lumière du soleil à travers la transparence verte des feuillages. Sa main tâtonna, cherchant à travers la mousse l'appui ferme du rocher et elle se laissa glisser en s'écorchant un peu sur une étroite plate-forme dominant quelque peu la rivière, dont on percevait le murmure.

Se retenant toujours, elle se pencha, souleva d'une main un rideau de lierre et découvrit l'ouverture de la grotte. Elle ne se souvenait plus du mot qu'il fallait prononcer alors ; elle chercha, mais en vain, à se souvenir. Cependant on bougeait à l'intérieur du rocher. Un pas traîna, une main décharnée glissa sur la paroi, et le visage d'une très vieille femme se devina à la lueur blême du clair-obscur.

Elle ressemblait à une nèfle racornie avec sa peau brune et ratatinée, mais une abondante chevelure d'un blanc de neige étirait ses touffes de mèches mortes autour d'elle.

Ses yeux clignotaient, examinant l'arrivante.

Angélique demanda en patois :

— Est-ce toi, la sorcière Mélusine ?

— C'est moi. Que veux-tu, gazoute ?

— Te remettre ceci.

Elle tendit à la vieille un paquet qui contenait du tabac à priser, un morceau de jambon, un petit sachet de sel, un autre de sucre, un morceau de saindoux et une bourse remplie de pièces d'or.

La vieille examina ces choses avec attention, puis tournant son dos rond de chat étique, elle rentra à l'intérieur de la grotte. Angélique la suivit. On aboutissait à une salle ronde, tapissée de sable, faiblement éclairée par une ouverture plus haute que cachaient des épines. Par là s'échappait la fumée d'un petit feu sur les braises duquel reposait un chaudron de fonte.

La jeune femme s'assit sur une pierre plate et attendit. Ainsi faisait-elle lorsqu'elle venait consulter jadis la sorcière Mélusine. Ce n'était pas la même qu'aujourd'hui. Elle était encore plus vieille et plus noire, et elle était morte pendue à la branche d'un chêne par des paysans qui l'accusaient d'avoir immolé leurs enfants. Quand on avait su qu'une nouvelle sorcière s'était glissée dans les grottes des Hauts-de-Mère, on l'avait appelée Mélusine par habitude.

D'où viennent les sorcières des forêts ? Quels chemins de malheur et de malédiction les conduisent vers les mêmes lieux, pour y faire alliance avec la lune, le chat-huant et les plantes ?... On disait que celle-là était la plus savante et la plus dangereuse qu'on eût connue dans la contrée. On racontait aussi qu'elle soignait la fièvre par du bouillon de vipère, la goutte par les sels de cloportes, et la surdité à l'aide d'huile de fourmis, qu'elle était également capable d'enfermer un démon des premières légions de Satan dans une noisette. Donner le fruit à croquer à son ennemi procurait la joie de le voir sauter jusqu'au plafond et il n'y avait guère qu'un pèlerinage au sanctuaire de N.-D. de la Pitié en Gâtines, dont le reliquaire renferme un cheveu et un ongle de la Vierge, pour vous débarrasser de tels sorts.

Les jeunes filles qui avaient fauté connaissaient le chemin de son repaire et aussi ceux qui trouvaient trop long d'attendre la mort naturelle d'un vieil oncle à héritage.

Angélique, qui avait entendu tous ces ragots, regardait avec intérêt l'étrange créature.

— Que veux-tu, ma fille, demanda enfin celle-ci d'une voix grave et fêlée. Veux-tu que je t'éclaire sur ton destin ? Veux-tu que je t'aide à enchaîner l'amour ? Veux-tu que je te prétare des tisanes qui te redonneront la santé, ébranlée par tes longs voyages ?

— Que sais-tu de mes longs voyages ? murmura Angélique.

— Je vois l'espace autour de toi et le soleil brûlant. Donne-moi ta main que j'y lise ton avenir.

La jeune femme refusa.

— Je suis venue pour une requête plus simple. Toi qui connais tous les hôtes de la forêt, pourrais-tu m'indiquer où se cachent des hommes qui parfois se réunissent pour prier et chanter des cantiques avec des paysans venus des hameaux ? Un danger est sur eux. Je voudrais les avertir mais j'ignore leur lieu de rendez-vous.

La sorcière s'agita. Elle se leva à demi et fit de grands gestes de ses bras déformés.

— Pourquoi veux-tu écarter le danger de ces hommes des ténèbres, toi qui es fille de la clarté ? Laisse donc les corbeaux planer sur les putois.

— Tu sais donc où ils demeurent ?

— Si je le sais ! Comment pourrais-je l'ignorer alors qu'ils me cassent les branches, brouillent mes collets et écrasent mes plantes. Si cela continue je n'aurai pas un pétale à faire sécher pour mes potions. Ils viennent de plus en plus nombreux, ils se glissent comme des loups, et puis quand ils sont réunis ils se mettent à chanter. Les bêtes ont peur, les oiseaux se taisent, les rochers sont ébranlés et moi je suis obligée de m'enfuir au loin, tant ces chants me font mal, comprends-tu ma fille ?... Pourquoi ces hommes viennent-ils dans la forêt ?

— Ils sont persécutés. Les soldats du roi les pourchassent.

— Trois chefs les guident. Trois chasseurs. Le plus vieux est aussi le plus noir et il est dur comme l'airain. C'est le chef de tous. Il parle peu mais quand il parle on dirait qu'il tranche la gorge d'une biche avec son poignard. Il parle toujours de sang et d'Eternel. Ecoute-moi...

Elle se rapprocha jusqu'à frôler de son haleine le visage d'Angélique.

— Ecoute-moi, petite. Un soir, entre les arbres, je guettais tous ces gens assemblés. J'essayais de comprendre ce qu'ils faisaient là. Le chef parlait debout sous un chêne. Il a tourné les yeux dans ma direction. Je ne sais pas s'il m'a vue. Mais j'ai appris que ses yeux étaient de feu car les miens se sont mis à brûler, et j'ai dû m'enfuir, moi qui regarde en face le sanglier et le loup... Voilà son pouvoir. Voilà pourquoi les autres viennent à sa voix et sont prêts à lui obéir. Il a une grande barbe. Il ressemble à l'ours Troussepoil qui venait laver son pelage ensanglanté dans la fontaine, après avoir dévoré les jeunes filles.

— C'est le duc de la Morinière, dit Angélique en se retenant de sourire, un grand seigneur protestant.

Cela ne disait rien à Mélusine. Elle en tenait pour son Troussepoil. Cependant peu à peu son humeur changea et un sourire finit même par étirer ses lèvres grises sur ses gencives édentées. Les dents qui lui restaient étaient larges et solides, bien blanches, comme si elle les eût soignées. Cela lui conférait un étrange faciès.

— Pourquoi ne te mènerais-je pas à lui ? fit-elle tout à coup. Toi, il ne te fera pas baisser les yeux. Toi, tu es belle, et lui...

Elle ricana longuement.

— Mâle il est, mâle il reste, fit-elle sentencieusement.

Angélique ne se voyait pas entraînant l'austère duc de la Morinière — qu'on appelait aussi le Patriarche — sur les chemins de la perdition. Ses préoccupations étaient d'un autre ordre. Et il fallait faire vite.

— J'irai, j'irai, marmonna Mélusine qui paraissait égayée, je te conduirai. Petite gazoute ! Ton destin est si terrible, si violent et si beau... Donne-moi ta main.

Qu'y lut-elle ?... Elle repoussa la main d'Angélique avec une expression hallucinée qui faisait luire ses yeux gris mais où subsistait on ne sait quelle ardente malice.

— Tu es venue, toi... Tu m'as apporté du sel et du

tabac. Toi, tu es ma sœur, ma fille. Ah ! comme tes pouvoirs sont grands !...

La précédente sorcière parlait ainsi à Angélique enfant, lorsque celle-ci se tenait assise à la même place un peu craintive ; elles avaient les mêmes mots pour traduire la stupeur devant tant de choses inscrites autour de cette jeune tête. L'effroi et l'intérêt des sorcières avaient toujours empli Angélique d'une naïve fierté. Quand elle était petite fille, elle en retirait l'assurance qu'elle posséderait un jour tout ce qu'on pouvait souhaiter : bonheur, beauté, richesse... Aujourd'hui ?... Aujourd'hui qu'elle savait qu'on peut tout posséder et pourtant n'être pas comblée, qu'éveillaient en elle ces promesses de puissance ? Elle regardait sa main.

— Dis-moi... Dis-moi encore, Mélusine. Triompherai-je du Roi ?... Echapperai-je à sa poursuite ?... Dis-moi, retrouverai-je l'amour ?

Mais, cette fois, c'était la sorcière qui se dérobait.

— Que pourrais-je dire que tu ne sais déjà au fond de ton cœur.

— Tu ne veux rien me dire de ce que tu as vu pour ne pas m'ôter du courage ?

— Viens, viens donc. L'homme à la barbe noire doit attendre, ricana l'autre.

Avant de se glisser hors de la grotte elle alla chercher un petit sac et le remit à Angélique.

— Ce sont des plantes. Chaque soir trempe-les dans une eau très chaude, expose-les à la lune, et bois, à l'aube quand le soleil se lève. Tu retrouveras la force de tes membres et de ta chair, et tes seins se gonfleront comme sous la montée du lait. Ce n'est pas le lait qui les gonflera, mais le sang de ta jeunesse...

Elles marchèrent l'une derrière l'autre, après avoir émergé du ravin. La sorcière ne suivait aucun sentier.

Elle reconnaissait les pistes à des indices invisibles.

Le ciel s'assombrissait derrière les branches.

Angélique pensa à son gardien, Montadour. S'apercevrait-il de son absence ? C'était peu probable. Il demandait à la saluer chaque matin. C'était une obligation que lui avaient recommandée MM. de Marillac et de Solignac. Ne pas importuner la prisonnière mais ne pas manquer d'une quotidienne vigilance. Le gros capitaine n'eût pas demandé mieux, en apparence, que de rendre plus fréquentes ces obligations. Mais la hauteur d'Angélique l'embarrassait. Son regard glacé coupait court à tout essai de conversation ou de badinage. Elle le voyait rengainer ses lourds compliments en mâchant sa moustache rousse et il la quittait en disant qu'il irait courir sus à l'hérétique, ce qui constituait sa seconde mission. Chaque après-midi, il sautait sur son robuste cheval pommelé et partait accompagné d'une groupe de cavaliers, pour assister à des conversions dans les villages environnants. Parfois il ramenait un réformé particulièrement récalcitrant pour l'entreprendre lui-même, et c'étaient alors dans les communs du château des bruits de coups et des cris rauques : « Abjure ! Abjure ! »

S'il espérait par son zèle à la cause de Dieu forcer l'admiration de la marquise du Plessis, le capitaine Montadour se trompait lourdement. Elle le prenait en horreur. C'est en vain qu'il essayait de l'intéresser à son œuvre. Mais lorsque ce matin elle l'avait entendu parler d'un certain pasteur venu de Genève et que grâce à ses espions il pourrait arrêter ce soir au château de Grandhier où les châtelains l'avaient accueilli, elle avait tendu l'oreille.

— Un pasteur venu de Genève ? Dans quel but ?

— Pour exciter ces impies à la révolte. Heureusement j'ai été averti. Ce soir, il doit quitter la forêt, où il a eu des entrevues avec le damné La Morinière. Je le guette près du château de Grandhier. Peut-être le duc l'accompagnera-t-il ? Je l'arrêterai aussi. Ah !

M. de Marillac a vu juste lorsqu'il m'a nommé à la tête de cette entreprise. Croyez-moi, madame, l'an prochain il n'y aura plus un protestant en Poitou.

Elle avait fait venir La Violette, l'ancien valet de Philippe.

— Toi qui es de la religion réformée, sais-tu où se cachent le duc de la Morinière et ses frères ? Il faut les avertir qu'ils vont tomber dans un guet-apens.

Le valet ne savait rien. Après des hésitations, il dit que le duc lui envoyait parfois des indications par le truchement d'un faucon dressé à porter des messages. Lui-même procurait aux rebelles protestants les renseignements qu'il pouvait obtenir des soldats. Mais il n'y avait pas grand-chose à dire. Montadour était moins bête qu'il n'en avait l'air et malgré sa faconde, il parlait peu.

— Ainsi, madame, cette histoire du pasteur protestant de laquelle vous êtes au courant, les soldats eux-mêmes l'ignorent, j'en mettrais ma main au feu. Ils ne l'apprendront qu'au dernier moment. Il est méfiant et sournois.

Angélique avait envoyé La Violette jusqu'à Grandhier pour prévenir les châtelains. Mais ceux-ci ignoraient le lieu du rendez-vous de la forêt. Les proscrits changeaient fréquemment d'emplacement. M. de Grandhier avait cherché à se diriger vers la forêt mais il avait été arrêté par des dragons patrouillant comme par hasard aux environs de sa demeure.

C'est alors qu'Angélique avait pensé à la sorcière Mélusine.

— J'irai et je les trouverai bien.

Il y avait si longtemps qu'elle méditait cette fugue à la barbe de Montadour. Allonger la corde qui la rivait au piquet... L'entreprise semblait sur le point de réussir.

La sorcière s'arrêtait, levait un index osseux.

— Ecoute.

Du rebord sombre d'une falaise montait, à travers les feuilles, un bruit qu'on eût pu confondre avec la marée du vent mais qui se nuançait à mesure qu'on approchait de sombres mélodies, de longs appels : le chant des psaumes.

Les protestants étaient massés près de la rivière Vendée, au fond de cette gorge nommée la Gorge du Géant, parce qu'on dit que Gargantua y a fait basculer d'un coup d'épaule les énormes rochers ronds qui l'encombrent.

La lueur rouge d'un feu perçait l'ombre du crépuscule qui avait envahi le défilé. On distinguait à peine les coiffes blanches des femmes qui priaient là, mêlées aux vastes feutres noirs des paysans huguenots.

Puis un homme s'avança dans la clarté du foyer. A la description qu'en avait faite la sorcière, Angélique reconnut sans peine le duc Samuel. Sa stature de chasseur barbu était impressionnante. Elle avait déplu à Louis XIV lorsque le duc s'était rendu à Versailles avec l'intention d'y jouer, dans les cabales de la Cour, le rôle de l'amiral de Coligny au siècle passé. Disgracié, il vivait depuis dans ses terres.

Avec ses hautes bottes montant jusqu'à mi-cuisse, son pourpoint de drap noir, sanglé d'un épais ceinturon qui retenait une dague et barré du baudrier de l'épée, coiffé d'un de ces chapeaux plats démodés, garnis d'une plume, qu'affectionnaient les huguenots de province et qui les faisaient ressembler soit à Calvin, soit à Luther, selon l'ampleur de leur tour de taille, le duc Samuel de la Morinière inspirait la crainte. Il ne semblait pas de son temps, survivant d'une époque de mœurs rudes, de violences, ennemi des raffinements. Sa place était dans ce décor sauvage de roches et de nuit, et quand sa voix s'éleva, l'écho des falaises la renvoya plus basse encore, une voix de bronze, lourde, âpre, qui fit trembler Angélique.

— Mes frères, mes fils, il vient ce jour où après le silence il nous faut redresser la tête et comprendre que le service de Dieu exige de nous des actes... Ouvrez le Livre des livres... Qu'y trouvez-vous ?...

« L'Eternel s'avance comme un héros. Il excite son ardeur comme un homme de guerre. Il élève la voix. Il jette des cris. Il manifeste sa force contre ses ennemis. J'ai longtemps gardé le silence, dit-il. Je me suis tu, je me suis contenu... Mais, maintenant, je ravagerai montagnes et collines. Et j'en dessécherai la verdure... Ils reculeront, ils seront confus ceux qui se confient aux idoles taillées, ceux qui disent aux idoles de fonte... Vous êtes nos dieux... »

Sa voix sonnait. Angélique sentait un frisson hérisser sa nuque. Elle voulut se tourner vers la sorcière mais s'aperçut que celle-ci s'était éclipsée sans bruit. Entre les cimes des arbres le ciel était encore de nacre blanche, mais dans l'obscurité de la Gorge du Géant régnait un intense sentiment de colère.

Une voix cria :

— Que pouvons-nous contre les soldats du Roi ?

— Tout. Nous sommes plus nombreux que les soldats du Roi et Dieu nous aide.

— Le Roi est tout-puissant !

— Le Roi est loin et que peut-il contre une province résolue à se défendre ?

— Les catholiques nous trahiront.

— Les catholiques ont peur, comme nous, des dragons. Les impôts les accablent et, encore une fois, ils sont moins nombreux que nous. Entre nos mains sont les terres les plus riches...

Une chouette hulula à deux reprises très proche.

Angélique sursauta. Il lui parut qu'un silence se faisait dans la Gorge aux Loups. Lorsqu'elle regarda à nouveau elle vit le regard du seigneur huguenot tourné dans sa direction. Les flammes communiquaient à ses yeux profondément enfoncés sous de noirs sourcils leur éclat rougeoyant. « Son regard de feu, disait la sorcière. Toi, tu peux le soutenir. »

Le hululement de la chouette s'éleva encore, velouté et tragique. Signal d'alerte ?... Avertissement d'une présence dangereuse autour des prédicants ?... Angélique se mordit les lèvres. « Il le faut, se dit-elle. Ma dernière carte ! »

Elle s'avança, se retenant aux branches épineuses pour descendre vers les huguenots assemblés.

En se rendant à la Gorge du Géant pour sauver le pasteur genevois, Angélique savait qu'elle choisissait sa route et qu'il ne serait pas facile de revenir en arrière.

Samuel de la Morinière, le Patriarche, était le seul qui pût détruire la foi monarchique dans le cœur des fidèles sujets protestants.

La Morinière, le Patriarche, atteignait la cinquantaine. Veuf et père de trois filles — ce qui lui était fort amer — il demeurait dans ses domaines avec ses deux frères Hughes et Lancelot, eux-mêmes mariés et pères d'une nombreuse progéniture. Toute la tribu vivait farouchement sous la férule du patriarche, partageant son temps entre la prière et la chasse. Le temps n'était plus, des fêtes qui s'étaient déroulées dans ce décor somptueux. A la Morinière, les femmes parlaient bas et ne savaient point sourire. Les enfants, nantis de nombreux précepteurs étaient dressés dès leur plus jeune âge à l'étude du grec, du latin, et des Saintes Ecritures. On apprenait aux garçons à manier l'épieu et la dague. La Morinière eut-il conscience lorsqu'il rencontra pour la première fois Angélique — cette femme surgie du crépuscule avec ses cheveux d'or dans l'ombre d'une capuche de bergère, ses pieds nus et son langage châtié de grande dame — d'une égale passion informulée, d'une rancœur qui ne demandait qu'à se métamorphoser en actes et qui la rendrait docile à ses suggestions ?

7

L'homme qui sonnait du cor le soir échappait, pour le moment, à la persécution de Montadour. Peut-être parce que la gentilhommière de Rambourg étant proche du Plessis, le capitaine avait l'assurance de pouvoir abattre, quand il le voudrait, sa lourde patte sur ce huguenot pâle et tremblant, qui n'assumait pas sans désespoir son rôle de persécuté.

Dans leur jeunesse, Angélique et ses sœurs s'étaient souvent moquées du garçon dégingandé, à la pomme d'Adam proéminente, qu'elles rencontraient à l'occasion des assemblées de villages ou des foires dans les bourgs. Avec l'âge, le baron de Rambourg avait acquis une longue moustache triste, une femme toujours enceinte et une nuée de petits huguenots blêmes pendus à ses basques. Contrairement à la plupart de ses coreligionnaires, il était très pauvre. Les gens du pays disaient que sa famille était malheureuse depuis la neuvième génération à cause d'un chevalier de leur maison qui avait essayé d'embrasser une fée dormant dans un château, au bord de la Sèvre. La malédiction n'avait fait que s'accentuer, comme de juste, lorsque les Rambourg avaient embrassé la religion de Calvin. Isaac, dernier du nom, vivait à l'ombre de sa tour envahie de lierre et ses seuls talents et ses seules tâches se résumaient à sonner du cor. On était étonné du souffle qui pouvait jaillir de ce maigre torse. Toute la contrée l'invitait à participer aux chasses car il savait donner aux notes des différents appels d'amples et magnifiques résonances qui jetaient en transes chasseurs, meutes et gibier.

Mais depuis l'an dernier ces réunions se faisaient rares. Hobereaux catholiques ou protestants vivaient chacun dans leur coin, attendant la fin des troubles suscités par les soldats. Le baron de Rambourg avait dû répondre aux exhortations du duc de la Morinière. Car il était difficile de résister à ses décisions.

Angélique le comprit mieux encore lorsqu'elle aperçut le chef des huguenots traverser la lande pour venir vers elle, son grand manteau noir flottant au vent. Il était plus impressionnant encore vu sur le fond bleu doré du ciel que dans les ténèbres de la Gorge du Géant. Ses frères l'accompagnaient.

A la lisière de la forêt, le lieu de rencontre dominait, d'une falaise abrupte, le paysage. Sur cette bande de terre où poussaient des genêts, il y avait eu jadis un camp romain. Le petit temple dédié à Vénus demeurait là, à demi ruiné, fleuri d'asphodèles.

A la lisière du golfe maudit, et de la dangereuse forêt gauloise les Romains avaient-ils prié la déesse de préserver leur virilité menacée car les Pictes féroces qui ne se faisaient pas faute d'offrir à leurs propres dieux d'horribles trophées ? Seules des ruines subsistaient, un porche de pierre fait de deux colonnes et d'un entablement couvert d'inscriptions latines. Ce fut à son ombre qu'Angélique s'assit.

Le duc prit place devant elle, sur un bloc carré. Les deux frères restèrent à l'écart. Le camp romain était l'un de leurs lieux de ralliement. Les paysans huguenots venaient cacher dans le temple des vivres et des armes à l'intention des proscrits. De cet emplacement, on pouvait surveiller la contrée mais l'on ne risquait aucune attaque.

Le duc commença de parler en la remerciant une fois encore de ce qu'elle avait fait pour le pasteur genevois. Son geste prouvait que la barrière des croyances pouvait être franchie lorsque les esprits outrés par l'injustice faisaient alliance pour tenir en échec le pouvoir de maîtres tyraniques. Il n'ignorait pas qu'elle avait beaucoup à souffrir du Roi. D'ailleurs ne la faisait-on pas garder comme une prisonnière ? Comment Mme du Plessis pouvait-elle les joindre ? Elle lui expliqua qu'elle utilisait un souterrain. Montadour n'avait aucun soupçon.

Il était difficile de ne pas répondre au duc de la Morinière lorsqu'il posait une question. Son ton impératif forçait l'interlocuteur à s'expliquer aussitôt. Ses yeux, profondément enfoncés sous de broussailleux sourcils noirs, fixaient avec intensité. On eût dit deux points d'or. Leur lumière aiguë finissait par fatiguer. Angélique détourna son regard. Elle pensa à la sorcière qui craignait ce sombre serviteur du Seigneur.

Pour le rencontrer aujourd'hui, elle avait mis une toilette digne de son rang, une robe de satin sombre mais riche, et cela n'avait pas été une mince affaire que de se glisser dans l'étroit passage qui conduisait à la forêt, avec son corset serrant sa taille et les lourds plis des trois jupes. Le valet La Violette l'avait accompagnée, portant son manteau. A quelques pas, il se tenait immobile, en serviteur respectueux. Angélique voulait que cette entrevue soit entourée de quelque solennité, afin qu'elle pût parler au duc d'égale à égal.

Elle était assise sous un porche romain patiné par les siècles, ses pieds chaussés de cuir rouge dépassant le bord de la robe couleur de prune, tandis que ses cheveux, qu'elle avait coiffés avec sévérité, se laissaient doucement, peu à peu, défaire par le vent. Elle écoutait la voix sourde. Elle l'écoutait le cœur étreint, attirée et pourtant inquiète. Un gouffre s'ouvrait à ses pieds, lui semblait-il. Il faudrait y sauter à pieds joints.

— Que voulez-vous de moi, monsieur ?

— Que nous fassions alliance. Vous êtes catholique, je suis réformé, mais nous pouvons faire alliance. L'alliance des persécutés, des esprits libres... Montadour est sous votre toit. Espionnez-le, renseignez-nous... Et puis, vos paysans catholiques...

Il se penchait, baissait le ton comme pour mieux la pénétrer de sa volonté impérieuse.

— Faites-leur comprendre qu'ils sont du côté de nos paysans, poitevins comme eux, que l'ennemi c'est le soldat du roi qui vient piller leur récolte... Rappelez-leur les contrôleurs d'impôts, la taille, la capitation. Ne seraient-ils pas mieux sous la seule juridiction de leurs seigneurs comme jadis, que travaillant pour un Roi lointain qui ne les paye qu'en leur envoyant des armées d'étrangers à nourrir...

Ses mains gantées de cuir — des gants de fauconnier — s'appuyaient à ses cuisses massives, tandis qu'il parlait ainsi incliné vers elle et elle ne pouvait fuir désormais son regard. Il lui instillait sa croyance profonde en une aventure désespérée, qui était comme le sursaut d'agonie d'un géant ligoté, pour rompre des liens. Elle voyait ce grand peuple-paysan, dont elle était issue, se redressant, s'étirant dans un effort surhumain, pour s'arracher à l'enlisement mortel dans lequel le paralysait l'asservissement à celui qui n'était jadis que le seigneur d'Ile-de-France. Les deniers ramassés dans les sillons du Bocage, engloutis dans les plaisirs de Versailles, dans des guerres interminables aux confins de la Lorraine ou de la Picardie, les grands noms du Poitou, domestiqués, présentant la chemise ou le bougeoir au Roi, tandis que leurs domaines étaient laissés aux mains d'intendants malhonnêtes, d'autres vivant appauvris sur leurs terres que le fisc leur arrachait par lambeaux, dédaigneux de ces nobles qui n'avaient pas su plaire au maître, et aujourd'hui la ruine, la famine, se glissant comme des couleuvres à travers le pays, par la main d'une armée, envoyée au mépris de toute justice et de bon sens, réduire au désespoir ceux qui font pousser le froment, gardent les herbages et récoltent les fruits, ces paysans aux mains calleuses, aux grands chapeaux sombres, qu'ils fussent huguenots ou catholiques...

Elle savait tout cela. Elle écoutait intensément. Le vent se faisait plus âpre. Elle frissonna en écartant une mèche de cheveux qui s'obstinait à lui balayer le visage. La Violette s'approcha et lui tendit son manteau. Elle s'en enveloppa d'un geste passionné. Tout à coup elle se tordit les mains et, levant vers Samuel de la Morinière un regard déchirant :

— Oui, je vous aiderai, cria-t-elle, mais alors... alors, il faut que votre guerre soit franche et terrible. Qu'attendez-vous des simples prières chantées dans les ravines ?... Il faut que vous preniez des villes, que vous teniez les routes que vous fassiez de la province un bastion fortifié avant seulement qu'on ait eu le temps d'envoyer des renforts, il faut que vous couriez du sud au nord fermer toutes les issues..., il faut que les autres provinces soient contaminées, la Normandie, la Bretagne, la Saintonge, le Berri... il faut qu'un jour le Roi traite avec vous comme avec un autre roi, qu'il en soit réduit à accepter vos conditions...

Sous cette véhémence, le duc de la Morinière fut secoué. Il se dressa. Son teint devint rouge-brun et ses yeux lancèrent des éclairs. Il n'était pas habitué à ce qu'une femme lui parlât sur un tel ton. Mais il se contint. Il resta un moment silencieux, tracassant les pointes de sa longue barbe. Il venait de découvrir qu'il pouvait compter sur la force sauvage de cette créature, insignifiante, avait-il songé auparavant, comme toutes les femmes. Mais il lui revenait toutes sortes de maximes que répétait parfois l'un de ses oncles qui avait servi près de Richelieu, lequel utilisait beaucoup de femmes dans mille affaires diverses d'espionnage ou de politique. « La force d'une femme est le double de celle d'un homme lorsqu'il s'agit de saper les fondations d'une ville... Même si elles le proclament très haut, les femmes ne s'avouent jamais vaincues. Il faut avoir de solides gants pour manier cette arme tranchante, la ruse d'une femme, mais je n'en connais pas de plus tranchante... » Ainsi parlait Richelieu.

Il respira profondément.

— Madame, vos paroles sont justes. Il est vrai que le seul but à atteindre est celui-là. Et si nous ne sommes pas décidés à l'atteindre, autant, sur-le-champ, déposer les armes... Prenez patience. Aidez-nous. Et cela sera un jour, je m'en porte garant !

8

Il y eut alors comme une recrudescence de crimes et d'escarmouches et la haine des dragons rouges gagna à travers le pays ainsi que les mille ramifications d'une source à travers les herbes. Cela commença par la découverte, au carrefour des Trois Hiboux, de quatre dragons pendus portant chacun un écriteau où l'on pouvait lire : Incendiaire — Pillard — Famine — Ruine. Leurs camarades n'osèrent aller les décrocher car le lieu se trouvait proche de la forêt où l'on savait désormais que se cachaient les bandes protestantes. Les sinistres spectres écarlates demeurèrent longtemps à tournoyer doucement, rappelant à tous les passants les menaces qui, par eux, s'étendaient sur la province : incendies, pillages, famine, ruine... Le dense feuillage de l'été leur faisait un temple d'émeraude, une chapelle somptueuse au cœur de laquelle ils semblaient encore plus morts et plus hideux.

Montadour écumant de rage voulut frapper un grand coup. Il tortura un protestant pour lui faire avouer le lieu du repaire de la Morinière et, emmenant ses hommes les plus résolus, pénétra dans la forêt. Au bout de quelques heures de marche, le silence, l'ombre, l'épaisseur incroyable des feuillages, la taille anormale des troncs qui abaissaient sur eux un réseau de branches noueuses et tendaient sous leurs bottes des racines traîtresses eurent raison de leur courage. Le hululement d'une chouette brusquement éveillée acheva leur déroute.

— Leur signal, capitaine. Ils sont là, dans les arbres. Ils vont nous tomber sur le poil...

En désordre les dragons refluèrent, à la recherche d'une clairière, d'un ciel libre, d'un chemin tracé, ils s'empêtrèrent dans les taillis, s'égarèrent, et lorsque au crépuscule ils reconnurent la lisière des arbres et découvrirent des champs cultivés, leur soulagement fut tel que certains tombèrent à genoux et promirent un cierge au plus proche sanctuaire de Notre-Dame.

Seraient-ils parvenus au bout de leur expédition qu'ils fussent rentrés bredouilles. Les chefs huguenots avaient été prévenus.

Montadour ne pouvait établir un rapprochement entre ses échecs et l'amabilité toute nouvelle que lui témoignait sa prisonnière. Elle, si hautaine et quasi invisible, l'abordait maintenant et il avait osé l'inviter à « sa » table. Il pensait qu'elle s'ennuyait et que son charme à lui, bien connu, ainsi que la galanterie dont il avait fait preuve jusqu'ici portaient leurs fruits. Il redoubla de prévenances. Ces grandes dames on ne les a pas à la dragonne. Il faut se donner du mal. Montadour découvrait le charme d'une longue conquête et se sentait devenir poète. S'il n'y avait pas ces sacrés parpaillots pour lui empoisonner un aussi agréable séjour ! Il écrivit à M. de Marillac en demandant des renforts. Il ne pouvait à la fois assumer la garde de la marquise du Plessis-Bellière et une œuvre de conversion qui prenait chaque jour plus d'ampleur. On lui envoya un autre régiment qui devait se cantonner dans la région de Saint-Maixent. Le lieutenant qui les commandait, M. de Ronce, l'avertit par message qu'il n'avait pu prendre ses quartiers aux lieux dits car les huguenots en armes occupaient un vieux château commandant la route et la Sèvre. Fallait-il s'en emparer ?

Montadour jura derechef. Que croire ? Que les protestants ne voulaient plus se laisser terroriser ? Ce

Ronce n'y connaissait rien. Montadour n'aurait qu'à paraître...

— Me quitterez-vous déjà, capitaine, lui demanda Angélique charmeuse.

Elle était assise en face de lui. On venait de lui apporter un panier des premières cerises et elle les mangeait avec gourmandise. Ses dents fraîches avaient l'éclat d'un bel émail contre celui, rouge, des fruits.

Montadour décida que M. de Ronce n'avait qu'à se débrouiller tout seul, remonter un peu plus haut vers Parthenay. Lui-même était assez occupé par ici, avec l'hostilité générale des populations. Déjà on semait des clous sous les sabots de leurs chevaux. Les croquants sont tous les mêmes, huguenots ou catholiques. Ils possèdent des terrines pleines d'écus dans leurs celliers, mais n'en sont pas plus rassurés pour autant. Ils voient partout briller les yeux de leurs trois ennemis ancestraux : le loup, le soldat et le collecteur d'impôts.

Parce que l'incendie d'une récolte protestante se propageait parfois aux cultures des catholiques, la panique les gagnait. Pas un de ces culs-terreux qui fût consentant de perdre trois épis pour le triomphe de sa religion. Tous à mettre dans le même sac, ces Poitevins aux yeux d'Arabes, qui leur tendaient le poing derrière leur dos.

— Envoyez-moi les mauvaises têtes, dit Angélique, je les sermonnerai.

Cela fit quelques allées et venues dans le château. Angélique reçut aussi certains de ses voisins des domaines catholiques. M. du Croissec qui avait encore grossi et qui ne fut pas long à partager ses projets et à adopter ses directives puisqu'elles tombaient d'une bouche qu'il adorait en secret depuis des années. M. et Mme de Faymoron, les Mermenault, les Saint-Aubin, les Mazières. Un semblant de vie mondaine se créait entre la réprouvée et les solitaires du Bocage. Montadour contemplait ces visites d'un œil attendri. Il écrivit à M. de Marillac que Mme du Plessis lui prêtait un concours des plus zélés dans sa lourde tâche et ces messieurs du Saint-Sacrement durent se réjouir en secret.

Le capitaine avait de plus en plus de peine à s'arracher au rayonnement d'une présence dont il découvrait chaque jour les attraits. Belle, dans ses robes élégantes dont elle reprenait plaisir à se parer, Angélique avait recommencé à régner sur sa demeure.

Devait-elle le nouvel éclat de son teint et de ses cheveux au breuvage mystérieux préparé par la sorcière ? Une force lucide habitait désormais son corps, une passion habitait son âme. Elle retrouvait la grisante impression d'être invincible qui, souvent, l'avait envahie au moment d'entreprendre une tâche difficile. Certes, cette impression avait parfois été trompeuse. Sous ses pas le sol était instable, la fièvre montait, l'orage se précipitait comme, en juillet, s'amoncelaient parfois des nuées éclatantes sur le bleu surchauffé du ciel.

L'été régnait. On faisait les foins. Trop souvent les travaux étaient abandonnés. « Des dragons traînaient les femmes par les cheveux pour les amener à la messe, si elles refusaient d'y assister, on leur brûlait la plante des pieds et la troupe leur passait sur le corps... » Mais, à maintes reprises, les paysans armés de leurs fléaux à blé accueillirent les pillards ou les convertisseurs.

L'effervescence croissait.

9

Le duc de la Morinière correspondait avec Angélique par un faucon dressé que La Violette recueillait sur son poing.

L'oiseau portait un message. Le rendez-vous aurait lieu la nuit au camp romain ou à la Pierre-aux-prés, à un carrefour, près d'une croix hosannière ou d'une lanterne des morts, près d'une fontaine, dans une grotte... Angélique s'y rendait seule. Loin de l'effrayer, ces promenades nocturnes lui plaisaient. Montadour eût-il reconnu son élégante prisonnière, dans cette femme aux cottes de futaine qui se glissait du souterrain dans les buissons, au lever de la lune ?

Un bref moment, le temps du trajet, Angélique savourait le bonheur de marcher dans la demi-obscurité. Des diamants scintillaient aux mille feuilles des hêtres, ruisselaient au plumage des châtaigniers et les chênes semblaient de broderies d'argent.

Jamais la crainte ne l'effleurait de rencontrer l'une ou l'autre bête fauve dont la forêt était encore le refuge : sangliers, loups ou même, disait-on parfois, ours. La forêt lui faisait moins peur que la société des humains qui portent au cœur des blessures si profondes, et il lui semblait alors rejoindre l'innocence qu'elle avait connue au désert et dont elle gardait la nostalgie.

Quand elle parvenait au lieu du rendez-vous, l'euphorie la quittait. Elle se mettait à guetter avec un mélange d'impatience et d'appréhension l'approche des huguenots. Leurs pas s'entendaient au loin dans le silence feuillu, traversé de murmures et elle voyait luire entre les arbres les flammes rouges des torches.

Le duc de la Morinière venait, accompagné de ses frères puis, de plus en plus souvent, il vint seul, ce qui l'inquiéta.

Quand il était seul il ne prenait pas de torche. Lui aussi semblait voir dans la nuit et connaître les moindres sentes de la forêt. Et lorsqu'il surgissait et traversait — noir personnage, ses lourdes bottes écrasant les brindilles desséchées — l'aire blanchie de lune d'une clairière, elle ne pouvait retenir un frisson sur la nature duquel elle s'interrogeait. La voix du patriarche était brusque et très basse, presque caverneuse, ses yeux brûlants semblaient vouloir la sonder jusqu'à l'âme. Elle y lisait un mépris arrogant. Il y avait en cet homme quelque chose qui la révulsait. Moulay Ismaël lui avait semblé moins redoutable. C'était un maître féroce s'il en fut, mais, comme femme, elle ne le craignait pas.

Moulay Ismaël aimait les femmes et il s'évertuait à les apprivoiser. Il était sensible à leurs larmes, beauté, ruses et séduction. Une petite main habile pouvait tenir en respect ce lion du désert...

Le duc de la Morinière par contre partageait les femmes en deux catégories : les pécheresses et les vertueuses. Ses anathèmes, à Versailles, contre les belles tentatrices, restaient célèbres et il n'avait jamais dû s'apercevoir que sa femme était laide et revêche. Veuf, il ne s'était pas remarié. Sa vie austère les chasses, la pénitence, l'aidaient-elles à vaincre les ardeurs de son sang ?... Il méprisait la femme, cet objet impur, et devait déplorer de la voir tenir un rôle dans l'œuvre du créateur.

La sensibilité d'Angélique percevait de tels sentiments. Elle en était hérissée. Pourtant, elle avait besoin de cette force qui lui permettait de se dresser contre le Roi. Il irait jusqu'au bout. Cependant d'avoir fait alliance avec le huguenot, elle se sentait coupable envers Dieu et la Vierge.

Leur antagonisme éclata une nuit qu'ils se glissaient tous deux par un chemin de crête, pour rejoindre les marais. Un pasteur venu de Niort en passant par les chenaux y attendait le duc et Angélique s'était offerte à le guider. La forêt parut s'éclairicir, la lueur intense et pâle du clair de lune s'engouffra par la brèche ouverte, et dans la brusque échappée ils virent luire au-dessous d'eux des toits d'améthyste, des clochetons translucides.

A leurs pieds s'édifiait une châsse ciselée dans l'argent pur : monument d'ombre et de lumières où le feston de velours noir d'un cloître suivait le dessin blanc d'une cour, épinglée en son milieu par un puits ouvragé. L'Abbaye de Nieul.

Angélique retint son soufffe. La merveille !... Elle était là, sereine, close, refermée sur les prières murmurantes de ses moines. Et des souvenirs revenaient à Angélique, d'une nuit qu'elle avait passée à l'Abbaye quand elle était enfant, de ce moine Frère Jean qui l'avait arrachée aux entreprises douteuses du gros Frère Thomas. Il l'avait emmenée dans sa cellule pour qu'elle fût en sécurité. Il la regardait avec une lumineuse tendresse : « Vous vous appelez Angélique... Angélique, Fille des Anges !... » et il lui avait montré sur sa chair des coups bleuâtres en se plaignant : « Regardez ! Regardez ce que Satan m'a fait !... »

L'envoûtement de cette nuit mystique lui revenait au cœur.

La voix du duc de la Morinière s'éleva, haineuse.

— Maudits soient ces moines paillards et idolâtres... Un jour le feu du ciel frappera ces murs et il n'en restera plus pierre sur pierre... Et la terre sera purifiée.

Angélique lui fit face, hors d'elle.

— Taisez-vous, hérétique !... Hérétique !... Ah ! je hais votre secte infâme.

L'écho renvoya son cri et soudain elle fut atterrée, les nerfs noués de colère impuissante et d'anxiété. Le duc s'était approché d'elle. Elle l'entendait respirer sourdement. Il abattit sa poigne rude sur son épaule et l'emprise de ses doigts de cuir la tenailla. Sa gorge se contractait. Elle eût voulu secouer ce joug et elle ne pouvait pas. Il était dangereusement près, il lui masquait la vision de lumière et elle ne pouvait que rester immobile, respirant jusqu'à en être abasourdie son odeur d'homme de guerre et de chasseur.

— Que dites-vous ? souffla-t-il. Vous nous haïssez ? Qu'importe ! Vous continuerez quand même à nous aider.

Il insista.

— Vous ne nous trahirez pas.

— Je n'ai jamais trahi personne, fit-elle, fière, en ravalant ses larmes. Ses jambes tremblaient. Elle craignit de défaillir, de se laisser aller contre lui. Elle se raidit pour échapper à la main qui la meurtrissait.

— Laissez-moi, dit-elle d'une voix faible, vous me faites peur. L'étau des doigts se desserra et il retira d'elle sa main avec lenteur.

Angélique se remit à marcher. Son cœur battait. Elle avait eu peur. De lui mais aussi d'elle-même. Peur de glisser dans cette ombre sans nom qu'ouvrent au désir les ramures de la forêt. A l'aube, qui parut grise d'abord puis rouillée entre les arbres, ils parvinrent au campement des charbonniers. Angélique avait froid et serrait sa cape contre elle frileusement.

— Holà ! manants, cria le duc, avez-vous du bouillon, du pain, du fromage ?

Dans la hutte noircie de l'un d'eux ils s'assirent sur des escabeaux branlants, devant la table où la femme déposait un pot de lait. Elle ajouta un plat de haricots brûlants garni de lard et d'oignons. Les enfants, à demi nus et noirs jusqu'aux yeux, regardaient avec ébahissement ces deux personnages qui mangeaient en silence. L'homme avec sa barbe noire, la femme avec sa chevelure d'or humide de rosée, croulant sur ses épaules et qu'ils avaient vus surgir comme des phantasmes de la nuit à travers les brumes de l'aube et traverser le champ de cendres.

Angélique jetait des regards furtifs vers le duc de la Morinière. C'était sans doute parce qu'il y avait dans sa forte carrure quelque chose qui lui rappelait Colin Paturel, qu'elle éprouvait une sorte d'attirance à son égard. Mais Colin Paturel, c'était Adam, l'homme magnifique du Paradis perdu. Celui-là, c'était l'homme du péché, un homme des ténèbres.

— Il est venu jusqu'à la porte de votre chambre, lui chuchota Bertille, sa petite servante, lorsqu'elle rentra au Plessis.

— Qui cela ?

— Gargantua ! Il a gratté, frappé, appelé... Mais vous n'avez pas répondu.

« Et pour cause », songea-t-elle.

Le capitaine Montadour revint la nuit suivante. Il appela :

— Marquise ! Marquise !

Ses mains erraient sur le panneau fermé et elle entendait racler contre le bois les boutons de son uniforme sur son gros ventre.

Elle écoutait à demi soulevée sur un coude. Le désir de Montadour, respirant la nuit derrière sa porte, lui causait moins de crainte que de trouble.

C'est lui qui, au fond, commençait d'avoir peur. Il y avait quand même d'étranges silences la nuit derrière cette porte et il n'était pas loin de croire aux histoires des domestiques qui racontaient que leur maîtresse se transformait la nuit en biche, pour courir les bois...

Les pommes rougirent sur les pommiers. Et, soudain, les trois frères la Morinière galopèrent à travers la province. Et de Tiffauges dans le nord à Moncontour vers l'est le mouvement de défense des protestants prit une ampleur inattendue.

« *Restez où vous êtes,* écrivit Marillac au capitaine Montadour. *La région où vous vous trouvez représente le foyer de la rébellion. Tâchez de mettre la main sur les chefs de bande.* »

Il ajoutait en post-scriptum :

« *Surveillez étroitement la personne dont vous avez la garde. Je constate que l'agitation ne fait que croître et, peut-être, n'y est-elle pas étrangère !* »

Puis le gouverneur de la province se porta à la tête de ses piquiers dans le nord du Poitou. Quatre villages protestants qui avaient soutenu un siège en règle contre les soldats chargés de les occuper, furent incendiés. Les hommes qu'on put atteindre furent pendus. Les autres étaient allés grossir les troupes recrutées par la Morinière. On rassembla les femmes avec leurs enfants, et on les jeta sur les routes après avoir proclamé un édit à leur sujet. « *Pour les femmes hérétiques des villages de Noireterre, Pierrefitte, Quingé, Arbec, il est interdit à tous de leur prêter conseil, confort et aide, de les recevoir, alimenter, donner feu ni eau, ou leur prêter aucun office d'humanité.* »

Après quoi les troupes du gouverneur s'enfoncèrent à l'intérieur du Poitou, afin d'y poursuivre les bandes protestantes. Comme on les avait prévenues que les trois frères de la Morinière avaient réussi à concentrer des forces importantes, elles demandèrent l'aide de la milice de Bressuire. Cette ville, en majorité protestante, ne fournit que peu d'hommes. M. de Marillac apprit presque aussitôt que la petite armée de la Morinière s'était jetée dans Bressuire, dépourvue de défenseurs, et s'était répandue dans les rues désertes en criant : « Ville prise ! Ville prise ! » et avait pillé les magasins d'armes.

M. de Marillac dédaigna de reprendre la ville. Il ne voulait pas encore s'avouer que ces échauffourées prenaient l'allure d'une guerre de religion, pour ne pas dire d'une guerre civile. Il passa par le Plessis pour consulter Montadour.

Des contreforts de la forêt de Nieul, les résistants huguenots purent voir s'étirer au long de la route romaine le serpent gris de l'armée avec la herse serrée des piques.

Les troupes se retirèrent le lendemain, ne laissant que quelques renforts aux dragons de Montadour. L'hostilité des populations, même catholiques, qui avaient refusé le pain et le vin aux soldats et les avaient accueillis à coups de pierres, inquiétait le gouverneur. Il ne pouvait laisser toute cette troupe sur place sans risquer un soulèvement plus important. Il ramena ses soldats au-delà de Poitiers et partit pour Paris afin de converser avec le ministre Louvois sur les mesures à prendre.

10

Angélique courut comme une folle, s'accrochant aux buissons, tirant avec rage sur sa mante pour se dégager, insoucieuse des branches qui la fustigeaient au visage.

— Vous avez brisé les statues, cria-t-elle à Samuel de la Morinière, dès qu'elle l'aperçut.

Il s'était dressé auprès de la Pierre aux Fées, aussi noir qu'une obsidienne préhistorique, et il lui parut haïssable, l'image même du mal. Et plus il lui inspirait de terreur, plus elle se faisait violente.

— C'est vous qui avez trahi. Vous m'avez trompée. Vous avez demandé l'alliance des catholiques pour mieux les détruire ensuite. Vous êtes un homme sans honneur.

Elle s'interrompit, suffoquée, la tête bourdonnante, et la lune entièrement ronde qui voguait à la cime des chênes, autour de la clairière, lui parut danser, sursauter en tout sens. Elle dut s'appuyer au dolmen pour ne pas tomber. Le contact de la pierre la ramena à elle.

— Vous m'avez frappée ! fit-elle suffoquée.

Il avait ôté son gant et l'avait frappée à la joue de sa main nue.

— Vous m'avez frappée !

Un sourire carnassier éclaira la barbe noire du patriarche.

— Ainsi traite-t-on les femmes insolentes et faibles. Jamais l'une d'elles n'a osé me parler sur ce ton.

L'humiliation d'Angélique lui égarait l'esprit. Elle sut trouver la seule flèche capable d'atteindre ce fanatique.

— Les femmes !... Croyez bien qu'elles préféreraient les hommages de Satan aux vôtres.

Elle regretta aussitôt ses paroles devant le mouvement qu'il eut. Il la saisit aux deux bras et il se mit à la secouer rudement en grondant.

— Mes hommages ! mes hommages !... Qui parle d'hommages ! vile créature de péché !... Néfaste créature !...

Il la serrait contre lui avec une force démente et son souffle brûlant lui balayait le visage. Elle eut l'explication de ses peurs. Elle avait dû pressentir inconsciemment qu'il la tuerait et qu'elle devait mourir de sa main. Il allait l'étrangler ou l'égorger. Ce lui serait facile dans ce coin reculé des bois et la pierre du sacrifice était prête.

Néanmoins elle se débattit furieusement, se meurtrissant aux boucles de son ceinturon et à la rude étoffe de son pourpoint dans ses efforts pour s'arracher à lui. La force de son adversaire la subjuguait peu à peu. Sa peur cédait sous la poussée d'un autre sentiment dont le primitif désir de la chair, aveugle et avide, n'était pas exempt. La fièvre érotique qui semblait s'être emparée de l'homme la paralysait dans sa lutte, l'amollissait malgré sa volonté d'y échapper.

Elle fut au sol, la gorge rauque sous son souffle déchirant, les yeux blessés sous la clarté de la lune qui la frappait en plein visage.

Ses gestes devenaient vagues.

Elle avait perdu la mémoire de ce qu'il était... qui il était. Sa tête roula à la renverse et elle sentit la fraîcheur de la terre sous ses reins dénudés.

Mais alors qu'elle allait s'abandonner, son cerveau

soudain hanté de visions folles leva en elle des hallucinations où se mêlaient les maléfices de la clairière druidique et les prédictions de la sorcière.

Elle cria.

D'un sursaut dément elle échappa à l'étreinte, se tordit sur le sol, puis se relevant d'un bond se jeta à travers les arbres.

Elle courut longtemps, portée par son effroi. L'instinct la guidait sur ces chemins obscurs qu'elle avait tant de fois parcourus au cours des derniers mois. Elle ne s'égara pas. Parfois elle s'arrêtait pour pleurer d'énervement, le front contre un arbre. Elle avait envie de haïr la forêt, cette souveraine impavide qui recèle, indifférente, les prières des moines, les chants des psaumes des huguenots pourchassés, les crimes des braconniers, l'accouplement des loups et les rites païens des sorcières.

Elle était blessée comme une enfant qui n'a plus de refuge en ce monde, blessée par la douleur de vivre. La nuit était encore profonde lorsqu'elle parvint aux abords du château du Plessis.

Elle lança par deux fois l'appel de la chouette que ses deux mains jointes portées à ses lèvres avaient retrouvé tout naturellement. Les serviteurs veillaient. La réponse vint du haut de la tourelle.

Malbrant-coup-d'épée se tenait dans le cellier, un lumignon en main, à l'entrée du souterrain.

— Cette existence ne peut durer, madame, lui dit-il. Courir les bois la nuit, quelle folie. La prochaine fois je vous accompagnerai.

Le vieil écuyer devait avoir remarqué le désordre de sa toilette et de sa chevelure, et sur ses joues les traces mal essuyées de ses larmes. Elle se redressa, recomposa son visage habituel tandis qu'elle cherchait dans la poche de sa mante un mouchoir.

— Oui, la prochaine fois vous m'accompagnerez ou plutôt ce sera La Violette car la forêt est trop humide pour vos douleurs. Encore que je n'aie pas grande confiance non plus en cet individu, ajouta-t-elle avec un soupir. En qui avoir confiance ? murmura-t-elle.

Ils émergeaient des caves dans la demeure silencieuse. Elle s'efforça de sourire, désinvolte :

— L'autre ogre dort-il ? fit-elle avec un geste en direction de l'appartement du capitaine Montadour.

Dans sa chambre, elle ôta ses vêtements déchirés et longuement se lava dans la salle d'eau attenante. Elle avait l'impression que les bras du chef huguenot lui brûlaient encore l'échine, que ses mains râpeuses et chaudes étaient sur sa peau.

Elle prit la cruche d'eau fraîche et inonda son corps nu. Puis elle s'enveloppa dans un peignoir et peigna ses cheveux emmêlés de brindilles.

Elle continuait à se sentir affreusement endolorie. La pensée de ce qui était advenu cette nuit, dans la forêt, ne la quittait pas. Cela lui rappelait l'épreuve amère que lui avait infligée ce fou hystérique : Escrainville. « Je croyais avoir pourtant connu le pire », se dit-elle. Elle revint dans sa chambre et posa la chandelle près de son miroir.

Penchée, elle examina son visage et y lut la transformation qui s'y était accomplie en quelques semaines. Elle avait retrouvé l'ovale lisse de ses joues. Ses yeux étaient moins creux, ses lèvres à nouveau colorées, roses et brillantes comme la pulpe des fraises sauvages.

Seule demeurait, sous les pommettes, l'ombre nouvelle, un peu tragique, qu'y avait modelée la main de la souffrance et qui conférait à ce visage, longtemps demeuré celui d'une très jeune fille, le masque hautain de sa maturité.

Non plus favorite. Mais reine.

— « Et si le pire était encore à vivre !... »

Elle voulut atténuer ce qu'il y avait de farouche

dans son expression. Que donnerait ce nouveau visage sous les fards de Versailles ?

Elle ouvrit les battants de sa coiffeuse et en sortit ses crèmes et ses poudres qu'elle conservait dans des pots d'onyx. Il y avait aussi un petit coffret de bois de santal incrusté de nacre qu'elle attira vers elle et ouvrit. Machinalement...

Pour y contempler rassemblées en quelques reliques les phases de sa vie incertaine : une plume du Poète crotté, le poignard de Rodogone l'Egyptien, l'œuf de bois du petit Cantor, le collier des femmes du Plessis-Bellière, celui qu'elles ne pouvaient porter « sans rêver aussitôt guerre ou fronde »... Deux turquoises côte à côte, celle du prince Bachtiari bey et celle d'Osman Ferradji... « Ne crains rien Firouzé, car les étoiles racontent... la plus belle histoire du monde... » Manquait un anneau d'or, celui de son premier mariage, qu'elle avait perdu lorsqu'elle était à la Cour des Miracles et qu'elle souçonnait le truand Nicolas de lui avoir volé, une nuit, dans son sommeil.

Dur cheminement pour elle, de clartés et de gouffres alternant depuis que la volonté du Roi avait fait d'elle une veuve sans nom, sans droits et sans recours. Elle n'avait alors que vingt ans. Plus tard, après son mariage avec Philippe jusqu'à son départ pour Candie, les années qu'elle avait vécues dans le rayonnement de la Cour pouvaient être considérées comme des années de paix. Oui, si l'on envisageait sa vie triomphante, comblée, de grande dame, ayant son hôtel à Paris, son appartement à Versailles, et courant de fêtes en fêtes. Non, si elle se remémorait les intrigues auxquelles elle avait été mêlée et les chausse-trapes qu'on avait semées sous ses pieds. Mais, là au moins, elle suivait l'ordre établi, elle était parmi les puissants de ce monde.

La rupture avec le Roi l'avait rejetée dans le chaos. Que lui disait-il donc encore, le grand mage, Osman Ferradji ?

— La force que le Créateur a mise en toi ne te permettra pas de t'arrêter avant que tu n'aies rejoint le lieu où tu dois te rendre.

— Quel est-il, Osman Bey ?

— Je l'ignore. Mais tant que tu ne l'auras pas atteint, tu ravageras tout sur son passage et jusqu'à ta propre vie...

Elle reverrait Samuel de la Morinière. Il le faudrait ! Elle se mit à l'injurier en elle-même, agacée de ce trouble malsain qui continuait à l'habiter, et qui la dominerait encore lorsqu'elle se retrouverait en sa présence. Cet homme avait au moins vingt ans de plus qu'elle. C'était un hérétique sans esprit, morne et cruel. Mais il l'obsédait et elle s'interrogeait sur lui, curieuse de savoir s'il possédait vraiment cette puissance anormale qui l'avait si fortement effrayée. Lorsqu'elle songeait à certains moments de leur lutte, sa gorge se serrait.

Elle prit du bout des doigts, dans un pot, de la crème rose et commença à masser légèrement ses tempes. Le miroir, limpide comme une eau forestière, renvoyait la lumière de ses cheveux. Elle y vit naître une forme, imprécise, tel un cauchemar, titubante et qui peu à peu s'éclaira en son milieu d'une lueur rousse : la moustache du capitaine Montadour.

Venu à pas de loup jusqu'à sa chambre, il avait tourné la poignée de la porte et, surpris, l'avait vue céder sans effort. L'effroi succédant à son premier sentiment de triomphe, un peu haletant, il s'était penché scrutant la pénombre où ne brillait qu'une seule chandelle. Il avait aperçu Angélique debout devant son miroir.

Allait-elle se transformer en biche ?...

Son long peignoir transparent révélait ses formes parfaites. Ses cheveux dénoués lui faisait, sur les épaules, une cape aux chauds reflets. Elle penchait un peu la tête et ses doigts faisaient naître à ses joues de savoureuses fleurs roses.

Alors il s'était approché.

Angélique se retourna, médusée.

— Vous ?

— N'aviez-vous pas eu la bonté de laisser votre porte ouverte, très belle ?

Il suait à grosses gouttes et ses yeux disparaissaient presque derrière les boules rouges de ses pommettes, tant son sourire voulait être jovial. Avec ça, puant le vin, les mains tendues et tremblantes.

— Allons, ma jolie, est-ce que vous ne m'avez pas fait assez languir. Cela doit vous tarder à vous aussi, pas vrai, jeune et belle comme vous l'êtes ? Est-ce qu'à nous deux on ne pourrait pas nous payer du bon temps ?...

Il n'était pas adroit et le savait. Mais sa langue pâteuse embrouillait le madrigal qu'il aurait voulu tourner, et voilà qu'il sortait des « pauvretés » impardonnables. Il préféra passer à une action plus brillante et saisit la jeune femme à pleins bras. Elle eut un haut-le-cœur en éprouvant la mollesse envahissante de cette bedaine et se rejeta en arrière, renversant un des pots d'onyx qui se brisa sur le dallage.

Des bras d'hommes, partout des bras d'hommes pour l'étreindre : le roi, le soudard, le huguenot, d'autres encore, toujours, des bras d'hommes, des corps d'hommes contre le sien...

Elle saisit, dans le coffret, le poignard effilé de Rodogone l'Egyptien et le tint en défense devant elle, d'un geste prompt que lui avait appris la Polak.

— Ecartez-vous... ou je vous saigne comme un pourceau.

Le capitaine recula de deux pas, les yeux arrondis devant le spectacle incroyable.

— De... de quoi ?... bégaya-t-il... mais c'est qu'elle le ferait !

Son regard incrédule allait de la lame étincelante aux prunelles non moins étincelantes de celle qui la tenait.

— ... Allons ! allons... on ne s'est pas compris...

Puis il se retourna et aperçut les serviteurs qui s'étaient massés dans l'ombre de la chambre et qui barraient la porte. Malbrant et son épée dégainée, les laquais, les valets, qui avec un bâton, qui avec un couteau, et jusqu'à Lin Poiroux, le cuisinier, avec sa toque blanche et ses gâte-sauces, tous armés de leurs tourne-broches et de leurs meilleures lardoires.

— Y a-t-il quelque chose pour votre service, monsieur le capitaine ? demanda l'écuyer d'une voix où perçait la menace.

Montadour jeta un regard vers la fenêtre ouverte puis vers la porte. Qu'est-ce qu'ils faisaient là, tous, avec leurs yeux sauvages ?

— Foutez le camp ! gronda-t-il.

— Nous ne recevons des ordres que de notre dame, répliqua Malbrant ironique.

La Violette, doucement, se glissa vers la fenêtre et la ferma. Montadour ne pouvait plus appeler. Il comprit que rien ne les empêcherait de l'assassiner là, en quelques coups de rapières ou de lardoires. Ses hommes bivouaquaient au-dehors et, d'ailleurs, il n'en avait que quatre dans la propriété, les autres ayant été envoyés dans un village où l'on avait signalé des bandes protestantes.

Une sueur froide lui mouilla les tempes et coula entre les plis de son cou congestionné. Par un réflexe militaire, il porta la main à son épée, décidé à vendre chèrement sa peau.

— Laissez-le passer, dit Angélique à ses gens.

Elle ajouta, avec un sourire glacé.

— Le capitaine Montadour est mon hôte... S'il se comporte courtoisement il ne lui arrivera pas malheur *sous mon toit*.

Il sortit, méfiant et bouleversé. Il fit entrer les soldats dans le château. Il ne se sentait plus en sécurité au fond de ce domaine perdu... Un nid de brigands aux ordres d'une femelle dangereuse, voilà bien le guêpier où il était allé se fourrer !

Le silence du parc où passaient les chouettes lui glaçait le cœur. Il fit veiller une sentinelle à la porte de sa chambre.

11

Deux silhouettes adolescentes se profilaient, minces et vêtues de noir, dans l'encadrement ensoleillé de la porte.

— ... Florimond ! dit Angélique.

Elle répéta, médusée :

— ... Florimond ! Monsieur l'abbé de Lesdiguière !...

Ils s'avancèrent souriants. Florimond mit un genou en terre et baisa la main de sa mère. L'abbé fit de même.

— Mais pourquoi ?... Qui ?... Comment se fait-il ?... Ton oncle m'avait dit...

Les questions se bousculaient sur ses lèvres. A sa surprise succédait une impression d'atterrement.

L'abbé expliqua qu'il avait appris trop tard le retour de Mme du Plessis en France. Il avait encore quelques obligations à remplir envers M. le Maréchal de la Force, chez qui il était entré en service comme aide-aumônier après le départ d'Angélique. Dès qu'il l'avait pu, il s'était mis en route et, en passant, s'était arrêté au collège de Clermont pour voir ce qu'y devenait Florimond. Or le Père Raymond de Sancé s'était empressé de lui restituer son ex-élève, heureux, disait-il, de trouver un compagnon de voyage à son neveu, car celui-ci était sur le point de prendre la route, seul, pour gagner le Poitou.

— Mais pourquoi ?... pourquoi ? répétait Angélique. Mon frère m'avait dit que...

L'abbé de Lesdiguière baissa ses longs cils avec confusion.

— J'ai cru comprendre que Florimond ne donnait pas satisfaction, murmura-t-il, et qu'on le renvoyait.

Les yeux d'Angélique allèrent de la physionomie aimable du jeune abbé à celui de son fils. Elle avait peine à le reconnaître. Pourtant c'était bien lui. Mais si grandi, maigre comme un clou, sous sa vareuse noire de collégien. La taille, serrée par une ceinture où pendaient une corne d'encre et un étui à plumes, avait la finesse de celle d'une femme. Douze ans ! Il lui atteindrait bientôt l'épaule. A un mouvement qu'il fit pour rejeter en arrière une boucle de ses longs cheveux qui le gênait — mouvement plein de désinvolture et où n'entrait aucune contribution — elle comprit d'où venait le bouleversement qu'elle éprouvait à sa vue. Il s'était mis à ressembler de plus en plus à son père. De ses traits enfantins surgissaient comme d'une gangue un profil pur, une joue un peu creuse, des lèvres pleines et moqueuses ; le visage de Joffrey de Peyrac qu'on devinait jadis malgré la disgrâce de ses cicatrices. La chevelure de Florimond avait doublé, semblait-il, foisonnante, profondément noire. Et, dans ses prunelles, veillait une ironie allègre que démentait son maintien calme de bon élève.

Que se passait-il ? Elle ne l'avait pas embrassé, elle ne l'avait pas serré sur son cœur. Mais, c'est aussi qu'il ne lui avait pas sauté au cou, comme jadis.

— Vous êtes couverts de poussière, fit-elle, vous devez être fatigués ?

— Harassés, en effet, dit l'abbé, nous nous sommes égarés, nous avons parcouru au moins vingt lieues de plus. Nous voulions éviter ces bandes armées de faux qui parcourent le pays. Du côté de Champdeniers, nous avons été arrêtés par des huguenots. Ils en voulaient à mon habit ecclésiastique. Florimond, en vous nommant, les a calmés et ils nous ont laissé passer. Ensuite, nous avons été assaillis par des va-nu-pieds qui en voulaient, plus simplement, à nos bourses. Heureusement, j'avais mon épée... La province me paraît très agitée...

— Venez manger, insista-t-elle, retrouvant un peu ses esprits.

Les domestiques s'empressaient, heureux de retrouver le garçonnet qui avait longtemps habité le Plessis avec son frère Cantor. On apporta vivement une collation de fruits et de laitages.

— Peut-être vous étonnez-vous de me voir porter l'épée, reprenait l'abbé dont la voix précieuse et douce ne lui semblait pas tout à fait réelle, mais M. de la Force ne peut souffrir de voir un gentilhomme sans épée, fût-il prêtre. Il a obtenu de l'archevêque de Paris le droit de la faire porter par ses aumôniers de noble naissance.

Il expliqua encore, en maniant délicatement sa cuillère de vermeil, que le maréchal quand il partait en campagne voulait entendre la messe tous les jours avec autant de pompe que dans la chapelle de son château. Ce qui avait parfois créé des situations pittoresques, l'aumônier officiant sous les murs d'une ville assiégée, tandis que les fumées de l'encens se mêlaient aux volutes des premiers coups de canon. « L'Arche Sainte sous les murs de Jéricho », disait le maréchal enchanté. Tel était le maître que l'abbé de Lesdiguière avait servi en l'absence de celle qu'il ne pensait plus revoir et qu'il retrouvait en ce jour avec un bonheur qu'il ne pouvait exprimer.

Tandis que les deux arrivants achevaient de se restaurer, Angélique s'écarta vers la fenêtre pour lire la missive du Père de Sancé que lui avait remise le précepteur de son fils. Le Jésuite y parlait de Florimond. L'enfant ne répondait pas à leurs efforts, disait-il. Il n'aimait pas le travail intellectuel et, peut-être, au fond, manquait d'intelligence. Il avait la déplorable habitude de se cacher pour étudier les globes et les instruments d'astronomie à l'heure de la leçon d'escrime ou de partir à cheval alors que le maître de mathématiques se présentait dans sa classe. En bref, il manquait de la plus élémentaire discipline scolaire et, ce qui était fort décourageant, ne semblait pas en être affecté. La missive finissait sur ce compte rendu pessimiste, sans autre explication. Angélique pensa : « Je sais ce que cela veut dire », et relevant les yeux, elle vit que les frondaisons du parc jaunissaient et qu'un bosquet de merisiers avait pris, en quelques jours, la teinte sombre du sang.

L'automne était là.

Tous ces mots n'étaient que prétexte. Florimond n'avait pu quitter le collège sans autorisation du Roi. Elle revint vers eux avec fébrilité.

— Il faut que vous partiez tout de suite, dit-elle à l'abbé, vous n'auriez jamais dû revenir, ni ramener Florimond.

L'arrivée de Malbrant-coup-d'épée interrompit la protestation effarée du petit ecclésiastique.

— Alors, fils ? qu'avez-vous fait de votre bonne épée, vous vous êtes rouillé comme elle à apprendre des fadaises. Mais nous allons reprendre l'exercice. Tenez, voici trois lames parmi les plus belles. Je les ai affûtées pour vous. Je sentais que vous n'alliez pas tarder à revenir.

— Madame, que dites-vous ? murmurait l'abbé. N'avez-vous pas l'emploi de mes facultés ? Je peux continuer à donner des leçons de latin à Florimond et apprendre l'alphabet à votre dernier fils. J'ai reçu les Ordres et je dirai la messe chaque jour dans votre chapelle, confesserai vos serviteurs...

Il était effarant d'inconscience. Les yeux tendres

avouaient l'adoration qu'il lui portait, les larmes qu'il avait versées en secret la croyant à jamais disparue, la joie qui le bouleversait de la retrouver vivante.

Ne voyait-il pas à quel point elle était changée, marquée, entourée d'un halo de disgrâce ?

Ne sentait-il pas le danger des désordres, la tension du pays ? Ici même, dans ce château, ne percevait-il pas l'atmosphère de sensualité, de haine et de sang ?

— La messe ! Vous êtes fou... Des soldats souillent ma demeure. Je suis prisonnière, humiliée et moi-même... moi-même, je suis maudite...

Elle avait parlé toujours à voix basse, sans savoir, un peu hagarde, les yeux rivés sur les yeux du jeune homme au visage d'enfant et, comme si elle eût voulu se réfugier en sa candeur. Une passion grave inonda les traits délicats de l'abbé de Lesdiguière.

— Raison de plus pour dire la messe, fit-il avec douceur.

Il prit l'une des mains d'Angélique et la serra avec ferveur, tandis qu'une indulgence infinie emplissait ses beaux yeux.

Elle détourna les yeux, soudain faible, et secoua la tête à plusieurs reprises, comme pour écarter des voiles oppressants, puis elle céda :

— Eh bien ! restez... et dites-la votre messe, mon petit abbé. Après tout, peut-être tout le monde s'en trouvera-t-il bien.

Ce fut l'époque des retours. Le surlendemain, Flipot, ayant fini d'enseigner les rudiments de la langue argotière au fils du seigneur italien qui l'avait acheté à Livourne, revenait d'Italie. Il avait mis six mois, monté sur une mule, pour parcourir monts et vaux. De son service dans les palais ouvragés, sur les bords de l'Adriatique, il ramenait des allures de valet de comédie, exubérant et volubile. De ses pérégrinations par les cols des Alpes, sous la neige, par les routes poudreuses des campagnes françaises, il gardait un teint recuit et des épaules plus larges. C'était devenu un homme à la mine goguenarde et chafouine, beau garçon, beau parleur, et qui aurait été fort bien à sa place parmi les truands du Pont-Neuf.

— N'as-tu pas été tenté de revenir plutôt sur Paris ? lui demanda Angélique.

— J'y suis passé pour m'enquérir de vous. Quand on m'a dit que vous étiez sur vos terres, j'ai repris la route.

— Pourquoi n'es-tu pas resté à Paris ? insista-t-elle. Déluré comme tu es, tu aurais pu te trouver une bonne place.

— Je préfère être chez vous, madame la Marquise.

— Chez moi, rien n'est sûr, Flipot. Le Roi me tient en disgrâce ; tu es un enfant de Paris, tu serais mieux à ta place là-bas.

— Où voulez-vous que j'aille, madame la Marquise ? fit l'ancien mion de la Cour des Miracles avec une moue chagrine. Vous êtes toute ma famille. Vous m'avez quasiment servi de mère depuis la Tour de Nesles où vous me défendiez contre ceux qui me battaient. J'me connais. Si je retourne au Pont-Neuf, je recommencerai à couper les bourses...

— J'espère que tu as perdu cette mauvaise habitude.

— Ça, dit Flipot, c'est une autre affaire. Je dois me garder la main, moi qui ai passé mon chef-d'œuvre et puis de quoi j'aurais vécu pendant tout ce voyage ?... Mais quand on n'a que ce métier pour vivre, il devient vite dangereux. Quand nous étions tous marmots, à la Cour des Miracles, il y avait un vieux, je crois que c'était le père Hurlurot, qui nous répétait tous les matins : « Mes petits, souvenez-vous que vous êtes nés pour être pendus. » Moi, ça ne me disait rien. Ça ne me dit toujours rien. Bricoler de temps en temps, ça va, mais je préfère rester à votre service...

— Puisqu'il en est ainsi, je te garderai volontiers, Flipot, toi et moi, nous avons bien des souvenirs communs...

Le soir même de ce retour, un colporteur monta vers le château. Une servante vint avertir Angélique qu'un homme la demandait de la part de « son frère Gontran ». Elle se sentit pâlir et lui fit répéter le nom plusieurs fois. L'homme était dans la cuisine, devant son ballot dénoué, qui offrait à la convoitise des domestiques sa mercerie : rubans, aiguilles, des images bariolées, des médicaments. Il avait aussi tout un attirail de peintre.

— Avez-vous bien dit que vous venez de la part de mon frère Gontran ? demanda Angélique.

— Oui, madame la Marquise. Monseigneur votre frère qui est notre compagnon m'a chargé de vous porter quelque chose qu'il m'a confié lorsque je suis parti pour accomplir mon tour de France. Il m'a dit : « Quand tu passeras par le Poitou, va jusqu'au château du Plessis-Bellière, dans la région de Fontenay. Adresse-toi à la maîtresse du lieu et remets-lui ceci de la part de son frère Gontran. »

— Depuis combien de temps n'avez-vous pas vu mon frère ?

— Depuis plus d'une année.

Tout s'expliquait. Tandis qu'il racontait son long périple à travers les terres de Bourgogne, de Provence, celles du Roussillon, ses longues haltes dans les Pyrénées et sur les rives de l'océan glauque, il fouillait dans une sacoche de cuir et retirait un rouleau soigneusement enveloppé dans de la toile huilée.

Angélique prit l'objet. Elle recommanda à ses gens de bien soigner l'artisan et l'assura qu'il pouvait demeurer sous ton toit tant qu'il lui plairait.

Dans sa chambre, elle sortit de son enveloppe une toile qui, déroulée, lui livra le portrait merveilleusement vivant de ses trois fils. Cantor était au premier plan avec sa guitare, dans son costume vert, de la même couleur que ses prunelles. Le peintre avait su ranimer leur expression si particulière, à la fois songeuse et amusée. C'était lui, l'enfant disparu et une telle vitalité émanait de son être qu'on ne pouvait croire qu'il fût mort. « Je vivrai toujours », semblait-il affirmer.

Florimond était en rouge. Gontran — par quelle prescience ! — lui avait donné le visage d'adolescent qu'il avait aujourd'hui : finesse, intelligence, passion. Sa chevelure noire mettait une tache profonde parmi la vivacité des coloris de cette œuvre charmante et en accentuait encore les verts, les rouges, les roses des visages enfantins, l'or soyeux des boucles du petit Charles-Henri. Il était entre ses deux aînés, bébé encore vêtu de longues robes blanches et semblable à un ange. Il tendait ses deux mains potelées pour toucher les bras de Cantor et Florimond mais ceux-ci ne semblaient pas s'en apercevoir. Le hiératisme des attitudes un peu raides avait quelque chose de symbolique qui serra le cœur d'Angélique comme si le peintre — ah ! qui pourrait jamais savoir les profonds pressentiments de cette âme d'artiste — avait voulu souligner les origines différentes des races : les deux aînés, fils du comte de Peyrac, en avant, hardis et comme illuminés d'un rayon de vie, le cadet, fils du maréchal Philippe du Plessis, un peu en retrait, délicieusement beau, mais seul.

A cause de cette impression qui lui serrait le cœur, Angélique s'attarda à examiner l'image du tout petit. « Je sais à qui il ressemble », pensa-t-elle tout à coup. « A ma sœur Madelon ! » Et pourtant c'était bien le portrait de Charles-Henri. Subtilités des touches d'un pinceau inspiré qui rendait à une vision immobile les nuances mouvantes de la vie. La main qui avait tenu ce pinceau était retombée inerte. Mort. Vie. Destruction et pérennité. Oubli... Résurrection...

Devant ce tableau, Angélique croyait voir, comme

les variations du prisme, comme les ombres des nuages passant sur un paysage, jouer les faces tour à tour sombres et magnifiques de sa vie et pressentir que bien des choses encore lui demeuraient cachées.

Florimond n'avait posé aucune question. Il avait admis sans commentaires la présence des soldats dans le parc et du capitaine dans la demeure de sa mère.

Depuis la nuit où les gens du Plessis l'avait menacé, l'attitude de Montadour était devenue un mélange de fureur impuissante, d'arrogance déchaînée et de sombres méditations. Il disparaissait des jours entiers, laissant à son lieutenant la garde du château, afin de courir après les huguenots. Mais ceux-ci s'égaillaient à travers le bocage et l'on trouvait des cadavres de dragons au travers des chemins. Alors Montadour pendait le premier paysan qui lui tombait sous la main et il se trouvait parfois que c'était un catholique. Les insultes naissaient à sa vue.

Il était souvent ivre. Alors ses peurs obscures mêlées au désir lancinant que le hantait, se faisaient jour en colères démentes et grommelantes, tandis qu'il titubait à travers le vestibule, frappant à grands moulinets d'épée autour de lui contre le marbre de la rampe ou les bois dorés des cadres d'où les ancêtres des Plessis-Bellière regardaient avec une hautaine consternation s'agiter cet ivrogne ventripotent. Ses hommes s'éloignaient de lui quand il était dans cet état. Il sentait aux aguets derrière les fentes des portes les yeux luisants des domestiques et parfois dans son délire, il entendait le rire perlé du petit Charles-Henri, auquel Barbe montrait l'amusant spectacle. Alors il éclatait en imprécations. On l'avait abandonné. Il était à la merci de démons et d'une magicienne. Il larmoyait sur son propre sort puis sa colère le reprenait :

— Putain ! rugissait-il, le mufle levé vers les hauteurs de l'escalier dont il essayait en vain de franchir les premières marches, je le sais, va, que tu cours dans la forêt la nuit... tu cherches ton mâle...

Angélique n'était qu'à demi rassurée. Comment pouvait-il le savoir ? C'est-à-dire qu'elle courait la forêt la nuit. Les discours du capitaine s'achevaient en de confuses accusations où il était question de biche et de sortilèges... Un jour qu'il braillait ainsi, il ressentit une piqûre violente à l'arrière-train et, se retournant, vit Florimond qui lui enfonçait sans ambages son épée dans les parties charnues.

— Est-ce à ma mère que vous vous adressez, capitaine ? demanda-t-il. Si oui, vous devez m'en rendre raison.

Montadour jura et essaya de se défendre contre l'épée agile. Son regard trouble ne voyait plus qu'un épais pelage noir virevoltant autour de lui. Le louveteau de la louve ! Sa main fut entaillée et il lâcha son arme en appelant ses hommes à son secours. Ceux-ci accoururent. Florimond s'envola en leur faisant un pied de nez.

Pansé et dégrisé, Montadour jura qu'il les exterminerait tous. Mais il fallait attendre l'arrivée des renforts. La situation était critique pour eux. Ils étaient coupés de M. de Gormat et les lettres qu'il avait envoyées à M. de Marillac avaient dû être interceptées.

A part cette intervention, Florimond ne parut pas avoir pris une conscience très nette de la situation. Il ferraillait avec son écuyer et son précepteur en d'interminables duels, chassait l'écureuil et disparaissait des heures entières on ne sait où. Il portait Charles-Henri sur ses épaules et galopait avec lui à travers les couloirs. C'était étrange, ces rires clairs. Il sellait son cheval, prenait Charles-Henri avec lui sur la selle et s'en allait dans la campagne sans souci de la sentinelle qui essayait de l'arrêter et le laissait aller ne sachant pas trop quelles devaient être les sanctions vis-à-vis de ce jeune seigneur catholique.

Angélique surprit un jour Florimond installé dans un coin du salon avec Charles-Henri devant lui, dans l'attitude de l'élève qu'on interroge. L'aîné déposait des poudres tirées de petits sachets soigneusement étiquetés, dans des assiettes posées devant lui.

— Quel est le nom de cette matière jaune ?

— C'est du soufre.

— Et celle-ci qui est grise ?

— C'est du caliche ou salpêtre de Chili, en cristaux.

— Très bien, monsieur. Je vois que vous êtes attentif. Et cette poudre noire ?

— C'est du charbon de bois que tu as tamisé dans de la soie.

— Très bien, mais vous ne devez pas tutoyer votre professeur !

Un soir, la nuit était déjà profonde, on entendit une détonation près du perron et quelque chose de brillant s'envola dans l'ombre et retomba en gerbe sur la pelouse. Les soldats se précipitèrent sur leurs armes en criant « Alerte ! ». Montadour était absent. Des fenêtres s'ouvrirent. On trouva Florimond le visage et les mains noirs de suie devant un étrange engin de sa fabrication, et Charles-Henri en longue chemise de nuit qui criait d'enthousiasme devant la réussite de cette fusée que son « professeur » avait si ingénieusement réussie.

Tout le monde se mit à rire et les militaires eux-mêmes. Angélique riait comme elle n'avait pas ri depuis longtemps, d'un rire qui lui allégeait le cœur et faisait monter des larmes à ses yeux.

— Ah ! marmousets, soupirait Barbe, on ne peut être tranquilles en votre compagnie.

La malédiction semblait s'écarter du château. Les messes de l'abbé de Lesdiguière y étaient peut-être pour quelque chose...

Le lendemain, un faucon survola les tourelles et Florimond le captura en fauconnier consommé. Accompagné de l'abbé de Lesdiguière, il apporta à sa mère le message qu'il avait trouvé fixé à la patte de l'oiseau. Angélique s'empourpra en saisissant l'étui. D'un coup sec de son petit canif, elle fit sauter le feuillet hors de son abri. La haute écriture de Samuel de la Morinière lui fixait rendez-vous, la nuit suivante, à la Pierre aux Fées... Ses dents se serrèrent. A la Pierre aux Fées. L'insolent ! Avec quel mépris ne la traitait-il pas pour oser lui donner pareille indication... Pareil ordre ! La considérait-il comme asservie ?... Elle n'irait pas ! Elle ne les aiderait plus... Elle n'aurait pu le faire qu'en échappant au patriarche. Mais se retrouver devant lui, dans la complicité de la forêt, des odeurs automnales, des brumes montant des rivières, c'était impossible. S'il osait encore la toucher, que ferait-elle ? Sa peur serait-elle encore assez vive pour dominer la curieuse attirance que la scène de l'autre nuit avait laissée dans ses veines ? En vain essayait-elle de s'en distraire. La présence ténébreuse se penchait sur elle dans son sommeil et elle s'éveillait en gémissant.

Elle était écartelée entre la forêt, la force enfouie sous les arbres, l'appelant comme brame un cerf au fond des bois, et la tentation de s'immobiliser, la tentation de ne plus agir.

L'automne était venu et elle n'avait pas fait sa soumission au Roi. Mais les émissaires qu'il enverrait pour l'arrêter ne pourraient plus franchir le cercle de fer et de feu que déjà le patriarche avait tressé aux abords de la province. Au-delà du parc où jouaient ses fils, il y avait des femmes qu'on frappait, des récoltes qui brûlaient, des paysans qui rôdaient, prêts à tout.

Florimond et l'abbé de Lesdiguière la regardaient ; où qu'elle allât, elle sentait sur elle l'interrogation de ces yeux purs. Le Roi avait su ce qu'il faisait en lui envoyant Florimond. « Les enfants, c'est toujours de trop, disait la sage-femme, quand on ne les aime pas, ça encombre, quand on les aime, ça rend faible. »

Vulnérabilité d'un cœur frappé par trop de coups et qui oscille. La Méditerranée avait atteint Angélique. Alors qu'elle se croyait endurcie, sa faculté de souffrir s'était décuplée sous l'affinement de sa pensée. Tout maintenant lui faisait mal. Mais les forces déchaînées l'entraînaient malgré elle. Le cor d'Isaac de Rambourg l'appelait dans le soir couleur de cuivre, au-dessus des frondaisons fauves. Ils avaient convenu d'un code suivant l'importance des messages à transmettre. L'hallali, c'était l'appel au secours. L'hallali !...

— Madame, il faut venir, suppliait La Violette, essoufflé d'avoir couru jusqu'à la gentilhommière voisine, les femmes... Les femmes des villages protestants de Gâtine... celles qui ont été chassées sur les routes depuis plusieurs jours sans recevoir de secours... elles se sont réfugiées chez M. de Rambourg. Si Montadour l'apprend, elles sont perdues. Il demande conseil...

Angélique se faufila dans le souterrain. Par le bois elle gagna les jardins herbeux qui environnaient le château de Rambourg sur la colline. Dans la cour, au pied du donjon, les femmes épuisées étaient assises à même le sol, leurs enfants maigres contre elles. Leurs regards étaient mornes, leurs coiffes blanches souillées de poussière et fripées. Elles racontaient à la baronne leur marche sans but parmi l'hostilité des villages catholiques que leurs curés encourageaient à respecter l'édit prescrivant de ne leur donner aucun office d'humanité, même pas une croûte de pain. Elles se nourrissaient de raves arrachées dans les champs, la nuit, et longtemps elles avaient vécu à l'orée des bois. On les délogeait avec des chiens. Des patrouilles de soldats surgissaient et les harcelaient. Il y en avait toujours pour surveiller aux abords des villages de leur religion, que l'édit fût respecté. Elles marchaient avec les enfants sous l'implacable soleil de l'été, sous les pluies violentes d'orage. Enfin, elles avaient décidé de se rendre jusqu'à La Rochelle, l'ancienne métropole des protestants, où ceux-ci étaient encore assez nombreux pour pouvoir passer outre à l'édit et les accueillir. Pendant quelques jours elles avaient traversé une région où les bandes de Samuel de la Morinière étaient maîtresses de la situation et avaient pu ainsi se reposer dans des fermes de coreligionnaires. Mais les paysans étaient appauvris, les vivres rares. Il avait fallu continuer. En arrivant dans la région de la rivière Vendée, elles avaient rencontré les rouges dragons de Montadour. Affolées elles s'étaient enfoncées loin des routes. Elles aboutissaient à ce cul-de-sac près de la forêt infranchissable et apprenaient que l'un des pires tourmenteurs des protestants y tenait son quartier général. Dans un suprême effort elles s'étaient hissées jusqu'à la demeure des Rambourg qu'on leur avait indiquée.

Les enfants Rambourg, mal mouchés, contemplaient bouche bée les arrivantes. Angélique aperçut Florimond, près de l'aîné Nathanaël. L'inquiétude la rendit brusque.

— Que fais-tu ici ? Pourquoi te mêles-tu de ces affaires de protestants ?

Florimond sourit. Il avait pris l'habitude, depuis le collège, de ne plus répliquer quand on lui faisait un reproche. C'était exaspérant. La baronne de Rambourg, qui en était au septième mois d'une neuvième grossesse, distribuait des morceaux de pain aux femmes. Le pain était rassis et noir.

L'une de ses filles l'aidait, portant la corbeille.

— Que devons-nous faire, madame ? dit-elle à Angélique. Nous ne pouvons garder ces femmes ici, encore moins les nourrir.

Le baron de Rambourg arrivait, son cor de chasse sur l'épaule.

— Les remettre sur la route, c'est leur perte. Avant qu'elles aient réussi à gagner Secondigny, en contournant la forêt, Montadour les rattrapera.

— Non, dit Angélique, qui avait déjà réfléchi. Il faut qu'elles gagnent le moulin des Ablettes, sur les marais. De là des barques les conduiront jusqu'au domaine de M. d'Aubigné où elles seront à l'abri. En traversant, peu à peu, l'étendue des eaux, avec des maraîchères pour les guider, elles finiront par arriver jusqu'aux abords de La Rochelle. Elles n'en seront plus qu'à deux ou trois lieues, et auront accompli tout leur voyage à l'écart des routes fréquentées.

— Mais pour atteindre le moulin des Ablettes ?

— Elles couperont tout droit à travers la forêt. Il n'y en a pas pour plus de deux ou trois heures de marche.

Le protestant fit la grimace.

— Qui les guidera ?

Angélique abaissa son regard sur les faces lasses où brûlaient les prunelles sombres des femmes de sa province.

— Moi.

En sortant des arbres, leurs pieds s'enfoncèrent dans une mousse spongieuse. Les marais commençaient là. Ils avaient la couleur de la prairie et l'on n'eût cherché à s'avancer entre les aulnes et les trembles, si des barques qu'on appelle plates, à la chaîne sur la rive, n'eussent trahi la présence des eaux. Angélique avait emmené trois petits laquais pour aider à la manœuvre des bachots. En gars du pays, ils s'étaient montrés pessimistes.

— On s'embarquera pas si facilement, madame la Marquise. Au moulin des Ablettes, la rive est contrôlée par le meunier. Il demande péage à tous ceux qui veulent passer dans les marais et il fait toujours des avanies aux réformés parce qu'il les déteste. Il tient les clés des barques. Il y a même des gens des hameaux qui font de longs détours pour ne pas avoir à passer par son moulin.

— Nous n'avons pas le temps. C'est notre seule issue. Je me charge du meunier, dit Angélique.

Ils partirent bien avant la fin du jour, emportant des lanternes qu'on allumerait lorsque l'obscurité envahirait les bois. Les enfants étaient las. Le chemin parut long. Lorsqu'ils parvinrent au moulin des Ablettes, le soleil était déjà couché. Les cris des grenouilles et des oiseaux aquatiques vrillaient l'ombre. La fraîcheur d'une brume impalpable montait du sol et prenait à la gorge, tandis que s'estompaient peu à peu, dans une matité bleue, les lignes des arbres aux racines inondées.

Le moulin se distinguait encore sur la gauche, trapu, montrant les dents de sa roue au ras d'une eau dormante fleurie de nymphéas.

— Restez là, dit Angélique aux femmes, serrées frileusement l'une contre l'autre.

Des enfants toussaient et ouvraient sur ce décor embué leurs yeux inquiets.

Angélique, en pataugeant un peu, gagna le moulin. Elle trouva le pont vermoulu et, tout de suite, la familière passerele, au-dessus du bief. Sa main rencontra le mur rugueux où s'accrochaient des liserons.

La porte était ouverte. Le meunier comptait ses écus à la lueur d'une chandelle. C'était un homme au front bas. La frange de cheveux épais qui tombait sur ses sourcils accentuait son expression de ténacité bornée. Vêtu de gris, comme les gens de sa profession, un chapeau rond de castor vissé sur la tête, il avait un certain aspect cossu. Il portait bas rouges et souliers à boucles d'acier. On disait que ce meunier était très riche, avare et intolérant.

Angélique promena le regard sur les meubles rustiques que veloutait l'impalpable farine. Des sacs étaient empilés dans un coin et l'on respirait l'odeur du froment. Elle sourit de trouver le décor inchangé. Puis, s'avançant, elle dit :

— Valentin, c'est moi... Bonjour.

12

Les barques avançaient au long du tunnel obscur. A l'avant les ronds jaunes des lanternes perçaient difficilement une nuit limitée par la voûte serrée des arbres. La haute taille de maître Valentin devait parfois se courber. D'une injonction en patois, il avertissait les guides des autres barques. Les femmes n'avaient plus peur. Une détente se percevait parmi elles et l'on entendait les rires étouffés des enfants. Une paix, depuis de longs jours ignorée, s'insinuait dans le cœur des fugitifs : la paix des marais inviolés. N'est-ce pas du marais poitevin que le bon roi Henri IV écrivait à sa mie : « L'on y peut être plaisamment en paix et sûrement en guerre. » Quel ennemi poursuivrait ici son adversaire ? L'eût-il voulu, qu'après avoir embarqué quelques soldats sur des « plates », Montadour les verrait revenir transis, boueux, ayant viré en vain parmi les rigoles et les conches, abordant une rive pour la sentir s'effondrer sous leurs bottes, tournant dans un labyrinthe aux murailles vertes ou dorées suivant la saison, parmi les grilles fermées des ramures, à l'hiver, pour se retrouver enfin à leur point de départ. Encore heureux s'ils revenaient ; l'immense étendue pourrait les engloutir à jamais dans son univers silencieux. Bien des cadavres inconnus dorment au fond des eaux mortes, sous le velours vert des cressonnières...

Maître Valentin, le meunier, s'était levé lorsque Angélique l'avait interpellé. Il n'avait pas paru surpris de la voir. Elle retrouvait, sous les traits lourds, ceux du gamin têtu et taciturne, qui poussait la « pigouille » pour emmener jadis la demoiselle de Sancé dans son domaine des marais et la soustraire jalousement aux appels claironnants du berger Nicolas « Angélique !.. Angélique !.. » Le berger courait par les prairies avec sa houlette, son chien et ses moutons derrière lui.

Angélique et Valentin, cachés par les roseaux, pouffaient sournoisement, puis s'éloignaient plus encore et les appels mouraient étouffés par les branches : aulnes, ormes, frênes, saules et longs peupliers...

Valentin cueillait des rameaux de la plante d'angélique. Ils la suçaient et la respiraient tour à tour. « Pour avoir ton âme », disait Valentin.

Il n'était pas bavard comme Nicolas. Il était facilement rouge et saisi d'implacables colères. C'était les protestants, on ne sait pourquoi, qui attisaient sa haine. Avec Angélique, ils allaient guetter, aux carrefours, les enfants huguenots qui revenaient de l'école et ils leur lançaient au visage des chapelets, afin de les entendre crier : au diable ! Ces souvenirs revenaient à l'esprit d'Angélique, tandis qu'avec un bruit d'averse légère se déchirait, sous l'étrave, le tapis de lentilles d'eau.

Valentin n'aimait toujours pas les protestants mais il avait été sensible aux écus d'or que lui avait remis la marquise du Plessis-Bellière. Il avait pris ses clés et fait monter femmes et enfants dans les plates.

A une bouffée d'air plus large, on devina que le chemin d'eau s'élargissait. Le premier bateau heurta la terre ferme. Dans un halo irisé, la lune sortait des arbres. Elle révéla la demeure des seigneurs d'Aubigné qui dormait, entourée de saules, parmi des pelouses aux longues herbes. Le château était bâti sur l'une de ces innombrables îles de l'ancien golfe du Poitou, dont les roches à fleur de sol ont été battues jadis par la mer. L'hiver, les eaux n'en montaient pas moins jusqu'au seuil du grand escalier de pierre. Château Renaissance, édifié par un maître qu'avait tenté le reflet des pierres blanches dans le miroir insondable, et aussi, peut-être, la situation inaccessible des lieux. Demeure pour conjurés s'il en fut !

Des chiens aboyaient...

On vint vers les arrivants et Mlle de Coesmes, la cousine du vieux marquis, apparut tenant haut un chandelier. Sévère, elle écouta Angélique lui parler de l'état misérable des pauvres femmes, veuves la plupart, qu'elle avait conduites jusqu'ici dans l'espoir qu'on les prendrait en charge et qu'on les aiderait à gagner La Rochelle. Elle n'approuvait pas l'ingérence dans les affaires des réformés d'une catholique aussi suspecte que Mme du Plessis. Ses débordements à la Cour n'étaient-ils pas trop connus ? Cependant elle la fit entrer et tandis que l'on conduisait les paysannes aux cuisines, elle considéra la robe de futaine qu'Angélique portait sous une mante pour ses expéditions nocturnes, ses souliers plats et boueux et le carré de satin noir qu'elle nouait sur ses cheveux pour les maintenir.

La vieille fille serra les lèvres derechef, prit un air de martyre résignée et avertit sa visiteuse :

— Le duc de la Molinière est ici. Voulez-vous le voir ?

Angélique se troubla sous l'annonce. Elle se sentit rougir et dit qu'elle ne voulait pas déranger le duc.

— Il est arrivé ici couvert de sang, chuchota Mlle de Coesmes qui, malgré tout, se laissait exciter par tant d'événements. Une escarmouche avec les dragons de l'infâme Montadour, il n'a pu se dégager et s'est réfugié dans les marais. Son frère Hughes a pris Pouzauges à ce qu'il paraît. Monsieur de la Morinière regrettait de ne pouvoir vous joindre.

— S'il est blessé...

— Laissez-moi le prévenir.

Elle attendit en tremblant, mais lorsque le pas du patriarche huguenot retentit sur les dalles du palier, elle se raidit, et tandis qu'il descendait, elle lui jeta un regard hardi et dur.

Il vint à elle. Une profonde entaille barrait son front. Les chairs boursouflées n'étaient pas encore cicatrisées. Cette blessure béante n'était pas pour adoucir son aspect. Elle le trouva plus grand, plus lourd et plus noir que jamais.

— Madame, dit-il, je vous salue.

Il tendit à demi vers elle sa main nue.

— ... Garderez-vous l'alliance ?

Ce fut Angélique qui détourna les yeux de ce regard. Elle eut un geste vers l'office dont les portes entrouvertes laissaient passer la lueur du feu et les voix rassurées des femmes protestantes.

— Vous voyez !

Elle n'aurait pas cru que cette chose qui s'était passée à la Pierre aux Fées pourrait à ce point s'imposer à elle et la paralyser à la fois de gêne et de trouble. Subissait-elle l'influence d'une personnalité que certains de ses contemporains ont déclarée envoûtante bien que désagréable à accepter. Ses frères, son épouse, les femmes de ses frères, ses filles, ses neveux, ses gens, ses soldats ne savaient pas lui désobéir. Il n'avait qu'à paraître. « Si près du dieu, il y avait en lui quelque chose de diabolique », a-t-on écrit du grand seigneur protestant qui se dressa à son heure, brièvement mais férocement, en face de Louis XIV.

Il ne lui présentait pas d'excuses. Etait-il offensé, dans son orgueil démesuré, qu'elle ne se fût pas rendue aux deux appels qu'il lui avait lancés ?

— Pouzauges, Bressuire, dit-il enfin. Les bourgeois nous sont acquis. Nous avons pris les armes des garnisons et nous en avons armé les bandes levées dans les campagnes. Les troupes que M. de Marillac avait laissées dans le nord se sont retirées plus à l'est et nous avons occupé immédiatement leurs positions en Gâtine. Les troupes de MM. de Gormat et de Montadour sont coupées de tout secours et elles ne s'en doutent encore pas.

Elle le fixa vivement, le visage illuminé.

— Est-ce possible ? Je l'ignorais.

— Comment l'auriez-vous su ? Vous gardiez le silence.

— Alors, murmura Angélique, à mi-voix, comme pour elle-même, le Roi... le Roi ne peut plus m'atteindre...

— Dans quelques jours, je sortirai des marais et je chasserai Montadour de vos domaines.

Elle soutint son regard.

— Soyez remercié, monsieur de la Morinière.

— Pardonné ?

Le mot avait dû lui coûter un effort surhumain car son front se gonfla et le sang suinta au bord de l'entaille.

— Je ne sais pas, fit-elle en détournant la tête.

Et elle marcha vers la porte en murmurant :

— Il me faut maintenant regagner le Plessis.

Sur le perron il la suivit, descendit à ses côtés. Comme elle s'engageait dans l'allée, vers le débarcadère, il la saisit à la taille d'un mouvement convulsif et irrésistible.

— Je vous en prie, regardez-moi, madame.

— Attention, chuchota-t-elle, avec un mouvement vers l'ombre où l'attendaient maître Valentin et sa barque.

Il la poussa derrière un saule et, sous la retombée légère des feuillages, il l'enlaça de ses bras noueux.

Le même réflexe de répugnance et de désir la

raidit contre lui. Oui, l'amour avec le patriarche devait être une chose terrible, inhabituelle. Tout son corps la trahissait. Elle serra les épaules du huguenot sous ses mains crispées, ne sachant si elle le repoussait ou si elle s'y appuyait comme à un roc invincible dont son existence menacée éprouvait le besoin.

— Pourquoi ? haleta-t-elle, mais pourquoi troubler l'alliance ?

— Parce qu'il faut que vous soyez à moi !

— Mais qui êtes-vous ? gémit-elle. Je ne comprends plus. Ne vous présente-t-on pas comme un homme de prières et de mœurs austères ? On disait que vous méprisez les femmes !...

— Les femmes ? Oui. Mais vous... Sous le porche romain, vous étiez Vénus. J'ai compris... Ah ! quel voile se déchirait... Attendre aussi longtemps, toute une vie, pour comprendre ce que c'est que la beauté d'une femme.

— Mais qu'ai-je dit ? Qu'ai-je fait ce jour-là ? N'avions-nous pas parlé ensemble de votre lutte pour votre foi...

— Ce jour-là... le soleil était sur vous, sur votre peau, sur vos cheveux... Je ne savais pas. J'ai compris tout à coup. La beauté d'une femme.

Il l'écarta un peu.

— ... Je vous fais peur à vous aussi ? Les femmes m'ont toujours redouté. Je vais vous faire un aveu, madame, qui est au fond de moi une honte sanglante. Mon épouse, lorsque j'entrais chez elle, me suppliait parfois à mains jointes de ne pas la toucher. Elle m'a dévotement servi pourtant et m'a donné trois filles mais je n'ignore pas que je fus pour elle un objet d'horreur. Pourquoi ?...

Elle le savait. L'ironie du hasard ou des hérédités avait fait de ce descendant d'une race qui avait peut-être reçu l'apport du sang maure, de ce protestant sévère, un amant à la complexion redoutable.

La révélation d'Angélique l'avait foudroyé. Il existait donc une autre face de la vie, dont la grâce pouvait lui être accessible. Et parce qu'elle lui avait paru faible et sans défense, malgré la force de sa beauté, les démons de la luxure s'étaient déchaînés en lui. Il jouait sur la domination qu'il avait sur elle, craignait son regard, mais ordonnait. C'était une lutte épuisante par l'extrême des sentiments qui s'étaient emparés d'eux. La complicité de la rébellion les isolait. Ils étaient poussés vers la réalisation de leur passion inquiétante comme vers la nécessité d'exterminer les soldats du Roi ou de braver le maître du royaume.

— Vous serez à moi, répéta-t-il sourdement. Vous m'appartiendrez...

La même adjuration que le Roi. Le même impérieux marché.

— Peut-être un jour... balbutia-t-elle. Ne soyez pas brutal.

— Je ne suis pas brutal. (Sa voix tremblait presque.) Ne parlez pas comme les autres femmes qui ont peur. Je sais que vous, vous n'aurez pas peur. J'attendrai. Je ferai ce que vous voudrez. Mais ne refusez plus mon appel à la Pierre aux Fées.

Assise au fond de la barque garnie de paille, elle se sentait vidée, alanguie comme si elle venait de subir, en réalité, cette possession forcenée. Que serait-ce de la chose quand elle y consentirait ?... Angélique remuait la tête pour chasser des images insoutenables.

Une nuit, dans la forêt, le chasseur noir faisant d'elle sa proie, la clouant sur la mousse, l'opprimant de son énorme corps maladroit. Elle, se débattant contre ses mains, contre la touffeur de sa barbe, jusqu'à l'instant magique où l'éveil de la chair ferait basculer l'angoisse du côté des délices. Oubli total, halètements, cris...

Elle jeta la tête en arrière avec une expression excédée. La bruine lui mouillait les cheveux. Pourtant il ne pleuvait pas. Derrière le bateau, un moment subsistait un sillon de marbre noir qui lentement s'effaçait sous la matité laiteuse des minuscules plantes rapprochées.

La lune, comme une énorme perle à l'irisation opaline, ne versait qu'une lumière atténuée sous les branches, et la silhouette de maître Valentin, debout à l'arrière et maniant la perche, était à peine moins étrange que celle des aulnes penchés au-dessus du chemin d'eau.

Le haut parfum des menthes révélait la rive proche. On la frôlait parfois, des branches raclaient le bois de la plate, mais le meunier n'avait besoin d'aucune lanterne pour se guider dans ce dédale. Angélique parla pour échapper à ses tentations.

— Vous souvenez-vous, maître Valentin ? Vous étiez déjà le maître du marais lorsque vous m'emmeniez pêcher l'anguille.

— Oui da.

— Possédez-vous toujours cette hutte où nous abordions pour faire cuire la bouillure et nous régaler ?

— Toujours.

Angélique continua de parler afin d'éviter le silence.

— Une fois, je suis tombée à l'eau. Vous m'avez repêchée, couverte d'algues et, en rentrant à Monteloup, j'ai été fortement punie. L'on m'a défendu de retourner dans les marais et, peu après, j'ai été envoyée au couvent. Nous ne nous sommes plus revus.

— Si fait. A la noce de la fille au père Saulier.

— Ah ! oui.

Elle se souvint.

— Tu avais un bel habit de drap, dit-elle en riant,

et un gilet brodé. Tu te tenais tout raide et n'osais pas danser.

Puis elle revit la grange où elle avait dormi, fatiguée par les farandoles et où Valentin s'était glissé à sa suite. Il avait posé la main sur sa poitrine naissante. Ce gros garçon un peu simple avait été le premier désir à rôder autour de la marquise des Anges. L'importune réminiscence la gêna.

— Et après, dit la voix lente du meunier comme s'il avait suivi le cours de sa pensée, j'étais malade. Mon père m'a dit : ça t'apprendra à caresser les fées. Il m'a conduit au sanctuaire de Notre-Dame de la Pitié pour me faire lire les exorcismes sur la tête.

— A cause de moi ? fit Angélique, saisie.

— L'avait raison, pas vrai ? Vous êtes une fée.

Angélique ne dit ni oui ni non. Elle s'égayait, mais le ton de maître Valentin restait grave.

— J'ai guéri. Ça a été long quand même. J'me suis pas marié plus tard. J'ai pris des servantes. Pas plus. Le mal des fées, l'on ne s'en remet pas si facilement. Pas tant le corps qui est touché que le cœur. On se languit. P't'être bien c'est l'âme qui reste malade...

Il se tut, et le bruit soyeux des algues écartées emplit le silence où flûta, tout à coup, un crapaud.

— Pas loin, on arrive, dit l'homme.

La barque heurta la rive. L'odeur des bois et de la terre descendit jusqu'à eux. Derrière, les autres barques conduites par les petits laquais accostaient à leur tour.

— Viendrez-vous jusqu'au moulin, madame la Marquise, pour y boire un verre ?

— Non, merci, Valentin. La route est longue encore.

Il les accompagna jusqu'à la lisière des arbres, son chapeau à la main.

— Là, près de ce vieux chêne, Nicolas le berger

vous attendait avec des fraises des bois posées sur une feuille.

C'était surprenant que l'écho d'une voix puisse faire renaître son cœur d'enfant dans son corps de femme qui avait traversé tant de fortunes diverses et, devant elle, l'image d'un petit garçon aux boucles noires, aux yeux pétillants qui tenait d'une main son bâton et, de l'autre, des fruits parfumés et qui l'attendait à l'entrée de son domaine à lui : les prés et les bois.

Elle écarta la vision, ternie par la vie :

— Nicolas, dit-elle, sais-tu ce qu'il est devenu ?... Un bandit, il a été envoyé sur les galères du Roi. Sais-tu comment il est mort ? Au cours d'une révolte qu'il avait menée, un officier l'a fait tomber à la mer...

Et, comme l'homme demeurait silencieux :

— Cela ne vous étonne pas, maître Valentin, que j'en sache si long sur Nicolas Merlot qui a disparu du pays depuis tant d'années ?

Il hocha la tête :

— Non, ma foi, vous seule pouvez connaître le passé, comme l'avenir, pas vrai ? Allez, l'on sait bien qui vous êtes, l'on sait bien d'où vous venez !...

13

Au Plessis, la voix de Montadour ébranlait les murs. Angélique l'entendit dès la cave.

« S'est-il aperçu de mon absence ? » songea-t-elle en s'immobilisant.

Elle remonta avec précautions jusqu'au vestibule.

— Abjure ! Abjure !

Un être plié en deux, les bras sur le visage, jaillit du salon et vint s'écrouler aux pieds d'Angélique, un paysan abasourdi, la face tuméfiée et sanglante.

— Not'dame, gémit-il, vous avez toujours été bonne pour les réformés... Pitié !.. Pitié !

Elle posa sa main sur la grosse tête hirsute et il se mit à sangloter dans les plis de sa robe comme un enfant.

— Je les tuerai tous, dit Montadour en apparaissant sur le seuil de la pièce. Je les écraserai comme des punaises et j'exterminerai tous les catholiques qui leur ont prêté assistance.

— Comment des choses semblables peuvent-elles se passer sous notre ciel ! s'exclama Angélique à bout d'indignation. Abjure ! abjure ! On se croirait à Miquenez. Vous ne valez pas mieux que les Maures fanatiques qui torturent les chrétiens captifs en Barbarie.

Le capitaine haussa les épaules. Le sort des chrétiens captifs en Barbarie lui était bien indifférent. C'est à peine s'il savait qu'il en existât.

Angélique parla à mi-voix à l'homme prostré. Elle murmura en patois.

— Prends ta faux, paysan, et va rejoindre les bandes de la Morinière. Que tous les hommes disponibles te suivent. Marchez jusqu'au carrefour des Trois Hiboux. Là, le duc vous enverra des ordres et des armes. Et, dans deux jours, peut-être avant, Montadour va être chassé de nos terres. On s'apprête, je le sais.

— Puisque vous le dites, madame la Marquise, fit-il ranimé, les yeux brillants d'espoir.

Et sa ruse campagnarde reprenant le dessus :

— J'm'en vais la leur signer, mon abjuration, pour avoir la paix et m'en aller... Pour deux jours seulement et pour son service, le Seigneur peut pas m'compter ça. Et j'le leur ferai payer, leur Credo !...

Le surlendemain, alors que Montadour et ses hommes étaient partis en patrouille, ne laissant que quelques soldats à la garde du château, on vit un cavalier remonter l'allée, courbé sur l'arçon de sa selle. C'était un dragon blessé qui bascula de sa monture, tomba sur le gravier du parterre et n'eut que le temps de crier à ses camarades : « Une embuscade ! Les bandes arrivent ! » avant d'expirer.

Une rumeur confuse naquit sous les chênes. Le duc de la Morinière et son frère Lancelot surgirent à leur tour, l'épée à la main, suivis de la troupe compacte des paysans armés. Les soldats coururent jusqu'aux communs pour saisir leurs mousquets ; tout en courant, l'un d'eux tira son pistolet et le coup faillit atteindre le duc. Les protestants les rattrapèrent et les égorgèrent sauvagement. On les traîna sur les cailloux, jusqu'à l'esplanade de cette noble demeure poitevine qu'ils avaient profanée et où le duc de la Morinière fit jeter leurs cadavres aux pieds d'Angélique.

— Vous irez au Roi !

Molines lui tenait les poignets à deux mains.

— Vous irez au Roi et vous ferez votre soumission. VOUS SEULE pouvez arrêter ce carnage.

— Lâchez-moi, maître Molines, dit Angélique avec douceur.

Elle frotta ses poignets meurtris. Le silence nouveau qui était tombé sur le château et sur le parc, où ne s'ébrouaient plus les chevaux des dragons et ne s'élevaient plus leurs voix grossières, avait quelque chose d'insolite. Il n'apaisait pas le cœur.

— On m'a renseigné, reprit l'intendant, des troupes se dirigent vers le Poitou envoyées par le ministre de la Guerre Louvois. La répression va être terrible. Quand le duc de la Morinière aura été fait prisonnier ou exécuté, on prendra prétexte du soulèvement esquissé pour exterminer les protestants... Quant à vous...

Angélique se taisait. Elle était assise devant sa table de marqueterie, avec la perception aiguë du temps qui s'écoulait, heure après heure, tombant lourdes, dans ce clair jour d'automne au parfum de feuilles mortes qui entrait par la fenêtre ouverte, journée suspendue comme au-dessus d'un gouffre, entre deux destinées, deux catastrophes irrémédiables.

— Les bandes de monsieur de la Morinière seront décimées, reprit Molines. Il est vain de penser que le Poitou entier se soulèvera. Les catholiques laisseront passer les armées parce qu'ils auront peur et parce qu'ils n'aiment pas les protestants et qu'ils convoitent leurs biens. Et l'on reverra — l'on revoit déjà — les horreurs des guerres de religion, les récoltes incendiées, les enfants jetés sur les piques... La province exténuée, anéantie, pour de longues années, mise au ban du royaume... Voilà ce que vous avez voulu, femme orgueilleuse et folle.

Elle lui jeta un regard sombre, énigmatique, mais ne dit mot.

— ... Car vous l'avez voulu, insista le vieil homme intraitable. Le choix vous était possible, mais vous avez suivi les désirs de votre nature redevenue primitive. Vous vous êtes assimilée aux forces d'une terre dont vous avez toujours été comme l'incarnation. Et cela vous était facile de canaliser les aspirations des la Morinière, ces brutes fanatiques, ou des manants superstitieux. Votre seule apparition les met en transes.

— Est-ce ma faute si les hommes ne peuvent voir passer une femme sans prendre feu ? Vous exagérez, Molines, j'ai longtemps administré ces domaines et y ai même vécu, particulièrement au moment de mon veuvage d'avec le maréchal, sans apporter dans la région aucun trouble.

— Vous étiez alors une dame de la Cour... une femme comme les autres... Vous ne vous rendez pas compte de ce que vous faites aujourd'hui, de ce qu'un seul de vos regards provoque aujourd'hui... Vous avez rapporté d'Orient une sorte de pouvoir fascinant, de mystère, je ne sais... mais j'entends les sornettes qui courent les chaumières où l'on se souvient que vous étiez un farfadet jadis, qu'on vous avait vue ici et là, en plusieurs endroits à la fois, que là où vous passiez les récoltes étaient plus belles, tout cela parce que vous entraîniez à la maraude des petits croquants paresseux, qui ne juraient que par vous, et que maintenant, où vous courez les bois la nuit, vous êtes revenue pour délivrer le Poitou de sa misère et lui donner prospérité par vos pouvoirs magiques.

— Vous parlez comme Valentin, le meunier.

— Le meunier maintenant, grinça Molines, cet avare simple d'esprit... Encore l'un des naïfs que vous entraîniez dans vos petits sabbats à la Pierre aux Fées, quand vous aviez dix ans ! Je me doute aujourd'hui que les charmes n'ont pas perdu leurs pouvoirs. Après le meunier, jusqu'où irez-vous choisir vos amants, madame du Plessis ?...

— Monsieur Molines, vous dépassez les bornes, dit Angélique en se redressant avec dignité.

Mais au lieu d'éclater en rage comme il s'y attendait, sa physionomie s'adoucit et un sourire effleura ses lèvres.

— Non, n'essayez pas d'éveiller les scrupules de ma conscience perverse en évoquant mon passé de gamine dévergondée. J'étais une enfant pure, Molines. Et vous le savez fort bien. Vous m'avez vendue vierge au comte de Peyrac et... vous n'en doutiez pas, sinon jamais vous n'auriez passé ce marché. Oh ! Molines, je voudrais n'avoir jamais vécu ! Retrouver ces joies simples, le corps en paix et l'esprit délicieusement agile. Mais on ne peut retourner à son enfance comme on retourne au bercail. C'est même le seul pays où l'on ne puisse jamais revenir... Les bouquets de myosotis que me cueillait Valentin, les fraises sauvages de Nicolas, nos danses autour de la Pierre aux Fées, tandis que la lune montait entre les arbres, c'était innocent et d'une beauté sans pareille. Il n'y avait rien de mal en tout cela. Mais plus tard je n'ai pu remettre les pieds dans ces traces que pour les souiller de sang, de mort et de désirs. Ai-je été folle ? Je croyais que ma terre me défendrait...

— La terre est femelle. Elle sert ceux qui la protègent et la fécondent et non ceux qui la livrent au désordre. Ecoutez, mon enfant...

— Je ne suis pas votre enfant.

— Si... un peu... Vous irez au Roi et la paix reviendra.

— Vous, un réformé, vous me demandez de trahir les gens de votre secte auxquels j'ai promis mon appui ?

— Il ne s'agit pas de les trahir mais de les sauver. Vous êtes ici dans votre domaine mais déjà vous ne pouvez compter les pendus qui se balancent aux branches des chênes dans tout le pays. Des femmes pleurent de honte, violentées par des brutes sadiques. Des enfants sont livrés à leur cruauté et jetés au feu. Dans maints endroits les récoltes de l'année sont perdues. La fièvre gagne parce que les soldats ont peur. Quand les secours leur arriveront, ils redoubleront de sévices pour se venger de leur peur. Ce sera une persécution d'autant plus affreuse qu'elle sera ignorée du reste du royaume et du Roi lui-même. Elle sera menée en sourdine, par les habiles compagnons du Saint-Sacrement que le Roi a dans son entourage et il ne verra de ces traces sanglantes que des noms de convertis sur les listes de plus en plus longues. Vous seule pouvez les sauver. Vous seule pouvez parler au Roi, l'avertir de ce qui se trame contre ses sujets. Vous, il vous écoutera. Il vous croira. Vous seule. Parce que, malgré vos défauts, votre indiscipline, vous lui avez inspiré une confiance démesurée. Il vous veut pour cela aussi. Vous serez toute-puissante... Vous pourrez tout obtenir de lui...

Il se pencha :

— ... Vous ferez pendre Montadour et disgracier M. de Marillac. Vous délivrerez le Roi de l'influence des dévots intransigeants... et le calme reviendra dans les campagnes, la justice, le travail...

— Molines, gémit-elle, vous m'accablez d'une tentation affreuse ! La pire...

Elle le regardait comme jadis quand il l'avait convaincue, pour sauver sa famille, d'épouser un gentilhomme inconnu que l'on disait infirme et diabolique.

— Vous serez toute-puissante, répéta-t-il... Songez à l'heure qui suivra celle de votre soumission. Les paroles du Roi... Vous savez bien qu'elles ne seront pas cruelles.

Bagatelle, mon insupportable enfant, mon inoubliable...

Dans la demi-clarté d'une aube sur Versailles, au terme d'une nuit où ses lèvres se seraient closes sur des cris de révolte — et peut-être les aurait-elle laissé échapper stridents comme ceux de la criminelle sous le fer rouge qui la marque à jamais — le Roi se pencherait sur elle.

Elle serait encore endormie, le corps repu — ah ! comme elle connaissait cette lâche et merveilleuse stagnation de l'être, cette rémission infinie — jouissant peut-être au fond de son sommeil du luxe et de la splendeur retrouvés. Sous la caresse, elle s'éveillerait à demi, se tournant parmi les dentelles, inconsciemment lascive et, soudain, ouvrant toutes grandes ses prunelles au reflet de forêt. Elle le verrait là et elle cesserait de se débattre, et elle l'écouterait enfin, après tant d'années de fuite, captive... captivée... tandis qu'il lui redirait à mi-voix, comme un ordre, comme un appel triomphal « Angélique... vous et moi ensemble, nous sommes invincibles... »

Elle secoua la tête avec égarement.

— C'est affreux, gémit-elle. C'est comme si vous me demandiez de mourir, de perdre toute espérance.

Cette scène avec Molines lui semblait avoir été vécue déjà dans le temps et elle revit Osman Ferradji essayant de la convaincre de se donner à Moulay Ismaël. Mais elle n'avait pas cédé à Moulay Ismaël... Et l'on avait massacré tous les juifs du mellah et empalé des esclaves...

Ainsi, partout, en tous lieux, il y avait des maîtres tyraniques et des peuples asservis, malmenés par leurs caprices c'était la loi inéluctable...

Au dehors, une pluie légère s'abattit, faisant bruire la forêt, et soudain l'on entendit les cris de Florimond et de Charles-Henri qui fuyaient sous l'ondée.

L'intendant alla jusqu'au secrétaire prendre une

feuille de papier, une plume et un encrier et revint les poser devant Angélique.

— Ecrivez... Ecrivez au Roi. Je partirai ce soir. Je porterai la lettre.

— Que lui dire ?

— La vérité. Que vous venez à lui, faire votre soumission. Que ce n'est ni par regret de ce que vous avez fait ni par remords, mais parce qu'on torture autour de vous indûment ses sujets les plus fidèles. Que vous ne pouvez croire que ce soit par ses ordres. Que vous ne vous rendrez à Versailles que lorsqu'on aura retiré les dragons de M. de Marillac du pays et rappelé ceux du ministre Louvois. Mais que vous ferez votre soumission, humblement, et dans les termes voulus par Sa Majeté, parce que vous reconnaîtrez sa justice, sa bonté, sa patience...

Elle se mit à écrire fiévreusement, très vite accaparée par son réquisitoire contre les tourmenteurs du Poitou. Elle dit toutes les mesures vexatoires et cruelles qu'on avait prises contre eux, comment un soudard ivre les avait torturés sous son toit, elle nomma Montadour, M. de Marillac, M. de Solignac et Louvois, donna des précisions sur l'emplacement actuel des régiments royaux, parla de la révolte grandissante et inévitable des paysans, demanda pitié pour eux, et tandis qu'elle écrivait la physionomie du jeune roi était présente à ses yeux, grave et attentive, dans le silence de son cabinet de travail, la nuit.

— Il ne peut avoir voulu cela, dit-elle à Molines.

— Il peut le vouloir sans le savoir. La conversion des protestants lui tient à cœur pour le rachat de ses péchés. Il ferme les yeux et les oreilles. Vous le forcerez à les ouvrir... Votre rôle est bon...

Lorsqu'elle eut achevé, elle se sentit brisée mais calme. Molines sabla la missive et la cacheta de cire.

Angélique l'accompagna jusqu'à sa maison. Elle ne savait plus où elle en était. Le silence des champs avait quelque chose de suspect. Par instants, le vent rabattait des odeurs de fumée.

— Encore des récoltes qui brûlent ou finissent de brûler, dit Molines en s'installant sur son cheval. Montadour et ses hommes se sont retranchés du côté de Secondigny, en incendiant tout sur leur passage. Lancelot de la Morinière les tient en respect, mais si ses troupes cèdent... Le patriarche a dû remonter en Gâtine pour faire face à l'arrivée des troupes de Louvois.

— Passerez-vous sans danger, Molines ?

— J'ai pris avec moi une arme, fit-il en montrant sous son manteau la crosse d'un pistolet.

Son vieux valet, monté sur sa mule, l'accompagnait. Ils s'éloignèrent.

Devant le château, Florimond, sautant sur un pied, poussait des cailloux. Il vint vers Angélique et lui annonça avec l'expression animée que l'on prend pour une joyeuse nouvelle :

— Mère, il faut maintenant partir.

— Partir ? Où cela ?

— Loin, très loin, dit le garçonnet, avec un geste vers l'horizon, dans un autre pays. Nous ne pouvons pas rester ici. Les soldats vont revenir peut-être et nous n'avons rien pour nous défendre. J'ai regardé les vieilles couleuvrines qui sont là-haut sur les remparts. Ce sont des joujoux, et encore, rouillés. Impossible de leur faire cracher le moindre boulet. J'ai bien essayé de les remettre en état, mais j'ai failli sauter avec. Alors vous voyez bien, il faut partir...

— Tu es fou. Où as-tu été chercher des idées pareilles ?

— Mais... je regarde autour de moi, dit l'enfant en haussant les épaules. C'est la guerre et elle ne fait que commencer, je crois.

— Aurais-tu peur de la guerre ?

Il rougit et elle lut dans ses yeux noirs une expression d'étonnement et de mépris.

— Je n'ai pas peur de me battre, si c'est cela que vous voulez dire, ma mère, mais voilà, je ne sais pas contre qui il faut se battre. Contre les protestants qui ne veulent pas obéir au Roi en se convertissant ?... ou contre les soldats du Roi qui viennent vous insulter dans votre propre demeure ? Je ne sais pas. Ce n'est pas une bonne guerre. C'est pour cela que je veux partir.

Il ne lui avait pas aussi longuement parlé depuis son retour. Elle le croyait insouciant.

— Ne te préoccupe pas, Florimond, dit-elle. Je pense que les choses vont s'arranger. Ecoute, est-ce que... (elle parlait difficilement) est-ce que cela te plairait de retourner à la Cour ?

— Ma foi non, dit spontanément l'enfant. Il y en avait trop qui me faisaient des avances et qui me voulaient du mal parce que le Roi vous aimait. Et, maintenant, on me fait du mal parce qu'il ne vous aime plus. Moi, j'en ai assez ! Je préfère m'en aller. Et puis je m'ennuie dans ce pays. Je ne l'aime pas. Je n'aime rien ici. Je n'aime que Charles-Henri...

« Et moi ?... » faillit-elle crier, saisie de peine.

Voilà qu'il se vengeait de ce qu'elle l'avait blessé tout à l'heure et aussi, inconsciemment, d'être entraîné par elle dans une voie sans issue.

« Dieu sait que j'ai lutté pour mes fils et que je me suis sacrifiée pour eux. Aujourd'hui encore, je me suis sacrifiée à nouveau. »

Sans mot dire, elle marcha vers le perron. L'acte qu'elle venait d'accomplir en écrivant la lettre au Roi lui laissait les nerfs à vif. Elle n'eut pas le courage de s'adoucir pour rasséréner son fils. « C'est étonnant comme les enfants vous filent entre les doigts, pensa-t-elle. On croit les connaître enfin, avoir acquis leur amitié... Il suffit d'une absence... »

Avant le départ d'Angélique pour la Méditerranée, il n'eût pas réagi de cette façon, il n'eût pas douté d'elle. Mais il atteignait l'âge où l'on commence à s'interroger sur son destin. Si l'expérience de l'Islam avait pu marquer si profondément Angélique, pourquoi l'année passée par Florimond chez les Jésuites n'aurait-elle pu le transformer aussi ? L'âme a des carrefours... On ne peut la ramener en arrière.

Elle entendit courir Florimond. Il posa la main sur son bras et répéta, pressant :

— Mère, il faut partir !...

— Mais, où veux-tu aller, mon enfant ?

— Il y a bien des endroits où l'on peut aller. J'ai tout convenu de notre départ avec Nathanaël, J'emmènerai Charles-Henri.

— Nathanaël de Rambourg ?

— Oui, c'est mon ami. Nous étions toujours ensemble, autrefois, quand j'habitais le Plessis, avant d'aller servir à la Cour.

— Tu ne me l'avais jamais dit.

Il haussa les sourcils avec une expression ambiguë. Il y avait bien d'autres choses encore qu'il ne lui avait jamais dites.

— Si vous ne voulez pas venir, tant pis ! Mais j'emmènerai Charles-Henri.

— Tu déraisonnes, Florimond. Charles-Henri ne peut abandonner ce domaine dont il est l'héritier. Le château, le parc, les bois, les terres lui appartiennent et doivent lui revenir à sa majorité.

— Et moi, qu'est-ce que j'ai ?

Elle le considéra, le cœur serré. « Toi, tu n'as rien. Mon fils, mon bel enfant si fier !... »

— Moi, je n'ai rien ?

Son ton interrogeait. Il espérait contre toute attente. Chaque seconde du silence de sa mère laissait retomber en lui le poids d'un verdict qu'il avait déjà soupçonné.

— Tu auras l'argent que je possède dans mes affaires commerciales...

— Mais mon nom, mes domaines, mon héritage à moi, où sont-ils ?...

— Tu sais bien..., commença-t-elle.

Il se détourna avec brusquerie, le regard au loin.

— C'est justement *pour cela* que je veux partir.

Elle lui mit un bras autour des épaules et ils rentrèrent à pas lents dans le château. « J'irai au Roi, songeait-elle, je remonterai la Grande Galerie, vêtue de noir, sous les regards moqueurs et ravis des courtisans, je m'agenouillerai... Je me donnerai au Roi... Mais après je te ferai rendre tes titres, ton héritage... J'ai péché contre toi, mon fils, en voulant sauvegarder ma liberté de femme. Il n'y avait pas d'issue... » Elle le pressa plus fort contre elle. Il lui jeta un regard perplexe et, pour la première fois depuis son retour, ils se sourirent avec tendresse.

— Viens, nous allons faire une partie d'échecs.

C'était l'une des passions du jeune garçon. Ils s'installèrent près de la fenêtre devant le grand échiquier aux damiers de marbre noir et blanc que le roi Henri II avait offert à l'un des seigneurs du Plessis. Les figurines étaient d'ivoire et d'os. Florimond les disposa, les lèvres serrées par l'attention.

Angélique, par la fenêtre, regardait la pelouse défoncée, les arbres exotiques que les dragons avaient abattus pour faire du feu, par vandalisme, car les halliers étaient à deux pas.

Sa vie était à l'image de ce parc saccagé. Elle n'avait pu donner à son existence nulle ordonnance. Des passions étrangères l'avaient ravagée et, finalement, elle tombait sous leur joug. Là, près de ce fils encore fragile, que rien ne protégeait, elle mesura sa faiblesse de femme seule, sans maître pour la défendre. Autrefois, elle s'était sentie capable de faire n'importe quoi pour triompher. Aujourd'hui, ce « n'importe quoi » laissait dans sa bouche un goût de fiel. Elle avait mesuré les vanités humaines. L'Islam lui avait appris que seul l'accomplissement de l'être le met en accord avec son âme.

Or elle allait se donner au Roi. Un acte pire

qu'une trahison, envers elle-même, envers son passé, envers l'homme qu'elle n'avait pu oublier...

— A vous, ma mère, dit Florimond, si vous m'en croyez, je vous conseillerais de jouer la reine.

Angélique eut un pâle sourire et joua la reine. Florimond médita une manœuvre compliquée puis, après avoir joué, releva les yeux.

— Je sais bien que ce n'est pas tout à fait votre faute, fit-il de cette voix douce qu'il avait rapportée du collège, ce n'est pas facile de s'y retrouver avec tous ces gens qui vous veulent du mal parce que vous êtes belle. Mais je crois qu'il faudrait partir avant qu'il ne soit trop tard.

— Mon chéri, tout n'est pas simple, en effet, comme tu viens de le dire toi-même. Où voudrais-tu que nous allions ? Je viens de faire un très long voyage, Florimond. J'ai couru des dangers terribles et il m'a fallu quand même revenir sans avoir trouvé ce que je cherchais...

— Mais moi, je le trouverai, dit Florimond avec véhémence.

— Ne sois pas présomptueux ! C'est un défaut qui coûte très cher.

— Je ne vous reconnais plus, fit-il sévère, est-ce bien vous que j'ai guidée dans le souterrain lorsque vous aviez décidé d'aller chercher mon père ?

Angélique éclata de rire.

— Oh ! Florimond, j'aime ta force ! Tu as raison de me gronder, au fond, mais vois-tu...

— Si j'avais su cela, je vous aurais accompagnée au lieu de me laisser enfermer dans leur sacré collège. A nous deux nous aurions réussi.

— Présomptueux ! répéta-t-elle avec tendresse.

La cruelle Méditerranée lui sautait aux yeux, les petits esclaves vendus, châtrés, les tempêtes, les batailles, les perpétuels marchés de chair humaine. Dieu merci, elle n'avait pas emmené Florimond dans son expédition. Et combien de fois s'était-elle reproché l'inconscience avec laquelle elle avait confié Cantor au duc de Vivonne pour aller se battre contre les Turcs...

— Tu ne te rends pas compte des dangers et des difficultés d'un tel voyage. Tu es encore trop jeune. Il faut manger tous les jours, trouver un toit, des chevaux frais, que sais-je ! Il faut de l'argent pour payer tout cela.

— J'ai une bourse assez bien garnie par mes économies.

— Oui, vraiment ? Et quand cette bourse sera vide ? Les hommes sont durs, Florimond. Ils ne donnent rien sans rien, souviens-toi.

— C'est bon, dit Florimond manifestement ulcéré, j'ai compris. Je n'emmènerai pas Charles-Henri, parce que, en effet, il est trop jeune, LUI, pour affronter toutes ces difficultés, et puis il a son héritage. Je n'avais pas réfléchi à cela. Mais moi, je veux aller retrouver mon père et Cantor. Je sais où ils sont.

Angélique resta saisie, une pièce d'échiquier à la main.

— Que *dis-tu ?*

— Oui, je le sais parce que je les ai vus en songe cette nuit. Ils sont dans un pays plein d'arcs-en-ciel. C'est un pays étrange. Partout des nuées se mêlent et en se mêlant elles font éclore toutes les couleurs du prisme. Et au milieu de ces brumes colorées, j'ai aperçu mon père. Je le distinguais mal. On aurait dit un fantôme, mais je savais que c'était lui. J'ai voulu le rejoindre mais le brouillard se refermait sur moi. Et, tout à coup, j'ai vu que j'avais les pieds dans l'eau. C'était la mer. Moi, je n'ai encore jamais vu la mer, mais je l'ai reconnue à son mouvement, à cause de l'écume qui venait et revenait sans cesse et qui m'éclaboussait les pieds. Les vagues étaient de plus en plus hautes. A la fin j'ai vu une vague énorme et, au sommet, il y avait Cantor qui riait et qui me criait : « Viens faire cela avec moi, Florimond, si tu savais comme c'est amusant ! »

Angélique se dressa en repoussant son siège. Un frisson glacé lui hérissait l'échine. C'était comme si les paroles de Florimond illustraient d'une certitude ce qu'elle avait toujours repoussé en elle-même : LA MORT ! La mort de ces deux êtres qu'elle avait aimés et qui erraient maintenant au pays des ombres.

— Tais-toi, murmura-t-elle, tu me rends malade !

Elle s'enfuit dans sa chambre, et s'assit, la tête dans ses mains, devant son secrétaire.

Peu après la poignée de la porte tourna doucement et Florimond se glissa dans l'entrebâillement.

— J'ai réfléchi, ma mère, je crois qu'il faut que je m'embarque sur cette AUTRE mer, vous savez ?... Il y a une autre mer que la Méditerranée. J'ai appris cela chez les Jésuites. C'est l'Océan occidental qu'on appelle Atlantique parce qu'il s'étend sur l'ancien continent de l'Atlantide qui, un jour, s'est écroulé, permettant la rencontre des eaux du nord et du sud. Les Arabes l'appelaient la mer des Ténèbres mais maintenant l'on sait qu'elle mène aux Indes Occidentales. Peut-être que là-bas...

— Florimond, dit-elle, à bout, je t'en prie, nous parlerons de cela plus tard, mais maintenant laisse-moi, sinon... sinon je crois que je vais être obligée de te flanquer une paire de gifles.

Le garçonnet, d'un air maussade, s'en alla en tirant la porte brusquement.

Angélique, quelques instants, ne sut ce qu'elle ferait pour éviter d'éclater en sanglots ; elle finit par ouvrir un tiroir et en sortit la lettre du Roi, cette lettre qu'elle n'avait pas voulu lire.

« ... *Mon inoubliable, n'écoutez plus les folies de votre cœur. Revenez vers moi, Angélique. Dans l'extrême détresse où vous vous trouviez, vous m'avez mandé votre pardon par l'intermédiaire du Révé-*

rend Père Valombreuze. Je voudrais, pour en éprouver la sincérité, l'entendre prononcer par vos lèvres. Vous êtes si redoutable, belle Angélique. Tant de forces dorment en vous qui sont les ennemies des miennes. Viendrez-vous poser vos deux mains dans mes mains. Un roi seul, voilà ce que je suis, et qui vous attend. Tous les pouvoirs vous seront remis et je ne laisserai quiconque vous porter ombrage. Vous n'aurez rien à craindre. Car je sais que vous pouvez être une franche amie comme une franche ennemie... »

Il continuait ainsi et elle était sensible à ce qu'il ne cherchait pas à la leurrer et à l'attirer sournoisement dans un piège. Il lui disait :

» *Vous serez ma maîtresse, et pour vous seule je mesure aujourd'hui tout ce que ce mot veut dire. J'ai confiance en votre loyauté, faites confiance à la mienne... Parlez-moi, je vous écouterai. Obéissez, je vous obéirai...* »

Elle ferma les yeux, lasse et vaincue. Elle avait bien agi en cédant. Demain, l'injustice serait combattue. Elle s'y emploierait de toutes ses forces...

Florimond, dans la grande allée, errait, sa fronde à la main, essayant d'atteindre les écureuils. Angélique eut pitié de lui et elle descendit pour le réconforter. Elle allait lui parler du Roi, faire miroiter à ses yeux les titres qu'on lui rendrait et les charges qu'elle lui obtiendrait.

Mais, quand elle parvint dans les jardins, Florimond avait disparu. Elle n'aperçut que Charles-Henri qui était près de l'étang et qui regardait les cygnes. Son habit de satin blanc était aussi éclatant que les plumes des beaux oiseaux et sa chevelure aussi brillante et blonde que la retombée du saule, au-dessus de sa tête.

Quelque chose dans l'attitude des trois cygnes en attente devant la rive inquiéta Angélique. On sait que ces bêtes sont très mauvaises et qu'elles peuvent entraîner un enfant dans l'eau pour le noyer. Elle s'approcha vivement et le prit par la main.

— Ne reste pas si près de l'eau, mon chéri. Les cygnes sont méchants.

— Ils sont méchants ? demanda-t-il en levant sur elle ses yeux d'azur. Ils sont pourtant si beaux, si blancs...

Sa main ronde dans la sienne était douce et confiante. Il marchait à petits pas près d'elle en continuant à la regarder. Elle avait toujours cru qu'il ressemblait seulement à Philippe, mais c'était Gontran qui avait raison. Dans la frimousse rose levée vers elle, elle reconnaissait quelque chose qui lui rappelait Cantor, une moue, une courbe du menton qui avait marqué certains des enfants de Sancé : Josselin, Gontran, Denis, Madelon, Jean-Marie...

« Mais toi aussi, tu es mon fils, songea-t-elle, toi aussi, cher petit garçon. »

Elle s'assit sur un des bancs de marbre et le prit sur ses genoux. Tout en caressant ses cheveux, elle commença à lui demander s'il était sage, s'il avait joué avec Florimond et s'il savait déjà monter sur un âne.

Il répondit : « Oui, ma mère. Oui, ma mère », d'une voix émue et flûtée.

Etait-il sot ? Non, sans doute. Son regard ombré de cils touffus avait l'expression énigmatique et non dénuée de mélancolie de son père. N'était-il pas comme l'avait été Philippe : un petit seigneur solitaire dans la demeure dont il devait hériter un jour. Elle le serra contre elle. Elle pensait à Cantor qu'elle avait si peu câliné et qui maintenant était mort. La vie passait dans les intrigues violentes des adultes, et elle n'avait même plus le temps d'être une bonne mère ! Jadis, elle avait joué avec Florimond et Cantor, quand ils étaient pauvres encore, dans la petite maison des Francs-Bourgeois. Mais, depuis, elle avait souvent écarté Charles-Henri, et c'était mal car elle ne pouvait renier l'amour que lui avait inspiré Philippe. Un autre amour que celui voué par elle à son premier époux, mais amour quand même où s'étaient mêlés l'épanouissement d'un rêve adolescent, l'ivresse d'une conquête difficile et comme une attache fraternelle née des liens de leur enfance et de leur province.

Elle prit dans le creux de sa paume la joue ronde et l'embrassa, doucement, à plusieurs reprises.

— Je t'aime bien, mon petit, tu sais...

Il ne bougeait pas plus qu'un oiseau captif. Un sourire émerveillé entrouvrait ses lèvres sur ses petites dents blanches.

Florimond reparut entre les arbres et s'approcha de leur groupe en sautant à cloche-pied.

— Savez-vous, fils, ce que nous ferons demain, dit Angélique. Nous nous habillerons avec nos plus vieilles hardes de braconnier et nous irons tous les trois au bois pour pêcher l'écrevisse.

— Bravo ! Bravissimo ! Evviva la mamma ! cria Florimond auquel Flipot apprenait l'italien.

14

Ce fut une journée merveilleuse où parurent s'abolir les amertumes du présent et les menaces de l'avenir. La forêt referma sur eux le calme doré de ses ramures. Le soleil l'habitait, reflété par la rousseur des chênes, la pourpre des hêtres, le cuivre en gerbe des châtaigniers. Les châtaignes tombaient sur la mousse, cosse éclatée montrant la luisance parfaite et sombre du fruit. Charles-Henri s'exclamait devant cette abondance, il en remplissait les poches de sa petite culotte de drap rose. Que dirait Barbe ?... Malgré les recommandations d'Angélique, elle l'avait vêtu comme pour une promenade aux Tuileries. Au début, il regarda avec inquiétude son bel habit que maculaient des taches verdâtres. Puis, voyant qu'Angélique n'en avait cure, il s'enhardit à essayer de grimper sur les souches : un paradis s'ouvrait devant lui et c'était par les mains de sa mère ! Il avait toujours su qu'en elle résidait le bonheur total, et c'est pourquoi, si longtemps, le soir, il contemplait son portrait.

Flipot et l'abbé de Lesdiguière les avaient accompagnés. Angélique éprouvait quelque fierté à se sentir observée par Florimond et ces jeunes gens, et à deviner leur admiration de plus en plus respectueuse, à mesure qu'elle les guidait à travers les sentiers quasi invisibles et leur révélait les secrets des ruisseaux. C'était pour eux, qui l'avaient connue à la Cour, un aspect tellement inusité de sa personnalité qu'ils ne savaient trop qu'en penser. Ils se piquèrent vite au jeu, gagnés par la fièvre de la pêche et pataugèrent avec ardeur dans les trous d'eau, guettant, allongés sur la mousse, la lente approche des écrevisses vers les paniers immergés, garnis de charognes. Florimond était un peu vexé de ne pas réussir à les attraper à la main comme le fit Angélique à plusieurs reprises. Elle rit devant sa mine déconfite et son cœur se dilata de joie à la pensée qu'elle regagnait l'estime de Florimond.

En traversant une clairière, ils rencontrèrent la sorcière Mélusine. La vieille cueillait des champignons, fouillant de ses doigts crochus le sol. Lentement, les feuilles d'un hêtre rouge descendaient autour d'elle, entraînées par le vent en une danse presque rituelle, honorant l'esprit maléfique de la forêt qu'incarnait cette forme noire et bossue auréolée de cheveux blancs, plus éclatants que la neige.

Angélique l'appela :

— Mélusine ! Eho !

La vieille se redressa pour les regarder s'avancer vers elle, mais au lieu de se laisser apprivoiser par la présence de celle en qui elle reconnaissait des pouvoirs proches des siens, une expression d'horreur ravagea ses traits et elle tendit en avant son bras maigre pour les arrêter.

— Va-t'en ! Va-t'en ! Tu es une mère maudite !

Puis elle se jeta dans les buissons pour s'enfuir. Sur ces entrefaites, il se mit soudain à pleuvoir et le petit groupa alla se réfugier sous la dalle protectrice de la Pierre aux Fées. A l'intérieur du tombeau mégalithique, le sol, tapissé d'aiguilles de pins, permettait de s'asseoir bien au sec. Sur le bloc soutenant l'extrémité aiguë de la dalle, on voyait sculptés par un ciseau séculaire, des épis blé, signe d'abondance.

Riant dans la pénombre embaumée de résine et de bruyères, Florimond dit que cela lui rappelait ses expéditions dans les souterrains, mais qu'en général il y sentait moins bon.

— J'aime les souterrains, dit-il. Connaître le mystère de la terre. Toutes ces roches qui se rangent et se composent hors de nos yeux. Une fois, au collège, je suis allé dans les caves, j'ai creusé un passage à la pioche. La roche était apparente. J'ai trouvé là des échantillons exceptionnels...

Il se lança dans une histoire extravagante, entremêlée de noms latins et de formules chimiques, à propos de ces échantillons avec lesquels il avait voulu expérimenter des mélanges détonants.

— J'ai fait sauter je ne sais combien de cornues dans le laboratoire du collège et j'ai été puni. Et pourtant, ma mère, je vous l'affirme, j'étais sur le point de trouver une invention extraordinaire qui aurait bouleversé la science. Je vous l'expliquerai. Je crois que vous seule pourrez comprendre...

— Et dire que les Jésuites sont persuadés qu'il n'est pas intelligent, dit Angélique en prenant l'abbé de Lesdiguière à témoin. On se demande à quelles qualités ils doivent leur réputation d'éducateurs.

— Florimond n'a pas une intelligence classique, voici ce qui les déconcerte.

— S'ils ne sont pas capables de l'épanouir, est-ce alors une raison pour l'étouffer ? Je t'enverrai étudier en Italie, dit-elle à Florimond. Sur les rives de la Méditerranée, on peut faire le point de toutes les sciences. Celles des Arabes, surtout, correspondront à ce que tu cherches. Le mot « al-chimie » est arabe. Et dans les secrets venus de la Chine, tu découvriras beaucoup de choses.

Et, pour la première fois, elle leur parla de son voyage aux îles du Levant.

Charles-Henri reposait contre elle au comble du bonheur. La pluie tambourinant sur les feuillages, le vent des bourrasques, faisaient naître alentour une rumeur marine.

Angélique parla ensuite de la désobéissance qu'elle avait commise envers le Roi.

— Sa Majesté m'avait interdit de quitter Paris et tu sais toi-même comment je me suis échappée. Maintenant, tout va rentrer dans l'ordre. Le Roi me pardonne. Il me demande de revenir à la Cour. J'ai envoyé Molines lui porter un message de ma part. D'ici peu de temps, les soldats qui nous ont insultés et tourmentés seront châtiés et le calme se rétablira.

Florimond l'écoutait avec une attention soutenue.

— Vous n'êtes plus en danger ? Ni Charles-Henri ?

— Non, je te l'affirme, dit-elle en essayant de secouer la tristesse qui, malgré elle, accablait son cœur.

Mais elle rendrait à ses fils la sécurité à laquelle ils avaient droit.

— J'en suis bien content, fit-il avec un soupir de soulagement.

— Tu n'as plus envie de partir ?

— Non, non, puisque vous dites que tout va s'arranger.

Ils revinrent fort tard. Barbe déjà s'inquiétait. C'est qu'à cette saison il n'est guère bon d'aller se promener dans la forêt ; on peut y rencontrer le loup. Elle ne vivait plus. Et dans quel état était l'habit de Charles-Henri ! Le pauvre mignon ne tenait pas debout. Il n'était pas accoutumé à se coucher à des heures pareilles.

— Allons, dit Angélique, calme-toi. Ton chérubin s'est gavé de mûres et s'est amusé comme un prince. Il a le temps encore de dormir. La nuit n'est pas achevée...

Non. Elle n'était pas encore achevée, la nuit, l'horrible nuit du Plessis.

15

Comme Angélique allait se dévêtir, elle crut entendre le galop d'un cheval solitaire près du château. Elle interrompit ses mouvements, prêta l'oreille. Puis renouant le lacet de son corsage, elle alla sur le palier, ouvrit l'une des croisées et se pencha au-dehors. Le galop s'égrena, sonore, de plus en plus rapide, et la silhouette d'un cavalier qu'elle ne put distinguer s'enfonça dans l'obscurité de la grande allée, après avoir contourné l'étang.

« Qui donc ?... » pensa-t-elle.

Elle referma la fenêtre, réfléchit un instant et se dirigea vers l'escalier pour se rendre aux offices où veillaient peut-être encore des domestiques.

Puis, se ravisant, elle remonta les quelques marches, et alla jusqu'à la porte de la chambre de Florimond. Elle l'entrebâilla doucement :

— Tu dors ?

Tout à l'heure, avant de la quitter, il lui avait souhaité bonne nuit et il l'avait serrée contre lui, les yeux brillants.

— Ma mère, ô ma mère ! Quelle belle journée ! Comme je vous aime !

D'un geste d'abandon charmant, comme jadis, il avait posé contre son épaule son opulente tignasse, tout emmêlée de brindilles et de parfums d'automne, et elle avait baisé, en riant, sa joue que barrait une égratignure.

— Dors bien, mon fils. Tu verras, tout va s'arranger.

Elle entra, alla vers le lit. Il n'était pas défait. Sur l'oreiller de dentelles, aucun profil de petit garçon endormi, terrassé par la fatigue d'une journée de forêt. Angélique regarda autour d'elle, nota l'absence des vêtements, de l'épée, du manteau et fit un bond dans la chambre voisine où dormait l'abbé de Lesdiguière.

— Où est Florimond ?

Le jeune homme la fixa ahuri, mal éveillé.

— Mais... dans sa chambre !...

— Non, il n'y est pas. Vite, levez-vous, il faut le chercher !

Ils réveillèrent Lin Poiroux et sa femme qui ronflaient dans le réduit attenant aux cuisines. Ils n'avaient rien vu, rien entendu et d'ailleurs n'était-il pas minuit passé ?

Angélique jeta un manteau sur ses épaules, et, suivie de ses serviteurs hâtivement vêtus, elle courut aux écuries. Un petit valet hirsute fredonnait près d'une lanterne tout en croquant des pralines. Il en avait un plein sac, posé devant lui sur un escabeau.

— Qui t'a donné cela ? cria Angélique devinant tout.

— Messire Florimond.

— Tu viens de l'aider à seller son cheval ? Il est parti ?

— Oui, not' dame.

— Imbécile ! cria-t-elle en lui envoyant une gifle, vite, monsieur l'abbé, prenez votre cheval et rattrapez-le.

L'abbé était sans bottes et sans manteau. Il courut vers le château, tandis qu'Angélique houspillait le petit valet pour seller l'autre monture.

Tandis qu'il s'affairait, elle sortit, se jeta vers la grande allée, cherchant à percevoir un galop lointain. Mais le vent passait, remuant les feuilles desséchées et elle n'entendait d'autre bruit. Elle appela :

— Florimond ! Florimond !

Dans la nuit humide, son appel s'éteignit. Les bois demeurèrent sourds.

— Allez vite, supplia-t-elle lorsque l'abbé revint. Dès que vous serez sorti du parc, si vous voulez savoir quelle direction il a prise, collez votre oreille au sol.

Elle resta seule indécise, se demandant si elle n'allait pas, à son tour, faire seller son cheval pour chercher Florimond dans une autre direction.

A ce moment le son du cor d'Isaac de Rambourg monta, ample et triste. Les motifs de l'appel se dessinèrent, notes de cuivre qui voguaient à travers la nuit comme des bulles d'air cherchant leur passage à travers une eau obscure. L'HALLALI !

Il se répéta, déchirant, se répéta encore, se répéta ! L'écho n'avait pas le temps de mourir. La forêt s'emplissait des résonances tragiques.

Angélique se sentit glacée. Elle pensa à Florimond qui, peut-être, était allé rejoindre là-haut son ami Nathanaël.

Un cavalier qu'elle n'avait pas entendu approcher reparut dans le cercle de lumière que dispensait, devant le porche, une grosse lanterne de fer forgé.

L'abbé haletait :

— Les dragons arrivent.

— Avez-vous trouvé Florimond ?

— Non, mais les soldats m'ont barré la route et j'ai dû rebrousser chemin. Ils sont très nombreux, en formation serrée. Montadour les commande. Ils montent vers le château de Rambourg.

L'hallali continuait, désespéré, assourdissant, comme si l'homme qui soufflait dans le cor s'en faisait éclater les veines.

Angélique comprit ce qui se passait. Les dragons du roi, encerclés, avait dû rompre le barrage fragile des troupes protestantes. Ils refluaient vers la région mieux connue d'eux, mais s'exaspéraient, sachant qu'ils allaient se heurter à la forêt ou aux marais.

— Il faut aller là-bas dit-elle. Les Rambourg ont besoin d'aide.

Elle pensait encore à Florimond qui, avec ses idées folles, s'était fourré dans ce guêpier.

Accompagnée du jeune ecclésiastique, elle grimpa la colline accédant à la demeure des protestants. Des lueurs commençaient à naître entre les arbres ainsi que des rumeurs confuses. A mi-chemin, ils se heurtèrent à un groupe gémissant. C'étaient Mme de Rambourg, ses enfants, et ses servantes.

— Madame du Plessis, nous courons nous réfugier chez vous. Les dragons sont arrivés avec des torches. Ils semblaient ivres, déchaînés. Ils ont mis le feu à nos communs et je crois qu'ils veulent nous piller.

— Florimond n'est pas avec Nathanaël ?

— Florimond ? Comment puis-je savoir ? Je ne sais pas où est Nathanaël.

Tournée vers les enfants, elle geignit :

— Où est Nathanaël ? Où est Rebecca ? Je croyais que tu lui donnais la main, Joseph...

— Je donne la main à Sarah.

— Elle est donc restée là-bas, la pauvre petite. Il faut y retourner. Et votre père ?...

La pauvre femme titubait, les mains sur son ventre. Elle était à quelques jours de son accouchement.

— Allez chez moi, décida Angélique. Monsieur l'abbé va vous guider. Je monte jusque là-haut voir ce qui se passe.

Elle parvint au sommet du promontoire, sur l'arrière du vieux donjon, et s'immobilisa, cachée par la muraille. Aux braillements des dragons, qui avaient envahi le manoir, répondaient des crix affreux d'hommes qu'on torture et ceux, plus aigus, des femmes maîtrisées par les brutes. Le cor s'était tu.

Angélique s'avança avec précaution le long de l'aile gauche, se maintenant dans l'ombre. Soudain elle buta contre une forme étendue et qui paraissait curieusement paralysée sous l'étreinte d'un serpent d'or. C'était le baron de Rambourg avec son cor de chasse en travers des épaules. En se penchant sur lui, elle vit qu'un épieu le traversait de part en part, comme un gibier atteint et que des piqueurs ont massacré.

Des hommes coururent non loin. Angélique se précipita sous le couvert des arbres. Des dragons surgissaient, dansant comme des diables rouges le ballet de la mise à sac, qui récompense et grise les armées depuis que l'homme s'est fait guerrier.

Un cri rauque, promesse de jouissance, sortait de leurs gosiers, tandis qu'ils dressaient leurs longues hallebardes contre le mur.

— Sur les piques ! Sur les piques !

D'une fenêtre plus haut, une petite chose projetée avec violence, une poupée, tournoya dans le vide ! Rebecca !...

Angélique se couvrit le visage de ses mains.

Eperdue d'horreur, elle se glissa à travers les taillis et regagna le Plessis.

Les serviteurs rassemblés sur le parterre regardaient dans la direction du donjon voisin qui se panachait de flammes.

— Avez-vous trouvé Rebecca ? demanda Mme de Rambourg. Et le baron ?

Angélique fit un effort pour rendre ses traits impassibles.

— Ils sont... réfugiés dans la forêt. Nous allons faire de même. Vite, mes gars, prenez des manteaux, des vivres. Où est Barbe ? Qu'on aille la secouer ! Qu'elle habille Charles-Henri.

— Madame, dit La Violette, regardez là.

Il lui désignait, descendant à travers les arbres, vers eux, de multiples points lumineux : les torches des dragons.

— Ils viennent ici... par Rambourg.

— Les v'la qui arrivent, cria la voix d'un petit domestique.

Au fond de la grande allée carrossière, d'autres torches fleurissaient en bouquet. Les dragons montaient vers le château, sans se hâter. On entendait seulement leurs voix s'interpeller, encore lointaines.

— Rentrons dans la maison et fermons toutes les issues, décida Angélique, toutes, entendez-vous bien !

Elle vérifia elle-même les barres qu'on posait devant la porte principale, les verrous, les grands volets de bois dont on fermait les fenêtres du rez-de-chaussée. Beaucoup d'entre elles portaient des grilles. Seules les deux croisées de la façade, de chaque côté de la grande porte, étaient sans protection.

— Prenez toutes vos armes et postez-vous près de ces fenêtres.

L'abbé de Lesdiguière tira calmement son épée. Malbrant revint les bras chargés de mousquets et de pistolets.

— D'où sortez-vous tout cela ?

— Je m'étais un peu pourvu devant les troubles de la région.

— Merci, Malbrant, merci !

L'écuyer commença à distribuer des mousquets aux garçons. Il donna même des pistolets aux servantes qui prirent avec effroi les lourdes crosses.

— Si vous ne savez pas vous débrouiller avec la poudre, vous pourrez toujours prendre l'arme par le canon et taper sur des crânes, mes mignonnes.

Mme de Rambourg, réfugiée au salon, ses enfants autour d'elle, suivait Angélique du regard, une angoisse au fond de ses yeux cernés.

— Qu'est devenue ma petite Rebecca ? Et mon

mari ? Vous savez quelque chose, n'est-ce pas, madame...

— Madame, je vous en prie, restez calme ! Voulez-vous que je vous aide à étendre les enfants pour qu'ils puissent se reposer ? Il ne faut pas les affoler.

La baronne de Rambourg se laissa glisser à genoux, les mains jointes.

— Oh ! mes enfants, prions. Je sais maintenant. Il est venu ce jour de l'affliction dont le Seigneur a dit : « Je délaisserai les miens pour éprouver leur cœur, je les livrerai aux méchants. »

— Madame ! Les dragons !...

Par une croisée entrebâillée, les serviteurs regardaient au-dehors avec inquiétude. Sur le terre-plein rougi par la lueur des torches, on apercevait Montadour écrasant de son arrière-train son lourd cheval pommelé. Le capitaine parut à Angéliquc plus gros encore et plus massif qu'elle n'en avait gardé le souvenir. Sa barbe rousse de huit jours ajoutait à la grossièreté de son visage. On l'aurait dit façonné dans une glaise rouge, une terre à briques mal séchée.

Derrière lui quelques cavaliers et la piétaille arrêtés, les uns avec leurs mousquets, les autres avec leurs hallebardes, paraissaient s'interroger sur la conduite à tenir.

Demeure close ! Mais derrière les carreaux de couleurs cernés de plomb, on devinait des ombres aux aguets.

— Ouvrez, là-dedans ! brailla Montadour, ou je fais défoncer la porte.

Personne ne bougea. D'autres dragons venant des bois par la colline de Rambourg arrivaient et se joignaient aux autres. Ils s'excitaient, rappelant qu'on les avait chassés de ces lieux et que moins d'une semaine auparavant la Morinière avait fait jeter sur ce seuil les cadavres de quatre de leurs camarades.

Sur un geste du capitaine, deux soldats s'avancèrent, armés d'énormes haches. Les premiers coups sourds, frappés dans le bois sculpté de la porte, ébranlèrent la demeure. Un des enfants Rambourg se mit à pleurer puis il s'interrompit et un murmure de prière monta que leur mère leur faisait réciter.

— Malbrant ! chuchota Angélique.

L'écuyer leva lentement son arme, glissa le canon dans l'ouverture de la fenêtre. Le coup partit. L'un des soldats à la hache roula sur les marches du perron. Un second coup ! L'autre militaire tomba à son tour.

Les dragons poussèrent un cri de rage. Trois hommes à mousquets se précipitèrent, la crosse levée, et se mirent à marteler la porte.

Malbrant rechargeait son arme. De l'autre croisée, La Violette tira un, deux coups méthodiques. Deux hommes tombèrent. Malbrant se chargea du troisième.

— Arrière, imbéciles ! hurla Montadour, vous voulez tous vous faire descendre, un à un ?

Les soldats reculèrent comme des loups affamés. A bonne distance, Montadour fit ranger ses hommes à mousquets. Une salve crépita. Les carreaux se brisèrent, se dispersèrent sur le dallage en mille éclats multicolores. La Violette, qui ne s'était pas baissé à temps, tomba. L'abbé de Lesdiguière ramassa l'arme qui s'était échappée des mains du valet et reprit son poste auprès de la fenêtre, maintenant délabrée. A travers le treillis de plomb tordu, on pouvait voir les faces grimaçantes des dragons qui se rapprochaient. Cependant, les officiers devaient conférer entre eux pour chercher une autre tactique moins dangereuse que celle se défoncer la porte, tactique qui leur avait déjà coûté cinq hommes.

Angélique, se traînant sur les genoux, alla jusqu'à La Violette et le tira par les épaules dans un angle du vestibule. Il était blessé à la poitrine, et sur sa livrée aux couleurs des Plessis-Bellière bleu et jonquille, le sang commençait à mettre une large tache rouge.

La jeune femme se précipita aux cuisines pour y trouver de l'eau-de-vie et de la charpie. Le tableau de dame Aurélie, la femme du cuisinier, installée près de l'âtre devant un chaudron dont elle surveillait, avec attention, le contenu, la saisit :

— Que fais-tu là ? Tu fais la soupe ?

— Mais, madame la Marquise, je fais bouillir de l'huile pour leur y jeter sur la tête, comme au bon vieux temps.

Hélas ! le château du Plessis n'était guère bâti pour soutenir un assaut comme ses ancêtres du Moyen Age.

Dame Aurélie, brusquement tendit l'oreille :

— Ils sont derrière les volets ! Je les entends gratter, les maudits.

En effet, les soldats avaient contourné la maison et s'attaquaient aux lourds panneaux de bois des cuisines. Peu après, les premiers coups de hache retentirent. L'un des domestiques grimpa sur l'évier pour voir si, par l'imposte, on pouvait les atteindre. Mais c'était difficile.

— Montez au premier étage, recommanda Angélique aux trois garçons qui avaient des pistolets, et tirez des fenêtres qui sont au-dessus.

— Moi je n'ai que mon arbalète, fit le vieil Antoine, mais croyez-moi, madame la Marquise, c'est solide à l'ouvrage. Je m'en vais les transformer en pelotes à épingles, moi, ces narquois.

Angélique revint avec un linge, vers La Violette. A travers le vestibule s'étiraient des nappes de fumée dense qui piquait les yeux. En s'agenouillant, elle vit tout de suite que ses efforts seraient vains. Le valet se mourait.

— Mâ-âme la Marquise, balbutia La Violette, d'une voix pleine de sang, je voulais vous dire... Le plus beau souvenir de ma vie, c'est de vous avoir tenue dans mes bras.

— Qu'est-ce que tu dis, pauvre garçon ?... « Il délire », pensa-t-elle.

— Si, si, quand M. le Maréchal m'avait envoyé pour vous enlever(1). L'a bien fallu que je vous tienne dans mes bras, l'a même fallu que je vous serre un peu le cou pour en venir à bout... Après je vous portais, et je vous regardais... et c'est pourquoi c'est le plus beau souvenir de ma vie parce qu'une femme... aussi belle... que vous...

Sa voix baissait. Il acheva, dans un souffle, qui donnait à ses mots la valeur d'un secret :

— ...Y en a pas.

Il respirait encore imperceptiblement. Elle prit sa main :

— Je te pardonne ce que tu as fait cette nuit-là. Veux-tu que j'appelle l'abbé de Lesdiguière pour qu'il te donne une bénédiction ?

L'homme sursauta, eut une dernière défense :

— Non, non, je veux mourir dans ma religion, moi.

— C'est vrai, il est protestant, j'oubliais.

Elle caressa le front rugueux.

— Pauvre homme ! Pauvre humanité tourmentée. Eh bien, va, va maintenant... Que Dieu t'accueille.

La Violette était mort. Il y avait une petite servante blessée qui gémissait dans un coin. Le visage de Malbrant-coup-d'épée était noir de poudre. Les petits valets portaient des munitions entre les deux étages.

« Il faut faire quelque chose. Arrêter cela », pensa Angélique.

Elle monta au premier. Résolument, elle ouvrit l'une des fenêtres :

— Capitaine Montadour !

Sa voix claire vibra dans la nuit saturée de fumées âcres.

(1) Lire dans la même collection *Angélique et le Roy*, nº 2490*******.

Le capitaine des dragons fit reculer son cheval afin de mieux l'apercevoir. Il la reconnut avec un mélange de peur et de triomphe. Elle était là ! Prise au piège ! Il tenait sa vengeance.

— Capitaine, de quel droit osez-vous assaillir une demeure catholique. J'en appellerai au Roi.

— Votre demeure catholique est un nid de huguenots ! Rendez-nous la louve hérétique et sa portée et nous vous laisserons en paix vous et vos fils.

— Qu'avez-vous besoin de vous occuper de femmes et d'enfants ? Vous avez mieux à faire à poursuivre les bandes de la Morinière.

— Votre complice ! hurla Montadour. Croyez-vous que je n'ai pas vu clair ? Vous nous avez trahis, vous êtes vouée au diable, sorcière ! Et, pendant que je combattais pour notre religion, vous couriez les bois pour nous vendre à ces bandits. J'ai fait parler un de vos galants.

— J'en appellerai au Roi, cria Angélique aussi fort que lui et M. de Marillac aussi sera averti de votre comportement. Dans ces intrigues entre grands personnages, les serviteurs trop zélés sont toujours les premiers punis... rappelez-vous !

Montadour hésita une seconde. Il y avait du vrai dans ce qu'elle disait. Déjà, à se débattre parmi les embuscades, coupé de tous ordres, avec des hommes découragés ou hargneux, il pouvait se douter qu'il ne recevrait pas de compliments sur la façon dont avait tourné l'opération conversion du Poitou. Mais ses soldats avaient besoin de meurtres et de pillages pour reprendre confiance. Et jamais il ne retrouverait une autre occasion de l'avoir, elle, cette femme dont la vue l'avait tourmenté depuis des mois et qui l'avait mené comme un vulgaire toutou, lui, Montadour ! On verrait après ! Mais d'abord, la faire hurler, l'humilier.

— Enfumez-moi cette tanière, gronda-t-il avec un grand geste.

Et, dressé sur ses étriers, il eut, vers Angélique,

un éclat de rire véhément et grossier où elle put discerner sa haine et son désir.

Elle se recula. Elle n'obtiendrait rien en parlementant. Une odeur de fumée, différente de celle de la poudre, commençait à sourdre. La voie aiguë de Dame Aurélie hurlait en bas : « Ils ont mis le feu aux panneaux... » La tête mal éveillée de Barbe apparut dans l'entrebâillement d'une porte :

— Qu'est-ce que c'est que tout ce vacarme, madame ? On va me réveiller mon petit !

— Les dragons veulent nous faire un mauvais parti. Vite, prends Charles-Henri, roule-le dans une couverture et descends jusqu'au cellier. Je vais voir si le chemin est libre...

Le souterrain ! C'était la dernière chance. On allait faire passer les enfants, les femmes, et il fallait prier Dieu que tous les dragons eussent quitté le petit bois où l'on déboucherait !

Elle vola jusqu'aux caves, mais déjà, comme elle se glissait entre les barriques, l'horrible certitude s'imposait à elle, parce qu'elle entendait des coups sourds et des bruits de voix du côté de la porte du souterrain. Ils avaient trouvé l'issue, sans doute indiquée par l'homme qu'on avait torturé et qui avait parlé.

Angélique demeura hébétée, sa veilleuse à la main, à regarder le panneau de bois à demi pourri qui, déjà, cédait sous les coups, comme sous la poussée d'une troupe monstrueuse.

Elle remonta, mit les verrous.

— Reste là, dit-elle à Lin Poiroux qu'elle aperçut avec son tournebroche, et larde-moi toutes les bêtes puantes qui sortiront par ce trou.

— Le feu ! Le feu ! criait Dame Aurélie en reculant.

Des fagots avaient été amoncelés contre le mur, les lourds volets de bois craquaient et la fumée s'infiltrait par toutes les issues. Les garçons descendirent du premier étage. Ils ne pouvaient plus voir les assaillants et, d'ailleurs, ils n'avaient plus de munitions.

Ils regardaient Angélique, et dans leur regard naissait, peu à peu, l'effroi.

— Not'dame ! Not'dame ! Que faut-il faire ?...

— Il faut aller chercher du secours, dit une voix.

— Quel secours ?... cria-t-elle.

Un chant s'éleva, poignant de tristesse :

Accueille-nous dans ton paradis, Seigneur
Nous t'avons servi tout ce long jour...

C'était les huguenots parmi ses serviteurs qui chantaient et, même, les enfants Rambourg, pressés contre leur mère, tandis que, curieusement, la peur qui convulsait leurs pauvres petits visages, s'effaçait pour faire place à une sereine espérance.

Les cheveux d'Angélique se hérissèrent.

— Non, non, non... répéta-t-elle.

Une fois de plus, elle remonta comme une folle, jusqu'en haut, jusqu'à la tourelle. Elle déboucha sur l'esplanade étroite, tournant ses regards de côté et d'autre et, ne voyant que la nuit épaisse, imprégnée de la même affreuse odeur de bûcher.

— Quel secours ? Quel secours ? cria-t-elle encore.

Elle ne savait même pas où se trouvaient les troupes de Samuel de la Morinière.

Il y eut, à l'intérieur du château, comme une sorte d'explosion. Elle crut qu'un mur s'écroulait mais ce n'était que le hurlement dément formé par toutes les bouches des malheureux assiégés lorsque les premiers dragons apparurent.

Angélique redescendit, se pencha sur la rampe. Le rez-de-chaussée était le théâtre d'un désordre affreux. Cris, cris... cris des valets qui se battaient désespérément, cris des femmes pourchassées, cris des enfants arrachés les uns aux autres par des mains brutales... Bramements des soldats que Dame Aurélie aspergeait à bout portant de son huile bouillante. Supplications de la baronne de Rambourg, à genoux, au milieu du salon, les mains jointes tendues.

Malbrant-coup-d'épée avait saisi, par les pieds, une chaise au lourd dossier et assommait tous ceux qui approchaient. Cris des viols, cris de douleur, cris d'agonie... et le cri de la curée : « *Sur les piques !* » Angélique vit un des dragons franchir les marches, tenant à bout de bras l'un des petits garçons Rambourg. Elle se précipita, buta contre un mousquet abandonné. La charge de poudre était à côté, avec le briquet. Elle se saisit de l'arme, la préparant, dans un état d'hypnose. Elle ne savait pas comment on chargeait un mousquet. Pourtant quand elle souleva le lourd engin et qu'elle pressa sur la détente, le soldat qu'elle visait tournoya comme une marionnette et bascula à la renverse avec un trou noir à la place du visage.

Elle prit appui à la balustrade et continua à tirer ainsi sur les casaques rouges qui essayaient de monter, jusqu'au moment où des bras s'abattirent sur elle, par-derrière, et la paralysèrent.

Ses yeux enregistrèrent encore trois images. Elle vit passer Barbe, courant, Charles-Henri serré contre son sein. Elle vit le visage ruisselant de larmes de Bertille, sa servante, aux mains de trois soldats odieusement dégrafés. Elle vit les fenêtres ouvertes sur la nuit où l'on précipitait des corps. Puis la conscience de ce qui l'entourait disparut, dominée par le sentiment primitif de son propre sort. Jamais elle n'avait connu pareil affolement de bête. Même quand elle avait été attachée à la colonne pour être torturée. Alors son esprit dominait : les êtres, la vie, la mort.

Cette nuit, elle n'était qu'un élan désespéré, aveugle, pour échapper à ce qui allait arriver. Et plus elle se débattait, plus sa panique augmentait devant son impuissance. Elle se souvenait d'une fois où les gentilhommes de la Taverne du Masque rouge l'avaient jetée sur la table pour la violer. Le chien Sorbonne était venu à son secours.

Cette nuit, personne ne viendrait ! Les démons se vengeraient de la femme invincible qui, trop souvent, avait déjoué leurs pièges. Ils sortaient de partout avec leurs masques cornus, leurs livrées rouges de l'enfer et leurs mains velues. Cette nuit, ils la détruiraient elle et son philtre magique qui la préservait des souillures. Elle avait trop souvent franchi les flammes du péché sans se laisser consumer. Ils en feraient une créature souillée comme les autres. Plus jamais elle ne les narguerait par le rayonnement de son charme amoureux.

Haleines puantes sur sa bouche altière, mufles hideux contre ses lèvres, dont la violation écœurante étouffait ses cris, doigts comme des limaces sur sa peau, tandis que se déchirait l'étoffe de sa robe.

Son corps était écartelé, ses chevilles maintenues au sol par des poignes aussi dures que des bracelets de fer. La chair leur était livrée. Des cris obscènes éclataient dans sa tête, tandis qu'elle suffoquait ainsi qu'une noyée au fond d'une eau noire, sous la contrainte de possessions brutales.

Attentat pire pour elle qu'un coup de poignard assassin. Son corps lui échappait pour devenir un objet de honte. Des douleurs insupportables envahirent tout son être, la submergeant d'une lancinante et morne torture, jusqu'à l'instant miséricordieux où elle sombra dans l'inconscience.

[illegible]

[illegible] sans [illegible] la [illegible] qui l'a [illegible] faire cette [illegible] angélique fille Angélique. Les cœurs mesquins peuvent se réjouir !...

16

Angélique se redressa à demi. Elle était couchée sur le dallage dont sa joue avait gardé la froideur. Les brumes de l'aube se mêlaient à des relents de fumée et noyaient le décor environnant. Hébétée, elle regarda ses mains qui étaient tout écorchées et brûlées. C'était arrivé quand elle avait armé le mousquet. Elle ne s'en était même pas aperçue. La mémoire lui revint. Elle voulut se relever et gémit. Elle resta là, à genoux, appuyée sur ses deux mains, haletant sous la douleur. Ses cheveux pendaient devant son visage meurtri et son attitude rappelait étrangement celle qu'elle avait eue, tombée sur les chemins caillouteux du Rif, lorsque toutes forces l'abandonnaient.

Ah ! tu croyais avoir échappé aux démons, femme invincible et trop belle ! Mais les démons t'ont rejointe là où tu pensais être le plus en sûreté, sur la terre de ton enfance, parmi les tiens. Le pire t'attendait là. Tu ne pouvais espérer garder toujours ce regard de vie qui se riait des obstacles et insultait les âmes chagrines. Maintenant tu as vécu le pire. Seulement tu ne te redresseras plus ! Tu ne sais pas tout encore. Tu ne connais pas entièrement la blessure inguérissable qui t'a été faite cette nuit-là, Angélique, fière Angélique. Les cœurs mesquins peuvent se réjouir !...

La femme qui fait effort pour se lever dans le jour blafard et qui s'appuie au mur et qui jette un regard éperdu autour d'elle ne sera plus jamais la même que celle qui luttait, qui espérait, qui renaissait sans cesse à de nouvelles tâches, à de nouvelles amours, avec la vigueur insolente d'une belle plante épanouie par le moindre soleil.

Sa main tâtonnait, cherchant machinalement à ramener sur elle ses vêtements déchirés. Au souvenir de ce qui lui était arrivé, elle eut une plainte sourde. Des odeurs, des attouchements la poursuivaient. Son corps lui faisait horreur.

Il y avait, autour d'elle, des formes étendues. Parmi elles des dragons dans leurs uniformes rouges. Elle ne vit pas qu'ils étaient morts. La peur que l'un d'eux s'éveillât la fit se hâter vers l'escalier. Elle commença de descendre, les membres perclus. En travers des marches, elle aperçut Barbe, tombée, l'enfant dans les bras.

Charles-Henri dormait entre les bras de Barbe morte. Une joie folle fit trembler Angélique. Elle se pencha sur lui, n'en pouvant croire ses yeux. Le miracle s'était accompli. Il dormait comme seul peut dormir un enfant au milieu d'un monde détruit, ses paupières closes aux longs cils jetant une ombre sur ses joues, ses lèvres souriant à demi.

— Réveille-toi, lui dit-elle à mi-voix, réveille-toi, petit Charles-Henri.

Mais il ne se réveillait pas. Elle le secoua doucement pour qu'il ouvrît les yeux. Alors sa tête glissa en arrière comme celle d'une colombe égorgée et elle vit qu'il portait au cou une plaie béante par laquelle toute sa vie s'en était allée.

Angélique écarta, non sans peine, les bras de la servante morte et elle prit contre elle son enfant.

Le sentir ainsi, pesant et abandonné, sur son épaule, lui fit du bien.

En bas, elle traversa, sans le voir, le théâtre du carnage, évitant les cadavres comme elle l'eût fait d'un obstacle quelconque et elle sortit dans les jardins.

Le soleil commençait à poudrer d'étincelles la surface de l'étang. Angélique marchait, ne sentant rien, ni la souffrance de son corps, ni le poids de l'enfant. Elle le contemplait.

— « Le plus beau des enfants des hommes... »

Elle ne savait plus où elle avait entendu cette phrase-là.

— Le plus beau...

Avec une angoisse incrédule, elle commençait à percevoir son immobilité, son absence, la blancheur de cire de sa joue ronde aussi liliale que la longue chemise dont il était revêtu.

— Mon ange... Viens. Je vais t'emmener très loin... Nous allons partir ensemble... Tu seras content, n'est-ce pas ? Je jouerai avec toi...

Le soleil faisait briller les cheveux de soie d'or sur son épaule et ces cheveux vivaient, remués par la brise.

— Pauvre petit garçon !... Pauvre petit seigneur !...

Des paysans qui s'approchaient peureusement par la grande allée la virent venir à eux.

Ils lui prirent son fardeau des mains. Ils la conduisirent vers la maison de l'intendant Molines. Celle-ci avait été pillée mais les dragons n'y avaient pas mis le feu. On tira une chaise dans la cour et on la fit asseoir. Elle ne voulait pas entrer dans la maison. On réussit à lui faire boire un peu d'eau-de-vie, et elle resta là, sans mot dire, les mains sur les genoux.

Toute la contrée, tout ce qui restait de paysans

dans les fermes et les hameaux des environs, montait vers le Plessis. Les regards se levaient avec stupeur vers le lent nuage de fumée qui traînait au-dessus des frondaisons. Toute l'aile droite, celle des cuisines, avait flambé. L'incendie s'était éteint on ne sait trop pourquoi, ce qui avait évité aux survivants d'être grillés. On ranima Malbrant-coup-d'épée miraculeusement protégé par les meubles derrière lesquels il s'était retranché, et trois des servantes qui n'avaient subi d'autres dommages que les violences des brutes. Elles pleuraient, le visage dans leurs coudes.

— Allons, allons, les houspillaient les vieilles femmes, faut pas s'en faire un épouvantail. Qu'est-ce qui n'a pas subi ça une fois dans sa vie ? Vous n'êtes pas mortes, c'est le principal. Pour le reste : si vite c'est fait, si vite oublié, v'là c'que veut la raison...

Vers le milieu de la matinée, Flipot montra son nez d'écureuil. Il avait réussi à s'échapper par une fenêtre avec un petit valet et à se cacher dans les bois.

Une tête blessée s'appuyait contre les genoux d'Angélique, des épaules frêles secouées de sanglots. C'était l'abbé de Lesdiguière, le front ceint d'un bandage sanglant.

— Oh ! madame, madame, c'est affreux. Ils m'ont frappé. Je n'ai pu vous défendre jusqu'au bout... ni ce pauvre petit...

On avait dû l'épargner à cause de son costume ecclésiastique.

Angélique le repoussa avec un frisson d'horreur, non pour lui mais pour elle.

— Ne me touchez pas, surtout... ne me touchez pas.

Puis, soudain :

— Où est Florimond ?

— Je ne sais. A Rambourg, on n'a pas retrouvé le jeune Nathanaël...

Elle ne parut pas entendre, retournant à son

hébétude. Elle revoyait Florimond riant avec Charles-Henri, tandis que Gontran faisait leur portrait.

Petit ange au sourire de chérubin. — Vous êtes mignon

Petit feu follet plein de malice. — Vous êtes mignon.

— La pauvre dame, elle devient folle, chuchota l'une des femmes qui veillaient, près d'elle.

— Non, elle prie, elle dit les litanies des saints !

— Qu'est-ce donc ce bruit qu'on entend près du parc ? demanda Angélique sortant de sa torpeur.

— Madame, ce sont les pelles des fossoyeurs. On enterre.

— Je veux y aller.

Elle se dressa avec peine. L'abbé de Lesdiguière la soutint. A l'orée du bois, près des grilles, on avait déjà creusé plusieurs tombes et les corps étaient descendus. Il ne restait plus, échoués dans l'herbe, que le cuisinier Lin Poiroux et sa femme, dame Aurélie, qu'on avait réservés pour la fin, à cause de leur corpulence.

— Nous avons mis par là le petit seigneur, fit l'un des paysans en désignant un tertre de mousse à l'écart. La tombe était déjà couverte de fleurs des champs.

L'homme dit, à mi-voix, comme s'excusant devant l'expression figée d'Angélique :

— Fallait parer au plus pressé. Plus tard on le conduira à la chapelle du Plessis avec les honneurs. Mais la chapelle, elle a brûlé...

— Ecoutez, dit Angélique. Ecoutez-moi...

Sa voix éteinte s'affirma tout à coup, s'éleva jusqu'à devenir passionnée :

— Ecoutez, paysans, cria-t-elle... Ecoutez... Les soldats ont tué le dernier des Plessis-Bellière... l'héritier du domaine. La race est morte... La race est perdue !... Il l'ont tué. Ils ont tué votre maître. Vous n'avez plus de maître... C'est fini... fini à jamais... Il n'y a plus de seigneurs du Plessis... La lignée s'est éteinte...

Les paysans poussèrent un cri dolent et douloureux, et les sanglots des femmes redoublèrent.

— Ce sont les soldats du Roi qui ont commis ce crime. La troupe qu'on paye à malmener les gens des provinces, à ravager vos récoltes... Des picoreurs, des bons à rien, qui ne savent que pendre et déshonorer... Des étrangers qui mangent notre pain et tuent nos enfants... Laisserez-vous leurs crimes impunis ?... C'en est assez des brigands qui nous tiennent à leur merci, au nom du Roi. Le Roi lui-même les ferait pendre. Mais, nous nous en chargerons... Paysans, vous ne les laisserez pas sortir du pays, n'est-ce pas ?... Il faut prendre vos armes... il faut partir à leur recherche... Et venger votre petit seigneur...

Tout le jour, ils suivirent les dragons de Montadour. Les traces du passage de la troupe leur étaient facilement perceptibles et, vers la fin du jour, ils se sentirent envahis d'une sorte de joie âpre lorsqu'ils comprirent que les soudards n'avaient pu franchir la rivière et qu'ils se repliaient à nouveau vers l'intérieur. Se savaient-ils poursuivis ? Non, sans doute. Mais ils avaient rencontré des villages déserts et ce pays, devenu silencieux, enveloppé du mystère de ses arbres, commençait à les hanter.

La nuit vint, puis la lune. Au plus profond du chemin creux, les paysans s'avançaient. Ils n'étaient pas las. L'instinct les avertissait que l'issue de la chasse était proche. Le tapis de feuilles mortes étouffait le bruit de leurs gros sabots et ces êtres lourds se mouvaient d'une façon douce et prudente qui trahissait leur hérédité braconnière.

Angélique fut la première à entendre le bruit des gourmettes des chevaux qui paissaient.

Elle fit signe de s'arrêter et se hissant au flanc de la tranchée, elle regarda entre les branches. Sur l'aire blanchie par la lune, d'un champ un peu incliné, les dragons dormaient, serrés les uns contre les autres, harassés à la fois par leur nuit d'orgie et par une marche inquiétante et sans issue. Une sentinelle somnolait près des braises d'un feu dont le filet de fumée s'élevait paresseusement sur le ciel constellé d'étoiles.

Martin Genêt, l'un des métayers, qui avait pris la direction des manants, saisit la situation aussitôt. Des ordres furent chuchotés en patois et, sans plus de bruit qu'un froissement dans les feuillages, une partie des gens s'égailla. Peu après, du côté du vallon, le cri tremblé de la chouette s'éleva, auquel répondit un autre appel.

La sentinelle bougea, anxieuse, attendit, puis se remit à rêver.

Des quatre coins du champ, des ombres s'élançaient furtives et rapides. Il n'y eut pas un cri, à peine quelques grognements sourds d'hommes qui s'éveillent puis se rendorment.

Le lendemain, le lieutenant Gormat, qui essayait de faire sa jonction avec Montadour, parvint dans la région avec un contingent de soixante hommes. Il cherchait les dragons. Il les trouva au milieu d'un champ, égorgés dans l'attitude du sommeil. L'œuvre avait été accomplie à coups de faux et de serpettes. On ne put reconnaître Montadour qu'à sa bedaine. La tête avait disparu.

Ce champ fut appelé, plus tard, le Champ des Dragons. Jamais il n'y poussa plus que du chiendent et des ronces...

Ainsi commença la grande révolte du Poitou.

[illegible]

Cependant au sud du [illegible], [illegible] de la Mor-
[illegible] le lieutenant [illegible].

« Les régiments rivaux se retrouvent sur une ligne

HONORINE

1

En vain le Roi désavoua-t-il M. de Marillac et le remplaça-t-il par Baville à la tête de la province.

La lettre d'intercession, portée par le vieil intendant Molines — que le Roi avait reçu lui-même dès qu'il s'était présenté à Versailles — arrivait trop tard.

Tandis que Sa Majesté faisait appeler Louvois, le complice de Marillac, hypocrite et ennuyé, afin de s'informer sur la situation exacte et donnait des ordres, le Poitou explosait.

De loin, on ne se douta pas que l'acte déterminant de ce brusque incendie avait été l'assassinat sordide d'un petit garçon aux boucles d'or. La situation fut aussitôt très confuse et longtemps on imputa la destruction du château du Plessis et la disparition de la marquise et de ses fils aux brigandages des protestants. Il aurait été simple de crier sus à l'hérétique. Mais les premières troupes qui essayèrent de pénétrer en Gâtine se heurtèrent, avec étonnement, à des catholiques que commandait un Gordon de la Grange, vieux nom mal en cour comme tous ceux des nobles qui vivaient alors dans leurs terres.

Cependant au sud du Bocage, Samuel de la Morinière, le huguenot, reprenait l'offensive.

Les régiments royaux se retirèrent sur une ligne

qui allait de Loudun à Niort en passant par Parthenay tandis que l'hiver se glissait avec ses brouillards mauves à travers les arbres dépouillés et que commençait une guerre d'escarmouches atroce par sa sauvagerie, son mystère, le caractère irréductible de ceux qu'il fallait pacifier. On aurait dit des ombres. Tout était à l'image d'un pays fourmillant d'habitants qu'on ne voit jamais, d'une région fermée, aux apparences de désert. Avec qui parlementer ? Pourquoi cette hargne subite ? À qui en voulaient-ils ? Au Roi, aux troupes, aux collecteurs d'impôts ?... Pourquoi se battaient-ils ? Pour des questions religieuses, de province, de clocher ? Quel but se proposaient d'atteindre ces culs-terreux et ces hobereaux farouches et subitement furieux ?

Au conseil du Roi, on trouvait distingué de lever les bras au ciel et de se perdre en conjonctures variées. Au fond, personne n'aurait pu dire tout haut ce qu'on savait, ce qu'on sentait. Personne n'aurait voulu se l'avouer, ce cri, ce grondement sourd de gibier traqué qui se réveille blessé au fond de sa forêt et décide de lutter jusqu'à la mort, c'était la suprême convulsion d'un peuple qui ne se veut pas esclave.

L'hiver pour le Poitou s'ouvrait sur la disette L'expérience-conversion de M. de Marillac, en gâchant les récoltes protestantes avait fait chavirer dans la catastrophe un équilibre général déjà rendu instable par des impôts écrasants et une mauvaise année précédente. Tandis que Montadour mettait le feu au blé là où s'élevaient les temples protestants, près des clochers catholiques, les agents du fisc avaient été jusqu'à faire démolir des maisons pour en vendre les poutres. On avait saisi pour les « tailles », des lits, des habits, les bêtes de labour, et jusqu'aux pains, ces rondes miches parfumées, grandes comme des roues, empilées sur l'étagère, pour les six mois d'hiver. Un homme ruiné, qu'importe ! Plusieurs, c'est un village qu'on quitte, des misérables sur les routes quand vient l'automne, des êtres hâves et qui ont peur de la faim et qui veulent prendre à ceux qui leur ont pris.

Des convois de ravitaillement qui s'acheminaient de Nantes pour l'armée furent entièrement pillés par les paysans.

Alors que le ciel était pur, le soleil chaud et qu'on pouvait tout attendre de l'été, le désordre avait ruiné la dernière espérance et la famine était là.

Ce ne fut que peu à peu qu'on apprit le rôle joué par une femme dans cette grande flambée de haine et comment elle avait réussi à grouper vers un seul but les protestants et les catholiques, les nobles et les paysans et les bourgeois des petites villes.

La légende de cette femme, cela faisait sourire certains à la cour.

D'autres y croyaient ! Le temps des belles frondeuses n'était pas loin et nul en France n'oublie facilement qu'il y eut jadis, issue de son terroir, une femme Jehane qui menait les reîtres au combat. Celle-ci n'était pas une paysanne car la noblesse l'écoutait. Peu à peu, les hobereaux obscurs, aux noms prestigieux dont on faisait gorges chaudes à Versailles, parce qu'ils étaient plus pauvres que des gueux, rassemblèrent leurs gens et les armèrent par on ne sait quel miracle.

On vit surgir toutes les armes, détachées de la panoplie au-dessus de l'âtre : les mousquets, les lances et les hallebardes, de vieilles arquebuses à rouet ou à mèches, des « lansquenettes », courte épée avec une lame à deux tranchants qui rappelait les lansquenets allemands des guerres de Religion, barbus, emplumés, vêtus d'oripeaux et terreur des populations. Leurs âmes guerrières passaient en ceux qui tenaient désormais leurs épées, ramassées dans les champs après les batailles. Il y avait jusqu'à des arcs et des flèches de braconniers, armes redoutables quand ceux qui les maniaient se postaient, invisibles, dans le feuillage d'un chêne au-dessus d'un chemin creux. Et les soldats du Roi ne tardèrent pas à regretter les cuirasses de jadis.

On disait aussi que cette femme était belle et jeune d'où son pouvoir sur les chefs de guerre. Elle allait à cheval, en amazone, enveloppée dans un manteau sombre dont la vaste capuche abritait ses cheveux blonds.

Tous les châteaux du pays, tous les manoirs, Angélique les visita. Les plus altiers, sur les collines, avec leurs douves aux eaux croupies, ou dressés au bord de la falaise sur la rivière, en défenseurs. Hauts donjons qui ne défendaient plus rien et où elle trouvait des familles transies près d'un maigre feu, châteaux Renaissance, créés pour les fêtes, ou les immenses salons en enfilade étaient condamnés. Personne n'y entrait plus que les souris. Il y faisait trop froid. Les seigneurs du lieu étaient trop pauvres. Ou bien ils avaient un fils courtisan à Versailles qui dilapidait l'héritage. Manoirs aux grosses pierres plus confortables dans leur simplicité bourgeoise, où l'on vivait petitement en souhaitant s'élever sans y parvenir jamais.

Pour Angélique, il lui était facile de trouver le langage que ces gens pouvaient entendre. Elle leur rappelait les noms, la gloire de leurs ancêtres et leurs humiliations présentes.

On rassemblait les paysans dans la cour du château ou dans une lande écartée. Et, lorsqu'elle paraissait ainsi, sur son cheval ou au sommet d'un escalier de pierres grises, silhouette altière dans sa mante sombre et qu'elle se mettait à parler d'une voix précise et calme, mais qui portait loin dans l'air gelé, ces êtres primitifs étaient secoués d'un tressaillement qui les éveillait à eux-mêmes et les rendait subitement attentifs.

Ce qu'elle dénonçait c'était tout ce qui, depuis longtemps, creusait la plaie de leur cœur taciturne. Elle leur rappelait les deux années terribles de 1662 et 1663 où ils avaient mangé du foin et de l'herbe, où ils avaient mangé l'écorce des arbres, les trognons de choux et les racines, où ils avaient été jusqu'à moudre des coques de noix avec des glands pour les ajouter à leur dernière poignée de seigle ou d'avoine. Elle leur rappelait leurs enfants morts, leurs exodes dans les villes — c'était cette année-là que Nicolas et des paysans affamés avaient pénétré comme des loups dans Paris. C'était cette année-là aussi qu'avait eu lieu le grand carnaval de Paris et qu'on avait vu le Roi, son frère et les princes paraître resplendissants de pierreries.

C'était l'année suivante, alors qu'ils commençaient à panser leurs blessures, que le ministre Colbert avait rétabli l'impôt de la gabelle, celui dit « pour le pot et la salière » et celui « des salaisons et du bétail », c'est-à-dire l'obligation pour tous d'acheter « au grenier » et à prix d'or, l'indispensable condiment...

En rappelant ces choses, elle touchait un point sensible à toute la paysannerie française. Devant l'avalanche de catastrophes qui s'annonçaient, les paysans inoccupés par l'hiver voyaient tout d'abord dans son appel à la rébellion la possibilité d'une saison où l'on aurait prétexte à ne pas payer d'impôts. Puisqu'on était en révolte, on pourrait jeter l'huissier dans le puits ou le chasser à coups de fourches. Et quel soulagement tout à coup de pouvoir garder pour soi le peu qu'on avait.

Elle leur disait :

— Les seigneurs qui sont ici sont vos vrais seigneurs. Quand vous avez faim, ils ont faim. Combien de fois ne leur arrive-t-il pas de payer le dixième, la capitation, la dîme, la taille, des terres non nobles qu'ils ont sur leur fief ?... Ils le font pour vous défendre de mains trop rapaces.

— C'est vrai... c'est juste... marmonnaient les paysans.

— Suivez-les. Ils vous obtiendront la prospérité dans une justice nouvelle. Il est temps de mettre fin à votre misère.

Elle citait encore des chiffres : les gaspillages qu'elle avait vus à la cour, la vénalité des charges, les arrangements des grands financiers, toutes combinaisons qui contraignaient chaque année l'Etat à venir chercher plus et plus encore d'argent à la source, c'est-à-dire dans la terrine du paysan.

Les Masson de La Guyonnière, les Goilard d'Amboise, les Chesbron de La Foulière, les Aubery d'Aspremont, les Grosbois, les Guinefol, et d'autres encore de moindre lignage prirent les armes.

Des villes comme Parthenay, Monterray, La Roche, qui hésitaient furent contraintes, soit par la force, par la victoire des troupes protestantes, soit par la persuasion. Il y avait bien des bourgeois qui avaient des sujets de mécontentement envers le Roi. Angélique sut leur parler le langage des écus et des affaires. Les réserves des villes furent réparties en vue d'une année de famine. Cependant, ces directives et le pillage des convois militaires n'auraient pas suffi à sauver ce peuple qui se mettait au ban du royaume, si les gens de la côte Atlantique ne s'étaient rangés aux côtés de leurs frères du Bocage.

C'était une région éminemment protestante et c'était aussi le pays du sel, cœur d'un litige aigu et presque séculaire entre le peuple et la couronne. Un faux-saunier des Sables, Ponce-le-Palud, entraîna ceux de sa corporation. Désormais, par des plages inconnues, par des petites rivières clandestines, les vivres pénétrèrent au Poitou. L'or payait. Un bourgeois de Fontenay-le-Comte avait fait comprendre à ceux de sa corporation que l'or ne servirait à rien si l'on mourait de faim.

Le royaume de France observait le Poitou. L'hiver lui faisait une barrière aussi rigide que la rébellion. On attendait que cédassent le froid et les brumes, la neige et les glaces pour pénétrer dans ce bastion et dénombrer les cadavres. Mais les Poitevins ne mouraient pas.

Durant tous ces mois gelés, Angélique demeura peu dans le même endroit. Ses demeures étaient des demeures de paysans. Elle allait visiter qui lui était nécessaire, s'asseyait près de l'âtre à la plaque écussonnée d'un vieux château, ou devant le chaudron d'une fermière, ou encore dans l'arrière-boutique d'un gros commerçant influent d'un bourg. Il ne lui déplaisait pas de parler avec ces personnages divers et la promptitude avec laquelle elle était entendue la fortifiait dans sa conviction. Le ferment ne demandait qu'à lever. On sentait qu'il allait se passer quelque chose !

Mais sa vraie demeure, son lieu d'élection, restait le chemin creux où résonnaient les sabots de son cheval et de ceux de son escorte.

Dans celle-ci se trouvait le baron du Croissec. C'était à lui qu'elle était allée tout d'abord demander l'hospitalité après le drame. Depuis, le gros homme l'accompagnait partout avec quelques-uns de ses serviteurs.

Parmi les gens d'Angélique, les protestants étaient allés rejoindre les troupes de la Morinière. Les autres, sous la direction du métayer Martin Genêt, formaient une sorte de corps-franc, chacun demeurant chez soi mais prêt à se rassembler en armes au moindre signal.

Restaient, en permanence, près d'Angélique, des serviteurs survivants du Plessis, Alain le palefrenier, l'aide-cuisinier Camille, le vieil Antoine et son arquebuse, Flipot, le mion de Paris, qui n'aurait su quoi faire de lui parmi ces bois, Malbrant-coup-d'épée, grommelant mais heureux de retrouver les rigueurs d'une campagne militaire. L'abbé de Lesdiguière n'avait cessé, depuis le début, de se tenir à ses côtés. Dès qu'il ne la voyait pas, il courait à sa recherche. Il avait peur de ce qui se cachait derrière ce visage lisse et glacé, et ce regard fixe. L'angoisse qu'elle essayât de se détruire le hantait.

A l'étape, elle tombait parfois dans un mutisme profond où semblaient disparaître tous ceux qui l'entouraient. Elle était assise devant le feu, dans une grande salle, avec des armes aux murs et des tapisseries. C'était le décor de son enfance. Dehors, le vent hurlait en secouant des volets délabrés, des girouettes grinçaient au sommet de quelques tours pointues. Et souvent, au crépitement du bois s'ajoutait le martèlement scandé des bottes du duc de la Morinière sur les dalles. Il était là et marchait de long en large et son ombre immense tressautait au soubresaut des flammes. De temps en temps il s'arrêtait pour jeter un fagot d'épines dans l'âtre. Cette femme avait froid, il fallait la réchauffer. Il reprenait sa marche de fauve en cage. Son regard se fixait sur le profil d'Angélique assise et totalement absente, et sur la silhouette mince de l'abbé de Lesdiguière, un peu en retrait, sur un escabeau, et dont le front s'inclinait parfois de lassitude. Il grommelait dans sa barbe des mots de rage impuissante. Ce n'était pas tellement au petit abbé qu'il en voulait d'être là.

L'obstacle qui se dressait entre lui et cette femme, qu'il désirait chaque jour avec une ardeur plus démente, était d'un autre ordre et d'une force combien plus invincible que la présence d'un page gracile aux yeux de fillette. Il l'eût écarté d'un revers de main s'il n'y avait eu autre chose à quoi ni sa volonté implacable, ni sa passion amoureuse ne pouvaient rien.

Aujourd'hui elle lui échappait à jamais.

Lorsqu'il avait appris l'attaque du château du Plessis, il était revenu à marche forcée dans la région. Plusieurs jours, il avait cherché la châtelaine disparue. Il l'avait retrouvée. A la colère de Samuel de la Morinière devant les crimes des soldats de Montadour se mêlait un sentiment qui lui était jusqu'alors inconnu et qui était de la douleur. La pensée que l'on avait flétri cette femme le rendait fou. Tandis qu'il la cherchait, à plusieurs reprises il avait été tenté de se jeter sur son épée pour échapper au tourment qui le taraudait corps et âme. Il ne pouvait même plus prononcer le nom du Seigneur, crier vers lui.

Un soir, assis sur les degrés d'une croix hosannière, à un carrefour plein de vent, sous le ciel où couraient les nuées, l'homme cruel avait senti quelque chose saigner de son cœur et sur ses joues des larmes. Il aimait. La figure d'Angélique s'environna pour lui de tout le rayonnement d'une exaltante découverte : l'amour.

Quand il la retrouva, il fut sur le point de tomber à genoux devant elle et de baiser l'ourlet de sa robe. Elle avait un regard tranquille dont les cernes sombres accentuaient le mystère. Sa beauté lointaine et comme meurtrie le bouleversa, attisant une fièvre que les songes n'avaient fait qu'accroître.

Dès qu'il se trouva seul avec elle, il voulut la prendre dans ses bras. Elle blêmit et se recula, le visage transformé d'effroi.

— Ne m'approchez pas, surtout ne m'approchez pas...

Cette frayeur le rendit fou. Il voulut baiser ces lèvres que d'autres avaient offensées, effacer des traces, la faire sienne pour la purifier. Un délire sans nom où se mêlaient le désespoir, l'amour exclusif, le désir de possession, l'envahit et il passa outre à sa prière, la serrant contre lui avec passion. Lorsqu'il la vit convulsée, plus blanche que le marbre, les yeux clos, il se calma. Elle était évanouie. Tremblant, il l'étendit sur le dallage.

L'abbé de Lesdiguière accourait et, de séraphin, se transformait en archange vengeur.

— Misérable ! comment avez-vous osé la toucher ?

Il écartait d'Angélique les grosses mains velues, luttait avec ce Goliath...

— Comment avez-vous osé ?... Vous ne comprenez donc pas ?... Elle ne peut plus supporter cela... Elle ne peut plus supporter qu'un homme la touche... Misérable !...

Il avait fallu près d'une heure pour la ranimer.

Au hasard de ces mois de guérilla, le duc de la Morinière et Angélique se rencontrèrent encore chez leurs partisans. C'était alors ces longues soirées où les hôtes, vaguement terrifiés, laissaient en tête à tête le huguenot et la catholique. Silence, bruit de pas, soubresauts de la flamme. Ainsi coulaient les heures au sein d'un drame informulé et déchirant.

Vers le mois de février, Angélique se retrouva dans la région du Plessis. Elle ne voulut pas aller voir les ruines de son ancienne demeure et descendit dans la gentilhommière de Guéménée du Croissec. Le gros baron semblait trouver dans son dévouement inaltérable à la cause d'Angélique une justification à son existence végétative de hobereau célibataire. Il s'était plus démené en ces quatre mois que dans sa vie entière. Il se sentait l'ami sûr d'Angélique, celui sur lequel elle pouvait compter quoi qu'il arrivât et il est vrai qu'il ne la gênait guère. Les trois la Morinière et d'autres chefs conjurés se réunirent là également pour discuter de la situation. On pouvait prévoir qu'avec le printemps les troupes royales procéderaient à une offensive générale sur tous les fronts. Le nord était assez dépourvu. Pouvait-on compter sur les Bretons qui, d'ailleurs, ne sont bretons qu'à demi, étant déjà de ce côté-ci de la Loire ?...

Peu après il y eut des combats assez violents dans les environs. La région demeurait le point de mire des troupes royales car c'était de là que tout était parti. L'on dut savoir que la Révoltée du Poitou s'y trouvait. Sa tête était mise à prix bien qu'on ignorât son nom et sa personnalité. Le champ des dragons était proche et son souvenir excitait les militaires à la chasse. Angélique faillit tomber dans une embuscade. Elle fut sauvée par Valentin-le-meunier chez qui elle se réfugia avec l'abbé de Lesdiguière qui était blessé. Pour la soustraire à d'éventuelles recherches, Valentin l'emmena au fond des marais où nul ne pourrait la poursuivre.

[illegible]

Angélique demeura plusieurs semaines dans la [illegible] de Valorin. [illegible] au ras de l'eau, avec son toit de chaume [illegible], comme un gros bonnet de fourrure, était confortable. Un crépi [illegible] de paille et de fumier, recouvrait les murs à l'intérieur d'une sorte de feutre qui [illegible] l'humidité et [illegible] du froid. Il y faisait tiède et sec et lorsque les [illegible] de tourbe [illegible] brûlaient dans l'âtre [illegible] presque [illegible] la chaleur était bonne, le paysage [illegible]

[illegible] la Vierge Marie [illegible] On disait que cette [illegible]

2

Angélique demeura plusieurs semaines dans la bourrine de Valentin. La masure basse au ras de l'eau, avec son toit de chaume noirci, comme un gros bonnet de fourrure, était confortable. Un crépi spécial, secret des « huttiers », fait d'argile bleuâtre, de paille et de fumier, recouvrait les murs à l'intérieur d'une sorte de feutre qui pompait l'humidité et protégeait du froid. Il y faisait tiède et sec et lorsque les morceaux de tourbe brûlaient dans l'âtre avec leurs courtes flammes violettes on oubliait presque, tant la chaleur était bonne, le paysage lacustre, gorgé d'eau qui s'apesantissait alentour.

Il n'y avait qu'une seule salle basse, avec à côté une sorte d'appentis, mi-étable, mi-cellier où l'on entendait tinter la clochette d'une chèvre que Valentin avait amenée sur sa « plate » pour le lait de chaque jour et les fromages. Il y avait aussi un bassin de pierre où tournaient les noires anguilles de la « bouillure », une provision de fèves et d'oignons, des pains sur la planche, à mi-hauteur, et une barrique de vin rouge. L'ameublement était hétéroclite. Si le lit, composé d'une couche de fougères sur un bat-flanc, était des plus sommaires, maître Valentin n'avait pas omis d'apporter, au fond de son marais, la « boëte de la Vierge Marie » si chère aux cœurs vendéens. On disait que celle du meunier du moulin des Ablettes était la plus belle de toutes. C'était un étrange monument composé d'un globe de verre sous lequel s'amoncelaient, encadrant un portrait de la Vierge, des fleurs de coquillages ou de perles, des dentelles, des rubans, des breloques de pierres de couleurs et d'authentiques écus d'or disposés en soleil. Angélique, qui la connaissait jadis, éprouvait à la regarder un curieux sentiment de retour en arrière. Un court moment, le temps suspendu la ramenait à son admiration béate d'enfant. Puis, brusquement, elle se retrouvait elle-même, avec les meurtrissures de son corps et de son âme, ses tourments d'adulte grouillant en elle comme les anguilles du bassin. Une ronde infernale, sombre et répugnante, voilà à quoi se réduisaient ses pensées qui parfois lui communiquaient un vertige presque physique. Alors elle s'appuyait au mur. On aurait dit qu'un gouffre s'ouvrait sous ses pieds. Son subconscient l'avertissait d'un danger affreux, rôdant autour d'elle ou en elle. Puis cela s'apaisait et elle retrouvait une certaine quiétude.

Ici, elle n'avait pas envie de fuir devant elle, sans arrêt, comme lorsqu'elle se trouvait sur la terre ferme, pressée d'élever sans cesse des barrages entre elle et l'ostracisme du roi de France dont l'horreur était devenue son idée fixe. Ici, les soldats du Roi ne risquaient pas de la rejoindre. Elle décida d'attendre un peu. Elle sortirait des marais au printemps lorsque débuteraient les offensives. Alors il faudrait qu'elle soit là pour ranimer les courages défaillants, rappeler à chacun l'enjeu de la partie.

Valentin lui apportait des nouvelles. Le pays était calme. Sur pied de guerre, mais calme. On continuait à lever des troupes et, surtout, à lutter contre la faim. Mais, préservé par la rébellion, on n'avait pas eu à engloutir les maigres réserves dans le puits sans fond des réquisitions et des impôts. Aussi le pays subsistait-il. Et l'on se félicitait. « Tout va mieux quand on se débrouille entre soi. » Saurait-on défendre une liberté si nécessaire ?... Chacun s'y préparait aussi.

Maître Valentin venait presque tous les jours. Le reste du temps retournait-il vers son moulin ? Allait-il pêcher, chasser dans les roseaux ? Il arrivait, souvent, avec des nasses pleines, ou des oiseaux aux plumages brillants attachés, tête pendante, autour d'un bâton.

Les habitants de la bourrine parlaient peu. L'abbé, malade, dormait là-haut, dans le grenier à foin. Sa blessure au côté s'était guérie grâce à des cataplasmes d'herbes. Mais il avait souvent la fièvre. Il était comme une ombre dolente et douce entre deux autres ombres, également perdues dans leurs songes. Trois êtres disparates : une femme belle et tragique, un meunier taciturne, à l'esprit lent et bizarre, un petit abbé de cour, pâle et frissonnant, enfermés dans le silence des eaux mortes.

Angélique dormait sur la couche de fougères, recouverte d'une lourde peau de mouton. Elle dormait d'un sommeil total, sans rêves, qui lui était inhabituel jadis. Le drame ne semblait pas avoir laissé de traces dans son être physique. Si elle s'éveillait, elle écoutait, au-dehors, le bruit de la pluie tombant sur la surface lisse des marais, multipliant à l'infini son froissement ténu. Ou bien le coassement des grenouilles, les cris aigus des rats d'eau, l'appel des oiseaux de nuit, tous les chuchotements de la jungle aquatique. Et elle éprouvait une certaine paix.

Lorsque Valentin était là, elle le voyait aussi, la nuit, assis dans le fauteuil de paille et de bois poli. Il avait les yeux ouverts et les reflets bleuâtres des flammes glissaient sur ses gros traits mornes et sans expression. Par instants, une lueur naissait au fond de ses orbites. Elle avait l'impression qu'il la regardait. Alors elle refermait les yeux et se rendormait.

Maître Valentin ne représentait rien pour elle

sinon une présence familière du passé qui la servait. Il coupait les morceaux de tourbe pour le feu trayait la chèvre, glissait le lait à cailler dans le coffre sous la pierre de l'âtre, préparait la soupe et le poisson et faisait flamber le vin afin que la sauce de la « bouillure » ne fût pas amère. Il eût fait un cuisinier digne de servir sous le grand Vatel. Il lui apportait parfois des paniers pleins de brioches et de tourteaux fromagés, préparés avec la plus fine fleur de farine, tourteaux du pays que l'on mange à Pâques et dont la croûte doit être noire et l'intérieur couleur d'or. Il arrivait à Angélique de s'en saisir avec une avidité soudaine. Elle avait toujours très faim. Une lueur qui ressemblait à un sourire s'allumait dans les yeux impavides de l'homme tandis qu'il la regardait planter ses dents blanches dans la pâte. Elle s'arrêtait, éprouvant un malaise, et sortait pour échapper à ce regard.

Lorsqu'elle était arrivée sur la petite île des marais l'hiver régnait encore et les terres inondées ressuscitaient l'estuaire des premiers temps dont les boues salées roulaient des oursins, des mollusques, des coquillages fossiles. Certains oiseaux de mer venaient encore se nicher parfois dans les roseaux. Les hauts peupliers, amenés par les Hollandais sous Henry IV, transformaient le paysage marin, ainsi que les aulnes, les trembles, les frênes, dessinés d'une plume noire et minutieuse sur des reflets d'eau ou des brumes légères à la translucide clarté de porcelaine. Des corbeaux criaient haut, planant sur le paysage désolé. Debout dans les roseaux, Angélique laissait son regard se perdre à travers cet assemblage de ramures et de ramilles, de troncs élancés posés sur leur reflet, qui composait l'inextricable architecture du marais. Cette eau-forte, en noir et blanc, fascinait son cœur désespéré et, tout à coup, elle croyait voir passer dans les brouillards Florimond, Charles-Henri et Cantor, trois petites silhouettes perdues qui se donnaient la main. Alors elle criait, en se tordant les bras :

— O mes fils... mes fils !...

Elle criait et sa voix se mourait à travers les immensités jusqu'à ce que l'abbé de Lesdiguière vînt, en trébuchant dans la boue, la prendre par le bras pour la ramener doucement vers la maison.

« Tu as sacrifié tes fils, disait en elle une voix sourde, mauvaise !... Insensée !... Tu n'aurais jamais dû quitter Versailles, jamais dû t'en aller vers les pays d'Orient qui t'ont pervertie. Tu aurais dû faire ta soumission au Roi. Tu aurais dû coucher avec le Roi... » Et elle se prenait à sangloter atrocement en les appelant tout bas et en leur demandant pardon.

Le printemps fut précoce et exubérant, couvrant d'émeraude les vastes étendues, transformant le paysage désolé, sous une somptueuse parure, et redonnant aux longues cressonnières leur mystère glauque. Les nymphéas, au parfum de cire et de miel, refleurissaient. Les libellules commençaient à sillonner la surface de leur vol fragile, découvrant pour s'y poser des touffes de myosotis et de menthe. On entendait s'ébattre dans les étangs les canards sauvages, les huppes couronnées, les grosses oies cendrées, les hérons précautionneux. Derrière la retombée des branches on voyait passer des barques silencieuses. Le marais est, comme le bocage, un pays aux apparences désertes qui cache une vie multiple et grouillante. Les huttiers, descendants de la race des Colliberts formaient une république nombreuse et indépendante. « Dans les marais, il y a de mauvaises gens qui ne payent l'impôt ni au Roi ni à l'évêque », racontait jadis la nourrice...

On était en mars mais le temps se montrait exceptionnellement doux.

— L'hiver n'aura pas été trop cruel, dit Angélique

un soir à maître Valentin. Les génies sont avec nous, il faut croire. Je vais bientôt devoir revenir dans les terres.

Le meunier posait sur la table un pichet de vin rouge fumant et des bols. Le repas était achevé. L'abbé de Lesdiguière était monté se coucher sur sa balle de foin dans le grenier. C'était l'heure où Angélique et Valentin, devant l'âtre, buvaient le vin chaud parfumé d'herbes et de cannelle. Valentin la servit et s'installa sur l'escabeau pour humer, non sans bruit, le breuvage. Elle le regarda comme si elle le voyait pour la première fois et s'étonna de son échine arrondie et puissante sous un justaucorps de drap gris et de ses gros souliers à boucles de métal. Ni bourgeois ni manant. Maître Valentin, le meunier du moulin des Ablettes. Un inconnu qui avait toujours été là.

Il la regarda par-dessus son bol. La couleur de ses yeux était grise.

— Tu vas partir ?

Il parlait en patois et elle lui répondit de même.

— Oui, il faut que je sache où en sont nos gens. Avec l'été va venir la guerre.

Il but encore une seconde rasade, une troisième, en respirant bruyamment.

Puis il posa le bol sur la table et se tint debout devant Angélique, les bras ballants, en la fixant avec attention.

Agacée par cette contemplation, elle lui tendit le récipient qu'elle avait vidé.

— Pose cela.

Il obéit et se reprit à la regarder. Il avait un visage grêlé et rougeaud et, derrière ses lèvres entrouvertes, elle devinait ses dents gâtées.

L'ambiance solitaire qui avait été jusque-là indifférente à Angélique lui devint, ce soir-là, oppressante. Elle serra avec nervosité les accoudoirs du fauteuil où elle était assise.

— Je vais dormir, murmura-t-elle.

Il fit un pas en avant.

— J'ai mis des fougères toutes fraîches, toutes fraîches cueillies du sous-bois, pour que le lit soit plus doux.

Il se pencha, prit sa main dans la sienne en la regardant avec une attention suppliante.

— Viens avec moi sur les fougères.

Angélique retira vivement sa main comme s'il l'avait brûlée.

— Qu'est-ce qui te prend ? Tu es fou ?

Elle se mit debout, l'examinant avec anxiété. L'horreur qu'il lui inspirait — que tout homme lui inspirait maintenant — l'empêchait de se défendre comme elle l'aurait dû. Son cœur lui battait follement dans la gorge. S'il la touchait, elle allait s'évanouir, comme avec le duc de la Morinière. Elle s'effrayait à l'idée du spasme affreux qui l'avait suffoquée ce jour-là, tandis que le souvenir de la nuit du Plessis s'engouffrait dans sa mémoire et la soulevait d'horreur. Il y avait dans les yeux du meunier une lueur qui lui fit peur. Incertaine et brûlante.

— Valentin, ne me touche pas !

Il la dominait de sa haute taille, un peu voûtée, la lèvre pendante, avec ce même air bête qu'il avait autrefois devant elle et qui la faisait rire.

— Pourquoi pas moi, fit-il avec effort... Moi qui t'aime... qui ai eu toute ma vie prise par l'amour que tu m'avais rivé au cœur... je l'ai assez attendue cette heure... je pensais que ce serait impossible et puis je sais maintenant que tu vas être à moi...

« Comme Nicolas ! songeait-elle avec égarement. Comme Nicolas !... »

— Je te regarde depuis que tu es là. Je te vois grossir comme une belle brebis féconde. Alors le bonheur m'est entré dans le cœur parce que j'ai compris que tu n'étais pas une fée... et que je pourrais te caresser sans que tu me jettes un sort...

Elle écoutait, sans les comprendre, ces paroles aberrantes qu'il marmonnait dans son patois rauque, doux malgré tout.

— Viens, ma chère, ma belle... viens sur les fougères.

Il s'approcha d'elle et la prit contre lui. Sa main longuement caressa son épaule.

Elle réussit à se dominer et le frappa de toutes ses forces au visage, de ses poings serrés.

— Laisse-moi, manant !

Valentin tressaillit et se recula sous l'affront. Il redevint le meunier des Ablettes dont la contrée redoutait le caractère dur et emporté.

— Comme l'autre fois, gronda-t-il, comme l'autre fois dans la grange la nuit du Chaudaut. Tu n'as pas changé, mais qu'importe. Ce soir je n'ai pas peur, tu n'es pas une fée. Tu paieras. Cette nuit, tu seras à moi.

Il dit ces derniers mots avec une expression de résolution effrayante. Puis, se détournant, d'un pas lourd, il gagna la table et se versa à boire.

— ... J'ai le temps, mais souviens-toi qu'on n'offense pas impunément maître Valentin. Tu m'as mangé le cœur, tu paieras !

Elle pensa qu'il fallait essayer de calmer ce furieux.

— Comprends-moi, Valentin, fit-elle d'une voix brisée, je ne te méprise pas. Mais serais-tu le Roi lui-même que je te repousserais. Je ne peux pas supporter qu'un homme me touche. C'est ainsi. C'est comme une maladie. Comprends-moi...

Valentin l'écoutait avec application, l'œil mauvais. Puis il se passa le revers de la main sur ses lèvres mouillées de vin.

— Ce n'est pas vrai. Tu mens. Y en a bien d'autres dans les bras desquels tu bascules en riant. L'a bien fallu qu'il te touche celui qui t'a mis ton mouflet dans le ventre.

L'expression était du Sud-Ouest mais on l'employait parfois plus au nord. Angélique la connaissait. Un mouflet ! un enfant !...

— Quel mouflet ? dit-elle en le regardant avec une telle incompréhension qu'il faiblit, malgré lui déconcerté.

— Ben dame ! celui que tu portes. C'est même comme cela que j'ai compris que tu n'étais pas une fée. Les fées, à ce qu'on dit, elles ne peuvent pas avoir des enfants des humains. C'est un enchanteur qui me l'a dit. Les vraies fées n'ont pas d'enfant.

— Quel enfant ? cria-t-elle d'une voix aiguë et discordante.

Le gouffre s'ouvrait devant elle. Il était là, béant. La menace surgissait des limbes inconscientes, s'enflait, s'imposait, tandis que dans le vertige qu'elle avait pris tant de fois pour un malaise, elle reconnaissait le lent mouvement d'un être se retournant en elle.

— Tu ne peux pas dire que tu ne le savais pas, commentait la voix du meunier, lointaine ouatée. Ça fait bien cinq ou six lunes que tu le portes.

Cinq ou six lunes !... Mais c'était impossible. Depuis Colin Paturel, elle n'avait aimé aucun homme. Elle ne s'était donnée à aucun...

Cinq ou six lunes !... L'automne !... La nuit rouge du Plessis, coups de feu, le sang, l'incendie, sanglots d'enfants éperdus, hurlements de femmes, spectacle insoutenable des dragons avec leurs hauts-de-chausses dégrafés... Lutte et douleur, humiliation affolante, et cinq lunes plus tard la vérité affreuse.

Elle eut un cri de bête blessée, déchirant :

— Non, NON ! Pas cela !

Pendant ces mois où elle avait chevauché à travers le Poitou, centrée sur un seul but et absente à elle-même, elle ne s'était aperçue de rien. Elle voulait oublier son corps et ne s'interrogeait pas sur ses anomalies qu'elle croyait dues au terrible choc et aux fatigues de ses voyages.

Maintenant elle se souvenait et l'évidence était là. Le fruit monstrueux s'était développé. Il tendait sa robe sous son corselet. Sa taille avait perdu sa finesse. Devant son expression démente, Valentin parut décontenancé. Un silence régna où l'on put entendre, devant la maison, les sauts vifs d'un petit poisson hors de l'eau calme.

— Qu'est-ce que cela peut faire ? reprit le meunier. Tu es encore plus belle.

Il revint vers elle. Elle se dérobait à ses mains tendues, se réfugiant dans les coins sombres, horrifiée et incapable de pousser un cri. Il réussit à la saisir et à la prendre dans ses bras.

A ce moment un coup violent ébranla la porte, le loquet de bois sauta et la haute stature de Samuel de la Morinière s'inclina pour pénétrer dans la masure. Il eut un regard autour de lui et gronda en découvrant le couple.

Depuis le temps qu'Angélique avait disparu, il était dévoré de crainte. On lui avait dit qu'elle était prisonnière du meunier maudit qui la retenait dans les marais par ses enchantements. Trêve de ces superstitions grossières ! Il n'en restait pas moins que ce meunier papiste était un personnage équivoque, dangereux. Pourquoi cette grande dame l'avait-elle suivi ? Pourquoi ne revenait-elle pas ? N'y tenant plus, sans avertir, il s'était fait guider jusqu'à elle. Il arrivait et il la trouvait dans les bras de cette brute bornée.

— Je te trancherai la gorge, manant, rugit-il en tirant sa dague.

Maître Valentin évita le coup de justesse. Il se baissa et courut se réfugier à l'autre bout de la pièce. La fureur et la déception lui faisaient un masque aussi effrayant que celui du huguenot.

— Vous ne l'aurez pas, dit-il en haletant, de sa voix lourde. Elle est à moi.

— Charogne, pourceau, je te ferai rendre les tripes.

Le meunier était aussi grand et charpenté que le seigneur protestant. Mais il était sans armes. Il commença à se glisser derrière la table, les yeux fixés sur l'arrivant qui, frémissant d'une jalousie insensée, guettait un instant d'inattention pour l'égorger. La lueur du feu avait baissé et noyait d'obscurité les recoins de la salle.

Valentin cherchait à atteindre la haute cognée de bûcheron, invisible derrière la huche.

Angélique se précipita vers l'échelle qui montait au grenier, trébucha dans le foin et, penchée sur le petit Lesdiguière qui dormait profondément, elle le secoua de toutes ses forces :

— L'abbé !... Ils se battent... Ils se battent à cause de moi.

Mal éveillé, le jeune homme considérait avec étonnement, à la lueur de la vieille lanterne pendue aux poutres, cette femme qui claquait des dents, les prunelles dilatées.

Il tendit la main :

— Ne craignez rien, madame, je suis là.

Il y eut, en bas, un beuglement inhumain et le choc sourd d'un corps s'écroulant.

— Ecoutez...

— Ne craignez rien, répéta-t-il.

Il prit, près de lui, son épée, puis se glissa le long de l'échelle, derrière Angélique. Ils aperçurent, la face contre terre, le corps foudroyé du patriarche huguenot. Son crâne avait éclaté, ouvrant une plaie rouge et béante dans sa tignasse hirsute.

Près de la table, Valentin buvait à même le pichet de vin. La hache ensanglantée était posée près de lui. Son habit gris avait reçu des éclaboussures. Ses yeux étaient ceux d'un fou.

Il vit Angélique et déposa la cruche sur la table avec un « hau » ! de satisfaction.

— Il faut toujours combattre les dragons pour conquérir la princesse, dit-il d'une voix embrouillée. Le dragon est venu et je l'ai tué. Voilà, c'est fait. Maintenant, je t'ai méritée, hein ?... Tu ne m'échapperas plus.

Il marchait vers elle d'un pas titubant, ivre aussi bien de vin que de violence et de désir exacerbé. D'un mouvement souple l'abbé, qu'il n'avait pas vu, se glissa près d'Angélique et se plaça devant elle, l'épée levée.

— Arrière, meunier, dit-il d'un ton calme.

L'apparition du frêle ecclésiastique laissa d'abord le meunier interdit. Mais il se ressaisit vite. Le bouillonnement de ses passions ne lui permettait plus d'écouter les paroles de la raison.

— Ôtez-vous de là, l'abbé, grommela-t-il, ces choses ne vous regardent pas. Vous êtes un innocent. Écartez-vous.

— Laisse cette enfant en paix.

— Elle m'appartient.

— Elle n'appartient qu'à Dieu. Reconnais-toi, quitte cette maison. Ne risque pas de perdre ton âme pour l'éternité.

— Trêve de sermons, l'abbé, laissez-moi passer.

3

Il vit Angélique et reposa la cruche sur la table avec un « han » ! de satisfaction.

— Faut-il toujours combattre les dragons pour conquérir la princesse, fit-il d'une voix embrouillée. Le dragon est venu et je l'ai tué... Voilà, c'est fait. Maintenant, je t'ai méritée, hein !... Tu ne m'échapperas plus.

Il marchait vers elle d'un pas titubant, ivre aussi bien de vin que de violence et de désir exacerbés. D'un mouvement souple l'abbé, qu'il n'avait pas vu, se glissa près d'Angélique et se plaça devant elle, l'épée levée.

— Arrière, meunier, dit-il d'un ton calme.

L'apparition du frêle ecclésiastique laissa l'homme interdit. Mais il se ressaisit vite. Le bouillonnement de ses passions ne lui permettait plus d'écouter les paroles de la raison.

— Otez-vous de là, l'abbé, grommela-t-il, ces choses ne vous regardent pas. Vous êtes un innocent. Ecartez-vous.

— Laisse cette femme en paix.

— Elle m'appartient.

— Elle n'appartient qu'à Dieu. Recule-toi, quitte cette maison. Ne risque pas de perdre ton âme pour l'éternité.

— Trêve de sermons, l'abbé, laissez-moi passer.

— Au nom du Christ et de la Vierge Marie, je t'ordonne de reculer.

— Je vous écraserai comme une punaise.

Le feu à demi éteint accrochait une étincelle au bout de l'épée tendue.

— N'avance pas, meunier, murmura l'abbé, n'avance pas, je t'en conjure.

Valentin se rua sur lui.

Angélique se voila le visage de ses deux mains.

Le meunier reculait, ses mains pressées sur son flanc. Il alla s'écrouler contre la pierre de l'âtre.

Tout à coup il se mit à hurler :

— Absolvez-moi, l'abbé... Absolvez-moi. J'vas trépasser !... Je ne veux pas mourir en état de péché mortel... Sauvez-moi... Sauvez-moi de l'enfer, j'vas trépasser...

Ses cris inhumains emplissaient la masure. Puis les cris diminuèrent, coupés de lamentations et de hoquets d'agonie auxquels se mêlaient les murmures de prières du prêtre, agenouillé près du moribond.

Enfin, il n'y eut plus que le silence.

Angélique était incapable de bouger. L'abbé dut, seul, traîner les deux corps au-dehors, les hisser sur la « plate » pour les emmener un peu plus loin et les basculer dans l'eau ténébreuse.

Lorsqu'il revint, la jeune femme n'avait pas bougé. Il referma la porte avec soin et alla jusqu'à la cheminée pour empiler la tourbe et le bois et faire rejaillir la flamme. Il vint prendre le bras d'Angélique pour la soutenir.

— Asseyez-vous, madame, fit-il à mi-voix, réchauffez-vous.

Et quand elle parut un peu remise :

— ... L'homme qui a conduit le duc jusqu'ici s'est enfui, j'ai surpris le bruit de sa pigouille. C'était un Collibert. Il ne parlera pas.

Elle fut agitée d'un frisson violent.

— C'est horrible ! C'est horrible !

— Oui, c'est horrible... ces deux hommes morts...

— Non, ce n'est pas cela qui est horrible. C'est ce qu'il m'a dit avant.

Elle le regarda fixement.

— Il m'a dit que j'attendais un enfant !

Le jeune homme baissa la tête en rougissant.

Angélique le secoua par l'épaule avec rage.

— Vous le saviez et vous ne me disiez rien.

— Mais, madame, balbutia-t-il, je croyais...

— Folle... folle que j'ai été... Comment ai-je pu attendre si longtemps sans comprendre...

Elle avait réellement l'impression qu'elle allait perdre la raison. L'abbé de Lesdiguière voulut lui prendre la main mais elle se déroba, parce qu'elle sentait la chose innommable remuer en elle. C'était pire que de se sentir dévorée vive par une bête immonde.

Elle se débattait, s'arrachait les cheveux, voulait aller se jeter dans les marais, tandis qu'il la suppliait et la retenait et qu'elle le repoussait, perdue dans un délire horrifié où s'efforçait en vain de la rejoindre cette voix douce et grave qui lui parlait de Dieu, de vie, de prières, et qui lui murmurait en pleurant des paroles d'amour.

Enfin elle se calma et ses traits retrouvèrent peu à peu le calme des derniers jours. L'abbé l'observait avec inquiétude car il sentait qu'elle avait pris une résolution irrévocable, mais elle s'efforça de lui sourire.

— Allez dormir, mon petit, vous n'en pouvez plus.

Sa main caressa avec pitié les cheveux bruns qui encadraient le fin visage adolescent aux yeux très beaux où elle pouvait lire une ardente expression de douleur et d'adoration.

— Tout ce qui vous atteint, madame, est un calvaire pour mon cœur.

— Je sais, mon pauvre petit.

Elle le serra contre son sein, trouvant réconfort à le sentir là, parce qu'il était pur, et qu'il l'aimait et que c'était tout ce qui lui restait au monde qui lui fût doux.

— Mon pauvre ange gardien... Allez dormir.

Il baisa sa main, et s'éloigna à regret, inquiet, mais tellement épuisé qu'elle l'entendit butter contre les barreaux de l'échelle et tomber lourdement sur sa couche.

Alors elle resta immobile telle une statue, plusieurs heures, puis quand l'aube se devina elle se leva, sans bruit, s'enveloppa dans sa mante et sortit de la bourrine. La barque du meunier était là, au seuil, accrochée par une chaîne à un anneau scellé dans le mur de torchis. Elle la détacha et prenant la pelle de bois qu'elle manierait mieux que la « perche », elle poussa l'embarcation dans le chemin vert du canal. La lumière était encore imprécise. La barque passait dans le jacassement des oiseaux sauvages s'éveillant.

Angélique pensait au petit abbé. Il s'éveillerait et l'appellerait désespéré. Mais il ne pourrait pas la rejoindre et l'empêcher de faire ce qu'elle voulait faire. Il y avait une yole dans le cellier. Il pourrait à la rigueur s'en servir pour joindre les huttiers du marécage.

Le soleil parut à l'horizon et transforma en voilette d'or le brouillard clair et ténu. La chaleur montait, Angélique s'égara un peu à travers les canaux couleur d'absinthe ou de perle. Mais vers le milieu de la matinée, elle abordait aux terres asséchées.

4

— Tu le feras, Mélusine, tu le feras, ou je te maudirai.

Angélique crispait ses mains aux épaules osseuses de la vieille. Son regard terrible affrontait celui de la sorcière. Elles étaient comme deux harpies se combattant, et quiconque les eût aperçues dans la pénombre de la grotte, avec leurs chevelures éparses et leurs yeux fulgurants, se fût enfui, épouvanté.

— Ma malédiction est plus forte que la tienne, chuinta Mélusine.

— Non, car morte je serai plus forte que toi. Je m'occuperai de te dépouiller de tous tes pouvoirs car je mourrai si tu me refuses le remède. Je m'enfoncerai un poignard dans le ventre pour le tuer.

— C'est bon, fit la vieille, cédant tout à coup. Lâche-moi donc.

Elle secoua son vieux dos endolori sous ses haillons en toile de sac. Un hiver de plus, passé dans son antre humide, ajoutait encore à la subtile transformation qui, d'être humain, la ramenait au règne végétal et animal, donnant à son corps l'aspect d'une vieille souche craquante, à ses cheveux celui des plantes ligneuses ou des fils tissés par les araignées, à son regard celui du renard sous les fourrés.

Elle clopina jusqu'à son chaudron, dont elle examina avec suspicion l'eau bouillante, puis comme se décidant elle se mit à y jeter un nombre incalculable d'herbes, de feuilles et de poudres.

— Ce que j'en disais, c'était pour toi. Il est trop tard. Tu en es à ta sixième lune. Si tu bois le remède, tu risques de mourir.

— Qu'importe ! Je dois me débarrasser de cela.

— Mule que tu es... Eh bien, tu mourras, mais ce ne sera point ma faute. Tu ne viendras pas me tourmenter dans l'au-delà.

— J'en fais promesse.

— Il ne serait pas bon que je sois cause de ta mort. Il n'est pas bon de forcer le sort qui a décidé de la vie et de la mort... Tu es solide et vigoureuse. Peut-être vas-tu résister. Je vais faire des incantations afin que le sort soit avec toi. Quand tu auras bu, tu iras t'étendre sur la Pierre aux Fées. L'endroit est préservé. Les génies t'assisteront.

La potion ne fut prête qu'au crépuscule. Mélusine emplit un bol de bois d'une décoction noirâtre et l'offrit à Angélique qui, résolument, l'avala jusqu'à la dernière goutte. La saveur n'en était pas mauvaise. Elle eut un profond soupir de soulagement, malgré l'appréhension qui la tenaillait à la pensée des heures à venir. Mais ensuite elle serait libérée. Le mal extirpé d'elle. Il fallait avoir le courage d'affronter l'épreuve. Elle se leva pour se rendre jusqu'à la clairière de la Pierre aux Fées. La sorcière marmonnait de multiples incantations, et lui glissa dans la main des sortes de noix.

— Si tu souffres trop, croques-en une ou deux. Ta douleur s'apaisera. Et quand l'enfant sera sorti de toi tu laisseras son corps sur la pierre des druides. Tu iras cueillir du gui et tu l'en couvriras...

Angélique se mit à marcher par un sentier où l'herbe neuve perçait de partout les feuilles mortes. Brins fragiles en apparence mais dont la force drue avait raison du poids de l'humus. Tout était vert et tremblant. Elle parvint sur la colline et le dolmen était là, échoué comme un squale dans l'ombre ardoisée du soir. Ses pas firent craquer des feuilles et elle reconnut l'odeur des chênes, rangés comme des seigneurs autour de la clairière, avec leurs socles puissants recouverts de mousse et les larges candélabres de leurs branches entrecroisées. Elle s'étendit sur la pierre tiédie par le soleil, qui avait été, ce jour-là, aussi chaud qu'à l'été. Son corps était encore paisible. Elle laissa aller ses deux bras en croix, et but des yeux la beauté du ciel encore clair où frémissait une minuscule étoile.

Ici, dans cette clairière, elle venait danser avec les enfants du pays. Ils chantaient des refrains bizarres et défendus, pour faire apparaître les fées ou les lutins qu'ils rêvaient de voir, ne serait-ce qu'une seule fois. Elle entendait leurs voix aigrelettes et le bruit de leurs petits sabots sur les glands tombés ou les bruyères sèches.

Fille, filoches
Ren ne voidoches...

Puis ils criaient surexcités. « Là, je l'ai vu... un fadet ! Il grimpait le long du chêne. — C'était une souris ! — C'était un fadet... »

La nuit remplaça les dernières clartés. La lune monta derrière les troncs, rouge d'abord, puis sulfureuse et blonde, pour jaillir enfin au-dessus de la clairière dans sa candeur argentée.

Angélique se tordait sur la pierre grise. Les douleurs s'étaient emparées de ses entrailles et ne lui laissaient pas de répit.

Elle haletait, se demandant chaque fois si elle aurait le courage de subir un nouvel assaut.

— Il faut que cela finisse ! se répétait-elle.

Mais cela ne finissait pas. La sueur coulait le long de ses tempes et la lumière de la lune blessait ses yeux pleins de larmes. L'astre traversait le ciel avec une lenteur infinie. Il traînait avec lui un supplice interminable. Elle finit par crier, tendue et ravagée, et le mouvement des branches animait des spectres qui se penchaient sur elle. Ce tronc noir, c'était Nicolas-le-bandit, et l'autre c'était Valentin avec sa hache, et celui qui s'avançait brisant les branches, le Huguenot noir, barbu, ses yeux comme deux chandelles allumées et le crâne ouvert comme une grenade éclatée.

Cette fois elle les voyait les frères fadets montant et descendant le long des troncs, à une rapidité vertigineuse, avec des chats noirs dont les griffes laissaient des traces phosphorescentes et les chouettes, chauves-souris, galipotes, leurs vieux compagnons de sabbat, voletaient autour de sa tête. Elle tremblait de fièvre. A une crispation plus intolérable, elle se souvint des noix que la sorcière lui avait données et qu'elle avait glissées dans sa poche. Elle en mangea une et, peu après, souffrit moins. La douleur était encore là, mais lointaine, étouffée. Elle continua à manger des noix avec avidité de peur de retrouver la souffrance nue et cruelle. Doucement elle se laissa glisser dans un sommeil proche de la mort.

A son réveil, la forêt n'était plus menaçante. Un oiseau chantait à la pointe d'une branche sur un ciel gris perle nuancé de rose.

« C'est fini, songea Angélique, et je suis sauve. »

Ecrasée, elle ne fit tout d'abord aucun mouvement. Enfin elle se souleva, son corps lui semblait de plomb. Elle resta assise, soutenue par ses deux bras tendus, regardant avec reconnaissance autour d'elle le décor apaisé. Ses pensées étaient vagues mais heureuses. « Tu es libre. Tu es délivrée. »

Mais il n'y avait aucune trace du drame accompli. Les génies l'avaient effacé.

Angélique reprenait peu à peu conscience. Il y avait quelque chose qu'elle ne comprenait pas.

— Que s'est-il passé ?

La réponse lui fut donnée par un tressaillement léger en elle, et elle comprit avec stupeur et déception.

— Il ne s'est rien passé. J'ai souffert en vain ! Malédiction ! Malédiction !

L'opprobre ne s'était pas détaché d'elle. Elle eut comme une crise de folie, se frappant elle-même de ses poings, cognant son front contre la pierre. Sautant à bas du dolmen, elle courut jusqu'à la grotte de Mélusine qu'elle faillit étrangler dans sa fureur.

— Donne-moi encore du remède...

La sorcière trouva, pour sauver sa misérable existence, des arguments de haute diplomatie.

— Pourquoi veux-tu te débarrasser de ton fruit unique puisque tout le monde déjà a vu ton péché ? Attends donc deux ou trois lunes. Attends ton heure !... L'enfant finira bien par sortir de toi que tu le veuilles ou non... Et sans que tu y gagnes la mort comme aujourd'hui. Tu reviendras ici. Je t'aiderai... Après, tu en feras ce que tu voudras. Tu iras le jeter dans la Vendée, du haut de la gorge des Géants, en sacrifice, ou bien sur le seuil d'une porte, dans la ville...

Angélique finit par l'écouter.

— Je n'aurai jamais le courage d'attendre plus longtemps, gémit-elle.

Mais elle savait déjà que la sorcière avait raison.

Elle quitta la forêt et rejoignit les deux frères du duc de la Morinière. Elle les retrouva au château de Ronçay, près de Bressuire. Elle leur dit que le patriarche était mort mais qu'ils devaient poursuivre son œuvre. Il était difficile de l'interroger sur les circonstances de la mort du grand seigneur protestant. L'attitude d'Angélique glaçait les plus hardis. Sa maternité maintenant était apparente et elle ne cherchait pas à la dissimuler. Il y avait en elle quelque chose qui arrêtait les commentaires. Les deux frères de la Morinière ne cessèrent de lui témoigner la plus grande déférence. Ils pensaient que l'enfant était de Samuel de la Morinière.

Elle retrouva aussi l'abbé de Lesdiguière. Ils ne firent allusion à rien et le jeune ecclésiastique reprit sa place dans l'escorte vagabonde qui suivait la Révoltée du Poitou.

Avec le printemps, un même frémissement secouait la nature et semblait se répandre parmi les hommes. Le temps des combats était proche. Les escarmouches se multipliaient, une ère de luttes s'ouvrait. Une femme infatigable galopait à travers la province, suivie de ses fidèles. On disait que partout où elle se présentait la victoire serait donnée aux partisans.

Vers juillet, elle voulut revenir dans la région de Nieul et là, disparut quelques jours.

Ses compagnons et ses serviteurs la cherchèrent d'abord et s'interrogèrent à son sujet, puis se turent car la même pensée leur venait tout à coup et ils comprenaient pourquoi elle s'était séparée d'eux et s'était écartée.

Angoissés, ils se groupèrent autour du feu et attendirent son retour. Elle reviendrait, pâlie sans doute, et changée, avec le même énigmatique regard au fond de ses prunelles vertes. Et l'on n'oserait regarder sa taille, soudain mincie.

Ils ne quittèrent pas la clairière où elle les avait laissés. Il fallait qu'elle pût les retrouver facilement. Hélas ! Ils ne pouvaient rien pour elle. Ils ne pouvaient rien pour sa douleur et son agonie au fond des bois. Ils étaient des hommes et elle était une femme. Elle était belle et fière et de haut lignage, mais elle avait été touchée par la malédiction des femmes. Ils n'osaient pas penser à elle, seule dans la forêt, et se sentaient honteux d'être des mâles.

[illegible] ses mains.

Angélique avait galopé comme une forcenée jusqu'aux abords de la forêt de Nieul. Elle laissa sa monture dans une métairie en demandant au fermier qu'il la ramenât au manoir [illegible] vers le bois. Elle s'essoufflait, s'accrochant aux branches pour hâter sa marche. Sous les arbres, elle se sentit à l'abri, mais elle avait encore un long chemin à faire. La crainte la tenaillait. Elle crut qu'elle ne parviendrait jamais à descendre le sentier de la falaise qui conduisait à la demeure de Mélusine et [illegible] s'écouler comme par [illegible] sur le seuil de la grotte.

La sorcière eut peine à la relever et l'étendre sur une couche de fougères pour [illegible] de ses doigts crochus ses cheveux mouillés de sueur, [illegible] de vieille sage-femme [illegible].

Elle lui fit boire une tisane calmante et posa les emplâtres qui la soulagèrent. L'enfant vint au monde rapidement. Angélique se redressa [illegible] avec horreur cet être né d'un viol. [illegible] à le voir déformé, malingre, un enfant comme ceux de [illegible] ne pouvant être sain. Aussi jeta-t-elle un cri d'effroi.

— Oh! Mélusine, regarde... C'est un monstre... Il n'a pas de sexe.

5

Angélique avait galopé comme une forcenée jusqu'aux confins de la forêt de Nieul. Elle laissa sa monture dans une métairie où demeurait une femme qui la vénérait et monta vers le bois. Elle s'essoufflait, s'accrochant aux buissons pour hâter sa marche. Sous les arbres, elle se sentit mieux, mais elle avait encore un long chemin à faire. La crainte la tenaillait. Elle crut qu'elle ne parviendrait jamais à descendre le sentier de la falaise qui conduisait à la demeure de Mélusine et vint s'écrouler comme une bête blessée sur le sable de la grotte.

La sorcière eut, pour la relever et l'étendre sur une couche de fougères, pour caresser de ses doigts crochus ses cheveux mouillés de sueur, des gestes de vieille mère bouleversée.

Elle lui fit boire une liqueur calmante et posa des emplâtres qui la soulagèrent. L'enfant vint au monde rapidement. Angélique se redressa pour regarder avec horreur cet être né d'un crime. Elle s'était toujours attendue à le voir défiguré, infirme, un enfant conçu dans de pareilles conditions ne pouvait être sain. Aussi jeta-telle un cri d'effroi :

— Oh ! Mélusine, regarde... C'est un monstre... Il n'a pas de sexe...

La sorcière lui jeta un regard effaré derrière ses mèches blanches...

— Eh ! dame ! c'est une gazoute !...

Angélique se rejeta en arrière et fut prise d'un fou rire inextinguible.

— Oh ! que je suis bête, je n'avais pas pensé à cela. Je n'ai pas l'habitude, tu comprends... Pas l'habitude... je n'ai engendré que des garçons... Oui, trois garçons... trois fils... Et maintenant, je n'en ai plus. Plus un seul !... Une fille !... Oh ! c'est trop drôle...

Son rire se transforma en des sanglots incoercibles qui la ravagèrent comme une pluie d'orage.

Presque aussitôt elle s'endormit dans ses larmes, d'un sommeil profond et, sous sa chevelure claire, épandue, elle avait un air d'innocence.

Quand elle s'éveilla, la paix éprouvée dans son sommeil continuait à l'habiter. Une paix toute physique mais qui engourdissait son âme tourmentée. Redressée sur un coude, elle regarda vers l'entrée de la grotte et vit alors une chose ravissante : se détachant sur l'écran vert des feuillages, une biche broutait, suivie de son faon. Les abords de la grotte de la sorcière devaient lui être familiers car elle n'avait pas ce frémissement inquiet des bêtes qui sentent le voisinage des humains. Angélique resta un long moment à les observer en retenant son souffle et, lorsque les gracieux animaux eurent disparu, elle s'étendit à nouveau avec un soupir. On était en paix chez Mélusine. Elle comprenait comment un cœur de femme blessé par trop de coups, peut trouver à la solitude des bois son seul baume et s'y réfugier définitivement. Ainsi devient-on sorcière des forêts.

Vers le soir, ce fut un autre bruit qui la réveilla et elle se dressa aussitôt, reprise par l'anxiété : un cri grêle et étranglé qui n'était pas celui d'une bête.

— L'a soif ! dit la sorcière en se dirigeant vers le fond de la grotte pour y chercher quelque chose.

Elle revint portant un paquet informe enveloppé dans un lambeau de chiffon rouge et d'où s'échappait ce cri. Angélique regarda la sorcière avec un effarement incrédule.

— Comment ! Elle est vivante !... Mais je croyais qu'elle n'avait pas crié en naissant.

— Oui-da. Mais pour lors, elle crie. L'a soif...

Et Mélusine eut un geste pour tendre l'enfant vers le sein de la jeune accouchée.

Angélique eut un recul de tout son être. Ses prunelles flamboyèrent.

— Non, cria-t-elle farouche, non, cela jamais... Elle a eu mon sang, mais elle n'aura pas mon lait... Mon lait est pour les petits seigneurs, pas pour une bâtarde de soudards. Enlève-la, Mélusine !... Enlève-la de ma vue... Donne-lui de l'eau, n'importe quoi pour la faire taire, mais ne l'approche pas de moi... Demain, je l'emmènerai à la ville...

Dans la nuit, Angélique se mit à parler. Elle n'était pas tout à fait endormie. Elle parlait dans un demi-songe. Elle racontait ce qu'elle avait vu au Plessis, la nuit où les dragons l'avaient tenue au sol et où ils avaient égorgé son fils dernier-né. Ce qu'elle avait vu lorsqu'elle avait traversé sa demeure ravagée, en tenant l'enfant mort contre son cœur. Des visions qui s'étaient inscrites à jamais sur sa rétine et qu'elle ne pouvait oublier.

— Oui, oui, je me souviens, marmonnait la sorcière accroupie près du feu. Quand je t'ai rencontrée dans la clairière, à l'automne, j'ai vu le signe de la mort au-dessus de l'enfant blond...

Le lendemain, elle se leva. Elle avait hâte d'accomplir la dernière étape de sa délivrance. Les cris de l'enfant, qui ne cessaient point, la rendaient folle.

Elle mit ses chaussures, coiffa ses cheveux sous

son fichu de satin noir et jeta son manteau sur ses épaules.

— Donne-la-moi, dit-elle d'une voix ferme.

Mélusine lui tendit le nouveau-né qui s'égosillait, entortillé dans le chiffon rouge. Angélique le prit et marcha d'un pas ferme vers l'issue de la caverne.

Mélusine la rattrapa.

— Ecoute-moi, fille, écoute mes conseils.

La serre brune de sa main sur son bras, elle la retenait :

— Ecoute-moi, fille... Il ne faut pas la faire mourir.

— Non, fit Angélique avec effort, je ne ferai pas cela, sois tranquille.

— Parce qu'elle est marquée d'un signe. Regarde.

Elle contraignait, par son insistance, Angélique à baisser les yeux et à découvrir sur la minuscule épaule une marque brune en forme d'étoile.

— Les enfants qui sont marqués d'un tel signe sont protégés par les divinités des astres...

Angélique, les lèvres serrées, l'écarta pour passer. Mélusine la rattrapa encore.

— Je peux même te dire le nom de ce signe si rare... c'est celui de Neptune.

— Neptune ?...

— La mer ! dit la sorcière tandis que ses yeux brillaient d'une étrange phosphorescence.

La jeune femme haussa les épaules et se dégagea. Malgré sa faiblesse, elle parvint sans peine au sommet de la colline, tant la volonté d'en finir la soutenait. Elle traversa la clairière de la Pierre aux Fées et prit sur la droite, afin de gagner la sortie de la forêt de Nieul, par le carrefour de la lanterne des morts, dite de la lanterne colombe, à cause de l'oiseau blanc sculpté en son sommet. La route, qui allait vers Fontenay-le-Comte, passait non loin.

Après avoir marché deux heures, Angélique dut faire halte dans la cabane du sabotier. Elle était épuisée et sentait une sueur de faiblesse mouiller ses tempes. Le sabotier la reconnaîtrait peut-être mais c'était sans importance car il était sourd-muet et vivait là toute l'année avec son fils de dix ans, également sourd-muet.

Angélique réclama un bol de lait et une miche de pain.

Elle mouilla un peu de mie de pain et la glissa entre les lèvres de l'enfant dont les cris s'apaisèrent. Elle-même but avec difficulté quelques gorgées de lait. Après s'être reposée, elle repartit et, bientôt, atteignit la route. Une carriole passa et elle demanda au conducteur de la prendre. Il n'allait pas à Fontenay-le-Comte mais dit qu'il la déposerait à une lieue de la ville.

Vers la fin du voyage, l'enfant se remit à pleurer.

— Donne-lui à boire, dit le paysan agacé.

— Je n'ai pas de lait, répondit-elle sèchement.

Il la déposa à l'endroit convenu, lui montrant du bout de son fouet les remparts et les clochers lointains de la ville.

Fontenay-le-Comte était aux mains des partisans. Mais Angélique ne se souciait pas qu'on reconnût, en cette paysanne venue jusqu'à la ville pour y abandonner son enfant, celle qu'on appelait la Révoltée du Poitou et dont les décisions avaient fait loi auprès des grands bourgeois de Fontenay lorsqu'elle s'y était rendue, à la Noël. Elle attendrait la nuit pour y pénétrer.

Au creux de son bras, la tête ronde du nouveau-né lui pesait comme du plomb. Elle avançait avec peine. Ses nerfs étaient à bout. L'envie d'interrompre ce cri lancinant, d'interrompre cette vie la tourmentait. L'envie de supprimer, d'effacer ce qui avait été. Elle dut s'arrêter, effrayée d'elle-même.

« Il faudrait prier », se dit-elle.

Mais elle ne pouvait plus. Dieu était un être

disparu et elle se demandait parfois avec terreur si elle ne le haïssait pas. Lui aussi.

Elle reprit sa marche vers la ville que bleuissait le crépuscule.

Sous les remparts, elle hésita longtemps et rôda comme l'animal des bois qu'effraie l'animation citadine.

Quand elle vit les gens du guet se préparer à fermer les portes elle se décida et glissa dans la ville par la poterne de la Tour du Blé. Dans les ruelles étroites, les habitants vaquaient encore à leurs occupations. On prenait plaisir à respirer l'air parfumé de ce beau printemps si vite venu, en récompense de tant de sacrifices. Les gens n'avaient pas l'air pressés de rentrer chez eux et s'interpellaient gaiement au seuil de leurs boutiques.

Angélique savait que le Bureau des Enfants Assistés se trouvait sur la place du Pilori, près de l'hôtel de ville. Le nombre des enfants déposés était si grand que les couvents ne suffisaient pas à les recueillir et qu'au temps de Monsieur Vincent on avait créé des œuvres civiles. La Couche de Fontenay était un ancien entrepôt de grains du Moyen Age, transformé en hospice. Sa façade aux poutrelles apparentes était tout ornée de statues de bois. Angélique n'osa pas s'approcher et s'écarta, gênée d'attirer les regards des commères à cause des cris de l'enfant. Elle rôda dans les ruelles avoisinantes afin d'attendre la nuit plus profonde et déserte. Elle découvrit ainsi, sur l'arrière du bâtiment, ce qu'elle cherchait : le « tour ».

La charité publique l'avait placé dans une ruelle obscure et non passante, pour couvrir la honte des malheureuses qui s'en approcheraient. Il n'y avait là d'autre lumière qu'une petite veilleuse à huile, placée à côté d'une statuette de l'Enfant Jésus, au-dessus du « tour ». A l'intérieur, on trouvait un peu de paille. Angélique y déposa l'enfant. Puis elle tira la chaîne d'une cloche placée sur la droite, et qui résonna longuement.

Elle se recula et se tint de l'autre côté de la ruelle, dissimulée par les ténèbres. Elle tremblait comme une feuille. Il lui semblait que les cris de l'enfant allaient ameuter tout le voisinage.

Enfin, quelque chose grinça derrière le vantail. Le « tour » se mit en mouvement et, peu à peu les vagissements du nouveau-né s'assourdirent, s'éteignirent. Angélique se laissa aller contre le mur. Elle était sur le point de défaillir. Ce qu'elle éprouvait, c'était surtout un soulagement inexprimable, mais aussi une détresse immense qui la ramenait à plusieurs années en arrière. Cet épisode de sa vie lui avait rappelé de façon poignante l'atmosphère sordide de la cour des Miracles qu'elle s'était juré de ne plus jamais revivre. La vie n'est-elle qu'une ronde infernale qui vous ramène d'un point à l'autre ?

Elle quitta la ruelle à pas lents. Elle s'efforçait de redresser la tête. Il fallait oublier. Il fallait échapper à la solitude des femmes meurtries par le péché, dans les rues de la ville, échapper à l'anonymat dont il la recouvrait.

Elle fouettait son orgueil : « Tu es Angélique du Plessis-Bellière, tu es celle qui tient la province en rébellion contre le Roi. »

6

La chapelle Saint-Honoré, édifiée pour rassurer les voyageurs, était à l'image des lieux qu'elle gardait : sombre comme une caverne, trapue comme un chêne, revêtue d'une exubérance animale et sylvestre par le grouillement de ses statues ornant la façade, où l'on voyait, sous des clochetons hérissés comme des buissons d'épines, des personnages à longues barbes et aux yeux d'escargot étrangler des monstres apocalyptiques.

On la trouvait au sommet d'une longue route déserte et inquiétante parmi les brandes, aux confins de la Gâtine et du Bocage.

Ce fut là qu'Angélique réunit les principaux chefs conjurés afin de s'entendre avec eux sur les directives de la campagne d'été. Elle réussit une fois de plus à convaincre catholiques et protestants de faire taire leurs querelles dogmatiques pour un bien plus élevé. La victoire ne pouvait s'obtenir qu'au prix de l'entente.

Ils restèrent trois jours dans les hauteurs de la Gâtine allumant des feux le soir, autour de la chapelle Saint-Honoré et dormant sous les chênes, dans la chaleur crissante. Saint Honoré, portant sa tête à deux mains, paraissait les bénir et les catholiques voyaient dans sa protection d'heureux augures pour leurs combats.

Saint Honoré était un brave marchand de bœufs du XIIIe siècle, qui avait été assassiné par des voleurs. Le Berri, dont il était originaire, et le Poitou où il avait été égorgé, s'étaient longtemps disputé ses reliques. Le Poitou avait réussi à garder pour lui la tête du saint commerçant.

Les hommes allèrent tremper leurs armes dans l'eau bénite de la source, qui coulait d'un roc dans une auge de pierre.

Subrepticement Angélique venait y tremper son voile pour rafraîchir son front brûlant. La fièvre martelait ses tempes et rendait son regard anormalement brillant. Malgré les médications de la sorcière, elle se remettait mal de son accouchement clandestin.

Sitôt revenue de Fontenay-le-Comte, elle avait voulu partir pour la Gâtine. Elle voulait nier ce qui s'était passé mais la nature était là pour lui rappeler la malédiction d'Eve que Dieu marqua dans son corps.

C'était surtout la nuit qu'elle souffrait. Dans l'abandon du sommeil, la surexcitation de la guerre et de la vengeance la quittait et elle retrouvait, à l'arrière-plan de son être, un malaise désespérant et elle recommençait à entendre les vagissements d'un enfant nouveau-né.

Une nuit, saint Honoré lui apparut, tenant sa tête dans ses mains : « Qu'as-tu fait de l'enfant ? lui dit-il. Va la chercher avant qu'elle ne meure... »

Angélique s'éveilla dans la bruyère, saint Honoré était toujours là, au portail de la chapelle. L'aube se levait. Il faisait froid et, pourtant, elle ruisselait de sueur. Tout son corps était douloureux. Elle se leva pour aller vers la fontaine, y boire et s'y rafraîchir :

« Quand mon lait sera tari, je cesserai de penser à l'enfant », se dit-elle.

Vers le milieu de la matinée, les guetteurs annoncèrent un équipage qui montait la route en lacet.

Ils n'avaient vu passer jusqu'alors qu'un cavalier, un marchand sans doute, fort effrayé de l'endroit désertique et qui avait pris le galop dès qu'il avait distingué, entre les troncs, des silhouettes suspectes.

Les partisans s'égaillèrent sous les arbres, mais les vestiges de leur campement étaient trop évidents et Angélique envoya Martin Genêt et quelques paysans arrêter l'équipage lorsqu'il parviendrait au sommet de la côte. Il fallait se méfier des voyageurs qui, passant d'une région à l'autre, pourraient ne pas avoir de scrupules à signaler, contre prix d'or, les mouvements des révoltés aux soldats royaux cantonnés aux abords.

Devant la voiture arrêtée, elle entendit s'esclaffer les hommes et la discussion s'éternisant, elle se rapprocha pour s'informer.

C'était une minable carriole, tirée par une non moins piteuse haridelle. Le cocher, un vieil homme édenté, tremblait tellement d'effroi qu'il ne pouvait prononcer un mot.

Sous la bâche rapiécée, on découvrait, dans une odeur fétide, trois grosses femmes rouges et suantes et un amoncellement de bébés qui grouillaient sur la paille souillée, comme une portée de lapereaux.

— Messieurs les brigands, ne nous faites pas de mal, suppliaient les commères à genoux.

— Où allez-vous ?

— A Poitiers... On voulait passer par Parthenay parce qu'on nous a dit que par Saint-Maixent il y avait des soldats. Alors nous, pauvres femmes, nous avons eu peur de ces paillards et nous avons voulu faire un détour par une route tranquille... si nous avions su...

— D'où venez-vous ? demanda Angélique.

— De Fontenay-le-Comte.

Et, rassurée d'apercevoir une femme, la plus grosse expliqua, volubile :

— Nous sommes des nourrices de la couche de Fontenay, le bureau des Enfants Assistés et l'on nous envoie conduire tous ceux-là à Poitiers parce qu'il y en a trop pour notre établissement. Nous sommes de dignes personnes, madame... assermentées... oui, madame...

— Laissons-les passer, dit Malbrant-coup-d'épée, elles n'ont que leur lait à donner et, ma foi, si j'en crois la marmaille, elles ne doivent déjà pas en avoir trop pour tout le monde.

— Ça, vous pouvez le dire, mon bon monsieur, s'exclama la nourrice en riant bruyamment. Ils n'ont pas d'idée, ceux qui nous mettent trois seulement pour vingt mouflets. Il y en a la moitié qu'il faudra nourrir à la « miaulée »...

Elle désigna une cruche où du pain trempait dans de l'eau mélangée de vin.

— ... Sans compter ceux qui resteront en route. Y en a déjà un par là qu'est quasiment mort. Faudra nous arrêter au prochain village pour le donner au curé à enterrer.

Elle leur jeta sous les yeux une sorte de lapereau écorché, inerte, entortillé dans un chiffon rouge.

— Si c'est pas de la misère ! Voyez-moi ça, mes bons messieurs.

Ils firent des moues dégoûtées.

— C'est bon ! Vous pouvez vous en aller. Mais sachez vous taire quand vous serez redescendues en plaine. Ne parlez pas de ce que vous avez vu dans la montagne.

Elles se confondirent en promesses geignardes.

— Fouette cocher, cria Malbrant en envoyant une tape sur le dos osseux du triste cheval.

— Non, attendez.

Le sang s'était retiré du visage d'Angélique : depuis l'instant où la femme avait dit : Nous venons de Fontenay-le-Comte, elle avait su pourquoi, cette nuit-là, saint Honoré lui était apparu.

Mais elle était comme paralysée, ses mouvements avaient la lenteur des mauvais rêves.

Cependant, elle se pencha et ramassa l'enfant que la nourrice avait jeté vers elle, enveloppé dans son haillon rouge.

— Allez, maintenant.

— Qu'est-ce que vous voulez faire de ça, ma belle ? Puisque je vous dis que c'est quasi mort.

— Allez, répéta-t-elle, avec un regard si dur que les bonnes femmes se reculèrent et se tinrent coites.

Très raide, Angélique s'éloigna. Près de la fontaine, ses jambes la trahirent et elle dut s'asseoir sur le rebord de pierre.

Une main se posa sur son épaule. Deux prunelles sombres, pleines d'une ardente gravité, cherchaient les siennes. L'abbé de Lesdiguière l'avait suivie. Il se penchait vers elle, il la soutenait, l'enveloppait de son ardente compassion. Il essayait de lire dans ses yeux.

— C'est votre enfant, n'est-ce pas ?

Elle fit un signe imperceptible, révulsé, mais affirmatif.

— En êtes-vous sûre ?

— Je l'ai reconnue à ce signe qu'elle avait sur l'épaule... et à ce chiffon rouge qui l'enveloppait.

— Avant de... l'abandonner, l'aviez-vous baptisée ?

— Non.

— L'ont-ils fait à l'hospice ?... Il y a tant de négligences et de cœurs impies de nos jours. Madame, il faut la baptiser.

— Elle est déjà morte...

— Pas encore. Comment voulez-vous la nommer ?

— Que m'importe.

Il regarda autour de lui.

— Saint Honoré vous l'a rendue. Nous l'appellerons Honorine.

Il plongea sa main dans la fontaine pour y recueillir de l'eau qu'il fit couler sur le front de l'enfant tout en murmurant les paroles et les prières rituelles. Et parce que ces mots s'adressaient à la misérable créature qu'elle avait engendrée dans l'infamie, ils la frappaient avec une violence éblouissante et elle demeurait pétrifiée.

— Sois une lumière, Honorine, dans ce monde de ténèbres où tu es appelée à vivre... que tes yeux s'ouvrent à tout ce qui est beau, tout ce qui est bien...

— Non, non, cria-t-elle, je ne suis pas sa mère. On ne peut pas me demander cela...

Elle regardait désespérément l'abbé de Lesdiguière penché vers elle. Elle lisait sa condamnation dans ce regard pur.

— Ne méprisez pas la vie que le Créateur a donnée.

— Ne me demandez pas cela.

— Vous seule pouvez la sauver. Vous êtes sa mère.

— Non, pas cela.

Elle voyait sa propre douleur se refléter dans les yeux bruns qui l'adjuraient.

— Ah ! Dieu ! s'écria-t-il, Dieu, pourquoi as-tu créé le monde ?

Il courut se jeter sur le seuil de la chapelle et elle l'entendit prier à voix haute, le front contre la porte.

Dans les bras d'Angélique l'enfant avait eu un imperceptible mouvement. Alors elle l'attira contre son sein.

7

Les chevaux s'ébrouaient sous les arbres, à la sortie du défilé. Les feuilles mortes craquaient sous leurs sabots. Ils repoussaient la marée légère et dorée qui comblait comme une écume le ravin. Un ciel pervenche s'apercevait entre les branches dépouillées. Les dernières feuilles tombaient, avec de lents mouvements évanescents.

Angélique cueillit sur sa mante une étoile orangée qui venait de l'effleurer et contempla, rêveuse, le petit chef-d'œuvre de la nature aux élégantes nervures. Encore un nouvel automne. Un nouvel hiver qui s'annonçait. La tiédeur du soleil ne trompait point. Les bises aigres se devinaient dans les lointains embrumés dont les ors et les safrans pâlissaient, laissant leurs places aux mauves et aux gris de novembre.

Elle reporta son attention sur l'abbé de Lesdiguière qui chevauchait à ses côtés et eut un mouvement d'épaules.

— A-t-on jamais vu chose plus ridicule, l'abbé ? Un chef de guerre transformé en nourrice, et l'aumônier des troupes assumant le rôle de berceuse...

Le jeune homme éclata de rire et lui jeta un chaud regard :

— Qu'importe ! Vous n'en avez pas moins mené vos troupes à la victoire, madame. Si bien qu'on pourrait croire que l'enfant fut notre porte-bonheur.

Il contempla avec fierté Honorine, endormie au creux de son bras, à l'abri de son manteau noir d'ecclésiastique. Ç'avait été là tout le berceau d'Honorine. L'arçon d'un cheval et des bras d'hommes qui se la repassaient jusqu'à l'étape où sa mère s'écartait pour la nourrir. En lui donnant son lait, Angélique lui avait rendu la vie. Sa conscience était apaisée. Le sacrifice n'en demeurait pas moins cruel et l'humiliation chaque fois aussi amère.

Elle laissait donc aux gens de sa suite le soin de porter cet encombrant petit animal dont le sort n'avait pas voulu la débarrasser. Du cheval de l'abbé de Lesdiguière à celui de Malbrant-coup-d'épée, en passant par les montures de Flipot ou du vieil Antoine, Honorine essayait de tous les trots et de tous les galops. Il n'était pas jusqu'au brave et gras baron du Croissec qui ne lui offrît, parfois, le confort de son ample giron. Mais, par contre, où qu'elle se trouvât, dès la nuit tombée, elle se mettait à pleurer et ne se calmait qu'entre les bras d'Angélique. Force était alors, pour celle-ci, de la garder près d'elle.

— Ridicule, répéta-t-elle. Je me demande comment, en de telles circonstances, j'ai pu continuer à me faire obéir de nos partisans.

— Votre ascendant sur tous est si grand, madame. Et les succès obtenus n'ont pu que les confirmer dans leur confiance envers vous.

Le visage d'Angélique s'assombrit :

— Les succès ? La victoire ? Il ne faut pas se féliciter trop tôt. Rien n'est encore résolu. Les troupes royales n'ont pu forcer la défense du Poitou, mais nous demeurons assiégés. Et voici l'hiver qui s'annonce. La plupart des terres sont incultes, les récoltes insuffisantes. La faim va entraîner le découragement. C'est là-dessus que le Roi compte.

— Faites-leur comprendre que si nous pouvons

atteindre l'été suivant, notre cause sera sauvée. Le Roi non plus ne peut conserver à son flanc toute une province en rébellion. La marche économique du pays en est bouleversée. Il lui faudra ou traiter ou réduire la rébellion par le sang. Or nous sommes protégés par les forêts. Les soldats n'osent y pénétrer...

— Vous parlez en stratège, mon petit abbé, et vous m'impressionnez un peu. Que diraient vos supérieurs ecclésiastiques s'ils vous entendaient ?

— Ils se souviendraient que j'ai dans les veines le sang du vieux Lesdiguière, ce grand huguenot dauphinois que fut si longtemps en révolte contre l'autorité royale. Malgré la conversion de ma famille, mon nom n'était pas sans inspirer de suspicion à mes maîtres, lorsque j'étais au séminaire. Peut-être n'avaient-ils pas tort ?

Il rit encore, gaiement. La brise faisait danser ses boucles sur ses joues hâlées. Son manteau, son chapeau à boucle d'argent, son rabat, son habit, tout était usé jusqu'à la corde par la poussière et les intempéries.

Son cheval, effarouché par une racine d'arbre, fit un écart et prit de l'avance. Angélique le considéra un moment puis le rejoignit.

— Monsieur l'abbé, dit-elle gravement. Ecoutez-moi. Vous ne devez pas rester avec moi. J'ai tort de vous entraîner dans une aventure qui ne cadre ni avec votre vocation ni avec votre rang. Retournez parmi les vôtres. L'évêque de Condom vous protégeait et faisait grand cas de vos qualités. Il vous trouvera un poste plus élevé à la cour. A moins que M. de La Force ne vous reprenne. On doit ignorer que vous m'avez suivie... Mais vous ne parlerez pas...

Le jeune homme se troubla sous la violence de son émotion.

— Me chassez-vous, madame ?

— Non, mon enfant... Et vous le savez bien. Mais

cette existence est coupable... et votre place n'est pas parmi des réprouvés.

— Pourquoi n'y serait-elle pas ? murmura-t-il. Madame, si vos scrupules vous persuadaient que seul mon dévouement à votre personne me retient près de vous, je voudrais vous rassurer. Encore que ma vie vous soit... donnée, il y a aussi autre chose. Je sens... je sens que c'est vous qui avez raison, madame. Moi aussi j'ai vécu à la cour. Comment aujourd'hui ceux qui ont faim et soif de la justice ne vous écouteraient-ils pas ? Je me souviens et mon cœur me répète que c'est vous qui avez raison.

Angélique serra les dents et ses doigts se crispèrent sur les rênes de sa monture.

— Ne cherchez pas d'excuses à mes actes, fit-elle durement. Il n'y a rien en moi de pardonnable. Je suis seulement une femme haineuse et misérable. Et qui ne voit pas d'issue à sa haine...

Il leva sur elle ses grands yeux, pleins d'effroi.

— Ne craignez-vous pas d'être damnée ?

— Ces mots n'ont plus de sens pour moi. Je ne sais qu'une chose. C'est que sans le grand feu de haine que j'ai au fond du cœur, je ne pourrais supporter la vie. Songer aux combats et à leur défaite, voici les seules choses qui me donnent le courage de survivre et même qui me réjouissent.

Et, comme elle voyait son expression navrée :

— Pourquoi vous horrifier de mon destin, l'abbé ? C'est d'être sous les lambris de Versailles et dans les honneurs qui ne me convenait pas. J'ai toujours été une créature indocile et rustique, vouée aux pieds nus et aux ronces du chemin. Lorsque j'étais enfant, mon frère Gontran — celui que le Roi a pendu — avait fait mon portrait en chef de brigands. Il a toujours eu de ces presciences... J'ai déjà été parmi les brigands et les voleurs dans Paris. N'avez-vous jamais entendu notre Flipot évoquer le temps où je rencontrais le Grand Coësre, le roi des truands... J'ai couru toutes les routes, tous les chemins, j'ai connu toutes les privations, toutes les prisons... je me suis traînée à genoux, écorchée, en haillons sur les routes du Rif... Mon destin est ainsi et je n'aime pas avoir un toit sur ma tête. Rien ne me sauvera, je le sais maintenant... Ne soyez pas triste, mon petit abbé. Et quittez-moi...

Elle ajouta très bas :

— ... Je porte malheur à ceux qui m'aiment...

Il ne répondit pas. Elle voyait ses longs cils battre précipitamment sur la courbe de son fin profil et ses lèvres trembler.

Les chevaux descendirent un chemin pierreux, au flanc d'une colline ensauvagée.

Le château des Gordon de La Grange venait d'apparaître, flanqué de quatre tours, dans l'écrin mordoré de son parc.

Les voyageurs n'eurent pas à lancer de signal d'arrivée. Aucune embuscade n'était possible, dans cette demeure à l'écart, perdue au fond du Bocage.

Ici l'on pouvait oublier les zones ravagées par la guerre, les villages incendiés, les combats farouches à travers les landes, ou les guet-apens plus redoutables encore tendus au fond des gorges étroites. Combats sans merci. Les villages aux marches de la province étaient désertés. A l'intérieur, les paysans avaient passé l'été une main sur le manche de la charrue, l'autre sur le mousquet. Vers la fin de septembre un régiment des troupes royales s'était avancé assez loin au cœur du pays, ravageant tout sur son passage. Les habitants semblaient s'évanouir devant lui. Il n'avait pas trouvé grand monde à pendre mais avait tout brûlé, hameaux, bourgs, récoltes et, déjà, l'on parlait à Versailles de la reddition imminente des croquants terrifiés lorsque, parvenu aux environs de Pouzauges, la troupe avait paru s'escamoter. Plus aucune nouvelle n'en parvenait. Le pays entier s'était refermé sur les soldats comme une énorme tenaille.

Certains survivants, qui parvinrent, de fourrés en fourrés, à gagner la Loire et à la franchir, parlèrent avec horreur de ces ombres qui, la nuit, les avaient assaillis, des faux luisantes qui travaillaient pour la mort, des grappes de corps qui dégringolaient des branches à l'instant le plus inattendu, tandis que des coutelas acérés se plantaient entre les omoplates avant qu'ils aient eu le temps de pousser un cri. Ils avaient tous été décimés, malgré leurs armes, malgré leurs officiers. Le pays poitevin les avait dévorés les uns après les autres, inexorablement.

La consternation régna. A la suite de cette campagne désastreuse les troupes et le haut commandement demeurèrent dans l'expectative. L'hiver venant, il était vain d'encourager les militaires à tenter d'autres expéditions. Chacun prit ses quartiers.

Angélique demeura trois mois au château de La Grange. Elle y reçut certains chefs des conjurés, ainsi que des bourgmestres des villes qui venaient lui confier leurs anxiétés. Chacun était réduit à la portion congrue. Le commerce paralysé, on commençait à murmurer. Par chance, l'hiver ne fut pas trop rigoureux.

Vers mars, Angélique reprit ses chevauchées à travers la province. Elle avait cessé de nourrir son enfant et eût voulu la laisser au château. Une brave servante s'y était attachée. Mais l'abbé de Lesdiguière l'en dissuada :

— Ne l'abandonnez pas, madame. Loin de vous, elle mourra.

— Je reviendrai la chercher plus tard, quand les événements...

— Non, fit-il en la regardant dans les yeux, vous ne reviendrez pas la chercher.

— Est-ce une existence pour une enfant si jeune que de traîner ainsi par monts et par vaux ?...

— Cette vie lui convient, puisque vous êtes là, sa mère...

Lui-même emmaillota Honorine dans une chaude couverture et monta en selle, en la serrant jalousement sur son cœur.

Ce fut vers cette époque qu'Angélique sentit le doute s'insinuer en elle lorsqu'elle regardait sa fille. Comme la crainte d'une menace informulée, un doute, la peur d'un soupçon qui peu à peu devenait certitude.

Ils se trouvaient dans une zone dangereuse où les troupes royales se risquaient parfois à des incursions. Pour ne pas tomber dans une embuscade, Angélique et son escorte se réfugiaient, chaque nuit, dans les grottes qui percent de mille cachettes les falaises de la vallée de la Sèvre. Les paysannes des hameaux voisins avaient coutume de s'y réunir le soir, pour filer et tricoter. Elles recherchaient ces endroits à cause de leur douce température qui dispensait d'entretenir du feu. Après le souper, elles s'y rendaient la quenouille au côté, garnie d'étoupe, de chanvre et portant sous le bras un chauffe-pieds bien braisé au départ.

Elles indiquèrent à Angélique les plus spacieuses de ces chambres naturelles où la petite troupe se reposait à l'abri de la fraîcheur aigrelette des premières nuits printanières.

Plantée dans les parois de la grotte, une « lioube » munie d'une chandelle primitive, faite d'une tige de bouillon-blanc, imprégnée d'huile de noix, donnait une clarté rassurante.

Angélique regardait l'enfant qui se roulait sur le sol et essayait de se traîner. Elle avait dix mois et paraissait vigoureuse. Etait-ce la lueur rousse de la torche qui donnait à ses cheveux naissants aux courtes bouclettes un tel reflet de cuivre ?... Elle avait, par contraste, des yeux noirs, étroits, qui se relevaient vers les tempes lorsqu'elle riait. Les pommettes paraissaient alors les dissimuler complètement et son expression... son expression ne semblait pas inconnue à Angélique, lui rappelant une autre physionomie, mais caricaturale, obscène.

Elle se recula si violemment que son crâne heurta la paroi rocheuse et qu'elle demeura étourdie.

Montadour ! Sa trogne de porc rouquin !

La sueur perla à ses tempes. Cela n'était pas possible...

La haine qu'une mère peut porter à son enfant bâtard n'est trop souvent que le reflet de celle que lui inspire celui qui l'a engendré. Pour Angélique, mettre un nom sur le visage du criminel était pire que l'inconnu. Elle eût aimé l'enfant de Colin Paturel. Mais la pensée de partager, elle, Angélique de Sancé, la responsabilité d'un être humain avec un soudard de la pire espèce, lui donnait l'impression d'une complicité visqueuse, répugnante, d'un avilissement auquel le sort voulait la contraindre. Jamais elle ne pourrait y consentir. La vie n'était qu'une comédie monstrueuse, détestable, menée par un dieu aveugle et sadique.

A son cri, l'abbé de Lesdiguière accourut.

— Enlevez-la, fit Angélique haletante, enlevez-la de ma vue. Je serais capable de la tuer...

A minuit, les échos de la caverne retentissaient encore des pleurs d'Honorine.

Allongée sur sa couche de foin, Angélique se retournait exaspérée :

— Naturellement, « ils » ont oublié de lui donner sa fougère.

Honorine ne pouvait s'endormir sans tenir en main une fougère, son hochet de prédilection, dont les dentelures paraissaient la ravir.

A la fin, Angélique n'y tint plus. Elle gagna la salle principale où, réunis autour du feu, l'abbé, l'écuyer, les valets et le baron avaient épuisé tout leur répertoire. Avec un regard de mépris écrasant, elle leur reprit le bébé qui se tut par miracle et le ramena dans son antre personnel. Naturellement, la petite était trempée, gelée, morveuse. Angélique la bouchonna d'une main experte et bourrue, l'enveloppa dans son châle de laine et la nicha dans le foin jusqu'aux yeux. Puis elle sortit au-dehors, pour aller jusqu'à la lisière du bois, cueillir une fougère dont elle arracha quelques folioles au bas de la tige. Honorine s'en empara d'un poing autoritaire et regarda avec extase la crosse velue projeter sur les parois de la grotte des ombres immenses de monstre préhistorique. Apaisée, elle prit son pouce dans sa bouche et jeta sur Angélique, du coin de ses petits yeux bridés, un regard empreint d'une intense satisfaction.

« Toi, tu me connais, semblait-elle dire, avec toi je suis tranquille... »

— Oui, je te connais, murmura Angélique... Oui, nous n'y pouvons rien... ni l'une ni l'autre, n'est-ce pas ?

Appuyée sur son coude, une joue dans la main, elle l'examinait avec une attention aiguë. La béatitude répandue sur les traits de l'enfant desserrait l'étau douloureux de son cœur.

Ni passé ni lendemain. L'heure silencieuse au sein de la terre. Et, en elle, des images plus que des mots, surgissaient comme des ombres douces et fugitives, pour l'apaiser.

— ... Tu n'es l'enfant de personne... La petite fille de la forêt... seulement la petite fille de la forêt. Cheveux roux comme la feuille d'automne... Prunelles noires comme la mûre des buissons... Peau blanche... nacrée, comme le sable des grottes... tu es l'incarnation des bois... un feu-follet... un farfadet... Rien d'autre... tu n'es l'enfant de personne... Dors... dors en paix...

[illegible]

8

L'abbé de Lesdiguière sortit des fourrés, les mains pleines de champignons.

— Du nanan pour toi, Honorine.

Elle marcha vers lui en trébuchant. Elle avait eu un an à l'été, tandis que les soldats du roi encerclaient la métairie où s'étaient réfugiés Angélique et les siens.

Enfermés comme des lièvres dans un terrier, ils étaient sur le point de se rendre lorsque Hugues de la Morinière et ses protestants les avaient dégagés. Angélique n'avait pu sortir de la métairie qu'en enjambant des corps. Honorine toussait de toute la fumée respirée. L'odeur de la poudre et des incendies faisait partie de son existence au même titre que le bruit des détonations, le sang et la sueur sur des visages patibulaires, les fuites au galop et les nuits ténébreuses au plus profond des bois.

Elle avait fait ses premiers pas à Parthenay, le jour où le tocsin sonnait sur la petite ville assiégée. Les assaillants avaient été repoussés et s'étaient retirés, mais la ville, épuisée par trop de privations, demeurait exsangue. Angélique n'avait plus retrouvé Honorine dans la pièce où elle l'avait laissée, sur une chaise. Elle était dans la rue. C'est ainsi qu'on avait su qu'elle marchait et même qu'elle descendait les escaliers.

Elle avait dit son premier mot le jour où Lancelot de la Morinière avait été tué au cours d'un combat violent dans les landes de Machecoul... Et ce premier mot d'Honorine avait atteint Angélique au cœur comme la balle d'un mousquet.

Elle avait dit : « sang » en découvrant un coquelicot. Et elle plissait comiquement son nez avec des grimaces de souffrance, comme elle en avait vu faire aux hommes blessés.

Fièrement elle répétait « sang... sang... » en montrant la fleur. Ç'avait été le leitmotiv de sa soirée. Angélique avait cru devenir enragée.

Devant la rudesse des combats de l'été, la lassitude l'atteignait et la peur s'insinuait en elle. Le Roi ne déclarait pas forfait, mais le Poitou chancelait. Hugues de la Morinière, privé de ses deux frères, était comme un corps sans tête. Il n'avait jamais été capable de penser seul. Lancelot, qui lui insufflait sa foi en Angélique, ayant disparu, sa méfiance n'était plus là pour fortifier son orgueil de vassal dressé contre le Roi. La fin de l'été permettrait d'éviter des désastres imminents. Trompé par une résistance aussi farouche, le commandement militaire s'interrogeait sur les mesures à prendre. Le Roi était partisan de laisser les rebelles se lasser, se désagréger d'eux-mêmes par la famine, la misère et le manque de munitions. Ses ministres voulaient l'emploi de forces écrasantes, le Roi lui-même à la tête des troupes et une répression si sanglante qu'elle pourrait être proposée en exemple à toutes les autres provinces. Il ne fallait pas oublier que l'Aquitaine, la Provence, la Bretagne s'agitaient et l'on n'était jamais sûr des dernières conquêtes : Picardie, Roussillon, etc.

Angélique ignorait ces atermoiements. Elle pouvait les soupçonner, mais il lui était difficile d'en convaincre sans preuves ses troupes accablées.

Pourtant elle était la seule à leur rappeler encore qu'il n'y avait pas de choix pour eux entre la lutte ou la servitude. Ainsi, à la suite des convulsions de l'été dans la fièvre des journées torrides, s'était-elle réfugiée au fond des gorges de Mervent avec le seigneur de La Grange et ses hommes. Ils campaient au fond de la forêt centenaire prolongeant au nord celle de Nieul. Ils reprenaient leurs forces, pansaient leurs blessures...

L'abbé de Lesdiguière, ayant rassemblé des branchettes de bois mort, y mettait le feu avec sa pierre à briquet et entreprenait de cuisiner pour Honorine les champignons qu'il venait de découvrir. Son fusil, qui ne le quittait plus guère était déposé dans l'herbe et il recommanda à l'enfant de ne pas y toucher. Elle fit une mimique qui prouvait que, depuis longtemps, elle avait appris à se méfier de cet objet fumant et détonant.

Angélique, assise à quelques pas sur un rocher moussu, les observait.

L'abbé portait un grossier gilet de fourrure d'agneau. Il avait remplacé son chapeau rond à boucle d'argent par le couvre-chef immense et délavé des paysans de la région. Il n'avait plus de rabat et le col de sa chemise en loques s'ouvrait sur la jeune poitrine hâlée où miroitait l'or d'une croix, retenue à un bout de ruban déteint. Ainsi, du petit précepteur policé, raffiné jusqu'au bout des ongles, elle avait fait cet homme des bois ! Elle n'eût pu le comparer à l'adolescent de Versailles ou de Saint-Cloud, qui subissait avec une urbanité touchante les sarcasmes des moqueuses et leurs œillades provocantes et cambrait si joliment la jambe pour saluer tous ces grands seigneurs aux mœurs corrompues. Ses épaules s'étaient élargies et l'on remarquait mieux sa taille élancée. Il avait perdu toute fragilité. Seul demeurait, dans sa physionomie tannée, son doux regard de biche. Quel âge pouvait-il avoir ? Vingt ans ? Vingt-deux ans ?...

Elle l'appela soudain et il vint à elle avec son empressement habituel, plein de déférence, qui recréait pour elle le luxe de sa maison de jadis, aux nombreux serviteurs.

— Madame ?...

— Monsieur l'abbé, je vous ai supplié maintes fois de partir, de nous quitter. Maintenant, il faut le faire. Nous sommes traqués. Je ne sais vers quelle catastrophe nous allons. Retournez parmi les vôtres... Je vous en supplie, faites-le pour moi. Je ne pourrais supporter d'être responsable de votre déchéance...

Comme chaque fois qu'elle avait abordé ce sujet, il pâlit et porta la main à son cœur.

— Cela m'est impossible, madame. Je ne peux pas vivre loin de vous, séparé de vous...

— Mais pourquoi ?

Il la fixait ardemment. Son regard avait plus d'éloquence que toutes les paroles. De sa part, elle n'en fut pas blessée, mais seulement émue jusqu'aux larmes. Elle détourna les yeux, angoissée.

— Non, mon cher enfant, supplia-t-elle tout bas, non, il ne faut pas... je suis...

Il l'arrêta d'un geste.

— Je sais qui vous êtes... Vous êtes celle que j'adore... celle que j'aime d'un amour qui m'a fait comprendre comment l'on pouvait... oublier Dieu pour les lèvres d'une femme.

— Ne parlez pas ainsi !

Et comme elle tendait la main vers lui, il la prit dans la sienne. Elle n'osa la retirer tant l'emprise de cette main la surprenait par sa fraîcheur et sa virilité.

— Laissez-moi vous faire... une seule fois... ma confession, dit-il d'une voix étouffée. Vous avez comblé ma vie d'un sentiment terrestre et vivifiant dont je ne peux avoir le regret. Votre vue a ravi mon être et chacune de vos paroles...

— Vous connaissez pourtant mes fautes...

— Elles vous ont rendue plus chère à mes yeux, parce que plus faible, plus humaine. Ah ! j'aurais voulu... vous prendre dans mes bras et vous défendre de vos ennemis et de vous-même... Vous protéger de toute ma force...

Cette force, qu'il revendiquait, émanait de lui, tendu dans l'ombre du crépuscule, avec la violence impérieuse de sa jeunesse. Et, pour la première fois depuis de longs mois, elle fut sensible à ce courant de vie, dense, pénétrant, qui semblait vouloir l'attirer et l'arracher à l'enlisement de son désespoir.

Elle savait qu'il s'éloignait le soir, dans les bois, pour tomber à genoux et prier longuement. Mais combien de temps l'amour de Dieu et celui qu'il avait voué à une femme maudite pourraient-ils se partager son cœur ?...

Incapable de parler, Angélique retira sa main et serra contre elle, frileusement, son manteau.

— Ne craignez rien de moi, fit-il avec douceur. Je vous eusse adorée... si vous aviez daigné jeter un regard sur moi. Sur un signe de vous, je me serais perdu en vous... avec volupté, que mes paroles ne vous offensent pas, madame. Je suis votre très humble serviteur... Je sais que la barrière qui me sépare de vous représente le plus infranchissable des obstacles.

— Votre vocation ?

— Non... Vous-même. Cette horreur que vous avez des hommes et de leur désir, depuis que... Cet obstacle ce n'est pas moi, dans mon ignorance, qui pourrai le vaincre...

— Taisez-vous... Vous ne savez pas ce que vous dites...

— Si fait...

La douleur lui façonnait un masque d'homme aux traits durcis :

— ... Je sais... L'on vous a détruite... par trop de maux. Et la maladie de votre âme s'est communiquée à votre corps... S'il en avait été autrement, je me serais traîné à vos genoux... pour vous supplier de m'aimer... Laissez-moi vous le dire, je vous en prie. Voici trop d'années que je vous suis par tous les chemins et que votre présence m'est devenue plus indispensable que l'air que je respire... Si vous n'étiez pas devenue aussi... invulnérable, il en aurait été autrement...

Il se tut.

— ... Il n'en *est* pas autrement, reprit-il très bas. Alors, c'est mieux ainsi. A cause de cet obstacle, je suis bien contraint de demeurer du côté de Dieu. Je ne serai jamais votre amant... Ce rêve...

Il parut faire un effort surhumain :

— Au moins, je vous sauverai...

Ses yeux magnifiques retrouvaient leur lumière idéale :

— Je vous sauverai... je ferai plus pour vous que tous ceux qui vous ont tenue dans leurs bras. Je vous rendrai tout ce que vous avez perdu : votre âme, votre cœur, votre féminité, tout ce qu'on vous a pris... Pour l'instant, je ne puis rien, mais je mourrai pour vous et ce jour-là seulement... Ce jour-là, lorsque j'aurai pénétré dans la lumière de Dieu, j'obtiendrai le pouvoir de vous sauver. Le jour de ma mort... Ah ! qu'il se hâte, ce jour...

Il joignit les mains sur sa poitrine avec ferveur :

— Ah ! Mort ! Hâte-toi... qui me permettra de la délivrer !...

Ils n'avaient pas entendu l'appel de la chouette. Soudain, il y eut à l'entrée de la gorge un cavalier au grand col de dentelle, panache au vent et, derrière lui, des hommes en casaque rouge, armés de lances.

Angélique fit un bond vers Honorine. L'abbé saisit son mousquet et protégea sa retraite, tandis qu'elle s'élançait vers les arbres et se hissait au flanc de la falaise, l'enfant sur le dos, cramponnée à son cou. Des éboulements de cailloux révélaient la fuite des partisans s'égaillant le plus haut possible, sur la pente glissante d'humus.

L'officier se ressaisit le premier :

— Ils sont là. cria-t-il. Nous sommes tombés sur leur repaire, les brigands ! Holà, mes enfants, sus aux loups !

Les soldats mirent pied à terre et s'élancèrent à leur tour à l'assaut de la montagne.

Angélique et ses compagnons haletants surveillaient leur approche.

— Ils montent...

— Attendez un instant... Allons plus haut...

Lorsque les soldats eurent atteint l'endroit le plus abrupt, presque à pic, elle cria...

— Les cailloux ! Les rochers !...

Un grondement sourd emplit le défilé ténébreux. Projetés par les paysans, d'énormes pierres, des quartiers de rocs déboulaient. Ils fauchèrent au passage les soldats, cramponnés, en posture instable. Frappés en plein front, à la poitrine, ils lâchaient prise, glissaient, dégringolaient pêle-mêle.

De l'épaule, les paysans arrachaient à leur alvéole d'argile les rondes boules de granit suspendues depuis des siècles au-dessus du précipice. Elles s'ébranlaient lourdement, puis roulaient de plus en plus vite, faisant sonner les troncs d'arbres auxquels elles se heurtaient, rebondissant, et allant écraser comme des punaises les soldats rassemblés au pied de la falaise.

L'officier fit sonner le rassemblement et les cavaliers, prudemment, soutenant leurs blessés et abandonnant leurs morts, commencèrent à reculer.

Le soleil accrochait encore des lueurs pourpres sur les uniformes. Angélique, penchée entre les branches, les observait. Elle reconnut l'officier. C'était M. de Brienne, l'un de ceux qui, jadis, à Versailles, lui faisaient galamment la cour. L'apercevoir ici lui fit mesurer le chemin parcouru depuis sa gloire éphémère à Versailles et quel fossé, plus profond encore que cette vallée, la séparait à jamais de ce monde.

Penchée, elle cria d'une voix moqueuse, qui résonna longuement.

— Je vous salue, monsieur de Brienne. Allez donc porter à Sa Majesté le bon souvenir de Bagatelle !...

Lorsqu'on rapporta le propos au Roi, il pâlit. Il alla s'enfermer dans son cabinet de travail et y demeura plusieurs heures, seul et le visage dans ses mains.

Puis il fit venir le ministre de la Guerre, et lui recommanda de tout mettre en œuvre pour réduire la rébellion du Poitou avant le printemps suivant.

9

Parmi les régiments que le roi envoya en Poitou, en 1673, il y avait le 1er régiment d'Auvergne, commandé par M. de Riom et cinq des plus glorieuses compagnies des Ardennes. Le Roi avait assez entendu parler de la terreur superstitieuse des soldats devant les embûches de la forêt poitevine. Ceux qu'il envoyait aujourd'hui, fils de l'Auvergne et des Ardennes, il les avait donc choisis parmi des hommes des bois, habitués depuis l'enfance à l'ombre et aux malédictions des arbres, aux sangliers, aux loups, aux rochers, habitués à lire les pistes invisibles, tous fils de sabotiers, de bûcherons, ou de charbonniers. Ils n'étaient plus vêtus de rouge comme les dragons, mais de noir et leurs uniformes rappelaient les sinistres Espagnols, avec leurs casques d'acier, à haut cimier tranchant, leurs bottes étroites jusqu'au sommet des cuisses. Ils amèneraient avec eux des chiens de chasse, des dogues musclés et féroces.

Le halètement de leurs hauts tambours s'éleva longtemps à travers la campagne déserte et terrifiée.

La terreur, avec eux, pénétrait au Poitou.

Trois mille fantassins, mille cinq cents cavaliers, deux mille servants de chevaux, d'intendance et d'artillerie. Des canons, pour les villes...

Le Roi avait dit : avant le printemps.
L'hiver n'arrêterait pas la guerre.

Au printemps, il ne restait plus qu'un dernier bastion insoumis. Celui d'où était partie la révolte, région circonscrite entre La Châtaigneraie et les marais et où s'étaient rassemblés les derniers conjurés.

Printemps cruel ! Les froids se prolongeaient et à la fin de mars encore, la terre gelée refusait toute clémence.

Par la fenêtre étroite de la métairie, Angélique guettait le retour de Flipot. Il entra, maigre, efflanqué, comme un loup vagabond. Faim, froid, existence de bête traquée, rien n'avait raison de sa bonne humeur.

— J'ai réussi à les joindre, fit-il. On vous croyait morte ou capturée. Je leur ai dit comment vous aviez pu vous échapper en pleine nuit du château de Fougeroux. Quand on pense qu'ils sont venus vous chercher jusque-là. Pour sûr nous avons été trahis, vendus. Des traîtres, il y en a partout maintenant !

Il jeta un regard en coin sur la paysanne et son vieux père assis devant l'âtre, passa sa manche sous son nez rougi et continua en baissant la voix.

— J'ai vu l'abbé, Malbrant-coup-d'épée, M. le baron, Martin Genêt. Ils sont tous d'accord. Il faut quitter le pays. Maintenant, c'est la chasse à l'homme qu'ils disent ou plutôt à la femme. Vous, madame la Marquise. Votre tête a été mise à prix. Pour cinq cents livres, ils sont bien sûrs de trouver quelqu'un qui vous vendra. Les gens ont si peur et si faim. Alors voilà ce qui a été décidé. Ce soir, nous nous rendons à la Lanterne de la Colombe et, de là, quand nous serons tous réunis, nous gagnerons les marais, par la forêt, puis la côte. Ponce-le-Palud, qui n'a pas encore réussi à se faire prendre, nous donnera assistance pour nous cacher... ou nous embarquer.

— Nous embarquer, répéta Angélique.

Le mot consommait sa défaite. Au cours de cet hiver épouvantable, elle avait peu à peu perdu le sens de la lutte qu'elle menait. Sauver leurs vies, pourchassés de place en place, se retrouver vivants chaque soir était devenu leur seul but épuisant. Aucune autre issue que la fuite.

— Je n'ai pas donné le rendez-vous ici, chuchota Flipot, parce que ces gens-là ne m'inspirent pas confiance. Ils savent qui vous êtes et, comme partout, ils vous rendent responsable de leurs malheurs.

Les paysans marmonnaient en jetant des regards sombres dans leur direction. Angélique en était arrivée à ne plus oser s'approcher du maigre feu, avec sa fille, tant elle sentait peser sur elle la rancune des malheureux.

Le mari de la paysanne était mort en se battant contre le Roi. Les soldats leur avaient tout pris au passage, pain, bétail, grains, et avaient emmené avec eux la fille aînée. On ignorait ce qu'elle était devenue.

Dans le fond de la pièce, où se trouvait le grand lit vendéen, quatre petites frimousses blêmes émergeaient des couvertures déchirées. On gardait les enfants au lit toute la journée pour qu'ils aient plus chaud et moins faim.

Quelques instants plus tard, le vieux père, après avoir échangé des signes d'intelligence avec sa bru, se leva, se vêtit de sa houppelande et prit sa hache en disant qu'il allait couper du bois dans le boqueteau.

— Des fois qu'il irait prévenir les soldats, murmura Flipot, on ferait peut-être mieux de calter tout de suite.

Angélique partagea cet avis. La paysanne, inexplicablement, cherchait à la retenir. Angélique brusqua son départ. Elle prit d'office un quignon de pain et du fromage pour Honorine. La femme la couvrit d'invectives.

— Allez ! allez ! Partez bien loin. Vous m'avez assez brouillée avec les fadets, vous et l'enfant maudite. Je ne les entends plus grignoter dans le mur depuis que vous êtes chez nous. Si les fadets nous abandonnent, qu'allons-nous devenir ?

La disparition de ses génies familiers lui paraissait plus dramatique que toutes les épreuves qui l'avaient accablée auparavant.

Angélique prit la route sur une mule efflanquée qui n'avait guère plus la force que d'aller au petit pas. Flipot la guidait par la bride. Ils traversèrent des villages incendiés, avec de tristes pendus aux branches de l'ormeau, sur la place.

Le soir tombait quand ils parvinrent à la Lanterne de la Colombe. Elle était allumée. Les lanternes des morts, ce sont les phares du Bocage. Longs cierges de pierre sur des socles à degrés, elles sont dressées aux carrefours pour guider les voyageurs nocturnes qu'égare l'obscurité opaque des chemins creux. Elles sont là aussi pour rassembler les âmes errantes et les empêcher d'aller tourmenter les vivants endormis. Malgré le manque d'huile ou de graisse, vers la fin de cet hiver, des mains pieuses essayaient de les maintenir. Le sabotier voisin de la Lanterne de la Colombe descendait, chaque soir, donner un coup de briquet à la mèche de chanvre, abritée par un clocheton ouvragé.

Angélique descendit de sa mule et s'assit sur les marches de pierre moussue.

— Il n'y a personne, dit-elle. Nous risquons de geler si nous devons attendre ici avec la petite plusieurs heures. Flipot, reprends la mule et va au-devant des autres. Dis-leur de se hâter ou bien de trouver une grange pour y passer la nuit.

Flipot s'éloigna et les claquements las des sabots de la mule sur le sol durci résonnèrent longtemps dans l'air cristallin. Les arbres raidis de gel craquaient avec un bruit furtif de verre brisé. Le froid, de plus en plus vif, avait quelque chose d'aigre, d'incisif, qui transperçait. Angélique, immobile, se sentait transie jusqu'aux moelles. Son haleine condensait devant elle une buée froide. La joue d'Honorine, blottie sous sa mante, n'avait plus de tiédeur. La lueur confuse de la lanterne lui révélait le regard de l'enfant, ses yeux noirs et attentifs comme ceux d'un écureuil, qui guettaient la nuit alentour. Les bras d'Angélique ne pouvaient suffire à la réchauffer. Ses petites mains, qui tenaient serrés le morceau de fromage et le morceau de pain, étaient rouges de froid. Angélique se souvint des paroles de la paysanne.

— « L'enfant maudite » ?... C'est donc ainsi qu'ils la nomment !

Ses lèvres tremblaient de colère.

— De quoi se mêlent-ils, ces croquants ? C'est à moi seule de savoir si tu es maudite ou non...

Une fois encore, de ses doigts engourdis, elle rectifia les pans du châle autour de l'enfant.

Elle tendait l'oreille, espérant sans cesse surprendre des galops lointains. Mais ce furent des frôlements et des craquements de brindilles qui attirèrent son attention.

— Qui vient là ? dit-elle à voix haute.

Elle essayait de distinguer ce qui remuait dans le sous-bois. Soudain, un long hurlement trembla, et elle se mit debout, le cœur figé. Les loups !... Elle aurait dû se douter qu'ils viendraient !...

L'audace des fauves affamés, que l'hiver prolongé faisait sortir du bois, les avait mis plusieurs fois en mauvaise posture au cours de ces derniers mois, elle et les siens. Des bandes n'avaient pas hésité à poursuivre même des troupes à cheval. Ils rôdaient près des feux de bivouac et il fallait leur lancer des brandons enflammés.

Ici, la lumière de la lanterne des morts ne suffirait pas à les écarter. Angélique avait à sa ceinture un pistolet. Elle pourrait les effrayer, mais pas pour longtemps.

Elle pensa à la masure du sabotier, un peu plus haut. Il lui fallait s'y rendre alors que les loups n'étaient pas encore trop proches et qu'il restait encore une vague lueur venue du ciel d'un bleu étonnamment clarifié par le gel. Elle se mit en marche, consciente d'être suivie et des bonds étouffés des loups dans les halliers.

Maintenant, quand elle se retournait, elle pouvait voir luire leurs prunelles phosphorescentes. Sans ralentir ses pas, elle se baissa, ramassa des cailloux et les lança dans leur direction, comme à des chiens hargneux. Avant tout, il lui fallait éviter de trébucher et de tomber. Elle poussa un soupir de soulagement en devinant, à sa fenêtre rouge, la chaumière, tassée sous les arbres. Elle dut ébranler fortement la porte avant que le sourd-muet se décide à entrouvir l'huis. Par signes, Angélique lui expliqua qu'elle était suivie par les loups et qu'il lui fallait se barricader solidement. Pour rassurer le pauvre hère et son fils infirme, qui tous deux la regardaient avec effroi, elle mit sur la table une pièce d'or, tout ce qui lui restait de ce que le baron du Croissec lui avait dernièrement avancé. En ces temps de disette un jambon eût mieux fait leur affaire. Cependant les mains du sabotier, noircies par la sève du bois frais, prirent la pièce et la retournèrent longuement avant de la glisser dans sa ceinture.

Angélique vint s'asseoir devant l'âtre. Au moins ici, il faisait chaud. Le garçon sourd-muet jeta sur les braises une poignée de copeaux et Angélique présenta à la flamme les petits pieds d'Honorine en les frottant doucement pour y ramener la circulation. L'enfant réchauffée reprit des couleurs et se mit à manger son fromage, tandis que de son habituel regard sagace elle examinait son nouveau décor.

Les sabots pendus en grappes aux solives l'intéressaient particulièrement. Angélique demeurait sur le qui-vive, espérant entendre les coups de mousquets de ses compagnons qui, parvenus au lieu du rendez-vous, comprendraient qu'elle avait dû fuir à cause des loups. Alors elle sortirait sur le seuil de la chaumière et tirerait un coup de pistolet. Mais elle n'entendait rien. De guerre lasse, elle finit par s'étendre avec Honorine sur le bat-flanc que le sabotier lui désignait. La couche de copeaux était confortable. Elle refusa la couverture douteuse mais accepta la grossière peau de mouton.

Elle se sentait étrangement calme, et même elle put dormir, sans rêves, quelques heures. Il y avait beau temps qu'elle avait cessé de s'appesantir sur son passé, sur ce qui aurait pu être ou ne pas être, et sur les péripéties dramatiques qu'elle avait réussi à accumuler en une existence relativement courte. Les ennuis et les drames, elle les avait bien cherchés ! Elle avait voulu vivre à revers des lois et de tout ce qu'on lui avait enseigné. Son premier mari n'avait-il pas payé chèrement le même crime ? Loin d'en tirer leçon, elle avait continué à se dresser contre les forces établies. Elle ne s'étonnait plus d'être victime comme elle l'avait fait si longtemps. La lutte pour vivre lui était devenue une seconde nature et, du monde privilégié, domestiqué, elle était passée dans celui des bêtes sauvages qui doivent, chaque jour, gagner leur existence et parer mille dangers.

Vers la mi-nuit, elle se réveilla pour voir le sabotier guetter à l'étroite fenêtre. Elle le rejoignit et aperçut dans la clairière les loups qui rôdaient. Le plus gros s'assit sur son arrière-train et hurla à plusieurs reprises. La chèvre, dans l'étable, tirait sur sa longe et bêlait.

Angélique se recoucha près d'Honorine. D'un doigt léger, elle rangea les boucles rousses qui tombaient sur le front du bébé et surveilla la paix de son visage endormi. Le lugubre présage du loup hurlant confirmait les pressentiments de son cœur : « Maintenant, c'est le commencement de la fin », se dit-elle.

Au matin, il avait neigé. Une couche légère et poudreuse ouatait les alentours. La neige était venue à pas feutrés pour voler les premiers espoirs du printemps. Le pays condamné refusait de revivre.

Angélique chercha, en vain, dans toute la chaumière un bout de papier et une plume. Elle finit par prendre un morceau de drap et avec un charbon de bois écrivit dessus. Les explications à fournir au fils du sabotier pour lui indiquer où se trouvait la métairie des Fayet où il devait se rendre, demandèrent plus de patience.

Enfin, le jeune garçon s'éloigna dans la neige, serrant contre sa poitrine le message où Angélique essayait d'avertir l'abbé de Lesdiguière du lieu de sa retraite.

Il ne revint que le lendemain. Par signes, il lui fit comprendre qu'il avait vu quelqu'un de ses compagnons et que ceux-ci lui donnaient rendez-vous à la Pierre aux Fées, dont le sabotier fit le dessin, ma foi fort réussi, sur le bois de la table.

Pourquoi n'étaient-ils pas venus jusqu'ici ? Pourquoi l'abbé n'avait-il pas confié une missive au petit sourd-muet ?... Ne pouvant s'expliquer plus nettement avec eux, elle décida de se rendre à la clairière du dolmen. Il était fort possible qu'on l'attendît là.

Elle partit donc, regrettant de n'être pas vêtue d'un costume d'homme car ses jupes la gênaient pour marcher dans la neige. Heureusement, c'étaient des jupes de paysanne assez courtes sur les chevilles.

Arrivée aux abords de la Combe aux Loups, devant les amas de neige amoncelée, elle hésita. Passer par le chemin de crête l'eût retardée. Elle décida de franchir le ravin mais Honorine la gênerait. Elle installa l'enfant sous un arbre dont la ramure serrée avait conservé une zone bien sèche alentour, l'attacha au tronc de l'arbre avec son écharpe et lui recommanda d'être sage. L'abbé et Flipot viendraient la chercher tout à l'heure. Honorine était habituée à être consignée de la sorte. Il lui était arrivé, souventes fois, d'attendre ainsi à l'arrière-garde, la fin d'une escarmouche ou d'une reconnaissance.

Angélique eut toutes les peines du monde à franchir la ravine. Elle tomba à plusieurs reprises, s'enfonçant dans la neige jusqu'à la taille. Comme elle atteignait le faîte, elle crut voir bouger des silhouettes humaines sur la gauche et, pensant à ses compagnons, elle était sur le point de les héler, lorsqu'un cri s'étrangla dans sa gorge.

Des soldats sortaient du bois.

Ils ne l'avaient pas aperçue et suivaient la lisière des arbres sur le flanc droit du vallon. Noirs et maigres, avec leurs casques luisants et leurs lances qui se dressaient sur le ciel gris, ils avaient l'allure cruelle et furtive des loups.

Angélique, paralysée d'effroi, attendit qu'ils eussent disparu pour se mouvoir à nouveau. D'où venaient ces soldats ? Que faisaient-ils dans ces parages reculés de la forêt ? Qui cherchaient-ils ?

D'un pas ralenti, elle se traîna vers la Pierre aux Fées. L'angoisse l'empêchait de respirer. Au seuil de la clairière, elle sut qu'elle arrivait trop tard. Des pendus se balançaient aux branches des chênes tout autour du dolmen. Le premier qu'elle reconnut était Flipot... Pauvre Flipot ! Hier encore si vif ! Elle n'avait pu l'écarter de son destin. Né pour être pendu, il était mort pendu.

Alors elle les reconnut tous, les uns après les autres : l'abbé de Lesdiguière, Malbrant-coup-d'épée, Martin Genêt, le palefrenier Alain, le baron du Croissec... Ces pendus aux visages familiers peuplaient la clairière de leur présence quasi vivante et, pour un peu, elle leur aurait parlé en leur disant : « Enfin, vous voici... mes amis... »

Elle dut s'appuyer à un arbre.

— Maudit sois-tu, Roi de France, murmura-t-elle, maudit sois-tu !...

Elle restait là, assommée, et ne pouvant en croire ses yeux. Dans quel guet-apens étaient-ils tombés ? Qui les avait vendus ? Ces soldats tout à l'heure... C'étaient eux sans doute qui avaient dirigé l'horrible exécution ?...

L'espoir fou qu'ils n'étaient pas morts encore et qu'elle pourrait ranimer l'un d'eux la fit se hisser sur la pierre pour essayer de détacher l'abbé de Lesdiguière. Elle y réussit et le corps glissa mollement sur le sol. Malgré le froid, il n'était pas encore raidi. Agenouillée près de lui, Angélique chercha les battements du cœur, un symptôme de vie. Mais la mort avait fait son œuvre. Elle le tenait contre son cœur et baisait son front pur :

— O mon cher ange gardien !... Mon cher enfant !... Vous voici mort... Mort pour moi... Que vais-je devenir, sans vous ?...

Elle regardait avec douleur ces yeux fixes et si beaux qui ne la voyaient plus. Doucement, elle ferma ses paupières, ferma sa bouche tuméfiée...

Un cri fragile, vibrant dans l'air glacé, la fit se redresser. Honorine !

Angélique s'arracha à l'hébétude dans laquelle elle était plongée. Il fallait secourir l'enfant...

Honorine était toujours sous son arbre. Elle ne pleurait pas, mais son petit nez était rouge comme une baie de houx. Elle agita les mains en tous sens pour marquer sa joie en apercevant sa mère.

Celle-ci la détacha et la prit dans ses bras. Elle eut à cet instant l'impression d'un regard sur elle et, se retournant, elle vit de l'autre côté de la Combe-aux-Loups un soldat qui l'observait...

Au mouvement que fit Angélique pour fuir, l'homme poussa un cri guttural.

Angélique acheva de gravir le talus et se jeta sous le couvert des arbres. Elle se mit à marcher droit devant elle, enfilant les sentiers les uns après les autres. Sa lourde jupe trempée gênait sa course mais elle allait rapidement, portée par la terreur.

Les lointains lui apportèrent l'écho d'aboiements sonores. Les soldats s'étaient-ils lancés à sa poursuite ?... avec leurs dogues ? Elle haletait, les bras engourdis par le poids de l'enfant.

Maintenant elle ne pouvait plus douter ; on la poursuivait. Les aboiements se rapprochaient et elle distinguait les appels bruyants de la soldatesque. Ils devaient tenir encore les chiens en laisse. Les empreintes de la femme restaient visibles dans la neige humide. Elle avait beau obliquer à droite, à gauche, avec des ruses d'animal aux abois, ils la retrouvaient sans peine et se rapprochaient inexorablement.

L'obscurité tomba. Le ciel paraissait s'abaisser avec la nuit. Angélique ressentit sur ses joues l'effleurement léger des premiers flocons qui se mettaient à papillonner. Puis ils se firent plus pressés et plus épais et, bientôt, elle n'avança plus qu'à travers une draperie mouvante et opaque qui la suffoquait. Mais la neige, au moins effaçait ses traces...

En effet, la poursuite parut se ralentir. Elle ne distinguait plus les aboiements des chiens. Plus aucun bruit. Elle avançait au sein d'un silence de tombe, peuplé seulement par le mouvement pressé de la neige. Son visage ruisselant était comme paralysé par le froid. A plusieurs reprises elle se heurta durement aux arbres.

Enfin elle s'arrêta. La nuit était totale. Elle ignorait où elle se trouvait. La neige la recouvrait doucement. Elle eut la tentation de s'asseoir là, ne serait-ce qu'un seul instant. Mais elle ne se relèverait pas.

L'enfant bougea légèrement contre elle.

— Ne crains rien, dit Angélique à mi-voix... ses lèvres avaient de la peine à remuer... ne crains rien, je connais la forêt, tu sais...

De nouveau, le jappement des chiens ! Ils n'abandonnaient pas. Angélique repartit. Elle trébucha et se rattrapa de justesse. Le sol lui avait manqué. Elle devait se trouver sur le bord d'un falaise ou d'une pente rapide. Elle sentait le vide à l'on ne sait quelle ampleur nouvelle de la nuit, dégagée de l'étouffement des arbres.

Comme elle demeurait immobile, les sons étouffés d'une cloche lui parvinrent. Ses tintements scandés lui parlaient d'asile.

Eperdue d'espoir, elle commença à descendre la pente avec précaution, et bientôt elle devinait, au-dessus d'elle, les hautes murailles de l'abbaye de Nieul. Elle se pendit à la chaîne du portail. Déjà, sortie du cauchemar oppressant et glacé, elle se sentait mieux à l'abri du porche.

Une main fit glisser le volet d'un judas, une voix dit :

— Béni soit Dieu ! Que désirez-vous ?

— Je me suis égarée avec mon enfant dans la forêt. Donnez-moi asile.

— Nous ne recevons pas les femmes à l'abbaye. Marchez encore cinquante pas sur votre gauche, vous trouverez une hôtellerie où l'on vous accueillera.

— Non... des soldats me poursuivent. Il me faut être à l'abri de vos murs.

— Allez à l'hôtellerie, répéta la voix.

On allait refermer le judas. Elle cria, l'esprit affolé :

— Je suis la sœur de votre bénéficiaire, Albert de Sancé de Monteloup. Pour l'amour de Dieu, ouvrez-moi... ouvrez-moi.

Une hésitation se devina chez son interlocuteur. Puis le volet claqua. Peu après elle entendit grincer des clefs et tirer des verrous. Elle se jeta dans l'entrebâillement telle la vivante image de la tempête avec un tourbillon de neige qui s'engouffrait derrière elle.

Deux petits moines aux cheveux blancs la regardaient d'un air perplexe.

— Fermez cette porte, supplia-t-elle, fermez-la bien et surtout ne l'ouvrez pas si les soldats viennent y frapper.

Ils obéirent et Angélique ne respira que lorsqu'elle vit la grosse barre de bois s'abaisser en travers du vantail.

— Avez-vous bien dit que vous étiez la sœur du bénéficiaire de l'abbaye, M. de Sancé ? demanda l'un des moines.

— Oui, c'est la vérité.

— Attendez là, fit-il en lui désignant une sorte de parloir où brillait un gros cierge dans une torchère de cuivre.

Il faisait à peine moins froid sous ces voûtes de pierres qu'au-dehors. Angélique claquait des dents et tremblait de tous ses membres. Elle ne sentait plus ses bras raidis autour d'Honorine frissonnante.

Enfin, elle aperçut deux autres moines venant par le cloître. L'un d'eux tenait une veilleuse à huile. Ils portaient les robes blanches des supérieurs. Ils entrèrent dans le parloir et s'arrêtèrent devant elle. Le plus jeune s'approcha encore, levant haut sa lampe pour mieux éclairer le pitoyable visage de la visiteuse.

— Oui, c'est bien elle, dit-il enfin, c'est bien elle, ma sœur Angélique de Sancé...

— Albert, murmura Angélique.

[illegible]

10

La cloche du portail s'agita violemment et le moine portier vint dire qu'une troupe d'hommes en armes demandait à être reçue à l'abbaye.

— Ne leur ouvrez pas, supplia Angélique, sinon je suis perdue. C'est moi qu'ils poursuivent.

— La Révoltée du Poitou, dit Albert à mi-voix.

Elle jeta sur eux un œil hagard. L'inhumanité lui était trop familière pour qu'elle vît dans ces moines, au regard froid, autre chose que des ennemis. Il allaient livrer la réprouvée.

Elle glissa à genoux, les yeux levés sur le visage marmoréen du Père abbé et ses lèvres répétaient ardemment le vieux cri du Moyen Age qui, tant de siècles, avait suspendu sur le seuil des églises, la chasse cruelle des hommes.

— Asile !... Asile !...

Il eut un geste apaisant de la main et s'éloigna tel un fantôme dans sa robe blanche, jusqu'à la voûte du porche.

Peu après, il revenait. Il avait dû renvoyer les soldats à l'hôtellerie. Ceux-ci fatigués par leur poursuite dans la neige n'étaient pas en état de donner assaut à la solide abbaye qui avait résisté à bien des guerres. Ils s'étaient éloignés, sans insister, d'autant plus que le père portier leur avait crié en guise d'encouragement que l'aubergiste avait des barriques de bon vin des Charentes, rare en ces temps troublés.

Le silence régnait à nouveau à l'intérieur du monastère. Angélique était toujours à genoux, à bout d'épuisement. Ce fut Albert qui se pencha pour prendre cette petite chose grelottante, aux yeux noirs et vifs comme ceux d'un animal des bois, qu'elle serrait contre elle.

— Relevez-vous, madame.

Le Père abbé lui tendait la main. Une main maigre mais d'une vigueur peu commune. Elle se releva.

— Il y a peu de commodités à l'abbaye pour vous recevoir, madame.

Il avait une voix basse, monocorde, et comme désincarnée, une voix habituée à psalmodier.

— Je ne peux vous proposer que deux endroits à peu près confortables, les cuisines pour vous y restaurer, l'étable pour y dormir.

Il dut y avoir sur le visage marbré de froid d'Angélique une expression extasiée à l'énoncé de ces lieux modestes, car quelque chose qui ressemblait à un sourire effleura le visage austère du Supérieur.

— Allez en paix, conclut-il. Votre frère vous conduira.

Devant la vaste flambée des cuisines, sa lourde robe trempée fumant autour d'elle Angélique frotta les petits pieds glacés d'Honorine et lui fit avaler un bol de lait chaud. Puis elle la dévêtit et l'enveloppa dans une chaude couverture. Les Frères convers, en robes noires, la servaient dans le silence exigé par la règle. On n'entendait que le claquement doux de leurs sandales et les crépitements du feu auquel ils avaient ajouté deux gros fagots. Les vêtements d'Angélique furent bientôt secs, mais elle refusa toute nourriture, tant elle était à bout de forces.

Elle tomba dans le foin et dans le sommeil, comme on s'évanouit. Ce furent les mains d'Albert de Sancé qui couchèrent la petite Honorine dans une mangeoire, berceau rustique, bien garnie de paille et de foin. Avant de s'éloigner, il ramena encore du foin autour de sa sœur endormie.

Au-dehors, la neige continuait à tomber avec douceur. Blanc manteau sur l'abbaye, sur la forêt immobile, blanc linceul sur les pendus de la Pierre aux Fées...

11

Dans la nuit, Angélique s'éveilla. Une cloche tintait. Les vaches, couchées dans leurs stalles, derrière la cloison, remuaient parfois en soufflant. Tout au fond, comme un pur chœur des anges, voguait la lente psalmodie d'un chant grégorien. Elle étendit la main et sursauta. Elle avait touché quelque chose qui brûlait. Il lui fallut un moment pour réaliser que c'était le front d'Honorine. A la lueur jaunâtre de la grosse lanterne, qu'elle alla décrocher près de la porte, elle se pencha sur l'enfant et la vit rouge, le souffle court et précipité.

Trois jours durant, elle demeura figée au chevet de la petite. Le frère infirmier venait souvent. Il avait des cheveux blancs et des yeux du violet fané de ces fleurs qu'il ramassait dans la forêt pour en faire des tisanes.

— Si elle meurt, disait Angélique farouche, j'irai tuer de ma main les soldats qui nous ont poursuivies.

— Allons, allons, vous feriez mieux de prier Madame la Vierge qui est une mère comme vous, répondit le frère doucement.

Un matin, elle s'éveilla pour voir Honorine, assise, qui jouait gravement avec un épi de blé. Transportée de joie, elle appela le frère convers qui trayait ses vaches, quelques stalles plus loin...

— Frère Anselme ! Venez voir !... Je crois qu'elle est guérie.

Le gros frère Anselme et les deux moinillons qui l'assistaient firent cercle autour d'Honorine. Elle avait maigri, de grands cernes soulignaient ses yeux mais elle avait l'air parfaitement lucide et très à son affaire. Elle accepta le lait qu'on lui présentait et les congratulations de l'entourage avec une dignité de reine indulgente envers des pages excités.

— Ce petit Jésus ne nous quittera pas, fit frère Anselme épanoui.

Il ajouta, avec rudesse, en s'adressant à Angélique :

— ... Remerciez donc le Seigneur et louez-le, femme impie ! Depuis que vous êtes là je ne vous ai pas vue faire une seule fois le signe de croix.

Albert de Sancé vint visiter sa sœur, portant en main une mallette de cuir rouge, dorée d'arabesques au petit fer. Il était curieux qu'aux yeux d'Angélique la bure monacale convît mieux à son frère que les satins délicats qu'il portait au temps de sa courtisanerie. Elle s'avisait aujourd'hui que son pâle visage étroit semblait avoir toujours été prédestiné au dépouillement. La couronne de cheveux conservée autour du crâne rasé lui allait bien mieux que la perruque. Les plis de la robe, les amples manches soulignaient ses gestes mesurés, qui jadis agaçaient parfois.

Jadis, il donnait une impression de ruse malsaine. Cette ruse était devenue sérénité, patience. L'apparence souffreteuse de son teint trop blanc, parmi les bien nourris de la Cour, ici n'était plus transparence ascétique.

— Te souviens-tu, Angélique, lui dit-il, de ce que je te répétais souvent : un jour, j'aurai l'abbaye de Nieul. Et voici que je suis parvenu à mes fins.

Considérant cette longue silhouette frêle, marquée par les flagellations, en laquelle bien peu eussent reconnu l'ancien favori de Monsieur, frère du roi, elle songeait :

« M'est avis que c'est plutôt l'abbaye de Nieul qui t'a eu. »

Ils ne parlaient pas de l'événement qui avait provoqué un changement si radical dans la vie du jeune homme, de ce déchirement, de cette détresse qui, après l'enterrement de son frère Gontran, l'avait entraîné par les chemins, sanglotant tout haut et s'essuyant les yeux avec ses manchettes de dentelles, lui, le favori, le corrompu, tandis que les parfums de l'aubépine en fleurs lui rendaient son enfance, de cette marche inconsciente qui l'avait fait se retrouver devant la porte de l'abbaye de Nieul. Lorsque Albert de Sancé était petit, il venait souvent à l'abbaye pour y apprendre le latin. C'était en ces heures studieuses que le charme de l'abbaye s'était déposé dans un coin de son cœur comme une indéfectible et subtile nostalgie, que les plaisirs du Palais-Royal et de Saint-Cloud n'avaient jamais pu éteindre.

Ce jour-là, il avait tiré la chaîne pendante et le portail s'était ouvert...

— On trouve de curieuses choses dans les greniers des abbayes, dit-il à Angélique.

» Au cours des siècles, l'austérité n'y régna pas toujours. Des vestiges demeurent... Le Père abbé a pensé que tu pouvais avoir besoin de certains objets. Il m'a chargé de te remettre ceci.

Le coffret de cuir ouvert révéla un nécessaire de toilette, aux pièces d'écaille et d'or.

Restée seule, Angélique, accroupie dans le foin, entreprit de se brosser longuement les cheveux tenant d'une main un miroir rond, limpide comme une flaque de soleil, de l'autre une brosse somptueuse, lourde à porter, douce au toucher. Honorine, penchée par-dessus sa mangeoire, réclamait sa part, fascinée. Angélique lui passa une autre brosse plus petite et une corne à chaussures d'écaille et d'or.

Quelle dame de Richeville, sensuelle et mystique, avait donc laissé, dans ces murs, ces objets de frivolité ?

L'ancien Supérieur de l'abbaye, dont les yeux bleus, autrefois, faisaient défaillir la comtesse de Richeville, était un épicurien, aussi friand d'exégèse que de satisfactions moins éthérées. Et Angélique avait cru apercevoir, au fond d'un cellier, les débris du haut lit à baldaquin, que les moines dressaient jadis lorsque s'annonçait la belle retraitante[1].

Son successeur avait balayé du monastère ces mœurs libertines. On le disait dur, intraitable.

Néanmoins, Angélique demanda à être reçue par lui afin de le remercier. Elle avait repris figure humaine et il ne lui déplaisait pas que le supérieur pût constater qu'elle était autre chose que cette piètre créature effondrée à laquelle il avait dû tendre la main pour la relever.

Ses vêtements, qu'elle avait lavés et repassés, la vêtaient sans élégance, mais elle laissa libre sur ses épaules sa chevelure rénovée, sa seule parure. Penchée sur le miroir, elle étudiait son éclat avec un soupçon d'inquiétude. Ces longues traînées de soleil parmi la chaude tonalité des boucles, qu'était-ce donc, sinon de nouvelles mèches de cheveux blancs, apparus récemment. Elle blanchissait d'un coup, sans grisonner. Elle n'avait que trente-trois ans, mais elle pouvait prévoir le jour proche, où son visage lissé, paré encore de toutes les grâces de la jeunesse, serait couronné d'une blanche auréole. La vieillesse la touchait de sa main de neige et pourtant elle n'avait pas vécu ! Car tant que le

(1) T. 1 et T. 2, 667***, 668***.

cœur d'une femme n'a pas ,été comblé, sa vie est une attente...

Elle suivit le cloître, puis après avoir gravi un escalier aux marches usées par tant de processions, une autre galerie ouverte qui évoquait les maisons arabes closes autour d'un patio. Entre les ouvertures, en plein cintre, soutenu par des piliers trapus, elle apercevait la cour, le puits où Frère Anselme puisait l'eau, Honorine sur ses talons.

Les couloirs étaient déserts. Le froissement de ses pas lui rappelait l'orgueilleuse Mme de Richeville, passant coiffée d'une mantille noire devant l'enfant étonnée.

L'abbé l'attendait dans la vaste bibliothèque aux murs tapissés d'inappréciables trésors. Les rarissimes incunables des premiers temps de l'imprimerie, les milliers de livres reliés de toutes tailles et de toutes épaisseurs brillaient de leurs ors éteints dans la pénombre de la salle froide mais parfumée de cette odeur qu'exhalent les cuirs précieux, les parchemins, les encres, l'ébène des lutrins sur lesquels s'ouvraient d'immenses missels enluminés.

Il était assis sous un vitrail, dans une cathèdre gothique et la rigidité de cette statue blanche rendait plus impressionnante la vie intense du regard que l'on croyait noir et qui se révélait seulement sombre comme un acier ou comme un bronze, sans âge, comme beaucoup d'ascètes. Ses cheveux étaient encore noirs, mais sa peau était comme momifiée et tendue sur les os. L'expression de sa bouche fine, sévère, glaça Angélique et la mit en état de défense. Après s'être agenouillée devant lui elle se redressa et s'assit sur un tabouret qu'on avait préparé. Les mains dissimulées dans ses longues manches de bure, il l'observait avec une attention extrême et elle fut obligée de parler la première afin de rompre un silence qui l'emplissait de malaise.

— Mon Père, je dois vous remercier mille fois de m'avoir accueillie. Si ces soldats avaient mis la main sur moi, j'étais perdue... Le mort qui m'attendait...

Il eut une inclinaison brève.

— Je sais. Votre tête est mise à prix. Vous êtes la Révoltée du Poitou.

Quelque chose dans le ton hérissa Angélique, et l'hostilité latente qu'elle éprouvait à son égard éclata.

— Blâmeriez-vous ma conduite ? fit-elle avec hauteur. De quel droit ? Que pouvez-vous savoir, du fond de votre monastère, des bouleversements du monde et des raisons qui peuvent pousser une femme à prendre les armes pour défendre sa liberté ?

Elle le bravait. Il lui serait mal venu, à ce religieux, de lui rappeler la soumission des femmes. Elle lui jetterait au visage les exigences du Roi.

— J'en sais assez, fit-il, pour voir transparaître dans vos yeux la face grimaçante du Malin.

Elle eut un rire mordant.

— Voilà bien le genre de sornettes que je devais m'attendre à écouter ici. Bientôt, vous allez me dire que je suis possédée du démon.

— Y a-t-il dans votre cœur un seul sentiment qui ne soit pas de haine ?

Et, comme elle se taisait, il reprit de sa voix monotone et prenante :

— ... Le Malin, c'est la haine. Le Malin c'est celui qui ne comprend plus l'amour. C'est l'autre face, la face contraire, sans mélange pourrait-on dire, de l'amour : la haine... La fleur venimeuse qu'il se plaît à faire proliférer. Les cœurs nobles y sont enclins plus que d'autres. Ignorez-vous que le Malin se repaît de sang, de douleurs et de défaites ?...

Une expression inattendue de souffrance presque

physique ravagea ses traits et il s'écria avec une tristesse infinie :

— Vous avez usé du pouvoir de votre beauté sur les hommes pour les entraîner à la haine, aux crimes et à la révolte !... Et pourtant vous vous appeliez Angélique... Fille des Anges !...

Ce fut alors qu'elle le reconnut :

— Frère Jean ! Frère Jean !... Oh ! n'est-ce pas vous qui jadis... une nuit, m'avez emmenée à l'abri de votre cellule... Oh ! c'est vous ! C'est bien vous ! Je reconnais vos yeux si brillants...

Il approuva en silence. Il revoyait la fillette aux cheveux de lumière auréolant un délicieux visage innocent comme celui de l'enfance, raffiné déjà comme celui d'une femme et dont les yeux couleur de printemps l'examinaient curieusement.

— Enfant pure, murmura-t-il, qu'êtes-vous devenue ?

Quelque chose craqua dans le cœur d'Angélique :

— On m'a fait du mal, balbutia-t-elle, oh ! si vous saviez, Frère Jean, comme la vie m'a fait du mal.

Il ramena son regard sur l'immense crucifix, dressé au mur en face.

— A Lui, que n'a-t-on fait ?...

Cette nuit-là, elle ne put dormir. La paix de l'abbaye, comme jadis, avait déchiré son voile trompeur et révélait la présence de l'Esprit des Ténèbres. Le son grêle de la cloche, ponctuant les heures nocturnes, les prières des matines, rappelaient la lutte éternelle. Tenant leurs lampes, les moines s'en allaient le long des cloîtres vers la chapelle. « Priez, priez, ô moines », songeait-elle. « Il le faut, tant que les ténèbres règnent sur la terre endormie... »

Ici l'Esprit du Mal avait son aspect grimaçant. Lorsqu'elle fermait les yeux, il lui semblait entendre ruisseler du sang. Alors elle étendait la main pour toucher la menotte d'Honorine endormie. Le rempart de l'enfant lui paraissait le seul assez fort pour la protéger de ses terreurs jusqu'au bout de cette interminable nuit. A l'aube seulement, quand le coq chanta, elle put s'endormir.

Cependant, elle ne s'avouait pas vaincue. Elle demanda à revoir le Père abbé :

— Qu'aurais-je fait sans la haine ? lui dit-elle. Si je n'avais pas eu la haine pour me soutenir, je serais morte de désespoir, je me serais détruite, j'aurais sombré dans la folie. Cet esprit de vengeance qui me possède, c'est comme l'armature qui me permet de demeurer vivante et lucide, croyez-moi.

— Je n'en doute pas. Il y a des heures dans la vie où nous ne pouvons subsister que par un secours spirituel, d'une force supérieure à la nôtre. L'esprit humain est d'une si faible résistance. Dans le bonheur il peut encore se suffire, mais dans la douleur, il lui faut se tourner ou vers Dieu ou vers le démon...

— Vous ne mésestimez donc pas la nécessité du sentiment dans lequel je me suis jetée ?

— Je ne mésestimerai jamais le pouvoir et la force spirituelle de Messire Lucifer. Je le connais trop bien.

— Ah ! vous vous égarez toujours dans des visions grossières. Vous ne comprenez rien à ce qui se passe sur la terre.

Elle allait et venait devant lui, superbe avec ses cheveux épars sur ses épaules, le menton haut levé, les yeux fulgurants, indifférente d'ailleurs à l'apparence qu'elle offrait, tant son combat intérieur concentrait toutes ses forces.

Le Père abbé, plus immobile et impassible qu'une statue, la suivait du regard, et à la voir passer et repasser ainsi, une fine ironie étirait sa bouche.

— Vous vous défendrez en vain de n'être pas possédée du démon, ma fille. Aux yeux des moins avertis, votre agitation elle seule, requerrait quelques gouttes d'eau bénite.

— Vous m'excédez ! cria-t-elle, je suis nerveuse parce que je veux me disculper et que j'ai perdu l'habitude de réfléchir à ces questions. Cette vindicte que vous me reprochez et qui m'a poussée à me dresser par les armes contre une tyrannie excessive, qui vous prouve qu'elle ne se rapproche pas plus de l'esprit de justice que le Christ a souhaité, que du mal destructeur ?

Il parut méditer l'argument.

— Vous n'êtes pas une adversaire facile, concéda-t-il. Parlez donc... Expliquez-vous...

Elle souffrait de parler après s'être tue si longtemps. Les mots se bousculaient à ses lèvres, ses phrases étaient hachées et comme arrachées de son cœur, dans un désordre qui l'exaspérait : le Roi, le bûcher, les dévots, Colin Paturel et M. de Breteuil, les pauvres des bas-fonds de Paris, son enfant égorgé, les protestants, la corruption, les impôts... Que pouvait-il comprendre à tout ce fatras ? Rien ! Il ne pourrait que lui faire des sermons. De temps en temps, elle rejetait en arrière ses cheveux qui glissaient sur ses joues dans sa véhémence. Elle ne pouvait s'arrêter de marcher et de parler. Parfois, elle s'appuyait des deux mains à l'accoudoir de la cathèdre pour se pencher vers lui afin de mieux lui assener la vérité.

— Vous me faites grief du sang répandu par mes ordres. Mais celui répandu au nom de Dieu est-il moins rouge, moins criminel ?

Il opposait à sa colère et à sa rancœur un visage de pierre, un regard brusquement éteint et impénétrable.

— Oui, je sais ce que vous pensez, reprenait-elle fiévreusement. Le sang des enfants protestants que l'on jette sur les piques est, bien entendu, *impur ;* par contre, les désirs d'un Roi sont *sacrés*, les souffrances du peuple sont justes et justifiées, et même *méritées*. Ils n'avaient qu'à ne pas naître misérables... Obéir aux grands, écraser les faibles... telle est la loi...

Elle était littéralement épuisée d'avoir tant parlé, le front en sueur, vidée...

Il se leva en rappelant que l'heure des complies s'annonçait. Elle le regarda s'éloigner au long du cloître, les mains dans ses manches, tel un long cierge sous sa capuche rabattue. Il n'avait rien compris. Il demeurait confit dans sa sérénité.

Cependant Angélique dormit mieux, cette nuit-là, et quand elle s'éveilla elle était comme allégée d'un poids énorme.

Le Père abbé la fit demander. Lui préparait-il une mercuriale ou un lénifiant sermon ? Elle était contente de croiser le fer. Elle entra, le front baissé et s'étonna de le voir éclater de rire.

— Vous vous préparez à foncer, il me semble, madame. Suis-je donc un ennemi si dangereux que la Révoltée du Poitou prépare contre moi toutes ses armes ?

— Ne me donnez plus ce titre, je vous prie, fit-elle gênée.

— Je vous en croyais fière.

Elle détourna les yeux, soudain lasse à mourir. Elle ne serait pas la plus forte.

— Je ne regrette rien, fit-elle, je ne regretterai jamais rien de ce que j'ai fait.

— Mais vous vous faites peur à vous-même.

Angélique mordit sa lèvre inférieure.

— Vous ne pouvez rien comprendre, mon Père, à ce que j'éprouve.

— C'est possible. Mais je sens votre tourment et, surtout, je vois l'auréole ténébreuse qui vous environne...

— L'aura ? fit-elle rêveuse... Les saints musulmans en parlent... Mon aura est-elle si sombre, Père ?

— Vous tremblez à la seule idée de vous pencher

sur vous-même. Que craignez-vous donc tant d'y voir ?

Elle le regarda fixement. Ces prunelles à la brillance de mercure, la pénétraient jusqu'à l'âme et elle ne pouvait détourner les siennes.

— Délivrez-vous, insista-t-il, sinon vous ne pourrez jamais revivre.

— Revivre ! Revivre ! Mais pourquoi revivre ? Je ne tiens pas à revivre.

Elle criait, pathétique, les deux mains sur sa gorge, comme si elle étouffait.

— Que voulez-vous que je fasse de la vie... je la vomis, je la hais... elle m'a tout pris... elle a fait de moi cette femme qui... oui, c'est vrai, qui me fait peur.

Brisée, elle se laissa tomber sur le tabouret.

— Vous ne pouvez pas comprendre, mais je mourrais volontiers.

— C'est absolument faux. Vous ne pouvez pas avoir le goût de la mort.

— Oh ! si, je vous l'affirme.

— Ce n'est qu'un réflexe de fatigue. Mais le goût de la mort, la saveur de la mort, sachez qu'elle ne vient qu'à ceux qui ont réussi leur vie — courte ou longue — qui ont accompli, qui ont vécu ce qu'ils désiraient vivre. C'est le chant du vieillard Siméon : « Mes yeux ont contemplé le Rédempteur du monde, je n'ai plus qu'à mourir. » Mais tant qu'un être ne s'est pas réalisé, tant qu'il a erré loin de son but, tant qu'il n'a connu que l'échec... il ne peut pas souhaiter mourir... L'oubli, le sommeil, le néant, oui... Fatigue de vivre ? Ce n'est pas la mort, cela. La Mort, ce trésor que Dieu nous confie avec l'existence, cette promesse ineffable...

Angélique pensait à l'abbé de Lesdiguière, à son jeune visage illuminé « O mort, hâte-toi », disait-il. Elle pensait à Colin Paturel qui, tant de fois, avait été livré aux bourreaux et à ce qu'elle avait éprouvé elle-même lorsqu'elle était attachée à la colonne, sous les yeux cruels de Moulay Ismaël. Alors, elle aurait pu bien mourir, elle avait senti qu'elle s'en allait vers la splendeur. Mais pas aujourd'hui.

— Vous avez raison, fit-elle avec un subit effroi, je ne peux pas mourir maintenant, ce serait du gâchis.

Il rit.

— J'aime les sursauts de votre vitalité ! Oui, madame, il vous faut vivre. Mourir dans l'échec, quelle dérision !... La pire...

Elle luttait. Elle redoutait de lever les yeux sur lui et de recevoir le choc de son regard sombre.

— Vous me guettez, dit-elle, comme une proie.

— Je voudrais vous voir délivrée afin que vous puissiez revivre.

— Mais délivrée de quoi ? criait-elle exaspérée.

— De cette chose enfouie, qui vous empêche d'être en amitié avec vous-même et avec la vie.

— Je ne pourrai jamais pardonner.

— Ce n'est pas cela qui vous est demandé.

Angélique se débattait. Il la voyait respirer précipitamment et l'angoisse qui bouleversait ce beau visage le torturait.

Comment, pourquoi, quel jour vint-elle s'agenouiller près de lui ? Elle crispait ses mains sur sa bure blanche et l'effort qu'elle s'imposait dilatait ses yeux aux transparences pâlies.

— Ecoutez-moi... Frère Jean... écoutez-moi. Avez-vous entendu parler du massacre du Champ des dragons ?

Il inclina la tête affirmativement.

— C'est moi qui l'ai ordonné.

— Nous le savons.

— Ce n'est pas tout... Ecoutez... Ils m'ont apporté la tête de Montadour et cela m'a fait... un plaisir terrible. J'aurais voulu laver mes mains dans ce sang.

Le religieux ferma les yeux.

— C'est depuis cette nuit-là, chuchota Angélique,

que je me fais peur et que j'évite de me pencher sur moi-même.

— Vous avez été saisie par l'attrait du gouffre infernal. Désirez-vous que ce souvenir s'efface à jamais ?

— De toute mon âme.

Elle le regarda avec espoir.

— Pourriez-vous l'effacer ?

— Avez-vous donc totalement perdu la foi de votre enfance que vous en doutiez ?

— Dieu sait tout, qu'importe l'aveu que je vous ferai en confession !

— Dieu sait tout, mais sans l'aveu et le repentir, Lui-même ne peut effacer votre péché. C'est en cela que consiste la liberté humaine.

Il l'avait vaincue.

Absoute, elle éprouvait une impression de convalescence. Elle regardait ses mains ouvertes devant elle.

— Et le sang, sur mes mains, s'effacera-t-il aussi ?

— Il ne s'agit pas de revenir en arrière, ni d'échapper aux conséquences de vos actes, mais de revivre. Pendant des années, vous n'avez été que haine, désormais ne soyez qu'amour. Votre résurrection est à ce prix.

Elle eut un rire désenchanté.

— Ce programme me convient mal. Mon combat n'est pas fini.

— C'est une attitude intérieure.

Elle persifla son émotion, secouant sa crinière avec défi.

— Que d'histoires pour une tête coupée ! Moulay Ismaël en sacrifiait deux ou trois par jour pour être agréable à Dieu. Voyez qu'il est bien difficile de définir ce qui est le Bien et le Mal, lorsqu'on voyage.

La réflexion parut amuser beaucoup le Père abbé. Son rire avait l'éclat d'un rayon de soleil sur la neige. De ce masque rigide, terriblement sévère, il faisait un visage accueillant, d'une étonnante jeunesse.

Au repos, il paraissait taillé dans la pierre, glacial. Rien, semblait-il, ne pouvait adoucir cette rigueur, et pourtant, constamment, dans la conversation, se jouaient sur ses traits mille expressions passionnées : gaieté, douleur, colère, sympathie. Quand elle pensait à lui, elle le voyait austère et impénétrable. En vérité, il avait le visage le plus mobile du monde, sans cesse en éveil.

Il l'avait si profondément intimidée, au début, qu'elle fut longtemps à s'apercevoir de cette qualité et à se réchauffer à la chaleur de sa vie.

Répondant à la boutade qu'elle avait eue à propas de Moulay Ismaël :

— Le Mal, c'est ce que vous sentez être nuisible à votre santé morale. Le Bien, ce qui satisfait votre goût personnel de la justice.

— A mon tour, Père, de vous demander si votre raisonnement n'est pas un tout petit peu hérétique.

— Je ne me permets de le tenir qu'à ceux qui peuvent l'entendre.

— Me faites-vous donc si grande confiance ?

Il la considéra longuement.

— Oui, car votre destin n'est pas ordinaire. Vous devez vous débattre hors des chemins tracés.

Il l'interrogeait beaucoup sur l'Islam. Ce qu'elle avait pénétré des mœurs musulmanes, de leur foi intense et farouche le passionnait et elle ne craignait pas de lui révéler l'admiration et la nostalgie qu'elle en gardait.

Ils feuilletèrent de grands livres où, parmi les enluminures étaient relatées l'histoire des invasions arabes, l'étude et l'explication du message de Mahomet par les Pères de l'Eglise. C'était, pour Angélique, des heures inoubliables et hors du temps qu'elle passait devant les lutrins tandis qu'il tournait les pages d'une main si longue, si maigre, si diaphane qu'elle en paraissait féminine. A force d'avoir copié et médité les primitifs, il semblait en avoir acquis la grâce désincarnée.

Un après-midi qu'elle l'attendait, Angélique découvrit dans une enluminure un visage d'ange aux yeux verts qui lui parut familier. Cet ange se retrouvait à plusieurs reprises, dans le missel. Ange au regard triste ou pétillant, aux paupières baissées sous sa chevelure de lumière, souriant ou grave.

— N'est-ce pas frère Jean, novice de l'abbaye de Nieul qui décora ce livre jadis ? interrogea-t-elle, en souriant, lorsque le Père abbé entra.

Il regarda les images et sourit à son tour.

— Comment aurais-je pu oublier l'enfant de la nuit, l'extraordinaire poésie qui se dégageait d'elle ? Fraîcheur, beauté, passion de vivre, tous ces trésors étaient en elle et se répandaient par ses yeux. Il me semble que Dieu l'avait envoyée au monastère pour me rappeler la beauté de Sa création.

— Et maintenant, je suis vieille et déchue.

Le Père abbé rit franchement.

— Où allez-vous chercher pareilles sottises ? Comment une si belle bouche ose-t-elle proférer des paroles si amères ? Vous êtes jeune ! Oh ! que vous êtes jeune, répéta-t-il en la regardant ardemment. Vous avez conservé en vous l'exubérance de la vie et c'est presque un miracle. Certes, vous avez beaucoup vécu et, pourtant, je vous l'affirme, votre vraie vie est DEVANT vous.

— J'ai des cheveux blancs.

— Une parure de plus, fit-il d'un ton moqueur.

Et, pour la première fois, depuis de longs mois, elle prit conscience d'elle-même dans les yeux fixés sur elle et crut se voir. Elle sentit la vigueur de son corps, sa résistance accrue par l'air des bois, l'exercice des chevauchées. Sa taille était moins fine, ses épaules plus robustes, mais elle avait retrouvé sa carnation de Poitevine, rose et dorée, et le cerne de ses yeux, ce cerne qui trahissait tant de larmes versées, ajoutait au pathétique de son regard et en accentuait l'éclat.

Son aspect physique lui était devenu tellement indifférent qu'elle fut presque gênée de se redécouvrir tout à coup et qu'elle ramena machinalement sur sa poitrine les bords de son manteau.

— C'est en vain que vous essayez de m'encourager, fit-elle, en secouant la tête. Vous ne pouvez pas comprendre... J'ai l'air, ainsi, vivante... Mais je me sens tellement... atteinte...

— On ne guérit pas en un jour d'une grave maladie.

Il alla de son pas lent qui semblait glisser sur les dalles reprendre sa place dans la cathèdre abbatiale et, assis, l'observa soigneusement.

— Cependant la guérison est en marche. Quelles différences n'apparaissent-elles pas déjà en vous depuis ce soir où vous avez cherché refuge à l'abbaye, avec votre enfant ? Soyez patiente. Tournez-vous vers la lumière et non vers les ténèbres et vous guérirez, dans votre âme et dans votre corps.

Elle s'étonna :

— Dans mon corps ? Je ne suis pas malade.

— Vous craignez et haïssez l'homme. C'est cela votre maladie. Votre anomalie, dirais-je, dont il vous faut guérir. Elle vous étouffera l'âme car vous êtes faite pour l'amour.

Angélique, un instant stupéfaite, éclata en une soudaine fureur.

— De quoi parlez-vous ? cria-t-elle d'une voix aiguë, de quoi vous mêlez-vous ? Que savez-vous des tourments d'une femme que poursuit le désir des hommes ? De l'horreur qu'elle peut finir par avoir d'eux et d'elle-même. Tout ce que l'amour implique de déchéance ?... Et ensuite n'êtes-vous pas les premiers à dresser le spectre de la luxure et à crier : pénitence ?

Il ne paraissait pas ému de sa véhémence et souriait.

— Pourquoi souriez-vous ?

— Parce que, plus je vous regarde, plus je vois que vous êtes faites pour dormir dans les bras d'un homme.

L'image la troubla, la calma en même temps.

Il continua, très serein.

— ... Je ne pose pas de pluriel. J'ai dit : UN homme. Vous êtes trop charnelle pour demeurer en dehors de l'amour. Recherchez la guérison pour celui qui doit venir, celui...

— Oui, l'époux que la vierge sage attend une lampe à la main. Tout à fait mon cas...

Elle songea, avec une peine infinie :

« L'époux !... je l'ai connu. Il me comblait, mais on l'a arraché de mes bras. »

— C'est vers l'avenir qu'il faut tourner vos regards. Celui qui viendra, sachez le reconnaître. Et préparez-vous à le recevoir. Etes-vous décidée à garder sans cesse sur votre âme la honte de vos péchés ? Non. Alors n'ayez pas plus d'orgueil pour votre corps. Il a moins de valeur. Ne cultivez donc pas le souvenir de sa honte. Le printemps revient toujours après l'hiver. Le sang, la chair se renouvellent. Votre santé semble bonne...

Elle était, à la fois, gênée et réconfortée qu'il osât lui parler franchement du mal secret qui la rongeait.

— Ce ne sera pas facile, dit-elle. On voit bien que ce n'est pas vous qui...

— Mauvaise tête... Apprenez donc à vous détourner de ce qui vous fait du mal. Voici le premier soleil qui apparaît depuis de longs jours. Prenez la main de votre enfant et allez vous promener avec elle dans les jardins, en méditant votre espérance.

Elle n'était pas très sûre de souhaiter cet avenir qu'il lui annonçait.

Existait-il au monde un homme capable à nouveau de l'apprivoiser ? La blessure était trop profonde. Pourtant, si elle réfléchissait à l'instinct qui lui faisait tourner vers l'abbé de Nieul un cœur assoiffé de soutien, elle devait s'avouer que bien des choses commençaient à céder en elle. Il l'avait attirée avec une patience d'oiseleur. Mais le charme de sa virile personnalité, consumée de pénitences, n'avait pas été sans jouer un certain rôle. Oui, il avait raison. Comme elle restait femme !...

— Que m'est-il donc arrivé à l'abbaye ? demanda-t-elle. J'ai parfois la sensation d'être perdue, suspendue dans les airs.

— Vous avez été projetée dans ce que les mathématiciens appellent « le passage par l'infini »...

— Que voulez-vous dire ?

— Lorsqu'on a étudié les mathématiques, on apprend que toutes les solutions d'un problème ne sont pas nécessairement chiffrables, c'est-à-dire découlant les unes des autres et se traduisant par un résultat positif. Quelques cas simples : la solution d'une équation mathématique, nous ne savons pas si c'est « plus » ou « moins ». Autrement dit si l'on a gagné ou perdu. La simple extraction de la racine carrée pose déjà un problème philosophique à portée considérable incalculable : que peut être la racine d'un nombre négatif ? Devant le vertige, l'impossibilité de l'esprit qui nous saisit, on se rassure en déclarant qu'elle est un « imaginaire » ou une ligne trigonométrique. Or c'est admettre de ne plus savoir ce qui se passe car cela signifie que nous sommes passés sur *un autre plan* de structure physique. On dira, pour la commodité de l'esprit, que nous sommes « passés par une solution de continuité » ou « par un passage à l'infini ». Me comprenez-vous ?

— Je crois comprendre. J'éprouve cette espèce de disparition momentanée du problème.

— Quel profond abîme que cet infini, ne fût-il que de pure mathématique ! Car il est aussi omniprésent dans notre vie courante. Et, lorsque notre esprit ne voit plus de solution « plane », le passage par l'infini, ou l'irrationnel, ou le supra-normal s'impose de lui-même. Nous en émergeons pour reprendre le courant habituel mais déjà, en fait, la solution a été trouvée...

— Pourrais-je reprendre pied, malgré tout ? Tant de contradictions se disputent ma vie.

— Vous êtes de ces femmes qui ont besoin de combats pour se sentir elles-mêmes, et pour — oh ! oui cela existe — demeurer jeunes et belles. Vous seriez-vous satisfaite d'une vie quotidienne, la tapisserie aux doigts, ou même d'une existence frivole ?...

— Je ne sais plus ! Il me semblait parfois que j'étais faite pour un bonheur simple, rustique : un homme à aimer, des enfants autour d'une table, pour lesquels je pétrirais des gâteaux. Toutes les femmes gardent un peu cette image-là dans un coin de leur cœur, même les plus déchues, même les plus mondaines. Et, comme toute femme aussi, j'ai eu ce goût d'atteindre à la richesse, pour les jouissances qu'elle procure ; la parure, l'admiration des hommes... Mais, très vite, il m'est apparu que je n'y étais pas, sinon à l'aise, du moins heureuse... Cela ne me convenait pas. Tandis que j'ai passionnément aimé mon rôle de chef de guerre. Vous me direz : une femme n'est pas faite pour répandre le sang, c'est hors nature. Mais, moi, j'aime la guerre. Je mentirais si je le niais. L'aventure, la bataille, l'attente de la victoire, rassembler des forces éparses et leur donner un but. Et même la peur, l'angoisse, l'espoir de sauver une situation désespérée, cela me convenait. J'ai souffert, pendant les deux années qui viennent de s'écouler, je ne me suis jamais ennuyée.

— On dit, en effet, que c'est pour l'homme — et surtout pour la femme — une des conditions essentielles du bonheur : ne pas s'ennuyer.

— Vous n'êtes pas scandalisé de mes aveux ? Comment expliquez-vous ces contradictions ?

— Un être humain est capable de tant de choses. Cela compose la trame de l'aventure de sa vie, où s'enchevêtrent le bien et le mal, la révolte et la soumission, la douceur et la violence.

Il murmura :

— ... Il y a un temps pour tout, un temps pour toutes choses sous les cieux, un temps pour naître et un temps pour mourir... un temps pour tuer et un temps pour guérir, un temps pour pleurer et un temps pour rire, un temps pour se lamenter et un temps pour danser... un temps pour embrasser et un temps pour s'éloigner des embrassements... un temps pour se taire et un temps pour parler, un temps pour haïr et un temps pour aimer...

— Qui a dit cela ?

— Un des grands sages de la Bible ! L'Ecclésiaste.

— Il n'y aurait donc pas eu... que des choses sordides et détestables... dans ma révolte ?

— Certes non.

La physionomie d'Angélique s'illumina.

— Votre indulgence m'est plus réconfortante que votre sévérité. Vous avez été si dur pour moi au début...

— Je voulais vous faire peur, pour vous arracher à l'enlisement. Je voulais aussi vous faire parler. Je me félicite d'y être parvenu. Le cœur verrouillé se corrompt.

Il réfléchit profondément, le menton dans sa main comme livré à un problème ardu.

— Vous devriez quitter cette terre, dit-il enfin.

— Voulez-vous dire que je dois mourir ? s'écria-t-elle avec un subit effroi.

— Non, cent fois non, chère âme. Vous qui êtes la vie même !... Je voulais dire quitter cette terre, le pays de votre enfance et aussi... ce royaume où votre tête est mise à prix. Quitter ce monde tourmenté qui, de par sa culture chrétienne, récente encore, ne parvient pas à se dégager d'un premier conflit : Dieu et Satan. Vous n'êtes aucunement faite pour ces débats mystiques. Vous êtes bien trop près de la nature. Votre droiture, votre équilibre ne peuvent se satisfaire de sentiments extrêmes et dans une certaine mesure anti-naturels. Vous situez sur un plan totalement différent les valeurs qui vous importent, vous serez donc toujours en désaccord avec ceux qui vous entourent. Vous êtes un peu... j'imagine, comme cette première femme que Dieu créa et qui s'émerveillait des fruits de l'Éden... Vous devriez aller ailleurs...

— Où cela ?

— Je ne sais. Construire un nouveau monde, plus terrestre, plus tolérant...

Il leva les yeux vers la fenêtre.

— La neige a disparu, le soleil éclate. Le printemps est venu. L'avez-vous remarqué ?

Le bleu du ciel s'inscrivait dans la courbe de l'arceau roman et sur le rebord roucoulaient deux tourterelles familières.

— Je me suis informé. Les soldats ont quitté la région. Le pays est calme sinon pacifié. Vous pourriez sans encombre, gagner Maillezais, dans les marais, puis la côte. Avez-vous des complices à rejoindre ?

— Voulez-vous dire que je dois partir ? soufflat-elle.

— Le temps est venu.

Elle voyait le monde hostile qui l'attendait à la porte de l'abbaye et où il lui faudrait s'avancer, solitaire et guettée, avec son enfant bâtarde dans les bras.

Elle glissa à genoux, près de lui :

— Ne me chassez pas. Ici, je suis bien. Ici, c'est l'asile de Dieu.

— Le monde entier est l'asile de Dieu pour ceux qui croient en sa miséricorde.

Elle fermait les yeux et de ses longs cils coulaient des larmes qui traçaient des sillons brillants sur ses joues. Il voyait autour d'elle le halo noir du malheur. Elle n'était pas encore hors de danger, mais la certitude que la victoire lui serait donnée transparaissait déjà. Il se devait de la rejeter au vent du monde.

Il étendit le bras et elle sentit sur ses cheveux le poids infiniment doux de sa main décharnée.

— Courage, chère âme, et que Dieu vous bénisse.

Le lendemain le frère portier vint la trouver. Il lui avait sellé une mule comme elle l'en avait prié. Elle la renverrait par l'intermédiaire des moines de Maillezais. Il avait chargé la bête de deux paniers contenant des vivres et une couverture. Angélique encapuchonna soigneusement la tête de sa fille. Si elle ne pouvait dissimuler la couleur de ses yeux à elle, Angélique, elle pouvait au moins cacher celle des cheveux de sa fille ; elle n'ignorait pas qu'on la décrivait ainsi à ceux qui la recherchaient : une femme aux yeux verts portant dans ses bras une enfant rousse. C'était bien sa chance qu'Honorine se fût, elle aussi, singularisée.

Un moment, la main sur l'encolure de la mule, elle hésita. Ne pourrait-elle saluer une dernière fois le Père abbé ? Son frère ?

Le portier secoua la tête. La Semaine Sainte allait s'ouvrir. Déjà le monastère était en retraite.

Il était vrai qu'un silence plus lourd encore que de coutume s'appesantissait sur l'abbaye. Pour l'affreux pèlerinage des jours précédant Pâques, les hommes consacrés se rassemblaient. La femme devait s'écarter.

Quelque chose encore s'arrachait du cœur d'Angélique, saignait douloureusement. Mais cette souffrance même et qu'elle fût capable de l'éprouver, n'était-ce pas le signe de sa résurrection ?

Elle s'installa en amazone sur sa monture, pris Honorine contre elle, et s'engagea sous le porche.

Tandis qu'elle gravissait le sentier menant vers la forêt, le lourd grondement du portail qui se refermait lui parvint, et presque aussitôt une cloche égrena trois notes claires.

Que de portes déjà s'étaient refermées derrière elle, chaque fois barrant des issues, comme les rabatteurs devant le gibier pourchassé ! Chaque fois les possibilités d'échapper à son destin exact s'étaient rétrécies et bientôt il ne lui resterait plus qu'une seule voie : la sienne. Quelle était-elle ? Elle l'ignorait encore. Elle pouvait seulement la pressentir. Elle commençait à comprendre que catastrophes et obstacles infranchissables, chaque fois, l'avaient détournée de ses propres caprices pour la ramener durement vers un seul but, invisible, mais qui était le sien.

Cette fois encore, une dernière fois, elle traversait la forêt. Elle n'osait affronter les routes au grand jour. Par la forêt, puis par les marais, elle gagnerait l'abbaye de Maillezais, sans encombre.

Lorsqu'elle parvint aux abords de la Combe-aux-Loups, le soleil était haut. Il tombait droit à travers le vallon et Angélique s'arrêta, saisie d'un incroyable sentiment de miracle.

Deux semaines à peine auparavant, ici même, elle avait trébuché dans la neige, suffoquée par le froid coupant, elle avait éprouvé dans sa chair toutes les cruautés de l'aride hiver. Aujourd'hui, le vallon était de velours vert, le ruisseau qu'elle avait franchi, endormi sous la glace, bondissait avec des grâces de jeune cabri, les violettes paraient la lisière des arbres. Le coucou lançait son appel prometteur. Il annonçait la tiédeur, l'éclosion, il installait le printemps.

Le regard d'Angélique s'embua devant ces merveilles. Ainsi la nature et la vie peuvent avoir leurs surprises clémentes. D'un hiver plus long et rigoureux jaillissait, avec une force décuplée, la richesse des herbages et des fleurs ; d'un crime odieux, de l'horreur sans nom, était née cette fleur de grâce, ronde, blanche, couronnée de flammes, sereine, qu'elle tenait endormie sur son sein : Honorine.

Les corbeaux noirs avaient cessé leurs cercles sinistres au-dessus de la clairière aux Fées. On eût dit que jamais la mort n'avait hanté ces lieux.

L'abbé de Lesdiguière, l'abbé de Nieul ! Il avait fallu deux archanges pour la tirer du gouffre où elle était tombée. Ce n'était pas trop de ces deux pures figures de religieux pour effacer le souvenir maléfique du moine Bécher.

Elle pensa qu'il était juste et nécessaire pour elle d'avoir vécu jusqu'à ce jour...

12

Elle fut, le lendemain, à Maillezais, la superbe abbaye bâtie sur une île parmi les eaux mortes et les saules. La nuit, l'on croyait entendre le bruit des vagues qui, au XIIe siècle, avaient battu les fondations de l'abbaye. Vie dormante et bucolique des moines qui y pêchaient la grenouille et l'anguille, se préoccupaient moins de bréviaire que de siestes, gardant la tradition de Rabelais, lequel, entre ces murs, avait écrit son *Gargantua*. On était loin de l'atmosphère ardente de Nieul. Les moines avaient peur des protestants. Car ici, et jusqu'à la côte, il y avait surtout des protestants.

Les troupes du Roi remettaient l'ordre peu à peu. Recommandée par l'abbé de Nieul — « Un trop saint homme », disait le Prieur de Maillezais en soupirant — Angélique fut bien reçue et on lui donna un guide pour la conduire jusqu'aux environs des Sables-d'Olonne.

Honorine sur son dos, elle dévalait maintenant un chemin de sable et de boue, sous l'arceau des chênes nains et des noisetiers. Il avait plu. L'air purifié avait un goût étrange. Elle s'arrêta pour cueillir des noisettes pour Honorine et les casser entre ses dents. Les pétales d'un églantier touché de pluie s'effeuillèrent sur sa main.

Un bruit inusité montait derrière la haie.

C'était la dernière étape.

Le bruit s'amplifiait. Angélique s'avança, comme à pas de loup, méfiante et fascinée, et enfin découvrit la mer.

Non plus la Méditerranée, bleue et or, mais l'Océan, la mer des ténèbres, le gouffre des Atlantes...

Elle montait, grise, bleue, verte, haut sur l'horizon, qui d'ailleurs se confondait avec le ciel dans la brume.

En avançant encore, Angélique aperçut la grève violette divisée par le réseau argenté des flaques. Puis le damier des salants, les cônes blancs du sel ratissé qu'un soudain crépuscule teintait de rose tendre.

Une masure se trouvait sur la gauche. C'était là qu'Angélique devait rencontrer Ponce-le-Palud, ce faux-saunier protestant qui avait été l'un des partisans de la première heure.

Mais Ponce-le-Palud avait été capturé la veille et exécuté, au double titre de faux-saunier et de rebelle au Roi.

Les derniers compagnons subsistaient, cachés dans les maigres bois du rivage, vivant de rapines. Angélique négocia avec eux la possibilité de s'embarquer pour se rendre en Bretagne. Là, elle pourrait peut-être vivre cachée assez longtemps. Le plus pressé était d'échapper aux patrouilles.

Les populations côtières restées fidèles ou revenues au Roi ne se faisaient pas faute de vendre les uns et les autres afin de rentrer en grâce par leur zèle. Les vaincus n'ont pas d'alliés. Mal à l'aise parmi ces protestants amers, qui savaient l'ampleur de son échec et de son dénuement, Angélique s'inquiétait. Elle n'avait plus qu'une hâte : s'embarquer ! La mer seule lui paraissait rassurante, la complice accueillante.

Le troisième jour, des hommes hâves et déguenillés accoururent dans les bois en criant qu'un convoi de marchands s'approchait. Il venait de Marans et transportait du blé et du vin. Il y avait des mois qu'on n'avait pas vu ça. Les autres, pourchassés aussitôt, rassemblèrent leurs armes, rapières, épées, bâtons. Ils n'avaient plus de poudre ni de balles pour leurs mousquets.

— Ne faites pas cela, je vous en supplie, les implora Angélique. Vous allez attirer sur vous l'attention de la maréchaussée. Pour peu qu'on fouille ces bois...

— Il faut bien vivre, grommela le chef.

Entre les arbres clairsemés, on entendait déjà les sonnailles des mules et le grincement des chariots. Puis des cris s'élevèrent et des cliquetis d'armes.

Angélique ne savait plus à quel saint se vouer. Il fallait pourtant empêcher ces hommes traqués de se livrer à des actes de banditisme qui attireraient vers leur retraite soldats et gabelous. Hélas ! elle les connaissait depuis trop peu de temps et n'avait guère d'influence sur eux. Elle ne parlait même pas leur patois. Elle attacha Honorine au pied d'un arbre et courut vers le lieu de la bataille. Si l'on pouvait épargner des vies humaines, s'entendre avec les marchands...

Mais ceux-ci, au lieu de s'affoler, avaient décidé dès le début de l'assaut de se défendre d'arrache-pied. Il avaient des pistolets et s'en servaient, retranchés derrière leurs chariots. De nombreux blessés jonchaient déjà la route.

Angélique se glissa jusqu'au chef des faux-sauniers, derrière un buisson.

— Retirez-vous, l'adjura-t-elle.

— Trop tard, maintenant. Il nous faut leur marchandise et, surtout, leurs peaux pour qu'ils ne parlent pas...

Il bondit vers l'un des chariots. Un coup de pistolet l'arrêta net et il s'écroula. Après, il y eut un moment d'extrême confusion. Sentant les bandits démoralisés, les quatre marchands sortirent de leur abri pour leur courir après. Maniant le bâton avec une vigueur qu'on n'eût pas attendue de paisibles commerçants, ils brisèrent des membres et firent sauter des crânes. Angélique reçut un coup violent à la base de la nuque. Les yeux troubles elle eut encore le temps d'apercevoir celui qui venait de l'assommer. Vêtu de noir — c'étaient sans doute des protestants — assez corpulent, les yeux clairs et, ma foi, sans colère, mais résolus. Saint Honoré, le marchand, devait lui ressembler. Un second coup qu'elle reçut en travers de la tempe lui fit perdre connaissance.

Elle revint à elle sur une réminiscence lointaine et terrifiante. Florimond était entre les mains du Grand Coësre et Cantor avait été volé par les Bohémiens. Elle courait derrière eux avec La Polak sur la route boueuse de Charenton, après s'être échappée de la redoutable prison du Châtelet. Elle ouvrit les yeux.

Elle était en prison. Seule, étendue sur une paillasse pourrie.

Le choc qu'elle en éprouva était au-delà des sensations. Elle n'eut même plus la force de maudire les faux-sauniers imprudents, le sort désastreux, sa malchance. A quelques heures près, elle aurait pris la mer, car elle venait de conclure son passage pour la côte bretonne. Elle se laissa aller à une rêverie passive, ne se demandant même pas dans quelle bourgade elle avait été traînée. Les Sables ou Talmont ? Ni si on l'avait reconnue, ni quelles sanctions l'attendaient. Elle souffrait de la nuque et se sentait fatiguée, malade. Elle resta ainsi prostrée jusqu'à l'instant où une pensée fulgurante la traversa et la dressa à demi assise sur son grabat : Honorine !

Le cauchemar la saisit.

Qu'était-il advenu de l'enfant, après la désastreuse échaffourée ? Angélique l'avait laissée attachée à un arbre. Les faux-sauniers qui s'étaient échappés l'avaient-ils remarquée ? S'étaient-ils chargés d'elle ? Et si personne ne s'était avisé du bébé ?... Si la petite se trouvait encore là-bas, seule dans la forêt ?... La clairière était éloignée de la route. Pouvait-on espérer qu'on entendrait ses cris ?...

Une sueur froide inondait Angélique. Le soir descendait ; derrière la grille du soupirail, une lueur rougeâtre dénonçait le crépuscule.

Angélique frappa à la porte du caveau, mais personne ne se présenta, ni ne répondit à ses appels. Elle revint à la meurtrière et se cramponna aux barreaux. L'ouverture était à ras de terre. Une vague rumeur lui indiquait que la mer ne devait pas être loin. Elle appela encore : en vain. La nuit s'avançait, indifférente aux prisonniers murés vifs qui, jusqu'au matin, ne doivent plus rien espérer de leurs semblables.

Elle eut un moment de vide, d'absence, pendant lequel elle dut tourner en rond, en criant comme une damnée. Un bruit léger la ramena à la raison. C'était un bruit de pas, au-dehors. Angélique revint se coller au froid métal rouillé des barreaux de la fenêtre. Les pas se rapprochaient. Deux souliers apparurent à l'autre extrémité de l'ouverture.

— Pour l'amour du ciel, vous qui passez... arrêtez-vous ! Ecoutez-moi, cria Angélique.

Les souliers s'immobilisèrent.

— ... Pour l'amour de Dieu, répéta-t-elle ardemment, prenez en pitié ma supplique.

Personne ne répondait, mais les souliers ne bougeaient pas.

— ... Ma gazoute est dans le bois, reprit-elle, elle est perdue si personne ne va la secourir. Elle va périr de froid et de faim. Elle va être dévorée par les renards... Passant, prenez-la en pitié.

Il fallait indiquer l'endroit. Elle ne connaissait pas les noms des lieux, dans ce pays étranger.

— ... Pas loin de la route où des brigands ont attaqué des marchands convoyant du blé...

Etait-ce hier ou aujourd'hui ? Elle se le demandait, avec un brusque vertige.

— ... En s'éloignant de la route par un sentier... Il y a là une borne cavalière (elle venait de se souvenir de ce détail). Oui, en vous éloignant par ce sentier vous trouverez une clairière... Elle est là, attachée à un arbre... Ma gazoute, elle n'a pas tout à fait deux ans...

Les pieds se remirent en marche. Le passant reprenait sa promenade. Avait-il seulement prêté l'oreille aux divagations qui sortaient de ce cul-de-fosse ? « Quelque folle enchaînée, se disait-il... Il y a des femmes de toutes sortes dans les prisons !... »

Elle s'éveilla d'un sommeil nauséeux, où elle n'avait cessé d'entendre les pleurs de son enfant pour se trouver devant un geôlier et deux hommes d'armes qui lui ordonnèrent rudement de se lever et de les suivre.

On lui fit monter des escaliers de pierre en colimaçon, avant de l'introduire dans une salle voûtée, aux murs suintants et rongés de sel. Un brasero entretenait une vague chaleur. Le brasero n'était d'ailleurs point là dans le seul but d'adoucir la température d'une crypte moyenâgeuse. Angélique le comprit en découvrant la silhouette robuste d'un homme dont les bras sortaient nus d'un maillot écarlate. Penché vers le brasero, il y retournait avec soin parmi les braises une longue tige de fer.

Dans le fond de la pièce, sous une sorte de dais bleu à fleurs de lys, fort déteint, un juge en longue toge noire et perruque à rouleaux s'entretenait avec l'un des marchands, celui qui, précisément, avait assommé Angélique.

Ils parlaient paisiblement et ne prirent pas la

peine d'interrompre leur dialogue quand les hommes d'armes, après avoir fait entrer Angélique, la jetèrent à genoux devant le bourreau et entreprirent de lui ôter son manteau et le haut de son corsage.

Angélique se mit à se débattre comme un diable en criant. Mais des poignes solides la maintinrent, elle entendit craquer le dos de sa robe. Une lueur rouge parut trembler devant ses yeux, s'avancer, s'avancer...

Elle hurla comme une possédée.

Une odeur de chair brûlée lui montait aux narines. Elle était si dominée par le désir d'échapper aux mains qui la maîtrisaient qu'elle ne sentait rien. Ce ne fut qu'après avoir été lâchée par eux que l'atroce meurtrissure de son épaule lui devint perceptible.

— Ben, mon gars ! grommela l'un des hommes d'armes à son compagnon, faudrait un régiment pour la maintenir, celle-là ! Tu parles d'une furie !

La brûlure irradiait sa douleur dans la tête d'Angélique, dans son bras gauche, jusqu'au bout des ongles. Elle était toujours à genoux et gémissait faiblement. Le bourreau rangeait l'instrument de torture le long manche au bout duquel on avait forgé le sceau d'une fleur de lys, désormais noirci par d'innombrables exécutions.

Le juge et le marchand continuaient à parler. Leurs paroles résonnaient assez haut sous les voûtes.

— Je ne partage pas votre pessimisme, disait le juge. Notre situation est encore fort bien assise et il n'est pas vrai que le Roi veuille la fin des protestants dans son royaume. Il apprécie au contraire l'honnêteté, la frugalité de nos coreligionnaires. Voyez, ici même, aux Sables, les catholiques sont en si petit nombre que nous sommes trois juges réformés pour un seul catholique. Et comme ce dernier est toujours à la chasse au canard, le plus souvent, c'est nous qui sommes amenés à trancher les différends catholiques.

— N'empêche qu'au Poitou !... Je vous assure que j'ai vu certaines choses qui m'ont passablement impressionné...

— Les événements du Poitou ? Simple quoique déplorable provocation, je le reconnais. Une fois de plus, nos frères se sont laissé entraîner par les ambitions de grands seigneurs excités comme les la Morinière.

Le juge descendit les degrés de son estrade, pour s'approcher d'Angélique toujours prostrée à genoux.

— Eh bien ! ma fille, retirerez-vous un enseignement de ce qui vient de vous arriver ? Courir les bois avec des brigands et des contrebandiers n'est pas le fait d'une personne de bon renom. Désormais, où que vous alliez, vous appartenez à la justice du Roi. Vous avez été marquée à la fleur de lys. Chacun saura que vous êtes passée par les mains du bourreau et que vous n'êtes pas parmi les personnes recommandables. J'espère que ceci va vous rendre encline à un peu plus de prudence et de discernement dans le commerce de vos charmes...

Elle tenait les yeux obstinément baissés. Puisqu'elle n'avait pas été reconnue, elle ne voulait pas leur donner l'occasion de l'examiner de trop près. Aucune des paroles prononcées n'était parvenue à son entendement sauf une seule : « Vous avez été marquée à la fleur de lys. »

Elle la sentait profondément enfoncée dans sa chair, la marque infamante qui faisait d'elle à jamais la réprouvée du Roi. Elle rejoignait le troupeau des femmes en marge : filles de joie, criminelles, voleuses...

Tout cela lui importait peu, sur le moment. Tout était sans importance, hors la nécessité de sortir de cette prison et de savoir ce qu'il était advenu d'Honorine.

Elle laissa le juge déverser sur elle de longues admonestations assez proches d'un sermon pastoral, pour enfin dresser l'oreille à la conclusion.

— Considérant que je vous dois indulgence puisque vous faites partie de la religion réformée, je ne vous retiendrai pas dans ces murs... Mais je dois veiller au salut de votre âme, et vous mettre en état de ne pas retomber dans vos fautes. Je ne puis mieux faire que de vous confier à des familles dont l'exemple édifiant vous ramènera dans le chemin du bien et de vos devoirs envers Dieu. Maître Gabriel Berne, ici présent, m'a dit qu'il cherchait une servante pour s'occuper de sa maison et de ses enfants. Il propose de vous prendre à son service pratiquant ainsi le pardon des offenses recommandé par le Christ. Relevez-vous, vêtez-vous et suivez-le.

Angélique ne se le fit pas dire deux fois.

Dans la ruelle où se bousculaient les pêcheurs, les vendeuses de coquillages, les travailleurs des salines, revenant de la grève, leurs immenses râteaux sur l'épaule, elle guettait l'occasion d'échapper au marchand, auquel elle devait sa libération, mais qu'elle n'avait pas du tout l'intention de suivre docilement, comme le lui avait recommandé le juge. Maître Gabriel devait deviner ses pensées car il la tenait solidement par le bras. Elle se souvenait qu'il avait la poigne vigoureuse et qu'il savait manier le bâton. Il avait à la fois un air placide et pas commode.

A l'auberge du « Beau Sel », il lui montra sa chambre.

— Nous partirons demain, au petit matin. J'habite La Rochelle, mais j'ai des clients à visiter en route. De sorte que nous ne serons chez moi que vers le soir. Je dois m'informer de votre bonne volonté à demeurer à mon service, car je me suis porté garant près du juge que vous ne chercherez pas à fuir ma maison pour reprendre votre vie de désordre.

Il attendait une réponse. Elle eût dû protester de sa bonne foi et le rassurer. Elle ne pouvait pas, sous son regard franc, honnête. Au contraire, son mauvais génie la poussant, elle protesta d'un seul élan.

— N'y comptez pas. Rien ne pourra me retenir à votre service.

— Même pas ceci.

Il lui désignait le lit, haut perché comme les lits paysans, sur un coffre à tiroirs.

Elle ne comprenait pas.

— Approchez, dit-il.

Il avait un peu l'air de se moquer d'elle.

Elle fit deux pas et s'immobilisa. Sur l'oreiller, elle venait d'apercevoir la tache ardente d'une chevelure rousse. Bordée jusqu'au menton, un pouce dans sa bouche, Honorine dormait de tout son cœur.

Angélique crut qu'elle rêvait et que cette dernière vision s'ajoutait au chapelet de folies dans lequel elle se débattait. Elle jeta sur maître Gabriel un regard incrédule. Puis ses yeux s'abaissèrent et se fixèrent sur les souliers du marchand.

— C'était vous ! souffla-t-elle.

— Oui, c'était moi. Je passais l'autre soir dans la cour de la prison où je venais voir le juge, lorsqu'une voix m'a arrêté. Une voix de femme me suppliait de sauver son enfant. J'ai pris mon cheval et, encore qu'il ne me plût guère de me retrouver sur les lieux de notre agression, je m'y suis rendu. J'ai eu la chance d'y parvenir avant la nuit. J'ai trouvé l'enfant au pied de l'arbre. Elle avait dû s'endormir après avoir beaucoup pleuré et crié. Mais elle n'avait pas eu trop froid. Je l'ai enveloppée dans mon manteau et je l'ai ramenée ici. Une servante s'est occupée, sur ma demande, de la restaurer.

Il semblait à Angélique qu'elle n'avait jamais connu plus exaltante impression de délivrance. Toute la vie désormais paraissait simple, maintenant que ce poids affreux lui était ôté du cœur. Tous les miracles étaient donc possibles puisque ce miracle avait eu lieu. Les hommes étaient bons, le monde était beau...

— Soyez béni, dit-elle d'une voix brisée. Maître Gabriel, je n'oublierai jamais ce que vous avez fait pour moi et pour ma fille. Vous pouvez compter sur mon dévouement. Je suis votre servante.

LES PROTESTANTS DE LA ROCHELLE

1

Le soir tombait lorsque la carriole de maître Gabriel Berne entra dans La Rochelle. Le ciel d'un bleu foncé intense et encore comme imprégné de la luminosité du jour se déployait derrière les clochers ajourés et les remparts à demi démantelés, souvenirs des orgueilleuses fortifications abattues par Richelieu.

Les quinquets étaient allumés de coins en coins. La ville donnait l'impression d'être propre et rassurante. Pas d'ivrognes, ni de passants aux mines patibulaires. Les gens allaient d'un pas de promenade malgré l'heure tardive.

Maître Gabriel fit une première halte devant un porche encore ouvert.

— Ce sont mes entrepôts. Ils donnent sur le port. Mais je préfère débarquer mes sacs de blé par-derrière, loin des regards indiscrets...

Il laissa entrer les mules et les deux chariots, puis après avoir donné des ordres à des commis accourus, remonta dans la carriole. Celle-ci tressautait durement sur les cailloux ronds dont étaient pavées les ruelles et sur lesquels le cheval patinait parfois en faisant jaillir des étincelles.

— Notre quartier des remparts est fort calme, expliqua encore le marchand qui paraissait content de rentrer chez lui. Nous sommes pourtant à deux pas des quais et... Il allait expliquer quelque chose vantant sans doute l'agrément d'être à la fois près de l'activité du port et loin de ses bruits, lorsque, à un tournant de la rue, de violentes lumières et des voix animées vinrent lui donner un démenti.

On apercevait des allées et venues de gens d'armes, munis de hallebardes et de torches, dont les flammes illuminaient crûment la façade blanche d'une haute demeure, percée en son milieu par une porte cochère dont les battants étaient ouverts.

— Des archers dans ma cour, bougonna maître Gabriel. Que se passe-t-il ?

Néanmoins, il descendit de voiture sans paraître ému.

— Suivez-moi, vous et votre fille. Il n'y a aucune raison pour que vous restiez dehors, fit-il, voyant qu'Angélique hésitait à se montrer. Elle avait, au contraire plusieurs et d'excellentes raisons pour ne pas le suivre dans cet antre de la maréchaussée. Mais sous peine de se faire remarquer, elle se trouvait dans l'obligation de suivre son nouveau maître.

Les archers croisèrent leurs hallebardes.

— Pas de voisins. Nous avons ordre de disperser tout rassemblement.

— Je ne viens pas en voisin, je suis le maître de cette maison.

— Ah ! bon. Alors ça va.

Ayant traversé la cour, maître Gabriel monta quelques marches et pénétra dans une entrée basse de plafond, assombrie de lourdes tapisseries et de tableaux. Un chandelier à six branches brûlait sur une console.

Un jeune garçon descendit l'escalier de pierre en franchissant les degrés deux par deux dans sa hâte.

— Vite, père, montez. Les Papistes veulent emmener l'oncle à la messe.

— Il a quatre-vingt-six ans et ne peut pas marcher. C'est une plaisanterie, fit maître Gabriel d'un ton rassurant.

Au sommet de l'escalier, un homme vêtu avec recherche de velours châtaigne, et dont les manchettes et la cravate, de même que la perruque très soignée, trahissaient le rang élevé, s'approcha en posant ses hauts talons avec une nonchalance navrée.

— Mon cher Berne, je suis fort heureux de vous voir arriver. J'étais désolé de me trouver dans l'obligation de forcer votre porte en votre absence mais il s'agissait d'un cas exceptionnel...

— Monsieur le Lieutenant-Général, je suis très honoré de votre visite, dit le marchand en s'inclinant profondément, mais puis-je vous demander des explications ?

— Vous savez que de nouveaux décrets, à l'application desquels nous ne pouvons nous dérober, exigent que tout moribond appartenant à la Religion Prétendue Réformée, soit visité par un prêtre catholique, afin que dans la mesure du possible il puisse quitter ce monde délivré des hérésies qui le priveront du salut éternel. Ayant appris que votre oncle, le sieur Lazare Berne, était à l'article de la mort, un zélé capucin, le père Germain, a cru de son strict devoir d'aller chercher le curé de la paroisse la plus proche, accompagné de l'huissier, selon les formalités requises.

» Ces messieurs ayant été accueillis de façon fort saumâtre par les femmes de votre maison — ah ! les femmes, mon pauvre ami ! — n'ont pu remplir tout d'abord leur mission, si bien que connaissant l'amitié que j'ai pour vous, on m'a requis pour calmer ces dames, ce dont je me suis félicité, car votre pauvre oncle, avant de mourir...

— Il est mort ?

— Il n'en a plus que pour quelques instants. Votre oncle, dis-je, devant l'approche de l'éternité, a enfin été éclairé par la grâce et a demandé à recevoir les sacrements.

Tout à coup une voix de fillette stridente, hystérique, se mit à hurler.

— Pas cela !... Pas cela dans la maison de nos ancêtres...

Le Lieutenant-Général ceintura lui-même une petite forme maigre qui se précipitait et lui appliqua une main chargée de bagues sur la bouche.

— Maître Berne, est-ce votre fille ?... demanda-t-il très froid. (Simultanément il poussa un rugissement.) Elle m'a mordu, la garce !...

Une rumeur de scandale montait des profondeurs de la maison.

— Hou ! Hou !... hors d'ici.

Une petite vieille surgie d'un corridor, pareille à une sorcière, se mit à lancer des projectiles, on ne savait quoi. Angélique s'aperçut que c'étaient des oignons. Tout ce qui était tombé sous la main de la vieille Huguenote... Des valets frappaient de leurs gros souliers sur les dalles du vestibule.

Seul maître Gabriel demeurait impassible. D'un

ton très sec, il enjoignit à sa fille de se taire.

Cependant, par la fenêtre, le Lieutenant-Général avait fait un signe. Des soldats montèrent. Leur présence calma les remous et la curiosité agglutina tout le monde à l'entrée d'une chambre. Sur un oreiller, Angélique distingua vaguement la tête d'un vieillard qui, en effet, paraissait à la dernière extrémité, sinon mort.

— Mon fils, je vous apporte Notre-Seigneur Jésus-Christ ! dit le prêtre en s'avançant.

Ces paroles eurent un effet magique.

Le vieillard ouvrit brusquement un œil extrêmement aigu et vif et dressa la tête au bout d'un long cou décharné.

— Je ne crois pas que cela puisse être en votre pouvoir.

— Vous avez consenti, tout à l'heure...

— Je n'en ai pas souvenance.

— On ne pouvait interpréter autrement le mouvement de vos lèvres.

— J'avais soif, c'est tout. Mais souvenez-vous, monsieur le curé, que j'ai mangé du cuir bouilli et de la soupe aux chardons pendant le siège de La Rochelle. Ce n'est pas pour, cinquante ans plus tard, renier des croyances au nom desquelles vingt-trois mille habitants de ma cité sont morts sur vingt-huit mille.

— Vous radotez !...

— Possible, mais vous ne me ferez pas radoter à l'envers.

— Vous allez mourir.

— Que nenni !

Il cria d'une drôle de voix fêlée, mais encore allègre :

— ... Qu'on m'apporte un verre de vin des Borderies.

Les gens de la maison s'esclaffèrent bruyamment. L'oncle ressuscitait. Le capucin, outré, réclama le silence. Il fallait châtier ces insolents hérétiques. Tâter de la prison leur apprendrait à montrer au moins une déférence apparente, sinon de cœur. Un règlement spécial avait été institué d'ailleurs pour ceux qui, par leur attitude extérieure, incitaient au scandale.

A ce moment une odeur de brûlé parvenant aux narines d'Angélique lui suggéra de s'écarter de ces débats dont rien de bon ne pouvait sortir pour elle, ni pour personne, et de se diriger vers la cuisine.

C'était une pièce immense, chaude, bien meublée et qui, tout de suite, lui fut sympathique. Elle s'empressa de déposer Honorine dans un fauteuil près de l'âtre, et soulevant le couvercle d'une marmite, découvrit des topinambours qui commençaient à se caraméliser mais qu'on pouvait encore sauver de la calcination définitive. Elle jeta une louche d'eau dans le chaudron, atténua la flamme puis, regardant autour d'elle, décida de disposer le couvert sur la longue table centrale.

La discussion finirait bien par s'apaiser et, puisqu'elle était servante, elle se devait de préparer le repas.

Elle demeurait ahurie et péniblement impressionnée par la scène bizarre de l'arrivée. Une maison protestante n'était peut-être pas le refuge idéal. Mais ce marchand avait agi avec humanité à son égard. Il semblait n'avoir aucun soupçon sur sa personnalité. On perdrait sa piste. Qui viendrait la chercher, servante d'un marchand huguenot de La Rochelle ! Elle poussa la porte d'un office sombre et frais et trouva ce qu'elle y cherchait. Des réserves de vivres soigneusement rangées et étiquetées.

— Est-ce votre servante ? demanda la voix de l'intendant.

— Oui, monseigneur.

— Elle appartient à la R.P.R. ?

— En effet.

— Et l'enfant ?... Sa fille. Une bâtarde sans doute. Dans ce cas, elle doit être élevée dans la religion catholique... L'a-t-on fait baptiser ?...

Angélique demeurait soigneusement le dos tourné, à ranger des pommes. Son cœur battait à grands coups. Elle entendit maître Gabriel répondre qu'il avait engagé tout nouvellement cette servante, mais qu'il ne manquerait pas de s'informer de sa situation et de celle de son enfant et de la tenir au courant des lois.

— Et votre fille à vous, monsieur Berne, quel âge a-t-elle ?

— Douze ans.

— Précisément. Un récent décret autorise les filles élevées dans la R.P.R. à choisir dès douze ans la religion à laquelle elles désirent appartenir.

— Je crois que ma fille a déjà choisi, murmura maître Gabriel, vous avez pu vous en rendre compte tout à l'heure.

— Mon cher ami (la voix de l'intendant était sèche), je déplore que vous preniez mes indications avec un certain esprit, comment dirais-je, quelque peu caustique, voire frondeur. Je suis au regret d'insister. Tout cela est extrêmement sérieux. Et je n'ai qu'un conseil à vous donner : Abjurez... Abjurez, croyez-moi, avant qu'il ne soit trop tard, vous vous épargnerez mille ennuis, mille déboires.

Angélique aurait bien aimé que M. de Bardagne allât s'écouter par ailleurs. Elle était fatiguée de tourner le dos et d'attiser le feu pour se donner une contenance.

Enfin la voix se perdit dans l'escalier. Peu après la porte de la maison, puis celle de la cour claquaient sur des bruits de bottes, de sabots de cheval et les membres de la famille apparurent l'un après l'autre dans la cuisine puis se rangèrent debout autour de la table. La vieille servante, celle qui avait lancé les oignons, trottina comme une souris jusqu'à la cheminée et poussa un soupir de soulagement en constatant que le repas qu'elle avait si complètement oublié dans la fièvre des événements, n'avait pas souffert de dommage.

— Merci, ma belle, souffla-t-elle à Angélique. Sans vous, notre maître m'aurait chanté pouille.

La vieille servante, Rebecca, après avoir déposé le plat, se tint au bout de la table et le pasteur Beaucaire prit la parole pour une courte allocution qui était peut-être une prière appelant sur le frugal repas la bénédiction du Seigneur. Puis chacun s'assit. Angélique demeurait, mal à l'aise, près de l'âtre. Maître Gabriel l'interpella :

— Dame Angélique, approchez et prenez place. Nos serviteurs ont toujours fait partie de la famille. Votre enfant aussi nous honore par sa présence. L'innocence attire la bénédiction de Dieu sur une maison. Il faut lui trouver une chaise à sa taille.

Le jeune garçon, Martial, bondit et revint peu après avec une chaise pour bébé qu'on avait dû reléguer dans les combles, depuis que le dernier-né, le petit garçon de sept ans, avait revêtu son premier haut-de-chausses. Angélique y assit Honorine qui promena sur l'assemblée un regard olympien.

A la lueur blonde des chandelles, elle parut examiner avec le plus grand soin ces visages citadins surgis de l'obscurité, au-dessus de leurs rabats et de leurs cols immaculés. L'ombre mangeait les vêtements noirs. Les ailes blanches des coiffes des femmes, comme des oiseaux incertains, se tournaient vers elle. Puis son dévolu se fixa sur le pasteur Beaucaire, à l'autre bout de la table et elle lui adressa son plus charmant sourire, avec une mimique expressive et quelques mots qu'on ne comprit pas très bien mais dont l'intention aimable ne faisait aucun doute. Ce tact dans le choix de ses préférences, fixées d'emblée sur le personnage le plus honoré de la société, enchanta tout le monde.

— Seigneur, qu'elle est belle, s'exclama la jeune Abigaël, fille du pasteur.

— Qu'elle est gentille ! dit Séverine.

— Ses cheveux sont comme le cuivre des casseroles, cria Martial.

Ils riaient, charmés, heureux, tandis qu'Honorine continuait à contempler le pasteur avec une admiration dévote. Le vieil homme parut touché et même flatté d'avoir pu inspirer un sentiment aussi exclusif à cette jeune demoiselle. Il demanda à ce qu'elle fût servie la première.

— Les petits sont rois parmi nous. Le Seigneur aimait à les accueillir.

Il parla de la parabole de l'enfant que Jésus avait placé au milieu des adultes aux esprits tourmentés en leur disant : « Si vous ne devenez pareils à ce petit enfant, vous n'entrerez pas dans le Royaume des Cieux. »

Les visages retrouvèrent leur gravité, pour l'écouter, et le fils aîné de la maison, se levant, fit le service selon l'usage dans les familles bourgeoises.

— Père, dit Séverine, la fille de douze ans, d'un ton passionné, qu'auriez-vous fait si l'on avait obligé l'oncle Lazare à communier. Qu'auriez-vous fait ?...

— On ne peut obliger quelqu'un à communier de force, ma fille. Les Papistes eux-mêmes considéreraient la chose comme sacrilège et non valable vis-à-vis de Dieu.

— Mais s'ils l'avaient fait cependant, comment auriez-vous agi ? Les auriez-vous tués ?

Elle avait des prunelles noires, dévorantes, dans un petit visage crayeux, auquel son bonnet blanc, proche de la coiffe paysanne, conférait une expression vieillotte.

— La violence, ma fille... commença maître Gabriel.

Elle grimaça de sa grande bouche ingrate.

— Naturellement, vous les auriez laissé faire. Et le déshonneur serait sur notre maison.

— Ce ne sont pas les enfants qui peuvent juger de ces choses, tonna maître Gabriel, subitement en colère.

C'était un homme aux apparences paisibles et qu'on eût volontiers imaginé en bon vivant. Il n'y avait, en fait, malgré sa silhouette légèrement bedonnante et la douceur de ses yeux bleus, d'homme plus éloigné d'une telle définition. Angélique devait apprendre à son contact qu'un Rochelais cache la dureté de la glace, sous un tiède revêtement matérialiste. Alors elle se souvenait par éclairs des coups de bâton dont il l'avait elle-même assommée sur la route des Sables-d'Olonne. Fait pour s'attabler devant des ortolans et en savourer toute la moelleuse perfection, il se nourrissait sans aucune peine d'un quignon de pain et d'une gousse d'ail, à la façon du bon roi Henri, lequel avait été longtemps l'hôte de La Rochelle avant d'aller entendre la messe à Paris.

Lorsque la famille se fut retirée dans une autre pièce pour y lire la Bible, Angélique, restée seule avec la vieille servante, se sentit profondément déprimée.

— Je ne sais pas si réellement ce repas vous suffit, dit-elle, mais mon enfant n'a pas assez mangé. Même au fond de la forêt, elle a toujours été mieux nourrie que dans cette maison où pourtant l'on semble riche. Est-ce que la famine et la misère du Poitou se répandent jusqu'ici ?

— Qu'allez-vous chercher là ? s'exclama la vieille indignée. Nous autres Rochelais, nous sommes les plus riches de tous les habitants des autres villes du Royaume. Et pourtant nous revenons de loin. Après le siège, vous n'auriez pas trouvé un radis. Mais allez-y voir, maintenant, dans les entrepôts, sur les quais... Nous regorgeons de marchandises, de vins, de sel et de victuailles.

— Mais alors, pourquoi cette parcimonie ?

— Ah ! On voit bien que vous n'êtes pas de chez nous ! Vous savez que pour nous autres, depuis le siège, c'est resté dans nos habitudes de couper un hareng en quatre et de compter les patates. Fallait voir le père de M. Gabriel ! Ah ! l'admirable homme ! On aurait pu lui faire manger des cailloux sans qu'il s'en aperçoive ! N'y avait que pour le vin qu'il était difficile. Les plus beaux vins des Charentes, on les trouve là-dessous dans notre cave, ajouta-t-elle en frappant de son sabot le dallage de la cuisine.

Tout en parlant, elle desservait les écuelles et commençait à les laver dans un baquet rempli d'eau bouillante. Angélique la regardait les bras ballants. Elle faisait décidément une piètre servante. Mais elle avait faim. Elle se sentait même frileuse comme si elle allait tomber malade. La brûlure de son épaule suppurait et collait à son corsage. Chaque mouvement lui rappelait la minute infamante, la peur, les tortures de l'angoisse, toutes choses encore si récentes qu'elle les sentait sur elle comme une ombre froide.

Elle prit Honorine dans ses bras. Honorine ne réclamait pas. Elle ne réclamait jamais. Qu'elle eût le refuge des bras de sa mère paraissait lui suffire en tout. Elle était peut-être comme ces protestants qui ne désirent pour vivre qu'une chose essentielle et peuvent se détacher des autres. Comme ils lui avaient souri tout à l'heure, à l'enfant... L'enfant maudite !... Fallait-il demeurer sous ce toit ?... Fallait-il s'en éloigner ? Pour aller vers quel refuge ?

— Tenez, voilà du caillé et du pain pour la petite, dit la vieille servante en disposant une portion énorme sur un coin de la table.

— Mais si vos maîtres...

— Diront rien, surtout pour elle... Je les connais. Après vous la coucherez là.

Elle montra à Angélique dans un renfoncement de la cuisine un vaste lit très haut et couvert d'édredons.

— N'est-ce pas la place habituelle où vous couchez vous-même ?

— Non, moi j'ai une paillasse en bas, près des magasins. Je dors là pour veiller aux voleurs.

Lorsque Angélique eut rassasié et couché l'enfant, elle revint près de l'âtre. Elle n'aurait pas le courage de dormir cette nuit. Elle préférait cent fois retenir la présence de la vieille Rebecca, bavarde, on le sentait et qui pourrait lui être de bon conseil pour son existence future. La vieille tisonnait quelque peu les braises ardentes.

— Asseyez-vous là, ma belle, dit-elle en désignant un escabeau en face d'elle. Nous allons gratter un crabe. Avec là-dessus un bon petit vin de Saint-Martin-de-Ré. Voilà qui vous remettra le cœur en place.

Le crabe qu'elle avait tiré d'un vivier dans l'office était énorme comme une assiette. Il remuait vaguement et de violet devenait rose puis rouge. Rebecca le retourna d'un tisonnier expert. Après quoi elle le brisa avec dextérité et en remit la moitié à Angélique.

— Faites comme moi, tenez votre couteau de cette façon. Surtout, n'en laissez rien, que la carcasse. Tout est bon dans un crabe.

La chair fumante, extraite de la pince, avait la saveur de la mer, son goût si différent de celui des produits de la terre, qu'il semble qu'on aborde ainsi à la nostalgie des horizons lointains, à la poésie des rivages.

— ... Goûtez-moi ce vin, insista Rebecca. Il fleure le goémon.

Elle tendit une oreille inquiète.

— ... Des fois que dame Anna viendrait par ici. Elle ferait sa tête...

Mais la grande maison était silencieuse. Après le chant des psaumes, chacun était allé se coucher. Une lampe à huile veillait près du vieillard malade. Dans son sous-sol, maître Gabriel faisait ses comptes. Dans la cuisine, le feu crépitait. Et l'on entendait derrière les vantaux fermés une rumeur chuchotante : la mer.

— Pour sûr, non, vous n'êtes pas de chez nous, reprit la vieille. Avec des yeux comme ça, peut-être venez-vous de Bretagne ?...

— Non, je viens du Poitou, dit Angélique qui regretta aussitôt d'avoir parlé.

Quand donc apprendrait-elle à considérer le monde comme hostile, semé d'embûches ?...

— Il s'est passé du vilain par là, dit l'autre d'un air entendu. Racontez voir un peu.

Ses yeux brillaient de curiosité.

— ... Ah ! je vois ça, reprit-elle comme Angélique demeurait silencieuse, vous en avez tant vu que vous n'osez pas en parler, vous êtes comme la Jeanne ou comme la Madeleine, des cousines au boulanger, ou comme cette grosse Sarah du village de Vernon, qui en est devenue quasiment folle. Faites donc pas cette tête-là, j'ai rien dit. Et mangez plutôt. On s'arrange de tout, allez ! Chacune se croit la plus malheureuse et puis il y en aura toujours une autre qui aura pire à vous raconter. La guerre, les sièges, les famines, qu'est-ce que vous voulez que ça vous apporte une fois que c'est en train ? Du malheur. Et pourquoi seriez-vous oubliée dans la distribution ? Il n'y a pas de raison. « Quand l'enseigne chevauche, la fille perd l'honneur », dit le proverbe. Moi, j'ai vécu le siège, et mes trois enfants y sont morts de faim... Je vais vous raconter cela...

Angélique pensait, légèrement choquée de ce raisonnement simpliste :

« Oui, mais moi, j'étais la marquise du Plessis-Bellière. »

Sous sa haute coiffe, une sorte de hennin tout en largeur, la vieille Rebecca avait une face ratatinée et des yeux rieurs enfouis au milieu de ses rides. Même lorsqu'elle parlait avec gravité de choses tragiques, son regard conservait la même lueur amusée.

— Moi, dit Angélique, cette fois à haute voix (et elle s'étonna de s'entendre) j'ai tenu mon enfant égorgé dans mes bras.

Elle frémit encore tout entière.

— Oui, je vous comprends, ma belle. Quand on a perdu un enfant on passe dans un autre monde. On n'est plus pareille aux autres. Moi, c'en est trois, je dis *trois* innocents que j'ai couchés dans leur tombe pendant le siège.

» J'ai vécu le Siège, oui ma fille, j'avais vingt-cinq ans et j'étais mère de trois petits dont l'aîné avait sept ans. C'est lui qui est parti le premier, je croyais qu'il dormait et je ne voulais pas l'éveiller en me disant que pendant qu'il dormait il aurait moins faim. Mais vers le soir, de ne pas le voir bouger, j'ai commencé à me sentir mal à l'aise... Et à mesure que j'approchais de son lit, je commençais à comprendre. Il était mort depuis le matin. Mort de faim ! Je vous l'ai dit, ma fille, les guerres, les sièges, pourquoi voulez-vous que cela apporte du bonheur ?

— Mais pourquoi n'essayiez-vous pas de sortir

de la ville ? jeta Angélique indignée. Etait-ce impossible ?

— Hors de la ville, il y avait les soldats de M. de Richelieu. Et puis ce n'était pas moi qui pouvais décider si la ville était vaincue ou non. Tous les jours on attendait l'Anglais. Mais l'Anglais était venu et puis il était reparti et M. de Richelieu avait construit sa digue. Tous les jours on croyait qu'il allait se passer quelque chose. Quoi au juste ? Les soldats mouraient de faim sur les remparts. Mon homme y partait, tout dolent. Il n'avait plus la force de tenir sa hallebarde et je voyais qu'il s'appuyait au mur. Quand, un soir, il n'est pas rentré, j'ai compris. Il s'était endormi *mort* sur les remparts et on l'avait balancé dans la fosse commune. On n'osait pas jeter les cadavres par-dessus l'enceinte pour que les troupes royales ne voient pas qu'il ne resterait bientôt plus personne de garnison... La faim, c'est une chose qu'on ne peut pas décrire ni faire comprendre quand on ne l'a pas connue... Surtout quand cela dure longtemps... Quand on sort dans la rue, on espère chaque fois... On doit trouver quelque chose... On cherche partout, derrière chaque borne, sous chaque marche, on cherche sur les murs comme s'il pouvait y avoir quelque chose à manger entre les pierres... Une herbe... Quand j'entendais bouger des souris dans le plancher, quelle aubaine ! Je les guettais des heures et mon petit aîné était très habile à les attraper. Il y a un marchand flamand qui a vendu des peaux vieilles de six ou sept ans. Elles firent grand bien. La ville en a acheté 800 qu'elle a fournies aux soldats et aux habitants capables de porter les armes. De leurs bouillons on faisait de bonnes gelées... J'ai pu en obtenir pour les deux enfants qui me restaient... Et il ne se passait toujours rien qu'un peu plus de douleur chaque jour... On ne voyait dans les rues que des squelettes terreux, des corps ensevelis qu'on traînait à peine au sépulcre... Le mari portait sa femme sur l'épaule, comme une pièce de lard... Deux filles sur un brancard, le vieux père... la mère portait le fils sur les bras comme au baptême...

— Ne pouviez-vous quitter la ville ? Fuir la faim ?

— Hors des remparts, les soldats du Roi nous attendaient. Les hommes, ils les pendaient, les femmes ils en faisaient ce qu'ils voulaient, les enfants ?... Peut-on savoir ce qu'ils devenaient entre leurs mains. Et puis quitter la ville, ça ne se pouvait pas. Ça voulait dire qu'elle était vaincue. Il y a des choses qu'on ne peut pas faire. On ne sait pas pourquoi. Fallait mourir avec elle ou bien... Je ne me souviens plus quand mon second est mort. Je me rappelle seulement que, lorsque les députés sont allés s'agenouiller devant le roi Louis XIII pour porter sur un coussin les clés de La Rochelle, il me restait plus que le plus petit... On criait, on se hâtait : « Aux portes... des chariots, du pain... » Et moi je courais aussi... je croyais que je courais mais je devais me traîner comme les autres, comme des fantômes, en m'appuyant d'un mur à l'autre.

» Tous des fantômes, on aurait dit... Je regardais le petit, ses yeux noirs si gros dans sa figure toute menue, et je me disais : C'est fini, les députés ont apporté la soumission... Le Roi entre dans la ville, le pain entre dans la ville !... C'est fini, la ville est vaincue. Mais il te restera celui-là. Au moins, celui-là. La soumission est venue à temps pour ce petit-là, me disais-je... quelques jours encore et tu aurais été une mère aux bras vides. Dieu soit loué ! Eh bien, vous ne savez pas ce qui est arrivé ?

— Non, dit Angélique en la regardant avec des yeux terrifiés, sans penser que le Siège remontait déjà à quarante-quatre ans.

— Eh bien ! — buvez donc un coup au lieu de laisser votre vin se réchauffer : faut le boire bien frais le vin de l'île de Ré — eh bien ! voilà donc aux portes les soldats qui distribuaient des miches de pain chaudes encore des fours du camp militaire. Ils avaient ordre de bien se comporter envers les vaillants Rochelais... Alors, les soldats quand on ne les pousse pas, vous savez, c'est aussi à l'occasion des hommes comme les autres... j'en ai même vu qui pleuraient en nous regardant... Moi, donc, j'ai mangé, j'ai mangé, et le petit mangeait aussi, en tenant sa miche à deux mains comme un écureuil... Et puis, tout à coup, il est mort... D'avoir trop mangé, trop vite... La tête lui est tombée sur l'épaule et c'était fini. J'avais plus qu'à l'enterrer, comme les autres... Et qu'est-ce que vous pensez que je suis devenue après ?... Folle, bien sûr, quasiment folle... Eh bien ! ma fille, retenez quand même une chose de tout cela. Quoi qu'on ait passé, quoi qu'on ait enduré, la vie c'est comme une araignée, ça renoue tous les fils cassés, plus vite qu'on ne croirait et on ne peut pas l'en empêcher...

Un instant, elle s'interrompit et on entendit le grattement de son couteau agile dans la carapace du crabe.

— Ce qui me consolait, au début, reprit-elle, c'était de manger. De voir toutes ces choses dont on avait été privé à portée de la main, cela me donnait comme une sorte de contentement et, pendant ce temps-là, j'oubliais. Et puis après, ce qui me consolait, c'était de regarder la mer. Je m'en allais sur les falaises et je restais là longtemps. J'entendais le bruit des pioches qui démolissaient les remparts et les tours de La Rochelle, de notre ville orgueilleuse. Mais la mer était là et personne ne pourrait me l'ôter. Voilà ce qui me consolait, ma fille... Et puis un homme m'a aimée. C'était un papiste. Il y en avait tant maintenant à La Rochelle ! On aurait dit qu'il en sortait des pavés. Mais celui-là savait bien parler d'amour et c'était tout ce que je lui demandais. On se serait bien mariés, mais quelle histoire ! Fallait alors me convertir. Ça, vraiment, ce n'était pas dans mes goûts. Il est parti sur un navire pour Saint-Malo, où il avait des parents et un héritage. Je ne l'ai plus revu... Bast ! Il m'avait donné un enfant, un garçon... Et voilà, fallait me remettre à vivre, pas vrai... Les enfants, ça vous donne de la force.

Quand Rebecca eut terminé son récit, elle se leva en secouant son tablier pour en détacher les esquilles de carapace qui y demeuraient. Puis elle tendit de nouveau l'oreille, attentive.

— Non, c'est la mer que j'écoute. Elle se fâche, la gueuse... on dirait. Allons voir.

Au fond du réduit, où se dressait le lit, elle tira le vantail d'une fenêtre, ouvrit la croisée aux meneaux de plomb. L'air s'engouffra dans un coup de vent avec sa riche odeur d'algues et de sel ; le bruit des vagues se brisant contre les remparts obligeait à élever la voix.

Des nuées couraient avec de bizarres nuances de plomb fondu lorsqu'elles passaient sur la lune, des fumerolles, des mouvements d'écharpes couleur d'encre. Sur le clair-obscur de la nuit agitée, l'immobilité des remparts figeait leur masse noire. A gauche se profilait une tour surmontée d'une haute pyramide gothique au sommet de laquelle s'allumait un fanal. Phare pour les navires qui franchissaient les courants de la mer des Pertuis entre les îles. La silhouette d'une sentinelle avec sa hallebarde se profilait. Le soldat allait le dos courbé contre le vent. Après avoir ranimé la flamme que l'on voyait danser entre les ogives de la tourelle, il redescendit les escaliers en tournevis pour se réfugier dans le corps de garde.

La maison de maître Gabriel n'était séparée des remparts que par une ruelle étroite. Un garçon agile eût pu, de la fenêtre, s'amuser à sauter sur le chemin de ronde. Rebecca expliqua à Angélique qu'elle connaissait tous les militaires qui prenaient la garde de jour et de nuit à la Tour de la Lanterne. Car elle écossait ses pois devant la fenêtre ouverte, ou ravaudait les bas de la maisonnée, eux passaient en bâillant et on bavardait. Elle était la première à connaître toute la vie du port car les sentinelles de la Tour de la Lanterne devaient signaler l'arrivée des flottes de sel ou de vin, venant de Hollande, des Flandres, d'Espagne, d'Angleterre ou d'Amérique, chaque navire, de guerre ou de commerce, étranger ou rochelais. Dès qu'une voile blanche pointait, à l'horizon, sous les îles d'Oléron ou de Ré, l'homme embouchait sa trompe. Puis à l'entrée du havre, une cloche sonnait longuement. Et l'effervescence s'emparait des courtiers, des marchands, des armateurs. A La Rochelle, on ne s'ennuyait jamais à cause de tous ces navires qui, chaque jour, déversaient sur ses quais la vie du monde entier.

Autrefois, on signalait les arrivées de la Tour Saint-Nicolas, mais maintenant qu'elle avait été à moitié jetée à bas, la si belle tour, cet honneur en revenait à la Lanterne.

C'était heureux pour la maison de maître Gabriel. Rebecca pouvait louer le Seigneur d'avoir été guidée vers cette maison pour y offrir ses services.

Elle referma la fenêtre, remit les panneaux de bois et le silence revint, plus profond d'avoir été arraché aux tourments de la tempête. Angélique passa sa langue sur ses lèvres. Elles étaient fraîches et salées.

Elle s'aperçut qu'Honorine avait été réveillée. Dressée sur le lit, avec sa chevelure luisante sur ses petites épaules nues, elle ressemblait à un bébé-sirène qui a entendu l'appel des flots. Ses yeux vagues étaient pleins d'un songe étrange. Angélique la recoucha et la reborda. Elle se rappelait qu'Honorine était marquée du signe de Neptune. Le petit garçon de sept ans était assis sur la dernière marche de l'escalier qui menait aux autres étages. Caché dans l'ombre, il avait dû écouter avidement les récits de la vieille servante.

Celle-ci passa devant lui en hochant la tête à plusieurs reprises.

— C't'enfant a pris la vie de sa mère en venant au monde. L'est point aimé...

Elle commença de descendre en marmonnant.

— ... Des orphelins qui souffrent, des mères qui

pleurent, c'est ainsi... S'arrêtera pas de sitôt, la ronde des larmes, c'est moi qui vous le dis...

Le point blanc de sa coiffe se perdit dans l'obscurité.

— Il faut aller te coucher, dit Angélique au petit garçon.

Il se leva docilement. Il avait un visage souffreteux. Son nez coulait. Ses cheveux raides accentuaient son aspect minable.

— Comment t'appelles-tu ? interrogea-t-elle.

Il ne répondit pas et se mit à monter l'escalier en frôlant les murs. Il ressemblait à un rat craintif. Ele s'avisa, alors qu'il était déjà à l'étage au-dessus, qu'il n'avait pas demandé de lumière et elle le rejoignit vivement.

— Petit, attends, tu n'y vois rien, tu pourrais tomber.

Elle lui prit la main, une petite patte froide et fluette, et cela lui fit un choc au cœur. C'était le rappel d'un geste infiniment doux qu'elle n'avait pas accompli depuis longtemps.

Il montait toujours et elle le suivait. Il était semblable à une petite ombre à peine incarnée, mystérieuse et qui l'entraînait. C'était lui maintenant, semblait-il, qui l'avait prise par la main.

— Est-ce là que tu loges ?

Il fit oui du menton, en la regardant cette fois, comme s'il ne croyait pas à sa présence. On avait aménagé dans le grenier un lit qui ressemblait plutôt à un grabat. La paillasse ne devait pas être souvent secouée, les draps étaient douteux, la couverture bien légère pour la saison. En hiver, il devait faire glacial ici. Dans l'encadrement d'une lucarne ronde, la lune par instants montrait son visage blême, et éclairait, sous l'entrecroisement des fortes poutres, l'amoncellement d'objets hétéroclites, coffres, meubles désaffectés.

Juste en face du lit, il y avait même un grand miroir fêlé.

— Te plais-tu ici ? demanda-t-elle à l'enfant. N'as-tu pas froid, ou peur ? Y a-t-il des choses qui bougent, quelquefois ?

Elle capta son regard effrayé.

« Certainement, il y a des rats », se dit-elle, et il a peur.

Elle commença à le déshabiller. Ces épaules maigres sous ses mains, c'était le corps fragile de Florimond quand il était petit, ces lèvres closes, celles de Cantor qui parlait si peu, mais chantait en secret, cette nostalgie dans le regard, celle de l'enfant Charles-Henri qui rêvait à sa mère.

Il semblait étonné qu'on l'aidât à se déshabiller. Il voulait lui-même ôter ses vêtements. Il les plia sur un escabeau avec le plus grand soin. Dans sa chemise blanche, il paraissait encore plus maigre.

« Cet enfant meurt de faim. »

Elle le prit dans ses bras et le serra contre elle. Des larmes coulaient de ses yeux sans qu'elle y prît garde. Elle n'avait jamais été qu'une mère superficielle, se disait-elle. Elle les avait défendus du froid et de la faim à la façon des bêtes, parce qu'ils étaient ses petits, mais cette délectation du cœur à les serrer contre elle, à s'emplir les yeux de leur vue, à vivre de leur vie, elle ne l'avait pas connue et ne l'avait pas recherchée. Les racines qui la liaient à eux, elle ne les avait ressenties que depuis qu'on les lui avait arrachées si cruellement. La plaie vive continuait de saigner, creusant en elle la douleur de ce qui aurait pu être et qu'elle avait négligé. « O mes fils ! mes fils !... » Ils étaient venus trop tôt. Ils avaient encombré sa vie. Elle leur en avait voulu parfois de leur présence qui la forçait à se détourner de son propre destin pour s'occuper du leur. Elle n'était pas mûre pour les délicats bonheurs. Il faut que la femme s'enfante avant que naisse la mère.

Elle borda le petit garçon dans son lit en lui souriant pour qu'il ne s'étonnât pas de ses larmes. Après l'avoir embrassé, elle redescendit.

Dans l'arrière-cuisine, près du lit, elle ôta son premier corsage, puis se brossa longuement les cheveux. Maintenant, elle ne voulait plus s'en aller. La maison des remparts, devant la mer, était pleine pour elle d'attente et la protégerait.

2

Le lendemain, Mme Anna lui remit non sans solennité et des paroles appropriées, une Bible reliée en vélin noir.

— J'ai remarqué, ma fille, que vous ne vous joignez pas aux répons des prières. Sans doute avez-vous laissé s'attiédir votre foi. Voici le Livre des Livres où toute femme croyante peut puiser l'esprit de soumission, de fidélité et de dévouement nécessaire à sa condition.

Demeurée seule, Angélique après avoir retourné la Bible entre ses mains, partit à la recherche de maître Gabriel. Le commis l'avertit que celui-ci était au rez-de-chaussée, dans ses magasins où il tenait ses livres de comptes.

Par la cour on accédait, en descendant un seuil, à deux ou trois grandes salles où le marchand entreposait ses denrées les plus précieuses, entre autres des échantillons de vins des Charentes et des eaux-de-vie dont il était un des plus grands fournisseurs pour la Hollande et l'Angleterre. Précisément, un capitaine anglais prenait congé après avoir passé commande et sans doute tâté du palais. Une odeur d'eau-de-vie flottait, des mouches rôdaient autour des deux hanaps de verrerie dans lesquels elle avait été goûtée.

Le capitaine anglais passa très raide, en prenant cependant la peine de tirer son feutre délavé devant Angélique et en formulant un compliment sur la « charming wife of maître Gabriel ». Celui-ci, sans lever le nez de son livre, rectifia sèchement.

— Not my wife : servant...

— Aoh ! yes, dit l'Angais en saluant derechef d'un air ravi.

Angélique ne comprenant pas l'anglais n'avait pas suivi le dialogue ni cherché à l'interpréter. Elle était trop préoccupée des réactions qui allaient suivre son aveu.

— Maître Gabriel, fit-elle en rassemblant tout son courage, je dois dissiper un malentendu. J'aurais dû le faire plus tôt. Je n'appartiens pas à la religion réformée, comme vous et les vôtres paraissez le supposer. Je... je suis catholique.

Le marchand sursauta et parut fort contrarié.

— Mais alors pourquoi vous êtes-vous laissé marquer à la fleur de lys ? s'écria-t-il. Vous auriez dû proclamer votre confession. Vous vous seriez épargné cet affreux supplice. La loi est formelle : toute femme réformée, coupable d'un délit quelconque, doit être marquée à la fleur de lys et fouettée. Grâce au juge coreligionnaire que nous avions trouvé aux Sables, j'ai pu vous éviter le fouet. Mais il ne pouvait passer outre pour l'autre partie de la condamnation car vous aviez été prise avec de dangereux bandits. Savez-vous que trois ont été pendus et les autres condamnés aux galères ?

— Je l'ignorais. Pauvres gens !

— Vous ne paraissez pas plus émue que cela ! C'était pourtant vos compagnons...

— Je les connais à peine.

Maître Gabriel eut un grand geste qui envoya un pâté d'encre sur ses additions.

— Pourquoi donc ne vous êtes-vous pas expliquée à temps, malheureuse !

Il sécha avec soin la tache et essuya sa plume.

— Pour une catholique, être marquée à la fleur de lys, c'est reconnaître qu'elle s'est rendue coupable de délits infamants : assassinats, prostitution, vols. Vous risquez d'être emprisonnée ou envoyée comme « fille à colons » au Canada, si l'on vous découvre. Pourquoi n'avez-vous pas parlé à temps ?

Il l'examina avec attention, et dit à mi-voix :

— Peut-être ne teniez-vous pas à ce qu'on vous pose trop de questions ?

— Non, en effet, maître Gabriel. Je n'y tenais pas. A ce moment-là, je ne pensais qu'à ma fille. J'ignorais encore que vous l'aviez sauvée. Je me suis laissé faire, sans comprendre ce qui m'arrivait... Maintenant c'est trop tard. Je suis marquée pour la vie. Mais vous seul le savez, maître Gabriel, si vous ne me trahissez pas...

— Je vous ai déjà reçue dans ma demeure. Nul n'attentera à votre sécurité tant que vous serez sous mon toit. Telle est la loi ancienne d'hospitalité.

— Vous ne me chassez donc pas ?

— Pourquoi vous chasserais-je ?

— Je tâcherai de ne pas décevoir votre confiance, maître Gabriel, cependant... je veux vous dire tout de suite...

— Je sais ce que vous voulez me dire, bougonna-t-il. Que vous ne comptez pas vous convertir. Rien ne vous empêche cependant de lire la Bible. Ouvrez-la chaque jour, à n'importe quelle page. Chaque fois, vous trouverez la réponse qui vous est nécessaire. Sa lecture vous rappellera un pays oublié et vous élèvera le cœur.

Il la lui remit entre les mains.

Un soleil — un soleil du sud — ruisselait dans la cour, au centre de laquelle se dressait un palmier au tronc velu, déployant les roues aiguisées de ses palmes sur le ciel d'un bleu limpide et clair. Le long du mur, près d'un banc, on voyait un lilas d'Espagne, une bordée de roses trémières grosses comme des choux, et dans des jarres antiques des bouquets de giroflées brunes et jaunes. Dans un coin, sous une voûte en coquille, un bassin et sa fontaine dont le murmure achevait de donner un cachet exotique à cette cour mi-patio, mi-jardin de province. La haute porte cochère fermait sur tout cela ses vantaux protecteurs.

Angélique revint en arrière pour reprendre diligemment les verres laissés sur la table afin de les rincer à la cuisine.

— Maître Gabriel, excusez-moi de vous déranger à nouveau. Mme Anna est-elle responsable de la maison ? Est-ce à elle que je dois demander les ordres ?

— Ma tante n'a jamais su distinguer la forme d'une casserole de celle d'un chapeau, bougonna-t-il. Quand elle s'en mêle, cela va de mal en pis et d'ailleurs cela l'ennuie.

— Alors qui doit diriger la maison ?

— Vous, pourquoi pas ? dit-il en la regardant par-dessus ses lunettes. Vous m'avez l'air d'une femme entendue. Qu'il y ait de quoi manger dans la marmite et pas de poussière sur les meubles, c'est tout ce que je demande. Pour les achats nécessaires, vous me demanderez l'argent. Tenez, en voici déjà.

Il lui remit une bourse. Ces détails domestiques l'agaçaient visiblement comme la plupart des hommes. Il la rappela cependant.

— Attention, j'exige des comptes précis. Savez-vous écrire et compter ?

— Oui, monsieur, répondit Angélique.

Le soir venu, après avoir servi à la maisonnée, sous le regard perplexe de la tante Anna, une soupe aux choux corsée de lard, des poissons grillés frottés d'aromates et ruisselants de beurre, un gâteau aux pommes et des salades, après avoir fait reluire les bassines de cuivre de la cuisine, frotté les beaux meubles des chambres, et arraché un sourire au petit Laurier en lui racontant l'histoire de la princesse Cendrillon, Angélique rompue, mais apaisée, sentait qu'elle avait signé un nouveau bail avec la vie. Des questions cruciales telles que de savoir si elle échapperait définitivement aux recherches du Roi, étaient reléguées à l'arrière-plan et il lui apparaissait beaucoup plus important que le petit garçon dormît paisiblement cette nuit.

Elle alla le voir à plusieurs reprises, dans son grenier. Elle le cajola, lui raconta des histoires, le gronda un peu, mais chaque fois qu'elle remontait à pas de loup, espérant le trouver endormi, il était à nouveau assis sur sa couchette, guettant son reflet dans le miroir.

A la quatrième fois, elle n'y tint plus. Depuis trop longtemps, des années peut-être, ce petit ne devait dormir que par à-coups, épuisé, se réveillant en sursaut pour surprendre les grattements des rats, les formes inquiétantes créées par le désordre du grenier, pensant à ce qu'il ne comprenait pas, les psaumes tragiques qu'on lui faisait chanter, les paroles qu'on disait en le regardant : cet enfant a pris la vie de sa mère...

Chaque nuit devait être pour lui une longue épreuve à franchir, loin des présences familières, et de la chaleur humaine, un voyage triste et froid dont l'aube à la lucarne annonçait le terme. Alors, peut-être glissait-il dans un sommeil rassuré. Pas pour longtemps, car tante Anna réveillait tout le monde dès 5 heures au plus tard.

Angélique ouvrit une armoire, prit une paire de draps et se rendit dans une petite chambre qu'elle avait remarquée. Personne ne semblait l'habiter. Laurier y dormirait en confiance, rassuré par le voisinage de la cuisine, de l'oncle Lazare dont la toux nocturne lui rappellerait une présence proche, le tic-tac de la grosse horloge sur le palier. De plus, Angélique lui laisserait, les premières nuits, une veilleuse.

Elle fit le lit d'une main preste, tira à demi les courtines qui étaient de belle soie brochée. Une soie de Hollande. Angélique pouvait apprécier la valeur de tout ce qu'il y avait dans cette maison, peut-être plus encore que ses hôtes qui semblaient à la fois rechercher et dédaigner ce confort cossu.

A la cuisine, elle décrocha du mur une bassinoire, l'ouvrit, y jeta vivement quelques braises. Comme elle revenait, elle vit qu'une autre porte dans la petite chambre en question s'était ouverte, qui communiquait avec celle de maître Berne.

Celui-ci se tenait sur le seuil, un doigt entre les pages d'un livre de prières.

— Que cherchez-vous encore ici, dame Angélique ? Je vous rappelle qu'il est minuit passé. Votre service ne vous contraint pas à veiller jusqu'à une heure aussi tardive.

Le ton courtois ne cachait pas un certain agacement. Lorsque maître Berne, ses comptes achevés, se retirait dans sa chambre pour y méditer les Saintes Ecritures, il aimait sentir sa demeure endormie autour de lui et non troublée d'allées et venues ménagères.

Angélique passa à plusieurs reprises la bassinoire entre les draps frais.

— Pardonnez-moi, maître Gabriel, je prends note de votre remarque et je veillerai à m'y conformer. Mais je veux préparer ce lit inoccupé pour le petit Laurier qui est trop mal installé là-haut dans ce grenier.

Elle sentit, plus qu'elle ne vit, car elle lui tournait le dos, l'éclair de colère qui traversait les yeux gris du marchand.

— Cette chambre ne doit pas être dérangée. C'est celle de ma défunte épouse.

Angélique lui fit face. Il paraissait très atteint, furieux, même.

Elle dit avec gentillesse.

— Je comprends. Mais je n'ai pas trouvé d'autre pièce pour l'installer.

Maître Gabriel paraissait chercher la solution d'un problème ardu.

— Qui cela ?

— Laurier.

— Pourquoi voulez-vous le mettre ici ?

— Il loge dans le grenier. Il a peur tout seul et il ne parvient pas à dormir. J'ai pensé qu'en l'installant ici il serait plus tranquille.

— Quelle idée ! Il faut qu'il s'aguerrisse. Vous voulez en faire une mauviette. Moi aussi j'ai dormi dans ce grenier quand j'étais enfant.

— Et vous n'aviez pas peur des rats ?

— Si fait. Mais je me suis habitué.

— Eh bien ! lui ne s'habitue pas. Chaque nuit, il dort mal, peu ou pas du tout. C'est une des raisons pour lesquelles il est si maigre et souffreteux.

— Il ne s'est jamais plaint.

— Les enfants se plaignent rarement, surtout lorsque personne ne se préoccupe de les écouter, dit sèchement Angélique.

— Un garçon doit s'endurcir. Vous parlez comme une femme.

— Non, comme une mère..., fit-elle en le regardant gravement.

Son regard se voila. Il poussa un profond soupir.

— Je m'étais promis que jamais personne d'autre ne reposerait dans ce lit où elle a rendu le dernier soupir.

— La fidélité de votre sentiment vous fait grand honneur, maître Gabriel. Mais, pour son enfant, ne croyez-vous pas qu'elle-même s'en réjouirait ?

Le marchand poussa un nouveau soupir.

— Ah ! je ne sais plus, dit-il... Vous mettez toute la maison à l'envers. Je croyais que le petit dormait avec son aîné. Mais il est vrai que le grenier... j'en ai de mauvais souvenirs, je l'avoue. Allez... faites comme vous l'entendez.

Angélique connaissait trop le chemin des combles pour avoir besoin d'une chandelle. Elle grimpa quatre à quatre.

— Je viens te chercher, dit-elle à Laurier, toujours assis et aussi éveillé qu'un petit chat-huant.

— Vous m'emmenez où ?

— Là où tu seras bien. Près de ton père...

Elle descendit en le portant avec précaution. Laurier regardait avec ravissement la chambre tiède, la présence de son père et reniflait l'odeur familière des étages. De son lit, il pouvait apercevoir, de l'autre côté du palier, le reflet du feu dans la grande cuisine. La stupeur le rendit loquace.

— Je vais dormir là ? Tous les soirs ?

— Oui, ton père a pensé que tu étais si grand maintenant qu'il te fallait un grand lit.

— Oh ! merci, mon père.

Angélique s'éloigna pour préparer la veilleuse à huile. Lorsqu'elle revint portant la coupe de verre rouge, Laurier s'était endormi. Sa tête menue ressortait sur l'oreiller. Il semblait perdu dans ce vaste lit mais une expression de bien-être innocent transformait ses traits.

Maître Gabriel, à son chevet, le contemplait pensivement. Angélique se pencha pour caresser doucement le front pâle de l'enfant.

— Petit homme ! fit-elle avec tendresse.

Elle leva les yeux sur le marchand.

— ... Ne m'en veuillez pas. Je ne pouvais supporter de le sentir malheureux.

— Ne vous faites pas de soucis, dame Angélique. Je crois que tout est bien ainsi.

Il ajouta, après un moment d'hésitation :

— ... Pourtant non. Ce soir, en méditant les Ecritures, je me suis fait le reproche de ne pas avoir été équitable envers vous, car j'aurais dû vous remettre une avance sur vos gages.

— Vous n'y êtes pas obligé, maître Gabriel, je sais qu'une servante doit attendre un mois, en donnant satisfaction à ses nouveaux maîtres, avant de recevoir son salaire.

— Mais vous êtes venue chez moi dénuée de tout. Et il est écrit dans la Bible : « Tu n'opprimeras point le mercenaire pauvre et indigent, qu'il soit l'un de tes frères ou l'un des étrangers demeurant dans ton pays, dans tes portes. Tu lui donneras le salaire de sa journée avant le coucher du soleil, car il est pauvre et il lui tarde de le recevoir. » Voici donc ce que j'avais décidé de vous remettre.

Il lui tendit une bourse tirée des basques de son habit.

— C'est un peu après le coucher du soleil, dit-il cependant.

Un léger humour démentait parfois ce qu'il avait de solennel. Angélique pensa que, né dans une autre confession, une autre ville, il aurait pu être un épicurien spirituel, comme le chevalier de Méré, par exemple.

— Je ne suis pas opprimée dans votre maison, maître Gabriel, dit-elle en souriant. Soyez rassuré, je ne risque pas de crier à l'Eternel contre vous. Je n'oublierai jamais votre bonté.

En s'éloignant, Angélique commençait à comprendre pourquoi il y avait eu tout de suite entre elle et le marchand une sorte de familiarité, d'entente, comme il s'en crée entre personnes qui se sont déjà connues en d'autres circonstances. Maintenant, elle en était sûre, elle l'avait rencontré quelque part. Où ? Quand ? A quelle occasion avait-il penché vers elle ce sourire tranquille et généreux qui, parfois, venait éclairer son visage froid et fermé ?

3

Cette pensée que maître Gabriel pourrait l'avoir rencontrée autrefois, la tracassa longtemps, puis elle l'oublia.

Le soir lorsque tante Anna et les invités s'étaient retirés après la prière, maître Gabriel sacrifiait parfois à une habitude bonhomme. Il allait dans sa chambre choisir au mur une longue pipe hollandaise, dont il avait toute une collection. Il la bourrait soigneusement de tabac puis revenait à la cuisine prendre une braise pour l'allumer.

Après quoi il s'appuyait au chambranle de la porte et fumait en regardant, les yeux mi-clos à travers la fumée, la grande salle familiale, le va-et-vient des servantes, des enfants et des deux chats de la maison. Ces soirs-là, ses enfants savaient qu'il était d'excellente humeur et se permettaient de lui poser des questions, de l'entretenir de leurs affaires. Depuis quelque temps, Laurier s'en mêlait aussi. Il se transformait, prenait un air futé, et tenait tête aux sarcasmes de Martial.

Un soir qu'il était assis sur les genoux d'Angélique et que celle-ci lui caressait doucement les cheveux, elle surprit le regard méditatif du marchand, entre les volutes bleues de la fumée. Elle alla au-devant des reproches qu'elle sentait venir.

— Vous trouvez que je le gâte trop pour un garçon ?... Pourtant, voyez comme il s'est fortifié. Ses joues sont devenues plus roses. Les enfants ont besoin de tendresse, maître Gabriel, pour croître, comme les fleurs ont besoin d'eau...

— Je ne vous le dénie pas, dame Angélique, je reconnais que vos bons soins sont en train de faire un bel enfant de ce petit avorton dont la vue m'était pénible, je l'avoue... J'ai péché par injustice, par ignorance aussi. Je m'entends mieux à flairer la qualité d'une bonne eau-de-vie ou d'une fourrure du Canada, qu'à distinguer ce qui peut être nécessaire à un enfant. Ce qui m'intrigue, c'est que, de cette tendresse, vous en fassiez si peu de cas pour votre propre enfant... Certes vous prenez bien soin d'elle, mais jamais je ne vous ai vue l'embrasser lui sourire ou même la serrer dans vos bras.

— Moi ?... Je fais cela ? s'écria Angélique en rougissant jusqu'à la racine des cheveux.

Et elle regarda avec atterrement Honorine, assise devant son assiette de bouillie.

On l'avait laissée seule à table parce qu'elle ne se hâtait pas. Depuis quelque temps, elle mettait des heures à manger, la cuillère au poing, et les yeux dans le vide. Angélique avait attribué à la claustration — l'enfant ayant l'habitude de vivre au grand air — la perte de son robuste appétit. Se pourrait-il qu'Honorine eût souffert d'être négligée par sa propre mère ? Quelles comparaisons établissait-elle derrière ses petits yeux sagaces et brillants ? Elle avait souvent de violentes colères qui énervaient Angélique. Découvrir cette minuscule volonté et se heurter à elle l'étonnait et l'indignait. Elle perdait patience. « Méssante ! » lui criait Honorine courroucée. Angélique la mettait au lit ou la confiait à Rebecca pour laquelle la petite avait un faible. Angélique s'était penchée sur Laurier. En lui elle retrouvait ses petits garçons, ses vrais enfants. Mais Honorine n'était pas encore vraiment son enfant.

« Maître Gabriel a raison, se dit-elle. Ma fille... je l'ai acceptée dans ma vie mais je ne peux admettre de l'aimer... Il ne peut pas savoir !... C'est une chose impossible pour moi. S'il savait, il comprendrait... »

— Vous vous êtes attachée à mon fils, disait maître Gabriel avec un demi-sourire, et moi je me suis attaché à votre fille. Je n'oublierai jamais cette petite chose abandonnée qui dormait au pied de l'arbre et qui m'a tendu les mains lorsque je l'ai réveillée, en me gazouillant toute sa triste histoire.

Les traits d'Angélique se crispèrent. Elle eut une expression si bouleversée que maître Gabriel se maudit d'avoir parlé. Avec la pudeur des hommes que l'émotion embarrasse, il se racla la gorge, parut se rappeler un brusque souci et s'en alla. Laurier le suivit. Chaque soir, maître Gabriel lui accordait de venir rôder parmi les marchandises du magasin.

Angélique resta seule avec Honorine. Elle vivait un instant étrange, crucial, et l'angoisse l'étouffait comme si le geste qu'elle allait faire, ou ne ferait pas, déciderait de sa vie. Il était curieux que la cause en fût cette « petite chose » comme disait maître Gabriel, assise avec un air de hautaine rêverie. Elle crut revoir sa sœur Hortense, la pie-grièche. Celle-ci, toute laide et méchante qu'elle fût, avait toujours eu un maintien de princesse. Honorine, sur sa chaise haute, très droite et ne se plaignant pas, ressuscitait l'image effacée. Même geste du cou, même façon altière de porter la tête. Hortense, même petite, était fort maigre. Honorine, au contraire, se présentait ronde, râblée, bien plantée. Mais dans l'attitude, dans le regard des mêmes yeux noirs, étirés et incisifs, la parenté se révélait certaine. Angélique, au lieu d'en être contrariée, s'en découvrit soulagée. Elle tendit les bras vers Honorine.

— Viens !

Honorine, sortie de ses rêves, la considéra d'un air songeur, puis un sourire étira sa bouche jusqu'aux oreilles.

— Non ! dit-elle, en se cachant sous la table.

— Viens, mais viens donc !

— Non !

Angélique dut aller la prendre, l'extraire de sa cachette et l'enlever non sans peine.

— Elle pèse autant que du plomb, ma parole...

Elle regardait le visage de sa fille avec une intensité douloureuse.

— Tu es rousse, mais tu es belle... mon enfant !... Que je le veuille ou non, c'est moi qui t'ai mise au monde. Et, surtout, tu es là ! Tu es liée à moi par l'horreur même que j'éprouvais à te sentir en moi, la complicité de nos deux faiblesses luttant pour s'arracher à leurs sorts monstrueux, l'implacable destin, l'aveugle destin qui nous a voulues mère et fille. Mon cœur !

Angélique posait ses lèvres sur la joue fraîche.

Cette odeur de bébé lui rappelait celle de la forêt, aux temps uniques de la Révolte du Poitou. Elle s'était transfusée en elle pour dissoudre la sécheresse dc sa haine. A côté des massacres et des embuscades, il y avait eu Honorine et ses petits pieds blancs qu'Angélique réchauffait devant le feu des âtres. Honorine ouvrant ses yeux sages dans les bras de l'abbé de Lesdiguière, Honorine appelant Angélique dans le bois d'hiver et l'arrachant à l'horrible fascination de la clairière des pendus.

Il y avait eu le dénuement de la grotte où elle avait poussé son premier cri, le grincement du « tour » qui l'entraînait dans l'obscurité de l'orphelinat. « Oh ! tous ces enfants abandonnés au seuil des portes et que ramassait Monsieur Vincent ! Comment peut-on abandonner un enfant ? Moi j'ai abandonné ma propre fille. Bénie soit la Providence qui me l'a rendue. Y a-t-il douleur plus amère que de traîner au fond de son cœur le boulet tragique d'un enfant perdu ? Où es-tu, chair de ma chair ? Où erres-tu, tes petites mains tendues, en aveugle, à travers l'inconnu où je t'ai précipitée ? Comment te reconnaîtrai-je dans la mort ? Aurai-je seulement le droit de te connaître dans l'autre monde, moi, ta mère qui t'ai abandonnée ?... »

Angélique tressaillit, s'éveilla comme d'un songe. Elle était dans la cuisine de maître Gabriel, à La Rochelle, elle était assise près du feu qui s'éteignait et Honorine était sur ses genoux et elle la serrait éperdument contre elle.

— Ma vie !

Le flot d'amour longtemps contenu, presque ignoré, jaillissait avec la puissance d'une source qui débouche enfin des ténèbres de la terre, d'un air purifié.

— Je ne savais pas que je t'aimais autant... Pourquoi ne pas t'aimer ?...

Pourquoi ? Sa raison cherchait et ne trouvait plus. Il ne lui restait vraiment rien de sa vie passée. Tout avait chaviré dans un précipice d'ombre. La grâce innocente d'Honorine, l'éclat de sa vitalité inscrite sur ce visage rond, la béatitude de son sourire à l'instant où elle voyait se pencher sur elle pour l'embrasser celle qui représentait tout son univers, ce charnel sentiment de possession qu'Angélique éprouvait à son égard : « Tu n'as que moi, je n'ai que toi... » tout cela effaçait, comme derrière un rideau impénétrable, les raisons qu'elle avait eues de haïr cette petite existence.

Comme l'esprit oublie vite !

Le corps oublie moins vite. Angélique entendait parfois sonner le cor d'Isaac de Rambourg dans ses cauchemars, il lui arrivait aussi de sentir sur ses poignets et ses chevilles la tenaille de mains brutales la clouant au sol.

Mais en se réveillant, elle voyait danser sur le mur, en face, la lueur de la flamme allumée au sommet de la Tour de la Lanterne pour guider les navires. Honorine dormait près d'elle. Angélique la contemplait longuement et s'apaisait, s'émerveillant de ce trésor qui lui restait et qui justifiait sa pauvre existence détruite et traquée.

— Dors, petit cœur, dors, mon enfant, ma vie... tu es près de ta mère. Ne crains plus rien.

Depuis qu'elle savait qu'Angélique était papiste, Séverine la considérait avec une sainte horreur.

— Cette fille a été placée chez nous par la compagnie du Saint-Sacrement, pour nous espionner, j'en suis sûre, déclarait-elle à la cantonade.

Tante Anna approuvait.

— C'est, en effet, fort possible, ma pauvre enfant. Prions le Seigneur d'échapper à ses entreprises !

« Quelles chipies ! » pensait Angélique dont la patience était à rude épreuve.

L'œil de Séverine la suivait pour la prendre en faute. Elle affectait une raideur exemplaire, imitée de celle de sa tante, et parfois pouffait soudain d'un air moqueur :

« L'homme pervers, l'homme inique
Marche la fausseté dans la bouche. »

psalmodiait-elle.

« Il cligne des yeux, parle du pied
Fait des signes avec les doigts... »

— N'est-ce pas, ma tante ?

C'est ainsi qu'Angélique apprit que ces dames lui reprochaient une exubérance très déplacée...

— Si tu étais allée à la cour du Roi, Séverine, lui fit-elle remarquer un jour, tu saurais que se tenir comme toi, droite comme un bâton, avec des mouvements raides de pantin, est un signe de peu d'éducation ; l'aisance des gestes doit s'acquérir.

— La cour est un lieu de perdition, fit Séverine, vexée.

Ce fut le tour d'Angélique d'éclater de rire. La grande fillette la quitta rouge de colère.

Elle avait cependant des côtés vulnérables. Attirée, comme toutes les jeunes filles de cet âge, par les bébés, elle brûlait d'obtenir les bonnes grâces d'Honorine. Gauchement, elle essayait de la prendre dans ses bras, elle la suivait partout, voulait la faire manger, l'aider à s'habiller.

— Laisse ! Laisse ! criait Honorine, avec une fureur d'impératrice outragée.

Angélique en avait de la peine pour Séverine qui s'écartait humblement. Il lui était difficile de persuader son irascible rejeton de se montrer plus aimable. Honorine avait ses préférences et ses antipathies bien prononcées. En général, tous les représentants du sexe masculin trouvaient grâce à ses yeux. Elle observait la plus douce déférence vis-à-vis de Laurier. Maître Gabriel était l'objet d'une admiration respectueuse. Le pasteur Beaucaire continuait à recueillir toutes les faveurs, chaque fois qu'il se montrait. Mais son idole était Martial. Il lui avait fabriqué, avec son couteau, un petit coffret sculpté, dans lequel elle rangeait ses trésors : boutons, perles, cailloux, plumes de poulets... La petite avait une manie maternelle. En la regardant déambuler, son coffret sous le bras, son petit chat de l'autre, Angélique se rappelait le coffret incrusté de nacre dans lequel elle-même, autrefois, rangeait les souvenirs glanés au cours de sa vie tourmentée.

Les relations d'Honorine avec l'espèce féminine étaient plus compliquées. Passé l'âge canonique, elle lui inspirait la plus grande tendresse. Rebecca et toutes les grand-mères avaient droit à ses sourires. Vis-à-vis des femmes d'âge moyen, le bébé observait une stricte neutralité. Les choses se gâtaient avec les jeunes filles, et ses contemporaines, considérées comme rivales en puissance, étaient l'objet de sa haine. Elle avait failli crever les yeux de la petite Ruth, âgée de trois ans, la dernière fille de l'avocat Carrère. A tout prendre, cette ronde poupée d'Honorine, tanguant dans ses jupes d'un air décidé, mettait beaucoup d'animation dans la maison.

Souvent elle poussait un cri étrange dont Angélique avait appris à reconnaître l'accent. Cela signifiait qu'Honorine souffrait d'être enfermée et voulait voir la mer. Sur la plage, plus rien n'existait pour elle que le jeu des vagues et des goémons et le domaine merveilleux des coquillages. Pareille à une citrouille dans ses jupes retroussées, elle pataugeait avec ardeur. Angélique la suivait en échangeant quelques paroles avec les cueilleuses de moules.

Au pied des remparts, la marée laissait à découvert de vastes espaces rocheux, chevelus d'algues, à trous d'eau claire où se cachaient des crabes. Une nuée de gamins s'y ébattaient, avec les mouettes. Parmi eux on retrouvait, plus souvent que nécessaire, le jeune Martial, en rupture de son banc d'écolier. Martial donnait bien des soucis à son père. Il avait des dispositions pour l'étude, mais préférait courir la maraude avec sa bande d'amis parmi lesquels on rencontrait les principales fortes têtes du quartier dont les deux fils aînés de l'avocat Carrère, Jean et Thomas, et celui du médecin, Joseph.

Maître Gabriel déplorait que le jeune garçon ne pût connaître la forte discipline d'un collège. Il avait alors décidé d'envoyer son fils aîné en Hollande. Il y apprendrait au moins la bonne marche d'un commerce.

Angélique s'attristait à l'avance de ce départ fatal. Bien des choses en Martial lui rappelaient son fils Florimond. Elle reconnaissait, derrière sa désinvolture souriante, l'inquiétude de l'adolescent qui s'avance sur un terrain mouvant et qui, découvrant la société où il doit vivre, s'aperçoit tout à coup que sa place n'y est déjà plus. C'était cette découverte affreuse qui avait poussé Florimond à quitter sa mère, à s'enfuir, à chercher un coin de la terre où il pourrait être lui-même et non chargé de la double malédiction de ses parents.

Martial aussi, un jour, s'enfuirait et ces jeunes garçons que l'incroyable aveuglement des adultes retenait encore au rivage condamné.

Ce jour-là, ils étaient assis au sommet d'un rocher, penchés les uns vers les autres et tellement absorbés qu'ils ne l'entendirent pas approcher. Le vent remuait leurs longs cheveux, les chemises ouvertes sur les jeunes poitrines. Elle fut saisie d'angoisse à la pensée que la machine qui devait les broyer était déjà en place, tapie comme un monstre au cœur même de la ville.

Martial lisait d'une voix appliquée :

« ... Il ne fait jamais froid aux Iles d'Amérique. Aussi la glace n'y est point connue et ce serait un prodige que d'en voir. Il n'y est point *quatre* saisons égales et diverses comme en Europe, mais *deux* seulement. L'une est celle où les pluies sont fort fréquentes, d'avril en novembre, et l'autre, celle des grandes sécheresses... Toutefois, la terre y est toujours revêtue d'une agréable verdure et demeure presque en tout temps couronnée de fleurs et de fruits... »

— Y a-t-il de la vigne, là-bas ? interrompit un

gamin aux cheveux couleur de paille, parce que mon père est un réfugié des Charentes, un vigneron. Et qu'est-ce qu'on irait faire nous autres dans un pays où il n'y a pas de vigne ?

— Oui, il y a de la vigne, affirma Martial triomphant. Ecoute la suite... « La vigne vient fort bien en ces Iles et outre une espèce de vigne sauvage, qui croît naturellement parmi les bois et qui porte de beaux et gros raisins, on voit, en bien des endroits, des vignes cultivées comme en France, mais qui produisent deux fois l'année et, parfois même plus souvent... »

La leçon de géographie se poursuivit par la description des arbres à pain, des papayers aux branches desquels poussent des sortes de melons, le coco au délicieux lait végétal. « ... Le savonnier produit un savon liquide qui lave et blanchit le linge, le calebassier produit des récipients et des ustensiles de ménage qui n'ont pas besoin d'être fabriqués par des artisans... »

— Et de quelle couleur sont donc les habitants de ces îles chaudes ? rouges, avec des plumes, comme en Nouvelle France ?

Martial feuilleta le petit livre et dit qu'il ne trouvait pas le renseignement à ce sujet. D'un commun accord, ils se tournèrent vers Angélique, assise près d'eux, Honorine sur les genoux.

— Savez-vous la couleur de ces îliens, dame Angélique ?

— Je crois qu'ils sont noirs, fit-elle, parce que, depuis longtemps, on amène des esclaves d'Afrique dans ces îles.

— Mais les Caraïbes, eux, ne sont pas des Noirs, fit remarquer le jeune Thomas Carrère qui écoutait volontiers les récits des marins sur le port.

Martial trancha le débat :

— Nous n'aurons qu'à demander au pasteur Rochefort quand nous le verrons.

— Le pasteur Rochefort, dis-tu ?

Angélique avait sursauté.

— Parles-tu de ce grand voyageur qui est l'auteur d'un livre sur les îles d'Amérique ?

— Et que je suis en train de lire à mes camarades. Voyez !

Il lui montra l'édition récente et fraîchement reliée et ajouta à mi-voix :

— ... On risque cinquante livres d'amende et la prison lorsqu'on est découvert en possession de cette relation de voyages, parce qu'il paraît que cela donne aux protestants le goût d'émigrer. Nous devons donc faire très attention...

Angélique tournait les pages qu'illustraient des croquis naïfs représentant des arbres ou des animaux de ces pays lointains.

Du néant de son passé resurgissait une vision oubliée et qui toujours lui avait paru sans explication, mais marquée par le sceau du destin : la visite de ce pasteur Rochefort, lorsqu'elle avait une dizaine d'années, à Monteloup.

Ce sombre et solitaire cavalier, arrivé par un temps d'orage et de fin du monde, avait parlé de choses inconnues et singulières, d'hommes rouges aux cheveux de plumes, de terres vierges peuplées de monstres anciens...

Mais, à l'époque — il y avait maintenant plus de vingt années de cela — l'étrangeté de sa visite n'avait résidé ni dans son apparition insolite ni dans l'exotisme de ses propos. Non. Sa visite était restée celle d'un messager du destin, redoutable et mal compréhensible, celui d'un appel au loin. A cet appel, venu de l'autre bout du monde, son frère aîné Josselin avait répondu aussitôt. Il avait quitté sa famille, son pays et personne n'avait jamais su ce qu'il était devenu [1].

— Mais ce pasteur Rochefort doit être mort aujourd'hui ? dit-elle d'une voix qui lui parut faible et mal assurée

— Oh ! non. Il est très vieux, mais il voyage toujours.

Le jeune garçon continua plus bas :

— En ce moment, il est à La Rochelle. Personne ne doit savoir qui le cache, sans cela il serait immédiatement arrêté. Cela vous intéresserait-il de le voir et de l'entendre, dame Angélique ?

Et, comme elle avait fait un signe affirmatif, il lui fourra quelque chose dans la main.

C'était une grossière piécette de plomb sur laquelle on pouvait discerner une croix surmontée d'une colombe.

— Avec ce « méreau » vous pourrez vous présenter à l'Assemblée qui doit se tenir près du hameau de Jouvex, lui expliqua Martial. Là, vous verrez et entendrez le pasteur Rochefort. Il doit y prendre la parole, car c'est pour lui qu'a lieu l'Assemblée. Il y aura plus de dix mille des nôtres...

(1) Lire dans la même collection *Angélique, marquise des Anges*, n° 2488*******

4

Le jeune garçon avait exagéré en pensant que « l'Assemblée au désert », à laquelle se rendait Angélique, réunirait dix mille fervents.

La crainte retenait beaucoup de ceux-ci et le fond de cette saline asséchée et entourée de digues, sur lesquelles s'entassaient encore des monceaux considérables de sel, pouvait tenir difficilement quelques milliers de pèlerins au plus.

La saline désaffectée avait été choisie parce qu'elle formait un ravin isolé, limité par deux arêtes rocheuses, dissimulant ce repli à ceux qui traversaient la plaine marécageuse autour de La Rochelle. La mer était proche et apportait l'accompagnement de sa rumeur au bourdonnement des voix. On se saluait au fur et à mesure des arrivées, on s'installait en échangeant quelques commentaires.

Un demi-cercle de pierres calcaires formait un grossier amphithéâtre autour d'une petite table devant laquelle devait parler le prédicateur.

— Ceci est la chaire, et l'autre qu'on apporte est la table de la communion, lui expliqua Martial.

Il avait tenu à l'accompagner, fier de l'avoir « recrutée ». Avec lui, elle avait pris place dans la carriole du boulanger du quartier, dont le mitron de fils, Anasthase, était un autre ami du jeune Berne.

Tante Anna et Séverine qui arrivaient dans une autre carriole transportant le papetier, sa femme et sa fille, eurent un haut-le-corps en apercevant « la Papiste ». On les vit, de loin, discuter avec maître Gabriel qui les escortait à cheval, en lui démontrant sans doute les dangers de cette présence. Le marchand haussait les épaules. Un remous de la foule cacha le groupe. On apportait un plat d'étain recouvert d'un linge blanc sous lequel on devinait la forme d'une tourte de pain, puis deux coupes d'étain. Au pied de la table fut déposée une cruche de grès également protégée d'un linge.

Angélique avait beaucoup hésité à se rendre à cette assemblée. Elle risquait les plus graves sanctions si une chose pareille s'ébruitait. Mais ici, presque tout le monde risquait quelque chose, qui des amendes ruineuses, qui la prison, qui la mort même, comme ces « convertis », lesquels se glissaient tristement, honteusement parmi leurs anciens coreligionnaires, n'ayant pu résister aux tourments qui les poursuivaient depuis leur abjuration.

Tous ces gens traqués étaient vêtus de noir ou de couleurs sombres. L'un des plus grands armateurs de La Rochelle, Manigault, apparut au contraire, très digne dans un habit de velours prune, bas noirs et souliers à boucles d'argent. Chacun le trouva fort bel homme, suivi de son nègre Siriki. Il tenait par la main son fils Jérémie, dont il était très fier, un charmant séraphin aux longues boucles blondes que ses quatre sœurs et sa mère adulaient comme un petit roi.

La famille de l'avocat Carrère était là également,

au grand complet. L'ampleur de Mme Carrère annonçait une onzième maternité.

Quelques authentiques gentilhommes se reconnaissaient à leurs épées. Ils se groupaient entre eux et ils se mirent à parlementer.

— Place, place pour Mme de Rohan !

Des valets apportaient, au premier rang, un fauteuil en tapisserie dans lequel prit place une vieille dame autoritaire, la main montrant des serres de vieille chouette, sur sa canne à pommeau d'argent.

L'affluence était maintenant à son comble. Mais tout se passait dans l'ordre. Des jeunes gens circulaient présentant une poche de toile où l'on déposait la contribution demandée pour l'entretien des ministres du culte. La plupart des gens étaient assis par terre, parmi les résidus poisseux de sel marin. Les plus riches ou les plus prévoyants avaient apporté des coussins, des sacs et, certains, des chaufferettes à charbon de bois, car il faisait fort frais et venteux.

Sur la lande, on pouvait apercevoir, attachés aux maigres tamaris ou gardés par des garçons obligeants, les chevaux, les ânes, les mulets de tous les assistants. Les garçons devaient aussi servir de sentinelles pour signaler l'approche possible de dragons du Roi. Les charrettes, brancards levés, attendaient la fin de la cérémonie.

Un cantique s'éleva bientôt, repris par le chœur sourd et puissant de la foule.

Trois personnages vêtus de noir et coiffés d'immenses chapeaux ronds, également noirs, s'avancèrent vers le centre occupé par les tables.

L'un d'eux était le pasteur Beaucaire. Mais Angélique examina avidement le plus grand et le plus âgé du groupe. Malgré les cheveux blancs qui encadraient ce visage hâlé et ridé, elle reconnaissait « l'Homme noir », le voyageur légendaire de son enfance. Sa vie vagabonde, les dangers affrontés dans ses multiples pérégrinations semblaient avoir conservé bien droit son corps sec et maigre.

Le troisième pasteur était un personnage trapu et rougeaud, au regard vif et autoritaire. Ce fut lui qui prit la parole d'une voix forte et qui portait loin.

— Mes frères, le Seigneur a voulu faire tomber mes chaînes et c'est pénétré d'un profond bonheur que je puis à nouveau élever la voix parmi vous. Ma personne n'a aucune importance. Je ne suis qu'un serviteur de Dieu, mais écrasé par une tâche immense : le souci de mon petit troupeau, c'est-à-dire de vous tous, réformés de La Rochelle, qui cherchez la voie du salut parmi des embûches chaque jour plus rudes...

A son discours, Angélique comprit qu'il s'agissait du pasteur Tavenaz, responsable du Colloque de La Rochelle, c'est-à-dire de l'ensemble des églises protestantes de la ville. Lui aussi, il était sorti récemment de prison où il avait été retenu six mois.

— Certains d'entre vous sont venus me trouver en me disant : « Devons-nous prendre les armes, comme nos pères l'ont fait jadis ? »... question que, peut-être, beaucoup se posent dans le secret, cédant à la tentation dangereuse de la haine qui n'est pas toujours aussi bonne conseillère que la prudence. Je commencerai donc par vous donner mon jugement : je suis pour la non-violence. Loin de moi l'idée de minimiser l'héroïsme de nos pères qui ont su affronter les horreurs du siège de 1628, mais notre confession est-elle sortie grandie de cette immense et fière rébellion ? Hélas ! non ! Peu ne s'en est fallu qu'il n'y eût plus un seul huguenot dans La Rochelle et que notre foi devînt à jamais absente de ces murs !

Le pasteur Tavenaz continua longtemps sur ce ton. Il évoqua le synode national qui devait se réunir à Montélimar l'année suivante et au cours duquel un mémoire serait rédigé sur les tracasseries administratives et autres dont les huguenots français étaient victimes, mémoire qui serait remis au Roi en main propre. Il termina par un dernier appel à la confiance et au calme, prenant exemple de son propre cas et de celui du pasteur Beaucaire.

La vieille duchesse de Rohan avait marqué à plusieurs reprises son impatience pendant ce long discours. Elle hochait la tête, frappait le sol de sa canne. Ces conseils bourgeois ne devaient pas lui plaire. Mais elle dut songer qu'elle était trop vieille pour jouer aux frondeuses et se tut avec un profond soupir.

Un murmure d'approbation s'élevait de l'assistance. Il n'y eut qu'un homme pour se dresser, un paysan à la frange basse, son chapeau plaqué à deux mains sur sa chemise blanche.

— Moi, dit-il, je suis du pays de Jarans dans la Gâtine. Les dragons du Roi sont venus dans notre hameau. Ils ont mis le feu à notre temple. Et puis ils m'ont pris mes jambons, mes pains, mes deux vaches, mon âne et ma femme. Alors, des fois, je pense que si je pouvais prendre une hache et les tuer tous, ça me soulagerait ben !...

Quelques rires, vite étouffés, avaient fusé à l'énumération qu'avait donnée le pauvre homme de la perte de ses biens.

Le paysan sinistré regardait autour de lui. Son regard cherchait à comprendre.

— Ma femme, ils l'ont traînée par les cheveux sur le chemin... Ce qu'ils lui ont fait, je n'suis pas près de l'oublier... Après, ils l'ont jetée dans le puits...

La voix se perdit dans les premiers déferlements d'un psaume qui s'élevait, repris en chœur, par des milliers de voix.

Le pasteur Rochefort avait pris la parole. Il rappelait aux fidèles le récit de l'Exode et comment les Juifs se voyant poursuivis par les Egyptiens avaient supplié Moïse : « Laisse-nous servir les Egyptiens plutôt que de périr au désert... » Mais l'Eternel avait manifesté sa puissance en noyant les armées du Pharaon et les Juifs avaient finalement atteint la terre de Canaan. Plus tôt l'auraient-ils atteinte s'ils n'avaient pas douté de la bonté de l'Eternel qui ne les entraînait vers le désert que pour les arracher à un esclavage infamant où ils risquaient d'oublier la Foi de leurs pères.

Le pasteur Rochefort entama vaillamment ce chant de Moïse :

Je chanterai à l'Eternel, car il a fait éclater sa gloire
Il a précipité dans la mer le cheval et son cavalier
L'Eternel est ma force et le sujet de ma louange
C'est lui qui m'a sauvé...

Sa voix, légèrement cassée par l'âge, était encore forte. Mais il chantait presque seul. Les gens fatigués, transis, ne reprenaient que mollement le psaume que d'ailleurs ils semblaient mal connaître.

Décontenancé, le vieil homme s'arrêta, jeta un regard étonné sur l'assistance et reprit d'un ton pressant.

— N'avez-vous pas compris, mes frères, le sens de ce récit ? A vivre sous le boisseau, la chandelle s'éteint. A vivre en esclavage, les Juifs auraient fini par adorer les dieux égyptiens. Voici le danger qui vous guette tous. On vous a demandé tout à l'heure si vous vouliez prendre les armes pour vous défendre ou bien subir avec résignation les persécutions dont vous êtes l'objet. J'ai pris la parole pour vous proposer une troisième solution : partir ! Des pays neufs, immenses, vous offrent le refuge d'une terre vierge que vous pourriez faire prospérer pour la gloire du Seigneur, tout en vous épanouissant l'âme dans l'exercice respecté de votre religion...

Ses paroles se perdaient dans un brouhaha de fin de séance. Autour d'Angélique, des gens s'étaient mis à parler entre eux à mi-voix :

— Alors et votre affaire de garance en Languedoc ?...

— Si nous salions la marée, comme au Portugal, on vendrait le double de notre pêche, c'est sûr !... Mais voilà, c'est interdit par la gabelle.

— Pour une grande assemblée comme celle-ci, tu aurais pu mettre tes beaux habits, Josias Merlut.

— Avec cette boue !...

Les suggestions du pasteur Rochefort n'intéressaient apparemment personne.

Le son d'une crécelle, agitée par un jeune servant, ramena le silence. Le pasteur Tavenaz, jetant un regard à son collègue, qui signifiait « Je vous l'avais bien dit », reprit la parole.

L'assemblée ne pouvait s'achever sans qu'on eût procédé à un vote à main levée qui déterminerait nettement quelle devait être la ligne de conduite des Rochelais à l'avenir.

Quels étaient ceux qui désiraient la résistance armée ?

Personne ne bougea.

Quels étaient ceux qui désiraient partir ?

— Moi !... Moi !... crièrent une dizaine de gamins assis au premier rang.

— Moi, hurla Martial en se dressant près d'Angélique.

Les protestations indignées des parents couvrirent les voix juvéniles et l'avocat Carrère envoya une gifle à son fils le plus proche.

Le sieur Manigault se leva, déploya sa vigoureuse stature sur un fond d'océan grisâtre et étendit la main pour apaiser les remous.

— Monsieur le Pasteur, dit-il, en s'adressant avec un profond respect au vieux et célèbre voyageur, cela a été pour nous un grand honneur de vous entendre, mais ne vous étonnez pas qu'à La Rochelle l'idée de l'émigration ait peu d'adeptes...

Il posa la main sur son cœur.

— ... La Rochelle, nous l'avons là, dit-il avec force, c'est notre citadelle, la ville fondée par nos pères et pour laquelle ils sont morts. Aucun de nous ne peut l'abandonner.

— Vaut-il mieux abandonner votre foi ? s'écria le vieux pasteur d'une voix tremblante.

— Il n'en est pas question. La Rochelle appartient aux huguenots. Elle restera toujours aux huguenots. Son âme est née de la Réforme. On ne change pas l'âme d'une cité.

Il y eut des appaudissements. Manigault avait parlé un langage sain et qui allait droit au cœur des Rochelais.

— Que peut-on contre nous ? entendait-on murmurer. C'est nous qui possédons l'argent !

— C'est évident : tout s'effondrerait sans nous.

— Il paraît que M. Colbert a demandé des réformés pour lancer des manufactures.

Angélique demeurait pensive, le regard fixé sur le morceau d'océan gris, moucheté de blanc, que l'on apercevait entre les dunes.

A quelques pas d'elle le pasteur Rochefort, lui aussi, regardait la mer. Elle l'entendit murmurer :

— Ils ont des yeux et ils ne voient pas. Ils ont des oreilles et ils n'entendent pas...

Lui, que voyait-il, de son regard d'homme éclairé ? Dans ce troupeau qui s'éloignait, dénombrait-il déjà les martyrs, les renégats ?... Tous condamnés !...

La peur, qui un moment avait fait trêve, s'insinuait dans le cœur d'Angélique. « Il faut partir. » Le rivage n'était pas sûr. La marée continuerait à monter et l'atteindrait aussi un jour, avec Honorine. Seule, par lassitude, elle se serait peut-être laissé atteindre. Mais elle devait sauver Honorine. La sueur perla à son front à la seule pensée que les dragons du Roi pourraient un jour s'emparer d'Honorine, la torturer avec leurs gros rires, la jeter par la fenêtre, sur les piques.

Elle se mit à marcher, en toute hâte, pour retrouver sa fille.

La pluie tombait. Des flaques sur le chemin reflétaient le ciel blanchâtre. Un cavalier la dépassa et se retourna à demi sur sa selle. C'était maître Gabriel.

— Vous prendrai-je en croupe, dame Angélique ?

Elle eut un choc bizarre. Elle se voyait sur une route défoncée dans un décor semblable, un cavalier se tournait vers elle et il avait le sourire de maître Gabriel.

— Non, s'entendit-elle répondre après un instant assez long. Je ne suis que votre servante, maître Gabriel. On jaserait...

— Il est vrai que nous ne sommes pas ici aux abords de Paris, sur la route de Charenton.

Le voile se déchira. La Polak était à ses côtés. Elle avait les pieds glacés comme aujourd'hui [1].

Comme aujourd'hui, elle avait au cœur l'angoisse d'un enfant menacé : Cantor enlevé par les Bohémiens. Des cavaliers avaient fait halte. L'un d'eux l'avait prise en croupe pour la ramener vers Paris. C'était un jeune homme protestant fils d'un marchand de La Rochelle.

— Me reconnaissez-vous, à présent ? demanda le marchand.

— Oui, vous êtes le cavalier qui m'avez secourue un soir d'hiver, il y a des années.

Elle demeurait figée sous la pluie. Douze années s'abolissaient. Les deux scènes étaient proches, jumelles. Elles avaient le même goût de détresse, de solitude infinie. Dans l'abandon total, un visage d'homme étranger, un sourire compatissant apportaient un fugitif réconfort.

Ce qui la frappait d'abord dans cette découverte,

(1) Lire dans la même collection *Angélique, marquise des Anges*, nº 2488*******

c'était surtout cela. La similitude des deux situations, avec, entre elles, les sommets vertigineux d'honneurs et de richesses à la cour de France.

« Ainsi, se dit-elle, il a fallu que tu boucles, par deux fois, le cercle infernal pour comprendre ?... Pour comprendre que tu n'avais nulle place en ce royaume, et qu'il te fallait partir... partir au-delà des mers... »

Avec un mélange de soulagement et d'humiliation, elle songeait en pensant à maître Gabriel : « Heureusement, il ne m'a connue que misérable... »

Il avait dû garder le souvenir d'une pauvresse des faubourgs, il avait retrouvé une brigande des grands chemins. Il n'y avait rien là de bien rassurant. La générosité avec laquelle il l'avait accueillie sous son toit n'en était que plus admirable. Cela correspondait mal à la morale, prudente à l'excès, de son caractère.

— Pourquoi avez-vous fait cela ? dit-elle d'un élan, je veux dire : comment avez-vous eu assez confiance en moi pour m'ouvrir votre maison ?

Il avait suivi sans peine le raisonnement qu'elle n'énonçait pas, et il comprit le sens de sa question.

— Je crois à la valeur de certains signes, répondit il. Ce visage entrevu un soir d'hiver, comme le symbole ravissant et déchirant de la grande ville cruelle, me poursuivait et, au cours des années, j'avais fini par me persuader qu'il aurait un autre sens que celui d'un souvenir, que cette rencontre avait été comme un avertissement... ce coup de glas qui sonne quelque part dans l'éternité du destin, dont l'écho se perd... Mais quelque chose arrive et l'on se souvient d'avoir été averti.... Quand je vous ai reconnue au cours de cette échauffourée, cela ne m'a pas paru tellement étonnant. C'était écrit. Je ne pouvais faire autrement que de m'intéresser à vous et à votre enfant. Je sentais que c'était mon devoir de faire tout pour vous sortir de cette prison avant qu'il ne soit trop tard. J'ai bénéficié de l'absence du juge catholique.

Il remarqua, rêveur :

— ... Pourquoi ai-je dit ces mots : avant qu'il ne soit trop tard ?... Il est vrai que j'étais persuadé que le temps pressait, que c'était pour vous une question d'heures. J'étais hanté par ces paroles de la Bible : « Délivre ceux qu'on traîne à la mort. Ceux qu'on va égorger, sauve-les... » Je sens que votre présence parmi nous a une immense portée mais laquelle ?

— Je crois savoir laquelle, dit Angélique poussée elle aussi par l'atmosphère insolite de ces confidences et de cette lande désolée, battue de vent et déserte maintenant autour d'eux. C'est que je dois vous sauver un jour, vous et les vôtres, comme vous m'avez sauvée...

5

Quelqu'un la dépassa et dit :

— La Française !

Angélique se retourna. Un homme s'était arrêté et la contemplait bouche bée. Il portait un habit aux broderies de dorures fanées, de souliers à talons rouges dont le cuir s'écaillait, un chapeau à la plume défraîchie. Il clignait des yeux comme une chouette au soleil.

— La Française, répéta-t-il, la Française aux yeux verts.

Angélique avait simultanément envie de fuir et de savoir. Machinalement, elle s'avança vers lui. Il bondit comme un écureuil.

— Cette fois, aucun doute. C'est bien vous... Un tel regard ! Mais...

Il détaillait sa mise modeste, son bonnet cachant étroitement sa chevelure.

— ... Mais... vous n'étiez donc pas marquise ? On l'affirmait pourtant à Candie... et je l'ai cru... J'ai pourtant vu vos papiers, que diable !... Que faites-vous ici, sous cet accoutrement ?...

Maintenant, elle le reconnaissait, surtout à son menton mal rasé.

— Monsieur Rochat... Vous ?... Est-ce possible ? Vous avez donc réussi à quitter les colonies du Levant comme vous le souhaitiez ?

— Et vous, vous avez donc réussi à échapper à Moulay Ismaël ?

» Le bruit avait couru qu'il vous avait fait périr dans les tortures...

— Non, puisque me voici !

— J'en suis fort heureux.

— Et moi donc !... Ah ! cher monsieur Rochat, quel plaisir de vous revoir.

— Plaisir entièrement partagé, chère madame.

Ils se serrèrent les mains avec effusion. Jamais Angélique n'aurait pu croire que de retrouver la personnalité falote du fonctionnaire colonial pourrait la combler à ce point. Ils étaient tous deux comme les seuls survivants d'une terre magique se rencontrant aux limbes.

Rochat, traduisant leur sentiment mutuel, s'écria :

— Ah ! Enfin !... quelqu'un de « là-bas »... avec qui parler !... dans ce port septentrional, sans âme, sans couleurs... quel soulagement ! J'exulte !

Derechef, il lui serra les mains à les briser, puis s'assombrit.

— ... Mais... vous n'étiez donc pas marquise ?...

— Chut ! fit-elle en regardant autour d'elle.

» Trouvons un endroit tranquille pour nous entretenir et je vous expliquerai, murmura Angélique.

Rochat dit, avec une moue dédaigneuse que, malheureusement, il ne connaissait guère d'endroits à La Rochelle, où l'on puisse boire du vrai café turc. Il y avait bien la « Taverne de la Nouvelle France » où l'on servait un breuvage de ce nom mais c'était de « leur » café des Iles. Rien de commun avec les fèves des plateaux d'Ethiopie, dûment grillées selon les rites et dont on buvait « là-bas », en Orient, le divin extrait. Ils se rendirent néanmoins à la piteuse taverne en question, heureusement déserte à cette heure, et s'assirent dans l'encoignure d'une fenêtre. Rochat refusa le café proposé.

— Franchement, je ne vous le recommande pas. Une teinture de réglisse mélangée de décoction de glands, voilà ce qu'ils appellent ici : café...

Ils se rabattirent sur un petit vin des Charentes, toujours maître ici et assuré de plaire, que le patron accompagna d'une opulente assiette de fruits de mer et de coquillages.

— La seule chose acceptable dans ce triste pays, dit Rochat : les crustacés, les oursins, les huîtres... je m'en gave... (Il eut un regard désabusé vers le treillis des vergues et des cordages qui obscurcissait le ciel lumineux...) Que c'est triste ! Où sont les galères de Malte et leurs bannières, les oriflammes des pirates chrétiens, les petits ânes et leurs paniers d'oranges... Simon Dansat et sa barbe rouge !

Angélique était tentée de lui faire remarquer que ce port n'était ni aussi septentrional, ni aussi dénué de couleurs qu'il paraissait le croire.

— Ne vous plaigniez-vous pas, jadis, de vous enliser en Orient ? Vous ne rêviez que du retour dans la métropole.

— C'est vrai, j'ai même fait des pieds et des mains pour revenir en France. Maintenant je fais des pieds et des mains pour retourner là-bas... A Paris, quel ennui ! il y avait bien un petit estancot, du côté du Vieux Temple, où l'on pouvait boire du vrai café, et rencontrer quelques chevaliers de Malte, quelques Turcs... On m'a envoyé ici pour m'occuper de retirer le monopole des assurances aux protestants... j'en ai profité pour tâter certains commerçants... Ces Rochelais ont des ramifications partout. L'un d'eux, derechef, m'envoie à Candie. Je pars mardi, conclut-il rayonnant.

— Et l'administration royale ?

Rochat eut un geste fataliste :

— Que voulez-vous ! Il arrive un moment où un homme intelligent commence à s'apercevoir qu'à servir les autres, c'est-à-dire l'Etat, on lui fait jouer un peu la dupe. J'ai toujours possédé des qualités de commerçant. L'heure vient de m'en servir. Quand je serai riche, je ferai venir ma famille...

De le savoir sur le départ rassurait beaucoup la jeune femme. Elle pouvait parler plus franchement.

— Monsieur, promettez-moi le secret sur ce que je vais vous confier ?

Elle lui confirma qu'elle était bien la marquise du Plessis-Bellière. A son retour en France, elle s'était heurtée au Roi, mécontent d'un départ qu'il avait interdit. Tombée en disgrâce, elle s'était vue ruinée et contrainte de mener une vie fort modeste.

— Dommage ! Dommage ! dit Rochat. En Orient, on n'aurait pas laissé tomber dans l'abaissement des qualités aussi éclatantes que les vôtres...

Tout à coup, il se pencha :

— Vous savez, *Il* a quitté la Méditerranée !

— Qui cela ?

— Est-ce qu'on demande : *qui* cela ? quand on a bourlingué comme vous par là-bas... *Le Rescator*, té !...

Et comme elle le regardait un peu fixement, sans réagir.

— Le Rescator ! répéta-t-il avec agacement. Ce pirate masqué qui vous a achetée trente-cinq mille piastres au batistan de Candie et auquel vous avez joué le plus mauvais tour qu'on ait jamais joué de mémoire d'esclave... On dirait que vous ne vous rappelez pas que tout cela vous est arrivé !

Elle reprenait des couleurs. Absurde de s'émouvoir ainsi pour un nom !

— Quitté la Méditerranée ? interrogea-t-elle. Il y était pourtant tout-puissant. A-t-on au moins su pourquoi ?

— On a dit que c'était à cause de vous.

— De *moi !...*

Elle se troublait à nouveau et son cœur battait irrégulièrement.

— S'estimait-il ridiculisé par ma fuite au point de ne plus pouvoir accepter les sarcasmes de ses confrères pirates ?

— Non, ce n'est pas cela... Bien que, dès l'instant où votre évasion lui a été connue, ses gardes marocains aient passé un sacré mauvais moment. Peu s'en fallut qu'il ne les pendît tous. Mais ce n'est pas dans ses mœurs. Finalement il s'est contenté de les renvoyer à Moulay Ismaël, en les désignant comme chiens incapables. Je gage que les pauvres diables auraient bien préféré être pendus. Ah ! vous pouvez vous vanter d'avoir fait couler des larmes et du sang en Méditerranée, madame ! Et pour finir, La Rochelle ! Enfin !...

— Mais pourquoi *à cause de moi ?* insista Angélique.

— C'est une histoire avec Mezzo-Morte, son pire

ennemi. Vous souvenez-vous au moins de Mezzo-Morte, l'amiral d'Alger ?

— Je n'aurais garde de l'oublier, puisqu'il m'a capturée à son tour.

— Eh bien ! Mezzo-Morte se vantait de tenir par vous le moyen de chasser à jamais le Rescator de la Méditerranée. Dès qu'il vous a eue en sa possession, il a envoyé un messager à Candie... Mais auparavant, il faut que je vous raconte une autre chose. Peu après votre fuite, deux ou trois jours plus tard, je crois, le Rescator m'a fait demander.

— Vous ?

— Oui, moi. Suis-je donc un si piteux personnage que je ne puisse fréquenter les grands princes pirates ?... J'avais déjà approché Sa Seigneurie, ne vous en déplaise. C'était l'un des plus gais personnages que l'on pût rencontrer au cours de l'existence, mais cette fois je dois admettre que son état d'esprit correspondait assez bien à son aspect ténébreux. Ce masque, c'est déjà déplaisant pour l'interlocuteur, mais lorsqu'un regard perçant et furieux vous arrive par ces deux fentes de cuir on préférerait être ailleurs. Il s'était retiré dans son palais de Mylos. Quelle demeure merveilleuse : remplie de bibelots rares ! Son chébec était trop endommagé par l'incendie pour qu'il pût songer à vous poursuivre. D'ailleurs, si je me rappelle bien, il y a eu alors une violente tempête. Aucun navire ne pouvait sortir de la rade... Le Rescator avait entendu dire que je vous connaissais. Il m'a longuement interrogé sur vous.

— Sur moi ?

— Dame ! une esclave qu'on a payée trente-cinq mille piastres, on ne la voit pas s'envoler avec le sourire. Je lui ai dit ce que je savais sur vous. Comment vous étiez une grande dame française en faveur près du roi Louis XIV, immensément riche, puisque vous étiez même propriétaire de la charge de consul de Candie. Et puis comment je vous avais trouvée entre les mains d'Escrainville, mon ancien condisciple de l'Ecole des Langues orientales à Constantinople. J'ai même fini par lui raconter comment je m'étais démené pour vous faire acheter par les chevaliers de Malte... Vous êtes témoin, chère madame, que j'ai fait de mon mieux ! D'ailleurs, j'ai effectivement reçu les cinq cents livres que vous m'aviez fait envoyer de Malte. C'est ainsi qu'on a appris à Candie que vous n'aviez pas péri dans la tempête, comme chacun le supposait.

Rochat but une gorgée de vin.

— ... Hum ! Je suppose qu'aujourd'hui, vous ne m'en voudrez pas en apprenant que j'ai cru bon d'aller avertir de la chose monseigneur Le Rescator... C'est un homme envers lequel j'avais malgré tout des obligations... Il est fort généreux, n'est-ce pas, l'argent ne lui coûte rien. Et puis, enfin, c'était quand même votre maître et il est normal qu'on aide un propriétaire à récupérer son bien... Pourquoi souriez-vous ?... Parce que vous me trouvez plus oriental que nature... Je l'ai donc averti. Mais alors qu'il allait s'embarquer pour Malte, le messager de Mezzo-Morte est arrivé... Pourquoi paraissez-vous si effondrée tout à coup ?

— Si vous connaissez la réputation de Mezzo-Morte vous devez vous douter que cela n'évoque pas pour moi d'agréables moments, fit Angélique de plus en plus bouleversée malgré elle.

— Le Rescator est donc parti pour Alger. Là,

nous n'avons jamais su ce qui s'était passé. Quand je dis « nous » je parle de tout ce qui cabote, navigue et commerce par là-bas... de la Méditerranée enfin !... Peu de détails ont transpiré. Il semble que Mezzo-Morte se soit livré à une sorte de chantage : ou le Rescator ignorerait toujours ce que vous étiez devenue, ou Mezzo-Morte lui révélerait le lieu de votre retraite contre l'échange de son serment de quitter à jamais la Méditerranée, afin de le laisser régner seul, lui, l'amiral d'Alger... Beaucoup ont dit qu'il était stupide de supposer que le Rescator pût mettre en balance son pouvoir immense, sa fortune encore plus immense, sa situation imprenable de trafiquant de l'argent, avec une simple esclave, si belle fût-elle... Mais il faut croire que Mezzo-Morte savait ce qu'il faisait car le Rescator... cet orgueilleux, cet imbattable, est passé sous les fourches caudines.

— Il a accepté ?... fit Angélique dans un souffle.

— Oui !

Les yeux un peu myopes de l'ancien fonctionnaire colonial se firent rêveurs.

— Une folie complète... Personne n'a compris. Il faut croire que vous lui aviez inspiré plus que du désir... de l'amour. Sait-on jamais ?

Angélique écoutait, le soufle court.

— Et alors ?

— Alors ?... Que vous dire ? Sans doute Mezzo-Morte lui a-t-il confié qu'il vous avait vendue au Sultan du Maroc, et le Rescator a-t-il appris que celui-ci vous avait égorgée... D'autres disaient aussi que vous vous étiez échappée et que vous étiez morte en chemin. Je vois qu'en fin de compte, ni l'une ni l'autre des versions n'étaient exactes puisque vous êtes bien vivante au royaume de France.

Son œil pétilla.

— Quelle bonne histoire à raconter lorsque je serai à Candie... Personne ne pourrait imaginer pareil épilogue. Une femme s'échappant du harem de Moulay Ismaël... une captive évadée parvenant en terre chrétienne... Je serai le seul à témoigner de cela... Je vous ai vue !

— Monsieur, ne m'avez-vous pas promis le secret ?

— C'est vrai, dit Rochat très déçu.

Il réfléchit sombrement un moment en achevant de vider son verre. Il trouverait bien le moyen de raconter la chose sans nommer La Rochelle ni personne.

— Alors, conclut-il, le Rescator a quitté la Méditerranée. Bien que n'ayant pu vous reprendre, il se devait de respecter la promesse solennelle faite à Mezzo-Morte qui avait tenu la sienne. Les loups se doivent parole entre eux. Mais, auparavant, il a provoqué Mezzo-Morte en duel. L'amiral d'Alger s'est sauvé jusqu'au fond d'une oasis saharienne pour lui échapper et attendre le départ de son ennemi. Et le Rescator a franchi le détroit de Gibraltar. Il s'en est allé sur l'Atlantique. Et personne ne sait depuis ce qu'il est devenu, conclut Rochat d'une voix lugubre. Quelle sombre histoire ! A me désespérer !

Angélique se leva.

— Monsieur, il me faut me retirer. Puis-je être assurée que vous ne me trahirez pas et ne parlerez de notre rencontre à personne, du moins tant que vous serez en France et à La Rochelle.

— Vous pouvez en être assurée, promit-il. D'ailleurs à qui pourrais-je parler ici ? Ces Rochelais sont froids comme le marbre...

Sur le seuil, il lui baisa la main. Il n'était plus fonctionnaire. Il commençait une vie nouvelle. Et sa personnalité vaguement poétique et aventureuse, jusqu'alors enfermée dans une enveloppe étriquée, toujours inquiète, montrait le bout de l'oreille.

— Belle captive aux yeux verts, que le dieu des vents mène votre nacelle loin d'un sort aussi funeste que celui que vous subissez actuellement. Bien que vos charmes, dont tout Candie fut éblouie naguère, demeurent sévèrement cachés, on n'en devine pas moins qu'ils ne méritent pas une telle éclipse. Savez-vous ce que je vous souhaite ? C'est que le Rescator vienne jeter l'ancre devant La Rochelle et qu'il vous enlève à nouveau.

Elle l'aurait embrassé pour ces paroles. Mais elle protesta mollement.

— Grands dieux, non ! Je craindrais qu'il ne me fît payer trop cher les ennuis que je lui ai causés. Il doit me maudire, encore, à ce jour...

Pour gagner du temps, elle prit le chemin des remparts. On devait s'étonner de sa longue absence. La soupe du soir ne serait pas prête. Le soleil venait de disparaître et le vent froid mordait ses bras à demi nus, car elle était sortie sans mante, dans le tiède après-midi d'automne. Sous le ciel jaune clair, la mer avait une teinte grise et dépolie. Elle était paisible et roulait ses vagues le long de la grève des goémons. De temps à autre, une lame plus forte frappait le pied des murs et les embruns volaient dans le vent.

Les yeux fixés sur l'horizon, Angélique croyait y voir naître un navire, parmi tant d'autres apparus. « Il s'en est allé sur l'Atlantique... »

Etait-ce fou de rêver comme une jeune fille dont le cœur s'émeut d'avoir été élue par un prince mystérieux des mers qui pour elle renoncerait à tout !

N'était-elle pas une femme désenchantée, n'avait-elle pas vécu ? La brutalité des hommes ne l'avait-elle pas blessée à jamais ?

Quand donc l'imagination des femmes cesse-t-elle de battre la campagne ? Leur goût du merveilleux et des grands rêves inaccessibles ne doit mourir qu'avec elles.

« C'est la magie de cette histoire qui me fascine », songeait-elle.

Comment oublier la douceur de ce manteau de velours noir l'enveloppant, la voix au timbre sourd, un peu brisé.

— ... « Chez moi, il y a des roses... Chez moi, vous dormirez... »

Elle était si absorbée qu'elle se heurta au soldat Anselme Camisot qui lui barrait le passage avec sa hallebarde.

— Belle dame, puisque vous voici sur mon territoire, vous me devez un baiser.

— Monsieur Camisot, je vous en prie, implora Angélique avec gentillesse et fermeté.

— Ah ! si la reine m'en prie, comment pourrais-je ne pas m'incliner, moi, pauvre sentinelle ?

Il s'écarta pour la laisser passer. Appuyé sur sa hallebarde, il suivait des yeux avec une mélancolie de chien triste sa silhouette à la démarche princière, sous la pauvre robe, admirant éperdument sa taille ronde, la ligne des épaules épanouies, sa nuque droite et la courbe de son blanc profil tourné vers la mer.

6

Un matin, on trouva l'oncle Lazare mort, sereinement, dans son lit. Mme Anna et Abigaël firent sa toilette mortuaire et l'installèrent dans des draps blancs et magnifiques. Le pasteur Beaucaire était déjà là avec son neveu. Le papetier arriva peu après, puis les voisins de plus en plus nombreux. Vers le milieu de la matinée, on sonna au portail. Angélique descendit dans la cour pour ouvrir et introduisit un homme dont la mise sévère, redingote noire, rabat blanc, ne lui inspira pas confiance et qui se présenta comme étant le sieur Baumier, président de la Commission Royale pour les affaires religieuses et auxiliaire de M. Nicolas de Bardagne.

Angélique avait entendu parler du personnage. Elle se mordit les lèvres et ne s'étonna pas de découvrir, par-dessus l'épaule du visiteur, quatre hommes d'armes qui entrèrent à leur tour en se dandinant d'un air assuré, ainsi qu'un individu à la mine fort peu engageante dont la casaque était écussonnée aux armes de la ville : la nef à deux voiles, semée de trois fleurs de lys.

D'un air de circonstance, c'est-à-dire tout à fait

funèbre, Baumier se dirigea vers les escaliers, suivi de son commis et de ses acolytes peu rassurants.

A leur vue, l'assemblée agenouillée se releva et la tension monta brusquement.

Le sieur Baumier déroula un parchemin et en fit lecture d'une voix hargneuse :

— « Attendu que le sieur Berne Lazare, converti en la journée du 16 mai, était retombé en ses coupables erreurs, avait négligé son salut éternel, donné un exemple dangereux, etc. » il était déclaré atteint et convaincu du crime de relaps, pour réparation duquel son cadavre serait traîné sur une claie par l'exécuteur des hautes œuvres, par les cantons et carrefours de la ville, et jeté à la voirie, condamné en outre à trois mille livres d'amende envers le Roi et à cent livres d'aumônes envers les pauvres prisonniers de la conciergerie du Palais...

Maître Gabriel intervint. Il était très pâle. Il s'était placé entre Baumier et le lit où, seul dans l'assemblée, le mort conservait une expression sereine et tant soit peu ironique.

— M. de Bardagne ne peut avoir pris pareille décision à notre égard. Il a été témoin lui-même du refus de mon oncle et je propose d'aller le chercher.

Baumier grimaça en roulant son parchemin.

— C'est bon, dit-il, très sûr de lui, allez donc le chercher, mais moi je reste. J'ai tout mon temps. Il est au service d'une cause sacrée qui finira bien par débarrasser la ville de dangereux conspirateurs. Car il y a conspiration des mauvais anges contre les bons, comme il y a conspiration des mauvais sujets du Roi contre les fidèles et souvent à La Rochelle les deux se confondent.

— Seriez-vous en train de nous désigner comme traîtres au royaume ? demanda l'échevin Legoult, en s'avançant les narines pincées, les sourcils en bataille.

Maître Gabriel s'interposa :

— Qui va aller chercher M. de Bardagne ? interrogea-t-il.

— Je reste ici et mes hommes avec moi, clama Baumier avec un sourire sardonique.

— Alors j'y vais, dit Angélique.

Elle avait déjà sa mante sur les épaules. Elle dévala l'escalier.

— Courez, courez toujours, ricana Baumier.

Angélique traversa la ville, sans avoir le temps de se tordre les pieds sur les pavés ronds, tant elle se hâtait. Au domicile de M. de Bardagne, on lui dit : « Au Palais de Justice ». Au Palais de Justice, après bien des détours, un commis put la renseigner. M. de Bardagne était en visite chez le grand armateur Jean Manigault.

Angélique repartit portée par les ailes du vent. Que pouvait-il se passer pendant ce temps-là dans la maison des remparts qu'elle avait laissée plus chargée de passions assassines qu'une poudrière ? Entre les sarcasmes de Baumier, la grossièreté des soldats, l'indignation et la colère des protestants, les étincelles n'allaient pas manquer de jaillir ! Et elle avait oublié Honorine, là-bas ! Quelle imprudence ! Elle se voyait déjà devant une maison déserte, les scellés sur la porte, tout le monde en prison, on ne savait où...

Elle était morte d'anxiété en parvenant devant le superbe hôtel des Manigault.

M. de Bardagne faisait collation avec la famille

Manigault sous les portraits attentifs d'une dynastie d'armateurs rochelais. Dans la pièce régnait une bonne odeur de chocolat poivré que l'esclave Siriki versait d'un pot d'argent tandis qu'une montagne de fruits exotiques : ananas, pamplemousses, mêlés à de beaux pampres du pays, se dressait au centre de la table dans un bassin de porcelaine. Angélique n'eut pas un regard pour toutes ces splendeurs. Elle se précipita essoufflée vers le lieutenant du Roi.

— Monsieur, je vous en prie, venez vite. Maître Gabriel Berne vous appelle à son secours. Il n'espère plus qu'en vous.

M. de Bardagne se leva très galant et impressionné par cette apparition. Angélique, le teint animé par la course, les yeux brillants, la poitrine frémissante sous son corsage noir, rayonnait à son insu une fièvre assez troublante. Son émoi, son expression suppliante, joints au plus beau regard du monde, ne pouvaient laisser insensible un homme fervent amateur du sexe faible. Et c'était bien le cas pour Nicolas de Bardagne.

— Madame, calmez-vous et expliquez-vous sans crainte, dit-il en adoucissant l'éclat de ses yeux gris et en veloutant sa voix. Vous m'êtes inconnue mais je ne vous en écouterai pas moins avec la plus grande bienveillance.

Angélique comprenant son incorrection vis-à-vis de M. Manigault et de sa grosse épouse, leur adressa une révérence hâtive. Puis, d'une voix hachée, elle fit le récit des derniers événements survenus en la maison de maître Gabriel Berne... Des choses épouvantables allaient se passer, s'étaient peut-être déjà passées... Elle eut un bref sanglot.

— Mais voyons, voyons, calmez-vous, répéta M. de Bardagne. Pourquoi cette femme se met-elle dans un état pareil ? dit-il en prenant les Manigault à témoin, il n'y a pas là de quoi fouetter un chat !...

— C'est bien encore une des façons de maître Berne de se mettre dans un mauvais cas, dit Mme Manigault acide.

— Mais voyons, ma bonne Sarah, il ne peut tout de même pas laisser traîner son oncle sur une claie, protesta l'armateur.

— Tout ce que je sais c'est qu'il n'y a qu'à lui que ces choses-là arrivent, dit sentencieusement la grosse femme.

Elle frappa dans ses mains.

— Mes filles, allez revêtir vos capulets de velours noir et qu'on mette à Jérémie son costume de drap. Nous devons nous rendre auprès du pauvre Lazare pour l'accompagner de nos prières dans la demeure éternelle.

— C'est vrai, on ne m'avait pas averti de sa mort, dit Manigault soudain tout retourné.

— Je vous devance, prévint M. de Bardagne jovial, cette dame a une trop grande hâte de s'assurer de ma présence pour que je puisse m'attarder.

Il fit monter Angélique dans son carrosse personnel qui attendait, flanqué de deux archers.

— Mon Dieu, pourvu que nous n'arrivions pas trop tard, murmurait Angélique, monsieur, faites presser le train.

— Que vous êtes nerveuse, ma chère enfant ! Je parierais sans peine que vous n'êtes pas originaire de La Rochelle.

— Non, en effet. Pourquoi ?

— Parce que vous seriez habituée à ce genre d'histoires qui, quoi qu'en dise dame Sarah, sont fréquentes dans notre ville. Hélas ! je suis parfois obligé de sévir. Trop d'endurcissement dans le mal mérite châtiment. Cependant, je reconnais qu'en l'occurrence Lazare Berne n'a pas ajouté à son entêtement, consacré par quatre-vingts années de croyances funestes, la faute impardonnable du reniement...

— Et vous n'allez pas laisser cet affreux petit bonhomme le traîner dans la boue ?

Le lieutenant du Roi se mit à rire en montrant ses dents fort blanches et bien faites sous sa moustache châtaigne.

— C'est Baumier que vous désignez ainsi ? Cela lui va assez bien, je le reconnais.

Il s'assombrit légèrement.

— ... Je ne suis pas toujours d'accord avec lui sur les méthodes à employer... Mais pardonnez-moi, il me semble, d'une part, vous découvrir pour la première fois et, d'une autre part, vous avoir déjà vue... S'il en est ainsi, comment ai-je pu oublier le nom d'une aussi charmante personne !...

— Je suis la servante de maître Gabriel Berne.

Tout à coup, il se souvint :

— J'y suis. Je vous ai aperçue en effet chez maître Berne ce fameux soir où les capucins du couvent des Minimes sont venus me chercher par le collet pour convertir ce pauvre Lazare soi-disant mourant. Maître Gabriel rentrait alors de voyage et vous l'accompagniez...

Il ajouta avec sévérité :

— ... Vous avez un enfant qui, selon la loi, doit être élevé dans la religion catholique.

— Je me souviens que vous avez dit que ma fille

était sans doute une bâtarde, dit Angélique ayant décidé en son for intérieur que pour éviter une enquête à son égard il valait mieux qu'elle joue cartes sur table, eh bien ! vous avez raison, elle l'est.

M. de Bardagne sursauta devant cet accès de franchise.

— Pardonnez-moi si je vous ai offensée, mais mon difficile métier, dans cette ville, m'oblige à recenser la situation religieuse du moindre de ses habitants et...

— C'est ainsi, fit Angélique avec un haussement d'épaules.

— Quand on est aussi belle que vous, fit le fonctionnaire royal avec un sourire indulgent, on comprend que l'amour...

Angélique coupa.

— Je veux simplement vous avertir que vous n'avez pas besoin de vous préoccuper de son baptême, ni de son catéchisme *car elle est catholique du fait que je le suis moi-même !*

M. de Bardagne était justement en train de se dire que cette jeune femme devait être une convertie ou avoir été élevée pour le moins dans un couvent catholique. Ravi de son flair, il se congratula.

— Tout s'explique, car je m'en doutais... mais, comment avez-vous osé vous placer chez des religionnaires ? C'est très grave.

Angélique avait déjà sa réponse prête. Une idée lui était venue et, indirectement, c'étaient les réflexions hostiles de Séverine qui la lui avaient inspirée :

— Monsieur, fit-elle en baissant les yeux, ma vie

n'a pas toujours été des plus exemplaires. Vous pouvez vous en douter, hélas, aux aveux que je vous ai déjà faits. Mais j'ai eu la grâce de rencontrer une personne d'une grande piété, que je ne puis vous nommer bien qu'elle vive ici, et qui m'a fait comprendre la nécessité de racheter mes fautes et comment je pouvais le mieux m'y employer. C'est ainsi que je suis entrée au service de cette famille Berne que tous les zélateurs souhaitent compter un jour parmi les convertis de La Rochelle.

— Naturellement, vous pouvez compter sur moi.

Il cherchait déjà dans sa tête laquelle des dames de la Compagnie du Saint-Sacrement pouvait avoir placé cette fille en mission d'espionnage sacré chez les Berne. Mme de Verteville ?... Mme d'Armentières ?... Bast ! il resterait sur sa curiosité. Les lois de la Compagnie étaient fort hermétiques. Il en savait quelque chose puisque lui-même en faisait partie !...

Déjà Angélique avait tourné son regard vers la vitre. La vue de la rue des Remparts ranima ses inquiétudes.

— Monsieur, c'est absolument horrible de penser que ces gens ont pu s'entretuer en notre absence. Et j'ai laissé là ma petite fille...

— Allons, allons, ne dramatisons pas !...

Elle était charmante quand elle pâlissait ainsi, quand elle prenait cet air égaré qui dilatait ses prunelles claires et leur donnait une expression pathétique, déchirante. On avait envie de la prendre dans ses bras et de lui jurer protection à jamais. Il l'aida à descendre du carrosse en lui tendant la main, avec courtoisie. Louis XIV avait enseigné à ses pairs à se montrer déférents envers d'humbles caméristes et l'on oubliait volontiers la situation subalterne de celle-ci.

M. de Bardagne jubilait intérieurement. Maintenant qu'il savait qu'elle était servante, il ne se tenait plus de joic.

Elle ne pourrait manquer d'être flattée d'attirer l'attention d'un aussi puissant personnage que le lieutenant-général, représentant personnel du Roi, à La Rochelle. Enfin il n'aurait pas à vaincre la pruderie quasi congénitale des femmes de la R. P. R., dont il avait essayé vainement de surmonter la réserve. A ce sujet, il avait perdu tout espoir, même vis-à-vis de l'acide et piquante Jenny, la fille aînée de maître Manigault.

A regarder cette femme magnifique, on pouvait se douter que les fautes dont elle se repentait étaient de celles que lui, Nicolas de Bardagne, absolvait volontiers, surtout quand on les commettait à son bénéfice.

Et il n'était pas jusqu'à la présence de sa petite fille bâtarde qui ne la mît dans une situation d'infériorité dont il lui serait aisé de profiter.

Excellente affaire, jour très faste pour lui !...

En entrant dans la cour, il lui soutint le bras. Angélique s'en aperçut à peine. D'ailleurs, elle en avait besoin. Ses jambes ne la portaient plus.

— Voyez, dit M. de Bardagne rassurant, tout est calme !...

Dans le vestibule du rez-de-chaussée, les quatre soldats, le bourreau et le sieur Baumier buvaient du vin, servis par la vieille Rebecca. Baumier se tenait un peu à l'écart, en homme de qualité qui ne peut se commettre avec le bourreau.

En apercevant son supérieur, il se leva, s'inclina profondément mais il ne semblait pas autrement embarrassé.

— Entendez-vous ? fit-il avec un coup d'œil résigné vers les étages.

Un psaume lent et triste chantait la mort et l'angoisse de l'âme et venait de la chambre de Lazare Berne. Les protestants veillaient autour du cadavre menacé, puisant réconfort dans la prière.

— Vous voyez, répéta M. de Bardagne à Angélique, ne vous l'avais-je point dit ? A La Rochelle nous sommes entre gens de bonne compagnie. Les choses s'arrangent d'elles-mêmes.

Elle ne pouvait écouter sans frissonner ces chœurs lointains. Elle les entendrait toujours s'élever des lèvres de ses serviteurs et de celles des enfants de Rambourg autour de leur mère, à l'instant où les dragons pénétraient sabre au clair dans le château...

Le lieutenant du Roi s'entretint à mi-voix avec le président de la Commission royale pour les affaires religieuses.

— Je crains fort qu'il n'y ait un malentendu dans cette opération, monsieur Baumier. Il nous est difficile d'accuser ledit Lazare Berne de crime de relaps puisqu'il *ne s'est jamais converti.*

— Vous m'avez affirmé que vous me laissiez libre de traiter et de mener toutes ces affaires à mon entendement, protesta Baumier raidi.

— Certes, mais aussi je vous faisais toute confiance pour établir vos dossiers au plus juste. La moindre erreur en ces questions délicates nous entraîne dans les pires difficultés. Les Réformés sont très susceptibles et n'ont que trop tendance à nous accuser de mauvaise foi...

Le fonctionnaire des conversions eut une mimique qui signifiait que ces nuances psychologiques lui paraissaient tout à fait exagérées.

— Monsieur le lieutenant-général, vous faites bien trop de cas de ces misérables qui ne sont en fait que les déserteurs de la vraie foi. Ils doivent être traités avec les rigueurs qu'on réserve aux soldats coupables de tels crimes sur les champs de bataille.

M. Manigault arrivait sur ces entrefaites tenant par la main son jeune fils Jérémie et suivi de toute sa troupe de femmes.

Le lieutenant du Roi l'accompagna en haut. Baumier un sourire de martyr qui n'en pense pas moins sur ses lèvres en lame de couteau, les suivit. Il était habitué à avaler toutes les couleuvres. La certitude qu'il était néanmoins dans la bonne voie, spirituellement et administrativement, l'aidait à supporter des humiliations passagères. Il écouta sans sourciller Nicolas de Bardagne entretenir l'assemblée avec componction du fameux « malentendu » et même assurer maître Gabriel qu'il ne lui serait fait aucune complication pour l'ouverture des portes de la ville, au moment de l'enterrement.

L'incident était donc clos.

Il fallit rebondir lorsqu'une petite forme ronde, coiffée d'un bonnet vert pomme, s'avança vers le sieur Baumier en brandissant un bâton et en disant :

— Toi, tu es méçant... Même très méçant. Ze vais te tuer !

C'était Honorine qui, fort oubliée par chacun,

décidait d'intervenir. Elle allait droit au responsable de la perturbation familiale. Il était le mauvais génie, l'homme chargé de maléfices dans cette foule troublée. Il fallait l'abattre. Elle avait mis quelque temps à dénicher son bâton dans le bûcher. Baumier évita de justesse les coups portés par ses petits bras vaillants, de deux ans. M. de Bardagne reconnut la fillette d'Angélique et ne fit que rire.

— Voici donc cette charmante enfant.

— Ah ! vous trouvez ? grinça le président du Bureau des conversions. Et vous admettez que cette graine d'hérétique m'insulte ?

— Encore une de vos erreurs, mon cher, cette petite est dûment baptisée par notre Sainte Mère l'Eglise.

Il lui adressa un clin d'œil confidentiel.

— Venez, maître Baumier, je vais vous mettre au courant de ce qui échappe à votre trop courte vue...

Angélique avait déjà attrapé sa fille d'un bras, Laurier de l'autre, et s'était réfugiée dans la cuisine. Honorine était cramoisie et en proie à une colère aveugle. Elle estimait avoir patienté trop longtemps au cours de cette journée où les grandes personnes ne s'étaient pas plus préoccupées d'elle que des petits chats de la maison. Elle avait pu jouer impunément avec tout un baquet d'eau, renverser une jatte de lait en essayant précisément de nourrir son chat affamé, dévorer la moitié d'un pot de confitures... Les grandes personnes continuaient à se regarder avec des visages tout raides et à s'envoyer les unes aux autres des paroles sonores. Puis, de temps en temps, elles chantaient... Sa mère étant devenue invisible, Honorine avait commencé à se sentir très mal à l'aise, et elle s'était rapprochée des grandes personnes pour les observer de plus près. Son antipathie était tout de suite allée à Baumier parce qu'elle l'avait vu prendre une tabatière dans les basques de son habit, se fourrer deux ou trois prises dans le nez, puis éternuer bruyamment. Ces gestes incongrus avaient paru à la petite particulièrement haïssables. Elle avait décidé de réduire à néant ce dégoûtant personnage.

— Ze veux le tuer, répétait-elle énergiquement.

Angélique essayait de la maintenir tout en s'avisant que sa fille était poissée de confitures jusqu'aux cheveux. A ce moment, le petit Laurier de sept ans se mit à vomir. C'était l'émotion. Il avait tremblé pour son père, sans trop savoir ce qui le menaçait au juste. La crainte lui rendait son aspect misérable des premiers jours. Angélique emplit d'eau pure le chaudron de fonte et l'accrocha à la crémaillère. Puis elle ranima le feu. Il fallait laver tout le monde.

Séverine entrait en compagnie de Mme Anna. Elle répétait d'une voix excitée.

— Et alors, tante Anna ?... On l'aurait traîné aux carrefours de la ville...

— Oui, ma fille, la canaille aurait eu le droit de l'injurier, de cracher sur lui, de le couvrir d'ordures...

— Croyez-vous utile de décrire ce spectacle puisqu'il n'a pas eu lieu ? demanda brusquement Angélique ?

Soudain Séverine devint plus blanche encore et glissa de sa chaise. Angélique n'eut que le temps d'enlever la fillette dans ses bras et de la porter jusque dans sa chambre.

Après lui avoir ôté ses souliers, elle la coucha. Les mains de Séverine étaient glacées.

Angélique revint à la cuisine, prit un récipient dans lequel elle versa l'eau qui commençait à être bouillante. Elle prépara également la bassinoire.

Tante Anna fit remarquer d'un ton pincé qu'elle s'étonnait que Séverine manquât à ce point de courage, car elle avait toujours été énergique et solide, sans vaine sensiblerie.

— Et moi je m'étonne que vous vous étonniez, répliqua Angélique. Car vous êtes une femme, il me semble, et vous devriez songer que Séverine a douze ans et qu'à cet âge une fillette a besoin de ménagements.

Mme Anna parut offusquée de l'allusion ; décidément ces femmes « papistes » manquaient de la plus élémentaire pudeur.

Angélique redressa Séverine à l'aide d'un nouvel oreiller et lui dit de plonger ses mains dans l'eau bien chaude jusqu'à ce qu'elle se sentît mieux. Elle retourna chercher la bassinoire, puis un petit flacon de parfum et les rubans de velours blanc qu'elle avait fini par acheter rue des Merciers.

Assise au bord du lit, elle tressa d'un doigt agile les longs cheveux de l'enfant, les divisant en deux nattes brunes mêlées aux rubans.

— Là, tu seras mieux ainsi pour te reposer.

Elle secoua quelques gouttes de parfum dans l'eau de la cuvette et frotta de sa paume le front et les tempes de Séverine. Celle-ci se laissait faire, partagée entre les remords de sa faiblesse et le bien-être qui l'envahissait après son pénible malaise.

— Tante Anna ne sera pas contente, murmura-t-elle.

— Pourquoi donc ?

— Elle n'est jamais malade. Elle dit qu'il faut mortifier son corps.

— Va, notre corps se charge bien de nous mortifier, sans qu'on l'y entraîne, fit Angélique en riant.

Le visage de Séverine renversé sur l'oreiller lui paraissait soudain nouveau. Ses paupières bleutées alanguissaient son regard et sous ses traits ingrats et encore enfantins transparaissait un visage de femme. Ses yeux auraient des profondeurs nocturnes, et l'on pouvait deviner que la bouche trop grande acquerrait plus tard une sensualité expressive.

Séverine était dure, entière, bien plus dure que ses frères, mais elle n'échapperait pas à la meurtrissure originelle. Elle aussi, un jour, aurait dans les bras d'un homme cette même expression vaincue. Elle aussi, elle fléchirait devant l'amour.

Angélique lui parla gentiment pour la rassurer, comme l'avait fait jadis sa mère pour elle. Mais Séverine reprenait peu à peu des couleurs et ses yeux se mirent à lancer des éclairs. Elle avait toujours souffert d'être une fille entre ses deux frères, Martial qu'elle admirait et Laurier qu'elle enviait d'être un garçon.

— Je ne veux pas être une femme, déclara-t-elle avec véhémence. C'est une condition affreuse, humiliante.

— Quelle idée ! Je suis une femme moi aussi. Ai-je l'air malheureuse ?

— Oh ! vous, ce n'est pas la même chose, dit Séverine. D'abord, vous riez tout le temps... Et puis vous êtes belle.

— Mais, toi aussi, tu seras fort jolie.

— Ah ! non, je n'y tiens pas. Tante Anna dit que la beauté des femmes induit les hommes en tentation et les pousse à commettre des péchés que le Seigneur a en abomination.

Angélique, une fois encore, ne put se retenir de rire.

— Les hommes commettent bien les péchés qu'ils veulent, crois-moi. Pourquoi la beauté des femmes serait-elle un piège et non un hommage au Créateur ?

— Vos paroles sont dangereuses, déclara Séverine, avec le timbre de Mme Anna.

Mais elle bâillait et ses paupières se fermaient.

Angélique la borda et la quitta, contente de lui voir, comme à Laurier naguère, dans son sommeil, un sourire d'enfant heureuse.

7

Quelques jours plus tard Martial s'embarqua de nuit sur un navire hollandais. Mais le navire fut arraisonné par les vaisseaux de la marine royale, au large de l'île de Ré. Le jeune passager fut arrêté, ramené à terre et enfermé au fort Louis.

La nouvelle fit l'effet d'un coup de canon.

Le fils de maître Berne en prison ! Une des plus honorables familles de La Rochelle, avilie à ce point !

Maître Berne partit aussitôt demander audience à M. de Bardagne qui ne put le recevoir dans la matinée. Mais il put voir Baumier ricanant et intransigeant, puis aller conférer avec Manigault. La journée se passa en démarches qu'on espérait chaque fois définitives. Gabriel Berne rentra le soir, fatigué et pâle. Angélique n'osa pas l'informer aussi qu'elle avait passé une partie de l'après-midi à discuter avec le subdélégué des fermes pour les Charentes venu réclamer la deuxième imposition exigible du marchand en tant que réformé. Un malheur n'arrive jamais seul !

Maître Berne dit qu'il avait vu Nicolas de Bardagne mais qu'à sa grande déception celui-ci s'était montré fort réticent. Il assurait que le délit de fuite tombait sous le coup d'une juridiction draconienne. N'allait-on pas jusqu'à pendre haut et court les voyageurs protestants arrêtés sur la route de Genève ? La direction de la Hollande ne valait guère mieux, M. de Bardagne demandait à réfléchir, étant donné la haute position sociale de l'enfant. Il affirmait qu'il était très, très ennuyé.

La soirée chez les protestants fut sinistre.

A l'indignation, à la honte, succédait la crainte. L'avocat Carrère rappela d'un air lugubre que des enfants protestants arrêtés dans des conditions analogues avaient été acheminés vers une direction inconnue et que le bruit courait qu'on les employait sur les galères du Roi. Les plus vigoureux ne résistaient pas un an...

Pendant deux jours, maître Gabriel négligea complètement son commerce, courant de l'un à l'autre pour essayer de faire libérer son fils ou, tout au moins, obtenir de le voir.

Le troisième jour, Séverine, qui était allée prendre sa leçon de luth d'une heure chez une vieille demoiselle du quartier, ne revint pas pour midi. On vint leur apprendre que la fille de maître Berne avait été arrêtée pour « actes profanateurs » et conduite au couvent des Ursulines.

Une atmosphère de mauvais rêve s'installait dans la maison.

Angélique ne dormit pas de la nuit.

Le matin venu, elle finit par confier Laurier et Honorine à la vieille Rebecca et se rendit jusqu'au Palais de Justice où elle demanda d'un ton très assuré à être reçue par le lieutenant du Roi, comte de Bardagne.

Le visage de celui-ci s'éclaira quand il la vit entrer. Il avait déjà secrètement espéré cette visite. Il le lui dit.

— Est-ce votre maître qui vous envoie ? Car vous devez savoir que le cas est très grave et qu'il n'y a rien à faire.

— Nullement, je suis venue de mon propre chef.

— J'en suis ravi. Je n'attendais pas moins de votre intelligence. Etant donné que les événements se précipitent, il était indispensable que vous me fassiez votre rapport. Croyez-vous que maître Berne soit sur le point de céder ?

— De céder ?

— J'entends, de se convertir. J'avoue que je ne tiens plus en place à cette idée. J'ai réuni ici quelques noms que j'ai sélectionnés au cours d'une année entière d'observation patiente. Une dizaine pas plus, mais je sais que lorsque j'aurai amené ceux-là à composition, les piliers de La Rochelle huguenote s'écrouleront *ipso facto*...

Il faisait très chaud dans la pièce. Un feu ronflant, attisé par le vent qui soufflait aujourd'hui en tempête, emplissait la cheminée flanquée de griffons et de nefs sculptés. Les joues d'Angélique prirent rapidement la couleur des pêches mûrissantes et les pensées de M. de Bardagne un cours plus galant.

— Otez plutôt votre manteau... Nous sommes ici à l'abri des intempéries.

Lui-même fit glisser la lourde mante de drap des épaules d'Angélique. Elle accepta machinalement, préoccupée seulement de rectifier le plaidoyer qu'elle avait préparé dans sa tête. Elle était venue ici en suppliante, décidée à se traîner à genoux, s'il le fallait, aux pieds du lieutenant du Roi. Elle s'apercevait que ç'aurait été la plus grave erreur possible. Car on l'accueillait en collaboratrice, en complice des conversions forcées.

— Asseyez-vous, je vous en prie, fit le représentant du Roi.

Elle obéit, s'assit très droite, avec l'aisance d'une longue habitude mondaine. Elle réfléchissait toujours et ne réalisait pas que Bardagne la dévorait des yeux. « Elle est décidément très belle », se disait-il. Quand elle entrait, quand on la voyait paraître dans ses vêtements austères, sous son bonnet blanc, on la prenait d'abord pour ce qu'elle était : une servante. Au bout de quelques instants on ne pouvait s'empêcher de la traiter en dame. Il rayonnait d'elle une tranquille assurance, une liberté de mouvements et de paroles, une discrétion de bon aloi jointe à une simplicité qui mettait ses interlocuteurs à l'aise. Elle possédait réellement un charme fascinant. C'était sans doute à cause de sa beauté exceptionnelle, ou bien...

Il y avait un mystère dans cette femme !... Le comte restait debout devant elle. Il pouvait ainsi contempler, dans l'échancrure du fichu de toile blanche, la naissance d'une gorge marmoréenne dont le grossier corsage de futaine n'arrivait pas à dissimuler entièrement les rondeurs.

Cette gorge et ce cou renflé, ferme, un peu doré, lui donnaient un air de santé, une robustesse paysanne qui contrastaient avec la finesse de ses traits, leur modelé plein de noblesse, un peu tragique même lorsqu'elle méditait.

M. de Bardagne était irrésistiblement attiré par ce cou lisse, le creux d'une épaule qu'on devinait douce et polie. Il brûlait d'y poser ses lèvres. Il se sentit la gorge sèche et les mains moites.

Angélique, consciente du silence qui s'instaurait, leva les yeux sur lui et s'empressa de les détourner devant l'aveu sans fard du regard masculin qui la contemplait.

Il supplia.

— Non, je vous en prie, ne baissez pas les paupières. Une couleur si rare, ce vert lumineux qu'on ne peut comparer qu'à l'émeraude ! La voiler est un crime !

— Je la changerais volontiers pour une autre, dit Angélique avec humeur. Elle m'attire trop d'ennuis...

— Vous n'aimez pas les compliments ? On dirait que vous redoutez les hommages. Toutes les femmes pourtant en sont friandes.

— Pas moi, je l'avoue. Et je vous suis reconnaissante, monsieur de Bardagne, de l'avoir deviné.

Le lieutenant du Roi accepta la leçon en rongeant son frein. Il n'obtiendrait rien en brusquant les choses. Il reprit place derrière son bureau et s'efforça de badiner.

— Serait-ce la promiscuité de la Réforme qui vous contamine au point de vous faire accueillir avec chagrin mon admiration très sincère que votre beauté ne peut manquer de susciter ? N'est-il pas normal de s'arrêter ravi devant une fleur, chef-d'œuvre de la nature, dont les couleurs éclatantes sont créées pour la joie de nos yeux ?

— Nous ignorons ce qu'en pensent les fleurs, dit

Angélique avec un pâle sourire et si notre admiration ne les importune pas, parfois. Monsieur le comte, que ferez-vous pour les enfants de maître Berne...

— Ah ! oui, c'est vrai, où en étais-je donc ? fit Bardagne, en passant la main sur son front.

Le cas des enfants Berne, qui l'empêchait de dormir depuis trois jours, semblait s'être brusquement volatilisé de sa mémoire. C'était un phénomène étrange. Jamais, non, jamais aucune femme n'avait eu le pouvoir de le jeter aussi brusquement dans des transes sensuelles dont l'exigence n'était pas sans le gêner lui-même. Il avait ressenti quelque chose d'analogue l'autre jour, en la raccompagnant en carrosse. Puis ce souvenir s'était estompé. Il avait continué à y penser avec une heureuse indulgence. Un jour, prochainement, se disait-il, quand il aurait moins d'occupations, il lui faudrait s'occuper de cette belle servante. Mais, à peine avait-elle reparu, qu'il se sentait la fièvre et en proie à des ardeurs déplacées. C'était pour lui troublant, inquiétant, presque humiliant... En tout cas, c'était fort excitant. Cette fois, M. de Bardagne poursuivrait son avantage ! Il avait compris qu'un homme n'a pas deux fois dans sa vie la chance de rencontrer une femme capable de l'attirer à ce point. Malheureusement, il y avait toutes ces affaires en cours, ces coriaces Réformés à réduire, des collègues jaloux qui l'accusaient à plaisir de faiblesses, les hauts fonctionnaires ecclésiastiques qui ne trouvaient jamais les listes de convertis assez longues... Comment alors trouver le temps de sacrifier à Vénus au milieu d'une telle stratégie !... Ah ! Aujourd'hui, l'on ne savait plus vivre !... En homme consciencieux et désireux de réussir, il fit effort pour reprendre pied.

— Où en étions-nous ? répéta-t-il.

— Mon maître ferait-il partie de ces personnalités que vous considérez comme des piliers de la résistance huguenote ?

— S'il en fait partie ! s'écria Bardagne indigné en levant les bras au ciel, mais c'est un des pires ! Il travaille dans l'ombre mais d'une façon plus nuisible que s'il prêchait en place publique. Il aide les pasteurs interdits, les réfugiés, que sais-je ? Vous avez pu remarquer ses allées et venues suspectes...

— Je vois maître Gabriel faire ses comptes et lire sa Bible, fit Angélique. Il n'a rien d'un conspirateur.

Cependant, tout en parlant, sa mémoire lui renvoyait toute une série d'impressions, visages étrangers, furtifs, entrevus qui passaient de la maison de maître Berne dans celle du papetier ou du pasteur Beaucaire, conciliabules chuchotés, pas dans la nuit... Heureusement, le représentant du Roi avait paru ébranlé par son assurance.

— Vous m'étonnez... ou bien alors c'est que vous ne faites pas bonne garde.

Il frappa de la main un épais dossier.

— Car je possède là des rapports qui ne laissent aucun doute sur ses activités dangereuses et malsaines. Bien des fois je l'ai mis en garde. Il paraissait comprendre et m'écoutait avec amitié. Il semblait sincère mais la fuite de son fils m'a causé une cruelle déception.

— Le jeune Martial partait pour étudier la corderie en Hollande.

— Que vous êtes naïve ! Son père l'expédiait parce qu'il sentait l'adolescent prêt à se convertir et qu'il voulait le maintenir dans ses croyances.

— On me l'a dit, en effet, fit Angélique qui se sentait douloureusement oppressée. Mais je crois que vous vous laissez abuser par les apparences. Moi qui vis depuis de longs mois dans cette famille, je peux vous certifier que maître Berne cherchait seulement à parfaire l'instruction de son fils. Vous n'ignorez pas que les Réformés ont coutume de beaucoup voyager.

— Beaucoup trop, dit M. de Bardagne sèchement. C'est une habitude qu'ils feraient bien de perdre. D'ailleurs les ordres sont formels à ce sujet.

— Je vous avais imaginé sous un jour plus aimable.

Le fonctionnaire royal s'émut :

— Que voulez-vous dire ?... Je désapprouve la violence et...

— Je veux dire que toute cette besogne d'inquisiteur me semble peu en rapport avec votre caractère... qui m'a semblé surtout accessible aux satisfactions terrestres.

Il rit de bonne grâce, flatté au fond. Elle n'était pas si indifférente et rêveuse qu'elle s'en donnait l'air.

— Entendons-nous bien, reprit-il. Comme tout bon chrétien, je désire gagner mon ciel, mais j'avoue que l'œuvre en question m'attire surtout par son côté temporel. S'occuper des affaires religieuses est, à l'heure actuelle, la plus rapide façon, pour un fonctionnaire, d'avancer.

» D'autre part, j'ai la plus grande estime pour maître Berne, je voudrais lui venir en aide, mais il s'entête, il ne veut pas comprendre...

— Que doit-il comprendre ?

— Que nous ne pouvons confier l'éducation de ses deux enfants qu'à une famille catholique. Le mal est déjà trop profond en ces jeunes âmes.

— Pourquoi a-t-on arrêté sa fille Séverine ?

— Parce qu'il était temps qu'elle se prononce sur la religion de son choix.

— Ces décisions ruinent l'autorité du père de famille, base de notre société et du pays.

— Qu'importe, si cette autorité est nocive ? J'ai là un rapport qui...

Il attira derechef un autre dossier puis s'arrêta dans son geste de l'ouvrir.

— Mais... vous les défendez !... fit-il en la considérant avec méfiance.

Angélique s'adressa de violents reproches. Elle s'était montrée maladroite. Elle avait trop laissé transparaître son opinion personnelle. Elle se sentait incapable de jouer totalement la comédie comme elle aurait pu le faire autrefois. Jadis elle aurait rusé, menti avec plus de facilité. Peut-être qu'alors elle prenait les choses moins à cœur.

Il fallait coûte que coûte rattraper la situation.

— Je ne les défends pas, mais j'insiste pour vous démontrer que je sais ce qui se passe dans cette famille. Et je vois que vous agissez sur de quelconques ragots de vos sbires, qu'ils nomment pompeusement « rapports » alors qu'à moi, on ne demande rien.

— C'est que vous ne dites rien ! J'espérais avoir de multiples renseignements, précisément par vos soins. J'ai attendu en vain.

— Il n'y avait rien à communiquer d'intéressant.

— Vous avez pourtant laissé fuir Martial Berne, sans me signaler ses projets de départ dont vous ne pouviez manquer d'être avertie.

— Il ne s'agissait pas de fuite mais d'un voyage.

— On vous a abusée.

— Dites tout de suite que je suis une sotte !

M. de Bardagne la voyant debout, sur le point de quitter la pièce, se sentit atterré. Vivement, il fit le tour de son bureau pour la retenir.

— Nous n'allons pas nous fâcher pour cela, voyons ! Vous avez mal interprété mes paroles. Je suis navré...

Sous prétexte de la retenir il lui mettait les mains aux épaules, à la naissance des bras. Sous la toile des manches, il sentait la chair ferme et douce. Son parfum léger de femme saine le grisait. Angélique ne pouvait guère s'illusionner sur la nature de son pouvoir. Cela la mettait très mal à l'aise, mais elle se dit qu'il était de son devoir d'en tirer parti et elle se dégagea avec toute la diplomatie possible.

— Vous m'avez, en effet, blessée.

— Je suis confus, repentant.

— Parce que je crois pouvoir vous dire qu'en agissant comme vous le faites vis-à-vis de maître Berne vous n'en viendrez jamais à bout. Je commence à bien le connaître. Il se butera et n'en deviendra que plus intransigeant. Tandis que touché par l'indulgence et l'aide que vous aviez manifestées à son égard il serait plus accessible à vos raisonnements.

— Vraiment ?

— Peut-être !

Le lieutenant du Roi était à nouveau ébranlé.

Près d'elle, le regard errant sur ce cou fascinant, il ne pouvait que l'être. Il ne demandait qu'à la croire, à lui faire une confiance aveugle.

— Mais je ne peux tout de même pas lui rendre ses enfants, gémit-il, c'est impossible... D'ailleurs je peux bien vous l'avouer, c'est ce sacré Baumier qui est l'instigateur de tout cela. Mais maintenant que la procédure est engagée, que le délit de fuite est reconnu, que la fillette est retenue, je ne peux plus reculer.

— Que comptez-vous faire d'eux ?

— Le garçon sera confié aux Jésuites, la fillette aux religieuses...

« Et nous ne les reverrons jamais », pensa Angélique bouleversée.

— C'est précisément pour vous proposer une autre solution que je suis venue vous voir, monsieur le comte. Maître Berne ne pourrait en prendre ombrage. Il a une sœur convertie qui est mariée à un officier de la marine royale et qui habite l'île de Ré.

— C'est fort exact, Mme Demuris.

— Les enfants pourraient donc lui être confiés... Cela se fait, m'a-t-on affirmé. Quand on se trouve dans l'obligation de retirer un enfant réformé à ses parents, on recherche sa plus proche parenté catholique pour lui en remettre l'éducation. C'est d'ailleurs une mesure d'humanité et aussi de bon sens.

— Mais comment n'y ai-je pas songé plus tôt moi-même ! s'exclama le lieutenant du Roi, illuminé. C'est en effet la solution parfaite. Et même Baumier ne pourra rien y redire et, de son côté, maître Berne me sera, je pense, reconnaissant. Vous êtes merveilleuse. Votre intelligence égale votre beauté.

— Pourtant, vous en avez douté, ce me semble.

— Comment me faire pardonner ?

Bardagne, transporté, soulagé, enchanté par les trésors qu'il ne cessait de découvrir dans cette surprenante créature, ne put résister à son élan. Il prit Angélique par la taille et posa ses lèvres sur son cou lisse dont la ligne tendre, les mouvements pleins de grâce n'avaient cessé de l'enivrer pendant toute la conversation.

Angélique eut un bond de brûlée. Elle s'arracha si brusquement à cette étreinte que le pauvre homme en demeura pantois.

— Est-ce possible, balbutia-t-il, je vous répugne à ce point ?

Il avait les yeux troubles, les lèvres tremblantes. Bien que bref, ce contact avait suffi à confirmer toute ses espérances. Cette femme était la plus excitante qu'il ait jamais connue. « Damnation, songeait-il, serait-elle aussi prude que les autres parpaillotes ? C'est bien ma chance ! »

8

Angélique s'appuyait au bureau de marqueterie, ne sachant quelle contenance prendre.

Il n'était pas déplaisant, après tout. Il était galant. Il avait de beaux yeux, de belles mains, des lèvres savantes. Qui sait si, autrefois — cet autrefois dont il lui semblait qu'elle était séparée par une grille noire et infranchissable —, elle ne se serait pas laissé tenter ? Elle ne pouvait oublier qu'elle était une humble servante et lui le représentant du Roi à La Rochelle, c'est-à-dire, dans l'ordre hiérarchique, l'homme le plus puissant de la ville.

Heureusement, il n'était pas fat. Pour l'instant, le recul d'Angélique lui apparaissait moins comme une insulte que comme un douloureux coup du sort. Elle sentit qu'il fallait le réconforter.

— Vous ne me répugnez pas, fit-elle... Au contraire. J'avouerai que je vous trouve fort aimable. Mais... comment vous expliquer... J'ai promis à ma haute protectrice... cette personne que je ne puis nommer... de mener une vie sage, afin de racheter mes erreurs passées.

— La peste soit de ces bigotes ! s'écria Nicolas de Bardagne, je parie qu'elle est plus laide que les sept péchés capitaux. Elle ne se rend pas compte qu'une femme aussi belle que vous ne peut mener une vie de nonne.

— Et si moi-même je souhaitais demeurer vertueuse, monsieur le comte... Est-ce votre rôle de m'induire en tentation ?

M. de Bardagne soupira profondément. L'aventure s'avérait plus difficile à mener qu'il ne l'avait cru tout dabord. Il décida d'être bon joueur.

— A mon avis, c'est le rôle de tout homme normalement constitué, lorsqu'il se trouve en votre présence, dit-il gaiement. Vous avez assez d'esprit... et d'expérience, j'en suis sûr, pour le comprendre et me pardonner.

Il lui tendit les deux mains.

— Oublions tout cela, dame Angélique, et faisons la paix.

Elle aurait eu mauvaise grâce à ne pas accepter la réconciliation. Il baisa le bout de ses doigts, légèrement, et elle eut un réflexe bien féminin de contrariété en songeant que ses mains étaient abîmées et rendues rugueuses par les travaux ménagers.

Elle accepta qu'il lui mît son manteau sur les épaules. Il la raccompagna jusqu'à la porte. Il se penchait vers elle avec une tendresse respectueuse.

— Dame Angélique, souvenez-vous seulement que vous avez en moi un ami prêt à vous aider en toutes circonstances...

Il l'environnait de son charme et il y avait si longtemps qu'aucun homme ne l'avait entourée ainsi qu'elle se laissait atteindre par le trouble des réminiscences. Tant d'hommes s'étaient inclinés devant elle avec ce même regard brûlant. Elle reconnaissait leur approche, toujours la même, à la fois humble et impérieuse.

Cette faiblesse émouvante des prunelles voilées, de la voix brisée, cette douceur attentive sous laquelle se cache, comme en un gant de velours, l'arme cruelle de la possession qui, l'heure venue, transforme le suppliant en maître, la déesse inaccessible en vaincue.

Angélique n'aurait pas cru qu'elle demeurait sensible aux subtilités du jeu éternel. Il la mettait au supplice et en même temps la retenait comme l'évocation d'un climat familier.

Elle avait les joues en feu et sa voix tremblait presque de nervosité tandis qu'elle prenait congé du lieutenant royal, à la fois déconcerté et charmé par son attitude.

Elle s'enfuit, les idées à l'envers, passant indifférente sous les regards meurtriers des autres solliciteurs remis à plus tard. Les banquettes s'étaient clairsemées. Certains, lassés, étaient allés déjeuner. Il était plus de midi. Dans la rue, Angélique, saisie par les tourbillons du vent, se battit avec sa mante et n'avança qu'avec peine. Le ciel était étonnamment bleu. La tempête tordait la lumière hivernale en de subtiles flammes qu'on avait l'impression de voir s'élever, ronflantes du creux des ruelles étroites.

Angélique s'avançait sans souci de la lutte contre les éléments déchaînés, tant son esprit était absorbé par l'entrevue qui venait d'avoir lieu. Ce qui dominait en elle, c'était un sentiment cuisant de confusion à la pensée de sa maladresse, de sa gaucherie.

Ah ! le temps n'était plus où elle séduisait magistralement l'ambassadeur persan Bachtiari bey, pour l'amener enchaîné comme un toutou aux pieds du roi Louis XIV (1). C'était alors de la haute stratégie féminine. Et sans avoir à abandonner une once de sa vertu !... Tandis qu'aujourd'hui, elle avait été... lamentable. Il n'y avait pas d'autre mot. Au lieu de se réjouir de voir cet homme dont elle avait beaucoup à obtenir, s'enfiévrer et devenir en cinq minutes aussi bêlant qu'un bouc, elle s'était crispée... Elle avait failli se l'aliéner à jamais en prenant ses déclarations un peu trop audacieuses avec l'âpreté d'une donzelle à peine sortie de couvent. A son âge, c'était même ridicule !... Autrefois, elle l'aurait remis en place d'un sourire, d'un mot piquant...

Angélique, servante anonyme, aux vêtements de serge et de futaine, perdue dans les rues de La Rochelle, dédia une pensée pleine d'estime à la femme brillante qu'elle avait été quelques années auparavant et qui savait manier si habilement les armes de son sexe. Entre ce temps-là et les jours présents, il y avait eu la nuit du Plessis. Peu à peu, elle avait repris pied, elle était repartie. La vie avait poussé ses rameaux. Mais d'une seule chose, jamais, elle ne guérirait, pensait-elle ! Il n'existait pas d'homme qui puisse jamais obtenir d'elle ce miracle : ressusciter l'ancienne allégresse de l'amour, l'élan chaleureux de son corps vers un autre corps, l'éclosion

(1) Lire dans la même collection *Angélique et le Roy*, nº 2490*******.

mystérieuse du plaisir, le ravissement de sa faiblesse.

« Il y faudrait un magicien », songea-t-elle tout à coup. Et, machinalement, son regard se tourna vers la mer noire et tourmentée où ne surgissait aucune voile.

[illegible]

M. — [illegible] Fin de [illegible]

[illegible]

[illegible]

[illegible]

[illegible]

9

M. de Bardagne tint parole. Et ce fut un grand baume pour l'esprit mortifié d'Angélique de voir que, malgré les maladresses qu'elle se reprochait, il s'était empressé de suivre ses conseils et de lui donner satisfaction. Dès le lendemain, Martial et Séverine furent transférés à l'île de Ré chez leur tante.

Angélique ne manquait pas de besogne avec tout ce petit monde. Les travaux ménagers ne lui laissaient guère de temps pour la méditation.

Elle allait rincer son linge à une fontaine de la ville, plus vaste que celle de la cour, emmenant avec elle Honorine. Un matin qu'elle achevait d'empiler dans la corbeille de vannerie les pièces qu'elle venait de blanchir, elle eut la surprise de voir sa fille jouer avec un objet miroitant.

— Montre-moi cela, dit-elle.

Honorine, méfiante par expérience, mit l'objet derrière son dos. Mais Angélique avait eu le temps d'apercevoir un très joli hochet d'or ouvragé avec poignée d'ivoire, un véritable bijou.

— Où as-tu trouvé ce hochet ? Honorine, tu ne dois pas garder ce qui ne t'appartient pas.

La petite se cramponnait :

— C'est le gentil messire qui me l'a donné.

— Quel gentil messire ?

— Là-bas, fit Honorine avec un geste vague vers le fond de la place.

Pour éviter un drame qui se traduirait par des cris perçants et le chœur antique des commères réunies autour de l'enfant, Angélique n'insista pas, se promettant de tirer l'affaire au clair, lorsqu'elle serait rentrée. Elle prit sa corbeille sous le bras, sa fille par la main et le chemin du retour.

Dans une ruelle étroite et peu passante, un homme l'aborda en écartant le pan du manteau dont il cachait son visage. Elle eut un léger cri, puis se rassura en reconnaissant le lieutenant du Roi, Nicolas de Bardagne.

— Oh ! Vous m'avez fait peur !

— J'en suis confus.

Il paraissait tout excité par son espacade galante.

— ... Je me suis hasardé sans escorte dans ce quartier hostile et il serait préférable à tous points de vue que je ne sois pas reconnu.

— C'est le gentil messire, dit Honorine.

— Oui, j'ai voulu me faire annoncer par un cadeau à cette charmante enfant.

Honorine le contemplait avec des yeux noyés d'admiration. Comme elle était femme déjà, conquise par un hochet d'or !...

— Je ne peux accepter, dit Angélique, c'est un objet de trop grande valeur. Je dois vous le rendre.

— Ah ! il n'est guère facile de vous attendrir, soupira-t-il. J'ai rêvé de vous jour et nuit essayant de vous imaginer avec une expression de douceur et d'abandon. Mais, à peine ai-je paru que vous dressez la barrière de votre regard... Puis-je vous accompagner ? J'ai laissé mon cheval à un anneau, non loin d'ici.

Ils se mirent à marcher à pas lents. Une fois de plus, M. de Bardagne se disait, désespéré, que cette femme l'avait enchaîné par un charme inconnu. Amoureux patient lorsqu'il rêvait loin d'elle, dès qu'il se trouvait en sa présence, il perdait tout contrôle. C'était peut-être un phénomène anormal. Mais c'était un fait. Il le reconnaissait. Il l'acceptait ! Il se rendait... Il se sentait capable de se mettre à genoux pour la supplier.

Elle avait de beaux bras de servante, rougis par le froid de l'eau où elle venait de les plonger, des cils d'enfant, une bouche de reine, pour l'instant soucieuse et légèrement tremblante.

— Monsieur le comte, pardonnez-moi. Vous êtes un puissant personnage et je ne suis qu'une pauvre femme, seule et sans défenseur. Ne prenez pas en offense ce que je vais vous dire, mais vous ne devez *rien* attendre de moi. Je... cela m'est impossible.

— Mais pourquoi ? gémit-il, vous m'avez fait comprendre que je ne vous déplaisais pas. Doutez-vous de ma générosité ? Il est bien entendu que vous quitteriez votre condition subalterne. Vous aurez le confort d'une maison où vous serez seule maîtresse, des domestiques, un équipage, si vous le désirez. Tous vos besoins et ceux de votre enfant seront assurés.

— Taisez-vous, fit-elle sèchement, ces questions n'entrent pas en jeu.

Il l'obligea à s'arrêter, la bloquant contre l'encoignure d'une porte afin de la contempler bien en face.

— Vous allez peut-être me trouver fou. Mais il faut que je vous dise la vérité. Jamais une femme ne m'a inspiré une passion aussi dévorante que celle que votre vue fait naître en moi. J'ai trente-huit ans, ma vie n'a pas été d'une sagesse exemplaire, je vous le confesse. Elle est fertile en aventures dont je n'ai pas lieu d'être fier. Mais depuis que je vous connais j'ai compris qu'il m'arrivait ce que tout homme redoute et souhaite à la fois : cette rencontre avec une femme qui a le pouvoir de l'enchaîner, de le faire souffrir par ses refus, de le combler par ses bienfaits, dont il est prêt à accepter le joug, les caprices plutôt que de la perdre... Je ne sais d'où vous vient ce pouvoir particulier sur moi, mais j'en suis arrivé à penser qu'avant vous je n'ai rien connu. Tout était fadeur, plaisir de pacotille. Par vous seule, je pourrais connaître l'amour...

« S'il savait quelles autres lèvres m'ont dit des paroles semblables avant lui, songeait-elle. Celles du Roi... »

— Pouvez-vous me refuser cela ? insistait-il. C'est la vie que vous me refusez.

Sa physionomie aimable et douce d'homme des salons se durcissait. Les yeux assombris la détaillaient avec avidité. Il se demandait de quelle couleur pouvaient être ses cheveux qu'elle cachait sous son sévère bonnet de lingerie : blonds, châtains, roux comme ceux de sa fille, bruns, peut-être, comme son teint chaud semblait l'annoncer.

Ses lèvres étaient nacrées. Elles rappelaient la splendeur discrète des coquillages.

Il était dans un tel état que, sans la présence d'Honorine qui, le nez en l'air, les observait l'un et l'autre, il l'aurait prise de force dans ses bras et il aurait cherché à éveiller son désir.

— Partons, dit-elle, en l'écartant poliment. Vous êtes fou, en effet, et je ne crois pas un mot de ce que vous racontez. Vous avez certainement connu des femmes plus brillantes que moi, et je crois que vous voulez abuser de ma naïveté, monsieur le lieutenant du Roi.

Nicolas de Bardagne la suivit la mort dans l'âme, conscient lui-même de tout ce que sa déclaration pouvait avoir d'insensé. Lui-même n'en revenait pas, mais il se répétait que le fait était là. Il l'aimait à en perdre la tête, à se compromettre, à ruiner sa carrière. Considérant la petite fille qui trottinait la main dans celle de sa mère, une autre pensée lui vint.

— Je vous fais serment, assura-t-il, que si vous avez un enfant de moi, je le reconnaîtrai et j'assurerai son éducation.

Angélique sursauta. Il ne pouvait trouver promesse plus capable de l'éloigner de tout embrasement. Il s'en rendit compte.

— Je suis un maladroit, soupira-t-il.

Comme ils arrivaient devant la demeure des Berne, Angélique posa son panier à terre et prit à sa ceinture la clef qui ouvrait la porte sur le côté.

Le lieutenant du Roi suivait chacun de ses gestes avec un sentiment aigu de douleur et de ravissement. Elle était la grâce même. Elle serait la parure d'une maison.

— Votre pudeur m'affole, si elle était feinte, je me chargerais volontiers de vous en guérir. Mais je la sens, hélas, bien réelle... Ecoutez-moi, je crois... oui, je crois que j'irai jusqu'au mariage.

Elle s'exclama :

— Mais... Vous êtes marié, certainement !

— Eh bien ! non, c'est ce qui vous trompe. Je ne vous cacherai pas que, depuis mes quinze ans, on m'a jeté toutes les héritières possible dans les bras mais j'ai toujours réussi à me sauver à temps et j'étais bien décidé à terminer ma vie dans la peau d'un célibataire... Mais pour vous, je me sens capable d'accepter les chaînes conjugales. Si la pensée d'une vie hors des lois divines est la seule raison qui vous écarte de moi, j'abattrai cet obstacle.

Il lui fit un grand salut, mollets cambrés.

— Dame Angélique, me ferez-vous l'honneur de m'accepter pour époux ?

Décidément, il était désarmant.

Elle ne pouvait, sans risquer de l'offenser gravement, traiter son offre à la légère. Elle affirma qu'elle était bouleversée, qu'elle n'avait jamais espéré un tel honneur, mais qu'elle était bien certaine qu'à peine de retour chez lui, dans son riche hôtel, il regretterait sa folle proposition, qu'elle-même ne pouvait l'accepter. L'obstacle qui la séparait de lui n'était pas de ceux qu'on écarte facilement, même en y mettant le prix.

— Comprenez-moi, monsieur de Bardagne... Il m'est difficile de vous expliquer les raisons de ce que vous appelez mon insensibilité... J'ai beaucoup souffert dans ma vie... et par des hommes. Leur brutalité m'a blessée et m'a éloignée à jamais des plaisirs de l'amour... Je les redoute et n'y ai point goût...

— N'est-ce que cela ? s'écria-t-il rasséréné. Mais,

petite sotte, que pouvez-vous craindre de moi... J'ai l'habitude des femmes et de les traiter galamment... Je ne suis pas un débardeur du port... C'est un gentilhomme qui vous prie de l'aimer, jolie dame... Faites-moi confiance et je saurai bien vous rassurer et vous faire changer d'avis sur l'amour et ses plaisirs.

Angélique avait réussi à ouvrir la porte, à faire entrer Honorine et à déposer son panier dans la cour. Elle souhaitait que l'entretien prît fin.

— Promettez-moi que vous allez réfléchir à mes propositions, insista le lieutenant du Roi en la retenant. Je les maintiens toutes. Vous choisirez celle qui vous agréera.

— Je vous remercie, monsieur le comte. Je réfléchirai.

— Dites-moi, au moins, de quelle teinte sont vos cheveux ? supplia-t-il encore.

— Blancs, fit-elle en lui refermant la porte au nez.

Angélique avait été chargée par maître Gabriel d'aller porter un message à l'armateur Jean Manigault. Elle revenait par une ruelle, au pied des remparts, lorsqu'elle s'aperçut que deux hommes la suivaient.

Jusqu'alors, plongée dans ses pensées, elle n'y avait pas pris garde. Mais la ruelle déserte où elle venait de s'engager lui fit prendre conscience de ce bruit de pas, derrière elle, qui se maintenait à une égale distance.

Ayant jeté un regard par-dessus son épaule, elle

aperçut deux individus dont la mine ne lui plut pas. Ce n'était pas des matelots en maraude, ni même des mariniers du port. Leurs habits bourgeois étaient même assez élégants mais contrastaient avec des physionomies chafouines et mal rasées. Ils semblaient déguisés.

Un flair ancien lui fit songer « Des policiers »... Et elle hâta le pas. Aussitôt le bruit des talons se rapprocha et l'un des hommes l'interpella :

— Hé ! jolie fille, ne vous sauvez donc pas.

Elle marcha plus vite, mais ils étaient déjà à ses côtés, l'encadraient. L'un d'eux la saisit par le bras.

— Je vous en prie, messieurs, laissez-moi, dit-elle, en se dégageant.

— Hé ! pourquoi donc. Vous n'avez pas l'air gai. On peut bien vous tenir un brin de compagnie.

Leurs sourires sournois lui firent redouter le pire. Si elle se trouvait dans l'obligation de gifler ces importuns, elle risquait d'attirer l'attention sur elle. S'ils étaient des jeunes bourgeois de riches familles, ils accepteraient peut-être leur mésaventure. Mais elle ne savait pourquoi, elle craignait que ces beaux habits ne cachassent une personnalité plus redoutable.

Ses yeux cherchèrent un secours vers les façades le repas de midi et La Rochelle sacrifiait à l'habitude méridionale de fermer ses volets. Le soleil, fort brillant et chaud pour la saison, incitait à ce repos du milieu du jour. Personne aux fenêtres, ni sur le seuil des portes. Heureusement, Angélique s'aperçut qu'elle n'était pas loin des entrepôts de closes des maisons. Mais l'on était à l'heure suivant maître Berne.

Plutôt que de chercher à regagner la maison encore lointaine, en subissant cette désagréable escorte, elle allait se réfugier là. Elle savait que maître Gabriel s'y trouvait, le marchand saurait remettre en place ces importuns.

Ils continuaient à lui débiter des compliments, des fadaises. Après tout, ils n'étaient peut-être que des buveurs, légèrement pris de boisson.

Elle obliqua sur la droite et reconnut avec soulagement, au bout du long mur aveugle, le porche devant lequel, le soir de son arrivée à La Rochelle, maître Gabriel avait fait une première halte pour laisser ses chariots de blé. Elle en était à quelques pas lorsque l'un des hommes, le plus grand, et qui paraissait assez bien musclé sous les reflets de sa redingote bleu canard, lui saisit la main et glissa un bras péremptoire autour de sa taille.

— Cela suffit comme ça, ma jolie ! Vous n'allez pas faire la moue à deux bons garçons comme nous qui ne demandons pas plus qu'un sourire et un petit bécot bien senti. On nous a dit que les filles de La Rochelle étaient accortes et accueillantes aux étrangers. Montrez-nous cela !...

Tout en parlant, il se penchait et cherchait à prendre les lèvres d'Angélique entre les siennes.

Elle se rejeta en arrière et de toutes ses forces lui appliqua un soufflet retentissant. Il la lâcha pour tenir sa joue. Elle fit un bond en avant, mais déjà l'autre la ceinturait. Un sourire mauvais et comme triomphant étirait les lèvres de l'homme giflé.

— Vas-y, Jeannot, cria-t-il, tiens-la bien... Nous allons trousser cette belle parpaillote !... Un morceau pareil... C'est notre jour de chance...

A eux deux ils la maîtrisaient. Un coup de soulier

brutal dans l'arrière des genoux la fit basculer. Elle hurla. Ils la frappèrent sur la bouche. Des mains arrachaient les lacets de son corsage. Elle crut qu'elle allait s'évanouir puis elle parvint à réagir et se débattit comme une forcenée, griffant et mordant.

Elle réussit à leur échapper, courut comme une folle vers le porche. Un caillou la fit trébucher, elle tomba sur les genoux, se traîna. Elle criait.

— A moi. A moi, maître Gabriel !... A moi !

Ils étaient à nouveau sur elle. Elle se mit à lutter dans un cauchemar, comme elle avait lutté contre les dragons de Montadour, avec le même sentiment d'impuissance et de terreur.

Soudain, ses assaillants parurent s'envoler. L'un d'eux sauta contre le mur, propulsé par une force invincible. Ses yeux devinrent vitreux. Il vacilla et s'affala sur Angélique avec la mollesse d'un pantin. Un sang rouge jaillissait par saccades de sa tempe. Elle repoussa avec horreur ce fardeau sanglant. Le sang coulait avec la violence d'une fontaine. Angélique n'arrivait pas à se dégager de ce corps pesant sur elle de toute l'inertie d'un corps sans vie. Elle se débattait contre lui avec égarement. Elle réussit enfin à le rejeter de côté. Devant elle, l'homme à la redingote bleue affrontait maître Gabriel. Le marchand dépassait largement en force et en carrure son adversaire. Ses poings le martelaient durement. L'homme déjà demandait grâce. Deux fois il était allé au sol. Ses vêtements étaient fripés et couverts de poussière, son visage devenait hagard. Sa perruque arrachée traînait dans le ruisseau et ses cheveux gras et sales apparus lui retombaient dans les yeux.

— Ça suffit ! haleta-t-il, arrêtez...

Un coup violent à l'estomac le fit hoqueter. Il s'appuya au mur, sa tête dodelinant en tous sens...

— Arrêtez, vous dis-je... Laissez-moi...

Maître Gabriel s'approcha de lui. L'autre dut lire sur ses traits quelque chose de terrible car ses yeux se dilatèrent soudain.

— Non, dit-il d'une voix étouffée. Non... pitié !...

Un nouveau coup le fit s'écrouler sur les genoux.

— Non... Vous ne pouvez pas faire cela... Pitié.

Le marchand se penchait sur lui inexorablement. Il le frappa encore puis il le prit à la gorge.

— Non..., râla l'autre.

Ses mains blêmes et affaiblies essayèrent de se lever et d'écarter les deux bras noueux, durcis comme des barres de fer, qui s'étaient saisis de lui. Elles eurent des mouvements convulsifs, puis retombèrent. Des sons inarticulés s'échappaient de la bouche démesurément ouverte de l'homme en bleu.

Les pouces de maître Gabriel s'enfonçaient dans cette chair comme dans de la glaise. Il semblait qu'ils ne s'en détacheraient jamais.

Angélique, figée d'épouvante, voyait les muscles des deux mains du marchand saillir, tandis que, lentement, leur tenaille resserrait l'étreinte. Un râle montait dans le silence hallucinant.

Angélique mordait ses lèvres pour ne pas hurler. Il fallait que cela finisse, que cela finisse vite. La face de l'homme prenait une teinte aubergine. Mais cela ne finissait pas...

Enfin, le râle cessa. Prunelles exorbitées, le misérable gisait la tête renversée sur les pavés ronds. Maître Berne l'examina attentivement, avant de le lâcher et de se relever avec lenteur.

Ses yeux clairs avaient une transparence bizarre dans son visage congestionné par l'effort. Il alla vers l'autre individu, le retourna, le secoua et le laissa retomber dans son sang en grommelant.

— Il est mort ! Il s'est heurté à ce piton qui sortait du mur. Tant mieux ! Cela m'évitera de l'achever... Dame Angélique...

Il levait les yeux et s'arrêtait dans le mouvement qui le portait vers elle. Un trouble indéfinissable l'envahissait. La jeune femme s'était redressée, mais à bout de forces, elle s'appuyait contre le mur, dans la même attitude défaillante qu'avait eue tout à l'heure l'homme à la redingote bleue lorsqu'il avait compris dans un éclair que le marchand allait le tuer. Il ne la reconnaissait pas...

Pas tout à fait.

Les yeux épouvantés d'Angélique allaient de l'un à l'autre des deux corps inertes. Devant la tragédie qui venait de surgir et dont elle était la cause, la panique de son être traqué resurgissait et la pénétrait toute, transformait l'expression de ses traits habituellement sereins et altiers. Elle avait l'air d'une enfant mortellement effrayée...

Toute à son effroi, elle ne s'apercevait pas de l'état dans lequel l'avaient laissée les deux misérables. Son corsage avait été délacé, sa chemise déchirée. De sa coiffe arrachée sa chevelure coulait sur ses épaules et sur ses seins à demi nus. Dans la traînée de soleil, les longues mèches d'or pâle avaient un éclat précieux plus vif encore près de sa peau blanche, sur laquelle le sang avait laissé des traces. Du sang aussi, qui devenait noir, sur sa jupe de futaine...

— Vous êtes blessée ?

La voix du marchand était basse et comme absente. Il ne voyait pas seulement les traces du sang sur elle. Des doigts obscènes avaient laissé leurs meurtrissures sur cette chair nacrée, subitement dévoilée. Peut-être des lèvres ignobles s'y étaient-elles posées ? A cette pensée, le marchand se sentit de nouveau envahi de sa folie meurtrière. Ce corps auquel il s'interdisait de penser lorsque allait et venait dans sa demeure la femme aux mouvements aisés et gracieux, ce corps qui se mouvait sous les lourds plis des jupes et dont les corsages raidis emprisonnaient les charmes émouvants, voici que ces porcs avaient voulu le souiller.

Ce que lui-même n'aurait jamais osé, même en pensée, ils l'avaient fait. Ils l'avaient dénudé, ils avaient révélé ses jambes si fines et galbées qu'on ne les voit qu'aux statues, aux déesses.

Jamais il n'oublierait la vision qui l'avait saisi au seuil du porche lorsqu'il avait, d'un seul coup d'œil, embrassé ce tableau de violence et de luxure : une femme écartelée par deux voyous. Et c'était elle !

— Vous êtes blessée ?

Sa voix était si dure qu'Angélique revint à elle. La silhouette massive et vêtue de noir de maître Berne s'interposait entre elle et le soleil aveuglant, entre elle et la scène d'horreur.

Elle se jeta contre lui, cachant son visage, cherchant l'obscurité d'une épaule dans un besoin éperdu de protection et d'oubli.

— Oh ! maître Gabriel !... Vous avez tué... Vous avez tué deux hommes... à cause de moi... que va-t-il se passer ? Qu'allons-nous devenir ?...

Il referma ses bras sur elle et la serra à la briser.

— Ne pleurez pas, dame Angélique... Pas vous...

— Je ne pleure pas... J'ai bien trop peur pour pleurer...

Mais les larmes jaillissaient de ses yeux sans qu'elle en eût conscience et trempaient le rabat de son consolateur. De ses mains, de ses ongles, elle se cramponnait à lui. Il insista :

— Vous ne m'avez pas répondu... Vous ne m'avez pas dit si vous étiez blessée.

— Non... je ne crois pas...

— Ce sang ?

— Ce n'est pas le mien... C'est l'autre.

Elle se prit à claquer des dents.

La main du marchand flatta la douce chevelure aux reflets d'or et de vermeil.

— Là ! là ! calmez-vous... mon amie, ma très chère...

Il l'apaisait comme une enfant, et elle reconnaissait sa voix patiente, et la sensation oubliée et délicieuse d'une protection masculine.

Quelqu'un s'était dressé entre elle et le danger, l'avait défendue, avait tué pour elle. Elle s'abandonna en pleurant de tout son cœur, contre ce rempart inviolable qui lui rappelait — elle ne savait pourquoi — l'épaule du policier Desgrez. L'horrible sensation éprouvée tout à l'heure s'estompait. Les sursauts de dégoût et de frayeur se calmaient. Sa respiration précipitée cessa de la suffoquer et reprit un rythme normal. Tout à coup, elle songea :

« Je suis dans les bras d'un homme et je n'ai pas peur. » C'était comme la révélation d'une guérison qu'elle n'espérait plus.

En même temps, elle eut honte. Elle sentit la

nudité de sa peau sous des mains chaudes et prit conscience du désordre de ses vêtements.

Ses yeux mouillés se levèrent furtivement et rencontrèrent le regard de maître Gabriel. Son expression la fit rougir et elle s'écarta.

— Oh ! pardonnez-moi, murmura-t-elle. Je suis folle.

Il la laissa doucement aller.

Les mains fébriles d'Angélique cherchaient à ramener les lambeaux de son corsage sur sa poitrine et ses épaules. Empêtrée dans sa gêne, elle n'y parvenait pas. Ce fut lui qui dut l'aider, trouvant la bretelle qui avait glissé, le lien qui avait été arraché. Elle rougissait de plus en plus.

— Ne vous énervez pas. Ces brutes vous ont malmenée affreusement, dit-il. Il nous est impossible avec ces loques d'arriver à un résultat satisfaisant. Vous en serez quitte pour jeter ce caraco aux orties... Maintenant, il nous faut nous hâter.

Sa voix se glaça et Angélique, suivant la direction de son regard, vit le soldat Anselme, le gardien de la Tour de La Lanterne, qui les observait du haut des remparts.

Pendant d'interminables minutes, aux deux bouts de la ruelle, il y eut une silencieuse attente. Puis le soldat parut se décider.

Il s'ébranla et descendit lourdement les degrés de pierre.

Dodelinant sa hure de sanglier sous son casque d'acier, il venait vers eux. Le martèlement de ses bottes et de sa hallebarde sur les pavés faisait un bruit énorme. Le marchand regarda ses mains nues comme s'il se demandait si elles allaient avoir encore assez de force pour abattre ce nouvel ennemi en armes.

— Bel ouvrage, l'ami, grommela le soldat de sa voix rauque. J'ai vu ça de loin, sur la fin. Vous avez de la poigne, soit dit sans vous flatter, maître Berne...

Du bout de sa pique, il toucha l'un des cadavres.

— Ces deux-là, je les connais, c'est des ordures... Baumier les paye pour provoquer les femmes et les filles des protestants. Les maris ou les pères interviennent. Cela provoque une bagarre et voilà une belle occasion de fourrer quelques Huguenots de plus en prison... Moi, je ne mange pas de ce pain-là.

Appuyé sur son arme, dans la posture familière de la conversation, il poursuivit :

— Quand on est passé comme moi par l'estrapade et les verges, qu'est-ce que vous voulez qu'on fasse d'autre que d'abjurer ? Je suis un pauvre militaire et je tiens à ma pitance. Mais ce n'est pas une raison pour trahir mes anciens frères. Allez, faites disparaître ces charognes... je n'ai rien vu...

Il leur tourna le dos et retourna à pas lents vers son poste, sur les remparts.

— Allez regarder dans la cour, ordonna maître Gabriel à Angélique. Je ne tiens pas à ce que mes commis sachent quelque chose. Si vous ne voyez personne, vous irez ouvrir le magasin sur la gauche.

La cour était heureusement déserte. Angélique tira la porte du hangar qu'on lui avait indiqué. L'odeur âcre de la saumure la prit à la gorge.

Elle revint près de maître Gabriel. Celui-ci avait retiré la veste de l'homme étranglé et l'avait entortillée autour de la tête de celui qui avait été blessé afin d'éponger le sang. Malgré ces précautions, tandis qu'ils transportaient le cadavre, ils s'aperçurent avec horreur que leurs souliers maculés laissaient des traces rouges sur le pavé de la cour. Ils déposèrent le cadavre dans le hangar et retournèrent chercher l'autre.

— Nous allons les mettre dans le sel, souffla le marchand, ce n'est pas la première fois. C'est une bonne cachette. Le sel conserve les corps. Cela nous permettra d'attendre la meilleure occasion de les faire disparaître.

Il ôta son habit de drap noir, prit une pelle et attaqua la haute montagne neigeuse qui luisait dans la pénombre.

Angélique l'aida, creusant des deux mains. Sa hâte de voir s'effacer ces deux visages grimaçants figés dans une hideuse expression était telle qu'elle ne sentait pas les morsures des cristaux de sel sur sa peau écorchée.

Les deux corps furent enfouis au plus profond du tas et soigneusement recouverts. Angélique et le marchand travaillaient en silence. Tandis que le marchand finissait de redonner au dépôt son aspect habituel, Angélique prit un seau qu'elle alla remplir à la fontaine. Armée d'une brosse, elle entreprit de nettoyer les pavés tachés. Deux commis, qui revenaient des quais avec un lot de barriques, entrèrent par l'autre porte. De loin, ils l'aperçurent et ne se formalisèrent pas de voir la servante de maître Berne lavant la cour à grande eau. Elle venait souvent aux magasins et, bien que s'occupant en principe des livres de comptabilité, il lui arrivait de se livrer à des travaux plus matériels. Par grâce, les deux garçons sachant que le maître était dans les parages ne s'approchèrent pas. Ils auraient pu s'étonner à juste titre de la découvrir quasi en haillons avec tous ses cheveux sur les épaules.

Ils disparurent dans le hangar aux vins et aux eaux-de-vie.

Angélique retourna dans la ruelle. Des mouches commençaient à bourdonner autour de la flaque de sang. La rigole était rouge jusqu'au soupirail qui s'ouvrait sur la mer, au bout de la rue, et évacuait les eaux.

Heureusement, personne n'était passé encore. Elle lava et relava à genoux, les cheveux dans les yeux, et ne se sentit tranquille que lorsque la dernière volée d'eau n'entraîna plus qu'une vague teinte rosâtre qui ne pouvait attirer la suspicion.

Alors elle referma soigneusement le porche qu'une heure plus tôt maître Gabriel avait presque arraché de ses gonds pour se précipiter à son secours.

— Venez jusqu'à mon bureau, dit le marchand, tout est en ordre. Il faut vous réconforter.

Angélique titubait. Il passa un bras autour de sa taille et la soutint jusqu'à la pièce ombreuse où s'entassaient, à côté des livres de comptes et des balances de tous calibres, de précieuses peaux du Canada, de la coutellerie d'Angleterre et des échantillons d'eaux-de-vie des Charentes.

Par précaution, il mit le verrou.

Angélique s'était laissé aller sur un banc, la tête appuyée dans ses bras, contre la table.

Maître Gabriel poussa vers elle un verre d'alcool.

— Dame Angélique, buvez... Il le faut.

Et, comme elle ne bougeait pas, il s'assit près d'elle, lui releva la tête et approcha de force le verre de ses lèvres. Elle but quelques gorgées, toussa. Les couleurs revinrent à ses joues.

— Pourquoi tout cela est-il arrivé ? demanda-t-elle en regardant autour d'elle d'un air hagard. Je rentrais à la maison... Ils ont commencé à m'escorter... J'ai pensé à venir jusqu'ici pour vous demander secours... Ils se sont montrés de plus en plus hardis... et puis, tout à coup...

— Laissez cela, dit-il. Vous n'avez plus rien à redouter, ils sont morts.

Elle frissonna violemment.

— Morts ? N'est-ce pas affreux ?... Partout des morts sur ma route.

— Il faut des morts, dit brusquement Berne dont les yeux conservaient leur éclat singulier. La mort appelle la mort, les crimes appellent les crimes. Il est écrit dans la Bible : « Tu donneras vie pour vie, œil pour œil, dent pour dent, main pour main, pied pour pied, brûlure pour brûlure, blessure pour blessure, meurtrissure pour meutrissure... »

Angélique se recula sur le banc. Elle se leva et s'écarta comme si elle venait de découvrir un ennemi à ses côtés.

— Je hais les hommes, dit-elle, d'une voix sourde, je les hais tous et je me hais moi-même. Oh ! je voudrais disparaître. Vous me regardez comme si j'étais folle. Vous voudriez peut-être que je reste calme, mais c'en est assez, je ne resterai pas calme.

— Comme vous avez l'air jeune et enfantine tout à coup. Vous ne parlez plus du tout comme cette femme avisée que vous m'aviez habitué à connaître.

— Vous ne comprenez donc pas, maître Berne... Les démons sont entrés dans mon château, ils y ont mis le feu, ils ont massacré les serviteurs, ils ont égorgé mon fils dernier-né et moi ils m'ont... c'est à cause de cette nuit-là qu'Honorine est née... comprenez-vous ?... L'enfant du crime et du viol... Et vous vous étonniez que je ne puisse l'aimer...

Il parut croire qu'elle délirait, puis brusquement, comprenant qu'elle faisait allusion à des événements passés :

— Laissez alors vos souvenirs. Vous les aviez oubliés.

A son tour, il se levait, enjambait le banc. Elle le regardait venir à elle avec crainte. Et en même temps elle souhaitait qu'il fût près d'elle, tout près d'elle pour la soutenir et pour qu'elle sût si c'était vrai que le miracle avait eu lieu et qu'elle pouvait se trouver heureuse dans les bras d'un homme.

— Tout à l'heure, vous les aviez oubliés, répéta-t-il à voix basse... tout à l'heure... contre moi !...

Il la frôlait. Ses mains se posaient sur sa taille et comme elle n'avait pas un mouvement de défense il l'attira vers lui. La tension qui les possédait les faisait trembler tous les deux, mais Angélique ne résistait pas.

Elle était froide et insensible comme une vierge qui se fait violence, mais la curiosité qu'elle avait d'elle-même demeurait la plus forte. « Tout à l'heure, je n'ai pas eu peur, se dit-elle. C'est vrai... et si maintenant il veut m'embrasser, que va-t-il se passer ? »

L'égarement du visage qui se penchait vers elle ne lui répugnait pas. Elle subissait sans en être offusquée la contrainte contre le sien d'un grand corps solide et possédé de désir. La personnalité de celui qui la pressait ainsi s'effaçait. Elle oubliait son nom et qui il était. Ce n'était qu'un homme qui la tenait dans ses bras et dont elle reconnaissait sans en être effrayée l'appel véhément.

Un soulagement inexprimable lui vint et la fit respirer longuement, lentement contre cette vaste poitrine, comme une noyée qui reprend souffle. Elle était donc encore vivante !

Sa tête s'alanguit.

Des lèvres assoiffées, qui n'osaient encore effleurer les siennes, se perdaient dans ses cheveux. Elle commençait à percevoir la caresse de la main qui tremblait sur sa peau nue. L'attention avec laquelle elle se découvrait à nouveau isolait toutes ses facultés.

Il fallut un mot, dont eux seuls pouvaient comprendre la signification dangereuse, pour la ramener à elle.

— Sel... Sel... criait au-dehors la voix d'un commis, tambourinant contre la porte close.

Angélique se raidit, soudain arrachée à sa torpeur.

— Ecoutez, fit-elle, ils parlent du sel... Ils ont découvert quelque chose !...

Immobiles, ils tendirent l'oreille.

— Faut-il charger le sel, patron ? répéta la voix du commis derrière la porte.

— Quel sel ? rugit maître Gabriel en bondissant. Assez rapidement, il retrouvait son sang-froid, jetait un coup d'œil sur ses vêtements et son rabat pour en vérifier la correction.

— C'est pour l'impôt. Ils viennent chercher le vin et le sel.

— Je parie qu'il s'agit d'un coup de Baumier, grommela le négociant.

Et il ouvrit la porte. Un huissier des tailles, accompagné de deux clercs et de quatre hommes d'armes de la maréchaussée, se tenait sur le seuil, derrière le commis effaré. Deux chariots vides les avaient accompagnés pour charger les redevances en nature.

— J'ai déjà payé tous mes impôts, déclara maître Gabriel. Je puis vous faire voir ma quittance.

— Appartenez-vous à la R. P. R. ?

— En effet.

— Donc, d'après les nouveaux décrets, vous devez encore un surplus équivalent à la totalité des impôts déjà versés. Voyez plutôt, c'est écrit là, ajouta-t-il en tendant un parchemin.

— Encore une iniquité car il n'y a aucune raison.

— Que voulez-vous, maître Berne, vos coreligionnaires convertis sont exemptés pendant un an de payer l'impôt et trois ans pour les tailles. Il faut bien que nous prenions ce manque à gagner quelque part. Aux entêtés comme vous de payer pour les autres. D'ailleurs, cela ne vous reviendra qu'à douze barriques de vin, cent cinquante livres de lard salé, et douze boisseaux de sel : ce n'est pas énorme pour un riche marchand comme vous.

A chaque fois qu'elle entendait le mot « sel » Angélique pâlissait.

L'huissier royal l'examina avec insolence.

— Votre épouse ?... demanda-t-il à maître Gabriel.

Celui-ci qui étudiait l'exploit qu'on lui avait remis ne répondit rien.

— Venez, messieurs, fit-il en sortant et en se dirigeant vers les hangars.

Angélique entendit l'huissier ricaner à la cantonade, en s'adressant à ses clercs.

— Ces Huguenots veulent encore nous faire la leçon... Cela ne les empêche pas d'avoir des concubines, comme tout le monde.

10

Suivirent des heures d'épouvante au cours desquelles Angélique attendait, à chaque instant, la catastrophe. Elle guettait les bruits de la cour. Des cris allaient s'élever. Elle verrait passer maître Gabriel encadré par les gens d'armes. Soudain, elle décida de s'éclipser, telle qu'elle était, échevelée, de courir chercher Honorine et de s'enfuir ensuite droit devant elle, le plus loin possible, toujours plus loin, jusqu'à ce qu'elle tombât, épuisée, dans la campagne.

Le départ du collecteur d'impôts la sauva de ce mouvement de folie. Les chariots passaient chargés de leur provende fiscale. Les portes se refermèrent sur eux.

La poussière dansait dans l'air safrané du crépuscule. Maître Berne traversa la cour pour rejoindre Angélique ; ses traits étaient soucieux mais il restait calme. Il se versa cependant un autre verre d'eau-de-vie. Surveiller pas à pas les investigations des clercs, faire comprendre aux manouvriers qu'ils devaient puiser sur un côté du tas de sel et non sur l'autre, échapper en même temps à l'attention soupçonneuse de l'huissier, n'avait pas été pour lui une mince épreuve.

— Je n'ai pu vous aider, dit Angélique. Je me serais trahie.

Le marchand eut un geste las.

— C'est un coup de Baumier, répéta-t-il. Maintenant, je suis sûr que c'est lui qui a mis les deux ignobles individus sur votre piste... La visite de l'huissier devait suivre de près le constat de l'altercation et de résistance à l'autorité royale. D'ici quelques heures, ils vont commencer à se demander ce que nous avons fait de leurs sbires. Aussi ai-je renvoyé les commis et les portefaix et fermé boutique. Nous ne pouvons attendre plus longtemps pour nous débarrasser des cadavres.

Il jeta un regard vers le rectangle doré de la porte.

— Bientôt il va faire nuit. Nous pourrons agir.

Ils attendirent dans l'ombre, en silence et sans chercher à se rapprocher l'un de l'autre.

Le danger imminent les tenait en alerte et requérait toutes leurs pensées. Ils demeuraient figés, comme des bêtes menacées, qui palpitent au fond de leur terrier, dernier refuge.

Le ciel, dans l'encadrement de la porte, prenait des nuances de coquillage et jusqu'à eux parvenait, avec les rumeurs lointaines du port, le souffle rythmé de la mer.

La nuit montait, froide, bleue et douce.

— Allons, c'est l'heure, dit le marchand.

Ils gagnèrent le hangar au sel. Maître Berne sortit un traîneau de bois d'une remise.

A nouveau, ils piochèrent ensemble dans la neige

amère qui leur écorchait les mains. Les corps extraits furent hissés sur le traîneau, recouverts de sacs de blé et de ballots de fourrure.

Le marchand s'attela aux brancards. Une fois qu'ils furent sortis sur l'arrière de la maison, il donna plusieurs tours de clé.

— Je veux que personne ne puisse entrer ici avant que je n'y sois revenu moi-même faire une inspection.

Il reprit l'un des brancards du traîneau et Angélique soutint l'autre. Les patins de bois glissaient facilement et sans bruit sur les petits cailloux ronds du Canada dont étaient pavées les rues et les ruelles de la ville. Le pavage très particulier, dû à un maire économe qui avait trouvé ce moyen d'utiliser les gravillons du Saint-Laurent en Nouvelle-France, dont on se servait jadis pour lester les navires manquant de fret, avait nécessité l'usage des traîneaux. Une charrette aux roues cerclées de fer eût fait un bruit infernal. Tirant leur macabre charge, Angélique et son compagnon se hâtaient comme des ombres furtives.

— C'est l'heure la plus favorable, chuchota maître Gabriel. Les quinquets ne sont pas encore allumés, et dans notre quartier de mauvaises têtes huguenotes, on nous fait attendre exprès plus longtemps que les autres pour nous punir... La brimade a parfois des avantages...

Les passants qu'ils croisaient n'avaient pas à se demander ce que faisaient là maître Berne et sa servante et ce qu'ils transportaient car on n'y voyait pas plus que dans un four.

Le marchand semblait savoir où il allait. Il obliquait dans des ruelles étroites en un circuit compliqué qui devait avoir pour but d'éviter les rues plus larges et plus fréquentées.

Angélique avait l'impression que leur expédition durait depuis des heures et elle s'étonna de se retrouver non loin de la maison, devant la porte cochère d'un de leurs voisins, le papetier Jonas Mercelot.

Son maître souleva trois fois le heurtoir de bronze. Ce fut le papetier lui-même qui vint ouvrir.

C'était un homme aux cheveux blancs, aimable et d'une grande érudition, qui avait possédé naguère la quasi totalité des moulins à papier de l'Angoumois. Ruiné par les taxes et les interdictions de conserver des artisans spécialisés religionnaires, il ne lui restait plus que sa très belle demeure de La Rochelle et un très petit commerce de papier d'art dont il était le seul à connaître les secrets de fabrication.

— J'ai quelque chose pour ton puits, lui dit Berne.

— Parfait ! Entrez donc, mes chers amis.

Il les aida, avec la plus grande aménité, à pousser leur traîneau et son lugubre chargement dans un cellier au frais parfum de pommes. Il tenait haut sa lanterne pour éclairer le chemin.

Le marchand déchargeait les fourrures et le blé. Les corps apparurent, grimaçants, poissés de sel et de sang, et le doux papetier les contempla sans manifester aucune surprise.

— Dame Angélique aurait-elle l'obligeance de tenir la lanterne ? Je t'aiderai à les transporter, dit-il seulement avec sa courtoisie habituelle.

Berne secoua la tête.

— Non, il est préférable que tu nous guides. Elle ne connaît pas le chemin.

— C'est juste.

Angélique, une fois de plus, dut reprendre deux pieds rigides et qui lui semblaient avoir la pesanteur de la pierre. Ses bras raidis lui faisaient mal. Eclairés par le papetier qui les précédait, ils descendirent trois degrés de pierre qui conduisaient dans un magasin encombré de rames de papier empilées, de ballots de vieux chiffons et de grosses bonbonnes d'acide. Vers le fond, maître Mercelot déplaça, non sans mal, une presse à bras d'un ancien modèle qui dissimulait une petite porte vermoulue. La clé se cachait dans une anfractuosité du mur.

La porte s'ouvrait sur un escalier tournant, heureusement assez court.

Ils étaient maintenant dans une grande salle souterraine, très basse de voûte et soutenue par de larges piliers romans. Au centre se trouvait un puits. Jonas Mercelot retira le couvercle de bois cadenassé et un bruit de clapotis de vagues, de flux et de reflux, emplit la salle.

— Ce puits communique avec la mer, expliqua maître Gabriel à Angélique.

Il était obligé d'élever la voix pour se faire entendre :

— ... Ce qu'on y jette est broyé sur les rochers, cria-t-il, et entraîné très loin par les courants.

La rumeur de l'océan, comme libérée de sa prison, grondait et bramait en clameurs prolongées répercutées par l'écho.

Dans ce vacarme, les gestes accomplis prenaient des allures de mauvais songe. Ces corps qu'on saisissait, qu'on balançait dans le gouffre d'ombre, on ne pouvait en percevoir le bruit de chute. Ils disparaissaient, happés, semblaient se dissoudre à la vue.

Le couvercle fut remis et le bruit s'effaça. Alors Angélique s'appuya à la margelle et ferma les yeux. « Ce n'est pas la première fois, hélas », avait dit maître Gabriel.

La rumeur sourde qu'elle continuait d'entendre, c'était La Rochelle secrète, hantée par la mer complice et par le chant des psaumes qui s'élevaient au XVIe siècle de ces caves souterraines où se sont réunis les premiers adeptes de la secte calviniste. C'était l'écho de la lutte sans merci que s'étaient livrée entre ces murs deux antagonistes et qui recommençait aux jours de persécution avec la même âpreté, les mêmes crimes... justifiés de part et d'autre.

Comment échapper au sang, à la peur !...

Honorine était couchée sur le ventre, les bras étendus, le front contre le dallage froid comme un petit animal qui attend la mort sans espérance.

— Elle vous a cherchée tout le jour, expliqua Abigaël. Elle semblait dans une anxiété anormale. Elle regardait sous les meubles. Elle voulait qu'on ouvrît les fenêtres et les portes. Elle ne vous appelait pas mais parfois elle poussait un cri qui nous faisait mal.

— Nous lui avons offert des friandises, elle a tout refusé.

— Je lui ai prêté mon cheval de bois, expliqua Laurier... Elle ne l'a pas voulu.

— Elle est malade, peut-être ?...

Ils étaient tous réunis autour de ce petit paquet prostré avec des mines soucieuses. Leur consternation s'accentua en découvrant l'état dans lequel leur apparaissait Angélique.

— Mais que vous est-il arrivé ? s'écria tante Anna.

— Rien de grave.

Elle relevait sa fille, la serrait éperdument contre elle.

— Me voici, petit cœur, me voici.

« Honorine a senti que j'étais en danger, pensa-t-elle. Voilà pourquoi elle était inquiète. »

Honorine était née dans le danger. Son instinct lui faisait reconnaître l'approche de la bête immense et ténébreuse aux pas de velours. Elle devait la sentir toujours, tapie derrière les carreaux des fenêtres.

Cramponnée au cou de sa mère, elle réclama impérativement qu'on mît les volets de bois afin de cacher la nuit. Chacun s'empressa d'aller poser les vantaux et alors seulement elle consentit à relâcher son étreinte et à sourire. Sa mère était là et dans les reflets des vitres, elle ne voyait plus apparaître la face noire et cruelle du malheur.

On l'installa sur sa chaise et on lui apporta son gruau. Angélique alla changer de robe, mettre un devantier de toile bien empesé et cacher sous une nouvelle coiffe ses cheveux en désordre.

Maître Gabriel parlait à mi-voix avec le pasteur Beaucaire et son neveu, également pasteur et réfugié des Cévennes. Il était arrivé un jour tenant par la main son petit garçon de quatre ans, Nathanaël.

L'enfant était là aussi ce soir et les deux jumelles de la famille Carrère complétaient la maisonnée, car les voisins s'étaient partagés les dix enfants du pauvre avocat, à l'occasion de la naissance du onzième.

Honorine, enchantée d'être le point de mire d'une cour aussi nombreuse, devenait bavarde.

— Maman, dit-elle, quand Angélique revint, ce beau monsieur qui m'a donné un hochet d'or, où est-il ?

— Quel beau monsieur ? demanda maître Gabriel.

— Quel hochet d'or ? fit tante Anna soupçonneuse.

Angélique aurait trouvé ridicule de feindre :

— M. de Bardagne a eu l'amabilité de faire un cadeau à l'enfant.

Dans un silence froid, Honorine s'occupait à modeler sa bouillie d'une cuillère attentive. Elle réfléchissait profondément.

— Ze voudrais tellement avoir un père comme ça, dit-elle enfin avec un sourire enthousiaste.

Depuis quelque temps, désespérément, elle se cherchait un père. Elle avait d'abord jeté son dévolu sur le pasteur Beaucaire, mais celui-ci l'avait fort déçue. « Ma petite enfant, je t'aime comme une fille spirituelle, mais sans mentir, je ne puis te dire que je suis ton père. »

Le porteur d'eau, qu'elle affectionnait, avait également décliné une telle responsabilité.

Elle tâtait visiblement maintenant le terrain du côté de M. de Bardagne, mais le moment semblait mal choisi.

Angélique préféra l'emmener dans l'arrière-cuisine et la mettre au lit.

Mais Honorine poursuivait son idée :

— Ce n'est pas mon père ?

— Non, ma chérie.

— Où est-il alors, mon père ?

— Loin, très loin.

— Sur la mer ?

— Oui, sur la mer.

— Ze prendrai un bateau alors, dit Honorine.

Ses paupières retombèrent sur la vision d'un fabuleux voyage et elle s'endormit, brisée par les émotions.

Angélique s'occupa du repas du soir. Il lui fallait s'affairer aux tâches quotidiennes pour dominer son angoisse. Elle n'avait pas revu M. de Bardagne depuis sa demande en mariage et lui avait seulement envoyé une lettre destinée à le faire patienter.

Chacun se mit à table et on allait entamer la soupière de moules fumantes, lorsque la cloche du portail retentit.

Ils se regardèrent, le visage tendu, à la lueur des chandelles. La cloche s'impatienta à nouveau. Maître Gabriel se leva.

— J'y vais, dit-il. Si nous ne répondons pas, cela paraîtra suspect.

— Non, j'y vais moi, s'interposa Angélique.

— Envoyons le valet.

Mais le valet avait peur sans savoir pourquoi.

— Laissez-moi agir, insista Angélique en posant la main sur le bras du marchand. Que votre servante se présente, c'est l'attitude la plus normale.

Je m'informerai d'abord par le judas et viendrai vous avertir.

Par le judas, une voix interrogea :

— Est-ce vous, dame Angélique, je veux vous parler ?

— Qui êtes-vous ?

— Ne me reconnaissez-vous pas ? Je suis Nicolas de Bardagne, le lieutenant du Roi.

— Vous ?

Angélique défaillait :

— ... Que venez-vous faire ?... M'arrêter...

— Vous arrêter ?... répéta la voix, suffoquée.

Il fallut un moment au pauvre homme pour se remettre.

— ... Alors, vous ne me croyez bon qu'à cela ? Arrêter les gens à tort et à travers ?... Grand merci, pour l'opinion que vous avez de moi. Je sais que les opiniâtres que vous fréquentez me représentent volontiers comme un loup-garou, mais tout de même...

— Monsieur, je vous ai blessé, pardonnez-moi. Etes-vous seul ?

— Si je suis seul ! Certes, ma chère enfant. Et masqué. Et enveloppé d'un manteau couleur de muraille. Un homme de mon rang qui a la stupidité de se livrer à de galantes escapades préfère être seul et ne pas attirer l'attention. Si j'étais découvert, je serais ridiculisé à jamais. Mais il fallait absolument que je vous parle. C'est très grave.

— Que se passe-t-il ?

— Allez-vous me laisser discourir, sans me donner au moins l'abri d'un coin de cour, ou venir me rejoindre dans cette ruelle fort peu passante et judicieusement obscure... Sacrebleu, dame Angélique, de quel bois êtes-vous faite ? Le lieutenant du

Roi, gouverneur de La Rochelle, se déplace en secret pour vous distraire de vos fourneaux et vous apporter ses hommages, et vous le recevez comme un chien dans un jeu de quilles.

— Je suis désolée, mais que vous soyez lieutenant du Roi ou pas, votre visite secrète risque de me faire perdre ma réputation.

— Vous êtes décidément intraitable, vous me ferez devenir fou. En réalité vous ne tenez pas du tout à me voir !

— Dans les conditions présentes, je suis en effet mal à l'aise. Vous n'ignorez pas combien ma situation est déjà délicate parmi ces gens que je dois servir. Si l'on soupçonnait...

— Je suis venu précisément pour vous arracher à ce nid d'hérétiques où vous encourez les plus graves périls.

— Que voulez-vous dire ?

— Ouvrez-moi cette porte et vous le saurez.

Angélique hésitait.

— Laissez-moi avertir maître Berne.

— Il ne manquerait plus que cela !

— Je ne vous nommerai pas, mais il faut que je trouve une explication pour justifier mon absence, si courte soit-elle.

— C'est fort juste. Mais faites vite... Rien que d'avoir entendu le timbre de votre voix et respiré le parfum de votre haleine, je me sens transporté.

Angélique revint vers la maison à l'instant où maître Berne inquiet descendait.

— Qui donc sonnait ?

Elle lui expliqua rapidement la présence et la demande de M. de Bardagne Les prunelles du marchand rochelais devinrent aussi dangereuses que lorsqu'il s'apprêtait à étrangler les sbires de Baumier.

— Ce paltoquet de papiste ! Je vais m'expliquer avec lui. Je lui apprendrai à venir débaucher mes servantes sous mon propre toit.

— Non, n'intervenez pas. Il paraît qu'il a de graves nouvelles à me communiquer.

— Et de quel ordre croyez-vous donc qu'elles soient, ces nouvelles ? Les réflexions de votre fille innocente sont assez révélatrices. Nul n'ignore qu'il a jeté son dévolu sur vous et voudrait vous installer en ville comme sa maîtresse. C'est même la fable de La Rochelle !

Angélique retenait, de toute son énergie, maître Gabriel qui eût pu l'écarter comme un fétu de paille.

— Tenez-vous donc tranquille, adjura-t-elle sévèrement. M. de Bardagne a pour lui le pouvoir. Ce n'est point le moment de dédaigner son appui alors que nous venons d'aggraver notre situation déjà précaire et que vous risquez la corde.

Plus encore que les paroles, la pression de la main fine sur son poignet domptait la colère de Gabriel Berne.

— Qui sait ce que vous lui avez déjà accordé ? gronda-t-il cependant. Jusqu'ici je vous faisais confiance...

Il s'interrompit parce qu'il revivait l'instant où cette confiance avait été ébranlée. Confusément, il avait songé aux mois de quiétude ménagère qui venaient de s'écouler sous l'égide d'une servante experte dont jamais un geste ni une expression n'avaient pu lui paraître suspects de coquetterie. Dieu sait qu'il se serait montré sévère !

Mais sa méfiance, vive au début, s'était endormie.

Et puis il y avait eu l'Eve meurtrie qui s'était jetée dans ses bras en pleurant, la femme inerte et comme fascinée qu'il avait attirée lentement contre lui. Si, alors, elle l'avait repoussé, il aurait pu se ressaisir à temps. Il en était sûr. Mais la faiblesse d'Angélique avait déchaîné en lui ce démon de la chair qu'il domptait, non sans mal, depuis les tourments de sa jeunesse. Il avait perdu la tête. Il avait plongé son visage dans une soyeuse chevelure et posé sa main sur un sein à demi nu, dont il lui semblait qu'il gardait encore, au creux de la paume, la chaleur voluptueuse.

Son regard changea.

Angélique eut un sourire triste.

— *Avant*, vous me faisiez confiance, dites-vous ?... Et maintenant... vous m'imaginez capable de toutes les turpitudes, parce que, dans un moment de désarroi je me suis laissé troubler. Par vous !... N'est-ce pas injuste ?...

Jamais auparavant il n'avait remarqué combien sa voix pouvait être charnelle et douce. C'était parce qu'elle lui parlait tout bas, très proche, dans l'ombre, et qu'il voyait briller ses prunelles et ses lèvres.

Ah ! qu'il était douloureux et exaltant de découvrir, derrière un visage quotidien, le mystère de sa sensualité. Parlait-elle ainsi dans ses nuits d'amour ? Il se prit à haïr tous les hommes qu'elle avait aimés.

— Dois-je vous soupçonner des plus noirs péchés, maître Gabriel, parce que, vous aussi, vous avez manqué de sang-froid ?...

Il baissa la tête comme un coupable. Heureux de l'être.

— ... Oublions cela, voulez-vous, dit-elle gentiment.

Il faut d'ailleurs l'oublier. Nous n'étions nous-mêmes, ni l'un ni l'autre... Nous venions d'éprouver un choc terrible. Maintenant, il faut redevenir comme avant.

Mais elle savait bien que ce serait impossible. Il y aurait toujours entre eux la double complicité d'un crime et d'un moment d'abandon.

Elle insista néanmoins :

— Il faut garder toutes nos forces pour lutter et nous sauver. Laissez-moi parler avec M. de Bardagne. Je peux vous assurer que je ne lui ai jamais rien accordé.

Il crut l'entendre ajouter avec un peu de moquerie : « Moins qu'à vous. »

— C'est bon, dit-il. Allez. Mais soyez brève.

Angélique revint donc vers la petite porte derrière laquelle M. de Bardagne, représentant du Roi, piaffait d'impatience. Elle l'ouvrit et fut happée aux poignets par deux mains possessives.

— Vous voilà enfin ! Vous vous moquez de moi. Que lui racontiez-vous ?

— Mon maître est soupçonneux et...

— Il est votre amant, n'est-ce pas ? Cela ne fait aucun doute... Vous lui accordez chaque nuit ce que vous me refusez.

— Monsieur, vous m'offensez.

— A qui ferez-vous croire le contraire ? Il est veuf. Vous vivez depuis plusieurs mois sous son toit. Il vous voit sans cesse aller, venir, parler, rire, chanter... que sais-je ! Il est impossible qu'il ne soit pas fou de vous. C'est intolérable, contraire à toute morale. C'est un scandale.

— Croyez-vous que venir me courtiser par une nuit sans lune n'en est pas un ?

— Ce n'est pas la même chose. Moi, je vous aime.

Et il l'attira très près de lui, dans une encoignure. La nuit empêchait Angélique de distinguer ses traits. Elle percevait l'odeur de lilas de la poudre dont il usait pour ses cheveux. Toute sa personne dégageait une impression de raffinement et de confort. Lui était parmi les justes. Il n'avait rien à craindre. Il était de l'autre côté de la barrière derrière laquelle souffrent les réprouvés.

Angélique n'avait-elle pas encore dans les plis de ses vêtements l'odeur du sel et du sang ?

Ses mains gercées lui faisaient mal et elle n'osait les retirer de celles qui les tenaient.

— Votre présence m'affole, murmura M. de Bardagne. Il me semble que si j'osais, dans cette obscurité, vous me seriez moins cruelle. Enfin, ne m'accorderez-vous pas un baiser ?

Sa voix était humble. Angélique pensa qu'elle devait faire un effort. On ne traîne pas un fonctionnaire royal aussi bas, sans essayer de lui consentir parfois quelque consolation d'amour-propre.

C'était le jour des expériences. La nature, après avoir privé Angélique de ses armes les meilleures, avait-elle décidé de lui en rendre l'usage dans une certaine mesure ?

— Eh bien, c'est entendu, embrassez-moi, dit-elle d'un ton résigné qui n'était guère flatteur.

Nicolas de Bardagne n'en fut pas moins transporté de joie.

— Ma chérie ! balbutia-t-il, enfin, vous êtes à moi.

— Monsieur, nous n'avons parlé que d'un baiser.

— Le paradis !... Je vous promets que je serai très respectueux.

Il eut de la peine à tenir sa promesse. Cette difficile victoire donnait toute leur douceur à des lèvres qu'il eût souhaitées moins closes. Mais il sut avec tact s'en contenter.

— Ah ! si je vous avais à ma merci, soupira-t-il, tandis qu'elle s'écartait, je parviendrais bien à vous dégeler.

— Monsieur, en avez-vous terminé avec les confidences que vous désiriez me faire ? Je crois qu'il me faudrait me retirer.

— Non, je n'en ai pas fini... Il me faut, hélas, revenir à des perspectives moins aimables. Ma chérie, ce qui m'a poussé à venir vers vous, ce soir, c'est, avec la fièvre de vous revoir, la nécessité dans laquelle je me trouvais de vous avertir de ce qui se trame contre vous. Votre sort m'inspire de l'inquiétude. Ah ! pourquoi faut-il que je sois tellement épris de vous. J'ai connu l'espérance, puis l'anxiété, et maintenant je connais la douleur. Car vous m'avez menti, vous m'avez sciemment trompé.

— Moi ? Je m'en défends.

— Vous m'avez dit que vous aviez été placée ici par la Compagnie. Mais ce n'est pas vrai. Baumier a fait une enquête à votre sujet et il a établi sans nul doute qu'aucune de ces dames du Saint-Sacrement ne s'était occupée de vous, ni même ne vous connaissait.

— Ceci prouve simplement que M. Baumier est mal renseigné...

— Non !

La voix du lieutenant du Roi était lugubre.

— ... Ceci prouve que vous mentez. Car ce rat de

Baumier est au contraire toujours très bien renseigné. Il occupe un haut rang dans la Compagnie Secrète, beaucoup plus élevé que le mien. C'est pourquoi je me trouve souvent dans l'obligation de le ménager. Il me déplaît de le voir s'occuper de vous mais je ne puis l'en empêcher. J'ai su, par un rapport d'un de mes espions, qu'il se faisait fort de découvrir exactement qui vous êtes.

Il se rapprocha plus près d'elle et chuchota :

— Dites-moi, *qui* êtes-vous ?

Il essayait de la reprendre dans ses bras, mais elle se raidit, oppressée.

— Qui je suis ? Votre question est sans objet. Je ne suis qu'une simple...

— Oh ! non. Vous continuez à mentir. Me prenez-vous pour un imbécile ? Sachez qu'il n'y a pas, dans tout le royaume de France, de *simple* servante comme vous qui puisse écrire des lettres aussi bien tournées, d'une plume aussi rapide que celle que vous m'avez fait porter récemment. Elle m'a à la fois atterré et comblé de joie, mais elle m'a aussi confirmé dans mon impression que vous cachiez votre réelle personnalité sous un nom et des vêtements d'emprunt...

» Baumier, dès qu'il vous a vue, en a eu le soupçon... J'entends votre cœur qui bat à grands coups... Vous êtes effrayée. S'il découvrait quelque chose est-ce qu'il pourrait vous nuire ? Voyez, vous ne répondez pas... Pourquoi ne me faites-vous pas confiance, mon ange ? Je suis prêt à tout pour vous sauver. Tout d'abord, vous allez quitter ces tristes huguenots dont le voisinage vous est préjudiciable. Le jour où on viendra les arrêter, si l'on vous trouve parmi eux, vous n'échapperez pas aux investigations des policiers. Donc, il faut qu'à ce moment-là vous soyez loin et à l'abri. Je peux vous emmener avec votre fille dans un de mes domaines, en Berry. Plus tard, lorsque toutes ces affaires de religion seront calmées et que Baumier s'occupera d'autre chose, je vous ramènerai à La Rochelle... Vous serez ma femme, naturellement.

Il répéta noblement, craignant qu'elle n'eût pas mesuré la portée de son dévouement.

— ... J'ignore qui vous êtes, mais je vous épouserai quand même !

Angélique était incapable d'articuler la moindre parole. Les révélations qui achevaient cette journée la jetaient dans des transes affreuses. Il la retint au moment où elle le quittait, sans un mot.

— Où allez-vous ? Décidément, vous êtes une femme étrange. Vous ne m'avez même pas répondu. Réfléchirez-vous à ma proposition ?

— Oui, très certainement.

— Vous me l'avez déjà promis, une première fois. Mais ne tardez pas trop. Je dois partir demain pour quelques jours à Paris où je suis appelé pour le Conseil du Roi. Si vous aviez accepté de me suivre, je vous aurais déposée en Berry.

— Je ne puis me décider si vite.

— Puis-je être assuré, au moins, qu'à mon retour vous me donnerez votre réponse ?

— J'essaierai.

— Il faut qu'elle soit affirmative ! Baumier est habile et tenace. Je crains pour vous.

Il essayait encore de l'embrasser, mais elle se déroba, ferma la porte. Elle resta un moment immobile dans l'obscurité de la cour, puis courut comme une folle vers la maison.

Elle se heurta à maître Gabriel qui la retint par les coudes.

— Que vous a-t-il dit ? Pourquoi êtes-vous restée si longtemps ? Il vous a convaincue de le suivre, n'est-ce pas ?

Elle se dégagea avec brusquerie et voulut s'engager dans l'escalier Mais il la retint encore d'une poigne exaspérée.

— Répondez !

— Que voulez-vous que je réponde ? Ah ! vous êtes tous fous ! Vous êtes bien moins raisonnables que des enfants, vous, les hommes. Et pourtant la mort est là ! Elle vous guette. Elle est peut-être pour demain. Vos ennemis posent leurs pièges. Vous y tombez, vous pataugez dans le crime et la délation. Et à quoi songez-vous ?... A jalouser un rival, à embrasser une femme...

— Il vous a embrassée ?

— Et quand bien même il m'aurait embrassée, quelle importance ? Demain nous serons tous en prison, demain nous serons moins que des corps sous une dalle où l'on a gravé leurs noms. Nous serons des emmurés vifs dans une prison... Vous ne savez pas ce que c'est qu'une prison... Moi, je le sais.

Elle s'échappait de nouveau. Il dut l'agripper, l'encercler de ses deux bras vigoureux pour la retenir.

La lueur d'une lampe à huile, sur le palier audessus d'eux, versait une lueur diffuse et dans ces demi-ténèbres le visage d'Angélique, avec son expression égarée qui sublimait sa beauté, semblait échappé d'un monde supra-normal. Il tenait dans ses bras un fantôme errant, surgi aux yeux des humains grâce aux magies d'une nuit maléfique. Déjà, elle n'était plus parmi eux.

— Où courez-vous ? Vous allez affoler tout le monde.

— Il faut que je prenne ma fille et Laurier et que je les emmène. Il faut partir.

Il ne lui demanda pas où. Il la regardait comme s'il ne la voyait pas très bien avec son expression tendue, ses yeux qu'agrandissait la peur. Elle ressemblait à cette femme qu'il avait frappée à coups de bâton sur la route des Sables-d'Olonne et dont les yeux verts, avant de se ternir, l'avaient fixé si douloureusement. Elle ressemblait aujourd'hui à cette femme misérable surgie d'un rideau de pluie sur la route boueuse de Charenton et qui symbolisait tout ce qu'il y avait au monde de beauté meurtrie, d'innocence bafouée, de faiblesse condamnée, cette femme si souvent apparue dans ses songes au cours des années qu'il avait fini par l'appeler « la femme du destin » et par se demander avec angoisse ce qu'elle lui dirait un jour, lorsque le son de sa voix lui parviendrait. Car il la voyait remuer les lèvres mais il n'entendait pas ce qu'elle avait à lui dire.

Et voici que ce soir elle parlait. Il avait entendu les paroles implacables destinées à l'atteindre depuis des années : *Il faut partir*.

— Maintenant, par cette nuit noire ? C'est vous qui êtes folle.

— Croyez-vous que je vais attendre que les dragons du Roi entrent ici pour nous massacrer ? Que je vais attendre que Baumier vienne m'arrêter et me livrer à la justice du Roi ? Que je vais attendre de voir Laurier partir en pleurant dans ces charrettes qui emmènent on ne sait où les enfants huguenots et qui, chaque jour, quittent la ville... J'ai assez vu d'enfants pleurer et crier et appeler au secours... J'ai assez connu de prisons et de gardiens et d'attentes et d'injustices. Libre à vous de les connaître et de les apprendre... Mais moi, je pars avec les enfants... Moi, je m'en vais sur la mer.

— Sur la mer ?

— Au-delà des mers, il y a des terres neuves, n'est-ce pas ? Les gens du Roi ne pourront pas m'y atteindre. Là, seulement, je pourrai recommencer à regarder briller le soleil et pousser les fleurs. Même si je ne possède rien d'autre, j'aurai toujours cela...

— Vous divaguez, ma pauvre âme...

Parce qu'il ne se fâchait pas, que sa voix était pleine de tendresse, la tension d'Angélique tomba.

Elle se sentait infiniment lasse, vidée de tout.

— Les émotions de la journée ont été rudes, reprit-il. Vous êtes à bout.

— Certes, je suis à bout, murmura-t-elle. Et cela rend lucide, si vous saviez, maître Gabriel ! Je ne suis pas folle. Je vois simplement où j'en suis : à bout. Derrière moi, il y a un cercle de chiens enragés qui se rapprochent. Devant moi, la mer. Il me faut partir. Je dois sauver les enfants. Je dois sauver ma fille. Je ne peux supporter de l'imaginer, séparée de moi, abandonnée à des êtres indifférents, pleurant et m'appelant dans sa solitude de bâtarde, reniée par tous... comprenez-vous pourquoi je n'ai pas le droit de me laisser capturer... même pas celui de mourir...

Elle ajouta en se débattant de nouveau :

— Lâchez-moi, mais lâchez-moi donc. Je dois courir au port.

— Au port ? Pour quoi faire ?

— Pour m'embarquer.

— Croyez-vous que ce soit si facile? Qui vous acceptera ? Et comment paierez-vous votre passage ?

— Je me vendrai s'il le faut au capitaine d'un navire.

Il la secoua, furieux.

— Comment osez-vous prononcer des paroles aussi scandaleuses ?

— Préférez-vous que je me vende à M. de Bardagne ? Tant qu'à faire de me vendre à un homme, je préfère que ce soit à celui qui m'emmènera le plus loin possible.

— Je vous interdis de le faire, entendez-vous, je vous l'interdis !

— Je ferai n'importe quoi, mais je partirai.

Elle criait et les échos de sa voix retentissaient à travers la vieille maison où, sur les tapisseries tendues, s'étageaient dans leurs cadres de bois des îles des faces pâles ou rougeaudes d'armateurs et de négociants. Jamais ces générations rochelaises n'avaient entendu crier ainsi et prononcer des paroles aussi offensantes.

Le pasteur, Abigaël, Mme Anna s'approchaient en tenant leurs chandelles et se penchaient par-dessus la rampe.

— C'est entendu, dit maître Gabriel, vous partirez... Mais nous partirons tous.

— Tous ?... répéta Angélique n'en pouvant croire ses oreilles.

L'expression du marchand était crispée mais résolue.

— Oui, nous partirons... Nous abandonnerons la maison des ancêtres, le fruit de nos travaux, notre cité... Nous irons gagner le droit de vivre, sur une terre lointaine... Ne tremblez plus, dame Angélique, ma très chère... ma très belle... C'est vous qui avez raison... Le sol se dérobe sous nos pas et nous avons la lâcheté d'y entraîner nos enfants qui commencent à vivre... En vain cherchions-nous à nous aveugler. Aujourd'hui, j'ai vu le gouffre ouvert... et j'ai su que je ne voulais pas vous perdre... Nous partirons.

11

Vingt fois par jour, elle regardait la mer. Elle voyait danser par-dessus les remparts son étendue grise.

— Emmène-moi ! Emmène-moi ! lui disait-elle tout bas.

Mais il fallait attendre. Elle en avait compris la nécessité. Deux jours s'étaient écoulés depuis celui où Angélique, complice de maître Berne, avait basculé dans le puits du papetier Mercelot des cadavres défigurés.

La vie en apparence avait repris son cours. Aucun policier n'avait sonné au portail ni ne s'était présenté aux entrepôts. On pouvait croire que rien ne se passerait et qu'il suffisait de se persuader que rien ne s'était passé. Que l'existence était paisible, qu'il n'y avait rien d'autre à faire que d'attacher la marmite dans l'âtre et de repasser du linge parfumé à la marjolaine, par un bel après-midi ensoleillé.

Mais c'était en vain qu'Honorine réclamait chaque soir qu'on mît aux fenêtres les volets de bois. La maison n'en était pas moins menacée. On la sentait marquée d'un sceau invisible, elle et ses habitants. La ville les encerclait comme un piège. Car le port, antichambre de la liberté, était le fief d'une police tatillonne. Les navires soumis à un contrôle exact. Et il ne suffirait pas, pour respirer librement, de franchir, voiles déployées, le seuil du havre, entre la Tour de la Chaîne et la Tour Saint-Nicolas, de doubler la digue de Richelieu et de dépasser le cirque des falaises blanches. Les vaisseaux de la marine royale croisaient au large de l'île de Ré. Ils étaient là pour empêcher les condamnés de s'enfuir.

Les enfants dansaient la ronde autour du palmier. Leurs voix aigrelettes montaient jusqu'à Angélique avec le bruit scandé de leurs petits sabots de bois sur le pavé de la cour.

A la pêche aux moules
Je ne veux plus aller, maman
Les garçons de Marennes
Me prennent mon panier, maman

Il y avait là une nuée de petits voisins que leurs parents, convoqués pour le Conseil des Anciens, avaient amenés.

Les béguins brodés des petites filles, leurs tabliers de couleurs vives sur leurs grosses jupes rondes, paraissaient des fleurs piquetées parmi les serges sombres des garçons.

Sur toutes les épaules sautaient des boucles blondes, brunes ou rousses, les joues étaient roses et les yeux qui se levaient ressemblaient à des étoiles.

A tout instant, Angélique lâchait son fer à repasser pour se pencher à la fenêtre et les surveiller.

A tout instant, pensait-elle, le porche pouvait s'ouvrir, des hommes en noir pouvaient entrer, ou des soldats en armes qui prendraient ces enfants par la main et les emmèneraient à tout jamais.

Ces messieurs du Consistoire sortirent sur le palier. Leurs femmes qui avaient été reçues par tante Anna les rejoignirent. Les groupes descendirent. Ils parlaient en chuchotant comme dans la maison d'un mort.

Maître Gabriel entra peu après dans la cuisine. Il attira une chaise et s'assit. Mais il n'eut pas le geste familier de saisir sa longue pipe hollandaise pour la savourer comme aux heures de paix.

Il parla sans regarder Angélique.

— Nous venons de décider de nous rendre à Saint-Domingue, dit-il. Notre groupe représente une dizaine de familles accompagnées de deux pasteurs : Beaucaire et son neveu. Tous ceux qui viennent de s'engager sont résolus à tenter l'aventure et à refaire leur fortune sur une terre nouvelle. Pour certains, la chose ne sera pas aisée : le papetier Mercelot, l'avocat Carrère veulent être du voyage avec toute leur nichée. Comment les employer aux îles ? Même pour des maîtres pêcheurs comme Gasserton et Malire, je ne sais s'ils pourront établir facilement des pêcheries là-bas. Car on y vit surtout des plantations : canne à sucre, tabac, cacao.

— Le cacao, fit Angélique vivement, cela m'intéresse. Autrefois, je me suis occupée de la fabrication du chocolat et je peux sélectionner les meilleures qualités de fèves.

Elle rêvait déjà. Elle se voyait libre, coiffée d'un

grand chapeau de paille comme en portait jadis sa mère, et parcourant une plantation couleur d'émeraude, suivie de Laurier et d'Honorine qui attraperaient des papillons de saphir et d'or.

La lumière emplit ses prunelles vertes comme si les envahissaient déjà les reflets magiques de la mer des Caraïbes et de ses palmes.

Maître Gabriel la considéra à la dérobée avec mélancolie. En quelques jours, il avait appris à savourer toutes les nuances d'une beauté qu'il s'était interdit jusqu'alors d'apprécier. Il s'adressait de violents reproches mais il revenait, sans cesse, à ce visage où affleurait la vie la plus intense, et pourtant la plus secrète. « Elle est entrée dans nos existences comme un flambeau », se disait-il. Elle éclairait, mais personne ne savait rien d'elle. Aujourd'hui, elle repassait avec soin les coiffes amidonnées. La vapeur brûlante qui s'élevait du linge humide rosissait ses joues. Elle remplissait sa tâche d'une façon alerte et capable, mais ses yeux immenses révélaient d'insondables abîmes, et lorsqu'il l'étudiait ainsi avec une attention aiguë, c'était moins poussé par le désir que par l'attirance de son passé mystérieux.

Les paroles qui lui échappaient parfois faisaient leur chemin dans l'esprit du marchand et il s'évertuait à rapprocher les morceaux de visions fort diverses. Ne venait-elle pas de dire qu'elle s'était occupée d'affaires de cacao ? En quelles circonstances ? Il n'avait pas été sans remarquer sa compétence commerciale, particulièrement dans le domaine des choses de la mer. Mais quel rapprochement entre celle qu'il avait vue se dresser comme un ange misérable dans la boue grise du chemin de Charenton et celle qui lui avait crié, d'un air hagard, « ils sont entrés dans *mon* château, ils ont égorgé *mes* serviteurs » ?

« Une aventurière ! disait d'elle, catégorique, Mme Manigault en touchant le bout de son nez. Mon flair ne m'a pas trompée ! »

Angélique rencontra le regard sagace de son protecteur et lui sourit avec un peu de gêne. D'un commun accord, ils avaient décidé d' « oublier » et de conserver jusqu'au départ l'apparence de leurs bonnes relations. Elle lui était reconnaissante d'y parvenir. La rude éducation huguenote avait accoutumé maître Gabriel à dompter ses passions. Homme coléreux et sensuel, il avait réussi à faire de lui-même par la prière et la volonté ce personnage prudent, calme et capable d'ascétisme que tout le monde estimait et même craignait un peu à La Rochelle. La qualité du résultat de ce modelage était solide. Il ne ferait pas supporter aux autres et à l'heure du danger, les conséquences de la crise qui le bouleversait. Il avait assez de bon sens pour discerner que si les choses continuaient sur un certain ton, ils deviendraient fous et se précipiteraient comme des moutons pris de panique dans les désastres.

Grâce à lui et à son visage glacé, un semblant de paix était revenue sur la maison. Les nerfs d'Angélique se calmaient. La force morale du marchand lui donnait celle de supporter son angoisse. Mais, parfois, il y avait entre eux de lourds silences.

— Comment partirons-nous ? interrogea-t-elle.

Les traits du marchand rochelais s'éclairèrent :

— Figurez-vous, cela tient du miracle, comme vous dites, vous autres Papistes. L'armateur Jean Manigault, le plus opposé à tout départ, a subitement décidé d'être des nôtres. Une mésaventure récente l'y a contraint : son jeune fils Jérémie lui a été enlevé alors que le gamin avait eu l'imprudence de s'attarder à regarder passer une procession. « On » y a vu un désir de conversion et comme le petit a plus de sept ans, il a été conduit à la maison des Frères Minimes. Manigault a dépensé une fortune pour obtenir sa libération. Elle n'est que provisoire. Si riche qu'il soit, Manigault maintenant tremble pour son enfant. Donc il part. Son adhésion facilitera notre entreprise. A Saint-Domingue il possède déjà de nombreux comptoirs. Et c'est donc sur un de ses propres navires que nous allons nous embarquer.

» Voici son plan : Il me semble bon. Un de ses navires de traite revient prochainement d'Afrique. Les esclaves seront entreposés dans les magasins à quai en attendant leur nouveau départ pour les îles. Manigault les inscrira sur le rôle, présenté aux autorités. Mais au dernier moment, c'est nous qui prendrons la place des esclaves. Si aucune visite supplémentaire n'est effectuée à bord entre le moment où nous aurons quitté le quai et celui où nous aurons franchi le Pertuis d'Antioche, nous pourrons nous considérer comme sauvés.

— Mais les esclaves ?

— Ils seront laissés à terre, dans les magasins cadenassés, et on aura pris soin de les droguer afin qu'ils ne manifestent leur présence que le plus tard possible.

— Le grand courage de M. Manigault consiste donc à abandonner ainsi le bénéfice d'une cargaison précieuse, fit Angélique, à nouveau pratique.

— Il y a bien d'autres choses encore que nous devons abandonner, répondit pensivement Berne. Mais Manigault n'est pas le plus à plaindre. Il compte bien reprendre le commerce avec son successeur ici. En somme, il sera à Saint-Domingue au lieu d'être à La Rochelle. Ce sera la même affaire. Il a déjà assuré ses arrières. Moi, j'ai quelques petites sommes placées en Hollande et en Angleterre. De plus, nous mettrons à profit les jours qui nous restent pour transformer la plupart de nos biens en sacs d'écus. Cela tient peu de place sur un navire.

— Ces mouvements d'argent ne risquent-ils pas d'attirer les soupçons ?

— Nous agissons prudemment. Les catholiques avec qui nous traitons savent que les protestants sont acculés à vendre pour faire face à la double taxation.

Angélique posa la question qui lui brûlait les lèvres.

— Quand, quand nous embarquons-nous ?

— Dans deux ou trois semaines.

— Trois semaines ! s'exclama-t-elle. O Dieu, que c'est long !

Son interlocuteur tressaillit et parut soulevé de rancune envers elle.

— Cela semble très court quand il s'agit de s'arracher à la terre de ses pères, fit-il sourdement.

Il frappa du poing contre la table.

— ... Maudits soient ceux qui nous y contraignent !

Elle aurait voulu lui demander pardon, mais elle ne dit rien, de peur de l'irriter davantage.

Angélique, qui avait déjà tout perdu, comprenait mal ce qui retenait encore les Protestants à leur vie dolente, asphyxiée.

Mais comme le paysan d'une terre ingrate s'attache au sol qu'il fait fructifier, et contemple sans envie la vallée fertile qui lui est étrangère, les protestants s'accrochaient toujours à leur sort fragile. La seule pensée de ces îles d'Amérique, ce soleil, cette liberté qu'on leur promettait, les rendaient tristes.

L'habitude de ramer au milieu d'une mer démontée, d'aborder un obstacle après en avoir franchi un autre, de s'ancrer, leur avait fabriqué une race résistant à tous les assauts, farouchement cramponnée. La persécution était leur climat depuis déjà deux siècles. Quitter leur ville et leur province, leur paraissait maintenant plus insupportable que la lutte sourde dont ils avaient l'habitude.

Ne plus vivre sous le ciel de La Rochelle ! Songer que leurs enfants ne respireraient plus l'air familier chargé de senteurs marines, ne poseraient pas leurs pieds dans les empreintes de leurs pères.

Pieds nus, claquant sur le sable, des générations de petits Rochelais ont couru sur la plage en faisant sauter les coquillages d'un coup de couteau, ouvrant une huître, buvant son eau fraîche et amère à l'ombre de la Tour de la Lanterne, tandis que la marée rousse revient vers le havre, faisant danser de-ci, de-là, les hautes voiles blanches des grands vaisseaux marchands.

Tout quitter...

— Trois semaines, c'est court, soupira le marchand rochelais, et pourtant je sais aussi que le danger est pressant. Mais il faut essayer de mettre toutes les chances de notre côté et voici pourquoi ces trois semaines d'attente valent bien le risque d'être encourues. Car dans trois semaines au plus, la flotte commerciale hollandaise va relâcher à La Rochelle. Vous savez, comme moi, que ces gens-là n'aiment pas voyager isolément, à la façon française. Ils se groupent entre eux et deux fois l'an ce sont de véritables armadas de navires marchands protégés par des navires de guerre qui quittent Amsterdam ou Anvers. Or, Manigault est assuré en Hollande. Cela lui procure certains avantages, entre autres celui de pouvoir faire partie de ces convois et de bénéficier de leur protection. Il nous faudra donc attendre leur arrivée. Non seulement cela créera dans le port une animation et même un désordre propices à nos projets, mais lorsque nous tendrons la voile, mêlés à ce troupeau, nous échapperons forcément aux contrôles de la Marine Royale qui aurait vraiment trop à faire s'il lui fallait arraisonner tout le monde. C'est ainsi que nous éviterons les vérifications d'état civil de dernière heure. Une fois le port quitté — et je gage que ce jour-là les délégués civils de l'Amirauté ne se montreront pas pointilleux — nous serons à l'abri des poursuites !

Angélique hocha affirmativement la tête. Ce plan apparaissait raisonnable et même fort habile. Pourtant, elle continuait à avoir peur. Les semaines de délai lui semblaient plus longues à franchir qu'une année. Que tramait le sire Baumier, dans l'ombre ? Il n'était pas homme à abandonner sa proie. N'allait-il pas profiter du séjour à Paris de Nicolas de

Bardagne pour prendre des décisions qui risquaient de ne pas être approuvées par son supérieur ?...

Un étau serrait le cœur d'Angélique, mais elle redressa la tête avec courage.

— Dieu vous entende, maître Gabriel !

12

Le chemin de la falaise serpentait entre des herbes sèches et salées. Il suivait le tracé tourmenté du littoral qui, de La Rochelle, conduisait par un festonnement de criques, de baies, et de promontoires dentelés jusqu'au petit hameau de La Pallice, en face de l'île de Ré. Un sable gris rendait la marche difficile. Angélique n'avançait que lentement.

Elle ne s'en inquiétait pas. Elle avait le temps devant elle et, bien qu'elle eût préféré en avoir terminé avec la mission dont on l'avait chargée, elle commençait à savourer cette promenade impromptue.

Honorine trottait à ses côtés avec beaucoup de vaillance. Depuis le jour de l'assassinat des deux policiers, Angélique ne voulait plus la laisser derrière elle quand elle sortait. D'ailleurs elle-même ne s'absentait que fort peu. Elle ne se risquait qu'avec répugnance hors de la maison. Elle voyait partout des silhouettes suspectes et croyait lire dans les yeux des passants une énigmatique condamnation. Le piège se resserrait, elle en était sûre !

Les heures, les jours s'écoulaient calmes mais, pour Angélique, ils étaient comme le sable qui s'effrite sous des fondations solides. Le sable coulerait encore, encore, et puis tout s'effondrerait !

Autour d'elle, les conjurés de l'évasion s'activaient avec une célérité aussi remarquable que leur discrétion. Dans le quartier, apparemment, rien n'avait changé. On n'eût pu accuser personne de faire ses bagages. Cependant, chaque nuit, des ballots mystérieux gagnaient le port. Les trésors les plus hétéroclites prenaient place dans la cale du *Sainte-Marie,* le navire négrier, revenu récemment des côtes d'Afrique. Pauvres ou riches, chacun emportait ce qui lui tenait le plus à cœur. On voulait bien partir, mais pas envisager de dormir sans une certaine courtepointe de satin jaune, ni de cuisiner dans d'autre marmite en fonte que celle qui avait servi à tant de succulentes « chaudrées ».

L'armateur Manigault avait de longues discussions avec son épouse qui prétendait emmener la superbe collection de faïence qui faisait l'honneur de ses dressoirs et dont l'auteur était un Huguenot de renom, jadis réfugié à La Rochelle : Bernard Palissy. L'armateur tempêtait, autorisait à la longue un plat par-ci ou une soupière par-là, mais lui-même ne voulait pas renoncer à ses tabatières d'or guilloché

Dans les magasins du port, les esclaves noirs de la Côte de Guinée mêlaient leur odeur fauve aux senteurs de vanille, de poivre et de gingembre, et se consolaient des peines de leur exil en chantant de nostalgiques complaintes. Dans les entrailles du *Sainte-Marie* des forgerons révisaient les chaînes qui devaient servir pour leur transport aux îles.

Rien ne laissait soupçonner que ce serait des passagers d'une tout autre sorte qui prendraient leur place.

La pensée de voyager dans la soute aux esclaves était fort pénible à tante Anna.

— Ce sera irrespirable, disait-elle. Et puis tous les enfants vont mourir du scorbut.

Plusieurs fois par jour, elle empilait les livres qu'il lui fallait emporter : sa Bible, un traité de mathématiques, un d'astronomie... La pile était toujours trop haute et la vieille demoiselle soupirait.

Angélique avait acheté dans une petite boutique tenue par un Levantin, une provision de figues et de raisins séchés pour les enfants. Savary lui avait dit autrefois que cela pouvait éviter le scorbut : ce gonflement de tout le corps avec saignement de gencives suivi de mort.

Chacun vaquait à ses préparatifs. Chacun voulait croire que tout irait bien. Et en fait tout se présentait bien. Angélique oscillait entre la confiance tranquille et l'inquiétude. Son instinct ne pouvait la tromper et, déjà de subtiles menaces rôdaient. Mais comment les discerner ? Fallait-il prendre pour des signes dangereux le fait que M. de Bardagne ne revenait pas de son voyage dans la capitale, ou celui, plus étrange, que la disparition de deux hommes, attachés au service de la police, n'avait soulevé aucun commentaire dans la ville, aucune enquête ?... Fallait-il voir dans la mesure récente du prévôt de la police, de fermer de jour comme de nuit les portes de la ville et de ne filtrer qu'avec le plus grand soin ceux qui voulaient en sortir ou y entrer, une décision de surveillance plus étroite des Huguenots ou, au contraire, considérer comme valable le prétexte donné : des pirates, disait-on, rôdaient sur la côte ? Pourtant, on n'avait pas à craindre, comme en Méditerranée, des incursions armées, mais ces bons commerçants savaient en quoi il fallait les redouter. Les pirates jetaient l'ancre aux environs, puis se mêlant dans la ville aux passants, écoulaient le fruit de leurs larcins à des prix imbattables, n'ayant pas eu à acquitter les taxes assez lourdes de droit d'entrée et de vente. Il y avait toujours des négociants pour s'entremettre avec eux en vue d'un bénéfice appréciable et non taxable. Etait-il vrai que des individus à mine patibulaire, proposant des fourrures du Canada, avaient été repérés ces jours derniers ? Etait-ce à leur seule intention qu'un régiment entier de dragons avait pris ses quartiers à l'intérieur de la ville ? Quoi qu'il en fût, les portes étaient désormais closes et surveillées.

Pour cette raison, Angélique avait été chargée d'aller chercher Martial et Séverine à l'Ile de Ré. Auparavant, maître Gabriel devait s'occuper, l'heure venue, de rapatrier ses deux aînés, mais désormais les protestants ne sortaient plus qu'avec d'extrêmes difficultés. On pointait leurs noms, on les interrogeait longuement, on surveillait aussi leur retour et leur nombre.

D'autre part, le temps pressait. Le départ clandestin était imminent. La flotte hollandaise était annoncée.

Combien de fois Angélique ne s'était-elle pas penchée à la fenêtre sur les remparts pour interpeller Anselme Camisot :

— Apparaissent-ils, les Hollandais ?

Le gardien de la Tour de la Lanterne hochait négativement la tête :

— Pas encore. Pourquoi cette impatience, dame Angélique ? Auriez-vous un galant parmi eux ?

Maintenant le bruit courait qu'ils relâchaient à Brest. Dans deux, trois jours ils seraient là. L'horizon fleurirait de voiles. En quelques heures la mer serait blanche et mouvante comme une grève chargée d'oiseaux. Sur le port déferleraient de lourds gaillards au teint de jambon et à l'accent rugueux.

Et ce serait pour une poignée d'hommes, de femmes et d'enfants traqués, l'embarquement hâtif par une sombre nuit ; les voix chuchotées, les pleurs des bébés qu'on calme en les berçant...

Ils seraient là, ombres furtives, fuyant la ville, leur ville, la cité de leurs pères. En cette nuit, l'orgueilleuse Rochelle protestante récolterait les fruits de sa défaite...

Ce serait, à fond de cale, l'attente anxieuse du départ, chacun guettant les ordres lointains, les pas au dessus d'eux. Le navire craquerait. On le sentirait s'ébranler, les mouvements de la houle s'accentueraient. Plus tard, viendrait l'instant où, enfin, ils pourraient sortir sans danger de l'entrepont malodorant. La mer autour d'eux serait déserte et ils contempleraient en cet horizon dépouillé l'image de leur liberté.

Angélique aspira profondément l'air saturé d'odeur de sel et d'absinthe amère. Les fleurs petites, d'un jaune sombre, poussaient au creux des dunes. Honorine les cueillait avec application.

— Dépêche-toi, chérie, lui dit Angélique.

— Je suis fatiguée.

— Eh bien ! je vais te porter.

Elle s'agenouilla pour que l'enfant pût se hisser sur son dos.

Il lui était agréable de marcher dans le vent, en sentant contre elle le poids de ce fardeau léger. Les cheveux soyeux d'Honorine, malmenés en tous sens, caressaient sa joue. Elle entendait rire la fillette. Le silence de la lande, fait de mille bruits — ceux du vent, du ressac sur les galets au pied de la falaise — d'un cri d'oiseau s'envolant des joncs — leur plaisait. Angélique s'apercevait — et elle était persuadée qu'Honorine partageait son opinion — qu'elles n'étaient point faites, toutes deux, pour la ville. Hors des remparts, tout à coup, elles retrouvaient leur milieu d'élection : la lande, l'horizon lointain et l'attirance de ce qui s'y cache comme une promesse. Ce pays était plat, sans forêts, nu, sous le voile impalpable d'une brume verdâtre, qui ce jour-là prolongeait indéfiniment la plaine composée de dunes, de marécages et de champs maigres. Sur la droite, au loin, un hameau groupait ses « bourrines » misérables. C'était Saint-Maurice.

Du côté de la mer, la digue de Richelieu dressait encore sa pile centrale, caparaçonnée de coquillages, de chaque côté de laquelle des tronçons de poutrelles entrecroisées achevaient de s'effondrer en pourrissant parmi les courants.

Angélique n'y jeta qu'un regard distrait. La mer des Pertuis s'ouvrait devant elle. Mer intérieure entre les îles d'Oléron et de Ré. Mais déjà tout imprégnée de la nostalgie mouvante de l'Océan.

Honorine resserra l'étreinte de ses petits bras autour de son cou.

— Tu es heureuse ? demanda-t-elle à sa mère avec la douceur indulgente que l'on réserve aux enfants gâtés.

— Oui, je suis heureuse, répondit Angélique.

Et c'était vrai. Le temps de la délivrance était proche. Elle avait la certitude en regardant ce paysage encore si sauvage, indépendant des hommes et de leurs passions, que la mer ne la trahirait pas. Une nouvelle page de sa vie s'ouvrirait.

Quelles qu'en fussent les peines, elle la vivrait avec un cœur nouveau parce que délivrée d'une oppression qui avait pesé sur son existence entière. Pour tout regret sur cette terre ancienne, elle ne laisserait que celui d'une petite tombe à la lisière de la forêt de Nieul, près d'un château blanc en ruine. Pour tout trésor, elle n'emportait que sa fille, l'enfant précieuse, son amie.

Il n'y avait que quelques heures à franchir et elle entrerait dans cette zone de calme où les oiseaux brisés par la tempête se laissent porter, comme ivres, par des courants paisibles. Le bonheur était proche.

— Alors, si tu es heureuse, chante-moi une chanson ! conclut Honorine.

Angélique se mit à rire. Sa fille saurait toujours saisir les bonnes occasions au vol.

Elle se mit à fredonner la chanson préférée de Florimond, celle du Moulin-Vert. Il y était question d'un moulin couvert d'émeraudes, d'un diable qui voulait se l'octroyer, du propriétaire qui s'en défendait. L'histoire était longue.

Tout en chantant, Angélique s'éloignait du bord

de la falaise. Il lui fallait maintenant couper à travers la lande pour rejoindre le chemin routier qui lui permettrait d'atteindre le petit port de La Pallice dont les premières masures commençaient à se distinguer.

— Regarde donc par là, dit Honorine, moi j'aperçois le diable du Moulin-Vert.

Sa mère se retourna machinalement pour suivre la direction indiquée par le petit doigt et elle resta le souffle coupé.

Presque à l'emplacement où elles auraient dû se trouver si elles avaient continué à suivre le sentier au bord de la mer, une silhouette venait de surgir. Angélique était maintenant trop éloignée pour distinguer les traits de l'apparition mais ce qu'elle voyait, c'est que c'était un homme de grande taille, vêtu de sombre, avec un immense manteau noir dans lequel s'engouffrait le vent.

C'était Méphisto !

Au même instant la mer souffla vers le rivage une nappe de cette brume qui rôdait et Angélique se trouva au cœur d'un songe immatériel où semblait seule vivre et palpiter l'aile noire du grand manteau.

Elle crut qu'elle avait cessé de vivre ou, tout au moins, que son esprit l'avait quittée d'un bond pour se transporter dans ce pays où se matérialisent les imaginations imprécises, où le rêve devient palpable alors que la vie sensible s'estompe.

Il doit en être ainsi quand on devient fou.

Pour avoir si souvent évoqué la boutade du sieur Rochat : « Je souhaite que le Rescator vienne jeter l'ancre devant La Rochelle », voici qu'elle le *voyait !* Elle était vivante au sein de l'image créée de toutes pièces par ses fantasmagories.

Elle crut qu'elle venait de perdre la raison. Elle eut peur.

Puis le souffle humide du brouillard passa. Les couleurs de la mer reprirent leur éclat plein de vivacité. Tout redevint net, aigu, incisif, et La Rochelle elle-même fut visible dans le lointain, blanche et dentelée comme une couronne d'argent pur. L'homme étrange levait les bras. Il approchait de ses yeux une longue-vue et observait la ville. Il avait la densité humaine et sa présence d'un noir d'encre au bord lumineux de la falaise, si elle demeurait inquiétante, ne pouvait néanmoins plus paraître fantomatique ni même diabolique.

Solidement planté sur ses jambes bottées de cuir, il prolongeait son observation. Puis il abaissa sa lorgnette et parut faire un signe à d'autres personnes invisibles qui se trouvaient sur la grève.

Angélique reprit conscience. Il allait se retourner, apercevoir une femme arrêtée. Pourquoi eut-elle brusquement la conviction que cet homme, et ceux qui l'accompagnaient, ne tenaient pas à être reconnus, ni même aperçus ?

Elle regarda autour d'elle et, se hâtant, gagna un bouquet de tamaris derrière lequel elle se dissimula avec sa fille. Etendue dans le repli sablonneux, elle distinguait mal ce qui se passait plus loin. Deux hommes avaient rejoint le premier. Ils discouraient entre eux.

Ils disparurent. Elle eût pu croire qu'elle avait rêvé si son oreille collée au sol ne lui eût renvoyé des sons étouffés de voix humaines et de coups frappés à intervalles réguliers comme l'aurait fait le marteau d'un charpentier.

Une rafale de vent lui apporta l'odeur âcre et reconnaissable de la poix fondue. Du rebord de la falaise, qui à cet endroit s'incurvait profondément pour former une sorte de crique, un peu de fumée s'élevait.

— Ne bouge pas, dit Angélique à Honorine

Mais Honorine ne pensait pas à bouger. Demeurer tapie, dans un pli de terrain, comme un lapeteau aux aguets, correspondait à sa nature farouche et devait lui rappeler les premiers temps de son enfance.

Angélique se glissa en rampant à travers les herbes jusqu'au rebord.

Elle aperçut alors, mouillé au centre de la crique, un trois-mâts qui ne portait aucun pavillon, ni oriflamme. Assez bas sur l'eau et relativement large, il pouvait aussi bien être hollandais qu'anglais, mais certainement pas français, et n'appartenant en aucun cas à la base rochelaise des morutiers. Ceux-ci ne dépassaient pas 180 tonneaux. Or ce bâtiment devait jauger au moins 250 tonneaux ou plus.

Que venait faire un bâtiment de commerce dans cette crique située à une lieue de La Rochelle et peu apte au mouillage, car il était connu que les falaises abruptes mais courtes abritaient mal, et que les fonds étaient boueux et sans profondeur. Dans ces criques ne se réfugiaient que des barques de pêcheurs

Et d'ailleurs pouvait-il s'agir d'un navire de commerce ? L'œil d'Angélique s'était habitué en Méditerranée à reconnaître certains camouflages. Elle était sûre maintenant que le navire devait avoir un double pont, avec une batterie de canons, et que les sabords encastrés, presque invisibles à une courte distance, devaient s'ouvrir, quand il le fallait, sur les gueules noires d'une quinzaine de pièces.

Sur le pont, près de la rambarde particulièrement épaisse et haute, des amoncellements de sacs d'apparence inoffensive devaient dissimuler les couleuvrines. Aussi bien la présence, près de ces sacs, d'une sentinelle était révélatrice.

De même que d'autres tas recouverts de bâches devaient cacher ces longs bois, ces gaffes et ces échelles qui servent en mer à repousser l'assaut d'un autre navire... ou à le mener.

Un caïque se détachait du bâtiment et venait vers la plage. Angélique le perdit de vue quand il aborda.

Très doucement, elle s'avança encore, et releva la tête avec précaution.

Les voix lui parvinrent, plus sonores ; elle ne distinguait pas quelle langue était employée. Au-dessous d'elle, elle aperçut, installée sur un feu parmi les galets, une grosse marmite où mijotait la poix de Suède, ou goudron, qui servait au radoubement des navires. Des tonnelets étaient rangés alentour. Des matelots, dont elle n'apercevait que l'échine et les têtes hirsutes ou coiffées de bonnets de laine, trempaient des morceaux d'étoupe dans le goudron et les rangeaient dans des corbeilles en attendant qu'elles fussent chargées sur le caïque.

L'équipage de celui-ci était pour le moins curieux. On aurait dit que chacun des quatre hommes qui le composaient était d'une race différente, et qu'ils s'étaient rassemblés pour représenter, au cours d'une fête nautique, le ballet des quatre parties du monde. L'un, mince et agile, avait le teint hâlé, les yeux immenses des races méditerranéennes : un Sicilien, un Grec, un Maltais ? L'autre, trapu comme un ours sous son bonnet de fourrure, semblait ne pas pouvoir bouger tant étaient raides sa casaque et ses bottes de peaux de phoque. Le troisième était franchement pain d'épice avec des yeux bridés. Les muscles de ses gros bras nus saillaient tandis qu'il hissait sur son crâne, sans effort apparent, un tonneau de taille respectable contenant des morceaux de brai — un Turc, sans doute. Le dernier, un Maure altier et gigantesque, se gardait bien de prendre part aux grossières besognes du reste de l'équipage, se contentant, son mousquet dans les bras, de surveiller les alentours.

« Les pirates !... »

Ainsi les prétextes du lieutenant de la prévôté, pour clore les portes de la ville, n'étaient pas faux. Les pirates aperçus existaient réellement et ils étaient là ! Leur audace dépassait même ce qui était concevable : quelques encablures les séparaient du Fort Saint-Louis de La Rochelle et une distance à peine plus longue de Saint-Martin-de-Ré, base de l'escadre royale !

La voilure était carguée de telle manière qu'elle pouvait être déployée très rapidement : cela indiquait un navire aux aguets et prêt à réappareiller à la première alerte. Il était bizarre qu'il ait à calfater dans ces conditions. Sans doute cela donnait le change à une observation lointaine et superficielle, aussi bien venant de la terre que du bord d'un navire croisant en rade.

Un bruit d'éboulis proche la fit se coller plus

étroitement au sol. Il y eut des grognements assez surprenants et inattendus, suivis de cris déchirants qui auraient paru tragiques s'ils n'avaient été poussés par deux solides cochons que leurs propriétaires, des paysans du hameau de Saint-Maurice, essayaient de faire descendre sur la plage. Le matelot au bonnet de fourrure vint à eux et commença à discuter les prix. Apparemment les paysans avaient fait bon ménage avec le bateau de pirates installé dans leur voisinage. Ce n'en restait pas moins une cargaison d'aventuriers prêts à tout. Ils étaient bien réels, ces pirates. Elle les voyait, les entendait, les touchait presque. Mais c'était l'homme au manteau noir qui ne devait pas être vrai. C'était impossible qu'*il* soit venu en chair et en os jeter l'ancre devant La Rochelle. Surtout lui !... Pourquoi lui ?... Elle avait rêvé. D'ailleurs il n'était plus visible. A part les sentinelles immobiles, le bateau semblait désert. Il se balançait mollement et la lumière faisait luire les moulures dorées du château arrière qui frappait par son importance et son luxe. La décoration de poupe n'eût pas été désavouée par un bâtiment royal et Angélique réussit à déchiffrer un nom étrange tracé en lettres d'or « *Gouldsboro* ».

La pression d'une petite main sur son bras la ramena à elle. Honorine, qui devait trouver le temps long, l'avait rejointe avec la prudence d'un chaton.

A sa vue, Angélique comprit qu'elles ne pouvaient rester là.

Surprises par les pirates, qu'adviendrait-il d'elles ? Les insoumis de la mer n'ont pas la réputation d'être des cœurs tendres. Dans la mesure des dangers qu'ils couraient, ils se montreraient intraitables. Et si leur chef était réellement ce Rescator qu'elle avait cru reconnaître tout à l'heure, qu'aurait-elle à gagner à retomber entre ses mains ?...

Avec d'infinies précautions, se glissant de dunes en dunes, elle parvint à s'éloigner vers l'intérieur des terres. Lorsqu'elle atteignit enfin la route carrossière, elle reprit Honorine sur son dos et marcha, en toute hâte, vers La Pallice. Elle se jeta dans la salle de l'auberge, où les pêcheurs venaient boire un verre de vin après avoir relevé leurs filets.

— On dirait que vous avez vu le diable, lui dit la patronne, en lui apportant d'office une cruche de vin de l'île de Ré.

— Mais oui, on l'a vu, approuva Honorine.

— Délurée, la petite ! dit la femme en riant.

Angélique demanda du lait et une tartine pour sa fille et pour elle du bouillon chaud. Malgré l'insistance de son hôtesse elle déclina le vin qui aurait achevé de lui couper les jambes. Elle ne devait pas oublier qu'elle était venue là pour aller chercher Martial et Séverine à l'île de Ré.

Deux heures plus tard, elle abordait la petite capitale de Saint-Martin, toute chatoyante des redingotes bleues ou rouges, chamarrées d'or, des officiers royaux.

Elle s'informa et trouva sans difficulté la maison de Mme Demuris, la sœur de maître Berne. Angélique, encore pâle et l'air un peu absent, était en parfaite disposition pour jouer le rôle qui lui avait été dévolu. Maître Gabriel Berne, tombé subitement malade, était au plus mal, et réclamait ses enfants avant de mourir.

Sa sœur n'aurait pas le cœur de les retenir. Ce

fut elle d'ailleurs qui parut le plus frappée de la nouvelle. Ce n'était pas une mauvaise femme. Elle s'était convertie parce qu'elle avait de l'ambition et qu'elle était assez intelligente pour comprendre que fille de la religion réformée, elle ne connaîtrait en ces temps-ci qu'avanies et déboires. Cadette de maître Gabriel, elle avait beaucoup souffert de rompre avec son frère qu'elle admirait. Elle sanglota, ne pensant qu'à cette mort imminente et laissa partir les deux aînés dont elle avait été chargée par le lieutenant du Roi en oubliant qu'elle avait interdiction de les laisser quitter sa demeure sans une autorisation spéciale.

Le patron de la barque, qui les ramenait vers le continent, regardait le ciel se couvrir de nuages sombres. Une tempête se préparait. La barque se mit à danser sur de grosses lames noirâtres et panachées de blanc, et comme ils abordaient, des rafales de pluie fine les assaillirent. Angélique trouva à louer une carriole bâchée. De toute façon, elle n'aurait osé revenir à pied par la lande. Le conducteur, un huguenot, était content de rendre service aux enfants de maître Berne.

La randonnée fut courte. Ils arrivèrent rapidement sous les remparts de La Rochelle, aux abords de la Porte Saint-Nicolas. Une sentinelle la gardait, abritée par une capote de toile huilée. Il ne se dérangea guère et laissa passer la charrette du paysan. Angélique se félicitait déjà de la bourrasque qui leur permettait de s'en tirer à si bon compte, lorsque deux archers sortirent du corps de garde.

Ils se postèrent devant le cheval pour l'arrêter et jetèrent un regard à l'intérieur de la carriole.

— La voilà, dit l'un d'eux.

Angélique reconnut celui qui l'avait interrogée sur ses nom et qualités lorsqu'elle était passée dans la matinée, afin de sortir de la ville.

— C'est bien vous, dame Angélique, servante chez maître Gabriel Berne, sis au coin de la rue Sous-les-Murs et de la place de la Marque-au-Beurre ?

— Oui, c'est moi.

Les deux hommes se consultèrent. L'un d'eux se hissa sur le siège à côté du cocher.

— Nous avons reçu l'ordre, quand vous repasseriez, de vous faire conduire au Palais de Justice.

13

Le huguenot qui conduisait la carriole changea de couleur. Il n'était pas bon pour un ressortissant de la Religion Réformée, de se trouver en compagnie de personnes qu'on devait mener au Palais de Justice.

Mais force lui fut de prendre le chemin désigné. En mettant pied à terre devant le long mur médiéval dont les gouttières en gargouille déversaient des flots d'eau, Angélique croyait encore, inexplicablement, qu'on voulait lui parler des pirates. Puis elle se dit que Nicolas de Bardagne était de retour et cherchait à la rencontrer.

Cependant, on ne lui fit pas monter le grand escalier au fond de la cour, sous les plafonds en caissons dorés, qu'elle connaissait déjà.

On la poussa, ainsi que les trois enfants, vers les bureaux assombris par une avancée d'arcades. Les chandelles y étaient déjà allumées. Dans le désordre des papiers, des encriers et des plumes d'oies, des clercs travaillaient. D'autres étaient assis sur des tabourets, dans les encoignures, et semblaient n'avoir rien d'autre à faire que de se ronger les ongles.

Il régnait cette odeur morose, de suif et de poussière, mêlée pourtant à celle, militaire, de tabac et de cuir de bottes, qui éveillait en Angélique d'inquiétants souvenirs. Une odeur policière. Un homme se leva, examina la jeune femme avec la résignation insolente des « grimaults[1]» et ouvrit une porte derrière lui.

— Entre là, dit-il en la poussant.

Ce faisant, il lui prit la main et la sépara de celle d'Honorine.

— Vous, les enfants, restez ici.

— Mais ils peuvent bien venir avec moi, protesta Angélique.

— C'est impossible ! M. Baumier doit t'interroger.

Angélique rencontra les regards de Martial et de Séverine. Ils avaient les lèvres entrouvertes sur leur souffle précipité. Leurs cœurs devaient battre à grands coups. Ils avaient déjà été amenés ici lorsqu'on les avait arrêtés. Elle eut envie de leur crier : « Surtout, ne parlez pas... » car elle avait eu l'imprudence de les entretenir à mi-voix de leur départ pour les Amériques, durant la traversée de l'Ile de Ré à La Pallice.

Elle ne put que leur recommander.

— Tenez bien Honorine. Faites-lui comprendre qu'elle doit être sage et qu'*il faut se taire...*

Les derniers mots se perdirent dans les hurlements d'Honorine, furieuse d'être séparée de sa mère. La porte se referma et Angélique demeura anxieuse dans la pièce où elle venait d'être introduite. Elle tendait l'oreille aux cris de sa fille qui

(1) Mot d'argot ancien désignant les policiers.

dominaient des voix d'hommes bourrues, bien intentionnées sans doute, essayant de la calmer. Les cris décroissaient. On éloignait l'enfant. Il y eut des bruits d'autres portes refermées et le silence revint.

— Avancez. Asseyez-vous.

Angélique sursauta. Elle n'avait pas remarqué la présence du sieur Baumier, derrière sa table. Il lui désignait un tabouret de l'autre côté.

— Asseyez-vous, dame Angélique.

Elle trouva qu'il appuyait sur son nom avec une intonation qui lui parut indéfinissable. Il affectait de ne pas la regarder pendant qu'elle prenait place, et feuilletait un dossier, tout en grattant d'un doigt son crâne, entre ses cheveux clairsemés.

Des brins de tabac lui sortaient du nez. Il grommela « bien... bien... » à plusieurs reprises, referma le dossier et se renversa en arrière contre le haut dossier de son fauteuil de tapisserie usée.

Baumier avait les yeux très rapprochés, ce regard convergent, un peu louche, et animé d'une lumière fixe, que l'on voit aux inquisiteurs. Autant Nicolas de Bardagne était peu destiné au rôle qui lui avait été dévolu, autant celui-ci était à sa place dans sa fonction.

Angélique le sentit. Elle allait avoir à combattre. Le silence se prolongeait. Il était dans la tactique de Baumier d'impressionner ainsi ceux qu'il avait à interroger, mais en l'occurrence, le temps qu'on lui laissait permettait à Angélique de rassembler ses forces. Elle ne savait pas sur quel point vulnérable il allait d'abord attaquer. Baumier lui-même ne le savait peut-être pas non plus. Il passait sa langue sur ses lèvres minces, tout à l'intensité de ses réflexions et cela lui donnait une impression de renard cruel.

Enfin, il se décida et se pencha d'un air patelin.

— Dites-moi, ma belle, qu'avez-vous fait des corps ?

— Des corps ? répéta Angélique étonnée.

— Ne commencez pas à jouer l'innocente. Vous ne seriez pas si émue si vous ne compreniez pas de quoi il retourne. Ce n'est pas un bon souvenir pour vous, n'est-ce pas, que ces corps qu'il a fallu transporter... cacher... hein ?

Angélique réussit à maintenir sur son visage le même masque d'ahurissement poli.

Baumier s'impatientait.

— Ne perdons pas de temps inutile... de toute façon, vous serez obligée d'avouer. Ces corps... ces hommes... Vous savez ?... L'un d'eux avait une redingote bleu vif.

Il frappa du plat de la main sur son bureau.

— ... Vous prétendez qu'aucun homme vêtu d'une redingote bleu vif ne vous a accostée dans la rue, le mois dernier, ne vous a tenu des propos galants ?

— Pardonnez-moi, monsieur (elle réussissait à ébaucher un sourire désemparé), je ne comprends rien à ce que vous me dites. Ne vous fâchez pas...

Le préposé aux affaires religieuses devint rouge et sa bouche prit un pli mauvais.

— Vous ne vous souvenez pas de ces deux hommes ?... Le 3 avril dernier très exactement, une heure après midi... Vous reveniez des magasins Manigault, sur le port... Ces hommes vous ont suivie... rue de la Perche, rue de la Soura... Vraiment, vous n'avez pas souvenance ?

Il dosait l'ironie et la persuasion. Elle murmura

parce qu'elle ne savait pas à quel point il pourrait la confondre.

— C'est possible.

— Ah ! nous y venons, fit-il satisfait.

Il se carra à nouveau dans son fauteuil, pour la contempler comme une proie qui ne pouvait plus lui échapper.

— Alors, racontez-moi cela.

Angélique réagit. Se laisser intimider par l'assurance diabolique de son interlocuteur la mènerait à sa perte, d'un aveu à l'autre, elle s'enliserait.

— Raconter quoi ? demanda-t-elle en affectant une brusquerie un peu vulgaire. Des hommes qui m'accostent dans la rue, figurez-vous qu'il s'en trouve quelques-uns. La Rochelle est une ville de plus en plus mal famée, soit dit en passant. Et j'ai autre chose à faire qu'à tenir le compte de ces tristes sires et à me préoccuper s'ils portent une redingote bleue ou rouge.

Baumier, d'un geste, négligea sa protestation.

— Mais, de ceux-ci, je suis certain que vous vous souvenez très bien. Voyons, faites un effort. Ils vous ont suivie et... ensuite.

— Ma foi, fit-elle mordante, puisque vous dites tellement qu'ils m'ont suivie, je suppose qu'ensuite je les ai envoyés promener.

— Et vous avez continué votre chemin ?

— Sans doute.

— Le 3 avril, en revenant de chez M. Manigault, vous êtes rentrée directement dans la maison de maître Berne, rue Sous-les-Murs ?...

Elle sentit le piège, fit mine de réfléchir profondément.

— Le 3 avril, dites-vous ?... Il se peut que je ne

sois pas rentrée directement ce jour-là, mais que je me sois rendue d'abord aux magasins de mon maître comme il m'arrivait souvent lorsque j'avais un message à lui remettre de la part de M. Manigault.

Baumier parut satisfait et un sourire découvrit ses dents jaunâtres.

— Heureux pour vous que vous vous soyez enfin souvenue de vos détours ce jour-là. Si vous m'aviez affirmé le contraire, vous auriez dévoilé votre mauvaise foi. Car sachez que ces galants en question, c'est moi qui les avais attachés à vos pas. D'un estaminet sur le port où je me trouvais lorsque vous avez quitté Manigault, je les ai vus entreprendre leur filature. Un autre de mes hommes avec deux archers vous attendait aux alentours de la demeure de maître Berne, rue Sous-les-Murs. Or cet homme témoigne qu'il ne vous a pas vue revenir de tout le jour ni vous, ni vos pseudo-galants avec lesquels il devait opérer sa jonction. Et eux... *on ne les a jamais vus revenir.*

— Ah ! fit Angélique, comme si elle ne comprenait rien au sous-entendu tragique du préposé, dont la voix avait baissé lugubrement d'un ton.

— Ne recommencez pas à jouer l'innocente, cria-t-il en frappant à nouveau sur la table.

Il grinçait des dents de fureur.

— Vous le savez très bien pourquoi ils ne sont pas revenus. C'est parce qu'on les a tués. Et je sais qui. Je vais vous expliquer comment les choses se sont passées puisque vous avez si peu de mémoire. Vous êtes arrivée aux entrepôts de votre soi-disant maître et, là, mes hommes ont suivi leur consigne — oh ! une consigne qu'ils suivaient bien volontiers, je le reconnais — et ils ont cherché à obtenir de vous leur petite récompense. Maître Berne est intervenu avec ses commis. Il y a eu bagarre, mes deux hommes ont succombé sous le nombre et sous les coups. Maintenant, comment les avez-vous fait disparaître, c'est ce que je voudrais savoir ?

Angélique avait réussi à écouter ce récit en ouvrant des yeux de plus en plus effarés. La version de Baumier clochait sur un point, celui des commis, ce qui prouvait qu'il n'était pas entièrement sûr de son fait.

— Grand Dieu ! s'écria-t-elle en exagérant sa naïveté, mais c'est affreux ce que vous me racontez là. Je ne peux en croire mes oreilles. Vous accusez mon maître d'être un assassin ?

— Oui, un assassin ! scanda Baumier.

— Mais c'est impossible, monsieur. C'est un homme très pieux. Il lit sa Bible tous les jours.

— Cela ne prouve rien, au contraire. Ces hérétiques sont capables de tout. Je suis payé pour le savoir, croyez-moi.

L'indignation et la candeur feinte d'Angélique semblèrent quand même l'avoir ébranlé.

Elle insista.

— Il ne ferait pas de mal à une mouche. C'est un homme très tranquille, très doux.

L'inquisiteur eut un sourire déplaisant.

— Je ne doute pas que vous sachiez apprécier de telles qualités, ma belle.

— Mon maître n'a...

— Votre maître ! Votre maître ! grommela-t-il. N'inversons pas les rôles. Il est beaucoup moins votre maître que vous n'êtes sa maîtresse.

Angélique se donna le temps de prendre un air outragé, avant de jouer la carte qu'elle se réservait depuis le début, la seule peut-être qui pût la tirer de ce mauvais pas. L'allusion grossière de Baumier lui en donnait le prétexte.

— Monsieur, dit-elle avec beaucoup de dignité en baissant les yeux, vous n'ignorez pas que M. de Bardagne m'a fait l'honneur de me remarquer, malgré ma modeste condition. Je ne crois pas qu'il apprécierait les accusations douteuses et insultantes que vous portez contre moi.

Il ne parut pas impressionné. Il sourit au contraire, de son sourire patelin et il eut un geste qui emplit Angélique d'un sourd effroi. Il prit une plume d'oie dans un écritoire et il se mit à la tourner rêveusement entre ses doigts. Un geste semblable évoquait pour elle, jusqu'à la nausée, la peur des interrogatoires que lui avait fait subir jadis le redoutable policier François Desgrez. Alors qu'il se préparait en secret à la clouer au pilori, il avait aussi cette manie de jouer avec une plume d'oie.

Angélique ne pouvait plus détacher son regard du mouvement machinal de ce gros pouce, noirci de tabac.

— Précisément, fit Baumier avec une douceur étudiée, M. de Bardagne ne reviendra plus à La Rochelle. On estime, en haut lieu, qu'il a manqué d'énergie dans la tâche qui lui avait été confiée.

Sa lèvre s'allongea, dédaigneuse.

— ... Il fallait des chiffres et non pas des promesses. Or, sous sa juridiction trop indulgente, l'arrogance des Huguenots n'a fait que croître, et il faut reconnaître que les seules conversions qu'on a pu recenser durant cette période étaient dues à mon seul zèle, bien mal reconnu, avouons-le.

Il étala ses deux mains ouvertes devant lui, et soudain, familier, presque bonhomme.

— Donc, la situation est nette, ma petite. Pas de M. de Bardagne pour vous protéger et se laisser prendre à vos filets. C'est avec moi qu'il faut vous entendre désormais. Je gage... oui, oui, que nous y arriverons.

Les lèvres d'Angélique tremblaient malgré elle.

— Il ne reviendra pas... murmura-t-elle sincèrement atterrée.

— Non... Mais, bah ! Si cet amant présentait pour vous, je le reconnais, de sérieux avantages, maître Berne n'en reste pas moins une valeur sûre, un solide placement. Vous avez eu raison de jeter votre grappin sur ce veuf plein d'argent...

— Monsieur, je ne vous permets pas...

— Et moi, je ne vous permets pas de vous moquer plus longtemps de moi, sale petite hypocrite, brailla Baumier, jouant le jeu de la sainte colère. Comment ?... Vous n'êtes pas sa maîtresse... Et que faisiez-vous donc dans le bureau de maître Berne, ce fameux 3 avril, lorsque l'huissier Grommaire s'est présenté pour la réquisition ?... Il vous a vue !... Vous aviez votre corsage débraillé et tous vos cheveux emmêlés sur les épaules... Et il a fallu tambouriner je ne sais combien de temps avant que ce vicieux de parpaillot ne se décide à ouvrir... Et vous avez le front de me dire en face que vous n'étiez pas sa maîtresse ?... Une menteuse, une intrigante, voilà ce que vous êtes.

Il s'arrêta essoufflé, content de voir les joues de son interlocutrice envahies d'un feu vif.

Angélique se serait maudite de n'avoir pu maîtriser cette rougeur. Comment nier ?... L'huissier, au moins, grâce à l'obscurité du magasin, n'avait pas remarqué que ses vêtements étaient déchirés et tachés de sang. Il n'y avait que demi-mal s'il n'avait attribué le désordre de sa toilette qu'à des ébats frivoles. Mais, aux yeux les plus indulgents, la situation n'était guère défendable.

— Ah ! vous voilà moins fière, jeta son tourmenteur.

Il jubilait d'avoir réussi à lui faire baisser les yeux. L'audace de ces femmes dépasse ce qu'on peut imaginer. Pour un peu, elles vous feraient croire que c'est vous qui divaguez.

— Alors ?... Qu'avez-vous à dire ?

— Monsieur, on peut avoir des faiblesses...

Les paupières de Baumier se plissèrent et ses traits prirent une expression doucereuse et méchante.

— Oh ! Certes !... des faiblesses quand on est une femme comme vous, qui attire les regards des hommes et qui le sait, on peut en avoir... Je dirais, ma foi, c'est votre métier. Le contraire m'étonnerait. Et que vous jetiez votre dévolu sur ce Berne, après tout, c'est votre affaire. Mais vous m'avez menti effrontément sur ce point et si je ne vous avais pas confondue, vous auriez continué à défendre avec indignation votre vertu outragée... Quand on ment de cette façon sur un point, on peut mentir sur tous les autres ! Je vous connais maintenant, ma belle. J'ai pris votre mesure. Vous êtes très forte, mais je serai plus fort que vous.

Angélique commençait à se sentir engluée dans une très mauvaise histoire. Ce petit homme, macéré dans l'encens et la paperasse, était particulièrement retors, à moins que ce ne fût elle qui ait perdu ses réflexes de jadis. Il l'effrayait plus que Desgrez. Avec Desgrez, même ce jour où il lui avait retourné les doigts pour lui faire avouer sa complicité dans une affaire de cambriolage [1] il y avait toujours eu quelque chose entre eux — l'attirance charnelle — qui rendait exaltante leur lutte la plus féroce.

Mais à la seule pensée de devoir user de ses charmes pour neutraliser la méchanceté de ce rongeur malodorant, Angélique défaillait de dégoût. C'était au-delà des forces humaines et, d'ailleurs, toute entreprise de ce genre risquait, avec Baumier, d'être vouée à l'échec. Il était, à un échelon plus bas, de la même espèce que des Solignac. Ses voluptés, il les trouvait dans la satisfaction d'accomplir un devoir intransigeant, dans le spectacle d'un être abattu qui demande grâce, dans des regards suppliants, dans le sentiment de puissance qui consiste à détruire d'un trait de plume l'échafaudage de toute une vie.

Il avait croisé ses mains sur son maigre estomac avec le geste de béatitude qu'ont, de préférence, les obèses. Chez lui, cela accentuait son allure étriquée et le faisait ressembler à une vieille fille.

— Allons, ma jolie, soyons bons amis. Pourquoi donc êtes-vous allée vous acoquiner avec ces hérétiques ? En d'autres temps, le Berne et ses écus auraient pu avoir des avantages, je ne dis pas. Mais vous êtes assez fine pour avoir compris qu'au jour d'aujourd'hui la fortune d'un réformé n'est que du vent. A moins qu'il ne se convertisse. Là, ce serait une autre affaire. Si vous aviez été maligne,

(1) Lire dans la même collection *Angélique, marquise des Anges*, n° 2488*******

il y aurait longtemps que vous nous auriez apporté la conversion de Gabriel Berne et de sa famille. Vous auriez gagné sur tous les tableaux, tandis que vous voici dans de beaux draps : complice d'un assassin, complice des entreprises huguenotes, vous perdez votre avantage d'être catholique. On peut vous accuser de vouloir adhérer à leur coupable confession. Là, c'est très grave.

Il consulta à nouveau un petit papier.

— Le curé de la paroisse la plus proche de votre lieu de service, Saint-Marceau, dit qu'il ne vous a jamais vue assister aux offices, ni ne vous a entendue en confession. Qu'est-ce que cela signifie ? Que vous vous détachez de la foi catholique ?

— Non, certes pas, dit Angélique avec un sursaut qui eut la précieuse qualité d'être sincère.

Baumier le sentit et fut déconcerté. Les choses ne marchaient pas tout à fait comme il voulait. Il s'offrit une prise de tabac, renifla, éternua bruyamment sans songer à s'excuser et se moucha longuement, avec un soin répugnant.

Angélique ne put s'empêcher d'évoquer l'instant où Honorine avait surgi, cramoisie sous son bonnet vert, les yeux étincelants de haine, et levant son bâton sur Baumier en criant : « Celui-là, ze veux le tuer. »

Son cœur s'emplit d'amour pour la petite créature indomptable qui, déjà, se dressait comme elle contre ce qui était bas, haïssable.

Il fallait sortir de là, reprendre Honorine, gagner les quelques heures qui les séparaient de leur fuite.

— Et cela, dit Baumier. Qu'est-ce que vous en pensez ?

Il lui tendait des feuillets. C'était une liste de

noms. Il y avait ceux de Gabriel Berne et de sa famille, ceux des Mercelot, des Carrère, des Manigault, d'autres encore. Angélique la relut, par deux fois, intriguée, puis inquiète. Elle jeta sur son vis-à-vis un regard interrogateur.

— Tous ces gens-là vont être arrêtés demain, fit-il, avec un sourire épanoui.

Et, brusquement, il lui assena :

— *Parce qu'ils veulent s'enfuir.*

Alors Angélique reconnut la liste. C'était la copie de celle qui avait été établie par Manigault des passagers clandestins du *Sainte-Marie,* tous étaient là jusqu'au petit Raphaël, dernier-né des Carrère, celui qui avait été déclaré « bâtard d'ordonnance » parce que les pasteurs n'étaient plus reconnus comme auparavant officiers d'état civil pour l'enregistrement des naissances.

Son nom à elle y était inscrit également venant à la suite de la famille : dame Angélique, servante.

— Le *Sainte-Marie* ne partira pas, reprit Baumier. D'ores et déjà il est soumis à la plus étroite surveillance.

Les solutions et les attitudes les plus diverses se succédaient dans l'esprit d'Angélique à un rythme effrayant, et elle les abandonnait l'une après l'autre. Ses facultés surexcitées lui montraient aussitôt de quelle manière Baumier les retournerait contre elle. Il savait beaucoup de choses. Il savait tout. Mais elle ne le laisserait pas faire. N'importe quoi valait mieux que le silence qui, en se prolongeant, prendrait figure d'aveu.

— S'enfuir, dit-elle, pourquoi ?

— Tous ces Huguenots cherchent à sauver leur

fortune en se retirant chez les ennemis de la France plutôt que d'obéir au Roi.

— Je n'ai jamais ouï de tels bruits... Et pourquoi serais-je sur cette liste ? Je n'ai pas de conversion à fuir, ni de fortune à sauver.

— Vous pourriez craindre de demeurer à La Rochelle... Après tout, vous êtes la complice d'un assassin.

— Ah ! Monsieur, cria Angélique en feignant une grande terreur, je vous en supplie, ne répétez pas une pareille accusation. Je vous fais serment qu'elle est fausse. Je pourrais vous en donner la preuve.

— Vous savez quelque chose ?

— Oui, oui.

Angélique plongea son visage dans son mouchoir.

— Monsieur, je vais vous dire toute la vérité.

— A la bonne heure, s'écria Baumier dont le visage s'illumina de triomphe. Parlez, mon enfant, je vous écoute.

— Ce... ces hommes que vous dites avoir envoyés à ma suite, ce 3 avril, c'est vrai, je me souviens très bien d'eux.

— Je m'en doutais.

— Surtout de ce garçon en redingote bleue. Comment vous expliquer, monsieur, j'ai honte. Mais, en vérité, contrairement à ce que vous croyez avoir compris, mon maître est un homme austère et, dans sa maison, la vie n'offre guère de distractions. Je suis une pauvre fille avec une enfant à charge. J'ai accepté de servir chez ce Huguenot parce qu'il m'offrait un bon salaire. Mais il est très sévère. Il faut travailler, travailler et lire la Bible, c'est tout. Ce jour-là, quand ce jeune homme aimable m'a abordée, rue de la Perche, j'ai pris plaisir à écouter ses propos. Ne vous fâchez pas, monsieur.

— Je ne me fâche pas, bougonna Baumier, cela prouve qu'il faisait bien le métier pour lequel je le payais. Et alors ?

— Alors, nous avons continué notre chemin en devisant agréablement et quand je suis arrivée aux magasins de maître Berne où je devais me rendre, je crois que j'avais su lui faire comprendre... que je le reverrais volontiers plus tard... et dans des conditions plus intimes. Je me souviens qu'il a discuté avec son camarade et qu'il lui a dit quelque chose de ce genre : « Le vieux crabe nous a rempli les poches pour mener cette affaire... »

— Le vieux crabe ? sursauta Baumier.

— Je ne sais pas de qui il parlait, monsieur, maintenant je suppose que c'était peut-être... de vous.

— Continuez, fit-il furieux.

— Oui, ils semblaient dire qu'ils avaient de l'argent à leur disposition.

Elle s'avançait beaucoup, c'était là un détail qu'elle ignorait. Mais elle pouvait supposer que, lorsque le Président des Commissions royales lançait sur le pavé de La Rochelle ses suborneurs patentés, il devait les pourvoir suffisamment pour éblouir les belles. Sa déduction s'avéra juste car il ne cilla pas. Angélique s'enhardit :

— Il a continué : « Pour une fois que nous en avons une plaisante et qui ne nous met pas la main sur la figure, on ne va pas gâcher notre chance. Va m'attendre à la Taverne de Saint-Nicolas et offre-toi un pot aux frais du vieux... hum ! Et, ensuite, nous aviserons. »

— Qu'est-ce qu'il voulait dire par là ? demanda Baumier qui semblait fumer de rage contenue.

— Je ne sais pas, monsieur... Je vous avoue que j'avais autre chose en tête. C'était un garçon si aimable. Il faut reconnaître que vous l'avez bien choisi. Il était fort hardi. Ce n'était pas pour me déplaire, surtout, comme je vous l'ai expliqué, que ma vie est si peu distrayante chez ces Huguenots et qu'il y avait longtemps que je n'avais pas goûté certains... plaisirs. La ruelle était déserte.

Elle se prenait en horreur d'improviser une aussi vilaine histoire, mais pour l'instant Baumier semblait y mordre. Il était tellement ébranlé, et cela stimulait l'imagination d'Angélique.

— Ce qui a tout gâché, c'est que mon maître, M. Berne, nous a surpris. Il est très violent et il s'est mis dans une grande colère. Il est très fort aussi et mon nouvel ami n'était guère en état de lutter contre lui. Il a pris le parti de détaler, ce qui était le parti le plus sage, n'est-ce pas ?

— La peste soit de ces freluquets. Pourquoi s'étaient-ils séparés ? Si je les envoie par deux, c'est qu'il y a des raisons !...

— Quant à moi, mon maître m'a traînée dans son bureau pour me tancer. Il était, je vous l'ai dit, très en colère...

— Jalousie !

— Peut-être, fit Angélique avec un mouvement de coquetterie, mais toujours est-il qu'il était sur le point de me donner du bâton lorsque l'huissier Grommaire est intervenu et m'a épargné la correction.

Baumier s'agitait. Il était évident que la nouvelle présentation des événements le déconcertait.

— C'est tout !

— Non, ce n'est pas tout, murmura Angélique en baissant la tête derechef.

— Quoi encore ?

— Ce garçon à la redingote bleue, je... je l'ai revu.

— Où ? Quand ?

— Le soir même. Nous avions eu le temps de nous glisser la promesse d'un rendez-vous du côté des remparts. Et puis aussi le lendemain...

Elle avançait en tâtonnant. En essayant de parachever la véracité de son récit, n'allait-elle pas faire s'écrouler le fragile édifice de ces mensonges ?

— Et puis, je ne l'ai plus revu. J'ai supposé qu'il avait quitté la ville... Il y avait fait allusion... J'ai été quand même déçue.

Baumier secoua les épaules avec un amer désenchantement.

— Tous les mêmes ! On s'échine à leur apprendre un métier, on les persuade de leur rôle, on leur confie des missions d'une importance capitale, et les voilà qui filent à la cloche de bois, chercher fortune ailleurs. Quand même, de la part de Justin Médard, cela m'étonne. A qui se fier ?

Angélique ne lui laissa pas le temps de trop s'étonner sur la conduite inexplicable du malheureux Justin Médard qui, en fait, avait payé en servant de pâture aux crabes son dévouement à une juste cause et sa courageuse conscience professionnelle. Elle supplia :

— Et maintenant, monsieur, que je vous ai tout avoué, vous n'allez pas être trop dur avec moi. Je vous promets que dès demain je vais quitter ces Huguenots. Cela m'attire trop d'ennuis d'être chez eux. Tant pis ! Je ne sais pas encore où je pourrai aller, mais je les quitterai, je vous le promets.

— Mais pas du tout, vous ne les quitterez pas, protesta-t-il. Au contraire, vous devez rester chez eux et me tenir au courant de tout ce qui se trame. Voyons, leur fuite sur *le Sainte-Marie,* vous êtes au courant ? Vous étiez inscrite.

— Qu'y puis-je ? Je ne sais pas de quoi il s'agit, monsieur. Il me semble que si mon maître devait partir, il m'en aurait informée ou se serait livré à certains préparatifs.

— Vous n'avez rien remarqué ?

— Non.

Elle essayait d'avoir l'air naïf. Baumier manipulait entre ses doigts la liste révélatrice.

— Pourtant mes renseignements semblent exacts.

— Si ceux qui vous les fournissent gagnent aussi bien leur argent que votre Justin Médard... pouffa Angélique.

— Vous, taisez-vous, hurla Baumier. Parce que je vous ai écoutée avec indulgence, voilà déjà que vous redressez la tête. Insolente ! Effrontée ! Vous mériteriez que je vous fasse enfermer aux Filles Repenties, car vous n'êtes, en réalité, qu'une p... de la pire espèce... Mais, si vous êtes réellement cela, vous me serez plus utile dehors que dedans.

Il la considéra, à nouveau calmé, avec une rêveuse attention.

— Si vous êtes réellement cela, répéta-t-il à mi-voix.

Il se leva et fit le tour de la table. Angélique se demandait avec appréhension ce qu'il méditait. Il fallait espérer qu'il ne lui demanderait pas un baiser en échange de sa libération. Mais il se dirigeait de sa démarche trottinante vers la porte.

— Monsieur, monsieur, pria-t-elle, les mains jointes, dites-moi que vous allez me libérer et me rendre ma fille. Je n'ai rien fait de mal.

— Oui, je crois que je vais vous libérer, décida-t-il avec une olympienne condescendance. Pour cette fois... juste une petite vérification à effectuer... et vous serez libre.

Il sortit.

Si elle n'avait pas été si tendue, elle aurait perçu la nuance inquiétante de sa voix lorsqu'il avait dit « Juste une petite vérification à effectuer ». Mais elle était toute au soulagement de sa promesse. « Je vais vous libérer. » La situation lui avait paru un moment désespérée. Pourvu qu'on lui rende les enfants Berne en même temps qu'Honorine !

Ses épaules s'affaissèrent. Elle ferma les yeux et deux larmes de faiblesse coulèrent sur ses joues.

Puis la porte se rouvrit et quelqu'un entra dans la pièce.

C'était le policier François Desgrez.

14

Le voir là avec sa mâchoire carrée, son regard brun et direct, ses épaules massives, sanglé dans une redingote de drap marron, soutachée discrètement d'or aux boutonnières, et tout ce qui, en sa personne cravatée et chaussée de talons hauts, « sentait » la capitale — Paris et ses carrosses et ses nuits bleues — était un événement tellement surprenant, qu'Angélique ne réalisa pas tout de suite ce que la présence de ce revenant de son passé impliquait pour elle.

L'identité de la marquise du Plessis-Bellière, de la Révoltée du Poitou, découverte, son arrestation au nom du Roi, en tant que rebelle, la prison, les jugements. Honorine rejetée au néant, perdue pour elle comme Florimond, sa fuite pour les Iles devenue impossible...

Son cerveau, paralysé, fut incapable de penser au-delà du choc ressenti. Elle le reconnaissait. Elle était même vaguement contente de le revoir. Desgrez ! C'était si loin... si proche !

Il s'inclinait, comme s'il l'avait quittée hier.

— Madame, je vous salue. Comment vous portez-vous ?

Sa voix la fit tressaillir, lui apportant l'écho lointain de leurs débats et des moments de haine et de peur qu'elle avait éprouvés à cause de lui, des moments d'amour chaleureux et brutaux qu'il lui avait infligés.

Elle le suivit des yeux tandis qu'il traversait la pièce et allait s'asseoir devant le bureau de Baumier. Il ne portait pas perruque. Cela accentuait son aspect familier du temps jadis, lui redonnait, malgré la dureté de ses traits, qui s'était accentuée, le visage d'étudiant fêtard et pauvre qu'elle avait connu au temps où il n'était pas encore entré dans la police. Par contraste, sa mise recherchée et ses mouvements sûrs, la façon dont il se carrait sur son siège en homme habitué à porter de lourdes responsabilités, lui étaient étrangers.

Ses traits se burinaient. Au coin des yeux, la marque de l'ironie ne s'effacerait plus, profondément creusée, et des deux côtés de la bouche un pli mi-amer, mi-tendre demeurait, même quand il ne souriait pas. Mais il lui dédia aussitôt l'éclat aimable de ses dents de carnassier.

— Alors, chère marquise des Anges, il était donc écrit que nous nous reverrions malgré la hâte que vous avez mise à me fuir, la dernière fois que nous nous étions rencontrés. Quand était-ce donc ?... Il y a fort longtemps... quatre... non, cinq années !... Déjà ! Comme le temps passe. Il est pour certains fertile en événements, pour vous par exemple. Cela fait partie de votre génie particulier, de ne pouvoir vous tenir tranquille. Pour moi ?... Oh ! que voulez-vous, la vie est certainement plus paisible quand vous n'y faites pas irruption. J'expédie des affaires courantes, le tout venant. Je viens d'arrêter récemment une de vos voisines... la marquise de Brinvilliers. Je ne sais pas si vous vous souvenez ; elle habitait à quelques rues de votre hôtel du Beautreillis. Elle a empoisonné toute sa famille, plus quelques dizaines de personnes. Il y a des années, des années que je suis sa piste, et c'est vous qui m'avez aidé à l'arrêter. Mais oui. Ces précieux renseignements que je vous avais extorqués gentiment à propos d'un cambriolage effectué par vos bons amis de la Cour des Miracles. Vous ne vous en souvenez plus ?... Non, évidemment, il s'est passé trop de choses depuis. Ah ! ma chère, on empoisonne beaucoup dans Paris, en ce moment. J'ai un travail fou. On empoisonne beaucoup à Versailles aussi. C'est plus délicat à suivre... Bon, je vois que tous ces petits potins ne vous intéressent guère. Parlons d'autre chose.

» J'ai été chargé de vous retrouver et de vous mettre la main dessus. On m'inflige toujours les corvées désagréables. Mettre la main sur la Révoltée du Poitou ! Pas commode ! Et ce n'est pas ma spécialité d'aller rôder dans une province comme la vôtre... Pauvre province, murmura-t-il, exsangue, ravagée, avec des hommes comme des bêtes dont la bouche se cadenassait dès qu'on prononçait votre nom !... J'ai dû renoncer et m'en suis remis au hasard... Ce fouineur de Baumier a joué le rôle. Il était monté à Paris pour fournir un rapport sur les sempiternelles affaires religieuses et, en même temps, il cherchait des renseignements sur une femme qui... sur une femme que... Qu'est-ce qui a bien pu me mettre dans la tête que cette femme c'était vous ? Je ne sais pas. Et après m'être entretenu dernièrement avec l'aimable gouverneur de La

Rochelle, M. de Bardagne, mes derniers doutes sont tombés. J'ai donc couru la poste en toute hâte pour vous revoir, ma très chère. C'est bien vous. Mission accomplie.

« Savez-vous que vous avez rajeuni ?... Mais oui, j'en ai été frappé dès que je me suis trouvé en votre présence. Est-ce à cause de ce petit bonnet modeste qui me rappelle la servante de maître Bourjus, au temps où j'allais boire un verre de blanc de Suresnes à la Taverne du Masque Rouge ? Plus tard, votre nouveau visage en favorite du Roi, harnaché de joyaux, m'avait déçu. Croyez-moi, mais je commençais à y lire les stigmates de mes visages d'empoisonneuses : avidité, ambition, crainte, désir de vengeance. Maintenant, c'est passé. Je retrouve vos yeux candides de jeune femme... avec quelque chose en plus : la lourde expérience. Qu'est-ce qui vous a lavée de tout cela ? Qu'est-ce qui vous a rendu votre joue lisse et pure ? Vos yeux immenses et dévorants qui appellent au secours.

» Je suis entré tout à l'heure et je me suis dit : Dieu ! qu'elle est jeune. Agréable surprise, il faut l'avouer après cinq années de séparation. C'était peut-être à cause de ces larmes sur vos joues ?...

» Est-ce ce vieux rat de Baumier qui vous a fait pleurer, ma chérie ? Pourquoi ? Qu'avez-vous donc fait encore qui vous ramène dans les pattes aux ongles noirs de la Police ?... Quand apprendrez-vous la prudence ?... Allez-vous me répondre, enfin ? Vos yeux sont éloquents certes, comme ils l'ont toujours été, mais cela ne me suffit pas. Je voudrais entendre le son de votre voix.

Il se pencha en avant, très grave, ses prunelles dans les siennes. Elle se taisait, incapable d'articuler un mot. Du fond de son désespoir un appel s'élançait.

« Desgrez, mon ami Desgrez, au secours ! »

Mais pas un son ne pouvait franchir ses lèvres.

Desgrez se tut. Longtemps il l'examina. Trait à trait, détail après détail, il devait reprendre possession d'un visage et d'une forme humaine qui, trop souvent, hantaient ses songes.

Il s'était attendu à tout, à la voir déchue, vieillie, arrogante, amère, haineuse, mais pas à tant de sereine douleur, à l'appel muet et déchirant de ses prunelles vertes qui lui semblaient plus claires et plus limpides qu'autrefois.

« Je te savais belle, pensait-il, mais tu es plus belle encore !... Par quel miracle ? »

Un respect réel se saisissait de lui, pour cette femme qui avait réalisé un tel « tour de force » : protéger son intégrité spirituelle malgré les années terribles, la guerre, la défaite, une existence qui n'avait pu être que celle d'une bête traquée et sans cesse en danger.

Il se pencha en avant et devint grave.

— Madame, que puis-je faire pour vous aider ?

Angélique frissonna violemment comme si elle s'éveillait d'un sommeil hypnotique.

— M'aider ! Vous accepteriez de m'aider, Desgrez ?

— Qu'ai-je donc fait d'autre que de vous aider depuis que je vous connais. Oui, même quand j'essayais de vous arrêter à Marseille, c'était encore pour vous aider. Que n'aurais-je pas donné pour vous empêcher de vous lancer dans cette dangereuse escapade que vous avez payée si cher !

— Mais... vous avez ordre de m'arrêter ?

— Certes... et plutôt deux fois qu'une. Cependant, je ne vous arrêterai pas.

Il secoua la tête.

— ... Parce que, cette fois... ce serait terrible pour vous. Vous n'échapperiez plus. Je serais contraint de vous livrer pieds et poings liés, mon agneau. Et je ne sais même pas jusqu'à quel point votre vie n'est pas en jeu. Votre liberté, à coup sûr. Vous ne reverriez jamais la lumière.

— Vous risquez votre carrière, Desgrez.

— Ce n'est pas habile de votre part de me le rappeler juste à l'instant où je vous offre mon concours. Il m'est impossible de vous imaginer emprisonnée à vie, vous qui êtes faite pour les grands espaces... A propos, est-ce vrai que vous alliez vous embarquer pour les Iles avec une trentaine de protestants en fuite ?

D'un doigt négligent, il feuilletait la liste des passagers du *Sainte-Marie*. Elle voyait danser les noms des Manigault, des Berne, des Carrère, des Mercelot... des prénoms : Martial, Séverine, Laurier, Rebecca, Jérémie, Abigaël, Raphaël... Elle hésita une ultime seconde.

Un policier a cent façons de provoquer l'aveu. La voix alerte de Desgrez, ses propos à l'emporte-pièce avec de soudaines brisures de tendresse avaient-ils d'autre but que d'endormir sa méfiance et de l'amener à composition ? D'un mot, elle pouvait livrer ses amis, ceux qu'elle aurait voulu protéger à tout prix. Ses lèvres tremblèrent. Elle joua son va-tout :

— Oui, c'est vrai, dit-elle.

Desgrez se rejeta en arrière et poussa un drôle de petit soupir.

— C'est bien, fit-il, vous n'avez pas douté de moi.

Si vous l'aviez fait, peut-être vous aurais-je arrêtée ! C'est bizarre, dans notre métier, avec l'âge, on devient à la fois plus dur et plus sentimental, plus cruel et plus tendre. On renonce à tout, sauf à quelques petites choses qui valent leur prix d'or. Et plus le temps coule, plus elles semblent précieuses. Votre amitié était de celles-là. Je me permets de vous faire ces confidences, ma chérie, assez peu dans mon style, parce que je sais que si je vous relâche cette fois, je ne vous reverrai jamais.

— Vous allez me relâcher ?

— Oui. Mais cela me semble insuffisant pour vous protéger, car vous êtes une fois de plus dans un très mauvais cas. Que n'êtes-vous partie plus tôt pour les Iles ? C'était la meilleure solution. Je ne vous aurais jamais revue et j'en aurais été bien soulagé. Maintenant, je me ronge les sangs. Ce Baumier vous a gagnée de vitesse. Tous vos complices vont être arrêtés incessamment. Leur bateau est sous surveillance. Rien à faire pour vous de ce côté-là... Quelle idée, ma mignonne, d'avoir été vous fourrer parmi ces hérétiques, alors que vous aviez cent bonnes raisons de vouloir passer inaperçue. On s'en occupe beaucoup trop de nos jours pour que leurs demeures puissent être pour vous un abri sûr... Sans compter qu'ils ne sont guère intéressants. Des « pisse-froid » qui ne savent même pas faire l'amour... Vous me décevez !...

— Vous me dites qu'on doit les arrêter ? demanda Angélique qui n'avait entendu que cela. Quand ?

— Demain matin.

— Demain matin, répéta-t-elle en pâlissant.

Personne ne s'en doutait encore. Demain matin, des hommes noirs, des archers pénétreraient dans la cour fleurie de lilas d'Espagne et de giroflées, où des enfants danseraient autour du palmier. Ils prendraient ces enfants par la main et les emmèneraient à jamais. Ils mettraient des chaînes aux poignets de maître Berne. Ils bousculeraient la vieille Rebecca et l'honorable tante Anna qui protesterait en serrant sa Bible et ses livres de mathématiques sur sa poitrine maigre. Mais on lui arracherait ses livres et on les jetterait dans le ruisseau...

Et, partout, dans les ruelles du quartier sous les murs, on verrait passer des femmes en coiffes blanches, chargées d'un baluchon hâtivement noué, des hommes enchaînés, des petits enfants courant éperdus à la suite des grands soldats bottés qui les entraîneraient.

— Desgrez, vous avez dit que vous alliez m'aider...

— Et vous, vous allez en profiter pour avertir ces gens ?... Pas de ça, mon petit. Assez de sottises ! Je vous laisse à la rigueur le temps d'aller quérir vos nippes, et sous ma surveillance, et ensuite je vous retire de ce circuit dangereux où vous vous êtes bêtement enlisée. Vous oubliez trop vite que vous êtes *aussi* un gibier de potence et que ce n'est pas votre qualité de papiste qui vous sauvera lorsque quelqu'un d'autre que moi aura fait une petite enquête un peu plus approfondie sur vous.

— Desgrez, écoutez-moi.

— Non.

— Vingt-quatre heures... Je vous demande vingt-quatre heures de sursis. Usez de votre pouvoir pour obtenir que l'on remette jusqu'au surlendemain, ou à la rigueur, jusqu'à demain soir leur arrestation.

— Par le diable, vous êtes folle ! s'écria Desgrez franchement en colère. Vous devenez de plus en plus exigeante. On a déjà bien de la peine à sauver votre tête mise à prix pour cinq cents livres, et cela ne vous suffit pas.

— Vingt-quatre heures, Desgrez... Je vous promets que je me sauverai avec eux.

— Vous prétendez qu'avant demain soir vous parviendrez à escamoter une cinquantaine de personnes en menace d'arrestation et à les emmener assez loin pour qu'on ne puisse les rattraper.

— Oui, j'y parviendrai...

Desgrez l'étudia un instant en silence.

— Quelle est cette étoile qui s'allume dans vos yeux, fit-il avec une douceur subite. Oh ! Je la reconnais ! On ne vous changera pas, marquise des Anges. Eh bien ! soit. Je vous accorderai, pour eux et pour vous, le sursis que vous me demandez. A cause de ce sourire que vous venez d'avoir en disant : « J'y parviendrai. »

Et, comme elle se levait déjà, il la retint d'un geste.

— Attention. Vingt-quatre heures. Pas plus. Le voudrais-je que je ne pourrais l'obtenir. Ici, on a du respect pour moi parce que je suis le bras droit de M. de La Reynie, lieutenant de Police du Royaume. Mais je suis venu ici pour un cas particulier, le vôtre, et je n'ai pas à m'immiscer dans les affaires provinciales. Baumier me verra certainement d'un très mauvais œil intervenir à propos de l'arrestation de « ses » protestants. Cependant, je trouverai bien un prétexte pour que l'opération soit remise à demain soir. Mais, plus tard, impossible. Il est malin. Il sait que la flotte hollandaise va parvenir à La Rochelle. Le charivari qui va s'ensuivre risquerait d'être trop favorable à ceux qu'ils guettent depuis longtemps. Tout le monde doit être sous les verrous avant leur arrivée.

— J'ai compris.

— Passez par ici, fit-il en la touchant au coude pour la guider vers une autre porte, derrière le bureau. Je ne tiens pas à ce qu'on vous voie sortir. J'éviterai ainsi des questions indiscrètes.

Angélique s'immobilisa :

— Et les enfants ? Je ne peux pas partir sans eux.

— Il y a belle lurette que je les ai renvoyés chez eux, grommela-t-il. Cette petite diablesse rousse qui, paraît-il, est votre fille, nous massacrait les oreilles avec ses braillements. J'ai dit à l'aîné : Filez chez votre père, ne parlez à personne et attendez le retour de dame Angélique. Pendant ce temps, Baumier vous interrogeait. Mais je savais que mon tour viendrait.

— Oh ! Desgrez, murmura-t-elle, que vous êtes bon !

Il lui avait fait franchir un couloir étroit et obscur et tirait une porte à lui. Au-dehors, la nuit était profonde. Toute proche, une gargouille vomissait des torrents d'eau. Pourtant il ne pleuvait plus. Mais le vent moite, et comme ivre, s'engouffrait dans la ruelle par bouffées violentes.

Desgrez s'arrêta sur le seuil. Il prit Angélique dans ses bras, à sa façon, désinvolte et irrésistible, qui paralysait toute résistance.

— Je vous aime, fit-il. Je peux bien vous le dire maintenant, puisque cela n'a plus d'importance.

Son bras dur lui maintenait la nuque renversée dans le creux de son coude et elle défaillait un peu non pas à cause de l'étreinte, mais parce que, saisie par la nuit et le vent, elle avait cessé de le voir et de le sentir. Il redevenait irréel. Seule, comptait au fond d'elle-même sa hâte d'oiseau captif, à s'échapper pour fuir à tout jamais.

Il comprit qu'il ne tenait dans ses bras qu'un corps absent, un esprit déjà éloigné. Pour cette femme pourchassée, il n'était, lui, le vivant, l'homme solide, ou qui se croyait tel, qu'un revenant du passé qui cherchait à l'attirer dans sa tombe. Elle fuyait vers son destin où il n'avait pas de place.

« Faite pour l'immensité, songea-t-il, pour la liberté... »

Penché sur ses lèvres, il ne les effleura pas.

— Adieu, marquise des Anges, murmura-t-il.

Très doucement, il laissa retomber ses bras. Elle s'échappa, fit quelques pas, parut se raviser. Elle dut se retourner. Il ne la voyait déjà plus. Il entendit sa voix :

— Adieu, mon ami Desgrez... Merci. Merci.

Angélique courait dans la ville nocturne. Le vent lui jetait sur les lèvres un goût de sel. Ainsi devait courir la femme de Loth dans Sodome menacée, alors qu'au-dessus de la ville s'amoncelaient déjà les particules mortelles qui devaient l'anéantir.

En arrivant à la maison, elle n'avait plus de souffle.

Ils étaient tous là : les enfants, maître Gabriel, la vieille Rebecca et tante Anna, Abigaël et le vieux pasteur, et le jeune pasteur, et son petit orphelin. Ils se jetèrent dans ses bras, l'entourant, la pressant de questions.

— Parlez, exigeait le marchand, on vous a arrêtée. Pourquoi ? Que se passe-t-il ?

— Rien de grave.

Même tante Anna répétait d'une voix chevrotante : « Vous nous avez fait une peur affreuse. Nous craignions qu'on ne vous ait jetée en prison. »

— Ce n'est rien.

Elle s'efforçait de sourire pour les rassurer. Puisqu'ils étaient tous là maintenant, elle était sûre que son projet réussirait et qu'elle parviendrait à les sauver. Escortée jusqu'à la cuisine, elle dut s'asseoir et Rebecca lui apporta du vin. Lequel préférait-elle ? Rebecca proposait d'ouvrir plusieurs bouteilles. Puisque aussi bien on ne pourrait transporter toutes ces belles réserves sur le navire.

— Le navire ? dit maître Gabriel, c'est à cause de cela, n'est-ce pas, qu'on vous a arrêtée. Ils ont eu vent de quelque chose ?

— Ce n'est pas grave.

— Vous répétez que ce n'est pas grave mais vous êtes blanche comme un linge. Qu'y a-t-il donc ? Parlez. Faut-il prévenir Manigault ?

On lui donnait difficilement le change. Il posa sa main sur l'épaule d'Angélique.

— J'étais déjà sur le point de courir au Palais de Justice.

— Vous auriez commis là une grave erreur, maître Gabriel. Je me suis rendu compte que ces messieurs soupçonnaient quelque chose mais ils n'ont pas de preuves et le temps qu'ils en rassemblent, nous serons loin ! Je suppose que Martial et Séverine n'ont pas parlé.

— On ne nous a pas interrogés, dit Martial. Heureusement ! Un grand monsieur est venu tout de suite nous trouver. Il a pris Honorine dans ses bras pour qu'elle ne crie plus et après il nous a dit : « Rentrez chez vous, dame Angélique va vous rejoindre. » Les autres n'avaient pas l'air contents mais il nous a conduits lui-même jusque dans la rue.

— Je crois qu'il venait de Paris, fit remarquer Séverinc les yeux brillants. Les autres montraient du respect pour lui.

Angélique approuva :

— Ce monsieur est, en effet, un de mes amis et il m'a promis que nous pouvions dormir cette nuit sur nos deux oreilles.

— Vous avez des amis dans la police de Paris, dame Angélique ? demanda brusquement maître Gabriel.

Angélique passa la main sur son front :

— Oui. C'est un hasard mais c'est ainsi ! Et vous voyez que cela peut être utile. Je vous promets que je vous raconterai tout demain. Mais ce soir je suis lasse et je crois qu'il faudrait coucher les enfants.

Cependant, quand ils se furent retirés, elle demanda à Abigaël de rester : « Il faut que je vous parle. »

Elles attendirent que le silence se fût rétabli dans la grande maison et qu'Honorine se fût endormie. Angélique ouvrit un coffre dans un coin de l'arrière-cuisine et en tira sa plus solide mante ainsi qu'un fichu de laine qu'elle noua énergiquement sous son menton pour maintenir sa coiffe.

— Je n'ai pas voulu parler à maître Berne de mon projet, dit-elle à Abigaël, parce qu'il m'aurait certainement empêchée de le mettre à exécution. Or, il n'y a que moi qui puisse agir. Il faut cependant que vous sachiez.

Et elle dévoila tout, pêle-mêle. On les avait trahis. Qui ? Peut-être un commis des Manigault. Peut-être un des leurs ?... Qu'importait, au fond ! Ce qui comptait c'était que Baumier était au courant de tout. Il savait leurs noms. Des sbires et des archers les surveillaient, surveillaient les entrepôts, le *Sainte-Marie*. Leurs maisons à tous étaient déjà marquées. L'ange noir des désastres avait posé son invisible main au frontispice des belles demeures ou des modestes échoppes du quartier sous les murs. Demain, on viendrait tous les arrêter.

Abigaël écoutait sans broncher. Plus que jamais, elle ressemblait à une madone flamande avec son long et doux visage aux sourcils pâles, sous sa coiffe blanche. Elle restait calme. Elle avait assez de force d'âme pour se résigner à ce qui devait advenir, mais cela lui était facile, songeait Angélique, parce que Abigaël ne savait pas ce qu'était le malheur. Elle ignorait ce que c'était que d'être en prison, que d'être traquée comme un gibier, que de n'avoir pas une pierre où poser sa tête, que d'appeler vainement au secours, parmi les siens.

— Il nous reste une chance, confirma-t-elle. Je veux la risquer. C'est pour cela qu'il faut que je sorte encore ce soir.

Abigaël tressaillit.

— Ce soir ? Par cette tempête ? Ecoutez...

Le vent ébranlait les volets et les vitres. La pluie avait repris et le bruit de ses cataractes se mêlait au mugissement sourd de la mer.

— Les heures sont comptées, dit Angélique. Il faut que, demain, nous soyons tous embarqués, sinon nous sommes perdus.

— Embarqués ? Comment cela serait-il possible ? Vous dites vous-même que le port est gardé. Et aucun bateau ne voudra prendre la mer par ce temps.

— Un seul ne suffit-il pas ? fit Angélique têtue. Il faut courir cette chance, la dernière. Tenez-vous prête, Abigaël. Pendant mon absence, je voudrais que vous prépariez le bagage de chacun. Très peu de choses : un habit de rechange, un peu de linge.

— Quand allez-vous revenir ?

— Je ne sais pas. A l'aube, peut-être. Mais tenez-vous prêts... Je vous apporterai sans doute la nouvelle que le navire vous attend pour appareiller et qu'il faut se hâter.

Elle gagna la porte, s'arrêta comme saisie d'une nouvelle idée :

— Si je ne revenais pas, Abigaël... ma fille Honorine, quoi qu'il arrive, vous essaieriez de la protéger. Mais que je suis bête !... Je *dois revenir*. Il ne peut pas en être autrement !

Abigaël la rejoignit et lui mit le bras autour des épaules.

— Qu'allez-vous faire, Angélique ?

— Rien que de très simple. Je vais trouver un capitaine de navire que je connais, et lui demander de nous emmener, tous.

La jeune fille la serrait très fort contre elle et, en levant les yeux, Angélique fut frappée par ses traits lumineux.

Une vision naïve de son enfance vint se mêler au réconfort qu'elle éprouvait de découvrir cette amitié. Quand elle était petite et que la tempête passait en sifflant au-dessus des marais de Monteloup, elle s'imaginait qu'elle était dans les bras de la Vierge Marie et sa peur s'évanouissait. Elle appuya son front contre l'épaule d'Abigaël. Celle-ci dit à mi-voix.

— Pourquoi cherchez-vous à nous emmener tous ? C'est multiplier vos difficultés. Vous auriez pu vous sauver seule, Angélique, je le sens !

— Non. Je n'aurais pas pu, dit Angélique en secouant la tête. Ç'aurait été, en vérité, au-dessus de mes forces. Vous ne pouvez pas comprendre, ma douce Abigaël, mais je sais que si je ne vous aidais pas à vous sauver, vous et vos frères protestants, jamais je ne pourrais racheter le sang répandu, ni les erreurs de ma vie...

Elle conclut avec une sorte de gaieté :

— ... C'est ce soir ou jamais. Voilà pourquoi je *dois* réussir.

Abigaël l'accompagna jusqu'au grand portail. Une brusque rafale souffla la chandelle. Les deux jeunes femmes s'étreignirent sans se voir et Angélique, se collant aux murs pour donner moins de prise aux rafales, se glissa vers les remparts. Elle n'entendit pas la porte se refermer.

Tandis qu'elle lutterait, Abigaël veillerait, telle une lampe allumée. Angélique ne serait pas seule. Presque à genoux, elle réussit à gravir les marches ruisselantes qui menaient au chemin de ronde. Là-haut, le halètement fou de la mer l'environna. Elle entendait, contre la digue, résonner les violents coups de bélier des lames déchaînées. Leurs embruns jaillissaient, inondant tout et s'étalant sur les dalles en nappe mousseuse. Elle était déjà trempée lorsqu'elle atteignit le corps de garde de la Tour de la Lanterne.

Un instant, elle se tint à l'abri d'un contrefort afin de reprendre souffle, puis elle se hissa sur la pointe des pieds pour regarder à l'intérieur par une imposte. Elle aperçut le soldat Anselme Camisot, assis mélancoliquement près de son brasero dont les charbons ardents jetaient des reflets rougeâtres sur sa trogne mal rasée.

Heureusement, Angélique connaissait la timidité foncière de son soupirant, car aucun spectacle n'eût pu sembler moins rassurant que celui de ce soldat solitaire, aperçu entre deux barreaux croisés sous les voûtes de la salle d'armes médiévale.

Et puis elle n'avait pas le choix ! Elle frappa contre l'imposte.

Le soldat finit par lever les yeux et son visage exprima le plus profond ahurissement en découvrant l'apparition envoyée cette nuit par le dieu des tempêtes. Il se frotta plusieurs fois les paupières, se leva d'un bond, se prit les pieds dans sa hallebarde, buta dans son casque, à terre, ce qui dut faire retentir tous les échos de la Tour et, enfin, parvint à la porte qu'il déverrouilla.

Angélique s'y était déjà glissée. Elle entra, rejetant avec soulagement son capuchon alourdi d'eau.

— Vous ? dame Angélique ! fit Anselme Camisot essoufflé, comme s'il avait couru. Vous !... Chez moi !...

Ce chez moi, qui désignait la lugubre salle ronde, la paillasse et le modeste repas de crevettes et de pain noir du gardien, était assez attendrissant.

— Messire Camisot, je suis venue vous demander un grand service. Il faut que vous m'ouvriez la petite porte d'angle, car je dois sortir de la ville.

L'archer médita la demande et la déception le rendit sévère.

— Il faut... Je dois... Rien que ça ! Mais c'est interdit, ma belle.

— C'est bien pour cette raison que je m'adresse à vous. C'est le seul passage accessible. Je sais que vous avez les clés.

Les sourcils de gorille du pauvre Camisot se fronçaient de plus en plus.

— Si c'est pour aller rejoindre un amoureux, ne comptez pas sur moi. Je suis gardien de la morale, comme du reste.

Angélique haussa les épaules.

— Croyez-vous que ce soit le temps pour rejoindre un amoureux sur la lande ?

Le soldat écouta le crépitement de la pluie et les hululements du vent qui se ruait dans la tour.

— Pour ça non, dit-il. Même ici, on est mieux que dehors. Mais alors ? Pourquoi voulez-vous sortir de la ville ?

Elle n'avait pas de mensonge prêt. Elle en trouva un assez vite.

— Je dois porter un message à quelqu'un qui se cache au hameau de Saint-Maurice... un homme menacé de mort... un pasteur.

— Je comprends, grommela Camisot, mais si vous continuez à vous mêler de ces histoires, dame Angélique, vous allez vous retrouver en prison. Et moi, ce n'est plus l'estrapade que je risque, mais la corde.

— Personne ne parlera... J'ai promis d'aller porter ce message et tout de suite j'ai pensé à vous. Je n'ai fait part à personne de mes intentions, mais si vous me refusez, à qui pourrai-je m'adresser avec la même confiance ?

Elle posa doucement sa main sur la grosse patte velue et leva vers lui un regard suppliant. Le pauvre Anselme Camisot était tout à fait bouleversé. Si, naguère, en la rencontrant, il lui avait jeté, au passage, quelques galanteries comme tout bon narquois qui se respecte, jamais, au grand jamais, il n'eût même osé espérer qu'elle le regarderait, un jour, lui, bien en face et encore de cette façon-là. Il passa la main sur son menton, conscient de sa barbe hirsute et de sa laideur qui avait toujours attiré le rire des femmes.

— Je vous serais très reconnaissante, messire Camisot, insista Angélique... tellement reconnaissante.

L'imagination du soldat n'allait pas au-delà de l'espérance d'un baiser, mais la seule pensée que ces lèvres admirables pourraient se montrer clémentes, pour lui, le plus déshérité de la garnison, suffisait à lui faire perdre la tête. Ses camarades discutaient souvent de la froideur de la belle servante des Berne. Si, un jour, ils apprenaient que lui, Anselme ! le grotesque, la tête de Turc... avait obtenu ce que le plus faraud d'entre eux considérait comme impossible aubaine. Ah ! il y aurait même de quoi aller planter un cierge dans une église papiste ! Savait-on jamais ? Il en était presque effrayé à l'avance.

La vue troublée, il bégaya.

— Eh bien !... Bon ! Après tout je ne fais de tort à personne, hein ! Je suis maître sur les remparts et si on ne se donne pas un peu de mal pour une femme comme vous, alors pour qui s'en donnerait-on ?

Il décrocha son trousseau de clés.

— Quand vous allez revenir, vous vous arrêterez bien un petit moment... chez moi ?

— Oui, je m'arrêterai, fit-elle, prête à toutes les concessions.

Et elle lui dédia un sourire parce qu'elle pensait vraiment que ce rustre était un brave garçon, qui ne lui demandait pas comme tant d'autres de payer d'avance. Anselme Camisot supputait qu'il aurait le temps de se raser devant sa cuirasse servant de miroir, et d'aller chercher dans les caves-oubliettes de la tour certains trésors connus de lui seul : un tonnelet de vin blanc, un jambon... Ce serait la grande fête !

Angélique frémissait d'impatience, tandis qu'ils sortaient et qu'à sa suite elle se dirigeait vers l'angle des remparts où une petite poterne abritait, jadis, en cas de siège, un groupe d'archers, destinés à cribler de flèches les assaillants. Une porte de bois donnait sur un escalier étroit qui aboutissait dans les dunes. Angélique franchit le seuil et commença à descendre les degrés glissants, en risquant vingt fois de se rompre le cou. Le garde l'éclairait d'en haut, mais le vent à plusieurs reprises souffla sa lanterne, et la jeune femme attendait que la lumière revînt, collée au mur dont la tempête furieuse semblait vouloir l'arracher pour la jeter à bas.

Enfin, elle sentit le sol mou et détrempé sous ses pas. Elle était hors de la ville.

Au bruit déchaîné des vagues qui se fracassaient sur les galets de la plage, elle repéra le chemin de la falaise et s'y engagea. Elle ne pouvait le distinguer que par le contact du sable qui le traçait. Parfois, elle s'égarait parmi les herbes ou se heurtait à un buisson de tamaris. Alors, tâtonnant du pied, elle recherchait le passage nu de la sente. Jamais, lui semblait-il, elle n'avait dû s'avancer dans des ténèbres aussi profondes.

Pas une lumière, pas une lueur pour la guider dans cet océan obscur. Une pluie froide ruisselait intarissablement sur son sillage. Ses cils trempés se collaient. A certains moments, elle avançait les yeux clos. Sur sa gauche elle devinait le gouffre ouvert de la falaise abrupte. Le moindre faux pas pouvait l'engloutir et elle irait s'écraser lourdement au pied de la muraille de calcaire.

Peu à peu, sa crainte devint si forte, qu'elle en arrivait à ne plus oser faire un pas. Elle se mit à marcher à quatre pattes, tâtonnant des mains et des genoux dans la boue du chemin que la pluie transformait en ruisseau. Elle n'avançait plus. Elle décida alors, pour échapper à son appréhension, de descendre au pied de la falaise et de passer par la plage. Elle arriverait de la même façon au but et, au moins, ne risquerait plus de tomber. A un détail qu'elle avait remarqué, en passant par là, avec Honorine — une croix de bois sur le bord du sentier et à laquelle elle venait de se heurter — elle savait où elle se trouvait. Non loin de cet endroit, un passage de rochers amoncelés offrait la possibilité de gagner la grève.

Elle le trouva et commença de descendre. Mais une motte de terre ayant cédé, elle fut entraînée dans un grand éboulis de cailloux et dégringola, pour se retrouver, fort écorchée, mais indemne, un peu plus bas. Ses mains devaient saigner et sa robe était déchirée aux genoux. Heureusement, elle n'avait même pas une entorse. Elle put donc se relever et reprendre sa marche. Elle s'appuyait à la falaise pour se guider.

Ce fut alors la mer qui intervint avec hargne. Les yeux d'Angélique, en s'habituant à l'obscurité, pouvaient distinguer la blancheur de la crête des vagues et les longs pans d'écume qui s'élançaient vers elle. C'était un assaut de formes pâles et menaçantes qui l'assaillaient, dans un fracas d'enfer. Certaines éclataient loin d'elle, d'autres, au contraire, semblaient ne pas connaître de limite à leur élan et se glissaient avec une souple férocité de serpent jusqu'à ses pieds.

A un moment, la vague qui s'avançait lui parut si haute que, terrifiée, Angélique s'appuya à la paroi comme pour s'y enfoncer.

La lame se brisa à quelques pas d'elle. Dans un affreux clapotement, elle sentit l'eau froide cercler ses chevilles, puis ses genoux. La prochaine fois, elle en aurait jusqu'à la ceinture.

L'eau, en se retirant, l'entraîna avec une telle force qu'elle tomba. Elle se raccrocha où elle put.

Une nouvelle lame risquait de l'emporter au large.

« Il faut remonter », se dit-elle.

Mais comment trouver l'issue de ce piège ? Elle

se mit à courir pour fuir le danger, ce galop des vagues acharnées. Ses pieds se tordaient sur les galets. A certains endroits, la grève se rétrécissait dangereusement.

Maintenant, elle n'avait plus qu'une idée : regagner la lande. La marée devait être en train de remonter. En demeurant en bas, elle allait être noyée à coup sûr. Les mains de la jeune femme se crispaient au flanc de la falaise, cherchant une prise, mais dans ces parages la roche était presque surplombante. Cependant, à force de se traîner, elle découvrit une petite baie où devaient parfois mouiller des barques et, vers le fond, le sentier escarpé qu'empruntaient les pêcheurs. Elle se hissa, s'arrachant au cirque infernal.

Lorsqu'elle atteignit le rebord de la falaise, elle se laissa aller de tout son long, épuisée, et demeura un long moment la joue contre la terre humide.

Ce voyage au bout de la nuit devait ressembler à ce que l'on ressent après la mort. Une lente et angoissante recherche dans un pays inconnu.

Osman Ferradji, le grand mage noir, s'expliquait ainsi : « On ne s'aperçoit pas toujours de la mort. Certains se trouvent, sans savoir pourquoi, parmi des ténèbres inconnues et ils doivent chercher leur chemin, guidés par la seule lumière acquise au cours de leur expérience terrestre. S'ils n'ont rien acquis sur terre, alors ils s'égarent une fois encore dans le Monde des Esprits... Ainsi parlent les Sages d'Orient... »

Osman Ferradji ! Il était devant elle, noir, comme la nuit, et il lui disait :

— Pourquoi as-tu fui cet homme... Ton destin et le sien se croisent et se recroisent.

Angélique se redressa sur les mains. « Puisque son destin doit croiser le mien, se dit-elle entre les dents, c'est que je dois réussir !

Le hasard seul n'avait pu amener le Rescator sur ces rivages Cela signifiait sûrement quelque chose. Cela signifiait qu'Angélique devait le rejoindre. Malgré le vent, la mer, la nuit, elle l'atteindrait donc. Une voix rauque, extraordinairement présente, chuchota à son oreille : « Chez moi, vous dormirez. Chez moi, il y a des roses. » Et la magie de Candie lui revint et de l'instant inexplicable où, près de l'homme masqué qui venait de l'acheter, elle avait eu envie de demeurer à jamais [1].

Angélique se remit debout.

Elle s'aperçut que la pluie avait cessé. Mais le vent semblait en avoir pris plus de force. Il la saisissait aux épaules, la jetait en avant, puis se plaçait devant elle et elle devait lutter, pied à pied comme repoussée par une force humaine.

Au bout de quelques pas, elle craignit d'être repartie dans la mauvaise direction. Elle tourna sur elle-même ainsi qu'une marionnette et, cette fois, fut incapable de s'y retrouver. Mais le ciel finit par se dégager. Et, tout à coup, elle distingua vers l'est la flamme rouge de la Tour de la Lanterne. De l'au-

(1) Lire dans la même collection *Indomptable Angélique*, n° 2491*******

tre côté, une autre lumière plus petite brillait à l'extrémité de l'Ile de Ré.

Angélique sortait des limbes. Elle devinait la plaine autour d'elle, balayée de vent mais dégagée des brumes. Elle put marcher plus vite. Lorsqu'elle arriva aux environs de la baie où, ce tantôt, elle avait aperçu le navire au mouillage, elle ralentit le pas.

« Et s'il avait appareillé ? » se dit-elle soudain.

Puis elle se rassura. Tant de choses dramatiques s'étaient passées en ces dernières heures — le retour des enfants, leur arrestation, l'interrogatoire de Baumier, celui de Desgrez — qu'elle avait l'impression d'avoir vécu des jours. Quand elle les avait aperçus, les pirates étaient occupés à calfater. C'était admettre que le navire avait besoin de réparations et ils n'avaient pu se décider à appareiller en pleine nuit, devant la tempête montante.

D'ailleurs, voici qu'une lumière plus forte surgissait, comme une énorme étoile, suspendue au dessus d'elle. Elle comprit que c'était la lanterne accrochée au sommet du mât *Gouldsboro.*

Malgré leur désir de passer inaperçus, les pirates devaient encore préférer y voir clair, car la baie où ils s'étaient réfugiés n'était guère abritée, et le navire à l'ancre tirait durement sur ses chaînes. Sur le pont on distinguait les silhouettes des sentinelles s'abritant tant bien que mal.

Angélique resta un long moment en expectative au bord de la falaise.

Invisible elle contemplait le navire à peine surgi de l'ombre, silhouette de bateau-fantôme, avec ses mâts aux voiles serrées afin de ne pas donner de prise au vent, et qui se balançait dans le bouillonnement de l'écume comme au fond d'un chaudron de sorcière.

Tout à l'heure, en quittant La Rochelle, elle trouvait simple de s'élancer et de courir vers ces lieux comme vers le havre où les attendait le seul secours possible.

Maintenant, sa folie lui apparaissait évidente : tomber volontairement au pouvoir de ces hors-la-loi, se présenter au dangereux pirate qu'elle avait offensé et bafoué, lui demander une aide difficile et sans contrepartie !... Autant d'actes insensés et qui ne pouvaient que la précipiter dans une catastrophe. Mais la catastrophe était aussi derrière elle. Et elle était déjà allée trop loin.

En contrebas, une autre lueur dansait, celle d'un feu, allumé à l'abri d'une des cavernes de la falaise, et près duquel des matelots faisaient le guet.

La même main, peut-être celle d'Osman Ferradji, qui tout à l'heure avait relevé Angélique, la poussa en avant. « Va ! Va ! Là est ton destin... »

Espérance et terreur se partageaient son cœur. Mais elle n'hésita plus et, retrouvant le sentier par lequel elle avait vu arriver, l'après-midi, les pêcheurs de Saint-Maurice et leurs bêtes, elle commença de descendre.

Elle atteignit la grève. Ses pieds s'enfoncèrent dans le gravier nacré fait de millions de coquillages broyés. Difficilement, elle s'avança.

Par-derrière, des mains la saisirent à la taille, aux poignets et l'immobilisèrent. Une lanterne sourde lui fut mise au visage. Les pirates parlaient autour d'elle dans leur langue inconnue. Elle distinguait leurs faces brunes sous leurs foulards couleur de sang, leurs dents cruelles et le miroitement d'anneaux d'or que certains portaient aux oreilles.

Alors, elle s'écria, projetant un nom devant elle, comme un bouclier :

— Le Rescator !... Je veux voir votre chef, monseigneur le Rescator !...

15

Elle attendait, appuyée à la paroi de bois, dans le balancement brusque du navire.

Les guetteurs de la grève l'avaient fait monter sur un caïque que les vagues secouaient comme une coquille de noix et elle ne savait trop par la grâce de quelle force nerveuse elle avait réussi à se hisser à l'échelle de corde ballottée au flanc du bateau, dans la nuit d'encre.

Maintenant elle était au but. On l'avait fait entrer dans une sorte de cambuse, le domaine du cuisinier, sans doute, car il y traînait des relents d'odeur de graisse.

Deux hommes la gardaient. Un autre entra, masqué sous un feutre à plumes détrempées, et elle reconnut aussitôt sa silhouette trapue.

— Vous êtes le capitaine Jason ?

Elle le revoyait sur le pont de la galère *La Royale*. Le capitaine Jason, le second du terrible Rescator, donnait ses ordres au duc de Vivonne, Grand Amiral de la flotte du roi Louis XIV. Aujourd'hui il était peut-être moins superbe, mais il gardait l'assurance de celui qui agit pour un maître dont la volonté finit toujours par être la plus forte.

— D'où me connaissez-vous ? demanda-t-il après un moment de surprise.

Derrière le masque, son regard perplexe examinait la paysanne ruisselante, échevelée et en loques qu'on lui présentait.

— Je vous ai vu à Candie, répondit-elle.

Il eut une mimique étonnée. De toute évidence, il ne la reconnaissait pas.

— Dites à votre chef, monseigneur Le Rescator, que je suis... cette femme qu'il a achetée trente-cinq mille piastres à Candie, il y a quatre ans... la nuit de l'incendie.

Le capitaine Jason bondit littéralement au plafond. Médusé, il la regarda encore. Puis il jura à plusieurs reprises en anglais. Enfin, avec une agitation qui ne devait pas lui être coutumière car c'était un homme aux apparences placides, il recommanda dans leur langue aux deux matelots de surveiller plus étroitement la prisonnière. Puis il bondit et elle l'entendit courir sur le pont.

Les deux hommes se crurent obligés de prendre Angélique par le bras. Pourtant elle eût été bien en peine de s'enfuir. Elle était maintenant dans la gueule du loup.

L'effet produit par sa déclaration n'allait pas sans lui inspirer de l'inquiétude. Selon toutes apparences, on ne l'avait pas oubliée. Elle allait devoir affronter le Maître. Ses souvenirs revenaient en foule. Candie illuminée par l'éclat de la fusée bleue. Candie en flammes, l'*Hermès* du pirate d'Escrainville se détachant, incandescent, tel un monument d'or pur et ses mâts s'effondrant dans une gerbe d'étincelles. Le Rescator courant parmi les nuages de fumée s'échappant de son chébec et ce vieux gnome magicien de Savary dansant à la proue de la barque grecque en criant : « C'est le feu grégeois ! C'est le feu grégeois [1] ! »

Elle ramena autour d'elle son manteau trempé et qui pesait du plomb sur ses épaules harassées. Dans la nuit de feu de Candie, deux destinées s'étaient rejointes, puis s'étaient éloignées fulgurantes, et en un point différent de la terre, contre toute logique, contre la volonté des dieux même, elles se retrouvaient cette nuit. Etait-ce cela qu'Osman Ferradji avait lu dans les astres au sommet de la Tour Mozagreb ?...

Des bruits de pas retentirent au-dehors. Angélique se redressa prête à *Le* voir. Mais ce fut le capitaine Jason qui reparut. Il eut un geste bref. Angélique fut entraînée. Elle retrouva, en traversant une passerelle, le souffle coupant du vent et le mugissement proche des flots. Elle dut monter les degrés d'un court escalier de bois.

Derrière les vitres du château-arrière des lumières rouges brillaient. Elles évoquaient, immobiles, ces lueurs diaboliques qui luisent parmi les cornues des alchimistes, serviteurs de Satan. Pourquoi une telle pensée traversa-t-elle le cerveau d'Angélique tandis qu'on la poussait à l'intérieur, dans une suprême rafale de vent ? Peut-être se souvint-elle qu'on appelait le maître qui régnait là, le Magicien de la Méditerranée...

(1) Lire dans la même collection *Indomptable Angélique*, nº 2491*******.

Sa première sensation fut celle d'avoir posé les pieds sur un parterre de mousse et de fleurs et, tandis qu'on refermait la porte derrière elle, elle enregistra la chaleur bienfaisante de la pièce. Après les douches glacées de la pluie et les gifles de la bise, elle en ressentit presque un malaise. Elle dut faire appel à toute sa volonté pour demeurer debout et ne pas s'évanouir.

Peu à peu, elle se remit. Ses yeux s'habituèrent à la clarté insolite. Elle distingua un homme debout qui paraissait emplir le salon de sa présence. C'était l'homme de la lande, c'était le Rescator. Elle ne se souvenait pas qu'il fût si grand. Il touchait le plafond bas. Elle ne se souvenait pas qu'il eût une stature aussi imposante. Parce qu'elle l'avait vu s'avançant d'une allure nonchalante et comme féline parmi les Orientaux du batistan de Candie, il ne lui avait jamais paru si dur. Il lui sembla taillé en angles dans une sorte de roc noir, les épaules carrées, la taille sanglée par une haute ceinture de cuir et d'acier à laquelle pendaient les étuis de deux pistolets ouvragés, les muscles longs et secs des cuisses accentués par une culotte de peau qui les moulait. Son attitude, jambes écartées pour résister au mouvement du roulis, mains derrière le dos, était celle d'un justicier. Froide, observatrice, méfiante.

Il demeurait dans l'expectative. Il semblait très différent du prince de la Méditerranée.

Elle reconnaissait seulement sa tête étroite, entourée d'un foulard de satin sombre, noué à l'espagnole, le masque de cuir, inhumain, au nez modelé, tombant très bas sur les lèvres, la barbe noire et bouclée qui prolongeait cette face obscure et, à travers les fentes du masque, les diamants d'un regard indéfinissable, insoutenable.

C'était bien lui, le Rescator, mais empreint d'une autre magie plus âpre, celle de l'Océan, et alors qu'elle avait longtemps rêvé à l'énigmatiquc personnage comme à quelque héros des Mille et Une Nuits, elle s'apercevait qu'elle avait devant elle un pirate.

Deux lanternes de Venise, aux verreries rouges et or, l'encadraient et ne contribuaient pas à le rendre plus rassurant.

Un coup de mer fit trébucher Angélique et la rejeta contre le panneau de la porte où elle dut s'appuyer. Alors la statue noire s'anima. Les épaules furent secouées spasmodiquement. Sa tête se rejeta en arrière.

Et elle s'aperçut que le Rescator riait de son rire étouffé qui se terminait en accès de toux.

— La Française de Candie ! s'exclama-t-il.

La voix rauque et voilée, avec parfois des intonations grinçantes, produisit sur les nerfs d'Angélique la même sensation qu'autrefois. Une émotion déchirante, douloureuse. Quelque chose d'insupportable et, pourtant, le désir de l'entendre à nouveau !

Elle le vit s'avancer vers elle d'un pas mesuré. Ses dents traçaient une ligne blanche dans sa barbe noire.

Ce rire la déconcertait bien plus que des invectives.

— Pourquoi riez-vous ? demanda-t-elle d'une voix blanche.

— Parce que je m'interroge sur le phénomène qui, de la plus belle captive de la Méditerranée, payée par moi une fortune, a fait aujourd'hui une femme dont je ne donnerais pas cent piastres !...

On ne pouvait être plus méprisant, plus insolent. Angélique se vit, telle qu'elle était, en effet : trempée, déchirée, dans ses vêtements sombres de femme du peuple, la figure marbrée, sous son fichu noir et ruisselant, avec peut-être des mèches de cheveux qui lui collaient aux tempes : une vraie sorcière.

Loin de l'abattre, ce nouveau coup d'estoc lui donna soudain la force de réagir.

— Oh ! vraiment, fit-elle, sarcastique. Tant mieux. Cela vous ôtera des regrets, si vous en eûtes jamais, pour le mauvais tour que je vous ai joué à Candie.

Appuyée à la porte, le front baissé et le regard brillant, elle considérait l'homme masqué et s'apercevait qu'il ne lui faisait pas peur. Elle avait décidé qu'il les sauverait parce qu'ils étaient, lui et son navire, leur seule et dernière chance. Il fallait donc le circonvenir, l'atteindre. Or, il lui paraissait démesuré et hermétique, terriblement lointain, pas tout à fait réel, une apparition à mi-chemin entre le cauchemar et le rêve éveillé. L'impression s'accentuait dans le silence.

Elle souhaitait qu'il parlât de nouveau. Le son de sa voix l'aidait à échapper à l'emprise du regard magnétique.

— Vous ne manquez pas d'audace de me rappeler vos exploits, fit-il enfin. Comment avez-vous su me trouver ici ?

— Je vous ai aperçu tantôt, alors que je traversais la lande. Vous étiez au bord de la falaise et vous surveilliez la ville.

Elle le vit tressaillir, comme touché au vif.

— Décidément le sort se joue de nous, s'écria-t-il. Vous êtes passée non loin de moi, encore, et je ne vous ai pas vue.

— Je me suis aussitôt cachée dans les buissons.

— J'aurais pourtant dû vous voir, fit-il avec une sorte de colère. Quel génie possédez-vous donc d'apparaître et de disparaître, de me filer entre les doigts ?...

Il se mit à marcher de long en large. Elle préférait encore cela à son immobilité hostile.

— Je ne féliciterai pas mes hommes sur leur façon de faire le guet, reprit-il. Avez-vous parlé à quelqu'un de ce que vous aviez vu, de notre présence ici ?

Elle secoua négativement la tête.

— C'est encore heureux pour vous... Donc, m'ayant aperçu, vous vous enfuyez une fois de plus, puis vous vous représentez à moi, sur la minuit... Pourquoi ? Pourquoi êtes-vous venue ?

— Pour vous demander de prendre à votre bord des personnes qui doivent avoir quitté La Rochelle dès demain matin, au plus tard, pour se rendre aux Iles d'Amérique.

— Des passagers ?

Le Rescator s'arrêta de nouveau. Il se mouvait avec une extraordinaire aisance, malgré le balancement interrompu de la houle. Angélique se souvint de sa silhouette de jongleur, à l'avant du beaupré de son chébec, lorsqu'il lançait l'ancre qui devait sauver la galère *Dauphine*. Tandis qu'elle était là, présente dans ce salon marin, une partie de son esprit continuait à projeter en elle des visions arrachées au passé. C'était comme une recherche souterraine, dont le but était toujours cet homme noir et fascinant. Comme jadis, lorsque pour la première fois il s'était approché d'elle dans la salle des ventes du batistan, il requérait aussitôt toutes ses forces et son attention.

Les confidences d'Ellis, la jeune esclave grecque, voletaient dans sa mémoire ainsi que des papillons étranges : « Toutes les femmes !... toutes les femmes il les séduit... aucune n'échappe à son pouvoir, mon amie... » Mais, pourtant, elle entendait sa propre voix répondre, lucide :

— Oui, des passagers. Ils vous paieront bien.

— De quelle sorte peuvent bien être ces passagers singuliers qui ont tellement besoin d'un bateau-corsaire ? Sûrement pour fuir La Rochelle...

— Fuir est bien le mot, monseigneur. Il s'agit de familles appartenant à la religion réformée. Le roi de France ne veut plus d'hérétiques dans son royaume. Ceux qui ne consentent pas à se convertir, n'ont d'autres ressources que de quitter leur pays pour échapper à la prison. Mais les côtes sont surveillées et il est difficile de sortir du port clandestinement.

— Des familles... avez-vous dit ? Il y aurait des femmes parmi eux ?...

— Oui... Oui...

— Et des enfants ?..

— Oui... des enfants, surtout, fit Angélique d'une voix sans timbre.

Elle les vit, dansant autour du palmier, avec leurs joues roses et leurs yeux pleins d'étoiles. C'était comme si elle avait entendu, derrière le grondement de la tempête, le bruit rythmé de leurs petits sabots.

Mais elle savait aussi que son aveu les condamnait presque à coup sûr à un refus. Un capitaine de navire de fret ne prend qu'à contrecœur des passagers à son bord. Quant aux femmes et aux enfants, ce ne sont là que marchandises bonnes à n'attirer que des « palabres ». Ça se plaint, ça meurt, les hommes se battent à bord à cause des femmes. Angélique avait assez longtemps vécu dans un port comme La Rochelle pour mesurer l'outrecuidance de sa demande. Comment oser parler à un pirate de l'avocat Carrère et de ses onze enfants ?... Son assurance faiblissait.

— De mieux en mieux ! apprécia le Rescator.

Le ton était persiflant :

— ... Et à combien se chiffre ce peu intéressant contingent de chanteurs de psaumes dont vous voulez encombrer mes cales ?

— A peu près... quarante personnes.

Elle en escamotait une bonne dizaine.

— Hein !... Vous plaisantez, ma belle. Je pense d'ailleurs que la plaisanterie n'ira pas plus loin. Mais une chose m'intrigue cependant. Par quel autre phénomène la marquise du Plessis-Bellière — car c'est bien sous ce titre que je crois vous avoir achetée ? — s'intéresse-t-elle soudain au sort d'une poignée de pâles parpaillots ?... Auriez-vous parmi eux de la famille ? Un amant ?... bien que la chose ne me semble guère inspirante pour une ancienne odalisque... ou bien, qui sait, auriez-vous choisi chez les hérétiques un nouvel époux, car vous aviez me semble-t-il, la réputation d'en faire grande consommation ?...

Son ironie méchante lui parut cacher une âpre curiosité.

— Rien de tout cela, dit-elle.

— Mais encore ?

Comment lui expliquer qu'elle voulait le salut de ses amis protestants ? C'était indéfendable aux yeux d'un pirate très certainement impie, et peut-être espagnol, comme elle l'avait entendu dire. Car alors il ajouterait à son impiété les intolérances de sa race.

Il y avait quelque chose d'inquiétant dans la façon dont il semblait fort au courant de sa vie. Il savait certainement beaucoup de choses sur elle. Certes, la Méditerranée colporte les nouvelles avec une précision rarement en défaut, bien que souvent outrancière.

Il insistait, ironique :

— Vous êtes mariée avec l'un des hérétiques, n'est-ce pas ? Décidément, vous êtes tombée bien bas.

Angélique secoua négativement la tête. Les allusions perfides, non dénuées de méchanceté, ne l'effleuraient pas. Elle était toute au souci de voir sa négociation tourner si mal. Quels arguments trouver pour le convaincre ?

— Il y a parmi eux des armateurs qui ont mis une partie de leur fortune aux Iles d'Amérique. Ils pourront vous dédommager si vous leur sauvez la vie.

De la main, il négligea la proposition.

— Tout ce qu'ils m'offriraient ne compenserait

pas l'embarras de leur présence. Je n'ai pas de place à mon bord pour quarante personnes supplémentaires, je ne suis même pas sûr de pouvoir quitter la rade et franchir les pertuis sans encombre avec cette damnée flotte royale pour me barrer la route, et de plus les Iles d'Amérique ne se trouvent pas sur ma route.

— Si vous ne voulez pas les prendre, ils seront demain soir tous en prison.

— Bast ! C'est le sort de beaucoup, je crois, en ce charmant royaume.

— Il ne faut pas parler de ces choses à la légère, monsieur, dit-elle en joignant les mains, emportée par son désespoir. Si vous saviez ce que c'est que d'être en prison.

— Et qui vous dit que je l'ignore ?

Elle pensa, en effet, que pour vivre ainsi en marge des lois, il avait dû connaître la condamnation et le rejet de son pays. Pour quel forfait ?...

— ... Tant et tant de gens vont en prison, de nos jours. Tant de vies perdues ! Quelques-unes de plus, quelques-unes de moins !... La mer encore est un domaine libre et certaines contrées vierges de l'Amérique... Mais vous n'avez pas répondu à la question que je vous ai posée. Pourquoi la marquise du Plessis s'intéresse-t-elle à ces hérétiques ?

Son ton était impératif.

— Parce que je ne veux pas qu'ils aillent en prison.

— De grands sentiments, alors ? Je ne crois guère à cela chez une femme de votre morale.

— Oh ! croyez ce que vous voulez, fit-elle, à bout. Je ne peux vous donner qu'une raison. Je veux que vous les sauviez tous !

Tout l'abîme qui sépare le cœur des femmes et celui des hommes, elle le mesurait en ce jour. Après Baumier, Desgrez, le Rescator ! Des hommes dressés, pleins de leur pouvoir, solides, indifférents à des pleurs de femmes ou à des sanglots d'enfants meurtris. Baumier s'en serait réjoui. Desgrez n'avait accepté de les épargner qu'à cause d'elle parce qu'il l'aimait encore. Mais, ayant perdu sa séduction aux yeux du Rescator, il ne lui accorderait plus rien !

D'ailleurs il s'était détourné d'elle et était allé s'asseoir sur un grand divan oriental. Son attitude témoignait plutôt d'un profond ennui, voire d'un découragement. Il étala devant lui ses longues jambes bottées.

— Décidément, les folies des femmes sont variées mais je dois reconnaître que vous dépassez de loin toute la commune mesure. Récapitulons : la dernière fois que je vous ai rencontrée, vous m'avez quitté en me laissant, à titre de souvenir, mon chébec en flammes et trente-cinq mille piastres de dette.

» Quatre années plus tard, vous trouvez tout naturel de venir me trouver, sans craindre nul châtiment, pour me demander de vous prendre à mon bord, avec quarante fugitifs de vos amis. Avouez que votre prétention dépasse l'entendement !

D'un coup de doigt sec, il fit tourner un sablier marin posé sur une table basse, près de lui. L'instrument, grâce à un lourd piédestal de bronze qui le maintenait en place, ne paraissait pas déséquilibré par les mouvements du bateau. Le sable se mit à couler, petit torrent lumineux et rapide, et Angélique le regarda avec fixité. Les heures passaient, la nuit s'écoulait...

— ... Concluons, dit le Rescator. Votre affaire de transport ne m'intéresse point. Vous non plus d'ailleurs. Mais puisque vous avez eu l'imprudence de venir vous jeter dans les mains d'un maître qui s'est promis cent fois de vous faire payer cher tous les ennuis que vous lui avez causés, je vais quand même vous garder à mon bord... Aux Amériques, les femmes sont moins cotées qu'en Méditerranée, mais je parviendrai peut-être, en vous vendant, à récupérer quelque chose.

Malgré la chaleur de la pièce, Angélique sentit un froid glacé l'envahir jusqu'au cœur. Ses vêtements trempés collaient à sa chair, mais jusqu'ici, dans le feu de la discussion, elle n'y avait pas pris garde.

Maintenant, elle grelottait.

— Votre cynisme ne m'impressionne pas, dit-elle d'une voix qui s'enrouait, je sais que...

Une quinte de toux l'interrompit et la secoua. Cela achevait le tableau de sa défaite... A son aspect lamentable, s'ajoutait celui d'une femme maladive perdant le souffle.

Il eut alors, devant cette déroute, un geste qu'elle n'attendait plus. Il revint près d'elle et lui prit le menton dans la main pour la contraindre à relever la tête

— Voilà ce qu'on gagne à courir la lande derrière un pirate, une nuit de tempête, murmura-t-il.

Il approchait son masque de son visage, et c'était un contact étonnant que celui du cuir dur et froid, dans le rayonnement des yeux brûlants qui la paralysaient.

— Que diriez-vous d'une tasse de bon café, madame ?

Angélique ressuscita subitement.

— Du café ? Du vrai café turc ?

— Oui, du café turc, tel qu'on le boit à Candie... Mais débarrassez-vous auparavant de cette houppelande spongieuse... Vous avez inondé mes tapis.

Elle vit, en piteux état, autour d'elle, la moquette moelleuse orientale sur laquelle on croyait marcher parmi la mousse et les fleurs.

Le pirate lui retirait sa mante et la jetait dans un coin comme il l'aurait fait d'un haillon. Il prenait sur le dossier d'un siège son propre manteau.

— Vous m'en devez un déjà, que vous m'avez emporté sans aucun scrupule, sur vos épaules, la nuit de l'incendie. Ah ! jamais on ne vit le Rescator plus ridiculisé...

Et c'était comme en cette nuit d'Orient, deux mains chaudes sur ses épaules et les plis tièdes et odorants du somptueux manteau de velours autour d'elle. Il la menait vers le divan en la tenant toujours contre lui. Lorsqu'elle se fut assise, il alla vers le fond du salon et elle entendit le son d'une cloche retentir au-dehors. La tempête devait se calmer car les mouvements du navire se faisaient moins violents.

Le sable du bel instrument à mesurer le temps continuait à ruisseler, étincelant sous la lumière orangée des lanternes vénitiennes.

Angélique s'évadait de la réalité. Elle était dans l'antre du magicien...

A l'appel un homme était entré, un Maure, pieds nus, en burnous court, sur des culottes rouges de matelot. Avec les gestes souples de sa race, il s'agenouilla, poussa vers le divan une table basse pour y poser un coffret de cuir de Cordoue, orné d'argent. Les deux côtés du coffret rabattus se transformèrent en deux plateaux sur lesquels apparurent solidement fixés tous les ustensiles nécessaires à la préparation du café et à sa dégustation : le samovar en argent, le plateau en or massif avec deux tasses de Chine et un petit broc chinois plein d'eau où nageait un glaçon et une soucoupe de sucre candi.

Le Maure sortit et revint peu après avec un samovar d'eau bouillante. Avec grand soin et sans en répandre une goutte il prépara la boisson orientale, dont l'arôme pénétra Angélique et éveilla en elle un plaisir presque puéril. Ses joues retrouvèrent soudain leur couleur, tandis qu'elle tendait la main vers le gobelet d'argent entourant la tasse de Chine. Assis près d'elle, le regard énigmatique, le Rescator l'observait tandis qu'elle saisissait à deux doigts, selon le rite musulman, la minuscule tasse et y versait une goutte d'eau glacée pour faire descendre la lie, puis la portait à ses lèvres.

— On voit que vous avez été l'hôte du harem de Moulay Ismaël, dit-il. Quelle maîtrise ! On vous prendrait pour une musulmane. Malgré votre déchéance présente, vous avez gardé quelques bons usages qui permettent de vous reconnaître.

Le Maure s'était éclipsé. Angélique reposa la tasse dans le support qui lui évitait de se renverser et le pirate se pencha pour la servir à nouveau. Il remarqua, ce faisant, des traces de sang sur le gobelet.

— Pourquoi ce sang ? Vous êtes blessée ?

Angélique découvrit ses paumes écorchées.

— Je ne sentais rien. C'est arrivé, tout à l'heure, aux rochers de la falaise... Bah ! J'en ai vu d'autres sur les chemins du Rif.

— Votre évasion ?... Savez-vous que vous êtes la seule esclave chrétienne à avoir réussi un tel exploit ! J'ai cru longtemps que vos os blanchissaient sur quelque piste du désert.

Les yeux démesurément ouverts d'Angélique revivaient la dure odyssée.

— Est-ce vrai... que vous êtes allé me chercher à Miquenez ? fit-elle.

— C'est exact ! D'ailleurs, c'était facile : vous aviez laissé derrière vous un carnage.

Les paupières meurtries de la jeune femme se fermèrent. Tous ses traits reflétèrent l'horreur.

L'homme masqué murmura avec un sourire ambigu :

— Là où passe la Française aux yeux verts, il ne reste que décombres et cadavres.

— Cette parole est-elle devenue un nouveau proverbe en Méditerranée ?

— Oui, quelque chose comme cela.

Angélique oppressée regardait le sang sur ses mains...

Il la questionna encore :

— ... Vous étiez partis de Miquenez à dix. Combien en est-il arrivé à Ceuta ?

— Deux.

— Qui était l'autre ?

— Colin Paturel, le roi des captifs.

De nouveau, l'angoisse rôdait. Un danger indéfinissable...

Pour le conjurer, elle s'efforça de rencontrer à nouveau le regard de son interlocuteur.

— Il y a beaucoup de souvenirs entre vous et moi, dit-elle tout bas.

Il eut ce rire brusque et rauque qui l'effrayait :

— Beaucoup trop ; plus que vous ne pensez.

Tout à coup, il lui tendit son mouchoir.

— Essuyez vos mains.

Elle obéit machinalement. La douleur jusqu'alors engourdie s'éveilla, le sel brûla les plaies.

— J'ai voulu passer par la plage pour ne pas m'égarer.

Elle dit comment elle avait cru, cette fois aussi, sa dernière heure arrivée devant la marée montante. Elle se demandait par quel miracle elle avait pu se hisser au flanc de la falaise abrupte...

— Il me semblait me débattre au sein de la mort... Mais enfin, je vous ai rejoint.

La voix d'Angélique eut sur ce dernier mot une intonation d'une douceur rêveuse. Elle le prononça d'ailleurs sans en prendre conscience. « Je vous ai rejoint. »

Dans la lumière mystérieuse, elle ne voyait plus que la face noire et immobile. Là finissaient tous ses rêves.

Il y eut une minute où Angélique crut qu'elle allait se jeter contre la poitrine solide du pirate, cacher son visage dans les plis du justaucorps de velours.

Ce velours était non pas noir, comme elle l'avait cru, mais d'un vert très foncé comme la mousse des arbres. Elle le regardait et songeait : « Qu'il ferait bon, là ! »

Le Rescator avança la main. Il toucha sa joue, son menton ; inexplicablement, lui dont les yeux perçants devinaient tout, avait des gestes doux d'aveugle cherchant à reconnaître des traits invisibles.

Puis d'un doigt, lentement, il dénoua le misérable petit fichu qu'Angélique tenait encore noué sur ses cheveux et le rejeta. La chevelure poissée, assombrie par l'eau de mer, tomba sur les épaules de la jeune femme. Les mèches blanches y faisaient des traînées lumineuses. Angélique aurait voulu les dissimuler.

— Pourquoi teniez-vous tant à me rejoindre ? demanda le Rescator.

— Parce que vous êtes le seul être qui puissiez nous sauver.

— Ah ! vous pensez encore à ces gens-là ?... s'écria-t-il, visiblement contrarié.

— Comment pourrais-je les oublier ?

Ses yeux revenaient vers la course fluide du sablier. A intervalles réguliers, l'instrument se renversait et le Rescator le remettait d'un mouvement machinal.

Honorine dormait là-bas, dans le grand lit vendéen de la cuisine, mais sa sérénité de gros bébé qu'Angélique avait contemplée tant de fois avec ravissement était troublée. Elle s'agitait et pleurait dans son sommeil. Aujourd'hui encore elle avait été entourée de visages menaçants et elle avait senti la peur de sa mère. Abigaël la veillait en priant pour Angélique, les mains jointes. Laurier peut-être était éveillé comme au temps où il dormait dans le grenier. Il écoutait le pas tourmenté de son père dans la chambre voisine.

— Comment pourrais-je les oublier ? Vous m'avez dit tout à l'heure que je ne laissais derrière moi que décombres... Alors, aidez-moi, au moins, à sauver ceux-là, quelques débris.

— Ces hommes, ces Huguenots ? Que font-ils... Je veux dire quels sont leurs métiers ?

Il posait les questions avec brusquerie, en tordant sa barbe d'un poing nerveux. A ce signe de perplexité chez un homme qu'elle avait vu en maintes circonstances maître de lui-même, elle comprit que la partie était inexplicablement gagnée.

Son visage s'illumina.

— Ne triomphez pas, lui dit-il, même si j'ai l'air de céder à vos instances pour cette affaire, ce n'est pas vous qui sortirez gagnante.

— Que m'importe ! Si vous consentez à les prendre à votre bord et à les soustraire ainsi à la prison et à la mort, que peut faire le reste ? Je paierai cent fois !

— Des mots ! vous ignorez le prix que je compte vous faire payer. Votre confiance à mon égard confine à la naïveté. Je suis un pirate des mers et vous pourriez réfléchir que mon métier ne consiste pas à sauver des vies humaines mais à les supprimer, plutôt. Les femmes comme vous ne devraient se mêler que d'amour.

— Mais c'est une question d'amour.

— Ah ! ne philosophez pas, s'écria-t-il, ou je ne vous charge sur mon bateau que pour aller vous noyer au large ! Vous étiez moins bavarde à Candie et infiniment plus plaisante ! Répondez à mes questions : quel genre de personnages me demandez-vous d'embarquer à part des femmes pieuses — la pire espèce — et des marmots braillards ?

— Il y a parmi eux un des grands armateurs de La Rochelle, M. Manigault, et des négociants habitués au commerce des mers. Ils possèdent aux Iles...

— Le groupe comporte-t-il des artisans ?

— Un charpentier et son apprenti.

— Voilà qui est mieux...

— Un boulanger, deux pêcheurs. Ce sont d'anciens navigateurs qui avaient organisé une petite flottille pour ravitailler la Halle aux poissons de La Rochelle. Ils espèrent pouvoir reprendre leur commerce, aux îles. Il y a aussi M. Merlot, qui est fabricant de papier, maître Jonas, l'horloger...

— Des inutiles !

— Maître Carrère, l'avocat.

— De pire en pire.

— Un médecin...

— Ah ! cela suffit... Embarquons-les puisque vous voulez les sauver... *tous*. Je n'ai jamais connu de femme aussi envahissante. Et maintenant, chère marquise, pouvez-vous me soumettre un plan qui permette de mener à bien votre caprice ? Je ne tiens pas à m'éterniser dans ce trou à crabes où j'ai eu la sottise d'aller me fourrer. Je comptais partir à l'aube. J'attendrai au plus la prochaine marée, en fin de matinée.

— Nous serons au rendez-vous sur la falaise, dit-elle en se levant radieuse. Je vais les chercher.

16

Le soldat Anselme Camisot, qui avait passé une partie de la nuit à se réchauffer d'espoir et de visions paradisiaques, dans la poterne d'angle, sursauta au bruit d'un grattement léger contre la porte du rempart. Son espérance commençait à diminuer comme la flamme d'une chandelle usée, car la nuit s'achevait et l'aube allait poindre.

Il eut de la peine à remuer son grand corps engourdi de froid.

— Est-ce vous, dame Angélique ? chuchota-il.

— C'est moi.

Il tourna la clé grinçante et Angélique se glissa dans l'entrebâillement.

— Vous avez été bien longue, soupira le militaire.

Au même instant, l'étau d'un bras d'acier lui enserra la gorge, tandis qu'une bourrade dans les reins lui faisait perdre l'équilibre. Un coup violent, très nettement appliqué au bon endroit sur la nuque, l'envoya poursuivre ses projets idylliques au pays des songes.

— Pauvre homme, murmura Angélique en contemplant le long corps osseux d'Anselme Camisot bâillonné et ligoté comme un saucisson.

— Rien à faire d'autre, madame, dit le marin qui l'accompagnait.

Ils étaient trois.

Le Rescator les avait choisis parmi son équipage. « Je leur ai donné la consigne de ne pas vous quitter d'un pouce et de vous ramener morte ou vive !... »

Dans la cour de la maison des Berne, la lanterne de maître Gabriel éclaira Angélique et son manteau couleur de nuit, soutaché d'argent, ainsi que l'apparition autour d'elle de trois marins patibulaires qu'on aurait bien mieux imaginés avec un couteau entre les dents. Ceux-ci déposèrent sur le pavé un énorme paquet dans lequel le marchand reconnut, dûment ficelé, le garde de la Tour de La Lanterne.

— Voilà, fit Angélique très vite, j'ai trouvé un capitaine de navire qui consent à nous emmener tous. Il appareille dans quelques heures. Ces hommes doivent m'accompagner tandis que je vais aller prévenir les autres. Il faudrait leur prêter des vêtements afin qu'ils puissent passer plus inaperçus. Il s'agit d'un navire-corsaire étranger...

Elle transposait pudiquement la véritable identité d'un pirate qui ne relevait d'aucun souverain, ni d'autre pavillon que le célèbre pavillon noir des écumeurs des mers.

— Il est mouillé dans une crique proche du hameau de Saint-Maurice. C'est là que doit avoir lieu notre rassemblement. Chacun va s'y rendre par ses propres moyens. Pour vous et votre famille, maître Berne, je propose que vous sortiez de la ville par la petite porte des remparts. Son accès est libre pour trois heures encore car la relève n'aura pas lieu avant 7 heures du matin. Si nous nous hâtons, d'autres familles pourront employer ce passage.

Maître Gabriel eut la sagesse de ne pas discuter. Abigaël lui avait parlé. Il savait que, perdu pour perdu, il faudrait saisir au vol toute solution qui leur permettrait de sortir de la ville et de prendre la mer au plus vite. Dans la nuit encore opaque, encombrée de brouillard, commençaient à s'égrener les premières heures de ce jour qui verrait leur exode ou leur fin dans les geôles du Roi.

Il indiqua le cellier pour qu'on y enferme le soldat garrotté, puis monta l'escalier derrière Angélique en disant qu'il allait réveiller ses enfants et sa tante.

Il s'inquiéterait plus tard des étranges gardes du corps, au teint de pain brûlé, au bonnet de fourrure suspect qui accompagnaient Angélique et des incidents qui avaient pu faire d'elle une femme quasi inconnue lui dictant ses ordres.

Il comprenait obscurément que la gravité du moment ne permettait plus à Angélique de feindre un personnage. L'aube angoissante la réincarnait dans sa vérité. Elle les avait pris en charge avec le sang-froid et l'entier désintéressement des grands nobles de jadis et la seule façon de ne pas amener l'échec de ses sacrifices était de lui obéir promptement en tout.

Abigaël avait préparé leurs maigres bagages comme elle le lui avait recommandé. Le pasteur Beaucaire était déjà là avec son neveu. Le petit Nathanaël poursuivait son somme près d'Honorine.

— Je vais les lever et les habiller, dit Abigaël,

sans poser d'autres questions. Pendant ce temps, Angélique, vous allez vous réchauffer dans ce baquet d'eau chaude que j'ai préparé à votre intention et vous allez passer des vêtements secs.

— Vous êtes une fée, dit Angélique, qui sans perdre une seconde referma la porte qui communiquait avec la cuisine. Elle se glissa dans le réduit, dans lequel la jeune fille avait préparé l'eau bouillante, rejeta sur le pavé le manteau du Rescator puis ses loques trempées et frissonna de bien-être en se plongeant dans l'eau. Sans cette halte, elle aurait risqué de s'effondrer, malgré l'espèce d'exaltation qui la soutenait. Et sa tâche n'était pas finie.

Elle entendait Abigaël réveiller doucement les enfants en leur parlant d'un pays merveilleux, plein de fleurs et de friandises où ils allaient partir en voyage. La jeune fille trouvait le moyen de les tirer de leur sommeil, sans heurts, sans leur communiquer l'anxiété de ces moments où chaque seconde avait son poids de plomb.

— Que je vous admire, Abigaël, dit Angélique derrière son paravent. Vous ne vous affolez pas.

— C'est le moins que je puisse faire pour vous, Angélique, répondit-elle aussi calme et preste que lorsqu'elle filait de la laine à la veillée. Mais d'où revenez-vous ? Vous êtes comme transfigurée.

— Moi ?

Tout à coup Angélique s'apercevait nue dans le haut miroir d'acier poli, relégué contre le mur et où elle n'avait coutume que de jeter un regard distrait pour ajuster ses cheveux et sa coiffe.

L'espace d'un éclair, elle reconnut sa blancheur, son image de femme robuste, à la taille bien prise, la poitrine haute, le dos long, les jambes harmonieuses, « les plus belles jambes de Versailles », avec ce sceau rouge de la cicatrice qu'y avait creusée Colin Paturel, pour la sauver du serpent, dans le Rif.

Un corps oublié !...

La voix insultante lui revint aux oreilles. « Une femme pour laquelle, aujourd'hui, je ne donnerais pas cent piastres. »

Elle haussa les épaules, désinvolte, moqueuse :

« Qu'est-ce qu'il lui faut ? Tant pis pour lui. »

Elle s'engouffra dans la chemise sèche qu'Abigaël avait déposée sur un tabouret, à sa portée.

Elle secouait ses cheveux d'un air de défi, et, de nouveau, ils déployaient leur auréole ensoleillée.

« Comment expliquer cela ? C'est mon pire ennemi... et mon meilleur ami... »

Il l'avait traitée avec parfois méchanceté et cynisme. Il persiflait. Il avait traité à la légère son angoisse insoutenable de femme traquée. « Et maintenant, chère marquise, avez-vous un plan qui permette de mener à bien vos caprices », comme si le souhait d'obtenir le salut de plusieurs vies humaines relevait d'une fantaisie déplacée ! Mais il acceptait de les prendre à son bord. Le risque qu'aurait refusé un capitaine assuré, bien pourvu en vivres et en escorte, le hors-la-loi l'assumait.

Alors qu'importaient les mots cyniques ! Il y avait beau temps que la susceptibilité d'Angélique s'était émoussée. Le malheur lui avait fait l'échine souple. Pour elle, seuls les actes comptaient.

Et, surpris quand même, il le lui avait fait remarquer au moment où elle quittait son bord.

— Vous avez un affreux caractère, ma chère, c'est certain, et pourtant vous ne vous êtes pas offusquée de mon manque de courtoisie à votre égard.

— Oh ! il y a des choses tellement plus importantes. Sauvez-nous, et vous pourrez me traiter comme il vous plaira.

— Je n'y manquerai pas.

Angélique se retint de rire. Abigaël n'y aurait rien compris.

Mais ce qui la soutenait c'était cette complicité d'adversaires qui se devinent de la même force et savent se donner la réplique.

Elle émergea du réduit en achevant de nouer les aiguillettes de sa jupe, tordit ses cheveux pour les maintenir sous un bonnet propre et s'enveloppa d'un manteau.

— Je suis prête.

— Nous sommes tous prêts.

Angélique jeta un regard sur la belle horloge. Une demi-heure ne s'était pas écoulée depuis son retour. Le temps prenait des proportions élastiques.

Honorine, engoncée dans ses doubles jupes et son manteau à capuchon, dormait debout. Angélique la prit dans ses bras, toute lourde de sommeil.

Rebecca s'avança pour vider le baquet d'eau. Angélique la retint. Le temps pressait. Ensuite, elle voulut encore ranger la maison. Il fallait seulement éteindre les tisons dans l'âtre. Ce fut maître Gabriel qui les écrasa du pied.

Ils descendirent en silence, guidés par une seule chandelle. Chacun tenant à la main un cabas ou un baluchon.

Dans la cour, maître Gabriel demanda ce qu'il fallait faire du soldat ligoté dans le cellier. L'abandonner dans une maison où personne ne comptait revenir, c'était peut-être le vouer à un sort cruel.

Anselme Camisot les avait aidés naguère. Il y eut un moment d'incertitude. Angélique fit remarquer que, même si leur fuite n'était pas signalée auparavant, des hommes d'armes devaient se présenter dans la soirée au domicile des Berne, pour arrêter toute la famille. Ils trouveraient la demeure déserte, la fouilleraient et délivreraient le pauvre militaire, en supposant que celui-ci ne se fût pas débrouillé d'ici là pour se débarrasser de ses liens.

— C'est bon. Allons, dit maître Berne.

La nuit pâlissait lorsqu'ils franchirent le seuil et que la lourde porte se referma sur eux.

Dans la brume épaisse, ils gagnèrent le pied des remparts et bientôt atteignirent la petite porte. Angélique mit Honorine dans les bras d'Abigaël.

— Je ne peux vous accompagner maintenant. Il me faut aller prévenir les autres. Vous allez gagner le hameau de Saint-Maurice. Quand nous y serons tous rassemblés, nous nous rendrons à la place où nous devons nous embarquer. Les pêcheurs du hameau ne doivent rien savoir de votre projet. Dites que vous venez pour enterrer un coreligionnaire, dans la lande.

— Tu connais le chemin, Martial ? dit maître Gabriel à son fils. Guide les femmes jusqu'au hameau. Moi, je dois rester avec dame Angélique.

— Non, protesta celle-ci.

— Croyez-vous que je vais vous laisser seule avec ces lascars étrangers ?

Angélique réussit à le convaincre d'accompagner sa famille. Elle, elle ne craignait rien, elle se sentait immunisée, elle voulait surtout voir le plus possible d'entre eux hors des murailles. C'était une première étape.

— Il y a besoin d'un homme comme vous pour rassurer les gens que je vais envoyer au hameau. Ils quitteront leur maison sans avoir le temps de réfléchir. Mais il se peut qu'arrivés au lieu de rendez-vous, ils s'affolent.

Lorsque enfin le groupe formé par les Berne, les deux pasteurs et Abigaël, portant Honorine, eut disparu, Angélique reprit en hâte son rôle de chien de berger rassemblant son troupeau.

Chez les Mercelot, le ménage, très calme, leur fille Bertille, ne demandèrent pas d'explications. Angélique leur dit qu'il fallait partir sur l'heure ou coucher ce soir en prison. Ils s'habillèrent. Maître Mercelot prit sous son bras le livre qu'il rédigeait depuis de longues années, sur un papier filigrané aux armes du Roi et qui s'intitulait *Les Annales des tourments et sacrifices infligés aux Rochelais en ces années de grâce de 1663 à 1676.*

C'était l'Œuvre de sa vie...

Bertille demanda ce qu'on allait faire des objets déjà déposés sur le *Sainte-Marie.*

— Nous nous en occuperons plus tard.

La famille Mercelot prit le chemin des remparts, tandis qu'Angélique allait réveiller l'horloger.

Un peu plus tard, elle sonnait chez les Carrère. Cet avocat sans cause, encombré de onze enfants, représentait tout ce que le Rescator pouvait emmener de plus « inutile » dans sa cargaison. Ce fut lui, par contre, qui souleva le plus d'objections. Partir ? Maintenant ? Mais pourquoi ? Parce qu'on allait les arrêter ? Comment le savait-elle ? On le lui avait dit ? Qui cela ? Avait-elle des preuves ?... Angélique, refusant de discuter, allait de pièce en pièce, réveillant toute la maisonnée. Heureusement, les enfants admirablement dressés par leur mère ne présentèrent aucun désordre. Les plus grands habillaient les plus petits, ceux-ci rangeaient leurs petites affaires personnelles. En quelques minutes, chacun fut prêt, les chambres rangées, les lits faits. Maître Carrère était encore à exiger des preuves de son arrestation future en chemise et bonnet de nuit, que sa nichée l'attendait dans le vestibule, équipée de pied en cap.

— Nous voulons partir, mon père, dit l'aîné, un garçon de seize ans. Nous ne voulons pas aller en prison. Les fils de l'horloger ont été emmenés et ils ne sont jamais revenus.

— Allons viens, Mathieu, dit sa femme, puisque nous avions décidé de partir, partons, que ce soit maintenant ou plus tard !...

Elle déposa son dernier-né dans les bras d'Angélique, afin de pouvoir tendre ses hauts-de-chausses à son mari. Après l'avoir vêtu comme un enfant, en le morigénant, elle le poussa dehors sans autre forme de procès.

— Ma tabatière, geignit-il.

— La voici.

La brume devenait translucide. Le jour levant l'imprégnait de lumière. On commençait à sentir le réveil de la ville.

Angélique et les trois matelots attachés à ses pas aidèrent la famille de l'avocat à gagner la petite porte.

En les voyant s'effacer l'un après l'autre par le sentier de la lande, dissimulés aux regards par le brouillard, Angélique éprouvait un soulagement indicible.

Il y avait encore trois ou quatre familles à prévenir et les Manigault, situés dans un quartier plus lointain.

Un carillon s'égrena et, presque simultanément, des sons de cloche étouffés par la brume scandèrent l'appel de l'angélus Un remue-ménage commençait à se pressentir. Des artisans retiraient les vantaux de leurs échoppes.

Se dirigeant, une fois de plus, vers l'escalier des remparts avec la famille du boulanger, Angélique s'immobilisa.

On courait sur les remparts. Des voix d'hommes s'interpellaient. Puis quelque chose d'écarlate se pencha au-dessus de la ruelle.

La brume n'était pas encore assez dissipée pour que le soldat pût apercevoir les fugitifs. Ils se retirèrent doucement et tinrent conseil sous un porche avoisinant.

— La relève a pris son poste et ils se sont aperçus de la disparition du garde, dit Angélique.

— Ils doivent l'accuser d'avoir filé par la poterne d'angle. Mais, de toute façon, ils vont la fermer ou mettre devant une sentinelle.

La vue devenait de plus en plus nette et les uniformes écarlates se devinaient nombreux, là-haut.

— Les casaques rouges, les dragons, murmura le boulanger. Pourquoi ce déploiement de force ?

— Peut-être à l'occasion de l'arrivée de la flotte hollandaise...

La femme du boulanger se mit à pleurer.

— C'est bien notre chance ! Si tu t'étais dépêché,

un peu plus, Antoine, nous aurions pu passer par là. Comment allons-nous sortir, maintenant.

— Mais par l'une des portes de la ville, la rassura Angélique. On doit être en train de les ouvrir.

Elle leur expliqua qu'ils ne pourraient en rien attirer l'attention plus que d'autres artisans ou marchands, se rendant dès la première heure à La Pallice ou à l'Ile de Ré.

— La ville n'est pas en état de siège, et la police nous laisse encore une journée de répit. Vous passerez avec vos paniers de pain à livrer. Si l'on vous interroge, vous donnerez vos noms.

Elle sut les rassurer et ils s'éloignèrent parmi les premiers passants. Maître Romain s'était nanti d'une bonne réserve de sa dernière fournée. On aurait au moins cela à se mettre sous la dent, en attendant le biscuit de mer.

Ce matin-là, aux yeux de ceux qui le voyaient passer, ce n'était qu'un boulanger de La Rochelle parmi ses concitoyens, et pourtant, tandis qu'il se dirigeait le cœur lourd vers la porte Saint-Nicolas, il se sentait déjà un exilé.

La précipitation avec laquelle ce départ avait lieu engourdissait sa douleur. Il n'y croyait pas encore tout à fait.

Angélique trouva les Manigault attablés dans leur salle à manger somptueuse et Siriki occupé à leur verser le chocolat bouillant.

Elle était pour le moins aussi essoufflée que le jour où elle était venue chez eux pour la première fois chercher M. de Bardagne.

Car le soleil était déjà haut. Une journée splendide s'annonçait après la tempête de la nuit. Les brumes achevaient de se dissiper. La ville grouillait de vie. La nuit retirait sa complicité. Il fallait maintenant affronter les dangers à la lumière du jour.

Aussi brièvement qu'elle le put, Angélique leur fit part des derniers événements. Leur complot était découvert, leur arrestation imminente, une seule ressource leur restait : s'embarquer immédiatement sur un navire qui acceptait de les prendre à son bord et qui mouillait aux environs de La Rochelle. La difficulté était de sortir de la ville sans attirer l'attention. Les Manigault étaient fort connus et, sans doute, des ordres avaient déjà été donnés à leur sujet. Il faudrait sortir par groupes séparés, sous de faux noms. Une fois hors de la ville, on se regrouperait au hameau de Saint-Maurice...

Maître Manigault, sa femme, ses quatre filles, son gendre et son jeune fils demeurèrent médusés, la tasse à mi-chemin des lèvres.

— Mais elle est folle, cette fille ! s'écria Mme Manigault. Comment ? Elle prétend que nous partions ainsi pour les Amériques ?... En laissant tout en plan ?...

— Comment s'appelle le navire en question ? interrogea l'armateur sévère.

— Le... *Gouldsboro*.

— Connais pas. Ces hommes qui vous accompagnent font-ils partie de son équipage ?

— En effet.

— Si j'en juge à leurs trognes, ce doit être un navire peu recommandable et même suspect.

— Il l'est en effet, mais il accepte d'embarquer ces autres suspects que nous sommes. Tant pis pour vous si vous préférez à celles-là les trognes des gardes de Baumier qui vont venir vous arrêter ce soir et vous jeter en prison.

— La prison, on en sort, j'ai de l'influence.

— Non, monsieur Manigault, vous n'en sortirez pas, cette fois.

L'un des matelots qui l'accompagnaient lui toucha le bras.

— Madame, dit-il, dans un français au lourd accent, le chef nous a recommandé de ne pas nous attarder dans la ville quand le jour serait levé. Il faut nous hâter.

Angélique enrageait devant cette famille paisiblement attablée parmi la riche vaisselle et dégustant des friandises comme si le ciel n'était pas sur le point de leur tomber sur la tête. Laisser Manigault derrière eux, c'était se priver d'un négociant avisé qui tenait en main les principales richesses de la petite communauté. Elle avait promis au Rescator qu'il serait payé. Et il y avait surtout ce bel enfant blond qui ressemblait à Charles-Henri, le petit Jérémie.

— Tant pis pour vous et pour votre fils, dit-elle. Je regrette seulement d'avoir risqué ma vie pour venir vous prévenir. Si je n'avais pas été obligée de courir jusqu'ici j'aurais déjà rejoint le hameau de Saint-Maurice. Chaque minute qui passe diminue nos chances. En vérité, vous aviez décidé de partir, mais vous ne le vouliez pas. Vous attendiez le miracle qui vous permettrait de tout garder : votre situation, votre argent, votre foi, votre ville. Vous qui méditez les Ecritures, vous auriez dû vous souvenir qu'il a été recommandé aux Juifs, prisonniers en Egypte, de manger la Pâque debout, les reins ceints et le bâton à la main, prêts au départ, afin de pouvoir fuir dès que le signal en serait donné... avant que le Pharaon ne se ravise.

L'armateur Manigault la regarda fixement. Il devint très rouge, puis presque pâle.

— Avant que le Pharaon ne se ravise, murmura-t-il. J'ai fait un songe, cette nuit. Toutes les menaces qui nous entourent prenaient forme. Je savais qu'un énorme serpent allait venir m'étouffer moi et les miens. Il s'approchait et sa tête, c'était celle...

Il s'interrompit, se leva, le regard toujours fixe, et après s'être essuyé posément la bouche avec sa serviette, la posa près de sa tasse de chocolat inachevée.

— Viens Jérémie, dit-il, en prenant la main de son fils.

— Où allez-vous ? cria Mme Manigault.

— Nous embarquer.

— Vous n'allez pas croire les folles histoires de cette femme ?

— J'y crois parce que je sais qu'elles sont vraies. Cela fait déjà plusieurs jours que je soupçonne qu'on nous trahit. (Il s'adressa au vieux nègre.) Va chercher mon manteau et mon chapeau et ceux de Jérémie.

— Prenez de l'or, lui souffla Angélique, tout ce que vous pouvez dans vos poches.

Mme Manigault se répandait en gémissements :

— Mais il perd la tête ! Mes filles, qu'allons-nous devenir ?...

Les jeunes filles regardaient tour à tour leur père et leur mère.

L'officier, gendre de l'armateur, se leva à son tour.

— Viens, Jenny, dit-il en prenant sa jeune femme par les épaules.

Il la regarda gravement, avec tendresse.

— ... Il faut partir.

— Comment cela ? Maintenant ?... balbutia-t-elle effarée.

Déjà elle s'était effrayée du voyage prévu sur le *Sainte-Marie*, car elle attendait un enfant.

— Tu avais pourtant préparé un petit bagage pour le départ. Prends-le. C'est le moment.

— J'ai aussi un sac, dit Manigault. Il est assez important, mais Siriki le portera.

— Il ne faut pas que Siriki nous suive, conseilla Angélique à voix basse. Il est trop connu comme étant votre nègre dans la ville. On nous repérera tout de suite. Vous êtes très surveillé.

— Abandonner Siriki, protesta l'armateur, mais c'est impossible ! Qui va s'occuper de lui ?

— Votre associé, le sieur Thomas qui devait soutenir vos affaires après votre départ et se remettre en correspondance avec vous lorsque vous seriez parvenu aux Iles.

— Mon associé ?... C'est justement lui qui nous a trahis. Maintenant j'en suis certain. Sans doute rêve-t-il de tout s'approprier.

Il ajouta, sombre :

— ... La tête du serpent que j'ai vu dans mon rêve, c'était la sienne.

Dans le vestibule son regard embrassa avec amertume les voûtes solides et ouvragées. Des portes vitrées s'ouvraient sur les allées d'un grand jardin. D'autres sur la cour, plantée de son inévitable palmier.

Manigault reprit la main de Jérémie et traversa la cour. Un des matelots le suivait, portant son sac.

— Où partez-vous ? glapit Mme Manigault. Moi, je ne suis pas du tout prête. J'ai encore deux ou trois plats de la collection, les plus précieux, à emballer...

— Emballez ce que vous voudrez, Sarah, et rejoignez-nous quand vous pourrez, mais dépêchez-vous quand même, pour une fois, répondit l'armateur avec philosophie.

Le jeune ménage le suivait. Puis une de ses filles le rattrapa en courant comme ils atteignaient la rue.

— Père, moi aussi je veux partir avec vous.

— Viens, Deborah !

C'était sa préférée, avec Jérémie.

Il eut le courage de franchir le seuil et de traverser la rue sans tourner la tête.

Aux abords de la porte Saint-Nicolas, le groupe formé par l'armateur, son fils et sa fille, son gendre et sa femme, ainsi que par Angélique et les trois matelots du *Gouldsboro*, décidèrent de se séparer. Joseph Garret, l'officier, passa le premier avec Jenny et Jérémie, puis M. Manigault mêlé au groupe des trois marins. Aux questions qu'on leur posa, le porte-parole du navire-pirate répondit en anglais. Il se trouvait que la sentinelle n'en connaissait pas un traître mot, mais savait qu'un navire anglais mouillait dans le port, arrivé de la veille. D'un air entendu, il laissa le passage libre aux étrangers en promenade. Deux belles filles du pays — Angélique et Deborah — semblaient les accompagner. Sitôt l'autorisation accordée, elles franchirent la porte gaiement sans prendre la peine de décliner leurs noms et qualités et les soldats n'osèrent les rappeler.

Le groupe s'éloigna, suivi par des regards indulgents.

— Le plus dur est fait, murmura Angélique à Manigault. On ne vous a pas reconnu.

Ils se placèrent l'un derrière l'autre afin d'avancer plus rapidement. Le vent était vif. Les nuages couraient rapidement, éblouissants de blancheur, effilochés comme des plumes. La rade paraissait foncée, encore sous le coup de sa colère de la nuit.

— Et notre mère ? interrogea Deborah. Mes sœurs ?

— Elles suivront ou ne suivront pas...

La vue s'étendait loin sur la plaine et l'on apercevait déjà les masures de Saint-Maurice.

Des exclamations les accueillirent.

— Vous, enfin !

Les fugitifs sortaient des maisons où ils s'étaient assis en attendant près de l'âtre. Maître Berne avait eu de la peine à leur faire prendre patience et à maintenir leur confiance.

On leur avait parlé d'un navire. Où était-il ? Chacun commençait à s'apercevoir qu'il avait oublié quelque chose d'essentiel.

— Le châle de Raphaël !...

— Ma bourse contenant cinq livres !...

Grâce à la férule de Gabriel Berne, le calme s'était quand même maintenu. On avait fait boire du lait frais aux enfants, puis le pasteur Beaucaire avait entonné des prières et les habitants du hameau, aux visages de naufrageurs, s'étaient mêlés à eux car ils étaient tous huguenots malgré le patronyme de leur village.

Personne ne manquait à l'appel, sauf Mme Manigault et ses deux filles aînées.

— Partons nonobstant, décida le marin du *Gouldsboro* qui parlait un français singulier et répondait au nom de Nicolas Perrot. La marée va monter. Nous commencerons toujours à embarquer les passagers. Un de mes camarades va rester ici pour attendre et guider les retardataires.

On rassembla les enfants qui, tout à fait éveillés, et ravis de cette partie de campagne imprévue, organisaient des jeux.

Groupés par famille, ils allaient prendre le chemin indiqué par le matelot parlant français lorsqu'un appel venu de la lande les figea tous.

Une sorte de flamme orangée se déplaçait à une vitesse vertigineuse, bondissant de taillis en taillis. On distingua le vieux Noir Siriki, courant comme une antilope dans sa livrée de satin amarante, galonnée d'or.

— Mon maître ? Où est mon maître ?

— Ah ! mon fils ! s'écria Manigault en serrant le vieil esclave sur son cœur.

— Tu ne vas pas partir sans moi, mon maître ! Sinon moi mourir.

— Qu'ont dit les sentinelles en te laissant passer ? demanda Angélique ?

— Les sentinelles ?... Rien dire. Moi, je courais, je courais !

Et il éclata de rire en montrant ses dents blanches.

— Hâtons-nous, recommanda Angélique en poussant les uns et les autres dans le sentier indiqué par le marin.

Elle avait repris Honorine par la main. Les premiers groupes commencèrent à s'avancer à travers la lande. Jusqu'aux premières dunes, vers la mer, il y avait un long espace plat, à découvert. La plaine semblait immense, nue. On apercevait, très nettement encore, La Rochelle, ses tours et ses remparts. Angélique n'était pas tranquille. L'esclave Siriki, courant derrière son maître, avait dû attirer l'attention.

— Venez, dit-elle aux Manigault. Maintenant, il ne faut plus perdre un instant.

Mais ils s'attardaient. L'armateur était visiblement partagé entre la tentation d'être délivré une bonne fois de la commère qui lui menait la vie dure depuis vingt-cinq ans et l'ennui d'abandonner son épouse et ses deux filles.

« Elle s'en tirera toujours, s'encourageait-il. Elle serait même capable de tenir en main mon associé malhonnête ! Mais si on la jetait en prison, cette pauvre Sarah qui aime tant la bonne chère, elle dépérirait. »

On entendit un bruit de roues cahotant sur le chemin et Mme Manigault apparut, suant et soufflant, attelée elle-même, comme un âne, aux brancards d'une charrette dans laquelle s'entassaient pêle-mêle des tapis, des brocards, des vêtements, des coffrets et, surtout, la fameuse vaisselle de Bernard Palissy à laquelle elle tenait par-dessus tout. Ses deux filles et une servante poussaient aux roues.

La fatigue ne l'avait pas abattue, au contraire. Car sitôt qu'elle aperçut son époux, elle éclata en invectives et reproches.

— A votre tour, maintenant, fit-elle en cédant les brancards à son gendre. Et toi, fainéant, cria-t-elle à Siriki, n'aurais-tu pas pu m'attendre au lieu de filer comme une hirondelle ?

— Vous avez passé la porte Saint-Nicolas dans cet équipage ? demanda Manigault rouge de fureur.

— Et alors ?

— Et ils ne vous ont rien dit ?

— Si. Ils m'en ont dit. Mais je leur ai aussitôt rabattu leur caquet à ces grossiers. Il aurait fait beau voir qu'ils m'empêchent de passer !...

— Enfin, puisque vous voilà, avancez et dépêchez-vous ! fit Angélique exaspérée.

La grosse femme avait dû créer un scandale en franchissant la porte Saint-Nicolas. Ainsi, à pied, traînant sa charrette comme une bohémienne ! Dans sa colère, elle était bien capable de leur avoir même crié qu'elle s'en allait, qu'elle allait s'embarquer sans espoir de retour et qu'elle en avait assez de La Rochelle et de tous ses habitants ! C'était même un thème qu'elle affectionnait car elle était d'Angoulême et ne s'était jamais habituée à vivre dans un port.

Angélique, Honorine dans ses bras, prit le chemin de la falaise. De temps à autre, elle se retournait pour crier : « Pressez-vous !... » aux Manigault qui suivaient tout en tirant la charrette et en se disputant.

Ensuite, elle regardait du côté de la ville.

La Rochelle, allongée, éclatante de blancheur au-dessus des terres basses et grises, ressemblait plus que jamais à une couronne aux mille fleurons. Mais Angélique s'inquiétait surtout de ce flocon de poussière qui semblait naître au pied des remparts, du côté de la porte Saint-Nicolas.

Elle hâta le pas, rejoignit la famille du boulanger.

— Les Manigault ont pris une charrette, eux, dit la femme rancunière. Si j'avais su, j'aurais chargé ma brouette, moi aussi.

— Les Manigault peuvent causer notre perte avec leur charrette, dit sèchement Angélique.

Elle remonta en courant la colonne des fugitifs jusqu'à ce qu'elle eût rejoint maître Berne.

— Regardez là-bas, que voyez-vous ? demanda-t-elle essoufflée. Le marchand qui s'avançait rapidement, tenant la main de Laurier, suivit du regard la direction qu'elle lui indiquait.

— Je vois de la poussière soulevée par un groupe de cavaliers, répondit-il.

Il ajouta, après un instant d'observation.

— ... Des cavaliers en uniforme rouge. Ils viennent droit sur nous.

Le marin qui marchait en tête de la colonne les avait aperçus. Il se mit à courir, attrapant deux enfants sous chaque bras, pressant les gens d'aller se mettre à l'abri derrière les dunes.

Angélique revint en arrière pour crier aux Manigault.

— Hâtez-vous ! Lâchez votre charrette. Les dragons nous poursuivent.

Ils couraient tous, trébuchant dans le chemin sablonneux. Les jupes des femmes s'accrochaient aux ajoncs. On commençait à entendre le martèlement sourd du galop des chevaux.

— Vite ! Vite ! mais lâchez votre charrette, pour l'amour du Seigneur.

Manigault arracha sa femme aux brancards qu'elle s'escrimait à ressaisir. Il la poussait criante et hurlante.

Angélique avait attrapé d'une main Jérémie qui, lui au moins, était agile comme un elfe et qui, décomposé par la peur, courait de toute la force de ses petites jambes. Joseph soutenait Jenny à bout de souffle. « Je ne peux plus », gémissait-elle...

En découvrant les fugitifs, les dragons poussèrent un cri sauvage. On leur avait dit que des Huguenots s'enfuyaient là-bas. C'était une présomption, mais maintenant, ils les apercevaient, dispersés, et courant vers la mer comme des lièvres affolés. Ventrebleu ! Cette engeance d'hérétiques n'allait pas leur échapper à eux, les « missionnaires bottés » ! Ils en avaient embroché bien d'autres, en Poitou et dans les Cévennes.

Ils mirent sabre au clair et le lieutenant sonna le galop de charge.

Au passage un sabre pointa et renversa la carriole abandonnée des Manigault. Les étoffes se répandirent, les belles faïences se brisèrent en éclats chatoyants sous les sabots des chevaux.

Angélique entendit ce galop de l'hallali.

« Cette fois, nous sommes bien perdus », se dit-elle.

Sa course folle lui rappelait celle qu'elle avait menée, avec Colin Paturel, sous les murs de Ceuta.

Jérémie trébucha, elle le traîna par le bras, réussit à le remettre sur pied. Contre son oreille, Honorine poussait des cris assourdissants. Elle riait, enchantée de la cohue. Angélique atteignait les dunes. Elle se jeta à l'abri de la première vague de sable.

Abri précaire !

Les dragons n'étaient plus qu'à quelques foulées. Ils allaient atteindre les deux couples gémissants et traînards formés par les Manigault.

Tout à coup, alors qu'elle croyait voir s'abattre sur elle et sur les enfants les sabres meurtriers, Angélique entendit rouler le crépitement de plusieurs coups de mousquet. L'odeur de la poudre piqua les narines. La fumée, âcre, monta autour d'eux.

On entendit la voix de Nicolas Perrot s'adressant aux fugitifs :

— Ne restez pas là. Reculez-vous doucement en arrière, jusqu'au bord de la falaise, on va vous descendre sur la plage.

Une main la toucha à l'épaule. C'était le matelot basané qui s'était attaché à ses pas, restant avec elle, l'arrière-garde, sans doute sur l'ordre du marin parlant français. Bizarrement, elle devina à quelle race il appartenait alors qu'elle se l'était demandé en vain depuis la veille.

« J'y suis. C'est un Maltais ! »

Pensée fort incongrue, en un tel moment. Il lui faisait signe de reculer, elle aussi, tout en rampant.

Angélique dressa légèrement la tête au-dessus des herbes. Elle aperçut des chevaux hennissants dans la fumée, et à terre des uniformes rouges foudroyés.

Arrêtés dans leur élan par le feu roulant des

mousquets, dissimulés derrière les maigres dunes, les dragons avaient reculé et se regroupaient un peu plus loin.

Le cœur d'Angélique s'emplit d'enthousiasme. Il avait aussi pensé à cela, qu'on pourrait les poursuivre ! Il avait posté ses pirates armés derrière chaque repli de terrain, pour défendre l'accès de la plage d'embarquement.

Elle commença alors à reculer, encourageant les petits à la suivre. Maintenant, en se retournant, elle devinait le navire dans la crique, les voiles tendues. Le sentier descendant vers la grève était proche.

— Dame Angélique, vous n'êtes pas blessée !

Maître Berne se glissait à ses côtés. Il avait un pistolet en main.

— ... Pourquoi êtes-vous restée en arrière ?

— A cause de ces empotés, fit-elle avec un geste de rancune vers les Manigault.

Ceux-ci rampaient lourdement, entraînés par le sable fluide.

— Je suis blessée ! Je suis blessée, geignait Mme Manigault.

C'était peut-être vrai. Elle se laissait aller de tout son poids, et son mari la tirait et la soutenait en jurant comme un corsaire.

— Où est Laurier ? demanda Angélique.

— Les matelots ont commencé à descendre les enfants dans la chaloupe. Mais j'étais inquiet à votre sujet. Je suis remonté. Dieu soit loué. Le capitaine de ce navire a pensé à nous faire protéger par des armes !... Il est en bas sur la plage à diriger l'embarquement.

— Il est là ! répéta Angélique. Oh ! c'est un homme extraordinaire, n'est-ce pas ?

— Ouais ! Un homme masqué, à ce que j'ai cru voir, et chef d'un équipage de forbans.

Un nouveau feu roulant de détonations éclata. Les dragons regroupés avaient essayé de charger de nouveau et leur élan était, une fois de plus, coupé net.

Mais certains se jetèrent à bas de leur monture et commencèrent, eux aussi, à ramper vers les dunes afin d'affronter au corps à corps leurs adversaires.

Les matelots du *Gouldsboro,* en éclaireurs sur la falaise, essayaient de se replier afin de rejoindre les leurs.

Tant qu'ils demeureraient sur la falaise, protégeant l'embarquement des réfugiés protestants, les dragons auraient du mal à s'approcher. Mais lorsque les derniers mousquets des pirates auraient gagné la grève, les soldats du Roi pourraient les massacrer du haut des rochers.

Déjà certains ébauchaient un mouvement enveloppant et les abords se garnissaient d'uniformes rouges. Heureusement, les dragons avaient peu de mousquets avec eux, étant surtout armés de pistolets et de sabres. Sur un ordre du lieutenant, deux des plus forcenés essayèrent de sauter directement sur la grève. Mais ils se brisèrent proprement les jambes en arrivant en bas et leurs hurlements de douleur refroidirent l'enthousiasme de leurs camarades pour persister dans une telle stratégie.

Le seul passage accessible continuait à être sévèrement gardé et protégé par l'équipage du *Gouldsboro.* D'autres matelots se repassaient les enfants et les femmes, les entassaient dans la chaloupe, celle-ci faisant ensuite force rames vers le navire encore à l'ancre. Les vergues étaient garnies de marins, la main sur les cordages, prêts à larguer les voiles et à les arrimer pour l'appareillage.

Lentement, maître Gabriel et Angélique tenant Honorine se retiraient en arrière. Le Maltais s'était chargé de Jérémie. Du même mouvement rampant, les hommes à mousquets du navire-pirate effectuaient leur repli.

La voix du lieutenant cria encore.

— Ne craignez rien, dragons. Lorsque ces bandits seront en bas, nous les canarderons à notre aise... Vous autres, là-bas, tirez sur la chaloupe.

Il s'adressait aux soldats qui, sur la droite, avaient réussi à atteindre le rebord. Ils étaient trop éloignés pour viser les réfugiés et les pirates, tant que ceux-ci demeuraient à l'abri des roches en surplomb. Mais dès que la chaloupe débordait, se dirigeant vers le navire, elle devenait, malgré son éloignement, une cible possible pour des tireurs d'élite.

Les balles commencèrent à ricocher autour de l'embarcation et des cris de terreur s'élevèrent du groupe de femmes et d'enfants qui y étaient entassés. Le pasteur Beaucaire se leva, malgré les protestations de l'équipage pirate. Sa vieille voix cassée retentit parmi le tumulte pour entamer un cantique.

Les matelots de la chaloupe se hâtaient afin de sortir de la zone dangereuse. Cette fois ils y parvinrent, sans avoir personne de blessé à bord. Mais il leur fallait revenir pour chercher ceux qui demeuraient à terre.

Les dragons auraient le temps de rectifier leur tir.

— Ils sont à nous ! courage ! nous ne les raterons pas la prochaine fois, hurla le lieutenant. Préparez-vous, dragons !

On entendit claquer le « chien » des mousquets, le cliquetis des baguettes qui nettoyaient les canons et celui des cornes à poudre contre les gourmettes.

Enhardis par le succès proche, quelques soldats s'élancèrent en avant afin d'arrêter ceux, immobilisés, qui restaient encore sur la falaise.

Angélique, qui commençait à s'engager dans le sentier abrupt, vit se dresser devant elle la face moustachue d'un dragon, le sabre levé. Gabriel Berne se jeta devant elle, tira, et l'homme s'écroula. Mais dans un dernier mouvement convulsif, il avait frappé. L'épaule et la tempe tailladées, le marchand rochelais vacilla. Il aurait roulé au bas de la falaise si Angélique ne l'avait retenu *in extremis*. Entraînée par le poids de ce grand corps inerte, elle glissa à son tour vers le gouffre, appelant au secours. Un des matelots du *Gouldsboro*, la face noire de poudre, vint l'aider. Soutenant le blessé, il les fit descendre tant bien que mal le sentier de chèvres.

Une voix criait de la grève, en anglais. Un ordre de repli, sans doute. Car on vit les derniers pirates accrochés encore dans les dunes bondir comme des singes et se faufiler tous en bas pour rejoindre leurs compagnons.

— Le passage est libre. A nous, maintenant, crièrent les dragons en se rassemblant.

Angélique arrivait sur la plage dans un éboulis de cailloux, essayant de soutenir la tête ensanglantée de maître Berne.

— Il est mort ! Il est mort ! Oh ! mon pauvre ami.

Deux mains la saisirent à la taille, l'obligèrent à se retourner. Le Rescator était là.

— Vous voici enfin ! La dernière, naturellement ! Femme enragée que vous êtes !

Elle aurait juré qu'il riait sous son masque. Comme si l'instant n'était pas tragique, comme si lui-même et ses matelots ne se trouvaient pas dans une position désespérée sur la grève dont la chaloupe ne pouvait se rapprocher avec les dragons au-dessus de leurs têtes, comme si des blessés déjà nombreux ne tachaient pas de leur sang les galets de la place, comme si leur dernière heure n'était pas sur le point d'arriver.

Il riait et la serrait contre lui, comme s'il l'aimait, elle, l'esclave acquise à Candie, d'un amour farouche et rendu plus exigeant par les affronts et les difficultés qu'elle lui avait coûtés.

Mais Angélique, en proie à un nouveau et poignant souci, se débattait et tournait la tête de tous côtés, avec affolement.

— Honorine ! où est Honorine !... Je l'ai lâchée pour retenir maître Berne au moment où il a été blessé... je suis sûre qu'elle est restée seule là-haut...

Elle voulait s'élancer pour remonter. Il la retint d'une poigne de fer.

— Où courez-vous ?... Restez donc ici, malheureuse ! Les canons vont tirer. Vous allez être réduite en bouillie.

Au flanc du *Gouldsboro,* les sabords camouflés se relevaient découvrant les gueules noires de dix canons.

Angélique eut un cri rauque de bête blessée. Elle venait de distinguer le bonnet vert d'Honorine sur la falaise. La petite fille était dangereusement près du bord. A cause du tumulte, on ne pouvait entendre ses appels, mais on devinait qu'elle hurlait de terreur, toute minuscule sur le bleu du ciel, entre les dragons qui se rapprochaient et le précipice au fond duquel elle apercevait sa mère.

— Ma fille ! cria Angélique, hors d'elle, mon enfant ! Sauvez-la ! Ils vont la tuer ! Elle va tomber !

Inexorable, la main d'acier l'empêchait de se précipiter.

— Lâchez-moi, c'est ma fille ! mon enfant ! Honorine !... Honorine !

— Restez là. Ne bougez pas. Je vais la chercher.

Paralysée d'horreur, elle vit le Rescator s'élancer, escalader avec une agilité surprenante le sentier escarpé. Un soldat du Roi arrivait sur l'enfant. Le Rescator lui déchargea son pistolet en pleine face, tandis que, de l'autre main, il attrapait le bébé comme un vulgaire paquet. L'homme atteint bascula en avant et s'écrasa avec un bruit flasque sur les rochers, à quelques pas d'Angélique.

Simultanément les canons du *Gouldsboro* firent feu dans un fracas épouvantable.

Sous la pluie de terre et de cailloux qui se déversait, Angélique crut le Rescator et Honorine ensevelis à jamais. Puis, peu à peu, elle distingua la silhouette du pirate émergeant d'un brouillard de poussière et de fumée.

— Voici votre fille ! Tenez-la bien, maintenant.

— Est-elle blessée ?

— Je ne crois pas. Et maintenant, embarquons.

Profitant du désarroi causé par la rafale de boulets parmi les rangs des dragons, la chaloupe était revenue. Les derniers matelots du *Gouldsboro* y transportèrent le corps inerte de maître Berne et de l'un des leurs, blessé également. Angélique fut poussée sans ménagement et on lui recommanda de s'étendre au fond de l'embarcation.

— Il est impossible de faire un nouveau voyage, dit la voix du Rescator. Il faut que tout le monde prenne place cette fois-ci.

Lui-même monta le dernier, avec un geste théâtral vers les murailles blanches des falaises charentaises.

— Adieu, ô rives peu hospitalières !

Debout à la dernière extrémité de la barque, il était une cible toute désignée.

Heureusement, les soldats, démoralisés par une attaque qui les avait pris de plein fouet et qui avait causé de nombreuses pertes parmi eux, ne songeaient plus à tirer. Leur lieutenant était sérieusement blessé. L'adjudant hurlait des ordres contradictoires que l'écho de son porte-voix apportait jusqu'aux fugitifs.

— Qu'on galope demander le soutien du tir du Fort Louis.

— Avertissez la flotte de Saint-Martin-de-Ré et le Grand Fort de la Pointe de Sablonceaux...

— Il ne faut pas laisser ce bandit s'échapper.

Dans un violent bruit de chaînes, le *Gouldsboro*

relevait son ancre. Simultanément les gabiers libérèrent les voiles que le vent gonfla aussitôt. Debout sur la passerelle, le capitaine Jason criait ses ordres avec calme et comme s'il appareillait solennellement au port, sous le regard des badauds. Agiles, les matelots gabiers couraient le long des vergues et des mâts serrant ici ou là un cordage, une écoute...

Le bâtiment frémissait, prêt à s'élancer.

Cependant la chaloupe, surchargée sous le poids des derniers rescapés, avait contourné le navire. Elle était maintenant à l'abri de toute agression et l'embarquement de ses occupants put se faire sans encombre, tandis que le *Gouldsboro* commençait de vague en vague à s'avancer hors de la crique.

Un matelot prit Honorine dans ses bras pour grimper à l'échelle de corde. Il avait un tampon noir sur l'œil et rappela à Angélique le visage peu avenant de Coriano, le second de d'Escrainville. Tel quel, il subjugua Honorine qui lui mit les bras autour du cou et ne souffla mot tandis qu'il la transportait dans les airs par l'échelle de corde.

La remontée des deux blessés s'avéra une manœuvre plus périlleuse.

Enfin tout le monde fut sur le pont et à grand renfort de poulie, le canot fut hissé et solidement amarré à la rambarde. Tous ces différents mouvements s'étaient exécutés avec un calme et une rapidité exemplaires.

Angélique, sentant sous ses pieds le pont solide, releva les yeux.

Les falaises déjà s'éloignaient, couronnées par la ligne rouge des dragons qui leur tendaient le poing. Irrésistiblement poussé par la brise, le *Gouldsboro* quittait son abri et débouchait dans la mer des Pertuis.

Sur la gauche, La Rochelle apparut, déroulant son front de mer. On l'aurait dite très proche, étincelante de soleil au-dessus de l'eau, avec ses tours démantelées mais encore majestueuses : Saint-Nicolas, La Chaîne, La Lanterne. Le navire allait vers elle.

17

Le Rescator avait pris pied le dernier sur le pont. D'un regard il embrassa la situation. Nicolas Perrot, debout près de lui, hocha la tête.

— Le vent souffle du noroît !... Mauvais pour nous...

— Ouais...

Angélique elle-même pouvait se rendre compte que le vent les poussait vers la ville. Sur la passerelle, le capitaine Jason s'époumonait à faire hisser des voiles, à en abattre d'autres, afin d'orienter son bâtiment vers le chenal de La Pallice.

Un marin s'approcha du Rescator et lui tendit sa longue-vue. Le pirate eut un geste vers son masque, comme s'il allait l'ôter. Il se ravisa, jeta un bref coup d'œil autour de lui.

— Les blessés et les passagers dans la cale ! Personne sur le pont autre que les gens d'équipage.

Il leva sa longue-vue, observa un instant les parages et les efforts du *Gouldsboro* pour fuir malgré le vent contraire

— Non, pas vous... fit-il sans se retourner.

Sans doute avait-il senti le mouvement d'Angélique s'apprêtant à suivre docilement le groupe qui, par une écoutille, descendait à l'intérieur.

Le Rescator abaissa sa longue-vue et se tourna vers la jeune femme. Il la considéra.

Elle était debout, le visage encore décomposé, serrant farouchement sa fille entre ses bras. Le vent tordait les cheveux d'Honorine comme une flamme ardente.

— Votre fille, dit-il, de sa voix sourde. C'est vrai... Elle vous ressemble. Lequel de ces Huguenots que nous venons d'embarquer est son père ?

Etait-ce le moment de poser de pareilles questions ?

Il semblait à Angélique que la ville se rapprochait. Pour un peu, on aurait aperçu les curieux aux fenêtres et sur les remparts, se rassemblant pour observer la manœuvre désespérée de ce navire inconnu.

— Son père, dit-elle en le fixant comme s'il était devenu fou. Eh bien !... c'est le dieu Neptune, figurez-vous... Oui, on me l'a dit. Et maintenant, regardez donc plutôt où nous sommes. Nous allons passer à portée de tir du Fort-Louis. Si la garnison a été avertie, nous sommes perdus.

— C'est ma foi très probable, ma chère...

Le *Gouldsboro* n'avait pu réussir à doubler la Pointe du Chef de Baie. Il restait toujours en vue de La Rochelle et du fort aux créneaux duquel on pouvait distinguer une animation suspecte.

— Vous !... venez par ici, décida brusquement le Rescator en faisant signe à Angélique de le suivre.

A grands pas, il traversa le pont, gravit l'escalier du gaillard d'arrière, puis celui de la dunette.

— Madame, mettez-vous à l'abri, dit l'homme au

bonnet de fourrure, Nicolas Perrot, en désignant à Angélique l'entrée des appartements du Rescator, sous la dunette.

Il ajouta avec un sourire :

— ... Notre chef vient de prendre la barre. Donc nous allons nous en tirer.

Cette confiance en l'habileté de celui qui les dirigeait semblait être partagée par tout l'équipage. Le plus grand calme régnait parmi les hommes et il y avait même quelques lascars perchés dans les balancines ou les haubans qui plaisantaient, imitant la gouaille de celui qui leur avait appris à considérer le danger avec une philosophie souriante.

— Mais le Fort-Louis va tirer, dit Angélique d'une voix blanche.

— Mêmement probable, fit avec son bizarre accent français Perrot qui demeurait près d'elle, sans doute chargé de sa garde.

Soudain un flot d'ordres lancés par le porte-voix du capitaine Jason déferla au-dessus de leurs têtes, à l'adresse des gabiers. La plus grande activité régna aussitôt dans l'aérienne forêt de cordages, de mâts et de toile où des silhouettes humaines semblaient se déplacer avec une agilité simiesque.

A l'instant où la fumée des mèches allumées s'élevait au-dessus du Fort-Louis, toute la voilure du *Gouldsboro* changeait de place et de vent.

Le bâtiment ne bougeait presque plus et paraissait vouloir s'immobiliser en vue du fort et des canons braqués sur lui.

— Mouillez l'ancre.

Presque aussitôt, on entendit le bruit de la chaîne

se dévidant et du jaillissement produit par l'ancre touchant les flots.

Angélique jeta à son compagnon un regard chargé d'incompréhension et d'inquiétude.

— Le Rescator voudrait-il parlementer ? demanda-t-elle affolée.

Il secoua négativement sa lourde tête d'ours.

— Pas son genre, grommela-t-il. M'est avis qu'il se croit plutôt à la pêche au cachalot, dans l'estuaire du Saint-Laurent.

L'ancre touchait le fond. Le navire était stoppé, virant légèrement dans l'axe du vent.

Le bruit de tonnerre de tous les canons du fort, tirant ensemble au commandement, retentit. Mais, au même moment, sous une violente poussée du gouvernail, le bâtiment visé, prenant appui sur le point fixe de son acre, virait souplement.

La giclée de boulets passa à quelques pouces, balayant l'emplacement blanchi d'écume, où le *Gouldsboro* se présentait de flanc trois secondes auparavant.

Comme un habile duelliste il s'était effacé devant le coup.

Mais le danger n'était que différé. Il n'aurait pas le temps de remonter son ancre, avant de recevoir une seconde bordée.

A peine Angélique s'était-elle formulé cette réflexion que le porte-voix lançait.

— Sacrifiez l'ancre.

Une enclume se trouva en place, comme par enchantement, sur le gaillard d'avant, trois coups de masse à toute volée firent sauter la chaîne.

— Pleine voilure !... Cap Nord-Est.

Le navire libéré obéit à l'attraction de ses voiles.

Les canonniers du Fort-Louis, gagnés de vitesse, pointèrent en vain. Les boulets passèrent encore presque à frôler leur cible, qui en fut violemment secouée et éclaboussée, mais n'en continua pas moins son chemin.

— Hip, hip, hourra ! cria Nicolas Perrot.

Le cri fut repris d'une seule voix par l'équipage. Perrot commenta.

— Dix « pelotes » que ces salauds nous auraient plantées dans nos œuvres vives si notre chef n'était pas le plus fin manœuvrier de toutes les mers. Nous serions déjà au fond ! ma parole !... Vous avez vu ce coup de barre ?... Mais, rentrez dans le salon, madame. Car nous ne sommes pas encore sortis de ce guêpier, peu s'en faut...

— Non, je veux rester jusqu'au bout, jusqu'à ce que je voie la mer libre devant nous.

— Ma foi ! A votre convenance, madame. Il y en a qui préfèrent regarder la mort en face. Et après tout, ça n'est pas une mauvaise façon car, quelquefois, ça lui fait peur et elle recule.

Angélique commençait à se sentir en amitié avec le trappeur du lointain Saint-Laurent. Il n'avait pas trop l'apparence d'un forban sans foi ni loi, malgré sa coiffure de peau de bête et ses bras bleuis de tatouages.

Après le tour d'acrobatie qui lui avait permis d'échapper à la rafale du Fort-Louis, le *Gouldsboro* s'était redressé, avait paru s'ébrouer comme un cheval de bataille qui prend conscience de la partie à jouer. Un léger fléchissement du vent tournant vers l'ouest lui permit de reprendre sa marche en avant. Il se couvrit de toile pour profiter de cette passagère clémence de son ennemi, le noroît, et très vite s'éloigna de La Rochelle et parvint même à dépasser la Pointe du Chef de Baie.

Il lui fallait encore, pour avoir accès au grand large, franchir les « pertuis », passages entre les îles. Le fort vent de nord-ouest, qui soufflait ce jour-là, leur interdisait l'accès du pertuis d'Antioche, au sud, situé entre les Iles de Ré, d'Aix et d'Oléron. Mais pour gagner le pertuis breton, voie de sortie plus étroite et plus abritée, entre le continent et la côte nord de l'Ile de Ré, il fallait encore franchir un étroit chenal, celui de La Pallice et de la Pointe des Sablonceaux.

Ce fut à cette dernière solution que parut se décider le Rescator. Le porte-voix du capitaine Jason lança :

— Hé ! Ceux des voiles ! Carguez les hautes voiles ! Larguez civadière, brigandine et voile d'étai.

Sous basse-voilure, le *Gouldsboro* s'engagea dans le passage, entre les deux promontoires.

Angélique respirait à peine. Elle savait la traîtrise du chenal rocheux invisible et peu profond, dont les matelots du port s'entretenaient avec souci. Le vent court, projetant sur le flanc du bateau de petites lames dures et violentes, risquait à chaque instant de le faire sortir de l'étroite ornière au-delà de laquelle un navire de fort tonnage s'échouerait fatalement.

— Etes-vous déjà venus par ce passage ? demanda-t-elle à son gardien.

— Non, nous sommes entrés par le sud.

— Alors il faudrait un pilote. Parmi mes amis il y a le pêcheur Le Gall, il connaît toutes les embûches du pertuis.

— Bonne idée, s'écria l'homme au bonnet de fourrure.

Il la quitta soudain pour aller communiquer le renseignement aux deux capitaines.

Peu après, Le Gall parut à son tour, guidé par un matelot. Angélique ne put se retenir de le suivre, sur la dunette.

Le Rescator était à la barre, toujours masqué. Tout son être tendu semblait chercher à deviner, au moindre frémissement du navire, la passe difficile. Il échangea quelques mots avec le navigateur rochelais puis lui céda la place.

Angélique demeurait aussi immobile que possible et Honorine aussi. La petite fille semblait comprendre que la place d'une femme et d'une enfant n'était pas sur une passerelle de navire à l'heure du danger, mais pour rien au monde elle n'aurait voulu être ailleurs.

Le *Gouldsboro* avançait plus sûrement.

— Et si le fort du Grand Sablonceaux nous tire dessus, dit Le Gall en regardant dans la direction de la pointe extrême de l'Ile de Ré où se devinait la forteresse.

— A Dieu vat ! répondit Le Rescator.

Le temps devenait moins limpide. Avec la chaleur du jour, une brume dorée se levait, estompant les rivages.

Une voix tomba de la hune.

— Navire de guerre en proue. Il vient à notre rencontre.

Le capitaine Jason jura et parut fortement découragé.

— Nous sommes faits comme des rats !

— Il fallait s'y attendre, dit Le Rescator, comme s'il constatait la chose la plus naturelle du monde. Donnez l'ordre de ralentir la marche...

— Pourquoi ?

— Pour m'accorder le bénéfice de la réflexion.

Le navire de guerre qu'ils n'avaient pas encore aperçu apparaissait au détour de la pointe des Sablonceaux et ses voiles déployées avaient une blancheur de craie sur le ciel embrumé.

Possédant le vent en poupe, il avançait rapidement.

Le Rescator posa sa main sur l'épaule de Corentin Le Gall.

— Dites-moi, monsieur, la marée commence à baisser. Si la passe devient difficile pour nous, n'est-elle pas infiniment dangereuse pour l'adversaire de plus fort tonnage qui s'avance au-devant de nous ?

Les yeux d'Angélique tombèrent sur cette main qui appréhendait l'épaule du marin. Une main à la fois musclée et racée, avec un lourd anneau d'argent ouvragé à l'annuaire de la main gauche. Elle se sentit pâlir.

Elle connaissait cette main nue, à la poigne inflexible et douce. Où l'avait-elle déjà vue ? A Candie peut-être lorsqu'il s'était déganté pour la conduire vers les sofas. Mais il y avait plus. Elle la reconnaissait comme une chose infiniment familière. Elle pensa que, sans doute, l'approche de leur dernière heure brouillait ses facultés. Ce destin qu'Osman Ferradji avait lu dans les étoiles, elle devait en prendre conscience, dans un raccourci dramatique, alors que la mort s'approchait.

Mais, simultanément, elle savait aussi qu'ils n'allaient pas mourir. Parce que c'était le Rescator qui les avait en charge ! Il y avait sur ce personnage énigmatique l'espèce d'immunité des héros antiques. Elle y croyait naïvement, follement, et jusqu'ici, dans sa tentative incroyable, elle n'avait pas été trompée.

Le visage du pilote s'était éclairé :

— Oui-da, s'exclama-t-il, vous avez mille fois raison, monsieur ! Il faut qu'ils aient diablement envie de vous attraper pour se lancer dans le chenal à pareille heure. Sûr aussi qu'ils ont aussi un bon pilote de chez nous. Mais leur position est... délicate.

— Nous allons la rendre plus délicate encore... Et, par-dessus le marché, ils vont nous servir de bouclier au cas où le fort voudrait s'en mêler. Je vais les contraindre à se placer entre lui et nous... En avant toute ! branle-bas de combat.

Et, tandis que les gabiers se précipitaient dans les vergues, le reste de l'équipage, maintenu dans le gaillard d'avant, jaillissait des écoutilles avec vélocité, haches et sabres d'abordage étaient distribués, les bâches dissimulant les couleuvrines contre la rambarde étaient ôtées.

Chacun gagnait son poste.

Des gabiers chargés de mousquets gagnaient les hunes des quatre mâts, hissant également des caisses de grenades, destinées à être projetées tout à l'heure sur le pont ennemi.

— Faut-il sabler les ponts ? demanda le second.

— Je ne crois pas que nous irons jusque-là,

répondit Le Rescator, l'œil fixé à sa lorgnette.

Et il répéta ironiquement, souriant sous son masque : « Sabler les ponts. Peuh ! » Angélique se souvenait de ce préparatif suprême, en Méditerranée. On sablait d'avance le pont pour éviter aux pieds nus des combattants survivants de glisser dans le sang répandu.

— Ils échoueront avant d'avoir pu seulement lancer un grappin sur nous, dit encore le pirate, en haussant les épaules.

Il semblait si sûr de lui que la tension de ces minutes où les deux bateaux s'avançaient inexorablement l'un vers l'autre s'atténuait. Et d'ailleurs, très vite, on pouvait se rendre compte que le navire de guerre était en mauvaise posture. Alourdi par ses quarante canons et ayant eu l'imprudence de mettre toute sa voilure, il maintenant difficilement la route. Les vagues le poussaient vers le rivage.

— Et s'il tirait sur nous ? dit Le Gall.

— Un engin pareil !... Il est bien trop embarrassé pour se mettre en position de tir. Et nous nous présentons par le beaupré, la cible est trop étroite.

Le *Gouldsboro* continua donc d'avancer hardiment. Le navire de guerre luttait de plus en plus pour se maintenir à flot. Soudain, irrésistiblement drossé sur les rochers, on le vit s'incliner et il y eut un craquement sourd.

— Echoué ! crièrent ensemble les occupants de la dunette du *Gouldsboro.*

L'équipage agitait ses bonnets et manifestait sa joie.

— Prenons garde de ne pas en faire autant, recommanda Le Rescator. La mer baisse dangereusement.

Et il envoya des sondeurs à perche sur le gaillard d'avant.

Continuant sa route, le bateau-pirate passa au large de son adversaire impuissant, d'où leur parvinrent des invectives et des malédictions.

— Leur envoie-t-on une bordée ? demanda le capitaine Jason, nous sommes bien placés.

— Non ! Inutile de laisser de trop mauvais souvenirs derrière nous. De toute façon, nous ne sommes pas encore tirés d'affaire.

Angélique pensait aussi que d'autres navires pouvaient surgir pour leur barrer la route.

Mais ils réussirent à déboucher sans encombre hors du chenal, dans le pertuis breton.

Le Gall se redressa, les mains sur le gouvernail :

— Le plus dur est fait, maintenant, monsieur, je proposerais le forcer la voilure et de suivre la côte nord jusqu'à la sortie, à la Pointe du Grouin du Gou.

— Entendu.

La manœuvre devenait plus aisée. Le pertuis offrait une rade abritée où le vent moins violent et mieux orienté se faisait l'allié des fugitifs. La brume légère permettait de discerner la courbe du continent et sa dentelle neigeuse de marais salants.

Mais, de l'autre côté, c'était Saint-Martin-de-Ré, et bientôt, une à une, comme des silhouettes de rêve, les navires de la flotte royale s'en détachèrent et cinglèrent vers eux. La meute se mettait en chasse.

Ils observèrent sa progression dans un silence tendu.

— Si près du but, murmura Le Gall. Nous venons de dépasser la pointe d'Arçay.

— Forçons l'allure ! Le vent a légèrement tourné. Il nous aide.

— Eux aussi.

— Mais nous avons de l'avance.

Paroles brèves, qui leur servaient à faire le point, à peser leurs chances et à n'en pas perdre une once.

Après avoir paru grandir avec une rapidité inquiétante, les navires avant-coureurs de la flotte conservaient maintenant la même distance. Le *Gouldsboro* était encore hors de portée de leurs canons.

A nouveau, Le Rescator posa la main sur l'épaule du Rochelais.

— Parvenons au large, l'ami, et alors, foi de Rescator, je vous promets que nous nous mettrons sous le vent et qu'aucun des navires de Sa Majesté ne pourra jamais nous rattraper.

— Nous y parviendrons, monsieur, répondit le pilote, comme galvanisé.

Les yeux fixés sur la route qu'il devait suivre, il en auscultait les moindres courants, les moindres brises, pour donner au navire qu'il guidait toutes ses possibilités de vitesse. Ah ! comme il connaissait ces parages, où tant de fois il avait jeté ses filets et relevé ses casiers à homards en chantant et en regardant, avec amour, autour de lui les lignes nettes et dorées d'eau, de terre et d'îles qui formaient le paysage familier de sa vie. D'origine bretonne, sa famille était rochelaise depuis trois générations ce qui expliquait qu'il fût Huguenot et qu'il apportât à sa foi le même entêtement qu'un Breton catholique à la sienne. Il pensait à cette heure qu'aujourd'hui il parcourait les lieux de son bonheur passé pour les fuir, qu'il y avait dans la cale de ce bateau pourchassé sa femme et ses enfants et que ce serait une chose horrible que de mourir là, couché au large de ses îles et de sa ville par les boulets du roi de France !

Il avait moins peur de la mort qu'il avait affrontée maintes fois, au cours de ses navigations, que d'une telle trahison.

« Oh Seigneur, considère ce que nous avons à souffrir en ton nom !... Pourquoi !... Pourquoi !... »

Angélique jeta un regard en arrière. Les voiles des poursuivants grandissaient de nouveau. Dès lors le mouvement de la houle, les crêtes plus écumeuses des vagues semblaient annoncer l'approche du large. La côte s'évasait, s'amenuisait. Le vent prenait un goût amer et se faisait plus âpre. L'horizon voilé se devinait plus vaste.

Le large !... Mais n'était-il pas trop tard ?

Elle regarda Le Rescator et s'aperçut qu'il la fixait aussi entre les fentes de son masque.

Elle crut qu'il allait lui dire de s'en aller, que sa place n'était pas sur la dunette. La chasser avec l'ironie qu'il savait si bien aiguiser à son égard.

Il ne dit rien. Elle eut la sensation qu'il la regardait ainsi parce que les choses allaient très mal et que la minute était pathétique. Elle, qui avait gardé confiance jusqu'alors, eut peur.

— Est-il trop tard ? demanda-t-elle.

A ce moment, Honorine se dressa dans ses bras et, désignant un point vers l'horizon :

— Là, dit-elle d'un air joyeux, des oiseaux.

Les oiseaux... c'étaient des navires.

Ils surgissaient, venant de l'horizon et barrant la sortie de la baie.

En quelques instants, leur nombre parut infini. Coincé entre leur approche et celle de la flotte royale, le *Gouldsboro* ressembla à un gibier acculé et cerné et qui n'aurait même pas la ressource de pouvoir faire face à tous les adversaires rassemblés pour l'achever.

Une même exclamation incrédule et consternée jaillit des lèvres de l'équipage rassemblé sur pied de guerre. Cette fois, c'était trop. Ils pourraient se battre, mais non vaincre et toutes issues pour échapper leur étaient interdites. Presque aussitôt, le Rescator poussa une exclamation et se mit à rire. Il ne pouvait pas parler, tellement il riait, car il s'étouffait en toussant.

« Il est devenu fou », se dit Angélique pétrifiée.

Mais le pirate réussit enfin à articuler :

— Les Hollandais !

Aussitôt la consternation se changea en délire de joie.

— Hissez le pavillon anglais du commerce au grand mât, hurla en anglais le capitaine Jason dans son porte-voix.

Il répéta son ordre en français.

Les pavillons montèrent et claquèrent au vent, celui à croix rouge, barrant une croix de Saint-André blanche sur fond bleu au grand mât et le pavois de poupe rouge portant en coin le même premier emblème de croix tricolore.

Malmenée par la récente tempête, la lourde flotte marchande s'engageait dans le pertuis breton avec une lenteur solennelle. Deux gros navires de ligne la précédaient avec leurs cinq mâts et trois ponts de batteries de soixante-douze canons. Puis venait une foule de quatre cents navires marchands de tous tonnages, mais dont le plus petit dépassait toutefois trois cents tonneaux. Cette flotte pansue, encadrée de vingt navires de guerre de moindre importance que les gros trois ponts.

Le *Gouldsboro* se faufilait parmi eux avec l'agilité d'un lièvre se perdant dans une forêt touffue. En quelques instants, une dizaine de navires de l'immense flotte arrivante se trouvèrent entre lui et ses poursuivants. Il était impossible aux officiers de Sa Majesté de tirer le moindre coup de canon, sans atteindre les honnêtes commerçants qui venaient mouiller dans les eaux françaises.

Force leur était de renoncer à punir l'audacieux pirate, qui s'était si bien moqué d'eux.

Au mouvement nouveau de la houle, les fugitifs enfermés dans l'entrepont surent qu'ils avaient atteint le large. De longues heures durant ils avaient guetté les bruits, ils avaient suivi la lutte grinçante du navire contre le vent contraire. La manœuvre en face du Fort-Louis les avait projetés les uns contre les autres, dans la détonation sourde des canons et ils avaient cru leur dernière heure venue. Puis ç'avait été la marche lente et comme infirme, le long du chenal. Les arrêts, le branle-bas de combat, la course des pieds nus au-dessus de leurs têtes, l'attente. Des heures de prières, de mots brefs prononcés pour rompre l'angoisse ou pour calmer les enfants inquiets...

Et, comme dans l'Arche, « il n'y avait pas de fenêtre et ils ne devaient pas savoir ce qui se passait au-dehors ».

Puis le bateau s'était mis à rouler à grands balancements réguliers, comme en paix, ils avaient senti la tension des voiles orientées enfin sans contrainte, gonflées, tendues, et tout l'élan libérateur qui passait dans la coque faisait frémir les bois d'une allégresse de pur-sang auquel on a lâché les rênes.

Et Le Gall apparut sur le seuil, harassé, avec une expression à la fois triomphante et désespérée dans son regard bleu de Celtique :

— Nous leur avons échappé, dit-il. Nous sommes au large. Nous sommes sauvés !

Alors leur cœur à tous se déchira.

Adieu ville de La Rochelle, notre ville ! Adieu, notre Royaume ! Adieu, notre Roi !...

Ils tombèrent à genoux, les yeux pleins de larmes.

— La terre est encore visible, dit Le Rescator, en s'approchant d'Angélique, la fixant durement par les fentes de son masque. Ne vous retournerez-vous pas pour jeter un dernier regard à ces rivages que vous quittez à jamais, madame ?

Angélique secoua la tête :

— Non, dit-elle.

— Vous avez peu de sentiments pour une femme. Il ne doit pas faire bon encourir vos haines. Vous ne laissez donc aucun regret là-bas, aucun souvenir, aucun être cher ?

« Un enfant mort, songea-t-elle, une petite tombe à l'orée de la forêt de Nieul... C'est tout. »

— J'emporte tout ce qui m'est cher, dit-elle, en serrant Honorine sur son cœur. Mon seul trésor.

Et, comme chaque fois que la curiosité insinuante du Rescator se manifestait, la prenant de court, elle eut l'impression d'être guettée et que l'intérêt qu'il lui portait la menaçait.

Une incommensurable fatigue lui tomba sur les épaules. C'était le poids des heures qu'elle venait de vivre, c'était le poids de toute sa vie à l'instant où le destin refermait derrière elle une porte qui ne se rouvrirait plus. Elle sentit la douleur de ses bras raidis, qui n'avaient cessé, depuis un temps infini, de serrer Honorine contre elle.

— Je suis fatiguée, dit-elle d'une voix mourante. Oh ! tellement fatiguée. Je voudrais dormir...

Angélique n'eut plus conscience de ce qui se passait entre le moment où elle prononça ces paroles et celui où elle s'éveilla, dans la lumière propre du couchant. Un soleil couleur de rubis emplissait sa vue, se détachant comme une énorme lanterne sur le fond d'argent terni de la mer et du ciel.

Il toucha l'horizon, s'engloutit avec une rapidité déconcertante, laissa traîner encore pendant un bref moment une lueur rose plus éblouissante que l'aurore qui, peu à peu se mit à pâlir.

Angélique sentit autour d'elle le mouvement du navire, ce balancement rythmé et incessant qui la replaçait, quelques années en arrière, en Méditerranée. En ce temps-là, même lorsqu'elle était captive sur l'*Hermès*, il arrivait qu'une sensation d'immensité gonflât son cœur, comblât l'insatisfaction de son âme passionnée. C'étaient de tels souvenirs qui lui avaient laissé d'un voyage où elle avait souffert mille morts, une impression de regret et d'enchantement.

Ce soir, elle retrouvait la mer. Par la fenêtre vitrée du château arrière, le crépuscule lui offrait son bref incendie, puis le mystère solennel de la pénombre avant la nuit.

Elle entendait rebondir contre la coque l'éclaboussure des vagues. Et, par intermittence, le claquement sec des voiles, et le chant éolien de la brise dans les haubans.

Elle se redressa, s'assit à demi sur le divan oriental où on l'avait étendue, se soutint du bras, la tête vide, sans pensées, mais avec la perception aiguë du bonheur qui l'envahissait. Elle était libre.

Honorine dormait à ses côtés, abandonnée, rose, épanouie, dont le couchant avivait la carnation joufflue.

Angélique se pencha sur elle avec une tendresse infinie.

— Je t'emmène, trésor, murmura-t-elle. Chair de ma chair, cœur de mon cœur.

La joie surhumaine devenait presque douloureuse. Un rêve ancien qui avait hanté sa vie se réalisait.

Elle s'en allait sur la mer.

Sa poitrine s'emplit d'air salin. Ses yeux se voilèrent, sa tête vacilla, renversée sous la griserie d'une ivresse qui n'avait pas de nom. Un sourire d'extase errait sur ses lèvres.

Là, seule dans la clarté du jour finissant, Angélique offrait à l'Océan, comme à un amant retrouvé, son visage tendu et ravi d'amoureuse...

2492

Achevé d'imprimer en Europe (France)
par Brodard et Taupin à La Flèche (Sarthe)
le 23 décembre 1994. 6844 K-5
Dépôt légal déc. 1994. ISBN 2-277-22492-8
1er dépôt légal dans la collection : oct. 1976
Éditions J'ai lu
27, rue Cassette, 75006 Paris
Diffusion France et étranger : Flammarion